SOB O CÉU ESCARLATE

SOB O CÉU ESCARLATE

*Baseado na história real de um jovem herói,
infiltrado na alta cúpula do regime nazista*

MARK SULLIVAN

Tradução
Débora Isidoro

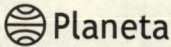

Copyright © Mark Sullivan, 2017
Copyright © Editora Planeta do Brasil, 2019
Todos os direitos reservados.
Título original: *Beneath a scarlet sky*

Preparação: Thais Rimkus
Revisão: Dan Duplat e Olívia Tavares
Diagramação: Vivian Oliveira
Capa: Jonatas Belan
Imagens de capa: Claudio Emmer/Alinari Archives/Contributor/Getty Images, cparrphotos/Shutterstock e Kozlik/Shutterstock

CIP-BRASIL. CATALOGAÇÃO NA PUBLICAÇÃO
SINDICATO NACIONAL DOS EDITORES DE LIVROS, RJ

Sullivan, Mark
    Sob o céu escarlate / Mark Sullivan; tradução de Débora Isidoro. – São Paulo: Planeta do Brasil, 2019.
    416 p.

ISBN: 978-85-422-1581-6
Título original: Beneath a scarlet sky

1. Ficção norte-americana 2. Guerra Mundial, 1939-1945 -Ficção 3. Alemanha - História - Ficção 4. Itália - História - Ocupação alemã, 1943-1945 - Ficção I. Título II. Isidoro, Débora

19-0383   CDD 813.6

2019
Todos os direitos desta edição reservados à
EDITORA PLANETA DO BRASIL LTDA.
Rua Bela Cintra, 986 – 4º andar
01415-002 – Consolação
São Paulo-SP
www.planetadelivros.com.br
atendimento@editoraplaneta.com.br

EMBORA BASEADA EM UMA HISTÓRIA REAL,
COM PERSONAGENS VERÍDICOS,
ESTA É UMA OBRA DE FICÇÃO E
DA IMAGINAÇÃO DO AUTOR.

*Para os oito mil judeus italianos
que não puderam ser salvos.*

*Para os milhões escravizados pela
máquina de guerra nazista e para os
incontáveis que não voltaram para casa.*

*E para Robert Dehlendorf,
que ouviu a história primeiro
e me resgatou.*

O amor vence tudo.
— Virgílio

Prefácio

No começo de fevereiro de 2006, eu tinha quarenta e sete anos e estava no pior momento da vida.

Meu irmão mais novo, que também era meu melhor amigo, havia morrido no verão anterior de tanto beber. Eu tinha escrito um romance do qual ninguém gostou, enfrentava um litígio comercial e estava à beira da falência pessoal.

Enquanto dirigia sozinho por uma estrada de Montana ao entardecer, pensei em meu seguro de vida e me dei conta de que, para minha família, eu valia mais morto que vivo. Pensei em jogar o carro contra um pilar de sustentação da rodovia. Estava nevando e a luminosidade era parca. Ninguém suspeitaria de suicídio.

No entanto, imaginei minha esposa e meus filhos embaixo da neve e mudei de ideia. Quando saí da estrada, eu tremia incontrolavelmente. À beira de um colapso, baixei a cabeça e implorei a Deus e ao universo que me ajudassem. Rezei por uma história, alguma coisa maior que eu, um projeto em que pudesse mergulhar.

Acredite ou não, naquela mesma noite, em um jantar em Bozeman, Montana – de todos os lugares –, ouvi fragmentos de uma narrativa extraordinária e inédita sobre a Segunda Guerra Mundial; nela, um garoto italiano de dezessete anos era o herói.

Minha primeira reação foi duvidar da veracidade da história de Pino Lella nos últimos vinte e três meses da guerra. Afinal, nós teríamos ouvido sobre ele. Depois, porém, eu soube que Pino ainda vivia, passadas cerca de seis décadas, e havia retornado à Itália depois de quase trinta anos em Beverly Hills e Mammoth Lakes, Califórnia.

Telefonei para ele. Em princípio, o sr. Lella relutou muito em falar comigo, disse que não era herói, que estava mais para covarde – o que só me intrigou mais. Por fim, depois de vários telefonemas, ele aceitou me encontrar, se eu fosse à Itália.

Fui para a Itália e passei três semanas com Pino em uma antiga *villa* na cidade de Lesa, no lago Maggiore, ao norte de Milão. Na época, Pino tinha setenta e nove anos, mas era grande, forte, bonito, encantador, divertido e, muitas vezes, esquivo. Eu o ouvia por horas seguidas enquanto ele falava sobre o passado.

Algumas lembranças de Pino eram tão nítidas que eu quase as visualizava. Outras eram mais turvas e precisavam ser esclarecidas por intermédio de repetidos questionamentos. Certos eventos e personagens ele claramente evitava – e, de outros, ele parecia ter muito medo de falar. Quando pressionei o homem com relação a esses tempos dolorosos, ele relatou tragédias que nos reduziram a soluços.

Durante aquela primeira viagem, também falei com historiadores estudiosos do Holocausto em Milão e entrevistei padres católicos e membros da Resistência italiana. Visitei cada cenário importante com Pino. Esquiei e escalei nos Alpes para entender melhor as rotas de fuga. Amparei o velho quando ele desabou de tristeza na *piazzale* Loreto e vi a agonia da perda transbordar dele nas ruas em torno do Castello Sforzesco. Ele me mostrou onde viu Benito Mussolini pela última vez. Na grande catedral de Milão, o Duomo, vi sua mão tremer enquanto acendia uma vela para os mortos e os martirizados.

Durante todo esse tempo, também vi um homem olhar para dois anos de sua vida extraordinária, adolescente aos dezessete, amadurecendo aos dezoito, altos e baixos, as dificuldades e os triunfos, o amor e o sofrimento. Meus problemas pessoais e minha vida, de maneira geral, pareciam pequenos e insignificantes comparados ao que ele havia suportado ainda tão jovem. E seu ponto de vista sobre as tragédias da vida me deu uma nova perspectiva. Comecei a melhorar, e Pino e eu nos tornamos amigos. Quando voltei para casa, eu me sentia mais disposto do que havia me sentido em anos.

Fiz, ainda, outras quatro viagens durante a década seguinte, me permitindo pesquisar a história de Pino enquanto escrevia outros livros. Consultei a equipe do Yad Vashem, principal centro de educação e lembrança do Holocausto em Israel, e historiadores na Itália, na Alemanha e nos Estados Unidos. Passei semanas nos arquivos de guerra desses três países e no Reino Unido.

Entrevistei testemunhas oculares sobreviventes – ou, pelo menos, as que consegui encontrar – para corroborar vários fatos ocorridos na história de Pino, bem como descendentes e amigos de gente que morrera havia muito tempo, inclusive Ingrid Bruck, a filha do misterioso general nazista que complica o coração da história.

Sempre que possível, me ative aos fatos extraídos desses arquivos, dessas entrevistas e desses depoimentos. Logo aprendi, no entanto, que, devido à ampla destruição de documentos nazistas no fim da Segunda Guerra Mundial, o rastro de dados em torno de Pino era esparso, para dizer o mínimo.

Também me deparei com uma espécie de amnésia coletiva em relação à Itália e aos italianos depois da guerra. Muitos livros foram escritos sobre o Dia D, as campanhas dos Aliados pelo Leste Europeu e os esforços de almas corajosas que arriscaram a vida para salvar judeus em outros países da Europa. A ocupação nazista na Itália e a ferrovia subterrânea católica, construída para salvar judeus italianos, porém, receberam pouca atenção. Cerca de sessenta mil soldados Aliados morreram lutando para libertar a Itália. Por volta de cento e quarenta mil italianos morreram durante a ocupação nazista. Ainda assim, tão pouco foi escrito sobre a batalha em relação à Itália que historiadores passaram a chamá-la de "*front* esquecido".

Boa parte da amnésia foi causada por italianos que sobreviveram. Como me contou um velho soldado da Resistência, "ainda éramos jovens e queríamos esquecer. Queríamos deixar para trás as coisas horríveis que vivêramos. Ninguém fala sobre a Segunda Guerra Mundial na Itália e, assim, ninguém se lembra disso".

Devido à destruição de documentos, a amnésia coletiva e a morte de muitos personagens antes de eu tomar conhecimento da história, fui forçado a construir certas cenas e alguns diálogos com base apenas nas memórias de Pino revividas décadas mais tarde, na rara evidência física que resta, e em minha imaginação, alimentada por minha pesquisa e por suspeitas informadas. Em certos casos, associei ou comprimi eventos e personagens pelo bem da coerência narrativa e dramatizei inteiramente incidentes que me foram descritos de formas mais truncadas.

Como resultado, então, a história deste livro não é um trabalho de não ficção, mas um romance de ficção histórica e biográfica que se aproxima muito do que aconteceu com Pino Lella entre junho de 1943 e maio de 1945.

PARTE I
NINGUÉM VAI DORMIR

1

9 DE JUNHO DE 1943
MILÃO, ITÁLIA

Como todos os faraós, os imperadores e os tiranos que o antecederam, *Il Duce* viu seu império se erguer para, depois, desmoronar. De fato, naquela tarde de fim de primavera, o poder escapava das mãos de Benito Mussolini como a alegria se esvai do coração de uma jovem viúva.

Os exércitos castigados do ditador fascista haviam retornado do norte da África. Forças aliadas estavam posicionadas no entorno da Sicília. E, todos os dias, Adolf Hitler enviava tropas e suprimentos para o sul a fim de fortificar a parte de baixo da bota italiana.

Pino Lella sabia de tudo isso pelos relatos da BBC, os quais ele ouvia todas as noites em seu rádio de ondas curtas. Tinha visto com os próprios olhos os números cada vez mais elevados de nazistas em todos os lugares onde estivera. Enquanto andava pelas ruas medievais de Milão, porém, Pino ignorava em êxtase as forças do conflito que vinha em sua direção. A Segunda Guerra Mundial era uma notícia, nada além disso, ouvida e esquecida no momento seguinte, substituída por pensamentos sobre seus três assuntos favoritos: garotas, música e comida.

Ele tinha só dezessete anos, um e oitenta e cinco de altura, setenta e cinco quilos, era alto e desajeitado, com mãos e pés grandes, cabelos que desafiavam a doutrina, suficiente acne e bastante timidez para nenhuma garota aceitar seus convites para ir ao cinema. No entanto, como era de sua natureza, Pino insistia.

Andava confiante com os amigos na praça em frente ao Duomo, a Basílica di Santa Maria Nascente, a grande catedral gótica que fica bem no centro de Milão.

— Hoje vou conhecer uma garota bonita — falou Pino, apontando para o céu escarlate, ameaçador. — E vamos viver um amor louco, trágico, e diariamente teremos grandes aventuras com música, comida, vinho e intriga, o dia inteiro.

— Você vive na fantasia — respondeu Carletto Beltramini, melhor amigo de Pino.

— Não vivo — bufou Pino.

— É claro que vive — disse o irmão de Pino, Mimo, que era dois anos mais novo. — Você se apaixona por toda garota bonita que vê.

— E nenhuma delas corresponde — acrescentou Carletto. De rosto redondo e porte mais leve, ele era bem mais baixo que Pino.

Mimo, que era ainda menor, concordou:

— É verdade.

Pino desdenhou da opinião dos dois.

— Logo se vê que vocês não são românticos.

— O que estão fazendo ali? — perguntou Carletto, apontando para os homens que trabalhavam do lado de fora do Duomo.

Alguns colocavam tapumes de madeira nas cavidades em que os vitrais da catedral normalmente ficavam. Outros transferiam sacos de areia de caminhões para um muro em torno da base da catedral. Outros, ainda, instalavam holofotes sob os olhos atentos de um grupo de sacerdotes que permanecia próximo à porta central da catedral.

— Vou descobrir — disse Pino.

— Eu vou primeiro — disse seu irmão mais novo, dirigindo-se aos trabalhadores.

— Mimo trata tudo como uma competição — comentou Carletto. — Ele precisa aprender a se acalmar.

Pino riu e depois disse, olhando para trás:

— Se descobrir como fazer isso, conta para minha mãe.

Passando direto pelos trabalhadores, Pino se aproximou do grupo de sacerdotes e bateu no ombro de um deles.

— Com licença, padre.

O clérigo, que tinha uns vinte e poucos anos, era tão alto quanto Pino, porém mais encorpado. Ele se virou e olhou para o adolescente de baixo para cima: viu os sapatos novos, a calça de linho cinza, a camisa branca impecável e uma gravata de tafetá verde que a mãe lhe dera em seu aniversário; depois, olhou nos olhos de Pino com grande intensidade, como se pudesse ver o interior de sua cabeça e descobrir os pensamentos pecaminosos do jovem.

Ele disse:

— Estou no seminário. Não fui ordenado. Não tenho colarinho.

— Oh! Oh! Desculpe — respondeu Pino, intimidado. — Só queríamos saber por que estão instalando as luzes.

Antes de o jovem seminarista responder, a mão nodosa apareceu em seu cotovelo direito. Ele se afastou para o lado e revelou um padre baixinho e esguio, de cerca de cinquenta anos, vestido com túnica branca e solidéu vermelho. Pino logo o reconheceu e se assustou, ajoelhando-se imediatamente diante do cardeal de Milão.

— Milorde cardeal — disse Pino, de cabeça baixa.

O seminarista o corrigiu, com tom severo:

— Deve tratá-lo por "Eminência".

Confuso, Pino levantou a cabeça.

— Minha babá britânica me ensinou a dizer "milorde cardeal", se algum dia eu conhecesse um cardeal.

A expressão severa do homem mais jovem se endureceu, mas Ildefonso Cardeal Schuster riu baixinho e disse:

— Acho que ele está certo, Barbareschi. Na Inglaterra, eu seria tratado por "lorde cardeal".

O Cardeal Schuster era famoso e poderoso em Milão. Como líder católico do norte da Itália e como homem que recebia a atenção do *Papà* Pio XII, estava sempre nos jornais. Pino achava que a expressão de Schuster era o que havia de mais marcante nele; seu rosto sorridente falava de bondade, mas os olhos continham a ameaça da condenação eterna.

Claramente irritado, o seminarista disse:

— Estamos em Milão, Eminência, não em Londres.

— Não importa — respondeu Schuster, que, depois, tocou o ombro de Pino e disse a ele que se levantasse. — Como se chama, rapaz?

— Pino Lella.

— Pino?

— Minha mãe costumava me chamar de Giuseppino — explicou, enquanto ficava em pé. — A parte do "Pino" pegou.

O Cardeal Schuster olhou para o "Josezinho" e riu.

— Pino Lella. Um nome a ser lembrado.

Por que alguém como um cardeal diria tal coisa era algo que confundia Pino. No silêncio que seguiu a declaração, Pino falou:

— Já o vi antes, milorde cardeal.

Schuster se surpreendeu.

— Onde?

— Na Casa Alpina, acampamento do Padre Re ao sul de Madesimo. Anos atrás.

O Cardeal Schuster sorriu.

— Eu me lembro dessa visita. Disse ao Padre Re que ele era o único sacerdote na Itália com uma catedral maior que o Duomo e a Basílica de São Pedro. O jovem Barbareschi aqui vai subir para trabalhar com o Padre Re na semana que vem.

— Vai gostar dele e da Casa Alpina — disse Pino. — A escalada é muito boa por lá.

Barbareschi sorriu.

Pino se curvou, inseguro, e começou a retroceder, o que pareceu divertir ainda mais o Cardeal Schuster, que, por sua vez, disse:

— Pensei que estivesse interessado nas luzes.

Pino parou.

— Sim?

— A ideia foi minha — contou Schuster. — Hoje à noite começa o racionamento de luz. Só o Duomo permanecerá aceso de agora em diante. Rezo para que os pilotos dos bombardeiros o vejam e fiquem tão encantados com sua beleza que decidam poupá-lo. Esta magnífica igreja levou quase quinhentos anos para ser construída. Seria uma tragédia vê-la desaparecer em uma noite.

Pino estudou a fachada elaborada da imponente catedral. Erigida em mármore Candoglia pálido e rosado, com torres, balcões e pináculos, o Duomo parecia tão enfeitado, grandioso e onírico quanto os Alpes no inverno. Ele adorava esquiar e escalar as montanhas quase tanto quanto adorava música e garotas – e ver a igreja sempre o levava ao alto mentalmente.

Agora, porém, o cardeal acreditava que a catedral de Milão estava ameaçada. Pela primeira vez, a possibilidade de um ataque aéreo soou real a Pino.

— Seremos bombardeados, então? — perguntou ele.

— Rezo para que não — respondeu o Cardeal Schuster —, mas um homem prudente sempre se prepara para o pior. Até logo. Que sua fé em Deus o mantenha seguro nos dias que virão, Pino.

★ ★ ★

O cardeal de Milão se afastou, e Pino ficou fascinado quando voltou para perto de Carletto e Mimo, ambos aparentemente chocados.

— Era o Cardeal Schuster — disse Carletto.

— Eu sei — respondeu Pino.

— Ficou conversando com ele por muito tempo.

— Fiquei?

— Sim — confirmou o irmão mais novo. — O que ele disse?

— Que ia lembrar meu nome e que as luzes são para impedir bombardeios na catedral.

— Viu? — disse Mimo a Carletto. — Eu falei.

Carletto olhou desconfiado para Pino.

— Por que o Cardeal Schuster se lembraria do *seu* nome?

Pino deu de ombros.

— Talvez tenha gostado de como soa. *Pino Lella*.

Mimo abafou o riso.

— Você vive *mesmo* em um mundo de fantasia.

Eles ouviram um trovão quando saíam da *piazza* Duomo, atravessaram a rua e passaram por baixo do grande arco para a Galleria, o primeiro shopping coberto do mundo – duas grandes calçadas largas, repletas de lojas, que se cruzavam e eram cobertas por uma cúpula de ferro e vidro. Naquele dia, quando os rapazes chegaram, os painéis de vidro haviam sido removidos, deixando apenas a estrutura, que projetava uma rede de sombras retangulares pela área comercial.

Quando o trovão se aproximou, Pino notou a preocupação em muitos rostos nas ruas da Galleria, mas não sentiu a mesma apreensão. Trovão era trovão, não bomba explodindo.

— Flores? — Uma mulher com carrinho de rosas ofereceu. — Para sua namorada.

Pino respondeu:

— Quando eu a encontrar, volto.

— Talvez tenha que esperar anos por isso, *signora* — disse Mimo.

Pino tentou bater no irmão. Mimo se esquivou e correu, saiu da Galleria e foi para uma praça enfeitada por uma estátua de Leonardo da Vinci. Do outro lado da rua, além da praça e dos trilhos do bonde, as portas do Teatro alla Scala estavam abertas para arejar o famoso auditório de ópera. O som de violinos e violoncelos sendo afinados e de um tenor ensaiando escalas flutuava no ar.

Pino continuava na perseguição, mas notou uma bela garota – cabelo preto, pele sedosa e brilhantes olhos escuros. Ela atravessava a praça a caminho da Galleria. Ele parou para observá-la. Tomado pelo desejo, não conseguia nem falar.

Depois que a jovem passou, Pino disse:

— Acho que estou caindo de amores.

— Caindo de cara, talvez — disse Carletto, que havia parado atrás dele.

Mimo voltou para se juntar aos dois.

— Alguém acabou de dizer que os Aliados estarão aqui no Natal.

— Quero que os americanos cheguem a Milão antes disso — contou Carletto.

— Eu também! — concordou Pino. — Mais jazz! Menos ópera!

Depois, ele correu, saltou sobre um banco vazio e para a grade de metal que protegia a estátua de Da Vinci. Ele escorregou pela superfície lisa por um pequeno trecho antes de pular do outro lado e aterrissar como um gato.

Competitivo, Mimo tentou fazer a mesma coisa, mas caiu no chão diante de uma mulher gorda de cabelo escuro que usava um vestido com estampa floral. Ela parecia ter uns quarenta anos, mais ou menos. Carregava um estojo de violino e usava um amplo chapéu de palha azul para se proteger do sol.

★ ★ ★

A mulher ficou tão assustada que quase derrubou o violino. Brava, apertou-o contra o peito enquanto Mimo gemia e segurava as costelas.

— Esta é a *piazza della* Scala! — advertiu ela. — Honre o grande Leonardo! Vocês não têm respeito nenhum? Vão fazer suas brincadeiras infantis em outro lugar.

— Acha que somos crianças? — reagiu Mimo, estufando o peito. — Garotinhos?

A mulher olhou além dele e disse:

— Menininhos que não entendem os verdadeiros jogos que se passam em torno deles.

Nuvens negras começavam a escurecer a cena. Pino virou e viu um grande Daimler-Benz preto usado por militares de alta patente descendo a rua que separava a praça da casa de ópera. Bandeiras nazistas vermelhas tremulavam em cada para-choque. Uma bandeira de general enfeitava a antena do rádio. Pino viu a silhueta do general sentado bem ereto no banco de trás. Por algum motivo, a imagem lhe provocou arrepios.

Quando Pino se virou, a violinista já se afastava, de cabeça erguida, desafiadora, ao atravessar a rua atrás do carro do militar nazista e entrar no teatro de ópera.

Quando os meninos seguiram em frente, Mimo mancava e massageava o lado direito do quadril, reclamando. Pino, por sua vez, mal o ouvia. Uma mulher loura e de olhos azuis seguia pela calçada na direção deles. Ele deduziu que a jovem tinha vinte e poucos anos. Era muito bonita, com nariz delicado, maçã do rosto marcada e lábios que se acomodavam com facilidade em um sorriso. Esguia e de estatura mediana, trajava um vestido amarelo de alças e carregava uma sacola de compras. A jovem entrou em uma padaria logo adiante.

— Estou apaixonado de novo — disse Pino, com as mãos sobre o coração. — Vocês a viram?

Carletto riu baixinho.

— Você não desiste?

— Nunca — respondeu Pino, aproximando-se da vitrine da padaria e olhando para dentro.

A mulher guardava pães na sacola. Ele viu que não havia nenhum anel em sua mão esquerda; por isso, esperou que ela pagasse e saísse.

Quando a jovem saiu, ele parou diante dela, pôs a mão no peito e disse:

— Peço desculpas, *signorina*. Fiquei encantado com sua beleza e tive que conhecer você.

— Olha só. — Ela riu e se desviou dele para continuar andando.

Pino sentiu seu cheiro de mulher e jasmim. Era inebriante, diferente de todos os odores que ele já sentira.

Pino correu atrás dela, dizendo:

— É verdade. Vejo muitas mulheres bonitas, *signorina*. Moro no bairro da moda, San Babila. Muitas modelos.

Ela olhou de lado para ele.

— San Babila é um lugar muito bom para morar.

— Meus pais são donos da loja de bolsas Le Borsette di Lella. Conhece?

— Meu... meu patrão comprou uma bolsa lá na semana passada.

— Ah, é? — perguntou Pino, satisfeito. — Como vê, sou de uma família respeitável. Gostaria de ir ao cinema comigo hoje à noite? Está passando *Bonita como nunca*. Fred Astaire. Rita Hayworth. Dança. Canto. Muito elegante. Como você, *signorina*.

Ela finalmente virou a cabeça para olhá-lo com aqueles olhos penetrantes.

— Quantos anos você tem?

— Quase dezoito.

Ela riu.

— É jovem demais para mim.

— É só um filme. Iremos como amigos. Não sou jovem demais para isso, sou?

A moça não disse nada, só continuou andando.

— Sim? Não? — insistiu Pino.

— Vai ter racionamento de energia hoje à noite.

— Ainda haverá luz quando a sessão começar, e depois eu a levarei para casa sã e salva — garantiu Pino. — À noite, enxergo como um gato.

A jovem não disse nada e deu mais alguns passos. Pino desanimou.

— Onde vai passar esse filme? — perguntou ela.

Pino indicou o endereço e disse:

— Vai me encontrar lá, não é? Às sete e meia, na frente da bilheteria.

— Você é bem divertido e a vida é curta. Por que não?

Pino sorriu, pôs a mão no peito e falou:

— Até lá.

— Até lá — respondeu ela. Depois, sorriu e atravessou a rua.

Pino a viu ir embora, sentindo-se triunfal e ofegante, até lhe ocorrer uma coisa quando ela virou para esperar o bonde que se aproximava pela rua e olhou para ele com ar divertido.

— *Signorina*, me perdoe — gritou —, mas como é seu nome?
— Anna.
— O meu é Pino! Pino Lella!

O bonde parou, e o ruído do freio encobriu seu sobrenome. O carro a escondeu. Quando o bonde seguiu viagem, Anna havia desaparecido.

— Ela não vai — disse Mimo, que havia andado atrás deles o tempo todo. — Só disse que ia para você parar de segui-la.

— É claro que ela vai — retrucou Pino, antes de olhar para Carletto, que também os seguira. — Você viu nos olhos dela, nos olhos de Anna, não viu?

Antes que o irmão e o amigo respondessem, uma luz riscou o céu e os primeiros pingos de chuva começaram a cair, grandes, cada vez maiores. Todos correram.

— Vou para casa! — gritou Carletto. E foi embora.

2

A chuva desabou. O dilúvio começou. Pino seguiu Mimo, correndo para o bairro da moda, sem se importar com o fato de estar ensopado. Anna ia ao cinema com ele. Ela havia aceitado. Isso quase o levava ao delírio.

Os irmãos estavam encharcados, e raios cortavam o céu quando eles entraram na Valigeria Albanese, Bagagens Albanese, a loja e fábrica do tio deles em um prédio cor de ferrugem, número sete da *via* Pietro Verri.

Pingando, os meninos entraram na loja estreita e comprida e foram envolvidos pelo cheiro forte de couro novo. As prateleiras eram cobertas de finas pastas, bolsas e modelos a tiracolo, malas e baús. As vitrines de vidro exibiam carteiras de couro, cigarreiras e pastas lindamente trabalhadas. Havia dois clientes na loja: uma mulher mais velha perto da porta e, além dela, do outro lado, um oficial nazista de uniforme preto e cinza.

Pino o observava e ouviu a mulher dizer:

— Qual delas, Albert?

— Siga seu coração — respondeu o homem que a atendia atrás do balcão. Grande, de peito largo e bigode, ele usava um belo terno cinza, com camisa branca engomada e gravata-borboleta de bolinhas azuis.

— Mas eu adorei as duas — reclamou a cliente.

Afagando o bigode e rindo, ele disse:

— Compre as duas, então!

A mulher hesitou e riu.

— Talvez eu faça isso!

— Excelente! Excelente! — respondeu, esfregando as mãos. — Greta, pode trazer caixas para essa dama magnífica de gosto impecável?

— Estou ocupada, Albert! — anunciou a tia austríaca de Pino, Greta, que atendia ao nazista. Ela era uma mulher alta e magra, com cabelo castanho curto e sorriso fácil. O alemão fumava e examinava uma cigarreira revestida de couro.

— Eu pego as caixas para você, tio Albert — disse Pino.

Albert olhou para o rapaz.

— Enxugue-se antes de tocar nelas.

Pensando em Anna, Pino se dirigiu à porta da fábrica além da tia e do alemão. O oficial virou para observar Pino, revelando na lapela folhas de carvalho que o identificavam como coronel. A frente do quepe de oficial tinha um *Totenkopf*, pequeno emblema de crânio e ossos sob uma águia que segurava uma suástica. Pino sabia que ele era oficial de alta patente da polícia secreta de Hitler, a *Geheime Staatspolizei*, Gestapo. De estatura e porte medianos, com nariz estreito e lábios duros, o nazista tinha olhos escuros e inexpressivos que não revelavam nada.

Perturbado, Pino passou pela porta e entrou na fábrica, um espaço muito maior, com pé-direito mais alto. Costureiros e cortadores encerravam o expediente. Ele encontrou alguns trapos e enxugou as mãos. Depois, pegou duas caixas de papelão com o logo da Albanese e se virou para voltar à loja, os pensamentos retornando alegremente a Anna.

Ela era bonita, mais velha e...

Ele hesitou antes de empurrar a porta. O coronel da Gestapo estava indo embora, saindo na chuva. A tia de Pino estava à porta, vendo o coronel se afastar e acenando.

Pino sentiu-se melhor no instante em que ela fechou a porta.

Ele ajudou o tio a embalar as duas bolsas. Quando a última cliente saiu, tio Albert disse a Mimo para trancar a porta da frente e colocar a placa de "Fechado" na vitrine.

Quando Mimo terminou de cumprir as ordens, tio Albert disse:

— Entenderam o nome dele?

— *Standartenführer* Walter Rauff — respondeu tia Greta. — O novo chefe da Gestapo no norte da Itália. Veio da Ucrânia. Tullio está de olho nele.

— Tullio voltou? — perguntou Pino, surpreso e feliz. Tullio Galimberti era cinco anos mais velho, seu ídolo, amigo próximo da família.

— Ontem — confirmou tio Albert.

— Rauff contou que a Gestapo está no Hotel Regina — disse tia Greta.

— A quem pertence a Itália? Mussolini ou Hitler? — resmungou seu marido.

— Isso não importa — opinou Pino, tentando se convencer. — A guerra logo vai acabar, e os americanos virão, e vai haver jazz por todos os lados!

Tio Albert balançou a cabeça.

— Isso depende dos alemães e do *Duce*.

— Já vi que horas são, Pino? Sua mãe o esperava em casa uma hora atrás para ajudá-la com a festa — disse tia Greta.

Pino sentiu o estômago se contrair. A mãe era alguém que ele não devia desapontar.

— Vejo vocês mais tarde? — perguntou ele, a caminho da porta, com Mimo o seguindo.

— Não perderíamos isso por nada — respondeu tio Albert.

★ ★ ★

Quando os garotos chegaram ao número três da *via* Monte Napoleone, Le Borsette di Lella, a loja de bolsas dos pais deles, estava fechada. Pino pensou na mãe e ficou receoso. Esperava que o pai estivesse perto para controlar aquele furacão. Aromas de comida os receberam quando subiram a escada: cordeiro e alho cozinhando, manjericão fresco e pão fresco.

Eles abriram a porta do opulento apartamento da família, e a atividade era vibrante. A empregada e uma diarista se movimentavam pela sala de jantar, arrumando talheres, cristais e porcelana para o bufê. Na sala de estar, um homem alto, magro e de ombros encurvados estava parado de costas para o corredor, segurando um arco e um violino e tocando uma peça que Pino não reconheceu. O homem desafinou e parou, balançando a cabeça.

— *Papà?* — chamou Pino, em voz baixa. — Estamos encrencados?

Michele Lella baixou o violino e se virou, mordendo a parte interna da bochecha. Antes que ele respondesse, uma menina de seis anos saiu correndo da cozinha para o corredor. A irmã de Pino, Cicci, parou na frente dele e perguntou:

— Onde você estava, Pino? *Mamma* não está feliz com você. Nem com você, Mimo.

Pino a ignorou, concentrando-se na locomotiva de avental aparecendo da cozinha. Podia jurar que *via* fumaça sair das orelhas da mãe. Porzia Lella era pelo menos trinta centímetros mais baixa que o filho mais velho e no mínimo vinte quilos mais leve. Ainda assim, marchou até Pino, tirou os óculos e os sacudiu diante dele.

— Pedi para você estar em casa às quatro, e são cinco e quinze — disse. — Você se comporta como uma criança. Posso contar mais com sua irmã.

Cicci levantou o nariz e assentiu.

Por um momento, Pino não soube o que dizer. Depois, sentiu-se inspirado a adotar uma expressão desolada, dobrar o corpo para a frente e apertar a barriga.

— Desculpa, *mamma* — disse. — Comi alguma coisa na rua. Não passei bem. Então fomos pegos pelos relâmpagos e tivemos que esperar na loja do tio Albert.

Porzia cruzou os braços e olhou para ele. Cicci adotou a mesma pose cética.

A mãe deles olhou para Mimo.

— É verdade, Domenico?

Pino olhou com cautela para o irmão.

Mimo balançou a cabeça.

— Eu falei que a linguiça não parecia boa, mas ele não me ouviu. Pino teve que parar em três bares para usar o banheiro. E tinha um coronel da Gestapo na loja do tio Albert. Ele disse que os nazistas estão no Hotel Regina.

A mãe empalideceu.

— O quê?

Pino fez uma careta e se dobrou ainda mais.

— Preciso ir agora.

Cicci ainda parecia desconfiada, mas a raiva da mãe de Pino se transformara em preocupação.

— Vai. Vai! E lave as mãos quando acabar.

Pino acelerou pelo corredor.

Na sala, Porzia falou:

— Aonde você vai, Mimo? Você não está doente.

— *Mamma* — reclamou Mimo. — Pino escapa de tudo.

Pino não esperou para ouvir a resposta da mãe. Passou correndo pela cozinha e seus aromas incríveis e subiu a escada que levava ao segundo andar do apartamento e ao banheiro. Ficou uns bons dez minutos lá dentro, tempo que passou pensando em cada momento que tivera com Anna, especialmente em como ela o olhara com uma expressão divertida do outro lado dos trilhos do bonde. Depois, deu a descarga, riscou um fósforo para encobrir a falta de maus odores; então, deitou-se na cama, o rádio de ondas curtas sintonizando a BBC e um programa de jazz que Pino quase nunca perdia.

A banda de Duke Ellington tocava "Cotton Tail", uma de suas favoritas recentes, e ele fechou os olhos para apreciar o solo de sax tenor de Ben Webster. Pino adorava jazz desde a primeira vez que ouvira uma gravação de Billie Holiday e Lester Young de "I Can't Get Started". Por mais herético que fosse dizer tal coisa na casa dos Lella, na qual ópera e música clássica reinavam supremas, daquele momento em diante Pino passou a acreditar que o jazz era a maior forma de arte musical. Por essa crença, ele sonhava ir aos Estados Unidos, onde havia surgido o jazz. Era seu maior sonho.

Pino imaginava como seria a vida nos Estados Unidos. O idioma não era problema. Ele havia crescido com duas babás, uma de Londres e outra de Paris. Falava as três línguas – italiano, inglês e francês – praticamente desde o berço. Havia jazz em qualquer lugar da América? Era como um pano de fundo para cada momento? E as garotas americanas? Seria alguma delas tão bonita quanto Anna?

"Cotton Tail" chegou ao fim. "Roll'Em", de Benny Goodman, começou com uma batida de boogie-woogie que subiu até um solo de clarinete. Pino pulou da cama, tirou os sapatos e começou a dançar, imaginando-se com a bela Anna fazendo um louco lindy hop – sem guerra, sem nazistas, só música, comida, vinho e amor.

Quando percebeu que a música estava alta, abaixou o volume e parou de dançar. Não queria que o pai subisse para mais uma discussão sobre música. Michele desprezava jazz. Na semana anterior, havia surpreendido Pino praticando "Low Down Dog", de Meade Lux Lewis, no Steinway da família – e foi como se ele tivesse profanado um santo.

Pino tomou um banho e trocou de roupa. Vários minutos depois de o sino da catedral anunciar as seis da tarde, voltou para a cama e olhou pela janela aberta. Com as nuvens de tempestade só na lembrança, sons conhecidos ecoavam das ruas de San Babila. As últimas lojas estavam fechando. Os ricos e modernos de Milão corriam para casa. Conseguia ouvir as vozes animadas como uma só, um coro da rua – mulheres rindo de alguma pequena alegria, crianças chorando por uma pequena tragédia, homens discutindo pelo amor italiano pela batalha verbal e pelo ultraje debochado.

Pino se assustou ao ouvir a campainha do apartamento. Ouviu as vozes cumprimentando e dando as boas-vindas. Olhou para o relógio. Eram seis e quinze. A sessão de cinema começava às sete, e a caminhada até o teatro e Anna era longa.

Pino tinha uma das pernas sobre o parapeito da janela e procurava apoio para o pé do lado de fora, quando ouviu a risada atrás dele.

— Ela não vai estar lá — disse Mimo.

— É claro que vai — respondeu Pino, saindo pela janela.

Eram nove metros até o chão, e o parapeito não era largo. Tinha que colar as costas à parede e andar de lado até outra janela, então pularia para ter acesso a uma escada no fundo do prédio. Um minuto depois, porém, estava no chão, do lado de fora e em movimento.

* * *

A marquise do cinema estava apagada por causa das novas regras de racionamento de luz. O coração de Pino, no entanto, se encheu de alegria quando ele viu o nome de Fred Astaire e Rita Hayworth no cartaz. Adorava os musicais de Hollywood, ainda mais aqueles dançando. E tinha sonhos com Rita Hayworth que... Bem...

Pino comprou dois ingressos. Enquanto outros espectadores entravam no cinema, ele olhou a rua e as calçadas, procurando Anna. Esperou até começar a sentir a vazia e devastadora certeza de que ela não apareceria.

— Eu falei — comentou Mimo, que estava ao lado dele.

Pino queria ficar bravo, mas não conseguia. No fundo, amava a coragem e o espírito encrenqueiro do irmão mais novo, sua inteligência e sua esperteza. Ele entregou um ingresso a Mimo.

Os garotos entraram e encontraram cadeiras vazias.

— Pino... — chamou Mimo, em voz baixa. — Quando você começou a crescer? Aos quinze?

Pino conteve um sorriso. O irmão vivia incomodado por ser baixo demais.

— Só aos dezesseis, na verdade.

— Mas poderia ser antes?

— Poderia.

As luzes do cinema se apagaram e uma propaganda fascista começou a ser exibida. Pino ainda estava deprimido por Anna não ter aparecido quando *Il Duce* apareceu na tela. Vestido de acordo com seu posto de comandante-geral, com uma jaqueta cheia de medalhas, colete, túnica, calça de montaria e brilhantes botas pretas de cano alto, Benito Mussolini andava com um de seus comandantes de campo no alto de uma falésia sobre o mar da Ligúria.

O narrador dizia que o ditador italiano estava inspecionando as fortificações. Na tela, *Il Duce* mantinha as mãos unidas às costas enquanto andava. O queixo do imperador apontava o horizonte. Suas costas estavam arqueadas. Ele inflava o peito em direção ao céu.

— Parece um galo — disse Pino.

— Shhh — cochichou Mimo. — Não fale tão alto.

— Por quê? Cada vez que o vejo parece que vai soltar um "cocoricó".

Seu irmão riu em silêncio, enquanto o locutor elogiava as defesas da Itália e o crescimento da importância de Mussolini no cenário mundial. Era pura propaganda. Pino ouvia a BBC todas as noites. Sabia que o que via não era verdade e ficou feliz quando o anúncio chegou ao fim e o filme começou.

Pino logo foi envolvido pelo enredo cômico e adorou cada cena em que Hayworth dançava com Astaire.

— Rita — disse ele, com um suspiro, depois que uma série de piruetas levantou o vestido de Hayworth como uma capa de toureiro. — Ela é tão elegante... como Anna.

Mimo fez uma careta.

— Ela lhe deu um bolo.

— Mas é muito bonita — cochichou Pino.

Uma sirene de ataque aéreo soou. As pessoas começaram a gritar e a pular dos assentos.

A tela congelou em um close-up de Astaire e Hayworth dançando de rosto colado, sorrindo para a plateia em pânico.

Quando o filme desapareceu da tela, a artilharia antiaérea explodiu do lado de fora do cinema, e os primeiros bombardeiros aliados despejaram suas cargas, promovendo uma chuva de fogo e destruição sobre Milão.

3

Gritando, a plateia correu em direção à porta do cinema. Pino e Mimo estavam apavorados e presos no meio da multidão quando, com um rugido ensurdecedor, uma bomba explodiu e destruiu a parede do fundo da sala, espalhando estilhaços que rasgaram a tela. As luzes se apagaram.

Alguma coisa atingiu com força o rosto de Pino, cortando-o de um lado. Ele sentiu o ferimento pulsar e o sangue pingar do queixo. Mais em choque que em pânico, ele se sufocava com a fumaça e a poeira e tentava seguir em frente. A fuligem invadia seus olhos e seu nariz, que ardiam enquanto ele e Mimo tentavam sair do cinema inclinando o corpo para a frente e quase vomitando.

Do lado de fora, as sirenes uivavam e as bombas continuavam caindo, distantes. Os prédios na rua do cinema pegavam fogo. A artilharia antiaérea pipocava. Sinalizadores desenhavam arcos vermelhos no céu. Era uma luz tão intensa que Pino via o contorno dos bombardeiros *Lancaster* acima dela, com as asas quase se tocando em uma formação em V, como muitos gansos negros migrando à noite.

Mais bombas caíram com um som coletivo como o zumbido de vespas, explodindo uma após a outra, criando colunas de fogo e fumaça oleosa pelo céu. Várias explodiram tão perto dos garotos Lella que eles sentiram a força no próprio corpo e quase perderam o equilíbrio.

— Aonde vamos, Pino? — gritou Mimo.

Por um momento, o medo o impediu de pensar, mas depois ele disse:

— Para o Duomo.

Pino levou o irmão para o único local em Milão iluminado sem ser por fogo. Ao longe, os holofotes faziam a catedral parecer sobrenatural, quase um presente do céu. Enquanto eles corriam, as vespas no céu e as explosões foram diminuindo até cessar. Não havia mais bombardeios. Não havia mais fogo de artilharia.

Só sirenes e pessoas chorando e gritando. Um pai desesperado vasculhava escombros de concreto e tijolos com uma lanterna na mão. Sua esposa chorava ali perto, abraçada ao filho morto. Outras pessoas com lanternas choravam reunidas em torno de uma menina que perdera o braço e morrera ali na rua, com os olhos abertos e vidrados.

Pino, que nunca tinha visto gente morta antes, começou a chorar. *Nada mais será como antes.* O adolescente teve essa certeza tão nítida quanto as vespas que ainda zumbiam e as explosões que ainda ecoavam em seus ouvidos. *Nada mais será como antes.*

Por fim, estavam ao lado do Duomo. Não havia crateras de bombas perto da catedral. Nem escombros. Nem fogo. Era como se o ataque não tivesse acontecido, exceto pelo choro de luto ao longe.

Pino sorriu um sorriso fraco.

— O plano do Cardeal Schuster deu certo.

Mimo franziu a testa e disse:

— Nossa casa fica perto da catedral, mas nem tanto.

Os meninos correram por um labirinto de ruas escuras que os levou de volta ao número três da *via* Monte Napoleone. A loja de bolsas e o apartamento acima pareciam intactos. Depois do que tinham acabado de viver, era como um milagre.

Mimo abriu a porta e começou a subir a escada. Pino o seguiu, ouvindo a melodia dos violinos, um piano e um tenor cantando. Por alguma razão, a música o enfureceu. Ele passou por Mimo e bateu com força na porta do apartamento.

A música parou. A mãe deles abriu a porta.

— A cidade está em chamas, e vocês tocando? — gritou Pino para Porzia, que recuou, alarmada. — As pessoas estão morrendo, e vocês tocando?

Várias pessoas surgiram no corredor atrás da mãe dele, inclusive a tia, o tio e o pai.

— É com a música que sobrevivemos a esses tempos, Pino — disse Michele.

Pino viu que outros no apartamento lotado concordavam com a cabeça. Entre eles, estava a violinista que Mimo quase havia derrubado mais cedo.

— Você está ferido, Pino — disse Porzia. — Está sangrando.

— Tem gente bem pior — respondeu Pino, com os olhos cheios de lágrimas. — Desculpa, *mamma*. Foi... horrível.

Porzia abriu os braços e abraçou os filhos imundos e ensanguentados.

— Agora está tudo bem — disse ela, beijando um de cada vez. — Não quero saber onde estavam nem como chegaram lá. Estou feliz por estarem em casa.

Ela mandou os meninos subirem e se limparem antes de um médico, convidado da festa, examinar o ferimento de Pino. Enquanto a mãe falava, Pino viu algo que nunca tinha visto nela. Era medo, medo de não terem tanta sorte nos próximos bombardeios.

O medo ainda estava em seu rosto quando o médico suturou o corte na face de Pino. Quando terminou, Porzia olhou com ar severo para o filho mais velho.

— Nós vamos conversar sobre isso amanhã — avisou.

Pino baixou a cabeça e assentiu.

— Sim, *mamma*.

— Vá comer alguma coisa. Isto é, se não estiver enjoado.

Ele levantou a cabeça e viu a expressão astuta da mãe. Devia ter sustentado a farsa do mal-estar, devia dizer que ia para a cama sem comer nada. Mas estava faminto.

— Já me sinto melhor — disse.

— Eu acho que está pior — respondeu Porzia, saindo do quarto.

★ ★ ★

Pino a seguiu com passos lentos pelo corredor, até a sala de jantar. Mimo já tinha se servido e contava uma versão animada de sua aventura para vários amigos dos pais.

— Parece que foi uma noite e tanto, Pino — falou alguém atrás dele.

Pino se virou e viu um homem bonito, impecavelmente vestido, de vinte e poucos anos. Uma mulher de beleza estonteante segurava seu braço. Pino sorriu.

— Tullio! Eu sabia que tinha voltado!

— Pino, esta é minha amiga Cristina — disse Tullio.

Pino acenou com a cabeça. Cristina parecia entediada e pediu licença.

— Quando a conheceu? — perguntou Pino.

— Ontem — respondeu Tullio. — No trem. Ela quer ser modelo.

Pino balançou a cabeça. Era sempre assim com Tullio Galimberti. Vendedor de roupas bem-sucedido, Tullio fazia mágica com mulheres atraentes.

— Como você consegue? — perguntou Pino. — Todas as moças bonitas.

— Não sabe? — Tullio cortou um pedaço de queijo.

Pino queria dizer alguma coisa para se gabar, mas se lembrou de Anna e de como ela o havia deixado plantado no cinema. Aceitara seu convite só para se livrar dele.

— Evidentemente, não. Não sei.

— Ensinar pode levar anos — disse Tullio, contendo um sorriso.

— Francamente, Tullio. Deve haver algum truque que eu...

— Não tem nenhum truque. — Tullio ficou sério. — Primeira lição? Escute.

— Escutar?

— A moça — explicou Tullio, irritado. — Muitos rapazes não escutam. Simplesmente falam sobre si. As mulheres precisam ser entendidas. Então, escute o que elas dizem e as elogie pela aparência, por cantarem bem ou por qualquer coisa.

Aí, ouvindo e elogiando, você já se torna oitenta por cento melhor que todos os homens do mundo.

— Mas e se elas não falam muito?

— Então, seja engraçado. Ou bajulador. Ou as duas coisas.

Pino acreditava ter sido engraçado e bajulador com Anna, mas não o bastante, talvez. Na sequência, pensou em outra coisa.

— Então, aonde o coronel Rauff foi hoje?

A atitude simpática de Tullio desapareceu. Ele segurou Pino pelo braço e cochichou:

— Não falamos sobre pessoas como Rauff em lugares como este. Entendeu?

Pino sentiu-se aborrecido e humilhado com a reação do amigo, mas, antes que ele pudesse responder, a amiga de Tullio voltou e cochichou alguma coisa em seu ouvido.

Tullio riu, soltou Pino e disse:

— É claro, docinho. Podemos, sim.

Tullio olhou para Pino outra vez.

— É melhor esperar seu rosto não parecer mais uma salsicha cortada antes de sair por aí sendo engraçado e ouvindo.

Pino inclinou a cabeça, sorriu inseguro e rangeu os dentes ao sentir os pontos repuxarem o rosto. Ele viu Tullio e a amiga se afastarem, pensando novamente que queria ser como ele. Tudo nele era perfeito, elegante. Bom rapaz. E se vestia bem. Melhor amigo. Risada genuína. No entanto, Tullio era suficientemente misterioso para estar envolvido com um coronel da Gestapo.

Mastigar era doloroso, mas Pino estava com tanta fome que encheu o prato pela segunda vez. Enquanto se servia, ouviu três músicos amigos de seus pais conversando, dois homens e a violinista.

— A cada dia há mais nazistas em Milão — disse o homem encorpado, que tocava trompa no Alla Scala.

— Pior — respondeu o percussionista. — *Waffen-SS*.

A violinista falou:

— Meu marido diz que há boatos sobre o planejamento de *pogroms*. O rabino Zolli aconselha nossos amigos em Roma a fugir. Estamos pensando em ir para Portugal.

— Quando? — O percussionista quis saber.

— O quanto antes.

— Pino, é hora de ir para a cama — avisou a mãe dele, em tom firme.

Pino levou o prato para o quarto. Sentado na cama enquanto comia, pensou no que tinha acabado de ouvir. Sabia que os três músicos eram judeus e sabia que

Hitler e os nazistas odiavam os judeus, embora não entendesse por quê. Seus pais tinham muitos amigos judeus, a maioria músicos ou gente do ramo da moda. No geral, Pino considerava os judeus inteligentes, divertidos e bondosos. O que era um *pogrom*? E por que um rabino diria para todos os judeus em Roma fugirem?

Ele terminou de comer, deu mais uma olhada no curativo e foi para a cama. Com a luz apagada, afastou as cortinas e mirou a escuridão. Ali em San Babila, não havia fogo nem nada que sugerisse a devastação que ele testemunhara. Tentava não pensar em Anna, mas quando descansou a cabeça no travesseiro e fechou os olhos, fragmentos do encontro com ela começaram a girar em seus pensamentos junto com a imagem congelada de Fred Astaire de rosto colado com Rita Hayworth. E a explosão da parede do fundo do cinema. E a menina morta sem braço.

Não conseguia dormir. Não conseguia esquecer nada disso. Por fim, ligou o rádio e mudou a sintonia até encontrar uma emissora tocando uma peça de violino que ele reconheceu, porque o pai sempre tentava reproduzi-la: *Caprice número vinte e quatro em lá menor*, de Niccolò Paganini.

Pino ficou deitado no escuro, ouvindo o ritmo frenético do violino, sentindo as loucas alterações de disposição da peça como se fossem dele mesmo. Quando acabou, estava esgotado, vazio de pensamentos. E finalmente o menino chorou.

★ ★ ★

Por volta da uma da tarde seguinte, Pino foi encontrar Carletto. De dentro do bonde, viu alguns bairros em ruínas fumegantes e outros intocados. A aleatoriedade do que havia sido destruído e sobrevivido o incomodava quase tanto quanto a própria destruição.

Ele desceu do bonde na *piazzale* Loreto, uma grande rotatória com um parque municipal no centro e lojas e escritórios distribuídos ao redor. Olhou para o outro lado da praça, para a *via* Andrea Costa, vendo elefantes de guerra em seus pensamentos. Aníbal havia levado elefantes pelos Alpes e para a estrada em sua trajetória para conquistar Roma vinte e um séculos antes. O pai de Pino havia dito que todos os exércitos conquistadores, desde então, entraram em Milão por essa rota.

Ele passou por um posto Esso com um sistema de vigas de ferro que se erguiam três metros acima das bombas e dos tanques. Do outro lado da praça, em sentido diagonal a partir do posto de gasolina, viu o toldo verde e branco do Beltramini's Frutas e Vegetais Frescos.

O Beltramini's estava aberto. Não havia lá nenhum dano visível.

O pai de Carletto estava do lado de fora, pesando frutas. Pino sorriu e apressou o passo.

— Não se preocupe. Temos jardins secretos à prova de bombas perto do Pó — dizia o sr. Beltramini a uma mulher idosa quando Pino se aproximou. — E por isso o Beltramini's sempre terá os melhores produtos em Milão.

— Não acredito nisso, mas adoro como me faz rir — respondeu a mulher.

— Amor e risada — disse o sr. Beltramini — são sempre o melhor remédio, mesmo em um dia como hoje.

A mulher ainda sorria quando se afastou. Homem baixo e roliço, o pai de Carletto percebeu a presença de Pino e virou-se, ainda mais satisfeito.

— Pino Lella! Por onde tem andado? Onde está sua mãe?

— Em casa — respondeu Pino, balançando a cabeça.

— Deus a abençoe. — O sr. Beltramini o examinou. — Não vai crescer mais, vai?

Pino sorriu e deu de ombros.

— Não sei.

— Se continuar crescendo, vai bater nos galhos das árvores. — E apontou o curativo em seu rosto. — Ah, vejo que já bateu.

— Foi uma bomba.

O eterno bom humor do sr. Beltramini desapareceu.

— Não. É verdade?

Pino contou toda a história, desde que saiu de casa pela janela até voltar e encontrar todo mundo tocando música e se divertindo.

— Acho que foram espertos — disse o sr. Beltramini. — Se uma bomba tiver que cair em você, vai cair em você. Não pode andar por aí se preocupando com isso. Siga fazendo o que ama e aproveite a vida. Certo?

— Acho que sim. Carletto está aí?

O sr. Beltramini apontou por cima do ombro.

— Trabalhando lá dentro.

Pino foi em direção à porta da loja.

— Pino! — O sr. Beltramini o chamou.

Ele olhou para trás e viu a preocupação no rosto do vendedor de frutas.

— Sim?

— Você e Carletto... Cuidem um do outro, certo? Como irmãos, sim?

— Sempre, sr. B.

O vendedor de frutas se animou.

— Você é um bom garoto. Um bom amigo.

Pino entrou na loja e encontrou Carletto carregando sacos de tâmaras.

— Você saiu? — perguntou Pino. — Viu o que aconteceu?

Carletto balançou a cabeça.

— Estou trabalhando. Já sabe disso.

— Ouvi dizer, mas vim ver com meus próprios olhos.

Carletto não achou o comentário engraçado. Jogou outro saco de frutas secas sobre os ombros e começou a descer a escada de madeira que sumia em um buraco no chão.

— Ela não apareceu — disse Pino. — Anna.

Carletto estava no porão empoeirado, mas olhou para cima.

— Você saiu ontem à noite?

Pino sorriu.

— Quase fui explodido quando a bomba atingiu o cinema.

— Você é muito exibido.

— Não sou. Onde acha que arrumei isto aqui?

Ele tirou o curativo, e Carletto fez uma careta de desgosto.

— Que horrível.

★ ★ ★

Com permissão do sr. Beltramini, eles foram ver o cinema à luz do dia. Enquanto andavam, Pino contou a história novamente, vendo a reação do amigo e se animando, dançando ao descrever Fred e Rita e fazendo barulhos de explosão ao descrever como ele e Mimo correram pela cidade.

Sentia-se muito bem, até chegarem ao cinema. Ainda tinha fumaça saindo das ruínas e com ela um cheiro forte e ruim que Pino passaria a identificar instantaneamente como de explosivos. Algumas pessoas pareciam vagar sem rumo pelas ruas no entorno do cinema. Outras ainda vasculhavam os escombros, restos de tijolos e vigas, esperando encontrar entes queridos com vida.

Abalado com a destruição, Carletto disse:

— Eu não teria conseguido fazer o que você e Mimo fizeram.

— É claro que teria. Quando a gente está com medo, simplesmente age.

— Bombas caindo em mim? Eu teria deitado no chão e me encolhido com as mãos cobrindo a cabeça.

Em silêncio, os dois ficaram olhando para a parede queimada e destruída no fundo do cinema. Fred e Rita estavam bem ali, a nove metros de altura, e depois...

— Acha que os aviões vão voltar hoje à noite? — perguntou Carletto.

— Não vamos saber até ouvirmos as vespas.

4

Aviões aliados sobrevoavam Milão quase todas as noites durante o resto de junho e em julho de 1943. Edifícios e mais edifícios desmoronavam e levantavam poeira, que se espalhava pelas ruas e pairava no ar por muito tempo depois de o sol nascer vermelho-sangue e projetar um calor impiedoso, o que aumentava o sofrimento naquelas primeiras semanas de bombardeio.

Pino e Carletto andavam pelas ruas de Milão quase todos os dias, vendo o massacre aleatório, testemunhando a perda, sentindo a dor que parecia estar em todos os lugares. Depois de um tempo, tudo isso fez Pino se sentir entorpecido e pequeno. Às vezes ele só queria seguir o instinto de Carletto, se encolher e se esconder da vida.

Quase todos os dias, no entanto, ele pensava em Anna. Sabia que era burrice, mas frequentava a padaria em que a tinha visto pela primeira vez na esperança de encontrá-la de novo. Não a via nunca, e a esposa do padeiro nem imaginava de quem ele falava quando perguntou por ela.

Em 23 de junho, o pai de Pino mandou Mimo para a Casa Alpina nos Alpes escarpados, ao norte do lago de Como, para passar o fim do verão. Ele tentou mandar Pino também, mas o filho mais velho se recusou a ir. Ainda menino e jovem adolescente, Pino adorava o acampamento do Padre Re. Desde os seis anos de idade, ele passara três meses por ano, todos os anos, na Casa Alpina – dois meses inteiros no verão escalando as montanhas e mais um mês esquiando no inverno. Ir para o acampamento do Padre Re era bem divertido. Mas agora, comparando com ele, os meninos que iam para lá eram muito novos. Queria ficar em Milão, andar pelas ruas com Carletto e procurar por Anna.

Os bombardeios se intensificaram. Em 9 de julho, a BBC descreveu o desembarque dos Aliados nas praias da Sicília e a luta feroz contra as forças alemãs e fascistas. Dez dias depois, Roma foi bombardeada. Notícias desse bombardeio causaram um abalo na Itália e na casa dos Lella.

— Se Roma pode ser bombardeada, então Mussolini e os fascistas estão acabados — proclamou o pai de Pino. — Os Aliados estão expulsando os alemães da Sicília. Também vão atacar o sul da Itália. Logo isso vai acabar.

No fim de julho, os pais de Pino puseram um disco no fonógrafo e dançaram no meio do dia. O rei Vítor Emanuel III havia capturado Benito Mussolini e o mantinha preso em uma fortaleza na montanha Gran Sasso, ao norte de Roma.

Em agosto, porém, quarteirões inteiros de Milão estavam reduzidos a ruínas. E os alemães se encontravam em todos os lugares, instalando artilharia antiaérea, postos de verificação e ninhos de metralhadoras. A um quarteirão do Alla Scala, uma vistosa bandeira nazista tremulava sobre o Hotel Regina.

O coronel Walter Rauff da Gestapo estabeleceu toques de recolher. Se alguém fosse pego na rua depois do horário estipulado, era preso. Se fosse pego desrespeitando o toque de recolher sem os papéis de autorização, podia ser fuzilado. Ter um rádio de ondas curtas também era motivo para fuzilamento.

Pino não se importava. À noite, se escondia no closet para ouvir música e notícias. E, durante o dia, começou a se adaptar à nova ordem em Milão. Os bondes circulavam de maneira intermitente. As pessoas andavam a pé, de bicicleta ou de carona.

Pino escolheu a bicicleta e percorria a cidade toda, apesar do calor, passando por vários pontos de verificação e descobrindo o que os nazistas procuravam quando o paravam. Longos trechos de rua foram reduzidos a crateras e ele precisava contorná-las ou encontrar outro caminho. Pedalando, passava por famílias que moravam embaixo de lonas entre as ruínas de suas casas.

Ele percebeu que tinha muita sorte. Pela primeira vez, sentia como tudo isso podia mudar em um piscar de olhos – ou na explosão de uma bomba. Ele se perguntava se Anna havia sobrevivido.

★ ★ ★

No começo de agosto, Pino finalmente entendeu por que os Aliados bombardeavam Milão. Um locutor da BBC disse que haviam praticamente destruído a base industrial nazista no vale do Ruhr, onde era produzida boa parte das munições de Hitler. Agora eles tentavam explodir as máquinas industriais no norte da Itália antes que os alemães as usassem para prolongar a guerra.

Nas noites de 7 e 8 de agosto, *Lancasters* britânicos lançaram milhares de bombas sobre Milão, mirando em fábricas, instalações industriais e militares, mas atingindo também os bairros em torno desses alvos.

Quando bombas explodiam perto o bastante para fazer o prédio dos Lella tremer, Porzia entrava em pânico e tentava convencer o marido a levar a família toda para Rapallo, na costa oeste.

— Não — dizia Michele. — Eles não vão bombardear a área próxima da catedral. Aqui ainda é seguro.

— Uma bomba é suficiente — argumentava Porzia. — Eu vou e levo Cicci, então.

O pai de Pino estava triste, mas determinado.

— Eu fico e cuido dos negócios, mas acho que Pino vai ter que ir para a Casa Alpina.

Pela segunda vez, Pino se recusou.

— Aquele lugar é para meninos pequenos, *papà* — disse ele. — Não sou mais criança.

Em 12 e 13 de agosto, mais de quinhentos bombardeiros aliados atacaram Milão. Pela primeira vez, explosões aconteceram perto do Duomo. Uma bomba danificou a igreja de Santa Maria delle Grazie, mas, milagrosamente, não danificou *A última ceia*, de Leonardo da Vinci.

O Teatro alla Scala não teve a mesma sorte. Uma bomba entrou pelo telhado e explodiu, incendiando o prédio. Outra bomba atingiu a Galleria, que sofreu grandes danos. A mesma explosão sacudiu o prédio dos Lella. Pino passou aquela noite horrível no porão.

No dia seguinte, ele encontrou Carletto. Os Beltramini iam pegar um trem que os levaria para a área rural, onde passariam a noite e escapariam do bombardeio. Na tarde seguinte, Pino, o pai, tia Greta, tio Albert, Tullio Galimberti e sua namorada mais recente se juntaram aos Beltramini no exílio noturno.

Quando o trem deixou a estação central em direção leste, Pino, Carletto e Tullio ficaram na porta aberta de um vagão espremidos com outros milaneses que fugiam por uma noite. O trem acelerou. Pino olhou para o céu, que era tão perfeitamente azul que não dava para imaginá-lo negro e cheio de aviões de guerra.

★ ★ ★

Eles atravessaram o rio Pó e, bem antes do anoitecer, enquanto a área rural era coberta pelo torpor do verão, o trem guinchou e parou com um suspiro em meio a terrenos cultivados de relevo ameno. Pino levava um cobertor sobre os ombros e seguiu Carletto até uma colina baixa sobre um pomar voltado para o sudoeste, para a cidade.

— Pino — disse o sr. Beltramini —, fique atento, senão vai ter teias de aranha nas orelhas amanhã de manhã.

A sra. Beltramini, uma mulher bonita e frágil que sempre parecia estar doente, o advertiu sem muito vigor:

— Por que disse isso? Você sabe que odeio aranhas.

O dono da loja de frutas lutou contra um sorriso.

— Do que está falando? Eu só estava prevenindo o garoto sobre os perigos de dormir com a cabeça na relva alta.

A esposa dele parecia querer discutir, mas só acenou encerrando o assunto, como se ele fosse uma mosca incômoda.

Tio Albert tirou da bolsa de lona pão, vinho, queijo e salame seco. Os Beltramini dividiram cinco melões maduros. O pai de Pino sentou-se na grama ao lado do estojo de violino, os braços em torno dos joelhos e uma expressão de encantamento no rosto.

— Não é magnífico? — perguntou Michele.

— O que é magnífico? — Tio Albert quis saber, olhando em volta, com ar confuso.

— Esse lugar. Como o ar é limpo. E os cheiros. Não tem cheiro de queimado. Nem de bomba. Parece tão... Não sei. Inocente?

— Exatamente — confirmou a sra. Beltramini.

— Exatamente o quê? — perguntou o sr. Beltramini. — Você se afasta um pouco daqui e já não vê tanta inocência. Merda de vaca, aranhas, cobras e...

Pá! A sra. Beltramini dá um tapa de costas de mão no braço do marido.

— Você não tem piedade, não é? Nunca?

— Ei, isso dói — protestou o sr. Beltramini, sorrindo.

— Que bom — respondeu ela. — Agora pare. Não consegui dormir nada depois daquela conversa sobre aranhas e cobras ontem à noite.

Demonstrando uma raiva incomensurável, Carletto se levantou e desceu a colina em direção ao pomar. Pino notou algumas garotas perto do muro de pedras que cercava o bosque de árvores frutíferas. Nenhuma era tão bonita quanto Anna. Ao mesmo tempo, talvez fosse hora de seguir em frente. Ele correu encosta abaixo para alcançar Carletto, contou a ele seu plano, e os dois tentaram interceptar as meninas de forma engenhosa. Outro grupo de rapazes foi mais rápido que eles.

Pino olhou para o céu e disse:

— Só estou pedindo um pouco de amor.

— Acho que se contentaria com um beijo — retrucou Carletto.

— Eu ficaria feliz com um sorriso — suspirou Pino.

Os rapazes pularam o muro e andaram entre fileiras de árvores carregadas de frutas. Os pêssegos não estavam muito maduros; os figos, sim. Alguns já haviam caído e eles os pegaram do chão, limparam, tiraram a casca e comeram.

Apesar do presente raro de fruta fresca direto do pé em tempo de racionamento, Carletto parecia aborrecido.

— Você está bem? — perguntou Pino.

Seu melhor amigo balançou a cabeça.

— O que aconteceu? — Pino quis saber.

— É só uma sensação.

— Como assim?

Carletto deu de ombros.

— É como se a vida não fosse acontecer como pensamos, como se fosse dar errado para nós.

— Por que isso?

— Nunca prestou muita atenção nas aulas de história, não é? Quando grandes exércitos vão para a guerra, tudo é destruído pelo conquistador.

— Nem sempre. Saladino nunca saqueou Jerusalém. Viu? Prestei atenção nas aulas de história.

— Não importa — reagiu Carletto, ainda mais furioso. — É só uma sensação que tenho e que não passa. Está em todos os lugares e...

Seu amigo se engasgou e lágrimas escorreram por seu rosto enquanto ele tentava se controlar.

— O que você tem? — perguntou Pino.

Carletto inclinou a cabeça, como se examinasse um quadro que não entendia bem. Seus lábios tremiam quando ele disse:

— Minha mãe está muito doente. É sério.

— Como assim?

— O que acha que estou dizendo? — Carletto chorou. — Ela vai morrer.

— Jesus — disse Pino. — Tem certeza?

— Ouvi meus pais conversando sobre como ela queria que fosse seu funeral.

Pino pensou na sra. Beltramini e, depois, em Porzia. Refletiu sobre como seria saber que sua mãe vai morrer. Um vazio enorme abriu-se em seu estômago.

— Sinto muito — disse. — De verdade. Sua mãe é uma grande dama. Ela aguenta seu pai, então é como uma santa... E dizem que os santos têm sua recompensa no céu.

Carletto riu, apesar da tristeza, e enxugou as lágrimas.

— Ela é a única que consegue pôr meu pai no devido lugar. Mas ele devia parar, sabe? Ela está doente, e ele a provoca daquele jeito falando de cobras e aranhas. É cruel. Parece que não a ama.

— Mas ama.

— Só que não demonstra. É como se tivesse medo de demonstrar.

Eles começaram o caminho de volta. No muro de pedras, ouviram os acordes de um violino.

★ ★ ★

Pino olhou para o alto da colina e viu o pai tocando o violino, e o sr. Beltramini ali, com a partitura na mão. A luz dourada do pôr do sol se refletia nos dois homens e nas pessoas em volta deles.

— Ah, não — gemeu Carletto. — Mãe de Deus, não.

Pino sentia o mesmo desânimo. Às vezes, Michele Lella tocava com brilhantismo, mas o mais comum era que o pai de Pino tropeçasse no ritmo ou guinchasse em um trecho que exigia um toque mais brando. E o pobre sr. Beltramini tinha uma voz que costumava falhar ou seguia sem modulações. Era uma tortura ouvir um dos dois homens, porque nunca se podia relaxar. Você sabia que uma nota desafinada viria, e às vezes podia ser doída, e isso era, bem, constrangedor.

No alto da colina, o pai de Pino ajustou a posição do violino, um belo *piccolo* italiano central do século XVIII que Porzia dera a ele de presente de Natal dez anos antes. O instrumento era o bem mais precioso de Michele, e ele o segurava com amor ao posicioná-lo entre o queixo e o ombro e erguer o arco.

O sr. Beltramini firmou a postura, os braços relaxados ao lado do corpo.

— É um desastre ferroviário anunciado — disse Carletto.

— Já estou até vendo — respondeu Pino.

O pai de Pino tocou as notas iniciais da melodia de "Nessun dorma", ou "Ninguém durma", ária para tenor no terceiro ato da ópera "Turandot", de Giacomo Puccini. Por ser uma das peças favoritas de seu pai, Pino já havia escutado uma gravação de Toscanini e com a orquestra completa do Alla Scala atrás do poderoso tenor Miguel Fleta, que a cantou na noite de estreia da ópera, na década de 1920.

Fleta fazia o príncipe Calaf, rico membro da realeza que viajava como anônimo pela China e que se apaixona pela bela mas fria e cruel princesa Turandot. O rei havia decretado que qualquer aspirante à mão da princesa precisaria decifrar três enigmas. Se errasse uma resposta, o pretendente teria uma morte terrível.

No fim do segundo ato, Calaf havia respondido os enigmas, mas a princesa ainda se recusava a se casar com ele. Calaf dizia que, se ela adivinhasse seu nome verdadeiro antes do amanhecer, ele partiria; caso contrário, teria que se casar com ele.

A princesa leva o jogo um passo além e diz a Calaf que, se adivinhasse o nome dele antes do amanhecer, mandaria cortar sua cabeça. Ele aceita a proposta e a princesa decreta: "*Nessun dorma*, ou ninguém durma, até o nome do pretendente ser descoberto".

Na ópera, a ária de Calaf chega com a aproximação da manhã e a falta de sorte da princesa. "Nessun dorma" é uma peça imponente que cresce e cresce, exigindo que o cantor se torne mais forte, deliciando-se no amor pela princesa e na certeza da vitória a cada momento mais próximo do amanhecer.

Pino acreditava que seriam necessários uma orquestra completa e um tenor famoso como Fleta para criar o triunfo emocional da ária. No entanto, a versão de seu pai e do sr. Beltramini, reduzida à trêmula melodia e letra, era mais poderosa que o que ele imaginara.

Naquela noite, quando Michele tocou, uma voz grossa e doce invocava seu violino. E o sr. Beltramini jamais estivera tão bem. As notas e as frases crescentes soavam para Pino como dois anjos improváveis cantando, um pelos dedos de seu pai e outro pela garganta do sr. Beltramini, ambos mais por inspiração celestial que por habilidade.

— Como eles fazem isso? — perguntou Carletto, impressionado.

Pino nem imaginava a origem da apresentação virtuosa de seu pai, mas notou que o sr. Beltramini não cantava para as pessoas, e sim para alguém no meio delas; com isso, entendeu de onde vinha o belo tom e a adorável afinação do vendedor de frutas.

— Observe seu pai — disse ele.

Carletto se ergueu na ponta dos pés e viu que o pai cantava a ária não para a plateia, mas para a esposa moribunda, como se não houvesse ninguém além deles no mundo.

Quando os dois homens terminaram, as pessoas na encosta da colina ficaram em pé, aplaudiram e assobiaram. Pino também tinha lágrimas nos olhos, porque, pela primeira vez, vira o pai como herói. Carletto chorava por razões diferentes, mais profundas.

— Você foi fantástico — disse Pino a Michele, mais tarde, no escuro. — "Nessun dorma" foi a escolha perfeita.

— Para um lugar tão magnífico, foi a única em que conseguimos pensar — disse o pai dele, aparentemente admirado com o que havia feito. — Depois, nós nos deixamos envolver, como dizem os artistas do Alla Scala. Tocamos *con smania*, com paixão.

— Eu ouvi, *papà*. Todos ouvimos.

Michele assentiu e suspirou, feliz.

— Agora durma um pouco.

Pino havia encontrado um lugar para se deitar, depois tirou a camisa para fazer de travesseiro e estava embrulhado no lençol que levara com ele. Ele se aninhou, já sonolento, sentindo o cheiro da grama.

Fechou os olhos pensando na performance do pai, na doença misteriosa da sra. Beltramini e em como o marido brincalhão dela havia cantado. Pino adormeceu pensando se havia testemunhado um milagre.

Várias horas mais tarde, nas profundezas dos sonhos, Pino perseguia Anna pela rua quando ouviu um trovão distante. Ele parou, e ela seguiu em frente, desaparecendo na multidão. Ele não ficou aborrecido, mas imaginava quando a chuva cairia e que sabor teria em sua língua.

Carletto o acordou. A lua estava alta no céu, projetando uma luz azul metálica na encosta, e todo mundo estava de pé olhando para o oeste. Bombardeiros aliados atacavam Milão em ondas, mas ninguém via os aviões nem a cidade de tão longe, só os focos e os flashes no horizonte, o rumor distante da guerra.

***

Quando o trem voltou a Milão pouco depois do amanhecer do dia seguinte, rolos de fumaça negra se desprendiam, se contorciam e se enrolavam sobre a cidade. Quando eles desceram do trem e andaram pelas ruas, Pino viu as diferenças entre aqueles que haviam fugido da cidade e os que ficaram e suportaram o ataque. O terror explosivo encurvava os ombros dos sobreviventes, esvaziava seus olhos e parecia enfraquecer o ângulo da mandíbula. Homens, mulheres e crianças andavam acanhados por lá, como se a qualquer momento o chão por onde pisavam pudesse se romper e ceder num insondável e ardente buraco. Havia névoa fumacenta em quase todos os cantos. Fuligem, parte dela branca, parte dela de uma coloração cinza vulcânica, cobria quase tudo. Carros amassados e retorcidos. Prédios destruídos. Árvores destituídas de suas folhas pelas explosões.

Durante várias semanas, Pino e o pai mantiveram esse padrão, trabalhando durante o dia, deixando a cidade no trem do fim da tarde, voltando ao amanhecer para encontrar novas feridas abertas em Milão.

Em 8 de setembro de 1943, o governo italiano, tendo assinado um armistício incondicional no dia 3 de setembro, anunciou publicamente a rendição formal do país aos Aliados. No dia seguinte, forças britânicas e americanas desembarcaram em Salerno, acima da curva do pé da bota. Os alemães ofereceram resistência de moderada a forte. A maioria dos soldados fascistas simplesmente desfraldou a bandeira branca ao ver o Quinto Exército Americano do tenente-general Mark Clark desembarcar na praia. Quando as notícias da invasão americana chegaram a Milão, Pino, o pai dele, a tia e os tios começaram a aplaudir. Acreditavam que a guerra se encerraria em alguns dias.

Os nazistas tomaram Roma menos de vinte e quatro horas mais tarde, prenderam o rei e cercaram o Vaticano com tropas e tanques apontados para a cúpula dourada da Basílica de São Pedro. Em 12 de setembro, comandos nazistas usaram paraquedistas para atacar a fortaleza na montanha Gran Sasso, onde Mussolini era prisioneiro. Os comandos invadiram a prisão e resgataram *Il Duce*. Ele foi levado para Viena e depois para Berlim, onde encontrou Hitler.

Passadas algumas noites, Pino ouviu os dois ditadores pelo rádio de ondas curtas, ambos jurando combater os Aliados até a última gota de sangue alemão e italiano. Pino tinha a sensação de que o mundo enlouquecera e se sentia deprimido por não ter visto Anna nos últimos três meses.

Uma semana se passou. Mais bombas caíram. A escola de Pino permanecia fechada. Os alemães começaram uma invasão em grande escala a partir do norte da Itália, pela Áustria e pela Suíça, e instalaram Mussolini em um governo fantoche chamado de República Socialista Italiana, com a capital na pequena cidade de Salò, no lago de Garda, a nordeste de Milão.

Esse era o único assunto do pai de Pino na manhã de 20 de setembro de 1943, quando andavam em direção a San Babila voltando da estação de trem depois de mais uma noite nos campos cultivados. Michele estava tão obcecado pelos nazistas controlando o norte da Itália que não viu uma daquelas colunas de fumaça negra subindo do bairro da moda e da *via* Monte Napoleone. Pino viu e começou a correr. Percorrendo as ruas estreitas alguns momentos mais tarde, fez uma curva e viu claramente diante dele o prédio dos Lella.

Onde antes havia boa parte do telhado, agora um buraco fumegante lançava a coluna negra para o céu. As vitrines da Le Borsette di Lella eram cacos e vidros enegrecidos. A loja de bolsas lembrava o interior de uma mina de carvão. A explosão tinha queimado tudo, não havia possibilidade de reconhecimento.

— Ah, meu Deus, não! — gritou Michele.

O pai de Pino soltou o estojo do violino e caiu de joelhos, soluçando. Pino nunca havia visto o pai chorar – ou pensava nunca ter visto – e se sentiu esvaziado, pesaroso e humilhado ao testemunhar a infelicidade de Michele.

— Venha, *papà* — disse, tentando fazer o pai se levantar.

— Acabou tudo. — Michele chorava. — Nossa vida se foi.

— Bobagem — retrucou tio Albert, segurando o outro braço do cunhado. — Você tem dinheiro no banco, Michele. Se precisar de um empréstimo, conte comigo. Um apartamento, mobília, bolsas, você pode reconstruir tudo.

O pai de Pino falou com voz fraca:

— Não sei como vou contar a Porzia.

— Michele, você se comporta como se tivesse culpa em um bombardeio aleatório contra a sua casa — fungou tio Albert. — Diga a verdade a ela e vocês vão recomeçar.

— Enquanto isso, ficam em nossa casa — acrescentou tia Greta.

Michele começou a assentir, mas parou e se voltou para Pino com ar aborrecido.

— Você não.

— *Papà*?

— Você vai para a Casa Alpina. Vai estudar lá.

— Não, quero ficar em Milão.

O pai de Pino perdeu a paciência.

— Não vai ficar! A decisão não é sua. Você é meu primogênito. Não vou deixar que morra aleatoriamente, Pino. Eu... não suportaria. Nem sua mãe.

Pino estava perplexo com a fúria do pai. Michele era o tipo de homem que guardava as coisas, ruminava, nunca gritava nem tinha ataques de raiva, menos ainda nas ruas de San Babila, onde os fofoqueiros do mundo da moda registrariam tudo e nunca, nunca esqueceriam.

— Está bem, *papà* — disse Pino, em voz baixa. — Eu saio de Milão e vou para a Casa Alpina, se é isso que você quer.

PARTE II
AS CATEDRAIS DE DEUS

5

Na estação central de trem, no fim da manhã seguinte, Michele pôs um rolo de notas de lira na mão de Pino e disse:

— Eu enviarei seus livros, e vai ter alguém esperando por você na estação. Seja bom e mande lembranças minhas a Mimo e ao Padre Re.

— E quando eu voltarei?

— Quando for seguro.

Pino olhou com ar infeliz para Tullio, que deu de ombros, e depois para o tio Albert, que encarou os próprios sapatos.

— Isso não está certo — protestou.

Furioso, pegou a mochila cheia de roupas e embarcou no trem. Sentado em uma cadeira no vagão quase vazio, olhou pela janela sem esconder sua revolta. Estava sendo tratado como um menino. E tinha, por algum acaso, caído de joelhos e chorado em público? Não. Pino Lella havia assimilado o golpe e se comportado como um homem. O que podia fazer? Desafiar o pai? Sair do trem? Ir para a casa dos Beltramini?

O trem deu um solavanco e guinchou, saiu da estação e atravessou a área dos trilhos onde soldados alemães guardavam hordas de homens de olhar vazio, muitos em uniformes cinza baratos, enchendo vagões com caixotes de peças de tanque, rifles, metralhadoras, bombas e munição. *Deviam ser prisioneiros*, pensou, e essa ideia o incomodou. Pino pôs a cabeça para fora da janela e os estudou quando o trem deixou o pátio.

Depois de duas horas de viagem, o trem passava pelo pé das colinas sobre o lago de Como, a caminho dos Alpes. Normalmente, Pino teria olhado para o lago com adoração, pois achava que era o mais lindo do mundo e especialmente para a cidade de Bellagio, na península sul do lago. O grande hotel de lá parecia um castelo rosado saído dos contos de fadas.

Em vez disso, o rapaz olhava encosta abaixo além dos trilhos do trem, vendo trechos da estrada que contornava a margem oriental do lago de Como e uma longa fila de caminhões repletos de homens imundos, muitos com o mesmo uniforme cinza que tinha visto no pátio da estação ferroviária. Havia centenas, talvez milhares deles.

Quem eram? Onde foram capturados? E por quê?

Quarenta minutos e uma troca de trens mais tarde, desembarcou na cidade de Chiavenna, ainda pensando nos homens.

Os soldados alemães de plantão no local o ignoraram. Pino saiu da estação sentindo-se bem pela primeira vez naquele dia. Fazia uma tarde quente e ensolarada de outono. O ar era doce e claro, e ele se dirigia às montanhas. Nada mais poderia dar errado agora, foi o que ele decidiu ao atravessar a estação. Não hoje, pelo menos.

— Ei, você, garoto — uma voz o chamou.

Um rapaz magro, mais ou menos da idade de Pino, estava encostado em um velho Fiat Coupé com duas portas. Ele usava calça de lona funcional e uma camiseta branca manchada de graxa. Um cigarro pendia da boca.

— Quem você está chamando de garoto? — perguntou Pino.

— Você. Não é o garoto Lella?

— Pino Lella.

— Alberto Ascari. — Ele se apresentou, apontando o próprio peito com o polegar. — Meu tio me disse para buscá-lo e levá-lo para Madesimo. — Ascari bateu o cigarro e estendeu a mão, que era quase tão grande quanto a de Pino e, para sua surpresa, mais forte.

Depois que Ascari quase quebrou sua mão, Pino disse:

— Onde conseguiu essa força?

Ascari sorriu.

— Na oficina do meu tio. Põe suas coisas lá atrás, garoto.

Essa coisa de "garoto" incomodava Pino, mas, de resto, Ascari parecia ser bem decente. Ele abriu a porta do passageiro. O interior do carro era imaculado. Uma toalha cobria o banco do motorista, protegendo-o da graxa.

Ascari ligou o carro. O motor tinha um som diferente de todos os Fiat que Pino já havia escutado, um ronco profundo que parecia fazer todo o chassi tremer.

— Esse não é um motor comum — comentou Pino.

Ascari sorriu e engatou a marcha.

— Um piloto de corrida teria motor ou transmissão comum no próprio carro?

— Você é piloto de corrida? — indagou Pino, cético.

— Serei — respondeu Ascari, arrancando.

★ ★ ★

Saíram da pequena estação cantando pneus e entraram na rua de paralelepípedos. O Fiat derrapou de lado antes de Ascari girar o volante para o lado oposto. Os pneus ganharam tração. Ascari mudou de marcha e pisou no acelerador.

Os movimentos bruscos imobilizavam Pino no banco do passageiro, mas ele conseguiu apoiar os pés e os braços antes de Ascari atravessar a pracinha em alta velocidade, se desviando com habilidade de um caminhão cheio de galinhas e mudando de marcha pela terceira vez. Ainda ganhavam velocidade quando deixaram a cidade para trás.

A estrada para o passo do Spluga subia em uma série constante de chicanas, curvas em S, margeando um riacho no fundo de um vale entre falésias íngremes que corria rumo ao norte para os Alpes em direção à Suíça. Ascari dirigia pela estrada para o passo do Spluga como um mestre, controlando o carro em todas as curvas e ultrapassando os poucos veículos que por ali circulavam como se estivessem parados.

Durante todo o tempo, as emoções de Pino oscilavam loucamente de medo abjeto a alegre euforia, inveja e admiração. Só quando estavam se aproximando dos limites da cidade de Campodolcino, Ascari finalmente reduziu a velocidade.

— Eu acredito — disse Pino, com o coração ainda disparado.

— Em quê? — perguntou Ascari, confuso.

— Acredito que um dia vai ser piloto de corrida. Famoso. Nunca vi ninguém dirigir desse jeito.

Ascari não conseguiria abrir um sorriso mais largo nem se tentasse.

— Meu pai era melhor. Foi campeão do *grand prix* europeu antes de morrer. — Ele levantou a mão direita do volante e apontou para o para-brisa e para o céu. — Se Deus quiser, *papà*, serei campeão europeu e, mais, campeão mundial!

— Eu acredito — repetiu Pino, balançando a cabeça com admiração antes de olhar para cima, para um penhasco íngreme e cinza que se erguia a mais de quatrocentos e cinquenta metros no lado leste da cidade. Ele abriu a janela, pôs a cabeça para fora e estudou o topo do penhasco.

— O que está procurando? — Ascari quis saber.

— Às vezes dá para ver a cruz no topo de um dólmen.

— Está lá em cima. Tem um marco no penhasco. E só por isso é possível vê-la. — Ele apontou através do para-brisa. — Ali.

Por um instante, Pino viu um lampejo da cruz branca no alto do campanário de pedra da capela em Motta, o mais alto assentamento na montanha nesse trecho dos Alpes. Pela primeira vez naquele dia, ele se permitiu sentir alívio por ter saído de Milão.

Ascari os conduziu pela traiçoeira estrada Madesimo, uma *via* estreita, inclinada, esburacada e cheia de curvas que envolvia a lateral da montanha. Não havia proteção nem acostamento em muitos lugares, e várias vezes durante a subida Pino teve certeza de que Ascari os jogaria no abismo. Mas Ascari parecia conhecer cada centímetro da estrada, porque girava o volante ou pisava rápido no breque, e eles cumpriam cada curva com tão pouco atrito que Pino jurava que estavam na neve, não sobre pedras.

— Você também esquia desse jeito? — perguntou Pino.

— Não sei esquiar — disse Ascari.

— O quê? Mora em Madesimo e não sabe esquiar?

— Minha mãe me mandou para cá por segurança. Eu trabalho na oficina do meu tio e dirijo.

— Correr de esqui é como dirigir rápido — argumentou Pino. — A mesma tática.

— Você esquia bem?

— Ganhei algumas corridas. *Slalom*.

O motorista parecia impressionado.

— Precisamos ser amigos, então. Você me ensina a esquiar, eu ensino você a dirigir.

Pino não teria evitado o sorriso nem se quisesse.

— Combinado.

Eles chegaram ao pequeno vilarejo de Madesimo, que tinha uma pousada de pedra e telhado de ardósia, um restaurante e várias dezenas de casas alpinas.

— Há garotas por aqui? — perguntou Pino.

— Conheço algumas lá embaixo. Elas gostam de andar em carros velozes.

— Devíamos sair para dar uma volta com elas um dia desses.

— Gostei do plano! — exclamou Ascari ao parar o carro. — Sabe chegar lá?

— Eu chegaria de olhos vendados no meio de uma nevasca — respondeu Pino. — Talvez eu desça nos fins de semana e me hospede na pousada.

— Venha me procurar, se descer. Nossa oficina fica atrás da pousada. Não tem erro.

Ele estendeu a mão. Pino se encolheu e disse:

— Não quebre meus dedos desta vez.

— Não — disse Ascari, apertando a mão dele com firmeza. — Foi bom conhecer você, Pino.

— O prazer foi meu, Alberto. — Ele pegou a mochila e saiu do carro.

Ascari partiu cantando pneus, acenando para fora da janela.

* * *

Pino ficou lá por um momento, sentindo-se como se tivesse conhecido alguém importante em sua vida. Depois, pôs a mochila nas costas e começou a andar pela trilha de duas faixas que entrava no bosque. O percurso era cada vez mais íngreme, até que, uma hora depois de ter começado a subida, ele saiu da floresta e chegou a um elevado platô alpino embaixo da face de uma montanha chamada Pizzo Groppera.

O platô Motta tinha várias centenas de metros de largura e contornava a Groppera a sudeste. O limite oeste do banco largo encontrava uma pequena floresta de abetos que se agarravam à beirada do penhasco que descia em direção a Campodolcino. Mais tarde, com o sol brilhando como cobre no outono dos Alpes, Pino se maravilhou com o cenário, como sempre. O Cardeal Schuster tinha razão: Motta era como uma varanda de uma das maiores catedrais de Deus.

Motta era um pouco mais desenvolvida que Madesimo. Tinha várias cabanas em estilo alpino na base leste da escarpa, e a sudoeste, recuado dos penhascos e dos abetos, a pequena capela católica que Pino vislumbrara lá de baixo e uma estrutura muito maior de pedra e madeira. Mais feliz do que havia estado em meses, na medida em que se aproximava do prédio rústico, Pino sentia cheiro de pão recém-assado e de alguma coisa salgada e com alho. Seu estômago roncou.

Ele se abaixou para passar embaixo do telhado da entrada, parou diante da porta de madeira e pegou a corda pendurada em um pesado sino de bronze sobre uma placa que anunciava: "Casa Alpina. Todos os viajantes cansados são bem-vindos". Pino balançou a corda duas vezes.

O badalar do sino ecoou pelos flancos da montanha atrás dele. Pino ouviu o clamor dos meninos seguido por passos. A porta se abriu.

— Olá, Padre Re — disse Pino a um encorpado sacerdote de cinquenta e poucos anos. O homem, que se apoiava em uma bengala, usava batina preta, colarinho branco e botas de couro para alpinismo.

O Padre Re abriu os braços.

— Pino Lella! Ouvi rumores hoje de manhã sobre você vir ficar comigo de novo.

— O bombardeio, padre... — explicou Pino, emocionado ao abraçar o sacerdote. — Está muito intenso.

— Também ouvi sobre isso, meu filho — respondeu o Padre Re, sério. — Venha, entre antes de perdermos o calor.

— Como vai a sua bacia?

— Às vezes melhor, às vezes pior — disse o religioso, mancando para o lado a fim de deixar Pino entrar.

— Como Mimo recebeu a notícia, padre? — perguntou Pino. — Sobre nossa casa.

— É você quem vai contar a ele — disse o Padre Re. — Você já comeu?

— Não.

— Chegou na hora certa, então. Deixe suas coisas aí, por enquanto. Depois do jantar, mostro onde você vai dormir.

Pino seguiu o sacerdote, que andava desajeitado apoiado na bengala, e eles chegaram à sala de jantar, onde quarenta garotos se espremiam em torno das mesas rústicas sentados sobre bancos. Um fogo ardia na lareira de pedra do outro lado da sala.

— Vá jantar com seu irmão — disse o Padre Re. — Depois, venha comer a sobremesa comigo.

Pino viu Mimo contando aos amigos uma história de aventuras. Ele se aproximou, parou atrás do irmão e falou com uma voz esganiçada:

— Ei, sr. Baixinho, chega para lá.

Aos quinze anos, Mimo era um dos garotos mais velhos na sala e, obviamente, estava acostumado a ser o centro das atenções. Quando se virou, seu rosto estava duro, como se pretendesse ensinar ao garoto de voz esganiçada uma ou duas coisinhas por não saber qual era o lugar que lhe cabia. Mimo, porém, reconheceu o irmão mais velho e sorriu, confuso.

— Pino?! O que você está fazendo aqui? Disse que nunca... — O temor roubou seu entusiasmo. — O que aconteceu?

Pino contou a ele. O irmão mais novo ficou muito abalado e passou longos momentos olhando para as tábuas do assoalho da sala de jantar antes de levantar a cabeça.

— Onde vamos morar?

— *Papà* e tio Albert vão procurar um novo apartamento e um novo endereço para a loja — explicou Pino, sentando-se ao lado do irmão. — Até lá, acho que você e eu moraremos aqui.

— Seu jantar — anunciou um homem de voz retumbante. — Pão fresco, manteiga batida hoje e guisado de galinha à Bormio.

Pino olhou para a cozinha e viu um rosto conhecido. Um homem enorme com cabelo preto e desalinhado e mãos imensas e peludas, o irmão Bormio era totalmente devotado ao Padre Re. Ele era o assistente do padre em todas as coisas. Bormio também era o cozinheiro da Casa Alpina – e era bom no que fazia.

Irmão Bormio supervisionava o movimento das fumegantes panelas de guisado. Quando foram postas nas mesas, o Padre Re levantou-se e disse:

— Rapazes, devemos dar graças por este dia e por todos os outros, por piores que sejam. Curvem a cabeça, agradeçam a Deus e tenham fé n'Ele e em um amanhã melhor.

Pino havia escutado o sacerdote dizer essas palavras centenas de vezes, e elas ainda o emocionavam, o faziam sentir-se pequeno e insignificante enquanto agradecia a Deus por ter se afastado do bombardeio, por ter conhecido Alberto Ascari e por estar novamente na Casa Alpina.

Então, o Padre Re deu graças pela comida à mesa e os incentivou a comer.

Depois do longo dia de viagem, Pino devorou quase uma bisnaga inteira do pão preto de Bormio e três tigelas de seu celestial guisado de galinha.

— Deixe um pouco para nós — reclamou Mimo.
— Eu sou maior — disse Pino. — Preciso comer mais.
— Vá para a mesa do Padre Re. Ele quase não come nada.
— Boa ideia — respondeu Pino. Depois, despenteou o cabelo do irmão e se esquivou de lado para escapar do soco.

★ ★ ★

Pino andou por entre as mesas e os bancos até onde estavam o Padre Re e o irmão Bormio, que descansava e fumava um cigarro que ele mesmo enrolara.

— Você se lembra de Pino, irmão Bormio? — perguntou o Padre Re.

Bormio grunhiu e assentiu. O cozinheiro comeu mais duas colheradas de guisado, deu mais uma baforada no cigarro e disse:

— Vou buscar a sobremesa, padre.
— Strudel? — O Padre Re quis saber.
— De maçã e pera frescas — confirmou Bormio, com um tom satisfeito.
— Como as conseguiu?
— Um amigo — disse Bormio. — Um amigo muito bom.
— Deus abençoe seu bom amigo. Traga duas porções para nós, se houver o suficiente — pediu o Padre Re, antes de olhar para Pino. — Há limites para de quanto um homem pode se privar.
— Padre?
— Sobremesas são meu vício, Pino. — O padre riu e passou a mão na barriga. — Não consigo abrir mão delas nem na Quaresma.

O strudel de maçã e pera era igual a qualquer coisa que Pino já havia comido em sua padaria preferida em San Babila, e ele ficou grato por Padre Re ter pedido duas porções. Depois disso, sua barriga ficou tão cheia que ele se sentiu sonolento e satisfeito.

— Você se lembra do caminho para Val di Lei, Pino? — perguntou o Padre Re.

— O mais fácil é ir pelo sudeste da trilha para Passo Angeloga; depois, direto para o norte.

— Acima do vilarejo de Soste. — O padre balançou a cabeça, concordando. — Um conhecido seu fez esse caminho por Passo Angeloga, o Degrau do Anjo, para Val di Lei na semana passada.

— Quem era?

— Barbareschi. O seminarista. Ele disse que conheceu você quando estava com o Cardeal Schuster.

Parecia ter acontecido eras atrás.

— Eu me lembro dele. Ele está aqui?

— Partiu para Milão hoje de manhã. Vocês devem ter passado um pelo outro em algum lugar enquanto viajavam.

Pino não deu muita importância à coincidência e, por alguns momentos, ficou olhando para o fogo ardente, sentindo-se hipnotizado e sonolento de novo.

— Você só conhece esse caminho para lá? — perguntou o Padre Re. — Para Val di Lei?

Pino pensou um pouco, depois disse:

— Não, fui duas vezes pela rota do norte saindo de Madesimo e uma vez pelo caminho mais difícil, subindo a partir daqui e passando por cima do topo do Groppera.

— Muito bom. Eu não lembrava.

O padre, então, se levantou, pôs dois dedos na boca e assobiou alto. A sala ficou em silêncio.

Na sequência, o Padre Re disse:

— Encarregados da louça, apresentem-se ao irmão Bormio. Para os outros, as mesas devem ser limpas, e depois vocês têm que estudar.

Mimo e os outros garotos pareciam conhecer a rotina e se entregaram às tarefas com poucas reclamações, o que era surpreendente. Pino pegou a mochila e seguiu o Padre Re na direção dos dois grandes dormitórios, passando da entrada, até um cubículo estreito com beliches embutidos na parede e uma cortina na frente.

— Não é muito, especialmente para alguém com seu tamanho, mas é o melhor que podemos fazer no momento — disse o padre.

— Quem mais fica comigo?

— Mimo. Ele estava sozinho no quarto até agora.

— Ele vai ficar muito feliz.

— Vou deixar vocês dois se ajeitarem — avisou o padre. — Você é muito mais velho que os outros, não espero que siga as mesmas regras. As suas são as seguintes: deve escalar todos os dias por uma rota que vou prescrever. E tem que estudar todos os dias, pelo menos durante três horas. De segunda a sexta-feira. Sábados e domingos livres. Assim está bem?

Era escalada demais, mas Pino adorava ir às montanhas.

— Sim, padre.

— Vou deixar você desfazer as malas, então — avisou o Padre Re. — É bom tê-lo aqui de novo, meu jovem amigo. Posso ver que tê-lo por perto vai ser uma grande ajuda.

Pino sorriu.

— É bom estar de volta, padre. Senti saudades de você e de Motta.

O Padre Re piscou, bateu no batente da porta duas vezes com a bengala e saiu. Pino limpou duas prateleiras e colocou as roupas do irmão no beliche de cima. Depois, esvaziou a mochila e arrumou os livros, as roupas e as peças de seu adorado rádio de ondas curtas, que havia escondido entre as roupas, apesar do perigo de ser parado e revistado pelos nazistas. Deitado no beliche de baixo, ouviu uma transmissão da BBC sobre o avanço dos Aliados; depois, mergulhou no nada.

***

— Ei — disse Mimo, uma hora mais tarde. — Eu durmo aí!

— Não dorme mais — respondeu Pino, ao acordar. — Sua cama agora é a de cima.

— Eu cheguei primeiro — protestou Mimo.

— Achado não é roubado.

— Eu não perdi minha cama! — gritou Mimo, antes de avançar sobre Pino e tentar arrancá-lo do beliche.

Pino era muito mais forte, mas Mimo tinha coração de guerreiro e nunca admitia a derrota. Mimo tirou sangue do nariz de Pino antes de o irmão imobilizá-lo no chão.

— Você perdeu — disse Pino.

— Não — reagiu Mimo, se debatendo para tentar se libertar. — Essa cama é minha.

— Vamos combinar uma coisa: quando eu sair nos fins de semana, você pode usar a cama. Quatro ou cinco dias por semana, a cama é minha, e dois ou três, é sua.

Isso acalmou o irmão mais novo.

— Aonde vai nos fins de semana?

— A Madesimo. Tenho um amigo lá que vai me ensinar a consertar carros e dirigir como um campeão.

— Você é todo cheio das histórias...

— É verdade. Ele me deu uma carona da estação de trem até aqui. Alberto Ascari. O maior motorista que já vi. O pai dele foi campeão europeu.

— Por que ele vai ensinar você?

— É uma troca. Vou ensinar Alberto a esquiar.

— Acha que ele pode me ensinar a dirigir também? Quer dizer, eu esquio melhor que você.

— Vai sonhando, irmãozinho. Mas o que acha de eu ensinar a você o que o grande Alberto me ensinar?

Mimo pensou um pouco, depois disse:

— Combinado.

Mais tarde, quando apagaram a luz, Pino ficou embaixo das cobertas pensando se Milão estava sendo bombardeada, como estava sua família e se Carletto dormia naquele prado na colina ou se estava acordado vendo mais uma parte da cidade desaparecer em fogo e fumaça. Por um segundo, pensou em Anna saindo da padaria, naquele momento em que conseguira chamar a atenção dela.

— Pino? — chamou Mimo quando ele começava a cochilar.

— O que é? — respondeu Pino, aborrecido.

— Acha que vou crescer logo?

— Não vai demorar.

— Estou feliz por você estar aqui.

Pino sorriu, apesar do inchaço no nariz.

— Também estou feliz por estar aqui.

6

Pino sonhava com corridas de carros, quando o Padre Re o sacudiu e acordou na manhã seguinte. Ainda estava escuro. A silhueta do padre era recortada à luz de uma lampaina que ele havia deixado no chão do lado de fora do quarto estreito dos irmãos.

— Padre? — sussurrou Pino, grogue. — Que horas são?

— Quatro e meia.

— Quatro e meia?

— Levante-se e vista-se para fazer uma caminhada. Precisa entrar em forma.

Pino sabia que era inútil discutir. Embora não tivesse a coragem de sua mãe, o sacerdote era tão teimoso e exigente quanto Porzia em um dia mais duro. Com pessoas dessa natureza, Pino decidira muito tempo atrás que era melhor sair do caminho e concordar com tudo.

Ele pegou as roupas e foi se vestir no banheiro. Shorts pesados de lona e couro, meias de lã grossas que subiam até as panturrilhas e um par de botas novas e duras que o pai havia comprado para ele no dia anterior. Sobre a fina camisa de lã verde, usava um colete de lã escura.

O refeitório estava vazio, exceto pelo Padre Re e o irmão Bormio, que havia preparado ovos, presunto e torrada para ele. Enquanto Pino comia, o sacerdote lhe deu duas garrafas de água que queria que levasse na mochila. Havia também um almoço farto e uma capa de pele encerada, para o caso de chover.

— Aonde devo ir? — perguntou Pino enquanto lutava contra um bocejo.

O Padre Re tinha um mapa na mão.

— Siga a trilha mais fácil para Passo Angeloga abaixo de Pizzo Stella. Nove quilômetros até lá. E nove quilômetros para voltar.

Dezoito quilômetros? Pino não andava tanto havia muito tempo, mas assentiu.

— Vá direto até a passagem e tente não ser visto por outras pessoas na trilha, a menos que seja inevitável.

— Por quê?

O Padre Re hesitou.

— Algumas pessoas dos vilarejos da região pensam ser donas do Degrau do Anjo. É melhor ficar longe delas.

Pino estava confuso quando, de estômago cheio, partiu na escuridão que precede o amanhecer, descendo pela trilha que levava para o sudeste a partir da Casa Alpina. A trilha serpenteava em uma travessia fácil e longa que seguia o contorno da montanha, antes de começar a descer no flanco sul da Groppera.

Quando chegou perto da base, o sol havia nascido e brilhava sobre o pico de Pizzo Stella à frente e à direita. O ar tinha um aroma tão intenso de pinho e bálsamo que era difícil, para ele, lembrar o cheiro horrível das bombas.

Pino parou ali, bebeu água e comeu metade do pão com presunto e queijo que Bormio preparara para ele. Alongou-se um pouco, olhando para longe e pensando no aviso do Padre Re para evitar ser visto por pessoas que acreditavam ser donas da passagem. O que significava aquilo?

Pino pendurou a mochila nos ombros mais uma vez e começou a subir pela trilha que voltava a Passo Angeloga, o Degrau do Anjo, a passagem ao sul em direção a Val di Lei. Até aquele ponto, ele havia descido uma longa encosta. Agora subia quase constantemente, se esforçando para encher os pulmões com o ar rarefeito enquanto as panturrilhas e as coxas ardiam.

Logo a trilha saiu da floresta e as árvores foram reduzidas a alguns arbustos de zimbro retorcido e magro que se agarravam a saliências rochosas. O sol surgia sobre o pico, revelando outros arbustos rasteiros, musgo e líquen, todos em tons apagados de laranja, vermelho e amarelo.

A três quartos da subida para a passagem, nuvens se formaram no céu, pairando sobre o pico da Groppera muito acima e à esquerda de Pino. O terreno típico de tundra deu lugar a rocha e seixo. Embora ainda houvesse uma trilha sólida, pedras soltas deslizavam sob suas botas novas, cujo couro duro começava a machucar seus dedos e calcanhares.

O plano era alcançar o dólmen no meio do Degrau do Anjo e tirar os sapatos e as meias. No entanto, três horas depois do início da caminhada, as nuvens eram grandes, cinzentas e ameaçadoras. O vento ganhava força. A oeste, Pino podia ver as linhas inclinadas e escuras de uma tempestade.

***

Pino vestiu a capa impermeável e seguiu com mais vigor em direção ao dólmen no cruzamento de várias trilhas no topo de Passo Angeloga, inclusive uma que levava à encosta da Groppera e outra que ia na direção de Pizzo Stella. A neblina chegou antes de ele alcançar a pilha de pedras.

A chuva começou em seguida, primeiro algumas gotas, mas Pino estivera nos Alpes vezes suficientes para saber o que estava a caminho. Desistindo da ideia de examinar os pés ou comer alguma coisa, ele alcançou a trilha de pedras e seguiu para o vento e para a tempestade que se formava. A chuva transformou-se rapidamente em granizo, que caía forte sobre seu capuz e o fez levantar o braço para proteger os olhos enquanto descia novamente a montanha.

O granizo explodia nas rochas e nas pedras soltas da trilha, deixando-as escorregadias e forçando-o a ir mais devagar. O granizo desapareceu com o vento, mas a chuva continuava caindo em uma torrente constante. A trilha tornou-se uma corredeira gelada. Pino levou mais de uma hora para alcançar as primeiras árvores. Estava ensopado. Gelado. Tinha bolhas nos pés.

Quando chegou ao ponto em que a trilha se dividia e subia de volta a Motta e à Casa Alpina, ouviu gritos à frente e abaixo, na direção de Soste. Mesmo de longe, mesmo com a chuva, podia dizer que a voz era de um homem zangado.

Pino se lembrou do aviso do Padre Re sobre evitar ser visto e sentiu o coração disparar quando se virou e correu.

Ouvindo os gritos do homem se tornarem irados lá embaixo, correu pela trilha ascendente, entrou no meio das árvores e continuou correndo por uns quinze minutos. Os pulmões pareciam prestes a explodir. Ele se inclinou para a frente, tentando respirar e sentindo náuseas por causa do esforço e da altitude. No entanto, não ouvia mais gritos, só a chuva pingando das árvores e, em algum lugar lá embaixo, o apito fraco de um trem. Quando seguiu adiante, ele se sentia bem e ria por ter escapado do homem.

A chuva diminuía quando Pino chegou à Casa Alpina. Ficara fora por cinco horas e quinze minutos.

— Por que demorou tanto? — perguntou o Padre Re, aparecendo no saguão de entrada. — Eu tinha fé, mas o irmão Bormio começava a ficar preocupado.

— Granizo — respondeu Pino, com um arrepio.

— Tire a roupa, fique só com as partes de baixo e vá para perto do fogo — orientou o padre. — Vou mandar Mimo buscar roupas secas para você.

Pino tirou as botas e as meias e fez uma careta ao ver as bolhas horríveis que haviam estourado e estavam em carne viva.

— Vamos colocar iodo e sal nelas — avisou o Padre Re.

Pino se encolheu. Vestindo apenas um shorts, ele batia os dentes, mantinha os braços cruzados e se dirigiu ao refeitório, onde os quarenta meninos estudavam sob o olhar atento do irmão Bormio. No instante em que viram o seminu Pino andando daquele jeito estranho e exagerado em direção ao fogo, todos riram. Mimo era o que mais gargalhava. Até o irmão Bormio parecia achar graça.

Pino os ignorou, não se importava, só queria ficar tão perto quanto pudesse daquele fogo. Ficou parado na pedra quente por muito tempo, virando o corpo para um lado e para o outro, até Mimo chegar com as roupas secas. Depois que Pino se vestiu, o Padre Re se aproximou com uma caneca de chá quente e uma vasilha cheia de água salgada para os pés dele. Pino bebeu agradecido o chá e rangeu os dentes ao mergulhar os pés na água salgada.

O sacerdote pediu um relatório completo sobre o exercício daquela manhã. Ele contou tudo ao Padre Re, inclusive o encontro com o homem zangado de Soste.

— Não viu o rosto dele?

— Ele estava longe e chovia — disse Pino.

O Padre Re refletiu sobre isso.

— Depois do almoço, dê um cochilo; depois, me deve três horas de estudo.

Pino bocejou e assentiu. Comeu como um cavalo, mancou até sua cama no beliche e apagou assim que a cabeça encostou no travesseiro.

★ ★ ★

Na manhã seguinte, o Padre Re o acordou uma hora mais cedo que no dia anterior.

— Levante-se. Você tem outra escalada pela frente. Café da manhã em cinco minutos.

Pino se mexeu. Sentia dores em todas as partes do corpo, mas as bolhas haviam melhorado com a salmoura.

Ainda assim, ele se vestiu, atordoado, como se estivesse cercado por uma névoa tão densa quanto a que havia enfrentado no dia anterior. Era um adolescente. Gostava de dormir muito e não conseguia parar de bocejar enquanto se dirigia de meias ao refeitório. O Padre Re o esperava com comida e um mapa topográfico.

— Hoje quero que você vá para o norte — disse, apontando as linhas largas que sinalizavam o terraço natural em Motta, incluindo a trilha que descia a montanha para Madesimo, e depois uma série de linhas estreitas indicando aumento da inclinação além dela. — Faça essas travessias no alto, aqui e aqui. Você vai encontrar trilhas de caça que o ajudarão a atravessar a ravina. E vai chegar aqui, a esse prado, subindo a encosta a partir de Madesimo. Reconhece o lugar?

Pino olhou o mapa.

— Acho que sim, mas por que não evito esse lado, desço para Madesimo pela trilha dupla e subo direto até esse ponto? Seria mais rápido.

— Seria — disse o Padre Re. — Mas não estou interessado em velocidade, só quero que encontre o caminho e não seja visto.

— Por quê?

— Tenho meus motivos, os quais, por enquanto, vou guardar para mim. É mais seguro assim.

Isso só aprofundou a confusão de Pino, mas ele disse:

— Tudo bem. E depois eu volto?

— Não. Quero que suba até a bacia do circo norte. Procure a trilha de caça que sobe e adentra Val di Lei. Não suba por ela, a menos que se sinta preparado. De qualquer maneira, você pode voltar e tentar outro dia.

Pino suspirou, antecipando outra escalada difícil.

O tempo não era problema. A manhã de fim de primavera era linda no sul dos Alpes. Mas os músculos e as bolhas cobertas por curativos o incomodavam enquanto percorria as passarelas rochosas no lado ocidental do Groppera e uma ravina cheia de velhos troncos e restos de avalanche. Pino levou mais de duas horas para chegar ao prado que o Padre Re mostrara no mapa. Começou a subir atravessando áreas de grama alta, relva que já se tornava mais pálida que marrom.

Como o cabelo de Anna, pensou Pino, examinando os fiapos que cercavam as vagens de sementes, maduras e prontas para se espalhar ao vento. Ele se lembrou de Anna na calçada além da padaria e de como havia corrido para acompanhá-la. O cabelo dela era parecido com isso, ele decidiu, mas mais brilhante. Enquanto subia, as folhas macias de grama roçavam suas pernas nuas e o faziam sorrir.

Uma hora e meia depois, ele chegou ao circo norte. O lugar parecia o interior de um vulcão, com paredes de trezentos metros à esquerda e à direita e dentes afiados e irregulares no topo. Pino encontrou a trilha de cabras e pensou em subir por ali, mas decidiu que não valeria nada ir lá em cima com os pés moídos como estavam. Em vez disso, desceu direto para Madesimo.

Chegou ao vilarejo à uma da tarde da sexta-feira, foi até a pousada, comeu e reservou um quarto. Os proprietários eram pessoas gentis e tinham três filhos, entre eles Nicco, de sete anos.

— Sou esquiador — contou Nicco a Pino, enquanto devorava sua comida.

— Eu também — respondeu Pino.

— Não é tão bom quanto eu.

Pino sorriu.

— Provavelmente, não.

— Vou levar você para esquiar quando nevar — o menino falou. — Vou mostrar para você.

— Mal posso esperar — respondeu Pino, passando a mão na cabeça de Nicco.

Dolorido, mas não mais faminto, Pino foi procurar Alberto Ascari, mas a oficina mecânica não estava aberta. Ele deixou um bilhete contando a Ascari o plano de voltar à noite, então retornou à Casa Alpina.

O Padre Re ouviu com atenção o relato de Pino sobre a travessia para Groppera e sua decisão de não escalar o circo norte.

O sacerdote assentiu.

— Não se deve ficar nas rochas sem estar preparado para elas. Logo você estará.

— Padre, depois que eu estudar, vou descer a Madesimo e passar a noite lá para encontrar meu amigo Alberto Ascari — avisou Pino.

Quando o Padre Re franziu a testa, Pino o lembrou de que os fins de semana eram problema dele.

— Eu não quis dizer isso — protestou o sacerdote. — Vá, divirta-se e descanse; esteja preparado para recomeçar na segunda-feira de manhã.

Pino dormiu um pouco, depois estudou história antiga e matemática, antes de ler a peça *Os gigantes da montanha*, de Luigi Pirandello. Passava das cinco quando ele começou a descer a trilha para Madesimo com seus sapatos comuns. Os pés o matavam, mas ele andou até a pousada, fez o cadastro, passou um tempo contando ao pequeno Nicco suas histórias de esquiador, depois foi à casa do tio de Ascari.

Alberto abriu a porta, o recebeu e insistiu para que ele entrasse para jantar. A tia dele cozinhava melhor que o irmão Bormio, o que não era pouco. O tio de Ascari adorava falar sobre carros e, por isso, eles se deram muito bem. Pino comeu tanto que quase dormiu durante a sobremesa.

Ascari e o tio o levaram de volta ao hotel, onde Pino tirou os sapatos, se jogou na cama e dormiu, ainda vestido.

★ ★ ★

O amigo dele bateu na porta logo depois do amanhecer.

— Por que acordou tão cedo? — perguntou Pino, bocejando. — Eu ia...

— Quer aprender a dirigir ou não? Estes dois dias devem ser claros, sem chuva nem neve, então posso ensiná-lo. Mas você paga a gasolina.

Pino procurou os sapatos. Eles tomaram um café da manhã rápido no refeitório da pousada e saíram para pegar o Fiat de Ascari. Durante quatro horas, dirigiram por Campodolcino pela estrada para o passo do Spluga e para a Suíça.

Naquela *via* sinuosa, Albert ensinou Pino a ler os instrumentos e a usá-los, a adaptar-se ao terreno, à elevação e às mudanças de direção. Ele mostrou como soltar o carro em algumas curvas e segurá-lo em outras e como usar o motor e as marchas, em vez do freio, para manter o carro sob controle.

Dirigiram rumo ao norte até avistarem os pontos de verificação alemães e a fronteira suíça além deles, então voltaram. No caminho para Campodolcino, duas patrulhas nazistas os pararam para perguntar o que faziam na estrada.

— Estou ensinando o garoto a dirigir — respondeu Ascari, depois de mostrarem os documentos.

Os alemães não pareceram gostar muito, mas os liberaram.

Quando voltaram ao hotel, Pino estava animado como não se sentia havia muito tempo. Que excitante tinha sido dirigir um carro como aquele! Que presente fantástico aprender com Alberto Ascari, o futuro campeão europeu!

Pino jantou outra vez com os Ascari e adorou ouvir Alberto e o tio falarem sobre mecânica. Depois, eles foram à oficina e mexeram no Fiat de Alberto até quase meia-noite.

Na manhã seguinte, depois da missa, partiram outra vez para a estrada entre Campodolcino e a fronteira suíça. Ascari mostrou a Pino como aproveitar as elevações na pista e como olhar bem lá na frente sempre que possível, de forma que o cérebro planejasse como dirigir para alcançar a velocidade ideal.

Em sua última volta pela passagem, Pino fez uma curva fechada sem reduzir a velocidade e quase bateu em um veículo alemão que parecia um jipe, um Kübelwagen. Os dois carros desviaram e evitaram a colisão por pouco. Ascari olhou para trás.

— Estão dando meia-volta! — disse. — Acelera!

— Não é melhor parar?

— Queria correr, não queria?

Pino pisou no acelerador. O carro de Ascari tinha um motor melhor e era muito mais veloz que o veículo militar, então os nazistas haviam desaparecido antes de eles saírem da cidade de Isola.

— Uau, isso foi ótimo! — disse Pino, com o coração disparado.

— Não foi? — concordou Ascari, rindo. — Até que você se saiu bem.

Para Pino, foi um grande elogio, e ele se sentiu muito bem quando partiu para a Casa Alpina, tendo prometido voltar na sexta-feira a fim de continuar as aulas. A caminhada de volta a Motta foi bem menos dolorosa que a descida dois dias antes.

— Bom — disse o Padre Re quando Pino mostrou a ele os calos que cresciam em seus pés.

O sacerdote também se interessou por suas histórias sobre aprender a dirigir.

— Quantas patrulhas viu na estrada para o passo do Spluga?

— Três — respondeu Pino.

— E só foram parados por duas?

— A terceira tentou nos parar, mas não me alcançou no carro de Alberto.

— Não os provoque, Pino. Os alemães.

— Padre...

— Quero que treine para passar despercebido. Dirigir um carro como esse chama a atenção, atrai os olhares dos alemães. Entendeu?

Pino não entendia, não completamente, mas *via* a preocupação nos olhos do sacerdote e prometeu que não faria aquilo novamente.

Na manhã seguinte, o Padre Re acordou Pino muito antes do amanhecer.

— Mais um dia limpo — disse. — Bom para escalar.

Pino gemeu, mas se vestiu e encontrou o sacerdote para o café da manhã no refeitório. O Padre Re apontou no mapa topográfico um cume estreito que começava algumas centenas de metros verticais diretamente acima da Casa Alpina e se elevava numa subida longa, íngreme e cheia de curvas até o pico do Groppera.

— Consegue ir sozinho ou precisa de um guia?

— Já fiz essa trilha uma vez — disse Pino. — As partes realmente difíceis são aqui, aqui, depois aquela chaminé e o local estreito no topo.

— Se chegar à chaminé e achar que ainda não está preparado, não continue — avisou o Padre Re. — Vire e desça. E leve algo para se apoiar. Há vários cajados no galpão. Tenha fé em Deus, Pino, e mantenha-se alerta.

7

Pino partiu ao amanhecer e caminhou Groppera acima. Contente com o cajado, ele o usou para atravessar um riacho estreito antes de virar para sudeste em direção à varanda natural estreita. Camadas de rocha removidas da montanha ao longo de milhares de anos transformavam a bacia em um terreno caótico e, por isso, o progresso foi lento até ele alcançar a cauda da crista da montanha.

Dali para cima, não haveria trilha definida, só pedra, um ou outro tufo de grama ou um eventual arbusto teimoso. Considerando os abismos dos dois lados da crista, Pino sabia que não podia se dar ao luxo de errar. A única vez que havia estado nessa crista, quatro anos antes, tinha ido com mais quatro garotos e um guia amigo do Padre Re, um homem de Madesimo.

Pino tentou se lembrar de como eles subiram uma série de escadas quebradas e passarelas traiçoeiras que se estendiam até a base da crista bem lá em cima. Ele teve dúvida e medo ao pensar que poderia seguir pela rota errada, mas depois se forçou a ficar calmo e confiar nos próprios instintos, lidar com cada trecho a seu tempo e reavaliar a rota à medida em que subisse.

Chegar à crista era seu primeiro desafio. Uma coluna de pedra arredondada e alisada pelo vento com mais ou menos dois metros de altura definia a base e parecia impossível de ser escalada. No lado sul, porém, as rochas eram rachadas e fragmentadas. Pino jogou o cajado para cima e ouviu o barulho quando ele aterrissou na pedra. Depois, foi encaixando os dedos e a ponta das botas nas fendas e em pequenas saliências na pedra e subiu até onde estava o cajado. Passados alguns momentos, ele se ajoelhou sobre a crista, arfando. Esperou até a respiração se acalmar, pegou o cajado e ficou em pé.

Pino subiu ainda mais, encontrando um ritmo para cada passo, lendo o terreno serrilhado diante dele, procurando o caminho de menor resistência. Uma hora depois, encontrou outro grande desafio. Lousas de pedra haviam se partido eras atrás, deixando a subida bloqueada, exceto por uma garganta irregular na face da rocha.

Tinha menos de um metro de largura e a mesma profundidade, além de subir como uma chaminé torta a partir da base e por quase dezoito metros até uma borda.

Pino ficou lá por vários minutos, sentindo o medo crescer novamente. Mas, antes que isso o paralisasse, ouviu a voz do Padre Re dizendo para ele ter fé e se manter alerta. Finalmente, girou cento e oitenta graus e se encaixou na fenda no penhasco. Colou as mãos e apoiou as botas nas paredes da chaminé. Então, manobrou o corpo e subiu com três pontos de contato apoiando o quarto ponto móvel – uma das mãos, um pé –, que buscava e tateava o terreno mais elevado.

Seis metros acima, ele ouviu o crocitar de um falcão, olhou para fora da fenda e para baixo, além da crista em direção a Motta. Muitíssimo alto, sentiu uma onda de vertigem e por pouco não perdeu o apoio na rocha. Isso quase o matou de susto. Não podia cair. Não sobreviveria a uma queda de lá.

Tenha fé.

O pensamento foi suficiente para levar Pino chaminé acima e para a saliência, à qual ele se agarrou aliviado e onde agradeceu a Deus pela ajuda. Quando recuperou a força, continuou para a crista a sudoeste, sem perder tempo. A crista era estreita, quase não ultrapassava um metro de largura em alguns pontos. Calhas de avalanche desciam pelos dois lados do caminho acidentado até a base da crista do Groppera, que tinha mais de quarenta metros de altura e a forma de uma lança torta.

Pino não olhou duas vezes para a rocha em formato de adaga. Estava se esforçando para focar no ponto em que vários ombros e clavículas da montanha se juntavam abaixo da base do pináculo. Ele encontrou o que procurava e seu coração voltou a bater forte no peito. Fechou os olhos, disse a si mesmo para se acalmar e acreditar. Depois de fazer o sinal da cruz, seguiu adiante, sentindo-se como um equilibrista sobre a corda bamba ao passar entre as duas principais calhas de avalanche, sem se atrever a olhar para a esquerda, para a direita ou para baixo, concentrando-se em seguir até onde a passarela se tornava mais larga.

Quando chegou ao fim da passarela, Pino abraçou os blocos de pedra salientes da parede como se fossem amigos que não encontrava havia muito tempo. Quando teve certeza de que podia continuar, escalou nesses blocos, que eram irregulares, quase como um saco de tijolos caído, mas estáveis, imóveis, e conseguiu subir mais com relativa facilidade.

Quatro horas e meia depois de ter saído da Casa Alpina, Pino chegou à base do penhasco. Ele olhou para a direita e viu um cabo de aço ancorado à rocha e estendido no sentido horizontal em torno do pináculo, mais ou menos na altura do peito, sobre uma plataforma de uns dezoito centímetros de largura.

Sentindo-se enjoado com o que teria que fazer, respirou fundo várias vezes para superar o nervosismo, antes de estender a mão e agarrar o cabo de aço. A ponta de seu pé direito foi tateando à frente até encontrar uma saliência estreita. Era quase como estar sobre o parapeito da janela de seu quarto em casa. Quando pensou na situação desse jeito, ele segurou o cabo com firmeza e se moveu em torno da base do penhasco.

Cinco minutos depois, chegou ao topo do cume mais largo da montanha, de frente para o sul-sudeste, largo e coberto com aglomerados de líquen, musgo e plantinhas rasteiras e floridas. Ele se deitou de costas, arfando sob o sol do meio-dia. A subida fora completamente diferente de quando estivera lá com um guia que percorrera a rota trinta vezes e que mostrara a ele cada ponto em que apoiar pés e mãos. Essa subida foi o maior desafio físico de sua vida. Teve que pensar constantemente, avaliar constantemente e se apoiar na fé, o que, ele percebeu, era cansativo e difícil de sustentar.

Pino bebeu água e pensou: *Mas eu consegui. Subi sozinho pelo caminho mais difícil.*

Feliz e mais confiante, ele deu graças por esse dia e pelo alimento, depois devorou o sanduíche que o irmão Bormio havia preparado. Feliz por encontrar mais *strudel*, comeu devagar, saboreando cada bocado. Nunca provara nada tão saboroso.

Pino se sentiu sonolento e se deitou, fechou os olhos e teve a sensação de que tudo naquele lugar atemporal de montanha e céu era como deveria ser.

★ ★ ★

A névoa o acordou.

Pino olhou o relógio e se surpreendeu ao ver que já eram quase duas da tarde. Nuvens se formaram. Agora não enxergava mais que noventa metros montanha abaixo. Vestido com a capa impermeável, usou as trilhas de caça e de pastores para progredir rumo ao leste e ao norte. Uma hora mais tarde, chegou à beirada de trás do circo norte do Groppera.

Tentou algumas vezes até encontrar um caminho que permitisse descer a escarpa íngreme da bacia, seguindo depois em zigue-zague até o ponto em que ele havia contornado a área três dias antes. Pino parou e olhou para trás, para a distância que acabara de descer. Depois dos desafios enfrentados mais cedo, nem parecia tão ruim.

No entanto, quando terminou de descer a encosta para Madesimo e fez a volta para Motta, Pino estava exausto. A luminosidade diminuía quando ele chegou à

Casa Alpina. O Padre Re o esperava no salão do refeitório, onde os meninos estudavam e o ar tinha o aroma suntuoso da mais nova criação do irmão Bormio.

— Está atrasado — disse o Padre Re. — Não queria que ficasse lá fora à noite.

— Eu também não queria sair da montanha à noite, mas o caminho é longo, padre. E a subida... foi mais difícil do que eu lembrava.

— Você acha que consegue fazer essa escalada de novo? — perguntou o sacerdote.

Pino pensou na chaminé, na passarela entre as calhas de avalanche e na travessia com a ajuda do cabo. Não queria fazer tudo de novo, mas respondeu:

— Sim.

— Bom. Muito bom.

— Padre, por que preciso fazer isso?

O religioso o analisou, depois disse:

— Estou tentando aumentar sua força. Pode precisar dela nos próximos meses.

Pino queria perguntar por quê, mas o Padre Re já se afastava.

Dois dias mais tarde, o religioso mandou Pino à rota do Degrau do Anjo para Val di Lei. Um dia depois disso, Pino fez o caminho contrário para o circo norte e subiu a trilha das cabras até quase a beirada. No terceiro dia, ele subiu pelo caminho mais difícil, mas tinha tanta confiança que reduziu em uma hora o tempo que levou para chegar às calhas de avalanche.

O tempo se manteve firme até o fim de semana seguinte e durante mais dois dias de aula de direção. Lembrando o aviso do Padre Re, ele e Ascari se mantiveram afastados da estrada para passo do Spluga e treinaram nas vias em torno de Madesimo.

Na tarde de domingo, pegaram duas garotas que Ascari conhecia em Campodolcino. Uma era amiga de Ascari, Titiana, e a outra era amiga de Titiana, Frederica. Ela era terrivelmente tímida e mal olhava para Pino, que queria gostar da garota, mas continuava pensando em Anna, ainda que soubesse ser loucura pensar nela. Havia conversado com Anna durante três minutos e não a encontrava havia quase quatro meses, quando ela o deixara plantado. No entanto, tinha certeza de que a veria de novo. Anna se tornara uma fantasia a que ele se agarrava, uma história que contava a si mesmo sempre que estava sozinho ou incerto sobre o futuro.

Na primeira semana de outubro de 1943, quando Pino chegou à Casa Alpina depois de mais três dias de escaladas difíceis, estava exausto e faminto. Comeu duas tigelas de "espaguete à Bormio" e bebeu vários litros de água antes de levantar a cabeça e olhar em volta no refeitório.

Os garotos de sempre estavam ali. Mimo comandava uma mesa inteira do outro lado da sala. E o Padre Re estava com visita: dois homens e uma mulher. O homem mias novo tinha cabelo claro. Seu braço descansava sobre os ombros da mulher, que tinha pele clara e olhos escuros, preocupados. O outro homem vestia terno sem gravata, tinha bigode e fumava. Ele tossia muito, e seus dedos batucavam de leve na mesa sempre que o padre falava.

Pino se perguntou sonolento quem seriam eles. A presença de visitantes na Casa Alpina não era incomum. Os pais costumavam fazer visitas. E muitos montanhistas buscavam refúgio durante tempestades. Esses três, no entanto, não eram montanhistas. Vestiam roupas comuns.

Pino queria desesperadamente ir para a cama, mas sabia que o Padre Re não ia gostar disso. Estava tentando encontrar energia para estudar, quando o sacerdote se aproximou e disse:

— Amanhã você vai ter um dia de descanso. E pode adiar os estudos até lá. Certo?

Pino sorriu e assentiu. Não conseguia se lembrar de como havia encontrado sua cama e se deitado nela.

***

Quando por fim acordou, era dia claro e o sol brilhava na janela no fim do corredor. Mimo havia saído, como todos os outros meninos. Quando ele entrou no refeitório, os únicos presentes eram aqueles três visitantes, que tinham uma discussão calorosa e sussurrada do outro lado da sala.

— Não podemos mais esperar — dizia o mais jovem. — Tudo está se desintegrando. Cinquenta em Meina! Estão atacando Roma neste momento.

— Mas você disse que estávamos seguros. — A mulher se agitou.

— Estamos seguros aqui. O Padre Re é um bom homem.

— Por quanto tempo? — O homem mais velho quis saber, acendendo outro cigarro.

A mulher notou que Pino os olhava e silenciou os homens. O irmão Bormio serviu café, pão e salame a Pino. Os visitantes saíram do refeitório e ele não pensou muito nisso durante o resto do dia, que passou perto do fogo com seus livros.

Quando Mimo e os garotos voltaram de uma longa caminhada, era quase hora de jantar, e Pino se sentia não só descansado, mas também bem-disposto como nunca estivera em toda a vida. Por mais que se exercitasse, com as enormes porções de comida que o irmão Bormio servia a ele todos os dias, Pino sentia que ganhava peso e músculos.

— Pino? — chamou o Padre Re quando Mimo e dois outros garotos colocavam pratos e talheres sobre a mesa comprida.

Ele deixou os livros de lado e levantou-se da cadeira.

— Padre?

— Encontre-me na capela depois da sobremesa.

Pino estava intrigado. A capela raramente era usada para alguma coisa que não fosse uma missa aos domingos, em geral ao amanhecer. Mas ele deixou a curiosidade de lado, sentou-se e brincou com Mimo e os outros; depois, encantou os garotos ao narrar os perigos da subida pela trilha mais difícil do Groppera.

— Um passo em falso e acabou — disse.

— Eu conseguiria. — Mimo se gabou.

— Comece a fazer flexões, abdominais e agachamentos. Aposto que vai conseguir.

O desafio inflamou Mimo como todos os desafios o inflamavam, e Pino soube que o irmão logo se tornaria fanático por flexões, abdominais e agachamentos.

Depois que arrumaram a mesa, Mimo perguntou se Pino queria jogar cartas. Pino recusou o convite e explicou que iria à capela conversar com o Padre Re.

— Sobre o quê?

— Vou descobrir — disse Pino, pegando uma touca de lã do cabide perto da porta da frente. Ele a pôs na cabeça e saiu.

* * *

As temperaturas haviam caído abaixo do nível de congelamento. Lá em cima, a lua minguante brilhava e as estrelas eram tão cintilantes quanto fogos de artifício. Um vento do norte cortava o rosto com o primeiro sopro do inverno enquanto ele andava para a capela, para além de um pomar de figueiras altas que cresciam no limite de um platô.

Quatro velas ardiam quando ele abriu a porta da capela e entrou. O Padre Re estava de joelhos em um banco, orando cabisbaixo. Pino fechou a porta da capela sem fazer barulho e sentou-se. Depois de vários momentos, o sacerdote fez o sinal da cruz, usou a bengala para ficar em pé, seguiu mancando até o banco em que estava Pino e lá se sentou.

— Acha que consegue percorrer a maior parte da rota do norte para Val di Lei no escuro? — perguntou o Padre Re. — Só com a luz da lua?

Pino pensou antes de responder:

— Não pela face do circo, mas o restante até lá, acho que sim.

— Quanto tempo levaria a mais?

— Talvez uma hora. Por quê?

O Padre Re respirou fundo e disse:

— Tenho rezado por uma resposta para a pergunta, Pino. Parte de mim quer manter você na ignorância, deixar as coisas simples, manter seu foco na tarefa e mais nada. Mas Deus não simplifica a vida, não é? Não podemos dizer nada. Não podemos fazer nada.

Pino estava confuso.

— Padre?

— As três pessoas que estavam no refeitório hoje à noite. Você falou com elas?

— Não — disse —, mas ouvi alguma coisa sobre Meina.

O padre ficou sério, angustiado.

— Há duas semanas, havia mais de cinquenta judeus escondidos em um hotel em Meina. O coronel Rauff, chefe da Gestapo em Milão, enviou tropas nazistas. Eles encontraram os judeus, amarraram seus pulsos e tornozelos e os jogaram no lago Maggiore, onde foram assassinados por rajadas de metralhadoras.

Pino sentiu seu estômago revirar.

— O quê? Por quê?

— Porque eram judeus.

Pino sabia que Hitler odiava judeus. Conhecia até italianos que não gostavam de judeus e diziam coisas aviltantes sobre eles. Mas matá-los a sangue-frio? Só por causa de religião? Era mais que bárbaro.

— Não entendo.

— Nem eu, Pino. Mas agora ficou claro que os judeus da Itália correm grave perigo. Falei com o Cardeal Schuster sobre isso por telefone hoje de manhã.

O Padre Re contou que o cardeal lhe dissera que, depois do massacre de Meina, os nazistas extorquiram os judeus que restavam no gueto de Roma, exigindo o pagamento de cinquenta quilos de ouro em trinta e seis horas por sua segurança. Os judeus conseguiram o ouro nos próprios estoques e com muitos católicos. Depois que o tesouro foi entregue, porém, os alemães saquearam o templo e encontraram uma lista de todos os judeus de Roma.

O padre fez uma pausa e, com expressão atormentada, continuou:

— O Cardeal Schuster diz que os nazistas têm uma equipe especial da SS para caçar os judeus daquela lista.

— E vão fazer o quê?

— Matá-los. Todos eles.

Antes disso, Pino não teria imaginado tal coisa nem nos recantos mais distantes e problemáticos de sua jovem mente.

— Isso é... diabólico.

— Sim, diabólico — concordou o Padre Re.
— Como o Cardeal Schuster sabe tudo isso?
— O *papà*. Sua Santidade disse a ele que o embaixador alemão no Vaticano lhe contara.
— O *papà* não consegue impedir? Contar ao mundo?

O Padre Re baixou a cabeça e apertou as mãos com tanta força que os nós de seus dedos ficaram brancos.

— O Santo Padre e o Vaticano estão cercados por tanques e pela SS, Pino. O *papà* se manifestar agora seria suicídio e acarretaria a invasão e a destruição do Vaticano. Ao mesmo tempo, ele conversou em segredo com seus cardeais. Por intermédio deles, deu aos católicos da Itália uma ordem verbal para abrirem as portas a qualquer um que tenha que se refugiar dos nazistas. Devemos escondê-los e, se for possível, ajudar os judeus a fugir.

Pino sentiu o coração bater mais depressa.
— Fugir para onde?

O Padre Re levantou o olhar.
— Já ouviu falar no extremo de Val di Lei, do outro lado do Groppera, além do lago?
— Não.
— Lá existe um triângulo de bosque fechado. Nos primeiros duzentos metros dessa área, as árvores e o terreno são italianos. Depois, a Itália se reduz a um ponto, e a terra em volta é suíça, o que representa território neutro, segurança.

Pino viu as provações das últimas semanas de um ponto de vista diferente e se sentiu animado e tomado por um novo propósito.

— Quer que eu os guie, padre? Os três judeus?
— Três filhos de Deus. Você os ajuda?
— É claro. Sim.

O padre pôs a mão sobre o ombro de Pino.
— Quero que entenda que estará arriscando a sua vida. Sob as novas regras alemãs, ajudar um judeu é ato de traição, passível de pena de morte. Se for pego, é provável que o executem.

Pino engoliu em seco, sentiu um tremor dentro do corpo, mas olhou para o Padre Re e disse:
— Não está arriscando a sua vida acolhendo-os aqui, na Casa Alpina?
— E a vida dos meninos — confirmou o padre, sério. — Ainda assim, temos que ajudar todos os refugiados a fugir dos alemães. O *papà* acha que sim. O Cardeal Schuster acha que sim. E eu também acho.

— Eu também, padre — anunciou Pino, emocionado como nunca, como se estivesse prestes a sair e consertar um grande erro.

— Bom — disse o padre, com os olhos brilhando —, imaginei que você ia querer ajudar.

— Quero. — Pino se sentiu mais forte por isso. — É melhor eu dormir.

— Acordo você às duas e quinze. O irmão Bormio servirá algo para vocês comerem às duas e meia. Então, partem às três.

Pino deixou a capela certo de que havia entrado nela como menino e de que, agora, saía de lá depois de ter tomado essa decisão para se tornar um homem. Tinha medo da penalidade por ajudar judeus, mas os ajudaria assim mesmo.

Ele parou diante da Casa Alpina e ficou ali fora um pouco antes de entrar, olhando no sentido nordeste, para o outro lado do flanco do Groppera, compreendendo que três vidas passaram a ser de sua responsabilidade. O jovem casal. O fumante. Eles dependiam de Pino para concluir o último estágio da fuga.

Pino olhou para o enorme cume do Groppera recortado pelo luar e pela luz das estrelas e para o vazio escuro além dele.

— Meu Deus, me ajude — sussurrou.

8

Pino estava em pé e vestido dez minutos antes de o Padre Re aparecer para acordá-lo. O irmão Bormio fez aveia com pinhão e açúcar e serviu carnes ressecadas e queijos. O fumante e o jovem casal já comiam quando Padre Re chegou e pôs a mão no ombro de Pino.

— Este é o guia. Ele se chama Pino — disse o padre. — E conhece o caminho.
— Tão jovem — comentou o fumante. — Não tem ninguém mais experiente?
— Pino é muito experiente e forte nas montanhas, ainda mais nessa montanha — explicou o padre. — Tenho fé de que ele os levará aonde querem ir. Ou vocês podem procurar outro guia. Mas aviso: há alguns por aí que vão pegar seu dinheiro e entregá-los aos nazistas. Nós aqui só queremos que encontrem um refúgio seguro.
— Vamos com Pino. — O homem mais jovem decidiu, e a mulher concordou balançando a cabeça.

O mais velho, fumante, ainda não estava convencido.
— Como se chamam? — perguntou Pino, apertando a mão do mais jovem.
— Usem os nomes que receberam — disse o padre. — Os que estão nos documentos.

A mulher se apresentou:
— Maria.
— Ricardo — falou o marido.
— Luigi — disse o fumante.

Pino sentou-se e comeu com eles. Maria tinha voz mansa e era engraçada. "Ricardo" era professor em Gênova. Luigi era comerciante de charutos em Roma. Em dado momento, Pino olhou embaixo da mesa e viu que, embora nenhum usasse botas, todos calçavam sapatos suficientemente resistentes.

— O caminho é perigoso? — Maria quis saber.
— Façam o que eu disser, e tudo vai ficar bem — respondeu Pino. — Cinco minutos?

Eles assentiram. Ele se levantou para tirar os pratos. Levou-os ao Padre Re e disse em voz baixa:

— Padre, não seria mais fácil para eles se eu os levasse pelo Degrau do Anjo para Val di Lei?

— Seria — confirmou o padre. Mas usamos esse caminho há poucas semanas e não quero chamar atenção.

— Não entendi. Quem usou o caminho?

— Giovanni Barbareschi, o seminarista. Pouco antes de você chegar de Milão, outro casal esteve aqui com a filha para escapar. Barbareschi e eu pensamos em um plano. Ele guiou a família e vinte meninos, inclusive Mimo, em uma trilha de um dia pelo Degrau do Anjo para Val di Lei. Fizeram um piquenique entre o extremo mais distante do lago e o bosque. Vinte e quatro pessoas começaram a trilha, vinte e uma retornaram.

— Ninguém perceberia a diferença — comentou Pico, aprovando. — Principalmente se vissem o grupo de longe.

O Padre Re assentiu.

— Foi exatamente o que pensamos, mas não é prático enviar grandes grupos como aquele, ainda mais com o inverno chegando.

— Um grupo pequeno é melhor — disse Pino, olhando para trás. — Padre, posso fazer de tudo para mantê-los escondidos, mas há lugares onde não teremos nenhuma cobertura.

— Inclusive toda a extensão de Val di Lei, que é o que torna isso especialmente perigoso para você, porque vai fazer parte do caminho de volta em trecho aberto. Enquanto os alemães continuarem patrulhando as estradas e não usarem aviões para supervisionar a fronteira, porém, você vai ficar bem.

O Padre Re surpreendeu Pino com um abraço.

— Vá com Deus, meu filho, que Ele o acompanhe em cada passo do caminho.

O irmão Bormio ajudou a pendurar a mochila de campismo nas costas de Pino. Quatro litros de água. Quatro litros de chá doce. Comida. Corda. Mapa topográfico. A capa impermeável. Um suéter e um gorro de lã. Fósforos e um pavio para fazer fogo em uma latinha. Uma lamparina de garimpo carregada com carboneto seco. Uma faca. Um machadinho.

A mochila devia ter uns vinte, vinte e cinco quilos, mas Pino escalava com peso nas costas desde o primeiro dia em que chegou à Casa Alpina. Era normal, e ele supunha que era isso que o Padre Re pretendia. É claro que era; o sacerdote planejava tudo aquilo havia semanas.

— Vamos — disse Pino.

★ ★ ★

O quarteto saiu pela noite gelada de outono. O céu estava limpo, a lua ainda brilhava alta ao sul, projetando uma luz magra sobre o flanco oeste do Groppera. Pino os levou pela trilha das carroças no início, só para afastá-los das lâmpadas de gás do lado de fora da escola. Depois os fez parar e esperar a visão se ajustar à escuridão.

— Daqui em diante, só vamos conversar cochichando — avisou Pino, em voz baixa, e apontou para a montanha. — Há lugares onde os ruídos ecoam longe, por isso é melhor sermos silenciosos, quietos como ratos, sabem?

Ele os viu assentir. Luigi riscou um fósforo para acender um cigarro.

Pino ficou bravo, mas percebeu que tinha que se controlar. Deu um passo na direção do fumante e cochichou:

— Apague isso. Qualquer chama pode ser vista a centenas de metros, mais ainda com o auxílio de binóculos.

— Preciso fumar — disse Luigi. — Isso me acalma.

— Não enquanto eu não disser que pode. Senão você vai voltar e procurar outro guia, e eu levo eles dois.

Luigi deu uma última tragada, jogou o cigarro no chão e pisou nele.

— Vamos lá — falou, aborrecido.

Pino os orientou a confiar na visão periférica enquanto os conduzia no escuro pelo platô para o norte, contornando a base da encosta até ela se reduzir a um caminho de cerca de cinquenta centímetros de largura que cortava várias faces íngremes. Ele desenrolou a corda e a enrolou na cintura, formando mais três voltas com intervalos de três metros entre uma volta e outra.

— Mesmo com a corda, quero que mantenham a mão direita na parede ou em qualquer arbusto que crescer perto dela — avisou Pino. — Se sentirem alguma coisa em que possam se agarrar, como uma pequena árvore, testem a resistência antes de soltar o peso. Melhor ainda: ponham as mãos e os pés onde eu puser os meus. Sei que está escuro, mas vocês vão ter noção do que eu fizer pelos movimentos da minha silhueta.

— Eu vou atrás de você — disse Ricardo. — Maria fica atrás de mim.

— Tem certeza? — perguntou Maria. — Pino?

— Ricardo, você pode ajudar mais a sua esposa se ficar atrás dela, deixando Maria na terceira posição, e Luigi logo atrás de mim.

Isso incomodou Ricardo, que levantou a voz.

— Mas eu...

— É mais seguro para ela e para todos nós se os mais fortes estiverem nas duas pontas da corda — insistiu Pino. — Ou você sabe mais que eu sobre essas montanhas e montanhismo?

— Faça o que ele diz — falou Maria. — Os mais fortes na frente e atrás.

Pino percebeu que Ricardo vivia um dilema, irritado por receber ordens de um garoto de dezessete anos, mas satisfeito por ser considerado o mais forte.

— Tudo bem — decidiu. — Eu serei a âncora.

— *Perfetto* — disse Pino, depois de todos terem entrado nas voltas da corda, ajustando-a à cintura.

Ele apoiou a mão direita enluvada na parede de pedra e se pôs a andar. Embora o caminho fosse suficientemente largo em muitos trechos para caminharem normalmente, ele o imaginava com quinze centímetros de largura à esquerda e se movia bem perto da parede. A pior coisa a acontecer era um deles cair na parte mais baixa da trilha. Se tivessem sorte, o peso dos outros três seria suficiente para segurar todos na encosta. Se não tivessem, uma segunda pessoa poderia cair, então uma terceira. A encosta abaixo deles tinha quase quarenta graus de inclinação. Pedras afiadas e arbustos alpinos os esfolariam, se começassem a rolar.

Ele os guiava com agilidade felina, passos suaves, cuidado e calma – e com segurança. Progrediram sem grandes incidentes por quase uma hora, até estarem mais ou menos sobre o vilarejo de Madesimo, quando Luigi começou a tossir e cuspir. Pino foi forçado a parar.

— *Signore* — cochichou. — Sei que não é uma escolha sua, mas tussa no braço, se não conseguir evitar a tosse. O vilarejo está bem ali embaixo e não podemos correr o risco de sermos ouvidos por orelhas erradas.

O comerciante de charutos perguntou, sussurrando:

— Ainda estamos longe?

— A distância não importa. Pense apenas no próximo passo.

Quinhentos metros adiante, as encostas que atravessavam se tornaram menos íngremes e a trilha ficou mais moderada.

— Isso é o pior que vamos enfrentar? — Luigi quis saber.

— É o melhor — respondeu Pino.

— O quê? — gritou Maria, apavorada.

— Estou brincando. Aquilo foi o pior.

★ ★ ★

Ao amanhecer, eles subiam atravessando prados alpinos bem acima de Madesimo. A grama da montanha que fazia Pino se lembrar do cabelo de Anna agora não tinha sementes, estava morrendo. Pino olhou para trás e para o outro lado do vale, mirando o maciço escarpado que se erguia do outro lado. Imaginou se haveria soldados alemães ali em cima, tão alto, observando o Groppera por binóculos. Achava improvável, mas guiou os três para um lado da campina onde podiam subir à sombra das árvores até que elas fossem substituídas por pedras e zimbro que ofereciam pouca proteção.

— Agora precisamos andar mais depressa — disse ele. — Com o sol atrás do pico, há sombras que nos ajudam. Mas logo o sol vai estar sobre nós.

A caminho do interior da bacia no fundo do circo norte, Ricardo e Maria acompanhavam o ritmo de Pino. Luigi, o fumante, se arrastava, com o rosto suado e o peito arfando com o ar rarefeito. Pino teve que voltar duas vezes para ver como ele estava quando atravessavam campos de pedras e seguiam o caminho antigo rumo à parede do fundo da bacia.

Pino e o jovem casal descansavam e esperavam o comerciante de charutos, que tossia, cuspia e se movia como uma lesma. Ele cheirava a tabaco quando se deitou ao lado de Pino sobre uma pedra de superfície plana e gemeu.

Pino tirou da mochila chá gelado, carne ressecada e pão. Luigi devorou sua refeição. Assim também o jovem casal. Pino esperou todos terminarem, então comeu e bebeu porções menores. Guardaria um pouco para o caminho de volta.

— Para onde agora? — perguntou Luigi, como se só então tomasse conhecimento de onde estava.

Pino apontou a trilha de cabras que cortava uma série de zigue-zagues íngremes na parede.

O homem retraiu o queixo.

— Não posso escalar aquilo.

— É claro que pode — garantiu Pino. — Faça o que eu fizer.

Luigi levantou as mãos.

— Não. Não posso. Não vou. Podem me deixar aqui. A morte vai chegar mais cedo para mim, apesar de tudo que eu fizer para impedir.

Por um momento, Pino ficou sem saber o que fazer. Depois, disse:

— Quem falou que você vai morrer?

— Os nazistas — respondeu o fumante, tossindo e apontando para o caminho. — E aquela trilha é o aviso de que Deus quer que eu morra logo. Ainda assim, não vou subir ali para cair e me arrebentar nas pedras em meus últimos momentos. Vou ficar aqui sentado, fumando, esperando a morte me buscar. Pode ser aqui.

— Não, você vai conosco — disse Pino.
— Eu fico — insistiu Luigi, firme.
Pino engoliu a saliva e respondeu:
— O Padre Re disse que devo levá-los a Val di Lei. Ele não vai gostar se eu deixar você aqui. Então, você vai. Comigo.
— Não pode me obrigar a ir, menino.
— Sim, posso — anunciou Pino, zangado, movendo-se rapidamente em direção ao homem. — E vou.

Ele se debruçou sobre o fumante, que arregalou os olhos. Mesmo aos dezessete anos, Pino era muito maior que Luigi. Ele via essa constatação estampada no rosto do comerciante de charutos, que se contorceu de medo quando olhou outra vez para as paredes íngremes do circo.

— Você não entende — disse ele, com tom derrotado. — Eu não posso, de verdade. Não acredito que consigo...
— Mas eu acredito — interferiu Pino, tentando dar um tom de rosnado à voz.
— Por favor.
— Não. Garanto que sobe ao topo, passa por ele e chega a Val di Lei, nem que eu tenha que carregar você.

Luigi parecia convencido pela determinação estampada no rosto de Pino. Com o lábio tremendo, perguntou:
— Promete?
— Prometo — falou Pino; então, apertou a mão dele.

Pino os prendeu novamente à corda, com Luigi bem atrás dele, seguido por Maria e o marido.

— Tem certeza de que não vou cair? — perguntou o comerciante de charutos, evidentemente apavorado. — Nunca fiz nada parecido com isso. Eu... sempre morei em Roma.

Pino pensou um pouco e disse:
— Nunca subiu nas ruínas romanas?
— Sim, mas...
— E aqueles degraus altos e estreitos no Coliseu?
Luigi assentiu.
— Várias vezes.
— Não é pior que aquilo.
— É.
— Não é. Imagine que está no Coliseu andando de um lado para o outro entre assentos e degraus. Vai ficar tudo bem.

Luigi parecia cético, mas não resistiu à corda quando Pino começou a percorrer o primeiro trecho. Pino mantinha uma barganha constante com o fumante, dizendo que ele poderia fumar dois cigarros quando chegassem ao topo e o aconselhando a manter os dedos da mão do lado de dentro da trilha em contato com a encosta enquanto andavam.

— Respeite seu ritmo — disse. — Olhe para a frente, não para baixo.

Quando a subida ficou difícil e a parede se tornou quase vertical, Pino distraiu Luigi contando como ele e o irmão sobreviveram à primeira noite de bombardeio em Milão e voltaram para casa, onde as pessoas tocavam e ouviam música.

— Seu pai é um homem sábio — disse o comerciante de charutos. — Música. Vinho. Um charuto. Os pequenos luxos da vida nos ajudam a sobreviver ao que a mente não entende.

— Você fala como se pensasse muito em sua loja — comentou Pino, enquanto limpava o suor dos olhos.

Luigi riu.

— Penso muito. Falo muito. Leio muito. Aquilo é... — A alegria sumiu de sua voz. — Era a minha casa.

* * *

Agora estavam bem no alto da parede do circo, e logo adiante se encontrava a parte mais traiçoeira da trilha, onde o caminho fazia uma curva fechada à direita, seguia por dois metros, fazia outra curva fechada à esquerda e se estendia por três metros em uma fenda na face da encosta que descia bruscamente. O desafio era psicológico, porque a trilha na fenda era bem larga. No entanto, os trinta metros de ar logo ali ao lado da trilha podiam abalar a confiança até de um montanhista veterano, se ele olhasse para lá por muito tempo.

Pino decidiu não prevenir o trio e disse:

— Conte mais sobre sua loja.

— Ah, era um lugar bonito — contou Luigi. — Na *piazza* di Spagna, ao pé da Escadaria Espanhola. Você conhece a região?

— Já estive na Escadaria Espanhola — respondeu Pino, satisfeito por Luigi não ter hesitado em segui-lo. — É um bairro muito bom, tem várias lojas elegantes.

— Um lugar maravilhoso para o comércio.

Pino atravessou a parte de trás do V. Ele e o fumante agora estavam em lados opostos da fenda. Se Luigi olharia para baixo em algum momento, seria nesse momento. Quando Pino viu Luigi virar a cabeça justamente para isso, ele disse:

— Descreva a loja para mim.

Os olhos de Luigi encontraram os de Pino.

— Assoalho e balcões de madeira encerada — disse ele, rindo e fazendo a curva com facilidade. — Cadeiras de couro estofadas. E um umidificador octogonal que minha falecida esposa e eu projetamos.

— Aposto que a loja tinha um cheiro bom.

— O melhor de todos. Eu tinha charutos e tabaco do mundo todo. E lavanda seca, menta e desodorizantes de hálito. E um bom conhaque para meus clientes favoritos. Eram meus amigos, na verdade. Até pouco tempo atrás, a loja era como um clube. Até os alemães imundos compravam lá.

Todos passaram pela fenda e subiram na diagonal novamente em direção à borda.

— Conte-me sobre sua esposa — pediu Pino.

Houve um breve silêncio, e ele sentiu a resistência na corda antes de Luigi falar:

— Minha Ruth era a mulher mais bonita que já vi. Nós nos conhecemos no templo quando tínhamos doze anos. Nunca saberei por que ela me escolheu, mas ela me escolheu. Descobrimos que não podíamos ter filhos, mas passamos vinte anos maravilhosos juntos antes de ela adoecer um dia, piorar no outro e no outro. Os médicos afirmaram que seu sistema digestivo havia se alterado e que não podiam impedir que ela morresse de infecção.

Pino sentiu uma pontada de dor pela sra. Beltramini e pensou em como ela estaria, em como estariam Carletto e o pai dele.

— Sinto muito — disse, subindo na borda.

— Faz seis anos — contou Luigi, quando Pino o ajudou a subir, depois ajudou o casal. — E não tem uma hora sequer em que eu não pense nela.

Pino bateu nas costas do comerciante de charutos e sorriu.

— Você conseguiu. Estamos no topo.

— O quê? — disse Luigi, olhando em volta, espantado. — É isso?

— É isso — confirmou Pino.

— Não foi tão ruim — reconheceu Luigi; então, olhou para o céu, aliviado.

— Eu falei. Podemos descansar mais adiante. Tem algo que quero que vejam primeiro.

Ele os levou ao lugar de onde podiam ver a parte de trás do Groppera.

— Bem-vindos ao Val di Lei — disse.

A encosta do vale alpino ali era branda, se comparada à parte da frente da montanha, e era coberta de arbustos baixos cujas folhas se tingiam de ferrugem, laranja e amarelo. Lá embaixo, viam o homônimo do vale. Com menos de duzentos metros de largura e uns oitocentos metros de comprimento, o lago alpino corria de norte a sul em direção àquele triângulo de bosques que o Padre Re mencionara.

A superfície do lago em geral era azul-prateada, mas naquele dia ela refletia e radiava as cores flamejantes do outono. Além do lago, um baluarte de pedra se erguia e seguia para o sul por um longo trecho em direção a Passo Angeloga e a trilha de pedra de onde Pino havia voltado em seu primeiro dia de treinamento. Eles começaram a descer por um caminho de caça que corria ao longo de um riacho alimentado pela neve das geleiras que ainda permanecia nos picos mais altos.

Consegui, pensou Pino, sentindo-se feliz e satisfeito. *Eles me ouviram e eu os guiei pelo Groppera.*

— Nunca estive em um lugar tão bonito quanto este — comentou Maria ao chegarem ao lago. — É incrível. Dá uma sensação de...

— Liberdade — sugeriu Ricardo.

— É um momento para guardar — disse Luigi.

— Já estamos na Suíça? — perguntou Maria.

— Quase — disse Pino. — Vamos entrar nos bosques, onde há uma trilha para a fronteira.

Pino nunca havia ido além do lago, por isso andava pelo bosque com certa apreensão. Ao mesmo tempo, lembrava-se da descrição do Padre Re sobre onde encontraria o caminho e logo o localizou.

O denso bosque de abeto era quase um labirinto. O ar era mais frio, e o chão, mais macio. Haviam passado quase seis horas e meia andando, mas ninguém parecia cansado.

O coração de Pino batia um pouco mais depressa quando ele pensava que guiara essas pessoas até a Suíça. Ele as ajudara a escapar do...

Um homem grande e barbudo saiu de trás de uma árvore três metros à frente e apontou uma pistola de cano duplo para o rosto de Pino.

9

Petrificado, Pino levantou as mãos. Seus três protegidos o imitaram.

— Por favor... — começou Pino.

O homem mostrou os dentes num sorriso ameaçador por cima do cano da arma.

— Quem mandou vocês?

— O padre — gaguejou Pino. — O Padre Re.

Um longo momento se passou enquanto o homem olhava para Pino e para os outros. Em seguida, ele baixou a arma.

— Precisamos ter cuidado hoje em dia, não é?

Pino deixou as mãos caírem e se sentiu enjoado e meio tonto. O suor gelado escorria por suas costas. Nunca havia estado na mira de uma arma antes.

Luigi perguntou:

— Vai nos ajudar, *signore*...?

— Meu nome é Bergstrom — disse o homem. — Daqui para a frente, eu os guio.

— Para onde? — perguntou Maria, assustada.

— Pelo passo Emet para o vilarejo suíço de Innerferrera — explicou Bergstrom. — Vocês estarão seguros e podemos pensar na próxima jornada a partir de lá. — Ele acenou com a cabeça para Pino. — Mande lembranças minhas ao Padre Re.

— Serão dadas — prometeu Pino, que, depois, se virou para os três companheiros. — Boa sorte.

Maria o abraçou. Ricardo apertou sua mão. Luigi tirou do bolso um tubinho de metal com tampa de rosca e o entregou a Pino.

— É cubano — disse.

— Não posso aceitar.

Luigi parecia ofendido.

— Acha que não sei como me conduziu naquele último trecho? Um bom charuto como esse é difícil de encontrar e não costumo distribuí-los por aí.

— Obrigado, *signore*. — Pino sorriu e aceitou o charuto.

Bergstrom disse a ele:

— Sua segurança depende de não ser visto. Tome cuidado antes de sair da floresta. Estude as encostas e o vale antes de seguir em frente.

— É o que vou fazer.

— Vamos seguir viagem, então. — E se virou.

Luigi bateu nas costas de Pino e seguiu o novo guia. Ricardo sorriu para ele. Maria disse:

— Que sua vida seja boa, Pino.

— A sua também.

— Espero que não tenhamos que escalar mais nada — Pino ouviu Luigi dizer a Bergstrom quando eles desapareceram no meio das árvores.

— Descida não é escalada — respondeu Bergstrom.

Depois disso, tudo o que Pino ouviu foi um galho quebrar, uma pedra rolar e mais nada, só o vento nos abetos. Embora estivesse feliz, ele se sentiu estranho e tremendamente sozinho quando se virou e começou a andar de volta à Itália.

Pino seguiu as instruções de Bergstrom. Parou e permaneceu na área das árvores para estudar o vale e as encostas em volta dele. Quando teve toda a certeza possível de que ninguém o observava, seguiu em frente. Seu relógio marcava quase meio-dia. Estava em movimento havia quase nove horas e sentia-se cansado.

O Padre Re previra a fadiga e o aconselhara a não tentar fazer a viagem de volta naquele dia. Em vez disso, ele deveria subir em direção sudoeste para uma velha cabana de pastores, uma de muitas na montanha, e passar a noite lá. Pino voltaria para a Casa Alpina por Madesino na manhã seguinte.

Quando se dirigiu ao sul pelo Vale di Lei, sentia-se bem e satisfeito. Eles tinham conseguido. O Padre Re e todos os outros que ajudaram os refugiados a chegarem à Casa Alpina. Como uma equipe, salvaram três pessoas da morte. Enfrentaram os nazistas em segredo e venceram!

Para sua surpresa, as emoções que o invadiam o faziam sentir-se mais forte, renovado. Ele decidiu não passar a noite na cabana, mas seguir a Madesimo, dormir na pousada e encontrar Alberto Ascari. Quando estava quase no cume, Pino parou para descansar as pernas e comer.

★ ★ ★

Quando terminou de comer, olhou para trás, para Val di Lei, e viu quatro silhuetas pequeninas se movendo para o sul ao longo do afloramento de pedra sobre o lago.

Pino protegeu os olhos, tentando enxergar melhor. De início, não pôde dizer nada sobre eles; depois, viu que carregavam rifles.

Pino teve um pressentimento horrível. Eles o viram entrar na floresta com as três pessoas e sair sozinho? Eram alemães? Por que estavam ali no meio do nada?

Não tinha respostas para essas perguntas, que continuaram a importuná-lo depois que os quatro homens desapareceram. Ele desceu pela trilha de cabras e atravessou a campina alpina para Madesimo. Eram quase quatro da tarde quando entrou no vilarejo. Um grupo de meninos, incluindo seu amiguinho Nicco, filho do dono da pousada, brincava perto do prédio. Pino estava quase entrando para pedir um quarto, quando notou Alberto Ascari correndo em sua direção, visivelmente perturbado.

— Um grupo de milicianos esteve aqui ontem à noite — disse Ascari. — Eles disseram que lutavam contra os nazistas, mas perguntaram sobre judeus.

— Judeus? — estranhou Pino, olhando para Nicco e vendo o menino se abaixar sobre a grama para pegar um objeto que, àquela distância de quase quarenta metros, parecia ser um grande ovo. — O que disse a eles?

— Dissemos que não havia judeus aqui. Por que acha que eles...?

Nicco segurou o ovo para mostrar aos amigos. O ovo se transformou em um lampejo de fogo e luz uma fração de segundo antes de a força da explosão atingir Pino como um coice de mula.

Ele quase caiu, mas recuperou o equilíbrio, atordoado, desorientado e sem saber o que havia acontecido. Mesmo com os ouvidos apitando, ouvia os gritos das crianças. Pino correu para elas. Os meninos que estavam mais perto de Nicco caíram. Um perdeu a mão. O outro tinha buracos ensanguentados no lugar dos olhos. Parte do rosto de Nicco desapareceu, assim como a maior parte de seu braço direito. O sangue jorrava e formava uma poça em torno do menino.

Histérico, Pino pegou Nicco nos braços, viu seus olhos se revirarem e correu com ele para a pousada, para a mãe e o pai, que saíam correndo pela porta da frente. A criança começou a convulsionar.

— Não! — gritou a mãe de Nicco. Ela pegou o filho. O menino teve outra convulsão, depois ficou inerte, morto em seus braços. — Não! Nicco! Nicco!

Em um torpor de incredulidade e horror, Pino viu a mãe de Nicco se ajoelhar soluçando, deixar o corpo do filho no chão e cobri-lo com o dela, como se estivesse debruçada sobre seu berço quando ele era bebê. Pino ficou ali por um bom tempo, atordoado, assistindo ao luto daquela mulher. Ao olhar para baixo, notou que estava sujo de sangue. Olhou em volta e viu moradores correndo para socorrer as outras crianças e o dono da pousada olhando desolado para a esposa e o filho morto.

— Sinto muito — choramingou Pino. — Não consegui salvá-lo.

O sr. Conte respondeu aturdido.

— Não foi culpa sua, Pino. Aqueles milicianos ontem à noite devem ter... mas quem deixaria uma granada onde...? — Ele balançou a cabeça e engasgou com um soluço. — Pode buscar o Padre Re? Ele precisa abençoar o corpo de meu Nicco.

Embora estivesse acordado desde a madrugada e tivesse percorrido quase vinte e três quilômetros de terreno acidentado e íngreme, Pino estava determinado a correr por todo o caminho, como se os pés e a velocidade fossem suficientes para separá-lo da brutalidade do que acabara de testemunhar. Na metade da subida, porém, o cheiro de sangue nas roupas, as lembranças de Nicco afirmando ser melhor esquiador que ele e da forte explosão que tirou a vida do menino foram demais, e Pino parou, dobrou-se para frente e vomitou.

Chorando, cambaleou pelo resto do caminho para Motta enquanto o dia desaparecia no crepúsculo.

* * *

Quando chegou à Casa Alpina, Pino estava pálido, esgotado. O Padre Re ficou chocado quando o viu entrar no refeitório vazio.

— Eu falei para ficar... — começou, mas então viu o sangue nas roupas de Pino e se levantou. — O que aconteceu? Você está bem?

— Não, padre — respondeu Pino, chorando novamente, sem se importar com as lágrimas enquanto contava ao sacerdote o que havia acontecido. — Por que alguém faria isso? Deixar uma granada?

— Não faço ideia — respondeu o Padre Re, triste enquanto ia buscar seu casaco. — E nossos amigos que você guiou?

A lembrança de Luigi, Ricardo e Maria desaparecendo na floresta parecia ser muito antiga.

— Eu os deixei com o sr. Bergstrom.

O padre vestiu o casaco e pegou a bengala.

— Isso é uma bênção, algo digno de gratidão.

Pino contou que tinha visto quatro homens com rifles.

— Eles não viram você?

— Acho que não.

O padre apoiou a mão sobre o ombro de Pino.

— Você agiu bem, então. Fez a coisa certa.

O sacerdote partiu. Pino sentou-se em um banco junto a uma mesa vazia no refeitório. Fechou os olhos e baixou a cabeça, vendo o rosto e o braço destruídos de

Nicco, o menino cego, depois a menina morta e sem um braço na noite do primeiro bombardeio. Não conseguia se livrar dessas imagens, por mais que tentasse. Elas continuavam voltando até ele ter a impressão de que ia enlouquecer.

— Pino? — disse Mimo algum tempo mais tarde. — Você está bem?

Pino abriu os olhos e viu o irmão abaixado a seu lado.

Mimo continuou:

— Alguém falou que o filho dos donos da pousada morreu, e outros dois meninos podem morrer também.

— Eu vi — contou Pino, que começou a chorar de novo. — Eu o segurei.

Seu irmão parecia paralisado ao ver aquelas lágrimas, mas se recuperou e disse:

— Venha, Pino. Precisa se limpar e descansar. Os meninos mais novos não devem ver você assim. Você é um exemplo para eles.

Mimo o ajudou a levantar e a andar pelo corredor até o banheiro. Lá ele se despiu e passou muito tempo sentado na água morna, lavando o sangue de Nicco das mãos e do rosto sem prestar atenção no que fazia. Não parecia real. Mas era.

O Padre Re o acordou às dez horas da manhã seguinte. Por alguns momentos, Pino não sabia onde estava. Depois as lembranças voltaram com tanta força que o deixaram sem ar.

— Como estão os Conte?

O padre ficou triste.

— É um golpe terrível para qualquer pai perder um filho, independentemente das circunstâncias. E desse jeito...

— Ele era um garotinho muito divertido — comentou Pino, amargo. — Não é justo.

— É uma tragédia. Os outros dois meninos vão sobreviver, mas nunca mais serão os mesmos.

Eles compartilharam um silêncio prolongado.

— O que vamos fazer, padre?

— Ter fé, Pino. Vamos manter a fé e continuar fazendo o que é certo. Fui informado em Madesimo de que teremos dois novos viajantes para jantar nesta noite. Quero que você descanse hoje. Vou precisar de você para guiá-los de manhã.

★ ★ ★

Isso se tornou padrão durante as semanas seguintes. Em intervalos regulares de poucos dias, dois, três ou, às vezes, quatro viajantes tocavam a campainha da Casa Alpina. Pino saía com eles de madrugada, subia a montanha com a luz que a lua oferecia e usava as lamparinas de carboneto somente quando o céu estava encoberto ou na lua nova. Nessas viagens, depois de entregar seus protegidos aos cuidados de Bergstrom, ia para a cabana de pastores.

Era um lugar rústico com uma fundação de pedras empilhadas enterrada em um lado da encosta, telhado de folhas sustentado por vigas e uma porta que se movia presa a dobradiças de couro. Havia um colchão de palha e um fogão a lenha com toras e um machado. Naquelas noites na cama, quando alimentava o fogo, Pino se sentia solitário. Mais de uma vez tentou invocar lembranças de Anna como consolo, mas tudo o que conseguia lembrar era o guincho do bonde que a escondeu de seus olhos.

Os pensamentos, então, tornavam-se abstratos: garotas e amor. Esperava ter os dois na vida. Especulava como seria sua garota e se ela amaria as montanhas tanto quanto ele, se esquiaria, e uma centena de outras perguntas com respostas impossíveis de descobrir, o que o enlouquecia.

No começo de novembro, Pino guiou a fuga de um piloto da British Royal Air Force, derrubado durante um bombardeio em Gênova. Uma semana depois, ajudou um segundo piloto abatido a chegar ao sr. Bergstrom. E quase todos os dias mais judeus chegavam à Casa Alpina.

Nos dias escuros de dezembro de 1943, o Padre Re ficou preocupado por causa do maior número de patrulhas nazistas subindo e descendo a estrada do passo do Spluga.

— Eles estão desconfiados — disse o padre a Pino. — Os alemães não encontraram muitos judeus. Os nazistas sabem que eles receberam ajuda.

— Alberto Ascari diz que houve atrocidades, padre — respondeu Pino. — Os nazistas mataram sacerdotes que ajudavam judeus. Arrastaram os padres do altar no meio de missas.

— Também soubemos disso. Mas não podemos deixar de amar nossos semelhantes porque temos medo, Pino. Se perdermos o amor, tudo estará perdido. Só temos que ser mais espertos.

No dia seguinte, o Padre Re e um sacerdote de Campodolcino pensaram em um plano genial. Decidiram usar vigias para acompanhar as patrulhas nazistas na estrada do passo do Spluga e improvisaram um sistema de comunicação.

Na capela atrás da Casa Alpina, havia uma passarela em torno do interior do campanário. Dela, através de persianas que se abriam em um lado da torre, os meninos viam o andar mais alto da reitoria mil e quinhentos metros abaixo, em Campodolcino, e uma janela em particular. A cortina daquela janela ficava fechada quando os alemães estavam patrulhando o local. Se a cortina ficasse aberta durante o dia, ou uma lamparina brilhasse nela à noite, os refugiados podiam ser levados com segurança pela montanha para Motta em carros de boi, escondidos sob pilhas de feno para evitar detecção.

Quando ficou claro que Pino não podia guiar todos os judeus, os pilotos abatidos ou os refugiados políticos que chegassem à Casa Alpina procurando um caminho para a liberdade, ele começou a ensinar as rotas para vários meninos mais velhos, e até para Mimo.

Não houve nevascas pesadas até o meio de dezembro de 1943. Depois esfriou, e o céu começou a despejar flocos mais frequentes e maiores. Neve leve e fina se acumulava nas calhas e nas bacias da parte superior do Groppera, aumentando a probabilidade de avalanches, que logo fecharam a rota preferida pelo norte para Val di Lei e o passo Emet para a Suíça.

Muitos refugiados nunca haviam enfrentado o frio nem a neve e não tinham a menor ideia de como era escalar uma montanha, por isso o Padre Re arriscava mandar Pino, Mimo e outros guias para a rota mais fácil pelo sul para o Degrau do Anjo. Eles começaram a levar esquis com peles de esquiar para acelerar a viagem de volta.

Os irmãos saíram da Casa Alpina naquela terceira semana de dezembro e se juntaram à família em Rapallo para comemorar o Natal e especular se a guerra algum dia acabaria. Os Lella tinham esperança de que os Aliados já tivessem libertado a Itália àquela altura. Mas a chamada Linha Gustav alemã de caixas empilhadas, armadilhas de tanque e outras fortificações se sustentava a leste da cidade de Monte Cassino, até o mar Adriático.

O progresso dos Aliados fora detido.

***

Quando Pino e Mimo voltaram aos Alpes, o trem passou por Milão. Eles quase não reconheceram partes da cidade. Dessa vez, quando chegou à Casa Alpina, Pino estava mais que feliz por passar o inverno nos Alpes.

Ele e Mimo adoravam esquiar, eram especialistas no esporte. Usavam peles para subir as encostas acima da escola e desciam em linha reta sobre a neve fresca que caíra durante o breve período que passaram fora. Os dois meninos amavam a excitação da velocidade e de esquiar, mas para Pino aquilo era mais que aventura. Descer a encosta da montanha era o mais perto que estivera de voar. Ele era uma ave dos céus. Aquilo aquecia sua alma. Libertava-o de um jeito que nada mais fazia. Pino adormecia cansado, dolorido e feliz, esperando fazer tudo de novo no dia seguinte.

Alberto Ascari e sua amiga, Titiana, decidiram fazer uma festa de Ano-Novo na pousada dos Conte em Madesimo. O número de refugiados diminuíra durante a semana de festas e o Padre Re deu permissão a Pino para ir à comemoração.

Excitado, Pino engraxou as botas de escalada, vestiu suas melhores roupas e foi a pé a Madesimo sob uma neve fina que fazia tudo parecer mágico e novo. Ascari e Titiana davam os toques finais na decoração quando Pino chegou. Ele passou um tempo com os Conte, que, embora ainda de luto pelo filho, ficaram felizes com o lucro e a distração que a festa oferecia.

E que festa. Havia duas vezes mais mulheres que homens, e Pino dançou a noite toda. A comida era maravilhosa: presunto gordo e nhoque, polenta com queijo Montasio fresco e cervo com tomate seco e semente de abóbora. Vinho e cerveja jorravam abundantes.

Tarde da noite, Pino dançava com Frederica e percebeu que não havia pensado em Anna nenhuma vez. Estava se perguntando se a noite teria um fim maravilhoso, com um beijo de Frederica, quando a porta da pousada se abriu com violência. Quatro homens armados com rifles e metralhadoras entraram na casa. Eles usavam roupas velhas e imundos lenços vermelhos no pescoço. Os rostos magros estavam vermelhos do frio, e os olhos fundos fizeram Pino pensar nos cães ferozes que ele vira depois do começo dos bombardeios, escavando em busca de restos.

— Somos milicianos lutando para libertar a Itália dos alemães — anunciou um deles, lambendo, depois, o canto esquerdo interno da boca. — Precisamos de doações para continuar a luta. — Mais alto que os outros, ele tirou a touca de lã da cabeça e balançou na direção dos convidados.

Ninguém se mexeu.

— Filhos da mãe! — gritou o sr. Conte. — Vocês mataram meu filho!

Ele avançou contra o líder, que o agrediu com o cabo do rifle e o jogou no chão.

— Não fizemos nada disso — protestou o líder.

— Fizeram, Tito — disse Conte, ainda do chão, onde continuava deitado, com a cabeça sangrando. — Você ou um de seus homens deixou uma granada. Meu filho a pegou, achou que era um brinquedo. Ele está morto. Outro menino ficou cego, e outro perdeu a mão.

— Como eu disse — respondeu Tito —, não sabemos nada disso. Doações, *per favore*.

Ele apontou o rifle para o teto e disparou, o que fez os homens na festa esvaziarem os bolsos e as jovens damas abrirem as bolsas.

Pino tirou uma nota de dez liras do bolso e a entregou.

Tito a arrancou da mão dele, depois parou e o olhou de cima a baixo.

— Belas roupas — disse. — Vire os bolsos.

Pino não moveu um músculo.

Tito avisou:

— Vire os bolsos, senão vou deixá-lo sem roupa.

Pino queria esmurrá-lo, mas pegou uma carteira de couro com um ímã que seu tio Alberto havia desenhado e tirou dela um maço de liras, o qual entregou a Tito.

Tito assobiou e pegou o dinheiro. Depois, aproximou-se mais e estudou Tito, exalando uma ameaça tão forte quanto o mau cheiro de seu corpo e do hálito.

— Conheço você — disse.

— Não, não conhece.

— Sim, conheço — disse, aproximando seu rosto do dele. — Já vi você pelo binóculo. Vi você passar pelo Passo Angeloga e atravessar o Emet com muitos desconhecidos.

Pino não disse nada.

Tito sorriu, depois lambeu o canto da boca.

— O que os nazistas dariam para saber sobre você?

— Pensei que lutasse contra os alemães — respondeu Pino. — Ou isso era só uma desculpa para assaltar uma festa?

Tito bateu com o cabo do rifle no estômago de Pino, derrubando-o no chão.

— Fique longe daqueles passos, garoto — avisou Tito. — E manda o mesmo recado para o padre. O Degrau do Anjo? O Emet. São nossos. Entendeu?

Pino ficou no chão ofegante e se recusou a responder.

Tito o chutou.

— Entendeu?

Pino assentiu, o que agradou a Tito, que o estudou.

— Belas botas. Que número?

Pino grunhiu uma resposta.

— Com dois pares de meias quentes, vão funcionar. Tira.

— São as únicas que tenho.

— Pode tirar as botas vivo, senão eu tiro quando você estiver morto. A escolha é sua.

Humilhado e odiando o homem, mas desejando continuar vivo, Pino desamarrou as botas e as tirou. Quando olhou para Frederica, ela ficou vermelha e desviou o olhar, despertando em Pino a sensação de estar cometendo um ato de covardia ao entregar as botas a Tito.

— A carteira também — exigiu Tito, estalando os dedos duas vezes.

— Meu tio a fez para mim.

— Fala para ele fazer outra. Diz que é por uma boa causa.

Carrancudo, Pino enfiou a mão no bolso e pegou a carteira, jogando-a para Tito. Tito a pegou no ar.

— Garoto esperto.

Ele acenou com a cabeça para os homens que comandava. O grupo pegou a comida da festa e a enfiou nos bolsos e nas sacolas antes de ir embora.

— Fica longe do Emet — repetiu Tito. E eles partiram.

* * *

Quando a porta foi fechada depois da saída do bando, Pino sentiu vontade de dar um soco na parede. A sra. Conte havia corrido para perto do marido e limpava seu ferimento com um pano.

— Você está bem? — perguntou Pino.

— Vou sobreviver — respondeu o dono da pousada. — Devia ter pegado minha arma. Atirado em todos.

— Quem era o miliciano? Você disse Tito?

— Sim, Tito de Soste. Mas ele não é miliciano. É só um patife e contrabandista de uma longa linha de patifes e contrabandistas. E agora é assassino.

— Vou pegar minhas botas e minha carteira de volta.

A sra. Conte balançou a cabeça.

— Tito é ardiloso e perigoso. Se sabe o que é bom para você, Pino, fique longe dele.

Pino se sentia desgostoso por não ter enfrentado Tito. Não conseguia mais ficar na festa. Para ele, havia acabado. Tentou arranjar botas ou sapatos emprestados, mas ninguém usava seu número. No fim, ele pegou meias de lãs e galochas com o dono da pousada e voltou para a Casa Alpina no meio da tempestade.

Quando terminou de contar ao Padre Re o que Tito fizera e revelou que ele e seus homens haviam matado Nicco e aleijado as outras crianças, o sacerdote falou:

— Você escolheu o bem maior, Pino.

— E por que não me sinto bem com isso? — argumentou Pino, ainda furioso.

— Ele me disse para avisar o senhor que é para ficar longe do Degrau do Anjo e do Emet.

— Ele sabia? — O Padre Re endureceu a expressão. — Bom, sinto muito, mas não vamos fazer o que ele quer.

10

Um metro de neve cobria as montanhas acima da Casa Alpina no Ano-Novo, e mais um metro caiu dois dias depois. Havia tanta neve que só conseguiram retomar as fugas na segunda semana de janeiro.

Depois de substituir as botas, Pino e o irmão começaram a guiar judeus, pilotos abatidos e outros refugiados em grupos de até oito pessoas. Apesar dos avisos de Tito para não usarem Passo Angeloga, eles se mantiveram na rota mais branda pelo sul para Val di Lei, mudando constantemente os dias e os horários das viagens e esquiando de volta pela rota norte para Madesimo.

Esse sistema funcionou bem até o começo de fevereiro de 1944. Quando a lanterna brilhava na janela mais alta da reitoria em Campodolcino, refugiados escondidos embaixo do feno em carros de boi subiam de Madesimo para a Casa Alpina, depois seguiam Pino ou outro garoto pelo Groppera para a Suíça.

Quando chegou à cabana do pastor meio atordoado no começo daquele mês, Pino encontrou um bilhete preso com um prego na porta da cabana: "Último aviso".

Pino jogou o bilhete no fogão e o usou para atear fogo à madeira lá dentro. Ajudou. Ele ajustou o abafador e saiu para cortar mais lenha. Esperava que Tito estivesse lá fora, em algum lugar no vasto terreno alpino à volta, olhando pelo binóculo e vendo que ele se recusava a...

Uma tremenda explosão abriu a porta da cabana. Pino se jogou na neve. Ficou ali tremendo de medo por vários minutos antes de reunir coragem para olhar lá dentro. O fogão estava irreconhecível. A força da bomba, ou da granada, ou do que havia sido deixado lá arrebentara a estrutura, projetando estilhaços de metal quente que lascaram a fundação de pedras e penetraram em vigas e na carpintaria como pequenas facas. Brasas brilhantes furaram sua mochila e atearam fogo ao colchão de palha. Ele levou os dois objetos para fora e os enterrou na neve, sentindo-se completamente exposto. Se Tito deixara uma bomba no fogão da cabana, ele não hesitaria em atirar em Pino.

Pino resistiu à sensação de que alguém apontava uma arma para ele quando calçou novamente os esquis, pendurou a mochila nos ombros e pegou os bastões de esqui. A cabana não era mais um refúgio e a rota do sul não era mais opção viável.

— Resta apenas um caminho — disse Pino ao Padre Re naquela noite junto ao fogo, enquanto os meninos e vários novos visitantes comiam outra delícia feita pelo irmão Bormio.

— Com a neve acumulando, era inevitável que você tivesse que usá-lo em algum momento — respondeu o padre. A neve no corredor sobre o cume é removida pelo vento, e lá o equilíbrio é melhor. Você vai de novo com Mimo depois de amanhã, ensine o caminho a ele.

Pino se lembrou da chaminé, da passarela e da travessia com o cabo abaixo do despenhadeiro do Groppera e foi imediatamente tomado pela dúvida. Um passo em falso lá em cima, nessas condições, significava a morte.

O Padre Re apontou para os visitantes e disse:

— Você vai levar a jovem família e a mulher com o estojo de violino. Ela tocava no Alla Scala.

∗ ∗ ∗

Pino se virou, intrigado, e reconheceu a violinista da festa oferecida pelos pais na noite do primeiro bombardeio. Sabia que a mulher tinha mais ou menos quarenta anos, mas parecia que ela havia envelhecido e que estava doente. Como era seu nome?

Pino tirou da cabeça os pensamentos sobre Groppera, chamou Mimo e se aproximou da mulher.

— Você se lembra de nós? — perguntou Pino.

A violinista parecia reconhecê-los.

— Somos filhos de Porzia e Michele Lella. Você foi a uma festa em nosso apartamento na *via* Monte Napoleone.

Mimo acrescentou:

— E gritou comigo na frente do Teatro alla Scala por ser um menininho que não enxergava o que acontecia à volta. Estava certa.

Um sorriso lento surgiu em seu rosto.

— Parece que faz muito tempo.

— Você está bem? — perguntou Pino.

— Só com um pouco de enjoo — respondeu ela. — A altitude. Acho que nunca estive em um lugar tão alto. O Padre Re disse que vou me acostumar em um ou dois dias.

— Como devemos chamá-la? — indagou Mimo. — Qual é o nome que consta em seus documentos?

— Elena... Elena Napolitano.

Pino notou a aliança de casamento na mão dela.

— Seu marido também veio, sra. Napolitano?

Ela fez cara de choro, abraçou a barriga e quase se sufocou.

— Ele chamou a atenção dos alemães enquanto saímos do apartamento. Eles... eles o levaram para o *binario* Vinte e Um.

— O que é isso? — perguntou Mimo.

— É para onde levam todos os judeus capturados em Milão. Plataforma Vinte e Um da estação central. Eles os colocam em vagões de gado, e eles desaparecem, são levados para... ninguém sabe. Não voltam. — Lágrimas escorriam por seu rosto e seus lábios tremiam com a emoção.

Pino pensou no massacre em Meina, onde os nazistas metralharam judeus no lago. Sentia-se nauseado e impotente.

— Seu marido deve ter sido um homem corajoso.

A sra. Napolitano choramingou e concordou, balançando a cabeça.

— Mais que isso.

Depois de se recompor, ela secou os olhos com um lenço e disse, com voz rouca:

— O Padre Re disse que vocês dois vão me levar para a Suíça.

— Sim, mas com essa neve não vai ser fácil.

— Nada que valha a pena é fácil — respondeu a violinista.

Pino olhou para os sapatos dela, mocassins pretos e baixos.

— Você veio até aqui com esses calçados?

— Eu os embrulhei em pedaços de cobertor de bebê. Ainda os tenho.

— Não vai dar certo. Não no lugar aonde vamos.

— É só o que tenho.

— Vamos encontrar botas para você com os meninos. Que número você calça?

A sra. Napolitano respondeu. À tarde, Mimo havia conseguido um par de botas e massageado o couro com uma mistura de piche e óleo para impermeabilizar o calçado. Também arranjara ceroulas de lã para ela usar por baixo do vestido, um sobretudo, chapéu e luvas de lã.

— Aqui — disse o Padre Re, entregando a ela fronhas brancas com buracos cortados para os ombros e a cabeça. — Use-as.

— Por quê? — estranhou a sra. Napolitano.

— Vão percorrer um caminho que tem muitos trechos ao ar livre. Alguém no fundo do vale pode ver suas roupas escuras. Mas, com isso, você se camufla na neve.

Acompanharia a sra. Napolitano a família D'Angelo – Peter e Liza, que eram os pais, Anthony, de sete anos, e sua irmã Judith, de nove. Moradores dos Abruzzos, tinham boa forma física por terem vivido como agricultores nas encostas das montanhas ao sul de Roma.

A sra. Napolitano, porém, passara a maior parte da vida em ambientes fechados e sentada, tocando violino. Ela disse que andava sempre a pé em Milão, raramente pegava o bonde, mas Pino podia deduzir por sua respiração na Casa Alpina que a subida seria difícil para ela e para ele.

***

Em vez de pensar no que poderia dar errado, Pino tentou se concentrar em tudo de que poderia precisar. Havia nove metros a mais de corda que pegou com o irmão Bormio e que Mimo carregaria a tiracolo, além de sua mochila, o machado para gelo e esquis. Pino acrescentou vários mosquetões à mochila já cheia, outro machado de gelo, esquis, peles de montanhismo, bastões e um punhado de ganchos.

Partiram às duas da manhã. A lua estava quase cheia, refletindo luz suficiente na neve para não precisarem de lanterna. Sair tão cedo poderia ser infernal, com todos eles tendo que abrir buracos para as estacas na primeira subida para chegar ao cume, mas, na tarde anterior, o Padre Re havia mandado todos os meninos da Casa Alpina marcarem a subida vertical de cento e vinte e dois metros, pisoteando a colina. Apesar da dor crônica no quadril, o padre abrira a maior parte da trilha.

O resultado era um caminho batido que subia pelo flanco ocidental do Groppera. Provavelmente, foi o que salvou a vida da sra. Napolitano. Embora levasse apenas seu amado violino no estojo, ela arfou muito no começo da encosta, parando com frequência, respirando com dificuldade e balançando a cabeça antes de abraçar o violino e continuar.

Durante a escalada, que para ela demorou quase uma hora, Pino falou pouco, limitando-se a incentivá-la com frases como "é isso mesmo", "está indo bem", "só mais um pouco e vamos descansar".

Ele sentia que mais que isso seria inútil. Não estava lidando com as barreiras psicológicas que conseguira superar com o comerciante de charutos ao mudar de assunto. A sra. Napolitano simplesmente não tinha o preparo físico necessário para fazer uma escalada tão difícil. Enquanto a seguia montanha acima, ele rezava para a mulher ter vontade e determinação suficientes para compensar a falta de preparo.

Neve e fendas profundas tornaram o campo de pedras na bacia ainda mais traiçoeiro, mas, com a ajuda de Pino, a violinista atravessou a área sem incidentes.

Quando chegaram à cauda da passarela estreita do cume, porém, a sra. Napolitano começou a tremer.

— Não sei se vou conseguir — disse. — Eu devia voltar com seu irmão. Estou atrapalhando os outros.

— Não pode ficar na Casa Alpina — explicou Pino. — É muito perigoso para qualquer pessoa ficar lá por tanto tempo.

A violinista não disse nada, mas se virou, segurou a barriga com a força e vomitou.

— Sra. Napolitano? — chamou Pino.

— Está tudo bem — disse ela. — Isso passa.

— Está grávida? — perguntou a sra. D'Angelo, no escuro.

— Uma mulher sempre sabe — arfou a sra. Napolitano.

Ela estava grávida? Pino sentiu o peso sobre seus ombros. *Ó meu Deus! Um bebê? E se...?*

— Tem que tentar! Pelo bebê — disse a sra. D'Angelo para a sra. Napolitano. — Não vai querer voltar. Você sabe o que isso significa.

— Pino? — sussurrou Mimo, depois de um silêncio prolongado. — Eu posso levá-la de volta, esperar que se acostume com a altitude.

Pino quase concordou, mas a sra. Napolitano disse:

— Eu vou subir.

E se a altitude afetar a senhora, o bebê...?

Pino se obrigou a parar. Não podia deixar o medo dominar seu cérebro. Não havia lugar para medo. Tinha que pensar – e com clareza.

Dizendo isso a si mesmo muitas vezes, Pino pegou a segunda corda de Mimo e fez um laço passando por baixo das axilas da sra. Napolitano. Depois, subiu na cauda da passarela do cume. Com Mimo atrás dela, Pino puxou, arrastando a violinista para o cume. Era difícil, tarefa ainda mais complicada pelo fato de ela carregar o estojo do violino, o qual ela se recusava a deixar com Mimo.

— Vai ter que deixar o violino — disse Pino, ao jogar o laço para baixo.

— Nunca. Meu violino sempre me acompanha.

— Deixe-me carregá-lo, então. Eu guardo na mochila e devolvo quando chegarmos à Suíça.

A luz do luar o deixou ver a sra. Napolitano pensando na proposta.

— Vai precisar das mãos e dos pés livres quando seguirmos em frente — explicou. — Se ficar com o violino, vai pôr em risco a vida do bebê.

Depois de uma pausa, ela entregou o estojo e disse:

— É um Stradivarius. E é tudo que tenho.

— Vou cuidar dele como meu pai cuidaria — prometeu Pino, prendendo o estojo do violino embaixo da aba que fechava a mochila.

★ ★ ★

Em pouco tempo, Pino havia puxado os filhos dos D'Angelo – que tratavam tudo como uma grande aventura – e depois os pais deles, que incentivavam essa disposição. Como fizera com quase todos os grupos de refugiados, ele os uniu com uma corda, com a sra. Napolitano logo atrás dele seguida pela sra. D'Angelo, as crianças, o sr. D'Angelo e Mimo no fim da fila.

Antes de andarem pelo cume, o menino fez um ruído de choramingo e começou a discutir com a irmã.

— Parem — sussurrou Pino, ríspido.

— Ninguém pode nos ouvir aqui — respondeu Anthony.

— A montanha pode ouvir — disse Pino, com tom firme. — Se fizer muito barulho, ela vai acordar e tremer embaixo do seu cobertor de neve e provocar avalanches capazes de enterrar todos nós.

— A montanha é um monstro? — perguntou Anthony.

— É como um dragão — disse Pino. — Por isso temos que ser cuidadosos e silenciosos; estamos escalando suas costas cheias de escamas.

— Onde fica a cabeça? — Judith quis saber.

— Em cima de nós — respondeu Mimo. — Nas nuvens.

Aparentemente, a explicação satisfez as crianças e o grupo seguiu em frente. O que havia demorado menos de uma hora para fazer na última escalada levou mais de duas pela rota mais difícil. Eram quase quatro e meia da manhã quando chegaram à chaminé. Pino via a fenda na face quase vertical da montanha, mas precisava de mais luz que a do luar para escalar aquele trecho.

Ele despejou água na lamparina de carboneto e fechou bem a tampa para selar os vapores que rapidamente enchiam o reservatório. Depois de esperar um minuto, ele abriu a válvula de gás e riscou o acendedor. Na segunda tentativa, uma chama azul brilhou contra um recipiente refletor, projetando luz suficiente para poderem ver o desafio que os esperava.

— Ai, meu Deus — gemeu a sra. Napolitano. — Ai, meu Deus.

Ele pôs a mão em seu ombro.

— Não é tão ruim quanto parece.

— É pior do que parece.

— Não, não é. Em setembro, quando a rocha estava descoberta, era pior, mas está vendo o gelo dos dois lados? O gelo estreitou a chaminé e a tornou mais fácil de escalar.

Pino olhou para o irmão.

— Pode demorar um pouco, mas vou cortar degraus. Mantenha todo mundo em movimento e se aquecendo até me ouvir assobiar. Esse será o aviso de que vou mandar os machados para baixo. Então, prenda a corda no sr. D'Angelo e mande-o. Vou precisar da força dele lá em cima. Você sobe por último.

Pela primeira vez, Mimo não discutiu sobre ser o último. Pino se soltou da corda do grupo, deixou cair a mochila e prendeu os grampos de ferro. Com o rolo de corda de Mimo pendurado no ombro, pegou os dois machados de gelo e fez uma prece antes de começar a subir. De costas para a montanha, Pino lembrou-se de não olhar para baixo antes de apoiar os pés nos grampos, esticar os braços para cima e cravar a ponta afiada dos machados na camada de gelo.

A cada meio metro conquistado, Pino parava e recortava degraus caprichosos para os outros. Era um trabalho muito lento, e quanto mais subia mais ele tomava consciência das luzes se acendendo uma a uma em Campolcino. Sabia que, com um binóculo, era possível ver a parte interna da chaminé de gelo, mas sentia que não tinha escolha.

Quarenta minutos mais tarde, coberto de suor, Pino chegou à varanda. Manteve a lamparina acesa por tempo suficiente para prender um mosquetão a uma estaca que ele havia enterrado na rocha na última vez que subira por ali e para passar uma ponta da corda pelo mosquetão antes de testá-lo com o peso do próprio corpo. A âncora se sustentou.

Pino amarrou os machados de gelo e suas estacas à corda, assobiou e desceu as ferramentas pela chaminé. Passados vários minutos, ele ouviu o irmão assobiar e soltou a corda. O sr. D'Angelo chegou à varanda quinze minutos depois. Juntos, eles logo puxaram o filho, a filha e a esposa dele.

* * *

Pino conseguia ouvir a sra. Napolitano gemer de medo antes mesmo de ela entrar na fenda de gelo. Ele baixou a lamparina de garimpo para ela usá-la. A luz adicional só serviu para aumentar o terror da violinista grávida. Tremendo da cabeça aos pés, ela pegou os machados de gelo e usou o apoio dos mosquetões para subir para a chaminé.

— Mão direita primeiro — disse Mimo. — É só dar uma batida aí onde Pino deixou tudo pronto.

A sra. Napolitano seguiu as instruções, mas bateu sem muita força, e o machado se soltou antes que ela apoiasse o peso nele.

— Não consigo — disse ela. — Não consigo.

Mimo a incentivou.

— É só subir a escada que Pino cortou, vai cravando os machados e a lâmina dos mosquetões com bastante força, crava e tira, até subir.

— Eu vou escorregar.

Pino falou, pela abertura:

— Não. Estamos segurando a corda, e você não vai cair se apoiar os pés nos mosquestões e cravar os machados no gelo com toda sua força, como se... como se fosse o arco do seu violino quando toca *con smania*.

O último comentário, que se referia a tocar com paixão, serviu para incentivá-la, porque a sra. Napolitano deu um golpe forte com o machado na mão direita. Do alto, Pino ouviu a lâmina perfurar e penetrar no gelo. Ele recuou para ajudar o sr. D'Angelo com a corda e deixou a esposa dele deitada de bruços, olhando para baixo pela calha para informar cada vez que a violinista grávida ia mudar de posição e subir mais um pouco. Enquanto os outros subiam de meio em meio metro, ela progredia em centímetros.

Quase quatro metros acima do chão, a sra. Napolitano perdeu o equilíbrio, gritou e caiu. Eles a seguraram, e ela ficou ali, pendurada, gemendo e resmungando até eles a convencerem a tentar de novo. Passados trinta e cinco minutos de muita tensão, eles a puxaram para cima da varanda. À luz trêmula da lamparina de garimpo, o gelo cobria suas roupas e havia secreção de nariz congelada em seu rosto, criando a impressão de que tinha atravessado um inferno de gelo.

— Odiei isso — desabafou ela. — Cada segundo disso, eu odiei.

— Mas aqui está você — disse Pino, sorrindo. — Poucas pessoas teriam conseguido, e você conseguiu. Por seu bebê.

A violinista tocou a barriga embaixo do sobretudo com as luvas e fechou os olhos. Mais vinte minutos passaram antes que eles conseguissem pegar as mochilas, tarefa complicada pelos bastões e pelos esquis presos às laterais, e mais quinze minutos até Mimo subir pela chaminé.

— Não foi tão ruim — disse ele.

— Deve ter sido torturado na infância — respondeu a sra. Napolitano.

O relógio de Pino marcava quase seis horas. Logo amanheceria. Ele os queria fora da face do Groppera antes disso. Pino prendeu todos novamente na corda e seguiram em frente.

Às seis e meia, quando deveriam ver a primeira claridade no céu a leste, de repente ficou mais escuro do que havia estado durante todo o trajeto. A lua desapareceu. Pino sentiu a mudança no vento, que agora era mais forte e vinha do norte.

— Temos que ir mais depressa — disse ele. — Vem vindo uma tempestade.

— O quê? — gritou a sra. Napolitano. — Aqui em cima?

— É onde as tempestades acontecem — respondeu Mimo. — Mas não se preocupe. Meu irmão conhece o caminho.

Pino conhecia o caminho, e, durante uma hora, quando a luz do dia chegou com a neve, eles progrediram de maneira estável. A nevasca era boa notícia, Pino decidiu. Ajudaria a escondê-los de olhares curiosos.

Por volta das sete e meia, a tempestade ficou mais forte, e Pino tirou da mochila um par de óculos de montanhismo que o pai lhe dera no Natal, com viseiras laterais de couro para impedir a entrada da neve. Nuvens escuras envolviam o Groppera. Super-resfriadas pela fenda congelada acima deles, as nuvens começaram a despejar neve. Pino lutou contra o pânico e usou os bastões de esqui para testar o caminho diante dele, consciente de que, quanto mais subiam, maior era a probabilidade de um passo em falso. O vento formava rodamoinhos, provocando cortinas de neve que os cegavam. A visibilidade era tão baixa que ele progredia quase às cegas, e isso o irritava. Pino tentava manter a fé, mas duvidava, e o medo se esgueirava para dentro de sua mente. E se fizesse uma curva errada? Ou escorregasse em um momento crucial e caísse? Com seu peso, arrastaria todos os outros para uma queda fatal. Ele sentiu o puxão na corda indicando que devia parar.

— Não enxergo nada — chorou Judith.

— Nem eu — respondeu a mãe dela.

— Vamos esperar, então — decidiu Pino, tentando manter a voz calma. — Virem-se de costas para o vento.

Continuava nevando. Se o vento se mantivesse constante, eles nunca chegariam à passarela. Mas ele soprava forte e estancava por alguns minutos. Nesses intervalos, Pino via a rota e conduzia o grupo, que continuou subindo até ele sentir a linha do cume se estreitar e ficar plana. Quinze metros adiante, enxergou a passarela e as bocas côncavas e nevadas das calhas de avalanche dos dois lados.

★★★

— Aqui vamos um a um — disse Pino. — Estão vendo aquelas pequenas poças de neve ao lado do pináculo? Não pisem ali. Ponham os pés exatamente onde eu puser os meus, e tudo vai ficar bem.

— O que tem embaixo daquela neve? — perguntou a sra. Napolitano.

Pino não queria contar a ela. Mimo contou:

— Ar. Muito ar.

— Ai — gemeu. — Aaaaai.

Pino queria bater no irmão.

— Vamos, sra. N. — disse, tentando adotar um tom encorajador. — Já veio até aqui e já passou pelo pior. Eu vou segurar a outra ponta da corda.

A violinista bufou, hesitou, depois, com um movimento fraco de cabeça, concordou. Pino desamarrou a corda do grupo e a prendeu a Mimo a fim de criar uma linha longa. Enquanto trabalhava, ele cochichou para o irmão:

— De agora em diante, fique de boca fechada.

— O quê? Por quê?

— Às vezes, quanto menos se sabe, melhor.

— De onde venho, quanto mais se sabe, melhor.

Percebendo que era inútil discutir, Pino amarrou a corda em torno de sua cintura; imaginou-se como um equilibrista sobre a corda bamba e segurou os bastões de esqui no sentido horizontal para ajudar no equilíbrio.

Cada passo era pavoroso. Primeiro, ele testava com a ponta do mosquetão, chutando com delicadeza até ouvir pedra ou gelo; depois, cravava o calcanhar diretamente naquele ponto. Duas vezes sentiu que podia perder o equilíbrio, mas em ambas conseguiu se recuperar antes de chegar ao parapeito estreito diante de si. Fez uma pausa e apoiou a testa na rocha; lá se manteve até sentir que estava suficientemente recuperado para cravar o gancho.

Então, passou a ponta da corda por ele. Mimo puxou a corda, que ficou reta e rígida como um corrimão. O vento soprou forte. O rodamoinho branco voltou. Ficaram visualmente apartados por mais de um minuto. Quando o vento acalmou e ele viu os outros do lado oposto da passarela, pareciam fantasmas.

Pino engoliu em seco.

— Mandem Anthony primeiro.

Anthony segurou a corda esticada com a mão direita e foi pisando exatamente nas pegadas de Pino. Ele atravessou em um minuto. Judith seguiu o irmão, repetindo o mesmo procedimento. Os dois cumpriram a tarefa com relativa facilidade.

Depois, foi a vez da sra. D'Angelo. Ela ficou paralisada entre as calhas de avalanche, como se estivesse hipnotizada.

O filho dela gritou:

— Vem, mamãe. Você consegue.

Ela seguiu em frente, abraçou os filhos e chorou ao terminar a travessia. O sr. D'Angelo atravessou atrás da esposa e chegou ao outro lado em segundos. Ele explicou que havia sido ginasta quando criança.

O vento soprou antes de a sra. Napolitano começar a jornada. Pino resmungou um palavrão. Sabia que o truque para atravessar um obstáculo como a passarela era não pensar nele até estar em movimento. Mas agora ela não conseguia não pensar.

No entanto, a subida da chaminé parecia ter dado coragem à sra. Napolitano, porque, quando o vento parou de soprar e a visibilidade voltou, ela começou a atravessar sem esperar o incentivo de Pino. Após percorrer três quartos da passarela, o vento voltou a soprar forte, e ela desapareceu atrás da cortina branca.

— Não mova um músculo — gritou Pino para o nada. — Espere!

A sra. Napolitano não respondeu. Ele continuou testando a corda com delicadeza, sentindo o peso dela na passarela, até que, por fim, o vento parou, e ela estava lá coberta de neve, imóvel como uma estátua.

Quando chegou ao parapeito, agarrou-se a Pino com força e o segurou por alguns momentos; então, disse:

— Acho que nunca senti tanto medo na vida. Sei que nunca rezei com tanto fervor.

— Suas preces foram atendidas — respondeu Pino, batendo de leve nas costas dela e assobiando para o irmão em seguida.

Com uma ponta da corda fortemente amarrada à cintura do irmão e Pino pronto para recolher o trecho que ficaria mais frouxo, ele perguntou:

— Pronto?

— Nasci pronto — respondeu Mimo. Ele começou a travessia com passos rápidos e seguros.

— Mais devagar — disse Pino, tentando puxar a corda frouxa pelo gancho o mais depressa possível.

Mimo já estava quase entre as duas calhas de avalanche.

— Por quê? — perguntou. — O Padre Re disse que sou mestiço de carneiro da montanha.

As palavras mal haviam acabado de sair de sua boca, quando ele tropeçou. O pé direito se projetou depressa demais e atravessou a neve. Houve um ruído como alguém socando um travesseiro. Depois, a neve na calha girou e escorreu como água descendo em círculos por um ralo, e, para o horror de Pino, seu irmão foi junto, desaparecendo em um rodamoinho branco.

11

— Mimo! — gritou Pino, jogando o peso para trás na corda. O corpo do irmão sofreu um tranco no vazio e quase tirou Pino do chão.

— Socorro! — gritou Pino para o sr. D'Angelo.

A sra. Napolitano chegou primeiro, agarrou a corda atrás de Pino com as mãos dentro das luvas e jogou seu peso para trás. A corda aguentou. A carga continuava suspensa.

— Mimo! — gritou Pino. — Mimo!

Nenhuma resposta. O vento soprava forte e com ele o mundo sobre a calha de avalanche ficou branco mais uma vez.

— Mimo!

Silêncio por um momento, depois se ouviu uma voz fraca, trêmula:

— Estou aqui. Pelo amor de Deus, me puxe. Não tem nada além de ar embaixo de mim. Acho que vou vomitar.

Pino tentou puxar a corda, mas ela não se movia.

— Minha mochila enroscou em alguma coisa — disse Mimo. — Pino, me abaixa um pouco.

O sr. D'Angelo havia tomado o lugar da sra. Napolitano, e, embora odiasse ceder terreno em uma situação como essa, Pino, relutante, deixou a corda escorregar um pouco por suas mãos nas luvas de couro.

— Consegui — disse Mimo.

Eles puxaram e usaram o peso do corpo para levar Mimo de volta à beirada. Pino amarrou a corda e fez o sr. D'Angelo segurar suas pernas para poder agarrar a mochila do irmão. Ao ver que Mimo perdera o chapéu, que havia um corte sério e sangue em sua cabeça e que a calha de avalanche tinha despencado lá embaixo, Pino sentiu a descarga de adrenalina e puxou o irmão para a plataforma.

Os dois irmãos ficaram sentados na pedra, arfando.

— Nunca mais faça isso — disse Pino, por fim. — *Mamma* e *papà* nunca me perdoariam. Eu nunca me perdoaria.

Mimo não escondeu o espanto.

— Acho que essa foi a coisa mais bondosa que você já me disse.

Pino passou um braço em torno do pescoço do irmão e o abraçou, com força.

— Chega, chega — protestou Mimo. — Obrigado por salvar a minha vida.

— Você teria feito a mesma coisa.

— É claro, Pino. Sempre. Somos irmãos.

Pino assentiu, sentindo que nunca tinha amado tanto o irmão quanto naquele momento.

A sra. D'Angelo sabia um pouco sobre primeiros socorros. Ela usou a neve para limpar o ferimento e estancar o sangue. Depois, eles rasgaram pedaços de uma echarpe para fazer um curativo e enrolaram o restante na cabeça de Mimo para improvisar um chapéu que, disseram as crianças, o deixava parecido com um adivinho.

O vento perdeu força, mas a neve caía mais forte quando Pino os levou por aquela trilha no cume ao longo do pescoço do despenhadeiro.

— Não podemos escalar aquilo — protestou o sr. D'Angelo, levantando a cabeça para o pico, que era como uma ponta de lança coberta de neve acima deles.

— Vamos contornar o pico — respondeu Pino. Depois, ele colou a barriga à parede e começou a andar de lado.

Um pouco antes de fazer a curva onde o parapeito se reduzia a dezenove ou vinte centímetros de largura, olhou para trás, para a sra. Napolitano e os outros.

— Tem um cabo aqui. Está congelado, mas vocês conseguem segurá-lo. Quero que o segurem com a mão direita com os dedos para cima e a esquerda com os dedos para baixo, para cima e para baixo, entenderam? Não soltem o cabo de jeito nenhum, por nada, até chegarem ao outro lado.

— Outro lado de quê? — perguntou a sra. Napolitano.

Pino olhou para a parede e para baixo e notou que a neve bloqueava toda a visibilidade do que seria uma queda muito, muito longa, uma queda à qual ninguém sobreviveria.

— A parede de pedra vai estar bem na frente de seu nariz — disse Pino. — Olhe para a frente e para o lado, mas não olhe para trás nem para baixo.

— Não vou gostar disso, vou? — perguntou a violinista.

— Aposto que não gostou da primeira noite em que tocou no Alla Scala, mas tocou; então pode fazer isso.

Apesar do gelo no rosto, ela lambeu os lábios, arrepiou-se e assentiu.

★ ★ ★

Depois de tudo o que passaram, atravessar a face rochosa pelo cabo e sobre o parapeito foi mais fácil do que Pino esperava. Aquele lado do pico, porém, ficava voltado para o sudeste, para a tempestade. Os cinco refugiados e Mimo atravessaram sem incidentes.

Pino desabou na neve, agradecendo a Deus a proteção e rezando para o pior já ter passado. No entanto, o vento voltou a soprar forte – não em rajadas, mas com uma força constante que arremessava os flocos de neve contra o rosto deles como se fossem agulhas geladas. Quanto mais se dirigiam no sentido nordeste, pior ficava a tempestade, até Pino não ter certeza de onde estava. De todos os obstáculos que enfrentaram desde que deixaram a Casa Alpina naquela manhã, mover-se às cegas em uma tempestade de neve por um cume aberto era o mais perigoso, pelo menos para Pino. Pizzo Groppera era cheio de fendas nessa época do ano. Podiam despencar seis metros ou mais dentro de uma delas e não serem encontrados até a primavera. Mesmo que ele evitasse os perigos físicos da montanha, com o frio e a umidade, vinha a ameaça de hipotermia e morte.

— Não consigo ver nada! — disse a sra. Napolitano.

Os filhos dos D'Angelo começaram a chorar. Judith não sentia os pés nem as mãos. Pino estava à beira do pânico quando, na frente deles, no meio da tempestade, surgiu um dólmen. O monumento de pedras imediatamente serviu de orientação para Pino. Val di Lei estava na frente deles, mas a floresta ainda estava a uns quatro quilômetros de distância, talvez cinco. Então ele lembrou que na trilha que subia ao norte do dólmen havia outra cabana de pastores com um fogão.

— Não podemos continuar enquanto a tempestade não enfraquecer! — gritou Pino. — Mas conheço um lugar onde podemos nos abrigar, aquecer e esconder!

Os refugiados concordaram, aliviados. Trinta minutos depois, Pino e Mimo estavam de quatro, deslocando neve para abrir a porta da cabana. Pino foi o primeiro a entrar e acendeu a lamparina de garimpo. Mimo verificou o fogão para ver se não tinha explosivos, só depois acendeu o fogo. Pino saiu e os convidou a entrar antes de subir no telhado para ter certeza de que a chaminé estava limpa.

Ele fechou a porta e disse ao irmão para acender o fogo. Os fósforos atearam fogo à mecha seca, e logo as toras de madeira queimavam. A luz revelou a exaustão no rosto de todos.

Pino sabia que ficar na cabana até a tempestade perder força era a decisão correta. Mas o sr. Bergstrom estava na floresta além do Val di Lei. O suíço suspeitaria de que a tempestade atrasara a viagem do grupo e voltaria quando ela passasse, não voltaria?

Em alguns momentos, essas dúvidas foram deixadas de lado. O fogãozinho estava quase vermelho de tão quente e espalhava um calor delicioso pela cabana de piso de terra e teto baixo. A sra. D'Angelo tirou as botas de Judith e começou a massagear os pés gelados da filha.

— Está formigando — falou Judith.

— É a circulação voltando — explicou Pino. — Sente-se mais perto do fogão e tire as meias.

Logo, todos tiravam as roupas mais pesadas. Pino examinou o ferimento na cabeça de Mimo, que havia parado de sangrar, e foi providenciar comida e bebida. Ele aqueceu o chá no fogão, e todos comeram queijo e pão e salame. A sra. Napolitano disse que aquela era a melhor refeição de sua vida.

Anthony adormeceu no colo do pai. Pino apagou a lamparina de garimpo e dormiu, um sono profundo e sem sonhos. Ele acordou apenas pelo tempo suficiente para ver que todos dormiam e verificar o fogo, que se resumia a brasas quase apagadas.

Horas mais tarde, Pino acordou com um barulho que lembrava o de um motor de locomotiva. O trem se aproximou, fez o chão tremer, passou e deixou só um silêncio profundo por muitos segundos, um silêncio interrompido apenas por rangidos e estalos das vigas que sustentavam o teto. Pino sentiu que estavam com problemas de novo.

— O que foi isso, Pino? — choramingou a sra. Napolitano.

— Avalanche — respondeu ele, tentando controlar o tremor de sua voz enquanto pegava a lamparina. — Veio lá de cima.

Ele acendeu a lamparina. Foi até a porta e, ao abri-la, sentiu o golpe. A avalanche de neve endurecida bloqueava completamente a única saída da cabana.

Mimo se aproximou dele, viu a densa parede de gelo e neve e, com um sussurro apavorado, disse:

— Maria, mãe de Deus, Pino. Isso nos enterrou vivos.

**

A cabana explodiu em choro e preocupações. Pino quase não ouvia as pessoas. Encarava a parede de gelo e sentia como se a mãe de Deus e o próprio Deus o tivessem traído, traído todo mundo na cabana. *De que adianta a fé agora? Essas pessoas só queriam segurança, refúgio da tempestade; em vez disso, receberam...*

Mimo puxou seu braço e perguntou:

— O que vamos fazer?

Pino olhou para o irmão, ouviu as perguntas amedrontadas que os D'Angelo e a sra. Napolitano faziam e se sentiu completamente arrasado. Tinha só dezessete anos, afinal. Parte dele queria se sentar à parede, baixar a cabeça e chorar.

Os rostos voltados para ele à luz da lamparina de garimpo, porém, recuperaram o foco. Essas pessoas precisavam dele. Estavam sob sua responsabilidade. Se morressem, a culpa seria sua. Isso acendeu algo dentro dele, e Pino olhou para o relógio. Faltavam quinze minutos para as dez da manhã.

Ar, pensou. Com essa única palavra, seu cérebro clareou e ele passou a ter um objetivo.

— Todo mundo quieto — disse, dirigindo-se ao fogão frio e virando o abafador. Para seu alívio, a peça se moveu. A neve não havia descido tanto pela chaminé.

— Mimo, sr. D'Angelo, me ajudem — disse Pino, calçando as luvas para tentar liberar a chaminé do fogão.

— O que está fazendo? — perguntou o sr. D'Angelo.

— Tentando evitar que nos sufoquemos.

— Ai, meu Deus — disse a violinista. — Depois de tudo que passei, meu bebê e eu vamos morrer aqui, sufocados.

— Não, se eu puder evitar.

Pino retirou o fogão do lugar, movendo-o para o lado. Depois, perto do teto, soltaram a parte mais baixa da chaminé de metal enegrecido e a deixaram de lado também.

Pino tentou iluminar o tubo com a lamparina de garimpo, mas não conseguia ver muita coisa. Ele enfiou a mão no buraco, tentando sentir alguma brisa, algum sinal de passagem de ar. Nada. Lutando contra o pânico, pegou um dos bastões de bambu que usava para esquiar e usou a faca para cortar a cestinha de couro e metal na parte de baixo, deixando exposta a extremidade pontiaguda de aço.

Pino empurrou o bastão pela chaminé. Ele parou quando metade do bastão havia desaparecido. Cutucou o bloqueio. A neve caiu no chão. Ele continuou batendo, girando o bastão e cutucando com a ponta de aço, provocando um fluxo constante de neve que caía do tubo. Cinco minutos. Dez minutos. Conseguia empurrar o bastão de esqui e o braço pela chaminé, e a passagem continuava bloqueada.

— Quanto tempo conseguiremos sobreviver aqui sem ar? — perguntou Mimo.

— Nem imagino — respondeu Pino; na sequência, puxou o bastão para baixo e o empurrou para cima de novo.

Ele pegou o segundo bastão e cortou o couro das cestas em tiras mais estreitas. Com elas e seu cinto, prendeu os dois bastões no sentido do comprimento, a ponta de um amarrada ao cabo do outro. Era uma conexão frágil, e Pino não podia mais cutucar com a mesma força de quando usava só um bastão.

Quanto tempo conseguiremos sobreviver sem ar? Quatro, cinco horas? Menos?

Mimo, o sr. D'Angelo e Pino se revezavam furando a neve na chaminé, enquanto a sra. Napolitano, a sra. D'Angelo e as crianças ficavam encolhidas em um canto, olhando. Todo o esforço físico havia transformado o interior da cabana em um ambiente morno, quase quente. O suor brotava da cabeça de Pino, que continuava empurrando os bastões de esqui para cima, picotando a neve pouco a pouco.

Duas horas depois de ter começado, quando o cabo de seu bastão mais baixo estava quase na altura do telhado, ele encontrou alguma coisa que parecia ser impossível de mover. Continuou batendo, mas só conseguia remover lascas de gelo. Devia haver um bloco lá em cima.

— Não vai — disse Mimo, frustrado.

— Continua — Pino o instruiu, se afastando para o lado.

A cabana agora estava quente e abafada. Pino tirou a camisa e sentiu que era difícil respirar. *É isso? Vai doer não ter ar?* Ele se lembrou de um peixe que tinha visto morrer na praia em Rapallo uma vez, como a boca e as guelras procuraram a água, cada movimento menor que o anterior, até não haver nenhum. *É assim que vamos morrer? Como peixes?*

Pino fez o possível para controlar o pânico que revirava seu estômago, enquanto o irmão e depois o sr. D'Angelo continuavam removendo a obstrução em pequenos fragmentos. *Deus, por favor. Por favor, não nos deixe morrer assim. Mimo e eu estávamos ajudando estas pessoas. Não merecemos morrer assim. Merecemos sair e continuar ajudando as pessoas a escapar do...*

Alguma coisa desceu da chaminé com um barulho alto e caiu nas mãos de Mimo.

— Ahhh — gritou ele, com dor. — Droga, essa doeu! O que é isso?

Pino apontou a lamparina de garimpo para o chão. Um pedaço de gelo do tamanho de dois punhos havia caído na terra. Ele, então, notou sombras dançando nas paredes e na terra em torno do pedaço de gelo. Foi até o cano da chaminé, pôs a mão dentro dela e sentiu um sopro gelado fraco, mas constante.

— Temos ar! — disse. E abraçou o irmão.

A sra. D'Angelo perguntou:

— E agora saímos daqui?

— E agora saímos daqui — confirmou Pino.

— Acha que conseguimos? — perguntou a sra. Napolitano.

— Não temos opção — respondeu Pino, olhando para cima pelo cano da chaminé, vendo uma luz fraca e lembrando como ela ficava alta no telhado. Depois, olhou para a porta aberta e para a neve dura que bloqueava a passagem. A parte de cima do batente era baixa, um metro e meio, talvez. Ele imaginou um túnel ascendente. Mas de que tamanho?

Mimo devia pensar a mesma coisa, porque disse:

— Temos pelo menos três metros de escavação.

— Mais — opinou Pino. — Não dá para cavar um poço reto para cima. Vamos ter que abrir um túnel formando um ângulo em direção à porta para podermos rastejar por ele.

★ ★ ★

Eles usaram os machados de gelo, a machadinha e a pequena pá de metal do fogão a lenha para atacar os escombros da avalanche. Cavaram em um ângulo de setenta e cinco graus com o batente da porta, tentando abrir uma passagem grande o bastante para rastejar por ela. A primeira parte, de um metro, foi relativamente fácil. A neve estava mais solta. Pequenos blocos e pedras de gelo do tamanho de pedregulhos se soltavam a cada golpe de machado.

— Vamos sair antes de escurecer — disse Mimo, usando a pá para jogar a neve para dentro, para a parte do fundo da cabana.

A lamparina de carboneto de Pino apagou, deixando-os na escuridão.

— Merda — Mimo reclamou.

— Mamãe — Anthony choramingou.

A sra. Napolitano disse:

— Como vamos ver a escavação?

Pino riscou um fósforo, enfiou a mão na mochila e pegou duas velas. Tinha três. Mimo também. Ele as acendeu e colocou ao lado da porta, acima do batente. Não tinham mais o brilho forte da lamparina de cabeça, mas seus olhos logo se ajustaram à luz trêmula, e eles voltaram a trabalhar nos escombros da avalanche, cortando e furando o que então parecia ser um bloco monolítico de neve e gelo. Superaquecidos pela fricção criada pela avalanche, os destroços em alguns lugares eram tão sólidos quanto cimento.

O progresso era lento, mas cada fragmento removido era motivo de comemoração, e aos poucos o túnel começou a tomar forma, mais largo que os ombros de Pino, primeiro um metro, depois mais dois metros de comprimento. Eles se revezavam, o homem na frente perfurando o gelo e a neve, e os outros dois levando a neve para o interior da cabana, onde a família D'Angelo e a sra. Napolitano se encolhiam em um canto, vendo o monte de neve crescer.

— Vamos ter espaço suficiente para toda essa neve? — questionou a violinista grávida.

— Se for preciso, acendemos o fogão e derretemos parte dela — respondeu Pino.

Às oito daquela noite, eles estavam, pelos cálculos de Pino, a quatro metros da porta quando ele teve que desistir. Não conseguia mais mover os machados. Precisava comer e dormir. Todos precisavam comer e dormir.

Ele dividiu as provisões restantes nas mochilas, enquanto Mimo e o sr. D'Angelo montavam outra vez o fogão. Ele dividiu metade das provisões em seis porções, e comeram carne seca, frutas secas, castanhas e queijo. Beberam mais chá e se encolheram todos juntos antes de Pino acender o fogão e apagar a antepenúltima vela.

Duas vezes durante a noite, ele sonhou que era enterrado vivo em um caixão; acordou assustado, ouvindo a respiração dos outros e o tique do fogão esfriando. A neve havia derretido no chão de terra, e ele sabia que logo estaria deitado em lama gelada. Mas estava tão cansado, com tantas dores musculares e cãibras, que não se incomodou e dormiu pela terceira vez.

Mimo o acordou horas mais tarde. Ele segurava a penúltima vela acesa.

— São seis da manhã — disse o irmão. — Hora de sair daqui.

Estava frio de novo. Os ossos de Pino doíam. Cada junta estava dolorida. Mas ele dividiu o que restava da comida e da água que derretera no fogo na noite anterior.

O sr. D'Angelo foi o primeiro a entrar no túnel. Ele ficou vinte minutos; Mimo ficou trinta e saiu do túnel, encharcado de suor e gelo derretido.

— Deixei o machado e a vela lá dentro — disse. — Vai ter que acendê-la de novo.

Pino rastejou por dentro do túnel, que agora devia ter uns cinco metros de comprimento, ele estimava. Quando chegou à parede, rolou de barriga para cima e acendeu um de seus últimos quatro fósforos. A vela estava derretendo.

Ele atacou a neve e o gelo com fúria. Cortava, perfurava e removia blocos de neve. Arrastava, empurrava e chutava destroços congelados para trás dele.

— Devagar! — disse Mimo, trinta minutos depois de ele ter entrado no túnel. — Não conseguimos acompanhar.

Pino fez uma pausa, ofegando como se tivesse participado de uma longa prova de corrida, e olhou para a vela, agora só um toco lutando contra as gotas de água que caíam do teto do túnel.

Ele mudou a vela de lugar, deixando-a no parapeito que havia cortado com o machado. Depois, voltou a cortar, adotando um ritmo mais lento que antes e a mesma estratégia. Olhou para as rachaduras na superfície e tentou alargá-las. Pedaços começaram a cair em blocos triangulares e de outros formatos, com dez ou doze centímetros de espessura.

A neve está diferente, pensou, examinando os grânulos em suas mãos. Era quebrável, e os cristais eram quase todos facetados como a melhor joia de sua mãe. Ele ficou ali, pensando que esse tipo de neve podia ceder e desmoronar. Quando abriam caminho pelo bloco sólido de neve e gelo, em nenhum momento havia considerado a possibilidade de o teto desabar. Agora, não conseguia pensar em outra cosia, e isso o paralisou.

— Que foi? — perguntou Mimo, engatinhando atrás dele dentro do túnel.

Antes que Pino pudesse responder, a chama da vela tremulou e morreu, trazendo de volta a total escuridão. Ele enterrou o rosto nas mãos, finalmente dominado pela sensação de que ele, como a vela, estava prestes a morrer e apagar. Ondas de emoção – medo, abandono e desesperança – o invadiam.

— Por quê? — sussurrou. — O que fizemos...?

— Pino! — gritou Mimo. — Pino, olha para cima!

Pino levantou a cabeça e viu que o túnel não havia ficado completamente escuro. Dava para ver um brilho prateado e pálido através do teto, e suas lágrimas de desespero se transformaram em transbordar de alegria.

Estavam quase na superfície, mas, como Pino temia, a neve menos endurecida cedeu e caiu em cima dele duas vezes, forçando-o a recuar e cavar antes de, por fim, usar de novo o machado e sentir que ele vencia a última resistência.

Quando tirou o machado do gelo, a luz brilhante do sol o ofuscou.

— Consegui! — gritou. — Consegui!

* * *

A sra. Napolitano, a sra. D'Angelo e as crianças aplaudiam quando ele empurrou a cabeça e os ombros para fora da crosta de neve. A tempestade havia passado, deixando o ar frio da montanha com um cheiro bom e um sabor ainda melhor. O céu estava limpo, muito azul. O sol começava a se erguer sobre um cume ao leste. Quinze novos centímetros de neve cobriam o campo de destroços, que ele calculava ter quase cinquenta metros de largura e mil e quinhentos metros de comprimento. Bem acima dele, no pico do Groppera, dava para ver uma linha irregular de fratura na neve.

Em alguns lugares, o deslizamento havia deixado a montanha quase limpa. Pedras e terra e pequenas árvores se misturavam à neve nova. Ao ver a destruição e ter uma noção da força da avalanche, acreditou que era um milagre terem sobrevivido.

A sra. D'Angelo pensou a mesma coisa, assim como o marido dela, quando os dois saíram atrás dos filhos. Mimo saiu atrás da sra. Napolitano. Pino voltou para dentro da cabana, pegou os esquis e as mochilas e empurrou tudo pela passagem.

Quando saiu do túnel pela última vez, ele se sentia esgotado e cheio de gratidão. *É um milagre termos saído. Que outra explicação pode haver?*

— O que é aquilo? — perguntou Anthony, apontando para o vale.

— Aquilo, meu amigo, é Val di Lei — respondeu Pino. — E aquelas montanhas ali? Aquilo é Pizzo Emet e Pizzo Palù. Bem abaixo daqueles picos, naquelas três árvores ali, a Itália se torna Suíça.

— Parece longe — comentou Judith.

— Mais ou menos cinco quilômetros — calculou Pino.

— Nós vamos conseguir — disse o sr. D'Angelo. — Todo mundo ajuda todo mundo.

— Eu não consigo — avisou a sra. Napolitano.

Pino virou-se e viu a violinista grávida sentada em um banco de neve, com uma das mãos sobre a barriga e a outra segurando o estojo do violino. Suas roupas estavam cobertas de gelo.

— É claro que consegue — afirmou Pino.

Ela balançou a cabeça e começou a chorar.

— Tudo isso é demais. Estou perdendo sangue.

Pino não entendeu, até a sra. D'Angelo explicar:

— O bebê, Pino.

Ele sentiu o desânimo como uma reação física. Ela ia perder o bebê? Naquele lugar?

Ai, Deus. Não. Por favor, não.

— Não consegue se mexer? — perguntou Mimo.

— Eu não devia me mexer — disse a sra. Napolitano.

— Mas não pode ficar aqui. Vai morrer.

— E se eu me mexer, meu filho pode morrer.

— Não há como ter certeza disso.

— Sinto meu corpo me avisando.

— Se ficar, seu corpo vai morrer aqui — insistiu Mimo.

— Melhor — decidiu a violinista. — Eu não poderia viver se meu bebê morresse. Sigam vocês!

— Não — respondeu Pino. — Vamos levá-la à Suíça como prometemos ao Padre Re.

— Não vou dar um passo! — gritou, histérica, a sra. Napolitano.

Pino decidiu ficar com ela e mandar os outros com Mimo; depois, olhou em volta, pensou por um momento e disse:

— Talvez não tenha que dar nenhum passo.

Ele soltou a mochila e pôs os esquis, prendendo-os com couro, cabo de aço e presilhas de armadilhas de urso. Ajustou-os até ficarem bem presos às botas.

— Pronta? — perguntou à sra. Napolitano.

— Pronta para quê?

— Subir em minhas costas. Vou levar você de cavalinho.

— Em cima dos esquis? — perguntou, apavorada. — Nunca subi em esquis em toda minha vida.

— Também nunca tinha sido soterrada por uma avalanche — argumentou Pino. — E não vai ter que subir nos esquis. Eu vou.

Ela o encarou, hesitante.

— E se cairmos?

— Não vou deixar isso acontecer — afirmou ele, com toda confiança de um garoto de dezessete anos que esquiava havia quase tanto tempo quanto andava.

Ela não se moveu.

— Estou lhe dando uma chance de salvar seu bebê e ser livre — explicou Pino, tirando o estojo de violino de sua mochila.

— O que vai fazer com meu Stradivarius?

— Manter o equilíbrio — respondeu Pino, segurando o estojo diante de si como se fosse o volante de um carro. — Como em uma orquestra, seu violino vai nos conduzir.

★ ★ ★

Houve uma pausa em que a sra. Napolitano olhou para o céu, depois ficou em pé, tremendo de medo.

— Segure meus ombros, não o pescoço. — Pino a orientou, virando de costas para ela de novo. — E prenda as pernas com força em minha cintura.

A sra. Napolitano agarrou os ombros dele. Pino se abaixou, pôs os braços atrás dos joelhos dela e a levantou até a linha da cintura. Ela o envolveu com as pernas, e ele as soltou. A mulher não era muito mais pesada que sua mochila.

— Pense como se fosse um jóquei em um cavalo — sugeriu Pino, segurando o violino na frente do corpo no sentido do comprimento. — E não solte.

— Soltar? Não, nunca. De jeito nenhum, isso nem passa pela minha cabeça.

Pino sentiu um lampejo de dúvida, mas o superou, moveu os pés e apontou os esquis para a descida, em direção ao contorno externo da área coberta pela avalanche, cerca de trinta metros distante de onde estavam. Eles começaram a deslizar. Agora havia saliências e blocos de gelo brotando da neve mais recente. Ele tentava evitá-los enquanto ganhava velocidade. No entanto, surgiu uma elevação inevitável diante deles. Pino passou por cima dela e decolou, projetando o corpo no ar.

— Ahhhhh! — gritou a sra. Napolitano.

Pino aterrissou, desajeitado, com os esquis desalinhados, e por um segundo pensou que perderia o controle e acabaria no chão com a violinista grávida, e os dois rolariam no meio dos destroços congelados.

Foi quando ele viu que iam se chocar com um toco de árvore. Fez um movimento instintivo para a esquerda, evitando o toco, e depois outro. Os dois movimentos recuperaram seu equilíbrio, e ele ganhou velocidade. Pino e a sra. Napolitano ultrapassaram o campo de destroços e seguiram por uma área de neve fofa.

Com o estojo do violino diante do corpo, Pino riu e começou a bater as pernas ao mesmo tempo, enterrando-as mais fundo na neve, depois relaxando-as de forma que os pés se erguessem sob o quadril como o Padre Re lhe havia ensinado. O movimento o deixava momentaneamente sem peso no auge de cada curva, o que permitia que virasse os esquis quase sem esforço. Os esquis descreveram um arco para a esquerda e depois para a direita em uma longa sequência de curvas, ganhando velocidade e voando baixo por bancos de neve que explodiam e respingavam no rosto deles.

A sra. Napolitano não dizia palavra havia vários segundos. Ele deduziu que ela fechara os olhos e só se segurava firme.

— Uhhh! — gritou ela em seu ouvido. — É como se fôssemos aves, Pino! Estamos voando!

A sra. Napolitano ria e fazia ruídos entusiasmados cada vez que eles concluíam um salto. Ele sentia o queixo apoiado em seu ombro direito e entendeu que ela conseguia ver para onde iam quando ele conduzia os esquis em longas curvas em S descendo a encosta rumo ao lago congelado, os bosques e a liberdade lá embaixo.

Pino percebeu que logo perderia o embalo da descida. O caminho ficaria plano lá na frente. Embora sentisse as coxas queimarem, ele apontou os esquis para a frente no último trecho inclinado, diretamente para o triângulo de floresta onde a Itália entrava na Suíça.

Pino não fazia mais curvas. Descia a encosta em linha reta, o violino na frente como um leme, as pernas meio flexionadas. Os esquis chiavam e cortavam a neve. Eles desciam o último trecho a trinta, quarenta, talvez cinquenta quilômetros por hora, uma torcida de joelho distante do desastre. Pino *via* a transição em que a colina encontrava a terra plana e levantou as pernas de novo para absorver o impacto.

Eles passaram pelo lago em alta velocidade. Pino permanecia abaixado, cortando o vento, e eles quase alcançaram a linha das árvores. Quando pararam, estavam a um arremesso de bola de neve de distância.

★ ★ ★

Os dois ficaram quietos por um segundo.

Então, a sra. Napolitano começou a rir. Ela soltou as pernas da cintura de Pino e, depois, largou seus ombros. Desceu de costas e, segurando a barriga, se ajoelhou na neve fofa e riu como se nunca tivesse se divertido tanto na vida. Pino foi envolvido por suas gargalhadas. Era contagioso. Caiu ao lado dela e riu até chorar.

Que loucura fizemos. Quem teria...?

— Pino! — A voz de um homem chamou firme.

Pino assustou-se e levantou a cabeça. Era o sr. Bergstrom parado perto da entrada do bosque. Ele carregava a espingarda e parecia preocupado.

— Conseguimos, sr. Bergstrom! — gritou Pino.

— Estão um dia atrasados. E saiam da área aberta. Traga-a para a floresta, onde não dá para vê-la.

Pino ficou sério e tirou os esquis. Depois, entregou o violino à sra. Napolitano. Ela se sentou e o abraçou dizendo:

— Acho que agora tudo vai ficar bem, Pino. Eu sinto.

— Consegue andar? — perguntou Pino.

— Posso tentar — disse ela, levantando-se com a ajuda do rapaz.

Pino segurou a mão e o cotovelo da sra. Napolitano e a amparou pelo caminho de neve.

— O que ela tem? — perguntou Bergstrom, quando eles se esconderam entre as árvores.

A sra. Napolitano explicou sobre o bebê e o sangramento com um sorriso radiante.

— Mas agora acho que posso andar tanto quanto for necessário.

— Não é muito, só setecentos metros — explicou Bergstrom. — Assim que estiver na Suíça, vou acender uma fogueira para você se aquecer. Depois, buscarei um trenó para transportá-la.

— Algumas centenas de metros, acho que consigo — disse ela. — E uma fogueira parece o paraíso. Já esquiou, sr. Bergstrom?

O suíço a encarou como se ela fosse meio maluca, mas assentiu.

— Não é demais? — continuou a violinista. — Não é a melhor coisa que você já fez?

Pino viu o sorriso do sr. Bergstrom pela primeira vez.

Eles esperaram na linha das árvores, contando ao suíço sobre a tempestade e a avalanche, vendo Mimo e os outros descerem a encosta lentamente. A sra. D'Angelo carregava a filha. O sr. D'Angelo trazia a mochila e os bastões, e o filho o seguia. Eles andaram quase uma hora na neve profunda até chegarem à área plana acima do lago.

Pino calçou os esquis e foi encontrá-los, pôs Judith nas costas e a levou para a floresta. Logo, todos estavam seguros entre as árvores.

— Estamos na Suíça? — perguntou Anthony.

— Não, mas bem perto — respondeu Bergstrom.

Depois de um breve descanso, o grupo partiu rumo à fronteira; Pino ajudava a sra. Napolitano por uma trilha que cortava a floresta. Quando chegaram ao bosque onde a Itália se transformava em Suíça, pararam.

— Ali — disse o sr. Bergstrom. — Agora estão a salvo dos nazistas.

Lágrimas corriam pelo rosto da sra. D'Angelo.

O marido a abraçou e beijou suas lágrimas.

— Estamos salvos, minha querida — disse. — Que sorte a nossa, quando tantos outros...

Ele parou e sufocou um soluço. A esposa afagou seu rosto.

— Como podemos pagar por isso? — perguntou a sra. Napolitano a Pino e Mimo.

— Isso o quê? — perguntou Pino.

— Isso! Vocês nos guiaram pelo pesadelo da tempestade e nos tiraram daquela cabana. Você desceu aquela montanha esquiando comigo nas costas!

— O que mais poderíamos ter feito? Perdido a fé? Desistido?

— Você? Nunca! — falou o sr. D'Angelo, apertando a mão de Pino. — Você é como um touro. Não desiste nunca.

Depois, abraçou Mimo. A sra. D'Angelo também, e as crianças. A sra. Napolitano abraçou Pino por muito mais tempo que os outros.

— Mil bênçãos caiam sobre você por ter me ensinado a voar, rapaz — disse. — Não me esquecerei disso enquanto viver.

Pino sorriu e sentiu os olhos marejarem.

— Nem eu.

— Não tem nada que eu possa fazer por você? — perguntou ela.

Pino ia dizer não, mas notou o estojo do violino.

— Toque para nós enquanto voltamos para a Itália. Sua música vai elevar nosso espírito para a longa subida e para a descida de esqui.

Isso a deixou satisfeita, e ela olhou para Bergstrom.

— Tem problema?

Ele respondeu:

— Ninguém aqui vai impedir.

Em pé ali no bosque nevado, no alto dos Alpes suíços, a sra. Napolitano abriu o estojo e pegou o arco.

— O que gostariam de ouvir?

Por alguma razão, Pino pensou naquela noite de agosto, quando ele, o pai, Tullio e os Beltramini pegaram o trem rumo à área rural para fugir dos bombardeios em Milão.

— "Nessun dorma" — disse. — "Ninguém durma".

— Sei tocar essa até dormindo, mas vou tocar para você *con smania* — avisou, com os olhos lacrimejantes. — Agora vão. Não deve haver despedidas entre velhos amigos.

A sra. Napolitano tocou os primeiros acordes da ária tão perfeitamente que Pino sentiu vontade de ficar para ouvir a peça completa. No entanto, ele e o irmão tinham horas de esforço e talvez muitos desafios pela frente.

Os garotos puseram as mochilas nos ombros e partiram pela floresta. Perderam de vista quase imediatamente a sra. Napolitano e os outros, mas podiam ouvi-la tocar lindamente, com paixão, cada nota transportada pelo ar rarefeito e puro dos Alpes. Eles chegaram à saída do bosque e calçaram os esquis, enquanto ela continuava tocando, projetando a melodia da ária triunfante como ondas de rádio que atingiam o coração de Pino e vibravam em sua alma.

Ele parou perto do lago para ouvir o crescendo distante e ficou profundamente emocionado quando o violino silenciou.

Era como o som do amor, pensou Pino. *Quando me apaixonar, acho que vou me sentir exatamente assim.*

Incrivelmente feliz, com peles nos esquis, Pino começou a subir a encosta atrás de Mimo, rumo ao circo norte do Groppera, no brilhante sol de inverno.

12
26 DE ABRIL DE 1944

Pino acordou com um som metálico. Quase dois meses e meio se passaram desde que ele conduziu a sra. Napolitano e a família D'Angelo à Suíça. Ele se sentou, grato ao Padre Re por tê-lo deixado dormir até mais tarde depois de mais uma viagem a Val di Lei. Ao se levantar, percebeu que não estava dolorido. Nunca mais havia sentido dores. Sentia-se bem, forte, mais forte que nunca. E por que não? Havia feito pelo menos uma dúzia de outras viagens à Suíça desde que a sra. Napolitano tocara para ele e Mimo.

O som metálico se repetiu, e ele olhou pela janela. Sete touros com sinos no pescoço se empurravam tentando chegar aos fardos de feno que haviam sido postos ali para eles.

Quando se cansou de observá-los, Pino se vestiu. Entrava no refeitório vazio quando ouviu vozes masculinas gritando e fazendo ameaças do lado de fora. Alarmado, o irmão Bormio saiu da cozinha. Juntos, eles foram abrir a porta da Casa Alpina. O Padre Re estava parado na frente da pequena varanda, olhando com aparentemente tranquilidade para o cano de um rifle.

Com uma echarpe vermelha mais nova amarrada no pescoço, Tito encarava o sacerdote por cima da mira do rifle. Os mesmos três homens que o haviam acompanhado na festa de Ano-Novo estavam com ele agora.

— Passei o inverno inteiro avisando seus garotos para não usarem o Emet sem que você pagasse o tributo, ajudasse a causa da Itália livre — disse Tito. — Vim buscar meu dinheiro.

— Extorquindo um padre — respondeu o Padre Re. — Está progredindo, Tito.

O homem o encarou, soltou a trava do rifle e disse:

— É para ajudar a Resistência.

— Eu apoio a Resistência — contou o padre. — A Décima Nona Brigada Garibaldi. E sei que não está com eles, Tito. Nenhum de vocês está. Acho que só usam os lenços porque é conveniente para seus propósitos.

— Velho, me dá o que eu quero, senão, Deus que me perdoe, vou queimar a sua escola e matar você e seus pirralhos.

O Padre Re hesitou.

— Vou buscar dinheiro para você. E comida. Abaixe a arma.

Tito estudou o sacerdote por um segundo, o olho direito piscando num tique. A língua passou pelo canto da boca. Depois, sorriu, abaixou a arma e disse:

— Faça isso. E não seja miserável, senão vou ter que dar uma olhada lá dentro e descobrir o que tem de verdade aí.

— Espere aqui — disse o padre.

O sacerdote se virou e viu Bormio e Pino atrás dele.

O Padre Re entrou e ordenou:

— Providencie rações para três dias.

— Padre? — O cozinheiro estranhou.

— Faça o que estou dizendo, irmão, por favor. — O padre seguiu em frente.

O irmão Bormio o seguiu, relutante, deixando Pino à porta. Tito o viu, sorriu com uma expressão maldosa e disse:

— Ora, olha quem está aqui. Meu velho amigo da festa de Ano-Novo. Por que não vem aqui fora me cumprimentar e dar um olá para os rapazes?

— Prefiro não ir — respondeu Pino, ouvindo a raiva na própria voz e não se importando com isso.

— Prefere? — Tito apontou a arma para ele. — Você não tem escolha, tem?

***

Pino ficou tenso. Odiava aquele sujeito. Ele saiu da casa e da varanda. Ficou ali parado encarando Tito e olhando com uma expressão dura para ele e sua arma.

— Vejo que ainda usa as botas que roubou de mim. O que quer desta vez? Minha cueca?

Tito lambeu o canto da boca, olhou para as botas e sorriu. Depois, deu um passo à frente e moveu o cabo do rifle de baixo para cima. A pancada acertou os testículos de Pino, que caiu no chão, gemendo.

— O que eu quero, garoto? Que tal um pouco de respeito por alguém que está tentando livrar a Itália de nazistas imundos?

Pino se encolheu no chão, fazendo um grande esforço para não vomitar.

— Fala — ordenou Tito, em pé ao lado dele.

— Falar o quê? — Pino conseguiu perguntar.

— Que você respeita Tito. Que Tito é o líder da milícia que comanda as coisas no Spluga. E que você, menino, você se submete a Tito.

Mesmo com dor, Pino balançou a cabeça. Rangendo os dentes, disse apenas:

— Só uma pessoa comanda as coisas aqui. O Padre Re. Eu só me submeto a ele e a Deus.

Tito levantou o rifle, apontou o cabo para a cabeça de Pino. Pino teve certeza de que ele tentaria arrebentar seu crânio. Soltou os testículos para proteger a cabeça e se preparou para a pancada que nunca aconteceu.

— Pare! — gritou o Padre Re. — Pare, senão, por Deus, vou chamar os alemães aqui e dizer onde eles podem encontrar vocês!

Tito apoiou o rifle sobre o ombro e o apontou para o Padre Re, que saía da varanda.

— Vai nos delatar? É isso mesmo? — perguntou Tito.

Pino moveu a perna e chutou o joelho de Tito. Tito se desequilibrou. O rifle disparou. A bala passou perto do Padre Re e encontrou a parede lateral da Casa Alpina.

Pino pulou em cima de Tito e o acertou uma vez, com força, no nariz. Ele ouviu o barulho do osso se partindo e viu o sangue jorrando. Depois, arrancou o rifle das mãos dele, ficou em pé e apontou a arma para todos em um movimento circular, antes de apontá-la diretamente para a cabeça de Tito.

— Pare com isso, maldição! — O Padre Re se colocou na frente de Pino, entre ele e as armas dos homens de Tito. — Falei que daria o dinheiro para sua causa e comida para três dias. Seja inteligente. Pegue as doações e vá embora, antes que alguma coisa pior aconteça aqui.

— Atirem neles! — gritou Tito, limpando o sangue na manga da blusa e olhando ameaçador para Pino e o padre. — Atirem nos dois!

Por um instante, tudo foi silêncio, quietude e dúvida. Depois, um a um, os homens de Tito baixaram os rifles. Pino suspirou aliviado, ainda sentindo a dor entre as pernas, e desviou o cano da arma do rosto de Tito. Então, soltou a trava do pente e removeu a última bala.

Pino esperou enquanto os homens de Tito apanhavam a comida e o dinheiro. Dois deles pegaram Tito por baixo dos braços, ignorando os insultos e as pragas que ele gritava. Pino entregou o rifle sem munição ao terceiro homem.

— Carregue o rifle! Vou matar os dois! — berrava Tito, com o sangue escorrendo pela boca e pelo queixo.

— Pare com isso, Tito — disse um dos homens. — Ele é um sacerdote, pelo amor de Deus.

Os dois homens apoiaram os braços de Tito sobre os ombros e faziam o que podiam para tirá-lo da Casa Alpina. Mas o líder da gangue se contorcia para olhar para trás.

— Isso não acabou! — berrou Tito. — Especialmente para você, moleque. Isso não acabou!

* * *

Abalado, Pino ficou parado ao lado do Padre Re.

— Você está bem? — perguntou o sacerdote.

Pino se manteve em silêncio por um longo instante antes de responder:

— Padre, é pecado eu me perguntar se fiz a coisa certa deixando de matar esse homem?

O sacerdote respondeu:

— Não, não é pecado, e você fez a coisa certa.

Pino balançou a cabeça, mas seu lábio inferior tremia, e ele fazia o que podia para engolir a emoção que lhe bloqueava a garganta. Tudo acontecera tão depressa, tão...

O Padre Re bateu nas costas de Pino.

— Tenha fé. Você fez o certo.

Ele assentiu novamente, mas não conseguiu encarar o sacerdote por medo de chorar.

— Onde aprendeu a empunhar uma arma daquele jeito? — perguntou o Padre Re.

Pino enxugou os olhos, pigarreou e respondeu, com voz rouca:

— Com meu tio Albert. Ele tinha um rifle de caça, um Mauser muito parecido com aquele. E me ensinou.

— Não consigo decidir se você é corajoso ou muito tolo.

— Eu não deixaria Tito matar você, padre.

O sacerdote sorriu.

— Deus o abençoe por isso. Eu não estava preparado para morrer hoje.

Pino riu, fez uma careta de dor e disse:

— Nem eu.

Os dois voltaram para a escola. O Padre Re providenciou gelo para Pino e o irmão Bormio serviu o café da manhã, que ele devorou.

— Se continuar crescendo, não vamos conseguir sustentar você — resmungou Bormio.

— Onde estão todos? — perguntou Pino.

— Esquiando com Mimo — respondeu o Padre Re. — Eles voltam para o almoço.

Enquanto ele comia a segunda porção de ovo, linguiça e pão preto, duas mulheres e quatro crianças entraram na sala acanhadas, seguidas por um homem de trinta e poucos anos e dois meninos muito jovens. Pino deduziu que eram os novos refugiados. Havia aprendido a reconhecer a expressão dos perseguidos.

— Consegue sair de novo amanhã? — perguntou o Padre Re.

Pino se moveu na cadeira, sentiu uma dor surda entre as pernas, mas disse:

— Sim.

— Ótimo. E pode me fazer um favor?

— O que quiser, padre.

— Vá para a torre da capela e fique atento ao sinal de Campodolcino. Pode levar os livros, estudar um pouco.

Vinte minutos mais tarde, Pino subia com cuidado a escada para a torre da capela. Levava uma mochila com livros, e seus testículos ainda doíam. Com o sol batendo na torre, o lugar era surpreendentemente quente, quente demais para a quantidade de roupas que ele vestia.

Ele parou sobre a passarela estreita que contornava a parte interna da torre da igreja, olhando para o espaço vazio em que deveria estar o sino. O Padre Re teria que instalar outro. Pino abriu uma persiana estreita para olhar por uma fenda, por onde via as duas janelas mais altas da reitoria em Campodolcino, mais de um quilômetro encosta abaixo.

Pino tirou das costas a mochila com livros e pegou nela os binóculos que o Padre Re lhe dera. Através das lentes, ele se surpreendeu novamente com quanto a reitoria parecia próxima. Estudou as duas janelas. Persianas fechadas. Isso significava que havia algum tipo de patrulha alemã às margens do Spluga. Aparentemente, eles subiam e desciam de carro a estrada para o passo perto do meio-dia, com uma diferença de até uma hora para mais ou para menos.

Pino olhou o relógio. Faltavam quinze minutos para as onze horas.

Ele ficou ali sentindo o ar morno de primavera e vendo os pássaros voarem entre os abetos. Bocejou, balançou a cabeça para se livrar do incrível desejo de voltar a dormir e olhou pelos binóculos de novo.

Depois de trinta minutos, para seu alívio, as persianas subiram. A patrulha havia passado a caminho do vale para Chiavenna. Pino bocejou e se perguntou quantos outros refugiados chegariam a Motta naquela noite. Se fossem muitos, teriam que se dividir. Ele levaria um grupo, e Mimo levaria outro.

Seu irmão crescera bastante nos últimos meses. Mimo agora era menos... bem, menos mimado e tão duro quanto qualquer pessoa nas montanhas. Pino percebeu pela primeira vez que via o irmão mais novo como seu melhor amigo, mais próximo até que Carletto.

No entanto, queria saber como Carletto estava, como estavam a mãe de Carletto e a sra. Beltramini. Ele olhou para a passarela, com os olhos quase fechando. Podia se deitar lá embaixo, para garantir que não cairia, e cochilar no sol quente e agradável.

Não. Decidiu. Poderia cair e quebrar o pescoço. Desceria a escada e dormiria em um dos bancos da capela. Não era tão quente, mas tinha o casaco e o chapéu. Só um cochilo de vinte minutos.

Pino não sabia por quanto tempo nem com que intensidade havia estado na terra do sono sem sonhos, só que alguma coisa o acordara. Ele abriu os olhos sonolento, tentando identificar o que era. Olhou pela capela, depois para cima, para a torre e...

Ele ouviu um som distante que parecia o de um sino. O que era isso? De onde vinha?

★ ★ ★

Pino se levantou, bocejou, e o barulho parou. Depois, começou de novo, como um martelo batendo em metal. E parou. Ele percebeu que havia deixado a mochila com os livros, o binóculo e a lanterna na passarela. Subiu a escada, pegou a mochila, e estava estendendo a mão para fechar a persiana quando o ruído recomeçou. Pino compreendeu que era o sino da igreja de Campodolcino.

Ele olhou o relógio para ver por quanto tempo dormira. Onze e vinte? O sino costumava tocar nas horas cheias. Agora estava repicando, repicando e...?

Pino pegou o binóculo e olhou pela janela. A persiana da esquerda estava fechada. Uma luz brilhava na janela da direita. O que significava aquilo? A luz ficava acesa por uma fração de segundo, depois por mais tempo. Parava e recomeçava. Pino percebeu que era um sinal. Código Morse?

Ele pegou uma lanterna e a acendeu e apagou duas vezes. A luz lá embaixo piscou duas vezes, depois se apagou. O sino parou de badalar. A luz voltou a piscar, piscadas curtas e longas. Quando parou, ele pegou papel e caneta na mochila e esperou a luz acender de novo. Então, anotou a sequência de piscadas curtas e longas até o fim.

Pino não conhecia o código Morse, não sabia o que o vigia em Campodolcino queria dizer, mas sabia que não era coisa boa. Ele piscou a lanterna duas vezes e desceu a escada. Correu para a escola.

— Pino! — ouviu Mimo gritar.

Seu irmão descia a encosta sobre a escola esquiando, acenando loucamente com os bastões. Pino o ignorou, correu para dentro da Casa Alpina e encontrou o Padre Re e o irmão Bormio conversando com os refugiados no corredor.

— Padre — disse, ofegante. — Tem alguma coisa errada.

Ele explicou sobre o sino, as persianas e as luzes piscando lá embaixo. Depois, mostrou o papel ao sacerdote. O Padre Re olhou para as anotações com ar confuso.

— Como eles esperam que eu decifre código Morse?

— Não vai precisar — disse o irmão Bormio. — Eu sei decifrar.

O Padre Re entregou o papel a ele e perguntou:

— Como?

— Aprendi no... — O cozinheiro parou de falar e empalideceu.

Mimo entrou correndo na sala, coberto de suor, ao mesmo tempo em que o irmão Bormio anunciou:

— Nazistas a caminho de Motta.

— Eu os vi lá de cima! — gritou Mimo. — Quatro ou cinco caminhões em Madesimo e soldados indo de porta em porta. Passamos esquiando o mais depressa possível.

O Padre Re olhou para os refugiados.

— Precisamos escondê-los.

— Eles vão procurar — disse o irmão Bormio.

Uma das mães do grupo se levantou tremendo.

— É melhor fugirmos, padre?

— Eles encontrariam vocês — disse o Padre Re.

Por alguma razão, Pino pensou nos touros que o haviam acordado naquela manhã.

— Padre — disse, devagar. — Tenho uma ideia.

* * *

Uma hora mais tarde, Pino estava na torre do sino, nervoso, olhando pelo binóculo do Padre Re, quando um Kübelwagen do Exército Alemão surgiu da floresta na trilha de carroças que vinha de Madesimo. Os pneus dos veículos parecidos com jipes giravam e projetavam lama e neve. Um segundo caminhão alemão, maior, seguia o primeiro carro, mas Pino o ignorou, tentando enxergar através do para-brisa salpicado de lama do veículo da frente, menor que o outro.

O Kübelwagen derrapou de lado, e Pino viu bem o uniforme e o rosto do oficial no banco do passageiro. Mesmo de longe, Pino o reconheceu. Já tinha visto o homem de perto antes.

Aterrorizado, Pino desceu a escada e saiu correndo pela porta atrás do altar. Ignorando os sinos dos touros badalando atrás dele, correu para a porta dos fundos da Casa Alpina, atravessou a cozinha e entrou no refeitório.

— Padre, é o coronel Rauff! — disse, ofegante. — O chefe da Gestapo em Milão!

— Como você...?

— Eu o vi na loja de couro do meu tio uma vez. É ele.

Pino lutava contra o impulso de fugir. O coronel Rauff havia ordenado o massacre em Meina. Se mandava judeus inocentes pularem em um lago e os via ser metralhados, deixaria de executar um sacerdote e um grupo de meninos que salvavam judeus?

O Padre Re foi para a varanda. Pino ficou no corredor, sem saber o que fazer. Sua ideia era suficientemente boa? Ou os nazistas encontrariam os judeus e matariam todo mundo na Casa Alpina?

O veículo de Rauff parou na neve suja de lama, não muito longe de onde Tito os ameaçara mais cedo. O coronel da Gestapo era como Pino lembrava: careca, porte médio, bochechas gordas e caídas, nariz fino, lábios duros e estreitos e olhos escuros, inexpressivos, que não revelavam nada. Ele usava botas de montaria na altura das panturrilhas, jaqueta de couro preta comprida e transpassada salpicada de lama e quepe com a insígnia do crânio.

Os olhos de Rauff estavam cravados no sacerdote e ele quase sorriu ao descer do veículo.

— É sempre tão difícil assim encontrá-lo, Padre Re? — perguntou o coronel da Gestapo.

— Na primavera pode ser complicado — respondeu o padre. — Você me conhece, mas eu...

— *Standartenführer* Walter Rauff — o coronel se apresentou quando dois caminhões pararam atrás dele. — Chefe da Gestapo em Milão.

— Veio de longe, coronel.

— Ouvimos histórias sobre você, padre, até em Milão.

— Histórias sobre mim? De quem? Sobre o quê?

— Lembra-se de um seminarista chamado Giovanni Barbareschi? Trabalhou com o Cardeal Schuster e, aparentemente, com você?

— Barbareschi esteve aqui por pouco tempo. O que tem ele?

— Nós o prendemos na semana passada. Ele está na penitenciária de San Vittore.

Pino conteve um arrepio. San Vittore era um lugar famoso e terrível em Milão muito antes de os nazistas o tomarem.

— Sob que acusação? — perguntou o Padre Re.

— Falsificação — respondeu Rauff. — Ele produz documentos falsos. E é bom nisso.

— Não sei nada a respeito. Aqui, Barbareschi era guia e ajudava na cozinha.

O chefe da Gestapo parecia achar a resposta engraçada.

— Temos ouvidos em todos os lugares, sabe, padre? A Gestapo é como Deus. Ouvimos todas as coisas.

O Padre Re ficou tenso.

— Independentemente do que possa pensar, coronel, você não é como Deus, ainda que tenha sido feito à sua amorosa semelhança.

Rauff se aproximou um passo, olhando com frieza nos olhos do padre, e disse:

— Não se engane, padre, posso ser seu salvador ou seu condenador.

— O que ainda não faz de você Deus — insistiu o Padre Re, sem demonstrar medo.

O chefe da Gestapo sustentou seu olhar por um longo instante, depois se virou para um de seus oficiais.

— Separem-se, revistem cada centímetro deste platô. Eu vou olhar aqui.

Soldados começaram a descer dos caminhões.

— O que está procurando, coronel? — perguntou o padre. — Talvez eu possa ajudá-lo.

— O senhor esconde judeus aqui, padre? — perguntou Rauff, sem rodeios. — Você os ajuda a chegar à Suíça?

Pino sentiu um gosto amargo no fundo da garganta e seus joelhos fraquejarem.

Rauff sabe, pensou, em pânico. *Vamos todos morrer!*

O Padre Re respondeu:

— Coronel, eu sigo a crença católica de que todos que estão em perigo devem ser tratados com amor e receber proteção. Também é o jeito dos Alpes. Um montanhista sempre ajuda alguém necessitado. Italiano. Suíço. Alemão. Para mim, não importa.

Rauff parecia se divertir de novo.

— Está ajudando alguém hoje, padre?

— Só você, coronel.

Pino engoliu em seco, tentando não tremer. *Como eles sabem?* A mente procurava respostas. *Barbareschi falou? Não.* Não, Pino não conseguia imaginar essa situação. *Então, como...?*

— Seja útil, então, padre — disse o chefe da Gestapo. — Mostre-me a sua escola. Quero ver cada pedaço dela.

— Com prazer — concordou o padre, dando um passo para o lado.

O coronel Rauff subiu à varanda, bateu os pés para tirar a lama e a neve das botas e sacou uma pistola Luger.

— Para que isso? — perguntou o padre.

— Punição rápida para os maus — respondeu Rauff; em seguida, entrou no corredor.

Pino não esperava que ele entrasse e ficou agitado quando o chefe da Gestapo o encarou.

— Conheço você — anunciou Rauff. — Eu nunca esqueço um rosto.

Pino balbuciou:

— Da loja de couros de meus tios em San Babila?

O coronel inclinou a cabeça sem deixar de encará-lo.

— Qual é seu nome?

— Giuseppe Lella. Meu tio é Albert Albanese. A esposa dele, minha tia Greta, é austríaca. Acho que conversou com ela. De vez em quando, eu trabalhava lá.

— Sim, isso mesmo — Rauff lembrou. — Por que está aqui?

— Meu pai me mandou para escapar dos bombardeios e estudar, como todos os meninos aqui.

— Ah... — Rauff hesitou, mas seguiu em frente.

O rosto do padre era duro quando ele olhou para Pino e seguiu o chefe da Gestapo, que parou na entrada ampla do refeitório vazio.

Rauff olhou ao redor.

— Que lugar limpo, padre. Gosto disso. Cadê os outros meninos? Quantos estão aqui hoje?

— Quarenta — disse o religioso. — Três estão na cama com gripe, dois ajudam na cozinha, quinze saíram para esquiar e os outros tentam recuperar os touros que fugiram de uma fazenda em Madesimo. Se não forem pegos antes de a neve derreter, eles enlouquecem nas montanhas.

— Touros — repetiu o coronel olhando para tudo: mesas, bancos, os talheres já dispostos para a refeição da noite. Ele abriu a porta dupla para a cozinha, onde o irmão Bormio descascava batatas com dois garotos mais novos.

— Impecável — falou Rauff, em tom de aprovação, e fechou a porta.

— Nossa escola é aprovada pelo distrito de Saint Rio — contou o Padre Re. — E muitos dos alunos são filhos das melhores famílias de Milão.

O chefe da Gestapo olhou novamente para Pino e disse:

— Estou vendo.

O coronel olhou os dormitórios e o quarto de Pino e Mimo. Pino quase teve um ataque cardíaco quando Rauff pisou na tábua solta do assoalho, a qual escondia seu rádio de ondas curtas. Depois de um momento de tensão, porém, o coronel seguiu em frente. Olhou cada depósito e onde o irmão Bormio dormia. Por fim, chegou à porta fechada e trancada.

— O que tem aqui? — perguntou.

— Meu quarto — respondeu o Padre Re.

— Abra — disse Rauff.

O Padre Re pôs a mão no bolso, pegou uma chave e abriu a porta. Pino nunca havia estado no quarto em que o padre dormia. Ninguém estivera ali. O lugar era mantido sempre trancado. Quando Rauff empurrou a porta, Pino viu que o cômodo era pequeno e continha uma cama estreita, um armário pequeno, uma lanterna, uma escrivaninha rústica, uma cadeira, uma Bíblia e um crucifixo na parede, ao lado de um quadro da Virgem Maria.

— É aqui que o senhor vive? — perguntou Rauff. — Essas são suas coisas?

— Do que mais precisa um homem de Deus?

O coronel ficou pensativo por um momento. Depois, virou-se e disse:

— Vivendo essa vida austera, de propósito, negação e verdadeira nobreza, você é uma inspiração, Padre Re. Muitos de meus oficiais poderiam aprender com você. A maior parte do batalhão de Salò poderia aprender com você.

— Não sei — respondeu o padre.

— Não, você segue o estilo espartano — continuou Rauff, com franqueza. — Admiro isso. Toda essa privação sempre criou os maiores guerreiros. Tem coração de guerreiro, padre?

— Por Cristo, coronel.

— Entendo. — Rauff fechou a porta. — Ao mesmo tempo, existem boatos desagradáveis sobre você e esta escola.

— Não imagino por quê — argumentou o Padre Re. — Já olhou tudo. Se quiser, pode revistar o porão de armazenamento.

O chefe da Gestapo ficou em silêncio por vários momentos antes de dizer:

— Vou mandar um de meus homens cuidar disso.

— Eu mostro a ele por onde entrar — disse o padre. — Nem vai ser preciso cavar muito.

— Cavar?

— A porta do alçapão ainda está coberta por um metro de neve, pelo menos.

— Quero ver — disse Rauff.

Eles saíram seguidos por Pino. O Padre Re percorria o corredor quando gritos e uivos dos meninos começaram entre as árvores além da capela. Quatro soldados da SS já se encaminhavam para lá.

— O que é isso? — perguntou o coronel Rauff, uma fração de segundo antes de um touro sair do bosque mugindo e andando com dificuldade pela neve.

Mimo e outro garoto perseguiam o animal com varas, tocando-o em direção a uma área cercada na frente da escola, enquanto os quatro soldados da SS os observavam.

Ofegante e sorridente, Mimo gritou:

— Todos os outros touros estão no bosque atrás do penhasco, Padre Re. Nós os cercamos, mas não conseguimos fazer que andassem como esse.

Antes que o sacerdote respondesse, o coronel Rauff disse:

— Você tem que formar um V e conduzir o primeiro para onde quiser. Os outros o seguirão.

O Padre Re olhou para o chefe da Gestapo, que explicou:

— Cresci em uma fazenda.

Mimo olhou para o padre sem saber o que fazer.

— Eu vou mostrar — disse Rauff.

Pino achou que ia desmaiar.

— Não é necessário — respondeu o padre, depressa.

— Não, vai ser divertido — insistiu o coronel. — Não faço isso há anos. — Rauff olhou para os soldados. — Vocês quatro vêm comigo. — E olhou para Mimo. — Quantos garotos estão no bosque?

— Uns vinte.

— Mais que suficiente — decidiu o coronel, que começou a andar em direção ao bosque.

— Ajude-o, Pino! — cochichou o Padre Re.

Pino não queria, mas correu atrás dos alemães.

— Onde quer os meninos, coronel? — perguntou Pino, torcendo para a voz não tremer.

— Onde estão os touros? — Rauff quis saber.

Mimo respondeu:

— Ah, encurralados atrás do penhasco.

Estavam quase chegando à entrada do bosque, onde touros que ainda não podiam ser vistos gemiam e mugiam. Pino queria se virar e correr, mas seguia em frente. A situação parecia encher de energia o chefe da Gestapo. Os olhos de Rauff passaram de escuros e sem vida a brilhantes e entusiasmados, e ele sorria, animado. Pino olhou em volta, tentando decidir para onde iria se tudo aquilo acabasse mal.

* * *

O coronel Rauff entrou no bosque, que tinha a forma de um crescente que se expandia do penhasco ao platô.

— Os touros estão à direita, por ali — disse Mimo.

Rauff guardou a pistola e seguiu Mimo pela neve, que não era tão profunda quanto fora do bosque. Os touros haviam estado ali, pisoteando a neve e defecando por todos os cantos.

Mimo e o chefe da Gestapo se desviaram de vários galhos baixos e passaram por baixo das árvores maiores, deixando Pino cada vez mais nervoso. Os soldados da SS seguiam Rauff, com Pino no fim da fila. Quando ele parou embaixo dos galhos da maior árvore, seus olhos foram atraídos por um aglomerado de pinhas girando e balançando no ar. Ele olhou para cima e não conseguiu ver os judeus escondidos no alto das árvores. Suas pegadas foram encobertas pelas dos touros.

Graças a Deus, pensou Pino ao ver Rauff andar em direção aos meninos da Casa Alpina, que se espalhavam pelo bosque. Eles haviam encurralado os outros seis touros, que balançavam a cabeça, mugiam e pareciam procurar um caminho que não fosse o penhasco atrás deles.

— Quando eu mandar, diga aos seis garotos do meio para recuarem e se dividirem em dois grupos de três — disse Rauff, unindo a palma das mãos e separando os dedos. — Queremos formar um V assim. Quando eles começarem a se mover, os outros meninos devem correr na frente para fazer os animais seguirem até onde queremos que estejam. Mantenham a formação dos dois lados. Vacas, touros, eles são como os judeus, são seguidores. Vão seguir vocês.

Pino ignorou o comentário final, mas gritou as instruções para os meninos no meio da área. Os seis recuaram depressa e se dividiram para os dois lados. Quando o primeiro touro começou a andar, os outros o seguiram em uma debandada frenética. Os animais avançavam pelo bosque, berrando e quebrando galhos por onde passavam, com os meninos dos dois lados do grupo, gritando e se aproximando para obrigá-los a formar uma fila.

— Isso! Isso! — gritou o coronel Rauff, correndo atrás do último touro a deixar a área do penhasco. — É exatamente assim que se faz!

Pino seguiu o chefe da Gestapo por entre as árvores, mas de longe. Os touros saíram do bosque com os meninos dos dois lados do bando, e os nazistas seguiam o grupo, inclusive Rauff, que nem olhou para trás. Só então Pino parou e olhou para o alto de uma das maiores árvores. Doze metros acima, no meio dos galhos, viu o contorno vago de alguém agarrado ao tronco.

Ele saiu do bosque andando devagar, vendo que os touros já estavam outra vez na área cercada, comendo os fardos de feno.

— Ahhh — disse o coronel Rauff, arfando e sorrindo para o Padre Re quando Pino se aproximou. — Foi divertido. Fiz muito isso quando era menino.

— Tive a impressão de que gostava — comentou o padre.

O chefe da Gestapo tossiu, riu e balançou a cabeça em resposta afirmativa. Depois, olhou para o tenente e gritou alguma coisa em alemão. O tenente começou a gritar e soprar um apito. Os soldados que revistavam os galpões externos e o punhado de casas em Motta correram de volta aos caminhões.

— Continuo desconfiado, padre — declarou o coronel Rauff, estendendo a mão.

Pino prendeu a respiração.

O sacerdote apertou a mão do militar.

— Venha quando quiser, coronel.

Rauff voltou ao Kübelwagen. O Padre Re, o irmão Bormio, Pino, Mimo e os outros meninos ficaram ali, acompanhando em silêncio a movimentação dos caminhões alemães. Eles esperaram Rauff e seus soldados se afastarem uns quinhentos metros, descendo a encosta pela lamacenta estrada de duas faixas para Madesimo, antes de explodirem em aplausos e gritos.

★ ★ ★

— Tive certeza de que eles sabiam que havíamos escondido todos vocês nas árvores — comentou Pino, horas mais tarde. Ele e o Padre Re comiam à mesa com os refugiados aliviados.

O pai dos dois meninos disse:

— Deu para ver aquele coronel se aproximando. Ele passou bem embaixo de nossa árvore. Duas vezes!

Todos começaram a rir como só pessoas que escaparam da morte podem rir, com incredulidade, gratidão e alegria contagiante.

— Um plano inspirado — disse o Padre Re, segurando o ombro de Pino e levantando sua taça de vinho. — A Pino Lella.

Todos os refugiados levantaram os copos para brindar. Pino se sentia constrangido com tanta atenção. Ele sorriu.

— Foi Mimo quem fez o plano dar certo.

Ele se sentia bem com tudo aquilo – eufórico, na verdade. Enganar os nazistas despertava nele uma sensação de poder. À própria maneira, estava resistindo. Todos eles lutavam e integravam a crescente resistência. A Itália não era a Alemanha. A Itália nunca seria a Alemanha.

Alberto Ascari chegou à Casa Alpina sem tocar a campainha. Ele apareceu na porta do refeitório e, com o chapéu nas mãos, disse:

— Com licença, padre, mas tenho um recado urgente para Pino. O pai dele telefonou para a casa de meu tio, que me pediu para trazer a mensagem.

Pino se sentiu murchar. O que aconteceu? Quem morreu?

— Que foi? — perguntou.

— Seu pai quer que você volte para casa o mais depressa possível — disse Ascari. — Para Milão. Ele disse que é questão de vida ou morte.

— Vida e morte de quem? — Pino quis saber, já em pé.

— Parece que sua, Pino.

PARTE III
AS CATEDRAIS DO HOMEM

13

Doze horas mais tarde, Pino estava sentado no banco do passageiro do Fiat de Ascari, sem prestar atenção nos abismos dos dois lados da estrada cheia de curvas que ia de Madesimo para Campodolcino. Não olhava para as folhas verdes da primavera nem sentia o cheiro das flores no ar. O pensamento havia ficado na Casa Alpina, em como relutara em partir.

— Quero ficar e ajudar — havia dito ao Padre Re na noite anterior.

— E sua ajuda seria útil — respondera o padre —, mas o assunto parece sério, Pino. Você deve obedecer ao seu pai e ir para casa.

Pino gesticulou em direção aos refugiados.

— Quem vai levá-los a Val di Lei?

— Mimo — disse o padre. — Você o treinou bem. E os outros meninos também.

Perturbado, Pino dormiu mal – e se sentiu arrasado quando Ascari o buscou para levá-lo à estação de trem em Chiavenna. Tinha passado quase sete meses na Casa Alpina, mas sentia como se fossem anos.

— Vem me ver quando puder? — perguntara o Padre Re.

— É claro que sim, padre.

Eles se abraçaram.

— Tenha fé nos planos de Deus para você. E se cuide.

O irmão Bormio havia lhe dado comida para a viagem e o abraçara.

Pino mal falou dez palavras até chegarem ao fundo do vale.

— Uma coisa boa — comentou Ascari. — Você me ensinou a esquiar.

Pino sorriu, sem entusiasmo.

— Você aprendeu depressa. Queria ter terminado minhas aulas de direção.

— Você já é muito, muito bom, Pino. Leva jeito, sente o carro de maneira que é rara.

Pino gostou do elogio. Ascari era um motorista fantástico. Alberto sempre o surpreendia com o que fazia atrás de um volante e, como se fosse provar sua habilidade, desceu do vale em direção a Chiavenna numa corrida vertiginosa, que deixou Pino sem ar.

— É assustador pensar o que você faria em um carro de corrida de verdade, Alberto — comentou Pino, quando pararam na estação.

Ascari sorriu.

— Dê tempo ao tempo, é o que meu tio sempre diz. Você volta no verão? Vem terminar as aulas?

— Eu gostaria — confessou Pino, apertando a mão dele. — Seja bom, meu amigo. E fique fora da vala.

— Sempre — respondeu Ascari; então, partiu.

Pino havia descido de uma altitude tão elevada que a temperatura devia estar uns trinta graus mais alta que em Motta. Chiavenna estava colorida por flores. O perfume e o pólen pairavam no ar. A primavera no sul dos Alpes nem sempre era tão fabulosa, e aquilo tudo só aumentou a relutância de Pino em comprar sua passagem, mostrar seus documentos ao soldado do Exército Alemão e embarcar no trem rumo ao sul para Como e Milão.

O primeiro vagão em que entrou estava cheio com uma legião de soldados fascistas. Ele se virou e seguiu em frente, até encontrar um vagão em que havia só um punhado de pessoas. Sonolento pela falta de descanso, guardou a mala, usou a mochila como travesseiro e dormiu.

* * *

Três horas mais tarde, o trem entrou na estação central de Milão, que havia sofrido vários ataques diretos, mas permanecia como Pino lembrava. A única diferença era que soldados italianos não guardavam mais o terminal de confluência de tráfego. Agora, os nazistas estavam no controle. Quando percorreu a plataforma e atravessou a estação, mantendo distância dos soldados fascistas que o acompanharam na viagem de trem, ele notou as tropas alemãs olhando com desprezo para os homens de Mussolini.

— Pino!

Seu pai e tio Albert correram para cumprimentá-lo. Os dois homens pareciam muito mais velhos que no Natal, com as têmporas mais grisalhas e as faces mais fundas do que ele lembrava.

Michele gritou:

— Viu o tamanho dele, Albert?

O tio olhava boquiaberto para Pino.

— Sete meses, e você passou de menino a homem grande, forte! Que tipo de alimento o Padre Re serviu a vocês?

— O irmão Bormio é um ótimo cozinheiro — respondeu Pino, com um sorriso bobo, feliz com a avaliação. Estava tão feliz por ver os dois que quase se esqueceu de ficar zangado.

— Por que me fez voltar para casa, *papà*? — perguntou, quando deixaram a estação. — Estávamos fazendo coisas boas na Casa Alpina, coisas importantes.

O rosto do tio ficou sombrio. Ele balançou a cabeça e falou, sussurrando:

— Não falamos em coisas boas ou ruins aqui. Nós esperamos, sim?

Eles pegaram um táxi. Depois de dez meses e meio de bombardeios, Milão mais parecia um campo de batalha que uma cidade. Em alguns bairros, quase setenta por cento dos prédios eram escombros, mas as ruas eram transitáveis. Pino logo viu por quê. Batalhões de homens de olhar vago e costas encurvadas vestidos com uniforme cinza limpavam as ruas, tijolo por tijolo, pedra por pedra.

— Quem são eles? — perguntou. — Aqueles homens de cinza?

Tio Albert tocou a perna de Pino, apontou o motorista e balançou a cabeça. Pino notou que o motorista do táxi olhava constantemente pelo retrovisor, então parou de falar até chegarem em casa.

Quanto mais se aproximavam do Duomo e de San Babila, mais estruturas havia em pé. Muitas delas, ilesas. Eles passaram pela chancelaria. Um carro oficial nazista estava parado em frente, e havia um general ao lado da bandeira fincada no capô.

De fato, as ruas em torno da catedral estavam repletas de oficiais alemães de alta patente e seus veículos. Eles tiveram que sair do táxi e passar por um ponto de fiscalização cercado de barricadas e altamente fortificado para entrar em San Babila.

Depois de mostrar os documentos, andaram em silêncio por uma das áreas menos danificadas de Milão. As lojas, os restaurantes e os bares estavam abertos e cheios de oficiais nazistas e suas respectivas mulheres. O pai de Pino o levou ao *corso* Matteotti, a cerca de quatro quarteirões de onde eles moravam antes, ainda no bairro da moda, porém mais perto do Alla Scala, da Galleria e da *piazza* Duomo.

— Peguem os documentos de novo — avisou o pai de Pino, já empunhando os dele.

Eles entraram em um prédio e foram imediatamente abordados por dois guardas armados da *Waffen-SS*, o que surpreendeu Pino. Os nazistas vigiavam todos os prédios de apartamentos em San Babila?

Os sentinelas conheciam Michele e o tio de Pino e deram só uma olhada rápida nos papéis. No entanto, estudaram os de Pino mais demoradamente e com mais atenção antes de permitirem que seguisse em frente. Os três usaram um elevador do tipo gaiola. Quando passaram pelo quinto andar, Pino viu mais dois guardas parados na frente de uma porta.

Saíram do elevador no sexto andar, foram até o fim de um corredor curto e entraram no novo apartamento dos Lella. Não era grande como o da *via* Monte Napoleone, mas já estava confortavelmente mobiliado. Ele reconheceu o toque da mãe em todos os lugares.

O pai e o tio indicaram com gestos silenciosos que Pino devia deixar as malas ali mesmo e segui-los. Passaram por portas de correr para um terraço na cobertura. As torres da catedral atacavam o céu a leste.

— Agora podemos falar com segurança — disse tio Albert.

— Por que os nazistas estão no saguão e no andar de baixo? — perguntou Pino.

O pai dele apontou para uma antena na parede do terraço.

— Aquela antena está conectada a um rádio de ondas curtas no apartamento de baixo. Os alemães despejaram o inquilino anterior, um dentista, em fevereiro. Mandaram reformar tudo. Pelo que ouvi, é onde dignitários nazistas em visita ficam hospedados em Milão. Se Hitler vier para cá, é nesse apartamento que vai ficar.

— No andar de baixo? — perguntou Pino, nervoso.

— É um mundo novo e perigoso, Pino — comentou tio Albert. — Principalmente para você.

— Por isso o trouxemos para casa — explicou o pai, antes que o garoto pudesse responder. — Em menos de vinte dias, você completa dezoito anos e pode ser convocado.

Pino franziu a testa.

— Tudo bem...

O tio continuou:

— Se esperar ser convocado, eles o colocarão no exército fascista.

— E todos os novos soldados italianos estão sendo enviados pelos alemães para o *front* russo — prosseguiu Michele, enquanto retorcia as mãos. — Você seria bucha de canhão, Pino. Morreria. E nós não podemos permitir que isso aconteça, não quando a guerra está tão perto do fim.

A guerra estava perto do fim. Pino sabia que era verdade. Tinha escutado no dia anterior pelo rádio de ondas curtas que deixara com o Padre Re que os Aliados lutavam novamente em Monte Cassino, mosteiro no alto de um penhasco onde os alemães haviam instalado canhões poderosos. Por fim, o mosteiro e os alemães haviam sido pulverizados por bombardeiros aliados. O mesmo destino teve a cidade abaixo deles. Tropas aliadas ao longo de toda a Linha Gustav de fortificações no sul de Roma estavam perto de romper a barreira.

— E o que querem que eu faça? — perguntou Pino. — Que me esconda? Eu teria ficado melhor na Casa Alpina até os Aliados expulsarem os nazistas.

O pai dele balançou a cabeça.

— O gabinete de recrutamento já mandou um representante aqui. Eles sabiam que você estava lá em cima. Poucos dias depois de seu aniversário, alguém teria ido buscá-lo na Casa Alpina.

— E o que querem que eu faça? — repetiu Pino.

— Queremos que se aliste — disse tio Albert. — Se você se alistar voluntariamente, podemos garantir que seja posto em uma posição livre de risco.

— Com Salò?

Os dois homens se olharam, e o pai dele respondeu:

— Não, com os alemães.

— Com os alemães?! Usar a suástica?! Não. Nunca.

— Pino — tentou o pai —, isso é...

— Sabe o que fiz nos últimos seis meses? — perguntou Pino, furioso. — No Groppera, fui guia de judeus e refugiados que seguiam à Suíça para fugir dos nazistas, que nem hesitam antes de metralhar pessoas inocentes! Não posso e não vou fazer nada disso.

Houve um silêncio de alguns instantes enquanto os dois homens o estudavam. Finalmente, tio Albert disse:

— Você mudou, Pino. Não só está com a aparência de homem, você fala como homem. Vou lhe dizer uma coisa: a menos que fuja para a Suíça, fuja da guerra, vai se envolver nela, de um jeito ou de outro. O primeiro jeito é esperar e ser convocado. Vai receber três semanas de treinamento, depois vai embarcar para o norte e lutar contra os soviéticos; lá, o índice de mortalidade entre soldados italianos no primeiro ano é de quase cinquenta por cento. Isso significa que teria uma em duas chances de chegar aos dezenove anos.

Pino ameaçou interromper, mas o tio dele levantou a mão para impedi-lo.

— Não terminei. A outra opção é alguém que conheço designar você para uma ala do Exército Alemão chamada Organização Todt, ou OT. Eles não lutam. Constroem coisas. Você vai estar seguro e provavelmente vai aprender alguma coisa.

— Quero lutar contra os alemães, não me juntar a eles.

— Isso é uma precaução — argumentou o pai. — Como você disse, a guerra logo vai chegar ao fim. Provavelmente, você não vai nem sair do campo de treinamento.

— O que vou dizer às pessoas?

— Ninguém vai saber — explicou tio Albert. — Se alguém perguntar, vamos dizer que você continua nos Alpes com o Padre Re.

Pino não disse nada. Entendia a lógica da proposta, mas sentia um gosto amargo na boca. Isso não era resistência. Era simulação, esquiva, a saída do covarde.

— Tenho que responder agora?

— Não — disse o pai. — Mas em um ou dois dias.

Tio Albert se manifestou.

— Enquanto isso, venha comigo à loja. Tem uma coisa que pode fazer por Tullio.

Pino sorriu. Tullio Galimberti! Não o via havia quanto tempo...? Sete meses? Queria saber se Tullio ainda seguia o coronel Rauff por Milão. Queria saber sobre seu último interesse romântico.

— Eu vou. A menos que precise de mim para alguma coisa, *papà*.

— Não, pode ir — respondeu Michele. — Tenho que cuidar da contabilidade.

* * *

Pino e o tio saíram do apartamento e pegaram o elevador novamente, de onde viram os guardas na porta do apartamento do quinto andar. Os sentinelas no saguão assentiram quando eles passaram.

Eles seguiram pela rua em direção à Bagagens Albanese, com tio Albert interrogando Pino sobre os Alpes. Ele parecia especialmente impressionado com o sistema de sinais criado pelo Padre Re e com a frieza e a engenhosidade que ajudaram Pino a superar várias situações tenebrosas.

Felizmente, não havia clientes na loja de artigos de couro. Tio Albert pôs a placa de "Fechado" e baixou a persiana. Tia Greta e Tullio Galimberti saíram da área dos fundos.

— Olha o tamanho dele! — disse tia Greta a Tullio.

— Um bruto — comentou Tullio. — E o rosto está diferente. Algumas garotas podem até achar que é bonito. Se não estiver comigo.

Tullio ainda era o brincalhão de antes, mas a confiança que um dia havia beirado a arrogância se desgastara pela situação toda. Ele parecia ter emagrecido muito, olhava para um ponto meio distante e fumava um cigarro atrás do outro.

— Ontem vi aquele nazista que você costumava seguir por aí, o coronel Rauff.

Tullio empalideceu.

— Viu Rauff ontem?

— Falei com ele. Sabia que ele cresceu em uma fazenda?

— Nem imaginava. — Tullio olhou para tio Albert.

O tio de Pino hesitou antes de dizer:

— Você sabe guardar segredo, não sabe?

Pino assentiu.

— O coronel Rauff quer levar Tullio para ser interrogado. Se for pego, ele será levado para o Hotel Regina, torturado e, depois, enviado para a penitenciária San Vittore.

— Com Barbareschi? O falsificador?

Todos na sala olharam para Pino com ar de espanto.

— Você o conhece? — perguntou Tullio. — Como?

Pino explicou, depois disse:

— Rauff contou que ele estava na San Vittore.

Pela primeira vez, Tullio sorriu.

— Estava até ontem à noite. Barbareschi fugiu!

Pino ficou perplexo. Lembrava-se de como era o seminarista no primeiro dia de bombardeio, então tentou imaginá-lo tornando-se falsificador, depois fugindo da prisão. San Vittore, pelo amor de Deus!

— Essa é uma boa notícia — disse. — E você está se escondendo aqui, Tullio? Acha que é uma boa ideia?

— Eu mudo de lugar — explicou Tullio, acendendo outro cigarro. — Todas as noites.

— O que dificulta as coisas para nós — falou tio Albert. — Antes de Rauff se interessar por ele, Tullio podia perambular pela cidade com liberdade, desempenhando várias tarefas para a Resistência. Agora isso não é possível. Como eu disse antes, tem algo que você pode fazer por nós.

Pino ficou animado.

— Pela Resistência, qualquer coisa.

— Temos documentos que precisam ser entregues hoje à noite, antes do toque de recolher — disse tio Albert. — Vamos lhe dar um endereço. Você leva os papéis até lá e os entrega. Pode fazer isso?

— Que papéis são esses?

— Não precisa se preocupar com isso — respondeu o tio.

Tullio foi direto ao dizer:

— Mas, se os nazistas pegarem você e conseguirem ler o que está escrito nos papéis, você vai ser executado. Já agiram assim por motivo menor.

Pino olhou para o pacote que o tio lhe oferecia. Com exceção do dia anterior e do dia em que Nicco morreu segurando a granada, não se sentia de fato ameaçado pelos nazistas. No entanto, agora os alemães estavam por todas as partes de Milão. Qualquer um poderia pará-lo, revistá-lo.

— Os papéis são importantes?

— São.

— Então, não vão me pegar — anunciou Pino, ficando com o pacote.

Uma hora mais tarde, ele saiu da loja de couro na bicicleta do tio. Mostrou seus documentos no posto de fiscalização de San Babila e em outro, no lado ocidental da catedral, mas ninguém o revistou nem demonstrou muito interesse por ele.

Pino percorreu a cidade em direção a um endereço no quadrante sudeste de Milão – e só chegou lá à tarde. Quanto mais se afastava do centro, mais devastação via. Pino pedalou e empurrou a bicicleta por ruas queimadas e maculadas por desolação e carência. Quando se aproximou de uma cratera de bomba, reduziu a velocidade e parou na beirada. Chovera na noite anterior. Uma água imunda cobria o fundo do buraco, espalhando um cheiro de podridão. Crianças riam. Quatro ou cinco delas, pretas de sujeira, escalavam ruínas de uma construção queimada, onde brincavam.

Eles estavam aqui? Sentiram as bombas? Veem os fogos? Eles têm pais? Ou são crianças de rua? Onde moram? Aqui?

Ver as crianças vivendo em meio à destruição o incomodava, mas ele continuou, seguindo as orientações dadas por Tullio. Pino atravessou a área queimada e chegou a um bairro com menos prédios danificados. Isso o fez sentir como um piano estragado, com algumas teclas quebradas, algumas desaparecidas e outras ainda se mantendo, amarelas e vermelhas contra um fundo negro.

Ele encontrou dois prédios de apartamentos lado a lado. Como Tullio instruíra, entrou no edifício à direita, que era cheio de vida. Crianças sujas andavam pelos corredores. As portas de muitos apartamentos estavam abertas, os cômodos repletos de gente que parecia castigada pela vida. Em um deles, ouvia-se música, um disco, uma ária de *Madame Butterfly* que, percebeu, era executada por sua prima Licia.

— Quem você está procurando? — perguntou um menino imundo.

— O 16B — respondeu Pino.

A expressão do menino mudou. Ele apontou para o fim do corredor.

Quando Pino bateu na porta, alguém abriu uma fresta sem remover a corrente de segurança.

Um homem perguntou, com um forte sotaque italiano:

— Que é?

— Tullio me mandou, Baka.

Ele está vivo?

— Estava há duas horas.

O homem sentiu-se satisfeito com a resposta. Ele soltou a corrente e abriu a porta apenas o suficiente para deixar Pino entrar no pequeno apartamento. Baka era eslavo, baixinho, forte, com cabelo preto e grosso, sobrancelha pesada, nariz achatado e braços e ombros enormes. Pino era mais alto que ele, mas se sentia intimidado.

Baka o estudou por um momento, depois disse:

— Trouxe ou não trouxe alguma coisa?

Pino tirou o envelope de dentro da calça e o entregou ao homem. Baka o pegou sem dizer nada e afastou-se.

— Quer água? — perguntou. — Está ali. Beba e vá embora. Tem que ir antes do toque de recolher.

Pino estava sedento depois de pedalar tanto, então bebeu alguns goles antes de olhar em volta e entender quem e o que era Baka. Uma valise de couro com fivelas e tiras estava aberta sobre a cama. A parte de dentro havia sido preparada com compartimentos estofados que continham um rádio de ondas curtas, um gerador manual, duas antenas, ferramentas e cristais para substituição.

Pino apontou para o rádio.

— Com quem você fala?

— Londres — grunhiu Baka enquanto lia os papéis. — Novinho. Recebemos há três dias. O velho quebrou, passamos duas semanas em silêncio.

— Há quanto tempo está aqui?

— Há dezesseis anos, desci de paraquedas na área fora da cidade; então, vim andando.

— Passou todo esse tempo aqui, neste apartamento?

O operador de rádio bufou.

— Nesse caso, Baka seria um homem morto quinze semanas atrás. Os nazistas agora têm máquinas para rastrear os rádios. Usam três delas para tentar, como se diz, triangular nosso local de transmissão e terem como nos matar e destruir os rádios. Sabe qual é a pena para quem tem transmissores de rádio hoje?

Pino balançou a cabeça.

— Sem interrogatório, sem nada. — Baka fez um som que imitava metal deslizando e passou o dedo indicador no pescoço com um sorriso.

— Então, você muda de lugar?

— A cada dois dias, no meio do dia, Baka aproveita a oportunidade e dá uma longa caminhada com a valise até outro apartamento vazio.

Pino queria fazer muitas perguntas, mas sentia que havia abusado da hospitalidade do homem.
— Vou ver você de novo?
Baka levantou a sobrancelha grossa e deu de ombros.
— Vai saber.

★ ★ ★

Pino saiu do apartamento e do prédio rapidamente. Pegou a bicicleta à luz de uma tarde quente de primavera. Quando pedalava de volta, atravessando áreas queimadas e desoladas, sentia-se bem, útil outra vez. Por menor que tivesse sido a tarefa, sabia que tinha feito a coisa certa, lutado, assumido o risco, e se sentia melhor por isso. Não se juntaria aos alemães. Ele se juntaria à Resistência. Era isso.

Pino seguiu para o norte em direção à *piazzale* Loreto. Chegou à venda de frutas e vegetais no momento em que o sr. Beltramini abaixava o toldo. O pai de Carletto havia envelhecido muito desde a última vez que Pino o vira. Preocupação e estresse estavam estampados em seu rosto.

— Olá, sr. Beltramini — disse ele. — Sou eu, Pino.

O sr. Beltramini olhou para ele com os olhos meio fechados, o examinou da cabeça aos pés, depois jogou a cabeça para trás e gargalhou.

— Pino Lella? Você parece ter comido o Pino Lella, isso sim!

Pino riu.

— Engraçado.

— Ah, bem, meu jovem amigo, como se pode sobreviver ao que a vida joga no caminho, se não se pode rir e amar? E os dois não são a mesma coisa?

Pino pensou um pouco.

— Acho que sim. Carletto está em casa?

— Lá em cima, ajudando a mãe.

— Como ela está?

O sorriso largo do sr. Beltramini desapareceu. Ele balançou a cabeça.

— Nada bem. O médico deu uns seis meses, talvez menos.

— Sinto muito, senhor.

— E eu sou grato por cada momento que tenho com ela — respondeu o comerciante. — Vou subir e chamar Carletto para você.

— Obrigado. Mande lembranças minhas a ela.

O sr. Beltramini deu alguns passos em direção à porta, mas parou.

— Meu filho sentiu saudade. Ele diz que você é o melhor amigo que ele já teve.

— Também senti saudade dele. Devia ter mandado uma carta, mas era difícil... O que estávamos fazendo lá...

— Ele vai entender, mas você vai cuidar dele, não vai?

— Prometi que ia. E nunca deixo de cumprir uma promessa.

O sr. Beltramini tocou os bíceps e os ombros de Pino.

— Meu Deus, você ficou forte como um cavalo de corrida!

Quatro ou cinco minutos depois, Carletto apareceu na porta.

— Ei.

— Ei — respondeu Pino, batendo de leve em seu braço. — Que bom ver você!

— É? Você também.

— Não parece muito convencido disso.

— Minha mãe teve um dia difícil.

Pino sentiu um aperto. Não via a mãe desde o Natal; de repente, sentia saudade de Porzia e até de Cicci.

— Não consigo imaginar — disse.

Eles conversaram e brincaram por quinze minutos, até notarem que a luz do dia se esvaía. Pino nunca havia lidado com o toque de recolher e queria estar no novo apartamento bem antes de cair a noite. Eles fizeram planos para se encontrar nos dias seguintes, depois se despediram com um aperto de mãos.

Pino se sentiu triste por se afastar de Carletto. O velho amigo parecia perdido, uma sombra do que era. Antes das bombas, Carletto era rápido e engraçado, como o pai dele. Agora parecia entorpecido, como se internamente tivesse se tornado tão cinzento quanto aqueles homens que Pino via limpando as ruas. No posto de fiscalização para entrar em San Babila, o guarda o reconheceu e acenou autorizando a passagem. *Eu podia estar armado*, pensou ao voltar a pedalar; na sequência, ouviu gritos atrás dele.

Pino olhou para trás. Soldados do posto corriam atrás dele segurando as pistolas automáticas junto da cintura. Apavorado, ele parou e levantou as mãos.

Os soldados passaram correndo e viraram na esquina. Seu coração batia tão depressa que ele ficou tonto e vários momentos passaram até que ele conseguisse se mexer. O que havia acontecido? Aonde eles iam? Então, sirenes. Uma ambulância? Um carro de polícia?

Pino empurrou a bicicleta até a esquina, espiou e viu três nazistas revistando um homem de quase quarenta anos. O homem mantinha as mãos na parede, as pernas afastadas. Estava perturbado e ficou ainda mais agitado quando um dos alemães pegou um revólver que ele levava preso sob a cintura da calça.

— *Per favore!* — gritou o homem. — Só uso a arma para proteger a minha loja e ir ao banco!

Um dos soldados gritou alguma coisa em alemão. Todos os outros recuaram alguns passos. Um deles levantou um rifle e atirou na parte de trás da cabeça do homem. Ele ficou mole como uma boneca de pano e caiu.

Pino recuou, horrorizado. Um dos soldados o viu, gritou alguma coisa. Pino montou na bicicleta, pedalou como um louco e, usando um desvio, chegou ao prédio no *corso* Matteotti sem ser pego.

Os sentinelas da SS no saguão eram novos e prestaram mais atenção nele que os outros. Um deles o revistou e inspecionou seus documentos duas vezes antes de permitir que seguisse para o elevador. Quando a gaiola subiu, a lembrança do homem morto com um tiro se repetia muitas e muitas vezes em sua cabeça.

Atordoado e nauseado, ele só tomou consciência dos aromas deliciosos que saíam do novo apartamento quando levantou a mão para bater na porta. O tio o recebeu e o deixou entrar.

— Estávamos preocupados — comentou tio Albert, ao fechar a porta. — Você demorou muito.

— Fui ver meu amigo Carletto.

— Graças a Deus. Não teve nenhum problema?

— Vi os alemães matarem um homem que levava uma pistola — contou Pino, com frieza. — Simplesmente deram um tiro nele, como se não fosse nada importante. Nada.

Antes que o tio respondesse, Porzia apareceu no corredor, abriu os braços e gritou:
— Pino!

— *Mamma?*

★ ★ ★

Pino foi inundado por emoções que o fizeram correr pela sala e para a mãe. Ele a levantou do chão, a girou no ar e a beijou, o que provocou um gritinho de medo e alegria nela. Depois, ele a girou de novo.

— Muito bem, muito bem, chega! Ponha-me no chão!

Pino a colocou gentilmente sobre o tapete. Porzia ajeitou o vestido antes de olhar para ele e balançar a cabeça.

— Seu pai disse que você estava grande, mas eu... E meu Domenico? Ele agora também é grande como você?

— Não é mais alto, mas é mais forte, *mamma*. Mimo agora é um homem durão.

— Ora. — Porzia ficou radiante, e seus olhos se encheram de lágrimas. — Fico muito feliz por estar em minha nova casa com meu menino crescido.

O pai dele saiu da cozinha.

— Gostou da surpresa? — perguntou Michele. — *Mamma* veio de Rapallo de trem só para ver você.

— Gostei. Onde está Cicci?

— Doente — respondeu Porzia. — Ficou com meus amigos. Ela mandou dizer que ama você.

— E Greta? — indagou Michele. — O jantar está quase pronto.

— Está fechando a loja — respondeu tio Albert. — Ela já vem.

Alguém bateu à porta. O pai de Pino foi abrir.

Tia Greta entrou, agitada, mas esperou até a porta estar fechada e trancada para contar, soluçando:

— A Gestapo pegou o Tullio!

— O quê?!? — gritou tio Albert. — Como?

— Ele decidiu sair cedo. Ia passar a noite com a mãe. Em algum trecho do caminho, não muito longe da loja, acho que o prenderam e levaram para o Hotel Regina. Sonny Mascolo, o atirador, viu tudo e foi me avisar quando eu estava fechando a loja.

A tristeza invadiu a sala. Tullio no quartel da Gestapo. Pino não conseguia nem imaginar o que ele estava sofrendo no momento.

— Eles seguiram Tullio desde a loja? — Tio Albert quis saber.

— Ele saiu pela viela, então, acho que não — respondeu tia Greta.

O marido dela balançou a cabeça.

— Temos que pensar que sim, mesmo que não seja verdade. Agora todos nós podemos estar sob a vigilância da SS.

Pino ficou sem ar. E notou reações semelhantes em volta.

— Isso decide a situação, então — falou Porzia, como se anunciasse um decreto. — Pino, amanhã de manhã, você vai ao posto de alistamento se juntar aos alemães e ficar seguro até a guerra acabar.

— E depois, *mamma*, o que eu faço? — gritou Pino. — Sou morto pelos Aliados por causa da suástica em meu uniforme?

— Quando os Aliados se aproximarem, você tira o uniforme. — A mãe decidiu, olhando para ele. — Minha decisão está tomada. Você ainda é menor. Eu ainda decido por você.

— *Mamma*, você não pode...

— Posso e vou — ela o interrompeu, firme. — Assunto encerrado.

14

27 DE JULHO DE 1944
MODENA, ITÁLIA

Mais de onze semanas depois de os pais terem ordenado que se alistasse com os alemães, Pino carregava um rifle semiautomático Gewehr 43 e marchava em direção à estação de trem de Modena. Ele usava o uniforme de verão da Organização Todt: coturno de couro preto na altura das panturrilhas, calça verde-oliva, camisa e quepe militar, cinto de couro preto e cartucheira com uma pistola Walther. Uma faixa vermelha e branca amarrada no braço esquerdo completava o uniforme e o identificava.

Sobre a parte branca, estava escrito "ORG. TODT". Uma grande suástica preta dominava um círculo vermelho embaixo da inscrição. O bordado no outro ombro revelava sua patente: *Vorarbeiter*, ou soldado de primeira classe.

Àquela altura, *Vorarbeiter* Lella tinha pouca fé no plano de Deus para ele. De fato, ao entrar na estação, ele ainda estava furioso com sua situação. A mãe o havia metido nisso. Na Casa Alpina, ele fazia algo importante, algo bom e certo, guiando em ato de coragem, sem se importar com o risco que corria. Desde então, sua vida era treinamento, uma sequência interminável de marchas, exercícios físicos, aulas de alemão e outras habilidades inúteis. Cada vez que olhava para a suástica, queria arrancá-la e se juntar aos guerrilheiros nas montanhas.

— Lella! — chamou o *Frontführer* de Pino, um líder de pelotão, interrompendo seus pensamentos. — Vá com Pritoni vigiar a plataforma três.

Pino assentiu, sem entusiasmo, e foi ocupar seu posto com Pritoni, um garoto gordo de Gênova que nunca antes estivera longe de casa. Eles ocuparam as posições na plataforma elevada entre duas das linhas mais usadas na estação; o pé-direito era alto e arqueado. Soldados alemães carregavam caixotes de armas para vagões abertos em uma das linhas. A outra estava vazia.

— Odeio passar a noite aqui — comentou Pritoni, que acendeu um cigarro e deu uma tragada. — Meus pés e tornozelos incham e doem.

— Encosta nos pilares, alterna o peso de um pé para o outro.

— Já fiz isso. Ainda doem.

Pritoni continuou com uma ladainha de queixas, até Pino parar de ouvi-lo. Nos Alpes, ele aprendera a não se queixar nem choramingar em circunstâncias difíceis, pois era desperdício de energia.

Em vez disso, começou a pensar sobre a guerra. Durante o treinamento, não escutara nada. Na semana depois de ter sido designado para guardar a estação de trem, porém, soube que o general Mark Clark, do Quinto Exército dos Estados Unidos, havia libertado Roma em 5 de junho. Desde então, os Aliados só conseguiram avançar dezesseis quilômetros ao norte em direção a Milão. Pino ainda imaginava que a guerra terminaria até outubro, novembro, no máximo. Por volta da meia-noite, ele bocejou e se perguntou o que poderia fazer depois da guerra. Voltar a estudar? Ir para os Alpes? Quando encontraria uma garota para...?

Sirenes de ataque aéreo ouviram. Armas antiaéreas se abriram. Bombas caíram, uma chuva de vespas furiosas zumbindo sobre Modena. No começo, as bombas explodiram longe. Depois, uma explodiu do lado de fora do pátio da ferrovia. As três seguintes atingiram a estação em uma sucessão rápida.

Pino viu um flash antes de as explosões o jogarem para trás e para fora da plataforma. Ainda com a mochila, ele caiu sobre os trilhos e apagou por um momento. Outra explosão o despertou, e ele se encolheu instintivamente sob a chuva de cacos de vidro e destroços.

Quando o ataque cessou, Pino tentou ficar em pé. Sentia cheiro de fumaça e via fogo. Estava tonto, e os ouvidos zumbiam como um oceano furioso. Tudo estava desconectado, um caleidoscópio fragmentado, até que ele viu o corpo de Pritoni nos trilhos atrás de si. O menino de Gênova fora atingido em cheio pela explosão. Um estilhaço destruíra boa parte da cabeça dele.

Pino se afastou rastejando e vomitou. A cabeça doía tanto que ele achava que ia explodir. Encontrou sua arma, fez um esforço para voltar à plataforma e conseguiu chegar lá antes de vomitar novamente. Os ouvidos zumbiam mais alto. Ao ver soldados mortos e outros feridos, ele se sentiu mais tonto e fraco, prestes a desmaiar. Pino estendeu as mãos para se agarrar às estacas de aço que ainda sustentavam o telhado da estação.

Uma dor intensa e feroz dominava seu braço direito. Só então ele percebeu que os dedos médio e indicador da mão direita quase tinham sido amputados. Estavam pendurados pelos ligamentos e pela pele. Dava para ver o osso do indicador. O sangue jorrava do ferimento.

Ele desmaiou pela segunda vez.

* * *

Pino foi levado ao hospital do campo, onde cirurgiões alemães religaram seu dedo e trataram uma concussão. Ele passou nove dias internado.

Quando teve alta, em 6 de agosto, foi considerado temporariamente inapto para o dever e liberado por dez dias para se recuperar em casa. Quando viajava, no caminhão de um jornal, com o qual pegou uma carona de volta a Milão em um dia úmido e chuvoso de verão, Pino não se sentia o rapaz feliz e determinado que havia deixado os Alpes. Estava fraco e desiludido.

O uniforme da Organização Todt, no entanto, tinha seus benefícios. Pino passou direto por vários postos de fiscalização e logo percorria as ruas de sua amada San Babila. Encontrou e cumprimentou vários amigos antigos dos pais, pessoas que não via havia anos. Eles olhavam para o uniforme e para a suástica na faixa em seu braço e agiam como se não o conhecessem ou não quisessem conhecê-lo.

Pino estava mais perto da Albanese que de sua casa, por isso foi para lá primeiro. Andando pela calçada da *via* Monte Napoleone, notou um Daimler-Benz G4 Offroader, um veículo de seis rodas usado pelo alto escalão nazista, estacionado bem na frente da loja. O capô estava levantado. O motorista estava embaixo, trabalhando no motor debaixo de chuva.

Um oficial nazista com capa de chuva sobre os ombros saiu da loja e disse alguma coisa em alemão. Em tom incisivo. O motorista levantou-se bruscamente e balançou a cabeça. O oficial parecia contrariado e voltou para dentro da loja de couros.

Sempre interessado em carros, Pino parou e perguntou:

— Qual é o problema?

— O que tem com isso? — disparou o motorista.

— Nada. É que entendo um pouco de motor.

— E eu não sei quase nada — reconheceu o motorista. — Esse motor não pega e, quando pega, morre. Em ponto morto, está um horror e, na troca de marcha, dá tranco.

Pino pensou nisso e, protegendo a mão machucada, deu uma olhada embaixo do capô. O G4 tinha motor de oito cilindros. Ele verificou as velas de ignição e a cabeça dos cabos, viu que se encaixavam corretamente. Olhou o filtro de ar, descobriu que estava muito sujo e o limpou. O filtro de combustível também estava entupido. Depois, analisou o carburador e viu os parafusos brilhando. Alguém tinha feito ajustes recentemente.

Ele pegou uma chave de fenda do motorista e, com a mão boa, apertou vários parafusos.

— Tente agora.

O motorista entrou no veículo, girou a chave na ignição. O motor pegou, tossiu e cuspiu uma nuvem de fumaça preta.

— Viu?

Pino assentiu, pensou no que Alberto Ascari faria e mexeu novamente no carburador. Quando ouviu a porta da loja do tio se abrir, repetiu:

— Tente agora.

Dessa vez, o motor pegou. Pino sorriu, deixou as ferramentas no chão e fechou o capô. Então, viu aquele mesmo oficial alemão parado na calçada ao lado de seu tio Albert e sua tia Greta. O homem havia tirado a capa de chuva. Pino viu as insígnias de um general.

Tia Greta disse alguma coisa em alemão para o general. Ele respondeu.

— Pino — chamou ela. — O general Leyers gostaria de falar com você.

***

Pino engoliu em seco, contornou o carro pela frente e o saudou com um desanimado "*Heil Hitler*", enquanto registrava que ele e o general usavam o mesmo uniforme e a faixa distintiva no braço.

— Ele quer ver suas ordens, Pino, e saber onde está posicionado na Organização Todt — disse tia Greta.

— Modena — respondeu Pino, levando a mão ao bolso para pegar seus documentos.

Leyers leu os papéis, depois falou, em alemão.

— Ele quer saber se, nessa condição, você consegue dirigir — traduziu tia Greta.

Pino levantou o queixo, balançou os dedos e disse:

— Consigo muito bem, senhor.

A tia transmitiu a resposta. O general respondeu. Tia Greta traduziu.

Leyers olhou para Pino e perguntou:

— Você fala um pouco de alemão?

— Um pouco — disse. — Entendo mais que falo.

— *Vous parlez français, Vorarbeiter?*

Pino respondeu:

— *Oui, mon général. Très bien.* Sim, meu general, muito bem.

— Então, você agora é meu motorista. Esse aí é um idiota que não sabe nada de carros. Tem certeza de que consegue dirigir nesse estado?

— Sim — garantiu Pino.

— Então, apresente-se no quartel-general Wehrmacht, a Casa Alemã, amanhã cedo, às seis e quarenta em ponto. Vai encontrar este veículo na frota do quartel. Vou deixar um endereço no porta-luvas. Você me busca nesse endereço. Entendeu?

Pino balançou a cabeça.

— *Oui, mon général.*

O general Leyers assentiu e se acomodou no banco de trás do veículo de frota, dando uma ordem em tom seco. O motorista olhou feio para Pino e o carro partiu.

— Entre, Pino! — gritou tio Albert. — Meu Deus! Entre!

— O que ele disse ao motorista? — perguntou à tia quando os seguiu.

Tia Greta contou:

— Ele o chamou de estúpido e disse que só servia para limpar latrinas.

O tio trancou a porta da loja, virou a placa para "Fechado" e brandiu os punhos num gesto triunfante.

— Pino, tem noção do que fez?

— Não. Na verdade, não.

— Aquele é o general Hans Leyers! — exclamou tio Albert, meio atordoado.

Tia Greta disse:

— Seu título formal é *Generalbevollmächtigter für Reichminister für Rüstung und Kriegsproduktion für Italien.* Significa "plenipotenciário do ministro do Reich para armamentos e produção de guerra na Itália". — Notando que Pino não entendia, ela explicou: — "Plenipotenciário" significa que ele tem plenos poderes. É um título conferido a alguém de patente tão alta que dá ao militar plena autoridade de um ministro do Reich, além de liberdade para fazer o que for necessário pelo bem da máquina de guerra nazista.

Tio Albert falou:

— Depois do marechal de campo Kesselring, o general Leyers é o alemão mais poderoso na Itália. Ele trabalha com toda a autoridade de Albert Speer, ministro do Reich de Hitler para armamentos e produção de guerra, o que o coloca a dois passos do *Führer*! Se Leyers quer que aconteça, seja o que for, vai acontecer. Tudo de que o Wehrmacht precisa na Itália, Leyers garante: ou obriga nossas fábricas a produzir, ou rouba de nós. Ele faz todas as armas, os canhões, as munições e as bombas nazistas aqui. Todos os tanques. Todos os caminhões.

O tio de Pino parou, olhou para um ponto distante, depois disse:

— Meu Deus, Pino, Leyers conhece a localização de cada armadilha para tanque, casamata, mina terrestre e fortificação daqui até Roma. Ele as construiu, não foi? É claro que sim. Não entende, Pino? Você agora é motorista particular do grande general. Vai aonde Leyers for. Vai ver o que ele vê. Ouvir o que ele ouve. Será nosso espião dentro do Alto-Comando alemão!

15

Com a cabeça ainda girando depois da repentina e dramática mudança de rumo, Pino acordou cedo no dia 8 de agosto de 1944. Passou o uniforme e preparou o café da manhã antes de o pai sair da cama. Enquanto tomava café e comia torrada, ele lembrou que tio Albert havia decidido que ninguém além dele e tia Greta deveriam saber sobre o disfarce de Pino como motorista do general Hans Leyers.

— Não conte a ninguém — disse o tio. — Seu pai, sua mãe, Mimo. Carletto. Ninguém. Contar a alguém pode resultar em outra pessoa sabendo, depois uma terceira pessoa e logo você vai ter a Gestapo à porta, levando-o para ser torturado. Entendeu?

— Você precisa ser cuidadoso — acrescentou tia Greta. — Ser espião é mais que perigoso.

— Pergunte ao Tullio — comentou tio Albert.

— Como ele está? — perguntou Pino, tentando não pensar em ser capturado e torturado.

— Os nazistas deixaram a irmã visitá-lo na semana passada — contou a tia. — Ela disse que Tullio foi espancado, mas não falou. Ele estava magro e doente, com algum problema no estômago, mas animado, falando em fugir para lutar com os guerrilheiros.

Tullio vai fugir e lutar, pensou Pino, enquanto corria pelas ruas ainda sonolentas de San Babila. *Eu sou um espião. Estou na Resistência agora, não estou?*

Pino chegou à Casa Alemã perto da Porta Romana às seis e vinte e cinco. Foi direcionado para a garagem da frota, onde encontrou um mecânico embaixo do capô do Daimler-Benz de Leyers.

— O que está fazendo aí? — perguntou Pino.

O mecânico, um italiano de quarenta e poucos anos, franziu a testa.

— Meu trabalho.

— Eu sou o novo motorista do general Leyers — Pino apresentou-se, olhando para o conjunto de peças do carburador. Duas haviam sido trocadas. — Pare de adulterar o carburador.

Surpreso, o mecânico gaguejou:

— Eu não fiz isso.

— Fez. — Pino pegou uma chave de fenda da caixa de ferramentas do mecânico e fez vários ajustes. — Pronto, agora o motor vai roncar como um leão.

O mecânico o encarava quando Pino abriu a porta do motorista, entrou e olhou em volta. Teto conversível. Assentos de couro. Assentos individuais na frente, banco único atrás. O G4 era, de longe, o maior veículo que Pino já tentara dirigir. Com seis rodas e suspensão alta, iria a qualquer lugar. *E era esse o objetivo*, deduziu Pino.

Aonde vai um general plenipotenciário para produção de guerra? Com este carro e plena autoridade, aonde ele quiser.

Lembrando-se das ordens recebidas, Pino olhou dentro do porta-luvas e encontrou um endereço na *via* Dante, fácil de localizar. Não queria agravar os ferimentos, por isso testou o câmbio a fim de encontrar a melhor posição para a mão e o ajuste correto das marchas. Usou o dedo anelar e o polegar da mão direita para girar a chave na ignição. A força do motor fez vibrar o volante.

Pino soltou o freio de mão. Era duro. A mão escorregou da alavanca do câmbio. O Daimler deu um pulo para frente e morreu. Ele olhou para o mecânico, que sorriu com frieza.

Ignorando-o, Pino ligou novamente o motor e engatou a marcha. Dessa vez, saiu da garagem da frota em primeira e engatou a segunda. As ruas do centro de Milão, projetadas nos tempos dos cavalos e das carruagens, eram estreitas. Ao volante do Daimler, Pino tinha a sensação de dirigir um pequeno tanque pelas vias cheias de curvas.

Os motoristas dos dois carros com que ele cruzou olharam para as bandeiras vermelhas de general nazista tremulando no centro do para-choque dianteiro do Daimler e saíram do caminho imediatamente. Pino estacionou junto da calçada na *via* Dante, um pouco depois do endereço que Leyers deixara para ele.

Vários pedestres olharam para ele, mas nenhum ousou protestar diante das bandeiras de general nazista. Ele pegou a chave, desceu do veículo e entrou no pequeno prédio. Sentada em uma banqueta ao lado de uma porta fechada perto da escada, uma mulher velha com óculos de lentes grossas olhou em sua direção como se quase não o visse.

— Vou ao 3B — disse Pino.

A velha não falou nada, só assentiu e piscou para ele através dos óculos. Enquanto subia ao terceiro andar, Pino decidiu que ela era sinistra. Conferiu o relógio. Eram exatamente seis e quarenta quando bateu à porta.

Ele ouviu passos. A porta se abriu e sua vida inteira mudou.

Sorrindo, a criada de cintilantes olhos azuis perguntou:

— Você é o novo motorista do general?

Pino queria responder, mas estava atordoado demais para falar. Seu coração retumbava no peito. Ele tentou dizer alguma coisa, mas não saía som nenhum de sua boca. Seu rosto esquentou. Ele deslizou o dedo pelo colarinho. Por fim, só assentiu.

— Espero que não dirija como fala. — Ela riu, brincando com a trança loura com uma das mãos, enquanto gesticulava com a outra convidando-o a entrar.

Pino passou por ela, sentiu seu cheiro e ficou tonto, tão tonto que pensou que desmaiaria.

— Sou empregada da Dolly — disse a jovem, atrás dele. — Pode me chamar de...

— Anna — disse Pino.

* * *

Quando se virou para olhá-la, a porta estava fechada, e o sorriso de Anna havia desaparecido. Ela o encarava como se fosse algum tipo de ameaça.

— Como sabe meu nome? Quem é você?

— Pino. Pino Lella. Meus pais tinham uma loja de bolsas em San Babila. Eu convidei você para ir comigo ao cinema no ano passado, na frente da padaria perto do Alla Scala, e você perguntou quantos anos eu tinha.

Os olhos de Anna se moveram como se ela buscasse uma vaga lembrança, distante. Depois ela riu, cobriu a boca e o estudou novamente.

— Você não parece mais aquele menino maluco.

— Muita coisa pode mudar em catorze meses.

— Estou vendo. Já faz tanto tempo?

— Uma vida — respondeu Pino. — *Bonita como nunca.*

Anna levantou as sobrancelhas como se estivesse aborrecida.

— O que disse?

— O filme — explicou ele. — Fred Astaire. Rita Hayworth. Você me deixou plantado.

Ela baixou o queixo. Os ombros caíram.

— Deixei, não foi?

Houve um momento de desconforto antes de Pino falar:

— Foi bom. Naquela noite, bombardearam o cinema. Meu irmão e eu estávamos lá dentro, mas conseguimos sair.

Anna o encarou.

— Verdade?

— Totalmente.

— O que aconteceu com a sua mão? — Ela quis saber.

Ele olhou para a mão envolvida em curativos e respondeu:

— Só alguns pontos.

Uma mulher, de algum lugar do apartamento, a chamou, com um sotaque forte:

— Anna! Anna, preciso de você, por favor!

— Estou indo, Dolly — gritou Anna. E apontou para um banco no corredor. — Pode sentar-se ali e esperar o general Leyers estar pronto.

Ele deu um passo para o lado. A criada passou perto de Pino no corredor estreito. A proximidade o deixou sem ar, e ele olhou para o quadril ondulante, até Anna desaparecer no fundo do apartamento. Quando se sentou e se lembrou de respirar, o cheiro de Anna, mistura de mulher e jasmim, pairava no ar. Ele pensou em se levantar e andar pelo apartamento, só para vê-la e sentir seu cheiro de novo. Decidiu que precisava correr o risco e seu coração começou a bater loucamente.

Então, Pino ouviu vozes se aproximarem, um homem e uma mulher rindo e conversando em alemão. Ficou atento. A mulher de quarenta e poucos anos surgiu do outro lado do corredor curto. Ela se aproximava vestida com um robe branco de renda e cetim e chinelos dourados bordados com contas. Tinha pernas compridas e era bonita de um jeito teatral, com seios balançantes, olhos verdes e cabelos castanhos que caíam volumosos sobre os ombros contornando o rosto. Ainda era cedo, mas usava maquiagem. E olhou para Pino enquanto fumava um cigarro.

— Você é alto para um motorista. E é bonito também — disse, em italiano, mas com forte sotaque alemão. — Que pena. Homens altos são sempre os que morrem na guerra. Alvos fáceis.

— Acho que vou ter que manter a cabeça baixa.

— Hum. — Ela deu uma tragada no cigarro. — Sou Dolly, Dolly Stottlemeyer.

— *Vorarbeiter* Lella, Pino Lella — disse ele, sem a gagueira anterior.

Dolly não parecia impressionada e chamou:

— Anna? Já preparou o café do general?

— Estou indo, Dolly — gritou Anna, de volta.

A criada e o general Leyers se encontraram no corredor curto, onde surgiram ao mesmo tempo. Pino ficou alerta, fez a saudação esperada e olhou para Anna, que caminhava em sua direção, com seu cheiro pairando em torno dele enquanto ela oferecia uma garrafa térmica. Ele olhou para aquelas mãos e para os dedos, viu como eram perfeitos, como...

— Pega a garrafa — sussurrou Anna.

Pino se sobressaltou e a pegou.

— E a valise do general — murmurou.

Pino se curvou desajeitado para Leyers, depois pegou sua grande valise de couro, que parecia estar cheia.

— Onde está o carro? — perguntou o general, em francês.

— Em frente ao prédio, *mon général*.

Dolly falou alguma coisa em alemão para o general. Ele assentiu e respondeu. Depois, Leyers cravou os olhos em Pino e mostrou os dentes.

— O que está fazendo aí, olhando para mim como um *Dummkopf*? Leva a valise para o carro. Banco de trás. No meio. Já vou descer.

Agitado, Pino respondeu:

— *Oui, mon général.* Banco de trás.

Antes de sair, ele olhou para Anna pela última vez e se sentiu desanimado ao ver que ela o encarava como se ele tivesse problemas mentais. Pino deixou o apartamento e levou a valise do general escada abaixo, tentando se lembrar de quando havia pensado em Anna pela última vez. Há cinco, seis meses? A verdade era que havia deixado de acreditar que algum dia a veria de novo, mas agora ela estava ali.

Anna era tudo em que ele conseguia pensar quando passou pela velha no saguão e saiu do prédio. O cheiro da criada. Seu sorriso. Sua risada.

Anna, pensou Pino. *Que belo nome. Parece escorregar da língua.*

O general Leyers sempre passava a noite com Dolly? Esperava que sim. Ou era algo incomum? Uma vez por semana ou coisa do tipo? Esperava que não.

Então, Pino percebeu que era melhor se concentrar, se quisesse ver Anna de novo. Tinha que ser o motorista perfeito, decidiu, alguém que Leyers nunca dispensaria.

Ele chegou ao Daimler. Só então, quando colocava a valise no banco de trás, pensou no que poderia haver dentro dela.

Quase tentou abri-la ali mesmo, mas notou o movimento de pedestres e soldados alemães andando por lá.

Pino deixou a valise sobre o banco, trancou a porta e contornou o veículo para se colocar ao lado da porta do motorista, de onde podia ver o prédio. Então, abriu a porta de trás e puxou a valise para mais perto. Olhou o fecho, que tinha uma tranca. Olhou para cima, para o quarto andar, pensando em quanto tempo o general levaria para comer.

Menos tempo a cada segundo, decidiu. E tentou abrir a valise. Trancada.

Ele olhou para a janela do quarto andar e pensou ter visto as cortinas balançarem, como se alguém as houvesse soltado. Pino fechou a porta de trás. Alguns momentos passados, a porta do prédio de Dolly se abriu. O general Leyers saiu. Pino correu para o outro lado e abriu a porta do veículo.

O general nazista plenipotenciário para produção de guerra quase não olhou para ele antes de sentar-se no banco de trás, ao lado da valise. Leyers verificou imediatamente a tranca.

★ ★ ★

Pino fechou a porta de trás, o coração disparado. E se estivesse olhando o conteúdo da valise quando o nazista saiu? Pensar nisso fez seu coração bater ainda mais forte quando se sentou ao volante e olhou pelo retrovisor. Leyers deixara o quepe sobre o banco e puxava uma fina corrente de prata para fora do colarinho. Havia uma chave nela.

— Para onde vamos, *mon général*? — perguntou Pino.

— Não fale, a menos que eu fale com você — disse Leyers, com tom firme, enquanto abria a valise. — Fui claro, *Vorarbeiter*?

— *Oui, mon général*. Muito claro.

— Sabe ler um mapa?

— Sim.

— Muito bem. Siga para Como. Quando sair de Milão, pare e remova as bandeiras. Guarde-as no porta-luvas. Até lá, fique quieto. Preciso me concentrar.

Assim que o carro andou, o general Leyers pôs os óculos de leitura e começou a trabalhar com atenção em uma pilha de papéis sobre suas pernas. Ontem na Albanese e hoje no apartamento de Dolly Stottlemeyer, Pino estivera agitado demais para olhar para Leyers e perceber os detalhes. Agora, enquanto dirigia, olhava o general de tempos em tempos, de fato estudando o homem.

Pino deduziu que Leyers devia ter cinquenta e poucos anos. Forte, em especial nos ombros, o general tinha o pescoço grosso, o qual forçava o colarinho branco impecável e o paletó. A testa, mais larga que a da maioria, era definida por uma linha recuada de cabelo claro penteado para trás e brilhante de pomada. As sobrancelhas grossas pareciam projetar sombras sobre os olhos enquanto ele lia os relatórios, fazia anotações e os deixava de lado em uma pilha sobre o banco.

Leyers parecia totalmente concentrado. No tempo que Pino levou para dirigir o Daimler para fora de Milão, ele não levantou a cabeça nenhuma vez. Quando

Pino parou para remover as bandeiras, Leyers continuou atento à tarefa. Ele estudava uma planta aberta sobre as pernas quando Pino falou:

— Como, *mon général*.

Leyers ajeitou os óculos.

— O estádio. Pelos fundos.

★ ★ ★

Alguns minutos mais tarde, Pino contornava o longo lado ocidental do estádio de futebol na *viale* Giuseppe Sinigaglia. Ao ver o carro da frota, quatro guardas armados na entrada entraram em alerta.

— Estacione na sombra — disse o general Leyers. — Espere no carro.

— *Oui, mon général*.

Pino estacionou, saiu do carro e, em segundos, foi abrir a porta de trás. Leyers parecia nem notar, saiu com sua valise e passou por Pino como se ele nem existisse. Leyers tratou os guardas do mesmo jeito e desapareceu no interior do estádio.

Era cedo, e o calor de agosto aumentava. Pino sentia o cheiro do lago de Como do outro lado do estádio e queria muito descer e olhar para o braço ocidental em direção aos Alpes e à Casa Alpina. Queria saber como estavam o Padre Re e Mimo.

Ele pensou na mãe, em como seriam suas últimas bolsas e se ela sabia o que havia acontecido com ele. Melancólico, percebeu que sentia saudade de Porzia, especialmente de como ela comandava tudo na própria vida. Nada jamais havia amedrontado a mãe, pelo que sabia, até o começo dos bombardeios. Desde então, ela e Cicci moravam em Rapallo, ouviam a guerra pelo rádio e rezavam para que acabasse.

Esconder-se era uma atitude passiva, e Pino se sentia feliz por não estar com ela. Não estava se escondendo. Era um espião no centro do poder nazista na Itália. Um arrepio percorreu seu corpo, e pela primeira vez ele pensou de verdade sobre ser um espião, não sobre espionagem como brincadeira de menino, mas como ato de guerra.

O que tentava descobrir ou ver? E onde tentava descobrir ou ver essa coisa? Havia a valise e seu conteúdo, é claro. E o general Leyers tinha escritórios em Como e em Milão, supunha Pino. Mas algum dia teria permissão para entrar neles?

Não imaginava isso acontecendo e, percebendo que havia pouco a fazer além de esperar o general, permitiu-se pensar em Anna. Chegou a ter certeza de que nunca mais a veria, mas lá estava ela, criada da amante do general! Quais eram as chances de isso acontecer? Não parecia que tudo era...?

Caminhões alemães, mais de uma dezena deles, passaram cuspindo fumaça e pararam no extremo norte da rua. Soldados da Organização Todt saltaram de um veículo e se espalharam, apontando as armas para a parte de trás dos outros caminhões.

— *Raus!* — gritaram, e baixaram a porta. Ao removerem a lona de cobertura, revelaram quarenta homens olhando em volta aturdidos. — *Raus!*

Eram todos magros, imundos, com barbas ralas e cabelos longos e emaranhados. Muitos tinham o olhar vago, sem vida, e usavam calça e camisa cinza e puídas. Havia letras no peito desses homens, mas Pino não conseguia enxergá-las. Com os pés acorrentados, eles se moviam lentamente até os guardas investirem contra eles, atingindo alguns com o cabo dos rifles. Os caminhões eram esvaziados um a um, e logo havia trezentos homens, talvez mais, caminhando para a extremidade norte do estádio.

Pino lembrou-se de homens como aqueles no pátio central da ferrovia em Milão, limpando os destroços dos bombardeiros. Eram judeus? De onde eram?

★ ★ ★

Os homens de cinza, como ele passou a chamá-los, contornaram a extremidade noroeste do estádio e seguiram em direção a leste para o lago, onde Pino não podia mais vê-los. Pino pensou na ordem do general Leyers para esperar ao lado do Daimler e, depois, no desejo que tio Albert tinha de ele se tornar um espião. Assim, começou a andar em ritmo acelerado e passou pelos quatro guardas perto da entrada. Um falou, em alemão, alguma coisa que ele não entendeu. Mas assentiu, riu e seguiu em frente, pensando que fingir confiança era tão bom quanto ser confiante.

Ele contornou o estádio. Os homens de cinza haviam desaparecido. Como era possível?

Então, Pino viu que uma porta superior no lado norte do estádio havia sido levantada. Dois guardas armados surgiram do lado de fora. Pensou em Tullio Galimberti, em como ele costumava dizer que o truque para fazer qualquer coisa difícil era agir como outra pessoa, alguém que tivesse a ver com o lugar ou a situação.

Pino saudou os guardas e virou à direita para o interior de um túnel em direção ao fosso. Imaginava que, se tivesse que ser detido, seria nesse momento, mas o truque funcionou e ninguém disse nada. Logo entendeu por quê. O túnel tinha corredores laterais nos quais muitos homens com o uniforme da OT, como o dele, empilhavam caixas e caixotes. Os guardas deviam ter pensado que ele era só mais um.

Pino andou até quase a boca do túnel, depois se manteve nas sombras e olhou para fora, onde viu os homens de cinza enfileirados do lado mais próximo. Além deles, no extremo sul do estádio, uma rede de camuflagem fora levantada e amarrada. Havia obuseiros sobre trilhos embaixo da rede, seis deles, Pino contou, dezenas de metralhadoras pesadas e mais dois caixotes de madeira. Era um depósito de suprimentos. Talvez de munição.

Pino viu os soldados da OT empurrando os últimos homens de cinza para suas posições pouco antes de o general Leyers surgir de outro túnel, talvez a uns cinquenta metros do outro lado do estádio. Um capitão e um sargento da OT o seguiam.

Pino colou o corpo à parede do túnel e só então considerou o que poderia acontecer caso fosse pego espionando. Seria interrogado, certamente. Talvez espancado. Talvez pior. Pensou em voltar pelo mesmo caminho andando de um jeito confiante, esperar o tempo necessário pela volta de Leyers e seguir vivendo seu dia.

Então, ereto e com toda a autoridade de um ministro de Reich nazista, o general Leyers parou na frente dos homens de cinza, que estavam distribuídos em trinta fileiras, cada uma com dez homens, com um espaço de quase um metro entre um e outro e três metros entre as fileiras. Leyers estudou o primeiro homem por um momento, depois emitiu um pronunciamento que Pino não ouviu.

O capitão fazia anotações em um bloco. O sargento gesticulou com o cano do rifle, e o primeiro homem de cinza saiu da formação. Ele atravessou o campo, virou-se e ficou parado olhando para Leyers, que passou para o homem seguinte, então para o outro. Leyers sempre estudava o homem diante dele, depois falava algo. O capitão anotava, e o sargento repetia o gesto com a arma. Alguns iam para perto do primeiro homem. Outros eram direcionados para um dos dois outros grupos.

Ele os está classificando. Separando.

De fato, os prisioneiros maiores e mais fortes ficavam em um grupo menor que os outros dois. Os homens no segundo grupo, maior que o primeiro, pareciam mais abatidos, mas mantinham alguma dignidade. O terceiro e maior grupo era formado por homens que estavam no limite, esqueléticos, prestes a cair mortos ao calor cada vez mais forte.

Leyers era um modelo de eficiência germânica no processo de seleção. Não dava a cada homem mais que cinco segundos de atenção, anunciava o veredito e seguia em frente. Ele avaliou os trezentos homens em menos de quinze minutos, disse alguma coisa ao capitão e ao sargento, que o saudaram com um "*Sieg heil*" imediato. O general Leyers respondeu à saudação nazista com vigor e se virou em direção à saída.

***

Ele está indo para o carro!

Pino girou, engoliu o gosto metálico na boca, sentiu vontade de correr, mas obrigou-se a imitar o general em seu caminhar determinado, autoritário. Quando passou pelo portão norte, um dos guardas perguntou alguma coisa em alemão. Antes que ele respondesse, o som dos homens de cinza caminhando pelo túnel atrás de Pino chamou a atenção de ambos. Pino seguiu em frente como se fosse o guia do desfile a distância.

Ele fez uma curva. Na metade do estádio, Leyers saiu e seguiu em direção ao Daimler. Pino correu.

Estavam a setenta e cinco metros de distância um do outro, quando Leyers passou pela porta. A doze passos do carro, porém, Pino o alcançou, passou pelo general e parou bruscamente. Fez uma saudação, tentou acalmar a respiração e abriu a porta. Um fio de suor escorreu da raiz do cabelo e entre os olhos por cima do nariz.

O general Leyers devia ter notado, porque parou antes de entrar no veículo e olhou para Pino com mais atenção. Mais gotas de suor brotaram e escorreram.

— Eu disse para você esperar no carro — disse Leyers.

— *Oui, mon général* — respondeu Pino, arfante. — Mas precisei urinar.

O general reagiu com um leve desgosto, depois entrou no carro. Pino fechou a porta, sentindo como se tivesse saído de uma sauna. Passou as mangas do uniforme pelo rosto e sentou-se ao volante.

— Varenna — ordenou o general Leyers. — Conhece?

— Margem leste do braço oriental do lago, *mon général* — respondeu Pino, engatando a marcha para partir.

Eles foram parados em quatro postos de fiscalização a caminho de Varenna; em todos, o sentinela viu Leyers no banco de trás do carro e rapidamente autorizou a passagem. O general mandou Pino parar em um pequeno café em Lecco para um *espresso* e um salgado, que Leyers tomou e comeu no veículo, a caminho do destino.

Na periferia de Varenna, Leyers indicou um caminho que levava para mais longe da cidade, para as colinas dos Alpes, ao sul. A estrada logo se tornou uma trilha de duas faixas que levava a um pasto cercado. Leyers orientou Pino a passar pelo portão e atravessar o campo.

— Tem certeza de que o carro vai passar? — perguntou Pino.

O general olhou para ele como se estivesse diante de um tolo.

— O veículo tem tração em todos os eixos. Ele vai aonde eu quiser que vá.

Pino reduziu a marcha, e eles passaram pelo portão, movendo-se como um pequeno tanque pelo terreno irregular, com uma facilidade surpreendente. O general Leyers ordenou que ele estacionasse no canto mais afastado do terreno, perto de seis caminhões vazios e de dois soldados da OT que os vigiavam.

Pino parou e desligou o motor do carro.

Antes de descer, o general falou:

— Sabe fazer anotações também?

— *Oui, mon général.*

Leyers abriu a valise, tirou dela um bloco de estenografia e uma caneta. Depois, usou a chave que levava pendurada na corrente no pescoço para trancar a valise.

— Venha comigo. Anote o que eu lhe disser.

Pino pegou o bloco e a caneta e desceu do carro. Abriu a porta de trás e Leyers saiu e andou apressado, passando pelos caminhões para uma trilha que adentrava o bosque.

Eram quase onze horas da manhã. Grilos trilavam no calor. O ar na floresta tinha um cheiro bom e verde, e Pino se lembrou das colinas gramadas onde ele e Carletto dormiram durante o bombardeio. A trilha começou a subir pela encosta íngreme, com muitas raízes expostas e pedras.

Alguns minutos depois, eles saíram do meio das árvores e encontraram uma ferrovia que descrevia uma curva e entrava em um túnel. O general Leyers marchava para lá. Só então Pino ouviu o ruído de metal contra pedra, centenas de martelos castigando a rocha no interior do túnel. O ar cheirava a explosivos.

Guardas do lado de fora do túnel fizeram a posição de sentido e a saudação quando Leyers passou. Pino o seguiu sentindo os olhares nele. Estava escuro, e ficava mais escuro à medida que entravam no túnel. A cada passo, o barulho dos martelos soava mais próximo e se tornava mais doloroso de ouvir.

O general parou, pôs a mão no bolso e tirou dele algumas bolas de algodão. Entregou uma a Pino e gesticulou, orientando-o a dividir a bola ao meio e enfiar metade em cada orelha. Pino fez como o general indicava, e isso ajudou tanto que só poderia ouvir o que o general dizia se ele gritasse bem perto de seu ouvido.

Eles fizeram uma curva. Lâmpadas elétricas pendiam no teto adiante, projetando uma luz forte que revelava silhuetas de um pequeno exército de homens de cinza usando picaretas e marretas para bater nas paredes dos dois lados do túnel, que cheirava a explosão. Pedaços de rocha cediam aos ataques, quebravam e caíam aos pés dos homens. Eles chutavam as pedras para trás, para outros homens que levavam os destroços para carros de minério nos trilhos da ferrovia.

Infernal, pensou Pino, querendo sair dali imediatamente. O general Leyers, no entanto, seguiu em frente sem pausa, parando ao lado de um guarda da OT que lhe entregou uma lanterna. O general a apontou para as escavações dos dois lados do trilho. Os homens de cinza tinham cortado um metro de pedra na parede em alguns lugares, e esvaziavam um espaço que Pino calculou ter dois metros e meio de altura e vinte e quatro metros de comprimento.

Eles continuaram andando e passaram pelas escavações. Quinze metros adiante, as paredes dos dois lados dos trilhos já tinham buracos de quatro metros e meio de profundidade, dois e meio de altura e mais trinta metros de comprimento. Grandes caixotes de madeira enchiam boa parte do espaço dos dois lados da ferrovia. Vários estavam abertos, revelando coleções de armas.

O general Leyers inspecionou amostras de cada caixote e depois perguntou alguma coisa em alemão ao sargento. O sargento entregou a Leyers uma prancheta com documentos. Leyers conferiu várias páginas, depois olhou para Pino.

— Anote, *Vorarbeiter* — ordenou. — Mauser sete ponto nove dois por cinquenta e sete milímetros: seis ponto quatro milhões de tiros prontos para ser despachados para o sul.

Pino anotou e olhou para ele.

— Parabellum nove por dezenove milímetros — continuou Leyers. — Duzentos e vinte e cinco mil tiros para a *Waffen-SS* em Milão. Quatrocentos mil tiros para Modena ao sul. Duzentos e cinquenta mil tiros para a SS em Gênova.

Pino escrevia tão rápido quanto podia e quase não acompanhava. Quando levantou a cabeça, o general disse:

— Leia para mim.

Pino leu, e Leyers assentiu brevemente. Depois, seguiu em frente, olhando para o rótulo de algumas caixas e disparando anotações e ordens.

— *Panzerfaust* — disse Leyers. — Seis...

— Desculpe, *mon général* — Pino o interrompeu. — Não conheço essa palavra *Panzer*...

— Granada-foguete cem milímetros — disse o general Leyers, impaciente. — Setenta e cinco caixotes para a linha gótica, a pedido do marechal de campo Kesselring. Destruidores de tanque oitenta e oito milímetros. Quarenta lançadores e mil foguetes para a linha gótica, também a pedido de Kesselring.

Isso continuou por vinte minutos, com o general ditando ordens e destinos para tudo, de pistolas automáticas a Karabiners 98k, o rifle-padrão da infantaria de Wehrmacht, a rifles de longo alcance Solothurn e a robusta munição vinte por trinta e oito milímetros que a alimenta.

Um oficial surgiu do fundo do túnel, fez a saudação e falou com Leyers, que se virou e olhou para o outro lado. O oficial, coronel, correu para acompanhar o general, que ainda falava rapidamente. Pino os seguia, mantendo-se um pouco afastado.

Por fim, o coronel parou de falar. O general Leyers baixou um pouco a cabeça, girou com precisão militar e começou um ataque verbal contra o oficial alemão. O coronel tentou responder, mas Leyers continuou o discurso. O coronel recuou um passo. Isso, aparentemente, enfureceu Leyers ainda mais.

Ele olhou em volta, viu Pino ali parado e franziu a testa.

— Você, *Vorarbeiter* — disse. — Espere perto da pilha de pedras.

Pino baixou a cabeça e passou correndo por eles, ouvindo o general gritar mais uma vez. Os martelos e a pedra se partindo adiante o fizeram querer esperar Leyers lá. Assim que pensou nisso, o barulho cessou, substituído pelo ruído das ferramentas caindo no chão. Quando ele chegou ao local da escavação, os homens com as picaretas e pás estavam sentados de costas para a parede. Muitos seguravam a cabeça entre as mãos. Outros olhavam inexpressivos para o teto do túnel.

Pino não se lembrava de ter visto homens como aqueles. Era quase insuportável olhar para eles: como arfavam, jorravam suor, e como passavam a língua pela parte interna dos lábios ressecados. Ele olhou em volta. Havia uma grande lata de leite com água perto da parede e, ao lado dela, um balde com uma concha.

Nenhum dos guardas que vigiavam os homens havia oferecido água a eles. *Quem quer que fossem, o que quer que tivessem feito para estar ali, eles mereciam água,* pensou Pino, sentindo-se furioso. Aproximando-se da lata de leite, ele a inclinou e encheu o balde.

Um guarda protestou, mas Pino disse:

— General Leyers.

E os protestos cessaram.

Ele se aproximou do homem que estava mais perto e deu a ele um pouco de água com a concha. Estava tão magro que os ossos da face e do queixo se projetavam, deixando o rosto parecido com um crânio. O homem inclinou a cabeça para trás, abriu a boca, e Pino despejou água. Quando terminou de beber, Pino passou para o seguinte, então para o outro.

Poucos olhavam para ele. Quando Pino mergulhou a concha no balde para pegar mais água, o sétimo homem olhou para as pedras a seus pés e resmungou palavrões em italiano, chamando-o de coisas horríveis.

— Sou italiano, cretino — disse Pino. — Quer água ou não?

O homem levantou a cabeça. Pino viu que era jovem. Talvez tivessem a mesma idade, embora o outro estivesse muito mais transformado e envelhecido do que Pino imaginasse.

— Fala como um milanês, mas usa uniforme nazista — disse, com voz rouca.

— É complicado — retrucou Pino. — Beba a água.

Ele bebeu um gole, depois bebeu mais, com a mesma avidez dos outros antes dele.

— Quem é você? — perguntou Pino, quando o homem terminou de beber. — Quem são os outros?

O homem olhou para Pino como se olhasse para um inseto.

— Meu nome é Antonio. E somos escravos. Cada um de nós.

16

Escravos? Pino sentia repulsa e pena ao mesmo tempo.

— Como chegaram aqui? — perguntou. — Vocês são judeus?

— Tem judeus aqui, mas não eu — respondeu Antonio. — Eu estava com a Resistência. Lutei em Turim. Os nazistas me capturaram, me condenaram a isto, não ao fuzilamento. Os outros são poloneses, eslavos, russos, franceses, belgas, norueguenses e dinamarqueses. As letras costuradas no peito informam a nacionalidade de cada um. Em cada país que os nazistas invadem e dominam, capturam todos os homens fisicamente capazes e os submetem à escravidão. Chamam de "trabalho forçado" ou outra bobagem desse tipo, mas é escravidão. Como acha que os nazistas construíram tantas coisas tão depressa? Todas as fortificações costeiras na França? E as grandes defesas ao sul? Hitler tem um exército de escravos, e foi assim, como os faraós faziam no Egito e... Jesus, filho de José, é o próprio feitor de escravos do faraó!

Antonio cochichou essa última declaração, olhando com medo para o túnel além de Pino. Pino virou. O general Leyers caminhava em sua direção e olhava para o balde de água e a concha. Leyers gritou alguma coisa em alemão para os guardas. Um deles pulou para pegar a água.

— Você é meu motorista — disse, ao passar por Pino. — Não serve aos trabalhadores.

— Desculpe, *mon général* — respondeu Pino, correndo atrás dele. — Os homens pareciam ter sede, e ninguém lhes dava água. Isso é... é estúpido.

Leyers virou e encarou Pino.

— O que é estúpido?

— Deixar um trabalhador com sede o enfraquece — gaguejou Pino. — Se quer que trabalhem mais depressa, é preciso lhes dar água e comida.

O general ficou ali parado, o nariz quase tocando o de Pino, olhando dentro de seus olhos e tentando ver a sua alma. Pino lançou mão de toda a sua força para não desviar o olhar.

— Temos políticas para os trabalhadores — explicou Leyers, por fim, com tom seco —, e hoje é difícil conseguir comida. Ainda assim, vou ver o que posso fazer em relação à água.

Antes que Pino piscasse, o general havia virado e andava novamente. Pino sentiu as pernas tremerem quando seguiu Leyers em direção ao dia quente e claro de verão. Quando chegaram ao Daimler, o general pediu o bloco de anotações. Ele arrancou as páginas que Pino escrevera e as guardou na valise.

— Lago de Garda, Gargnano, norte de Salò — ordenou e voltou a trabalhar no número aparentemente inesgotável de pastas e relatórios guardados em sua valise.

★ ★ ★

Pino estivera em Salò uma vez, mas não conseguia lembrar como chegar lá, por isso consultou o mapa detalhado do norte da Itália que o general mantinha no porta-luvas. Ele encontrou Gargnano cerca de vinte quilômetros ao norte de Salò, na margem oeste do lago, e traçou a rota.

Pino ligou o motor do carro e eles atravessaram novamente o pasto aos solavancos. Era possível ver ondas de calor no ar quando chegaram a Bergamo. Pararam no acampamento de Wehrmacht pouco depois do meio-dia para abastecer o carro e pegar comida e água.

Leyers comeu enquanto trabalhava no banco de trás e, de algum jeito, conseguiu não derrubar nenhuma migalha em si mesmo. Pino saiu da estrada e seguiu para o norte ao longo da margem ocidental do lago di Garda. Não havia nem brisa leve. A água tinha um acabamento espelhado que parecia refletir e ampliar os Alpes debruçados sobre a extremidade norte do lago.

Passaram por campos de flores douradas e por uma igreja de dez séculos. Pino olhou para o general pelo espelho e percebeu que odiava Leyers. Ele era um nazista escravagista. *Ele quer a Itália destruída, depois quer reconstruí-la à imagem de Hitler. Ele trabalha para o arquiteto de Hitler, puta merda.*

Parte de Pino queria encontrar um local isolado, descer do carro, pegar sua arma e matar o homem. Depois, subiria as montanhas e se juntaria a uma das unidades de guerrilha de Garibaldi. O poderoso general Leyers estaria morto. Seria um feito importante, não? Isso mudaria a guerra em algum nível?

Pino, porém, soube quase imediatamente que não era um assassino. Não tinha habilidade para matar um homem. Nem mesmo um homem como...

— Ponha de volta minhas bandeiras antes de chegar a Salò — ordenou Leyers, do banco de trás.

Pino parou, devolveu as bandeiras ao para-choque dianteiro para que tremulassem quando eles passassem por Salò e seguiu viagem. O calor era opressivo. A água do lago parecia tão convidativa que Pino queria estacionar e mergulhar com uniforme e insígnias.

Leyers não dava sinais de estar incomodado com a temperatura. Havia tirado a jaqueta, mas a gravata permanecia no lugar. Quando chegaram a Gargnano, Leyers o guiou para longe do lago por uma série de ruas estreitas até uma propriedade de murada em uma colina protegida por soldados camisas-negras fascistas armados com pistolas automáticas. Um olhar para o Daimler e as bandeiras vermelhas nazistas, e eles abriram o portão.

Uma alameda encurvada se estendia até uma *villa* coberta de videiras e flores. Havia mais camisas-negras ali. Um gesticulou para Pino estacionar. Ele parou o carro, desceu e abriu a porta de trás. O general Leyers desceu, e os soldados fascistas reagiram como se tivessem sido cutucados com vara de tocar o gado, assumindo imediatamente uma postura ereta e olhando para todos os lugares, menos para ele.

— Fico no carro, *mon général*? — perguntou Pino.

— Não, você vem comigo — respondeu ele. — Não tenho tradutor, e isso aqui vai ser rápido.

Pino nem imaginava do que Leyers estava falando, mas o seguiu para uma passagem em arco além dos camisas-negras. Uma escada de pedra levava à *villa* com canteiros floridos dos dois lados. Eles chegaram a uma colunata que se estendia pela frente da *villa* e andaram junto dela até uma varanda de pedra.

O general Leyers virou-se para entrar na varanda, parou de repente, bateu os calcanhares e tirou o quepe antes de baixar a cabeça em deferência ensaiada.

— *Duce*.

★ ★ ★

Pino parou atrás do nazista, os olhos arregalados de incredulidade.

Estava a menos de cinco metros de Benito Mussolini.

O ditador italiano usava calça marrom de montaria, botas brilhantes de cano alto que subiam até quase os joelhos e uma túnica branca aberta parcialmente sobre o peito, revelando pelos grisalhos e o começo de uma barriga que distendia a parte debaixo da camisa. A grande cabeça careca do *Duce* e a pele sobre suas famosas mandíbulas estavam coradas. Ele segurava uma taça de vinho tinto. Havia uma garrafa da bebida pela metade sobre a mesa atrás do ditador.

— General Leyers — disse Mussolini, acenando com a cabeça antes de voltar os olhos lacrimejantes para Pino. — Quem é você?

Pino gaguejou:

— Hoje sou intérprete do general, *Duce*.

— Pergunte como ele está — disse Leyers a Pino, em francês. — Pergunte como posso ser útil hoje.

Pino traduziu as perguntas para o italiano. Mussolini jogou a cabeça para trás e gargalhou, depois desdenhou:

— Como está *Il Duce*?

Uma morena com seios formidáveis apertados em uma blusa branca sem manga saiu para a varanda. Ela usava óculos escuros e também segurava uma taça de vinho. Um cigarro queimava entre seus lábios cor de rubi.

Mussolini disse:

— Fale para eles, Clara. Como está Mussolini?

Ela deu uma tragada, soprou a fumaça, depois disse:

— Benito tem se sentido um merda ultimamente.

Pino tentou não ficar boquiaberto. Sabia quem ela era. Todos na Itália sabiam quem ela era. Claretta Petacci era amante do famoso ditador. Sua foto sempre aparecia nos jornais. Não acreditava que estava ali.

Mussolini parou de rir, ficou absolutamente sério, olhou para Pino e disse:

— Diga isso ao general. Diga a ele que *Il Duce* tem se sentido um merda ultimamente. E pergunte se ele pode resolver as coisas que têm feito *Il Duce* se sentir assim.

Pino traduziu.

Irritado, Leyers falou:

— Diga a ele que talvez possamos nos ajudar. Diga que, se providenciar o fim dos ataques em Milão e Turim, farei o possível por ele.

Pino traduziu palavra por palavra para Mussolini.

O ditador bufou.

— Posso parar os ataques, se pagar meus operários com dinheiro valorizado e garantir a segurança deles.

— Vou pagar em francos suíços, mas não posso controlar os bombardeiros — respondeu Leyers. — Transferimos muitas fábricas para o subsolo, mas não há túneis suficientes para garantir a segurança de todos. De qualquer maneira, no que diz respeito à Itália, estamos em um ponto crucial da guerra. As últimas informações da inteligência indicam que até sete divisões aliadas foram transferidas daqui para a França depois da invasão, o que significa que minha linha gótica vai se manter por todo o inverno, se eu garantir os suprimentos. Mas não posso ter certeza disso sem maquinistas competentes para levar armas e peças. Então, pode encerrar os ataques, *Duce*? Tenho certeza de que o *Führer* vai ficar satisfeito com seu apoio.

— Resolvo isso com um telefonema — disse Mussolini. Ele estalou os dedos e serviu mais vinho.

— Excelente — aprovou o general Leyers. — O que mais posso fazer por você?

— Que tal o controle de meu país? — disparou o ditador, em tom amargo. Em seguida, pegou a taça e a esvaziou de uma vez.

Depois de ouvir a tradução de Pino, o general inspirou profundamente e disse:

— Você tem muito controle, *Duce*. Por isso vim procurá-lo para pedir o fim dos ataques.

— *Il Duce* tem muito controle? — repetiu Mussolini, com sarcasmo. Ele olhou para a amante, que o incentivou com um movimento de cabeça. — Então, por que meus soldados na Alemanha estão cavando valas ou morrendo no *front* oriental? Por que não há reuniões com Kesselring? Por que são tomadas decisões sobre a Itália sem seu presidente à mesa? Por que Hitler não atende à porcaria do telefone?

O ditador gritou a última pergunta. Leyers não se abalou enquanto Pino traduzia. E disse:

— Não tenho a presunção de saber por que o *Führer* não atende aos telefonemas, *Duce*, mas travar uma guerra em três *fronts* é algo que dá muito trabalho.

— Eu sei por que Hitler não atende a meus malditos telefonemas! — berrou Mussolini, deixando, com violência, a taça sobre a mesa. Ele encarou o general e depois Pino de um jeito que o fez pensar se devia recuar um ou dois passos. — Quem é o homem mais odiado de toda a Itália? — perguntou a Pino.

Agitado, Pino não sabia o que dizer, mas começou a traduzir.

Mussolini o interrompeu e, ainda falando com Pino, bateu no peito ao dizer:

— *Il Duce* é o homem mais odiado da Itália, assim como Hitler é o homem mais odiado da Alemanha. No entanto, Hitler não se importa. *Il Duce* valoriza o amor de seu povo, mas Hitler não dá uma merda de importância ao amor. Ele só valoriza o medo.

Pino fazia o possível para acompanhar, quando o ditador deu a impressão de fazer uma espécie de revelação.

— Clara, sabe por que o homem mais odiado da Itália não está no controle do próprio país?

A amante deu a última tragada no cigarro, jogou a bituca, soprou a fumaça e disse:

— Adolf Hitler.

— Isso mesmo! — gritou *Il Duce*. — É porque o homem mais odiado da Alemanha odeia o homem mais odiado da Itália! É porque Hitler trata melhor seus pastores alemães nazistas que o presidente da Itália! Ele me mantém trancafiado no meio do...

— Não tenho tempo para essa loucura — disse o general Leyers a Pino. — Diga a ele que vou tentar marcar uma reunião com o marechal de campo Kesselring nos próximos dias e que ele receberá um telefonema do *Führer* em uma semana. É o melhor que posso fazer.

Pino traduziu e esperou outra explosão de Mussolini.

Em vez disso, as concessões aplacaram o ditador, que começou a abotoar a túnica enquanto dizia:

— Quando vou encontrar Kesselring?

— Estou a caminho de um encontro com ele agora, *Duce* — revelou Leyers. — Vou pedir para o assistente dele telefonar antes do anoitecer. Atrair a atenção de *Herr* Hitler pode levar um pouco mais de tempo.

Mussolini assentiu à maneira estadista, como se houvesse recuperado parte de seu poder ilusório e agora planejasse usá-lo no cosmos.

— Muito bem, general Leyers — disse Mussolini, enquanto examinava os punhos. — Vou dar ordem para encerrar os ataques antes do anoitecer.

Leyers bateu os calcanhares, baixou a cabeça e disse:

— Tenho certeza de que o marechal de campo e o *Führer* ficarão satisfeitos. Obrigado mais uma vez por seu tempo e sua influência, *Duce*.

O general girou e se afastou. Pino hesitou, sem saber o que fazer, depois se curvou rapidamente para Mussolini e Claretta Petacci e correu atrás de Leyers, que já havia desaparecido além da esquina e voltado à colunata. Ele o alcançou e andou atrás do ombro direito do general até quase alcançarem o carro, quando se adiantou para abrir a porta.

O general Leyers hesitou e estudou Pino por alguns segundos, antes de dizer:

— Bom trabalho, *Vorarbeiter*.

— Obrigado, *mon général* — balbuciou Pino.

— Agora me tire deste asilo de loucos — ordenou Leyers, ao entrar no automóvel. — Leve-me à central telefônica em Milão. Sabe onde fica?

— Sim, é claro, *mon général* — respondeu Pino.

Leyers abriu a valise e se dedicou ao trabalho. Pino dirigia em silêncio, olhando pelo retrovisor e discutindo consigo mesmo. O elogio do general o havia enchido de orgulho. Agora, porém, se perguntava por quê. Como podia se orgulhar por ter sido elogiado por alguém assim? Não podia. Não devia. No entanto, sentira orgulho, e isso o incomodava.

Quando chegaram à periferia de Milão, Pino havia decidido se orgulhar de quantas informações acumulara dirigindo para o general Leyers durante pouco mais de meio dia. Seu tio não ia acreditar. Havia conversado com Mussolini e Claretta Petacci! Quantos espiões na Itália podiam dizer isso?

Pino seguiu pela rota que Aníbal havia trilhado com seus elefantes de guerra e chegou à *piazzale* Loreto em tempo recorde. Entrou na rotatória e viu o sr. Beltramini na frente da banca de frutas e vegetais, atendendo a uma senhora. Pino queria acenar ao passar, mas, quando levantava a mão direita, um caminhão alemão atravessou na frente do carro. Quase houve uma colisão. Ele desviou no último segundo.

Não podia acreditar no que havia feito o motorista. Ele não viu...?

As bandeiras. Tinha esquecido de recolocar as bandeiras do general para a entrada em Milão. Teria que dar mais uma volta na rotatória. Quando repetia o percurso, viu Carletto andando na calçada em direção a um de seus cafés preferidos.

Pino pisou mais fundo no acelerador, fez a curva para a *viale* Abruzzi sem nenhum incidente e logo estava estacionado na frente da central telefônica, que era fortemente protegida. A maciça presença nazista o confundiu de início, até ele pensar que quem controlava a central telefônica também controlava a comunicação.

— Vou passar três horas aqui, trabalhando — disse o general Leyers. — Não precisa esperar. Ninguém vai se atrever a tocar no carro aqui. Volte às cinco da tarde.

— *Oui, mon général* — respondeu Pino. E foi abrir a porta de trás do veículo.

* * *

Ele esperou até Leyers entrar no posto, então voltou para a *piazzale* Loreto e para a banca de verduras e frutas dos Beltramini. Em menos de um quarteirão, foi alvo de olhares ameaçadores suficientes para perceber que seria mais inteligente tirar a faixa com a suástica do braço e guardá-la no bolso de trás.

Isso tornou as coisas melhores. As pessoas quase não olhavam em sua direção. Estava uniformizado, mas não era da SS nem da Wehrmacht. Isso era tudo o que importava para as pessoas.

Pino apertou o passo. Já podia ver o sr. Beltramini ali na frente, pondo uvas em um saco. No entanto, queria ver Carletto. Fazia quatro meses que não se encontravam e ele tinha muita coisa para contar ao velho amigo.

Pino atravessou a rua na frente dos caminhões alemães que passavam em comboio e virou à direita. Estudando a calçada à frente, viu Carletto sentado de costas para ele.

Pino sorriu, aproximou-se e notou que Carletto lia. Ele puxou uma cadeira, sentou-se e disse:

— Espero que não esteja esperando uma jovem elegante.

Carletto levantou a cabeça. A primeira impressão foi de que o amigo estava mais desconfiado e mais amedrontado que no fim de abril. Depois, por fim, Carletto o reconheceu e gritou:

— Meu Deus, Pino! Pensei que estivesse morto!

Ele pulou da cadeira e abraçou Pino com força. Depois, afastou o amigo para encará-lo, com os olhos marejados.

— Pensei mesmo, de verdade.

— Quem falou isso?

— Alguém contou ao *papà* que você estava de guarda na estação de trem em Modena quando uma bomba explodiu. Disseram que parte de sua cabeça tinha sido arrancada! Fiquei arrasado.

— Não, não! — reagiu Pino. — Isso foi com o rapaz que estava comigo. Quase perdi isto aqui.

Ele mostrou a mão com o curativo e balançou os dedos religados.

Carletto bateu em seu ombro e sorriu.

— Só de saber que está vivo — disse —, acho que me sinto mais feliz que nunca!

— É bom voltar dos mortos — concordou Pino, sentando-se novamente. — Já pediu?

— Só *espresso* — respondeu Carletto, ao sentar-se.

— Vamos comer — disse Pino. — Recebi antes de sair do hospital, eu pago.

— Isso deixou o velho amigo ainda mais feliz. Eles pediram bolas de melão envoltas em *prosciutto*, salame, pão, azeite com alho e uma sopa fria de tomate que era perfeita para aquele calor sufocante. Enquanto esperavam a refeição, Pino se informou sobre os últimos quatro meses da vida de Carletto.

Por causa dos contatos do sr. Beltramini fora da cidade, sua banca de verduras e frutas continuava prosperando. Era um dos poucos lugares da cidade em que havia produtos frescos e frequentemente vendiam tudo antes da hora de fechar. A mãe de Carletto era outra história.

— Alguns dias são melhores que outros, mas ela está sempre fraca — contou Carletto. Pino podia ver nele os efeitos do estresse. — Ela ficou muito doente no mês passado. Pneumonia. Meu pai sofreu bastante, achou que ela morreria, mas, de algum jeito, ela se recuperou e superou a doença.

— Que bom — disse Pino, enquanto o garçom começava a pôr os pratos na mesa. Ele olhou novamente para a banca de frutas. Pelo vão entre os caminhões do comboio alemão, viu o sr. Beltramini atendendo a um cliente.

— Então, esse é o novo uniforme fascista, Pino? — perguntou Carletto. — Acho que nunca vi um desses antes.

Pino mordeu a parte interna da boca. Sentia tanta vergonha de ter se alistado no Exército Alemão que não contou ao amigo sobre a Organização Todt.

Carletto continuou.

— E por que estava em Modena? Todo mundo que conheço foi para o norte.

— É complicado — começou Pino, querendo mudar de assunto.

— Como assim? — O amigo comeu um pedaço de melão.

— Sabe guardar segredo?

— Para que servem os melhores amigos?

— Certo. — Pino se inclinou para a frente e sussurrou: — Hoje de manhã, Carletto, há menos de duas horas, conversei com Mussolini e Claretta Petacci.

Carletto se encostou na cadeira, com ar cético.

— Mentira.

— É verdade. Juro.

Na rotatória, um carro buzinou.

Um ciclista carregando um malote de mensageiro passou por eles em alta velocidade, tão perto da mesa que Pino teve certeza de que ele ia bater em Carletto, que se inclinou depressa para o lado.

— Idiota! — exclamou Carletto, virando-se na cadeira. — Ele está pedalando na calçada e na contramão. Vai machucar alguém!

Vendo o ciclista de costas, Pino notou um lampejo vermelho por baixo de sua camisa escura, bem na altura do pescoço. Ele seguia se desviando dos pedestres que ocupavam a calçada, enquanto três caminhões do comboio alemão faziam a curva lentamente para a congestionada *viale* Abruzzi. O ciclista puxou a bolsa de mensageiro do ombro. Com a mão esquerda no guidão e a direita segurando a alça da bolsa, ele conduziu a bicicleta para a *viale* Abruzzi e se posicionou atrás de um dos caminhões.

Pino percebeu o que ia acontecer, pulou da cadeira e gritou:

— Não!

O ciclista jogou a bolsa pela cobertura de lona para dentro da carroceria do caminhão antes de se afastar.

O sr. Beltramini também viu o arremesso. Ele estava lá parado, a menos de seis metros, com as mãos começando a se erguer naquela fração de segundo antes de o veículo explodir em uma bola de fogo.

A força da explosão atingiu Pino e Carletto a um quarteirão. Pino se jogou no chão, protegendo a cabeça dos estilhaços e dos destroços.

— *Papà*! — gritou Carletto.

Ferido e ignorando o material que caía sobre a *piazzale* Loreto, Carletto correu em direção ao fogo, para o esqueleto queimado do caminhão, para o pai, que estava caído na calçada sob pedaços do toldo da banca de frutas.

Carletto alcançou o pai antes de os soldados da Wehrmacht nos outros caminhões se espalharem para isolar a área. Dois deles impediram a passagem de Pino, até ele tirar do bolso a faixa vermelha e mostrar-lhes a suástica.

— Sou assistente do general Leyers — disse, em um alemão entrecortado. — Preciso passar.

Eles permitiram. Pino correu para longe do calor do caminhão ainda em chamas, consciente das pessoas gritando e gemendo, mas preocupado apenas com Carletto, que estava ajoelhado na calçada com a cabeça queimada e ensanguentada do pai em seu colo. O guarda-pó do sr. Beltramini estava preto da explosão e coberto de sangue, mas ele estava vivo. Seus olhos estavam abertos, e ele respirava, ainda que com grande dificuldade.

Sufocado com as lágrimas, Carletto levantou a cabeça, viu Pino e disse:

— Chame uma ambulância.

Pino ouviu sirenes se aproximarem de todas as direções, chegando à *piazzale* Loreto.

— Já estão a caminho — disse e se abaixou.

O sr. Beltramini tentava absorver o ar com enorme dificuldade e se contorcia.

— Não se mexa, *papà* — pediu Carletto.

— Sua mãe — disse o sr. Beltramini, com o olhar parado. — Você tem que cuidar...

— Quieto, *papà* — disse o filho, chorando e afagando o cabelo chamuscado do pai.

O sr. Beltramini tossiu e ameaçou vomitar. Devia sentir dores horríveis, e Pino tentou distraí-lo com alguma lembrança agradável.

— Sr. Beltramini, lembra-se daquela noite na montanha, quando meu pai tocou violino e o senhor cantou para sua esposa?

— "Nessun dorma" — sussurrou, perdido em pensamentos distantes; depois, sorriu.

— O senhor cantou *con smania* como nunca.

Por um ou dois momentos, os três formaram um universo próprio, livre de toda dor e horror, de volta a uma encosta no campo, compartilhando um tempo mais inocente. Então, Pino ouviu o barulho das ambulâncias muito mais perto. Pensou em buscar um médico. Quando tentou se levantar, porém, o sr. Beltramini o agarrou pela manga.

O pai de Carletto olhava perplexo para a faixa em seu braço.

— Nazista? — perguntou, sufocado.

— Não, sr. Beltramini...

— Traidor? — acusou o vendedor de frutas, desolado. — Pino?!

— Não, senhor...

O sr. Beltramini tossiu de novo e ameaçou vomitar; dessa vez, expeliu um sangue escuro que escorreu por seu queixo. A cabeça caiu contra Carletto, e ele olhou para o filho movendo os lábios, mas sem pronunciar palavra. De repente, relaxou, como se seu espírito aceitasse a morte, ainda que permanecesse ali, sem lutar, mas sem pressa de partir.

Carletto soluçava. Pino também.

O amigo embalava o pai e chorava de dor. A agonia da perda crescia e se acumulava cada vez que ele respirava, até contorcer todos os músculos e os ossos no corpo de Carletto.

— Sinto muito. — Pino chorou. — Carletto, sinto muito. Eu também o amava.

Carletto parou de embalar o pai e olhou para Pino, cego de ódio.

— Não diga isso! — gritou. — Nunca mais diga isso! Seu nazista! Seu traidor!

O queixo de Pino caiu como se tivesse se quebrado em vinte pontos.

— Não — disse. — Não é o que parece...

— Saia de perto de mim! — gritou Carletto. — Meu pai viu. Ele sabia o que você era. Ele me mostrou!

— Carletto, isso é só uma faixa no braço.

— Deixe-me em paz! Nunca mais quero ver você! Nunca!

Carletto baixou a cabeça e desmoronou sobre o corpo do pai, sem vida, os ombros tremendo e soluços torturados brotando de seu peito. Pino ficou tão consternado que não conseguiu falar nada. Finalmente, levantou-se e recuou.

— Saia do caminho — disse um oficial alemão. — Deixe a calçada livre para as ambulâncias.

Pino olhou para os Beltramini pela última vez antes de se dirigir ao sul, para a central telefônica, sentindo que a explosão arrancara um pedaço de seu coração.

***

O sentimento de perda ainda torturava Pino sete horas mais tarde, quando ele estacionou o Daimler na frente do prédio de Dolly Stottlemeyer. O general Leyers desceu do automóvel, entregou sua valise a Pino e disse:

— Você teve um primeiro dia agitado.

— *Oui, mon général.*

— Tem certeza de que viu um lenço vermelho no pescoço do responsável pela explosão?

— Estava escondido embaixo da camisa, mas vi.

O general assumiu uma expressão mais dura e entrou no prédio com Pino, levando a valise, que estava mais pesada que naquela manhã. A velha continuava no mesmo lugar em que a deixaram, sentada em sua banqueta e olhando para eles através das lentes grossas dos óculos. Leyers nem olhou na direção dela, só subiu a escada para o apartamento de Dolly, em cuja porta bateu.

Anna abriu, e, ao vê-la, o coração de Pino se recuperou um pouco.

— Dolly o espera para o jantar, general — avisou Anna, quando ele entrou.

Apesar de tudo o que havia acontecido com Pino naquele dia, ver Anna era uma experiência tão impactante quanto fora nas duas primeiras vezes. A dor de ver o sr. Beltramini morrer e de perder o amigo permanecia, mas ele acreditava que, se pudesse contar tudo isso a Anna, ela, de algum jeito, o ajudaria a encontrar sentido nos acontecimentos.

— Não vai entrar, *Vorarbeiter*? — perguntou Anna, impaciente. — Vai ficar aí olhando para mim?

Pino sobressaltou-se, passou por ela e disse:

— Não estava olhando para você.

— É claro que estava.

— Não, estava longe. Meu pensamento estava longe.

Ela não respondeu e fechou a porta.

Dolly apareceu na outra ponta do corredor. A amante do general usava sapatos pretos de salto alto e fino, meias pretas finas e saia preta e justa com uma blusa de mangas curtas cor de pérola. O cabelo parecia ter sido penteado recentemente.

— O general disse que você viu o atentado? — perguntou Dolly, enquanto acendia um cigarro.

Pino assentiu e deixou a valise sobre o banco, sentindo que Anna também prestava atenção nele.

— Quantos mortos? — indagou Dolly, dando uma tragada.

— Muitos alemães e... e vários milaneses — disse.

— Deve ter sido horrível.

O general Leyers apareceu novamente. Havia tirado a gravata. Ele disse alguma coisa em alemão para Dolly, que assentiu e olhou para Anna.

— O general quer comer.

— É claro, Dolly — respondeu Anna, olhando novamente para Pino antes de se afastar apressada pelo corredor.

Leyers caminhou em direção a Pino, estudando-o antes de pegar a valise.

— Volte às sete em ponto.

— *Oui, mon général* — disse, mas ficou ali parado.

— Está dispensado, *Vorarbeiter*.

Pino queria ficar, esperar Anna voltar, mas saudou o superior e se retirou.

Ele levou o Daimler de volta à garagem da frota, tentando rever seu dia, mas a mente permanecia emperrada em imagens do sr. Beltramini morrendo, da fúria dolorida de Carletto e de como Anna o olhara antes de sair da sala.

Depois, ele se lembrou do encontro com Mussolini e sua amante; ao entregar a chave do Daimler para o guarda da noite e voltar para casa andando pelas ruas de San Babila, ele se perguntou se tudo não passara de alucinação. O ar da noite de agosto era denso e quente. Aromas da boa cozinha pairavam no ar, e muitos oficiais nazistas bebiam e conversavam sentados em mesas ao ar livre nos bares.

Pino chegou à Bagagens Albanese e contornou o prédio em direção à entrada de serviço da oficina de costura. Quando bateu à porta e o tio o atendeu, ele sentiu ondas de emoção.

— Então? — perguntou tio Albert, quando ele entrou. — Como foi?

A dor explodiu.

— Não sei nem por onde começar. — Pino chorou.

— Meu Deus, o que aconteceu?

— Posso comer alguma coisa? Não comi nada desde cedo.

— É claro, é claro. Greta guardou risoto de açafrão para você. Depois do jantar, você pode contar tudo, desde o começo.

Pino secou as lágrimas. Odiava o fato de ter chorado na frente do tio, mas as emoções haviam simplesmente transbordado, vazado como em um cano estourado. Sem falar nada, ele comeu duas porções do risoto feito pela tia, depois descreveu tudo que havia acontecido com ele durante aquele dia com o general Leyers.

Eles ficaram chocados com a descrição dos escravos no túnel dos trilhos de trem, embora tio Albert revelasse ter recebido relatórios sobre os alemães transferirem fábricas e depósitos de munição para o subsolo.

— Foi mesmo à casa de Mussolini? — Tia Greta quis saber.
— À vida — explicou Pino. — Ele e Claretta Petacci estavam lá.
— Não.
— Sim — insistiu Pino, repetindo o que havia descoberto sobre os ataques às fábricas serem interrompidos em troca de um lugar para Mussolini à mesa de reuniões de Kesselring e a promessa de um telefonema de Adolf Hitler. Depois, relatou o pior de tudo: como o sr. Beltramini havia morrido pensando que ele era um traidor e como seu melhor amigo não queria vê-lo nunca mais por pensar que ele era nazista, uma desonra.

— Não é verdade — disse tio Albert, levantando o olhar do bloco em que fazia anotações. — Você é um herói discreto por ter conseguido essa informação. Vou levá-la para Baka, e ele transmitirá aos Aliados o que você viu.

— Mas não posso contar a Carletto — insistiu Pino. — E o pai dele...

— Odeio ser franco nesse caso, Pino, mas não me importo. Sua posição é muito valiosa e delicada para colocá-la em risco revelando o segredo a alguém. Vai ter que engolir tudo isso por enquanto e acreditar que sua amizade será recuperada quando puder revelar tudo. É sério. Você é um espião atrás da linha inimiga. Ouça todas as ofensas que fizerem, ignore-as e fique tão perto de Leyers quanto puder, pelo maior tempo possível.

Pino assentiu, sem entusiasmo.

— Acha que o que descobri vai ajudar?

Tio Albert riu, baixinho.

— Agora sabemos de um grande depósito de munição em um túnel perto de Como. Sabemos que os nazistas usam trabalho escravo. E sabemos que Mussolini é um eunuco, impotente e frustrado porque Hitler não atende a seus telefonemas. O que mais eu poderia esperar do primeiro dia?

Pino sentiu-se bem e bocejou.

— Preciso dormir. Ele me espera cedo.

Ele abraçou os dois, desceu e atravessou a pequena fábrica. A porta do beco se abriu. Baka, o operador de rádio, entrou, olhou para Pino e estudou seu uniforme.

— É complicado — disse Pino. E saiu.

Seu pai havia ido para a cama quando ele entrou em casa depois de uma rápida verificação de segurança na sala. Ele acionou o alarme, despiu-se e caiu na cama. Terríveis imagens, pensamentos e emoções criavam um turbilhão em sua cabeça, o que o fazia ter certeza de que nunca mais dormiria.

Quando finalmente conseguiu limitar as lembranças a Anna, sentiu-se mais sereno; com a criada na cabeça, ele mergulhou na escuridão.

17

9 DE AGOSTO DE 1944
6H45

Pino saltou do Daimler que havia estacionado na *via* Dante. Entrou no prédio de Dolly, passou apressado pela velha e subiu a escada, ansioso para bater à porta do apartamento da amante do general.

Ele ficou desapontado quando Dolly o recebeu. O general Leyers já estava no corredor, tomando café em uma xícara de porcelana e apressado para sair.

Pino foi pegar a valise, ainda sem ver a criada, e voltou para a porta do apartamento e para perto de Dolly, sentindo-se ainda mais decepcionado.

Dolly chamou:

— Anna? O general está esperando a comida.

Mais um momento e, para alegria nervosa de Pino, a criada apareceu com uma garrafa térmica e um saco de papel pardo. O general dirigiu-se à porta do apartamento. Pino aproximou-se de Anna e disse:

— Eu levo isso.

Anna sorriu ao entregar a garrafa térmica, que Pino colocou embaixo do braço antes de pegar o saco de papel.

— Tenha um bom dia — disse ela. — E mantenha-se seguro.

Pino retribuiu o sorriso e respondeu:

— Vou fazer o possível.

— *Vorarbeiter*! — gritou o general Leyers.

Pino sobressaltou-se, virou-se e pegou a valise. Ele correu atrás de Leyers e passou por Dolly, que segurava a porta aberta e lançou um olhar compreensivo em sua direção quando ele saiu.

Leyers teria uma reunião de quatro horas com o marechal de campo Kesselring na Casa Alemã naquela manhã. Pino não foi convidado à mesa. O general parecia aborrecido e irritado quando saiu, depois do meio-dia, e mandou Pino levá-lo à central telefônica.

Pino esperou no Daimler, ou perto, maluco de tédio. Queria comer alguma coisa, mas não abandonaria o carro. Estava a poucos quarteirões da *piazzale* Loreto e pensou se deveria procurar Carletto, contar a ele o suficiente para não ser mais considerado traidor. Isso o faria sentir-se melhor, mas devia...?

Ele ouviu uma voz em um megafone, aproximando-se.

Um veículo da SS com cinco alto-falantes no teto percorria a *viale* Abruzzi.

— Aviso para todos os cidadãos de Milão — gritava um homem, em italiano. — O covarde atentado de ontem contra soldados alemães não ficará impune. Entreguem o responsável em um dia ou enfrentarão a punição amanhã. Repito: aviso para todos os cidadãos de Milão...

Pino estava com tanta fome que se sentia oco e trêmulo enquanto observava o veículo e ouvia o eco dos alto-falantes pelas ruas que se espalhavam a partir da *piazzale* Loreto. Soldados alemães passaram por ele no meio da tarde, colando cópias impressas do mesmo aviso sobre o atentado nos postes de telefone e nas laterais dos edifícios.

Três horas mais tarde, o general Leyers saiu da central telefônica; parecia furioso quando entrou no banco de trás do Daimler. Pino não comia desde as seis da manhã e se sentia meio tonto e nervoso ao volante do carro.

— *Verdammte Idioten* — disse Leyers, em tom cortante. — *Verdammte Idioten*.

Pino não sabia o que significava e olhou pelo retrovisor a tempo de ver o general Leyers esmurrar o assento três vezes. Estava vermelho e suado, e Pino desviou o olhar por medo de o general dirigir a raiva a ele.

No banco de trás, Leyers respirou fundo várias vezes. Quando Pino olhou mais uma vez pelo retrovisor, viu o general de olhos fechados, as mãos sobre o peito, a respiração tranquila. Estava dormindo?

Pino não sabia o que fazer além de esperar e suportar a fome que o deixava trêmulo.

Dez minutos mais tarde, o general Leyers disse:

— Chancelaria. Sabe onde fica?

Pino olhou pelo retrovisor, viu o rosto indecifrável de Leyers e respondeu:

— *Oui, mon général*.

Queria perguntar quando poderia comer alguma coisa, mas ficou quieto.

— Retire as bandeiras. Não é uma visita oficial.

★ ★ ★

Pino cumpriu a ordem, ligou o motor e engatou a marcha, perguntando-se o que o general queria na chancelaria. Enquanto dirigia pela cidade em direção à *via*

Pattari, olhou várias vezes para Leyers. O general, no entanto, parecia perdido em pensamentos e não revelava nada.

Quando chegaram ao portão da chancelaria, o sol tinha se posto. Não havia guardas, e Leyers disse para ele atravessar o parque. Pino chegou a um pátio de paralelepípedos cercado por colunatas de dois andares. Ele desligou o Daimler e desceu. Uma fonte borbulhava no centro. A noite chegava com um calor apático.

Pino abriu a porta para o general Leyers, que saiu do veículo.

— Talvez eu precise de você.

Pino queria saber com quem falariam naquela noite. Então, a resposta pareceu óbvia, e seu coração disparou. Falariam com Schuster. O cardeal de Milão tinha uma memória lendária. Ele se lembraria de Pino, assim como o coronel Rauff tinha lembrado, mas, diferente do chefe da Gestapo, o cardeal saberia seu nome. O Cardeal Schuster também veria a suástica e o julgaria de forma severa, provavelmente o condenaria à infelicidade eterna.

O general Leyers virou à esquerda no alto da escada, aproximou-se de uma pesada porta de madeira e bateu. A porta foi aberta por um sacerdote idoso, que pareceu reconhecer Leyers com desgosto, mas deu um passo para o lado a fim de deixá-lo entrar. O padre olhou para Pino com ar de censura quando ele passou.

Eles seguiram por um corredor de paredes revestidas até uma impressionante sala de estar adornada com iconografia católica bordada em tapeçarias do século XV, entalhada em crucifixos do século XIII e esculpida em ouro e dourado. A única coisa que não era italianizada na sala era a mesa, à qual um homem baixo e careca de batida cor de creme e solidéu vermelho escrevia de costas para Pino e Leyers. O Cardeal Schuster não deu sinais de notar a presença deles, até o padre bater com o batente da porta. Schuster parou de escrever por um momento, depois continuou por mais quatro ou cinco segundos, concluindo o pensamento antes de levantar a cabeça e virar-se.

Leyers tirou o quepe. Relutante, Pino o imitou. O general caminhou na direção de Schuster, mas falou com Pino por cima do ombro.

— Diga ao cardeal que sou grato por sua disponibilidade para me receber, apesar da solicitação com tão pouco tempo de antecedência. No entanto, o assunto é importante.

Pino tentou permanecer atrás do general, onde seria mais difícil o cardeal vê-lo claramente, e traduziu as palavras de Leyers para o italiano.

Schuster se inclinou tentando ver Pino.

— Pergunte ao general como posso ajudá-lo.

Pino olhou para o tapete e traduziu para o francês, o que fez o cardeal interrompê-lo.

— Posso chamar um sacerdote que fale alemão, se quiser facilitar a comunicação.

Pino traduziu a sugestão para Leyers.

O general balançou a cabeça.

— Não quero desperdiçar seu tempo nem o meu.

Pino disse a Schuster que Leyers estava satisfeito com a interpretação.

O cardeal deu de ombros, e Leyers disse:

— Eminência, tenho certeza de que já sabe que quinze soldados alemães foram mortos em um atentado à bomba praticado pela guerrilha ontem na *piazzale* Loreto. E tenho certeza de que sabe que o coronel Rauff e a Gestapo querem que o responsável seja entregue antes do amanhecer; caso contrário, a cidade arcará com as consequências.

— Eu sei — respondeu o Cardeal Schuster. — Que consequências?

— Qualquer ato de violência da guerrilha contra soldados alemães será retaliado com um ato de violência apropriado contra a população masculina local — avisou o general. — A decisão não foi minha, garanto. O general Wolff tem essa desonra.

Pino ficou chocado ao traduzir e viu que as possíveis repercussões provocavam o mesmo impacto na expressão de Schuster.

O cardeal falou:

— Se os nazistas seguirem por esse caminho, vão fazer a população se voltar contra vocês, endurecer a resistência. No fim, não terão nenhuma misericórdia de vocês.

— Concordo, Eminência, e disse a mesma coisa — contou o general Leyers. — No entanto, minha voz não tem sido ouvida nem aqui nem em Berlim.

O cardeal perguntou:

— O que quer que eu faça?

— Não sei se pode fazer muita coisa, Eminência, além de pedir ao responsável pelo atentado que se entregue antes que a punição seja imposta.

Schuster pensou por um momento antes de dizer:

— Quando isso acontecerá?

— Amanhã.

— Obrigado por me informar pessoalmente, general Leyers.

— Eminência. — Leyers baixou a cabeça, bateu os calcanhares e virou-se para a porta, expondo Pino ao olhar de Schuster.

O cardeal olhou para Pino com um brilho de reconhecimento nos olhos.

— Meu senhor cardeal — disse Pino, em italiano. — Por favor, não conte ao general Leyers que me conhece. Não sou quem pensa que sou. Eu imploro, tenha misericórdia de minha alma.

* * *

O clérigo parecia confuso, mas assentiu. Pino se curvou e saiu, seguiu Leyers de volta ao pátio externo da chancelaria enquanto pensava no que tinha acabado de ouvir lá dentro.

Repercussões ao amanhecer? Isso não era bom. O que os alemães fariam? Atos apropriados de violência contra homens? Foi o que ele disse, não foi?

Quando chegaram ao carro, Leyers falou:

— O que disse ao cardeal quando estávamos saindo?

Pino respondeu:

— Desejei a ele uma boa noite, *mon général*.

Leyers o estudou por um momento antes de dizer:

— Para a casa da Dolly, então. Já fiz tudo o que podia fazer.

Apesar de estar preocupado com as iminentes repercussões, Pino pensou em Anna e dirigiu tão depressa quanto se atrevia pelas ruas sinuosas em torno da catedral, até chegarem ao prédio de Dolly Stottlemeyer. Ele estacionou, abriu a porta de trás e tentou pegar a valise.

— Eu levo — disse o general. — Fique no carro. Podemos sair novamente mais tarde.

A ordem causou um grande desânimo em Pino.

Se Leyers percebeu seu desapontamento, não demonstrou. Só quando o general entrou no prédio, a fome de Pino voltou, com força total. O que devia fazer? Não comer nunca? Não beber nunca?

Infeliz, Pino olhou para a fachada do prédio, viu a luz que escapava pelas frestas entre as cortinas nas janelas do apartamento de Dolly. Estaria Anna decepcionada? Bem, definitivamente, ela sorriu para ele naquela manhã – e fora mais que um sorriso comum, não? Na cabeça de Pino, o sorriso de Anna mostrava atração, possibilidade e esperança. Ela havia falado para se manter seguro e o chamara pelo nome, não?

De qualquer maneira, Pino não a veria. Não naquela noite. Passaria a noite no carro, morrendo de fome. Sentia o coração pesado, e o desânimo ficou ainda maior quando um trovão retumbou. Ele levantou a capota de lona do Daimler e a prendeu antes que a chuva caísse em forma de torrente. Encolhido no banco do motorista, ouvia o estrondo do temporal e sentia pena de si mesmo. Teria que dormir ali? Sem comida? Sem água?

Passou meia hora, depois uma hora. A chuva perdeu intensidade, mas ainda caía sobre o telhado. O estômago de Pino doía e ele pensou em ir à casa do tio se reportar e pegar comida. Mas e se Leyers descesse e ele não estivesse ali? E se...?

A porta do passageiro se abriu.

Anna entrou no veículo segurando uma cesta de comida com um aroma delicioso.

— Dolly achou que você estaria com fome — disse ela, ao fechar a porta. — Recebi ordens para trazer comida e lhe fazer companhia enquanto come.

Pino sorriu.

— Ordens do general?

— Ordens de Dolly — respondeu Anna, olhando em volta. — Acho que vai ser mais fácil comer no banco de trás.

— Esse território é do general.

— Ele está ocupado no quarto de Dolly — disse ela, que saiu do carro, abriu a porta de trás e entrou. — Deve ficar lá por um bom tempo, talvez a noite toda.

Pino riu, abriu a porta, saiu na chuva e entrou na parte de trás do carro. Anna deixou a cesta no canto em que o general costumava deixar sua valise. Ela acendeu uma vela e a colocou sobre um prato. A luz tremulava, espalhando pelo interior do veículo uma iluminação dourada enquanto ela removia uma toalha de cima do cesto, revelando duas coxas com sobrecoxas de galinha bem douradas, pão fresco, manteiga de verdade e uma taça de vinho tinto.

— Eu me sinto honrado — comentou Pino. O comentário fez Anna dar risada.

Em outra noite, teria olhado para ela enquanto ria, mas na hora estava com tanta fome que só deu risada também e comeu. Enquanto comia, fazia perguntas. Ele soube que Anna era de Trieste, que trabalhava para Dolly havia catorze meses e que conseguira o emprego por intermédio de um amigo que viu o anúncio de Dolly no jornal.

— Não sabe como eu precisava disso — disse Pino, ao terminar a refeição. — Estava faminto. Fome de leão.

Anna riu.

— Achei que tinha escutado um rugido aqui fora.

— Seu nome é só esse? Anna?

— Também me chamam de Anna-Marta.

— Não tem sobrenome?

— Não mais — respondeu a criada, voltando a ficar séria enquanto guardava as coisas na cesta. — E tenho que ir.

— Espere. Não pode ficar só mais um pouquinho? Acho que nunca conheci ninguém tão linda e tão elegante quanto você.

Ela fez um gesto de desdém e sorriu.

— Até parece.

— É verdade.

— Quantos anos tem agora, Pino?

— O suficiente para usar um uniforme e carregar uma arma — respondeu, aborrecido. — O suficiente para fazer coisas sobre as quais não posso falar.

— Que tipo de coisas? — Ela parecia interessada.

— Não posso falar sobre isso.

Anna soprou a vela, deixando-os no escuro.

— Então, tenho que ir.

Antes que Pino protestasse, ela saiu do Daimler e fechou a porta. Pino saltou do banco traseiro a tempo de ver sua sombra subir a escada para a porta do prédio.

— *Buona notte, signorina Anna-Marta* — disse Pino.

— Boa noite, *Vorarbeiter* Lella — respondeu Anna. E entrou.

A chuva tinha parado, e ele ficou ali por um bom tempo, olhando para o local em que Anna havia desaparecido e lembrando cada momento do tempo que passara com ela no banco de trás do carro de frota, com seu cheiro a envolvê-lo. Ele o havia notado depois de comer toda a comida, ao ouvi-la rir de seu comentário sobre estar faminto como um leão. Existia outra coisa com aquele cheiro? Já havia existido mulher com aquela aparência? Tão bonita. Tão misteriosa.

Finalmente, ele voltou ao assento do motorista e puxou o quepe sobre os olhos. Ainda pensando nela, reviu tudo o que tinha dito e dissecou cada palavra dela, procurando pistas para o enigma de Anna. O horror da morte do sr. Beltramini, ser chamado de traidor... todas essas coisas tinham desaparecido de sua consciência. Tudo em que pensou até pegar no sono foi a criada.

★ ★ ★

Batidas firmes na janela acordaram Pino. A luz de um novo dia se anunciava. A porta de trás se abriu. Seu primeiro pensamento feliz foi que Anna chegava para alimentá-lo novamente. Quando olhou para trás, porém, viu a silhueta do general Leyers.

— Hasteie as bandeiras — ordenou. — Leve-me à San Vittore. Não temos muito tempo.

Pino abriu o porta-luvas para pegar as bandeiras, lutou contra um bocejo e disse:

— Que horas são, *mon général*?

— Cinco da manhã — respondeu. — Então, mexa-se!

Pino saltou do carro, colocou as bandeiras e partiu, dirigindo depressa pela cidade, contando com as bandeiras para acelerar a passagem pelos pontos de fiscalização até chegarem à famosa San Vittore. Construída nos anos 1870, a prisão tinha seis alas de três andares ligadas por um eixo central. Quando foi inaugurada, era uma obra de arte, mas, setenta e quatro anos de negligência depois, era uma horrenda estrela-do-mar de celas e corredores em que homens lutavam pela vida todos os instantes de todos os dias. Agora que estava sob o comando da Gestapo, Pino não conseguia citar um lugar de que tivesse mais medo que do Hotel Regina.

Na *via* Vico, que seguia paralela ao muro alto da prisão do lado leste, encontraram dois caminhões parados ao lado de um portão aberto. O primeiro saía de ré pelo portão. O outro estava parado na rua, com o motor ligado, impedindo a passagem.

O amanhecer brilhava sobre a cidade quando o general Leyers desceu do automóvel e bateu a porta. Pino pulou para fora e seguiu Leyers pela rua, então adentrou o portão, com os guardas saudando sua passagem. Eles entraram em um grande pátio triangular que estreitava onde as paredes de duas alas opostas da prisão se juntavam no polo central.

Quatro passos além do portão, Pino parou para olhar tudo. Oito soldados armados da *Waffen-SS* mantinham-se cerca de vinte e cinco metros à esquerda, na posição de dez horas. Na frente deles havia um capitão da SS. Ao lado do capitão, o coronel Walter Rauff da Gestapo segurava um chicote de montaria atrás das costas e observava tudo com grande interesse. Leyers aproximou-se de Rauff e do capitão.

Pino ficou afastado, tentando não ser notado por Rauff.

As portas de trás do caminhão se abriram. Um batalhão da Legião Muti das Brigadas Negras desembarcou. Fanaticamente dedicada a Mussolini, a elite das guerrilhas fascistas usava camisas pretas de gola rolê, apesar do ar quente, e símbolos de crânio sem queixo no peito e no chapéu.

— Prontos? — perguntou o capitão da SS, em italiano.

Um camisa-negra passou por Pino quando ele ordenou:

— Tragam-nos para fora.

Os guardas se dividiram em dois grupos de quatro e foram abrir as portas nas paredes das alas da prisão. Prisioneiros começaram a sair. Pino mudou de lugar, tentando enxergá-los melhor. Alguns pareciam incapazes de dar mais um passo. Os que estavam em melhor forma tinham a barba e o cabelo tão longos que ele não sabia se reconheceria alguém no grupo.

Então, da porta ao lado esquerdo, um jovem alto e imponente apareceu no pátio. Pino reconheceu Barbareschi, o seminarista, auxiliar do Cardeal Schuster e falsário a serviço da Resistência. Barbareschi devia ter sido capturado e preso novamente. Embora outros homens se movessem em formação descuidada, olhando amedrontados para os camisas-negras, Barbareschi seguia desafiador na primeira fileira.

— Quantos? — perguntou o coronel Rauff.

— Cento e quarenta e oito — gritou um dos guardas.

— Mais dois — disse Rauff.

O último homem na porta do lado direito sacudiu a cabeça para tirar o cabelo dos olhos.

— Tullio! — exclamou Pino, baixinho.

Tullio Galimberti não o ouviu. Com o barulho dos últimos homens se colocando em seus lugares, ninguém ouviu. Tullio desapareceu atrás do caminhão. O camisa-negra seguiu em frente. O general Leyers se colocou diante do coronel Rauff e do capitão da SS. Pino conseguia vê-los e ouvir a discussão. Rauff gesticulou com o chicote de montaria para o camisa-negra e disse alguma coisa que silenciou Leyers.

O comandante fascista apontou para seu lado esquerdo e gritou:

— Você aí, comece a contá-los de dez em dez. O décimo homem de cada bloco deve dar um passo à frente.

Depois de uma pausa breve, o homem mais à esquerda disse:

— Um.

— Dois — falou o segundo.

E assim continuou, até um dos homens de aparência mais fraca falar "dez" e dar um passo à frente.

— Um — disse o décimo primeiro.

— Dois — falou o décimo segundo.

Um momento mais tarde, Barbareschi disse:

— Oito.

O segundo décimo homem deu um passo à frente, e logo o terceiro. Mais doze juntaram-se a eles, todos ombro a ombro na frente dos prisioneiros reunidos. A contagem continuava, e Pino ficou na ponta dos pés, lembrando parte da conversa que o general Leyers teve com o Cardeal Schuster.

Horrorizado, ouviu Tullio dizer:

— Dez.

E ele se tornou o décimo quinto homem.

— Os quinze entram no caminhão — disse um camisa-negra. — Os outros voltam para as celas.

Pino não sabia o que fazer, dividido entre a vontade de correr para o general Leyers e para Tullio. Se procurasse Leyers e admitisse que Tullio era seu amigo próximo, que Tullio estava na San Vittore para espionar pela Resistência, ele não começaria a suspeitar...?

— O que está fazendo aqui, *Vorarbeiter*? — perguntou Leyers.

Pino estava tão hipnotizado com a cena que perdeu Leyers de vista, e agora ele estava a seu lado, encarando-o.

— Peço desculpas, *mon général* — respondeu Pino. — Pensei que poderia precisar de tradutor.

— Vá para o carro agora — ordenou Leyers. — Traga-o assim que os caminhões saírem.

Pino fez a saudação, obediente, depois correu para fora da prisão e entrou no Daimler. O caminhão estacionado do lado da San Vittore começou a andar. Pino ligou o carro quando o primeiro raio de sol bateu no alto das muralhas da prisão e no arco do portão. Nas sombras embaixo, o caminhão que levava Tullio e os outros catorze homens passou pelo portão e seguiu o outro.

Pino dirigiu o carro até o portão. O general nem o esperou abrir a porta. Sentou-se no banco de trás, o rosto contorcido pela fúria que mal conseguia controlar.

— *Mon général?* — perguntou Pino, depois de um momento.

— Para o diabo com isso! — Leyers decidiu. — Vá atrás deles, *Vorarbeiter*.

★ ★ ★

O Daimler alcançou rapidamente os caminhões que se arrastavam pesados pela cidade. Pino queria perguntar ao general o que estava acontecendo. Queria falar sobre Tullio. No entanto, não se atrevia.

Ao contornar a *piazza* na frente do Duomo, olhou para a torre mais alta da catedral, viu o pináculo iluminado pelo sol, enquanto as gárgulas nos flancos inferiores da igreja permaneciam na região mais profunda das sombras escuras. A visão o perturbou.

— *Mon général?* Sei que me disse para não falar, mas pode me contar o que vai acontecer com os homens naquele caminhão?

Leyers não respondeu. Pino olhou pelo retrovisor, temendo uma advertência dura, mas descobriu que o general o estudava com um olhar frio.

Leyers disse:

— Seus ancestrais inventaram o que está acontecendo.

— *Mon général?*

— Os antigos romanos chamavam de "dizimação", *Vorarbeiter*. Usaram esse procedimento ao longo de todo o império. O problema com a dizimação é que a tática nunca funciona por muito tempo.

— Não entendo.

— Dizimação funciona psicologicamente. Tem o objetivo de esmagar a ameaça de revolta por meio do medo abjeto. Historicamente, porém, usar brutalidade contra civis em represálias provoca mais ódio que obediência.

Brutalidade?, pensou Pino. *Represálias? Os atos violentos sobre os quais Leyers falou com o cardeal?* O que iam fazer com Tullio e os outros? Contar ao general Leyers que Tullio era seu amigo próximo ajudaria ou...?

Nas ruas paralelas àquela em que estavam, ele ouviu os alto-falantes. O homem falava em italiano, chamava todos "os cidadãos envolvidos" à *piazzale* Loreto.

Dois grupos de fascistas camisas-negras haviam isolado a rotatória com cordas. Ainda assim, deixaram passar os caminhões e o carro do general Leyers. Os caminhões seguiram na direção da banca de vegetais e frutas frescas Beltramini, pararam bem perto dela, deram ré e fizeram uma manobra para deixar os veículos de costas para a parede em que vários edifícios se juntavam.

— Contorne a rotatória — disse Leyers.

Quando Pino passou pela banca de frutas, cujo toldo continuava rasgado, lembrou-se da bomba explodindo ali. Chocado, viu Carletto sair da loja, olhando para os caminhões e virando a cabeça em sua direção.

Pino pisou no acelerador e afastou-se rapidamente. Três quartos de volta na rotatória, e Leyers ordenou que Pino parasse no posto Esso, que tinha o sistema de grades de ferro sobre as bombas de gasolina. Um funcionário se aproximou, nervoso.

— Mande encher o tanque e avise que vamos estacionar aqui — disse Leyers.

Pino transmitiu o recado ao homem, que olhou as bandeiras do general e se afastou, apressado.

Com os alto-falantes ainda gritando, o povo de Milão começou a chegar: primeiro, alguns curiosos; depois, um fluxo cada vez maior de pedestres, gente que entrava na *piazzale* Loreto saída de todas as direções.

Camisas-negras erguiam barreiras de madeira com a barraca de frutas trinta metros a oeste e dos dois lados do caminhão virados para o norte, a quarenta e cinco metros. O resultado era um grande espaço vazio em torno dos caminhões, com uma multidão crescente se formando nas cercas.

Pino calculou que devia haver umas mil pessoas, talvez mais. Na metade dos cento e cinquenta metros que separavam o Daimler do caminhão de Tullio, apareceu outro carro do alto escalão nazista. O automóvel foi até o limite da rotatória e parou. De onde estava, Pino não conseguia ver quem estava no carro. Mais gente chegava à *piazza*, tanta gente que logo a multidão bloqueou a cena.

— Não enxergo nada — disse o general Leyers.

— *Non, mon général* — respondeu Pino.

Leyers olhou pela janela e perguntou?

— Sabe escalar?

Um minuto mais tarde, Pino pisava no topo de uma das bombas de gasolina e de lá subia para a grade mais baixa. Ele se segurou com firmeza em um poste de ferro e em outra grade.

— Consegue ver alguma coisa? — perguntou o general Leyers, lá de baixo, em pé ao lado do carro.

— *Oui, mon général.* — Pino tinha uma visão clara e desobstruída por cima das mil e quinhentas pessoas agora reunidas na *piazza*. Os caminhões continuavam lá, com as portas fechadas.

— Puxe-me aí para cima — disse Leyers.

Pino olhou para baixo, viu que o general já havia subido em uma das bombas e estendia a mão. Pino o ajudou a subir na grade. Leyers se agarrou ao suporte do cruzamento das grades acima dele, enquanto Pino segurava o poste.

Longe, os sinos do Duomo badalavam marcando nove horas. O comandante dos camisas-negras no pátio da prisão desceu da cabine do caminhão mais próximo. O fascista desapareceu do campo de visão de Pino, atrás do outro caminhão, o que continha os prisioneiros.

Logo os quinze saíram de lá, ombro a ombro, de frente para a multidão, que começava a ficar incomodada. Tullio foi o sétimo a sair. Àquela altura, Pino tinha o pressentimento de que alguma coisa ia acontecer, embora não soubesse de nada, e teve que abraçar o poste com força para não cair.

O caminhão vazio se afastou. A multidão abriu espaço para ele, e o veículo logo desapareceu além da rotatória. Pistoleiros camisas-negras encapuzados saíram da carroceria de outro caminhão, que também se afastou. Armados com pistolas automáticas, os fascistas se perfilaram a não mais que quinze metros dos prisioneiros.

Um camisa-negra gritou:

— Cada vez que um guerrilheiro comunista matar um soldado alemão ou um soldado do exército de Salò, haverá punição imediata e sem clemência.

A *piazza* ficou em silêncio, exceto pelos murmúrios de incredulidade.

Um dos prisioneiros começou a gritar com os fascistas e o pelotão de fuzilamento.

Era Tullio.

— Seus covardes! — berrou para eles. — Traidores! Vocês fazem o trabalho sujo dos nazistas com o rosto escondido. Não passam de um bando de...

As pistolas dispararam, silenciando Tullio. O amigo de Pino cambaleou para trás com o impacto dos tiros, depois caiu na calçada.

18

Pino gritou e gritou na dobra do braço enquanto o fuzilamento prosseguia e mais homens caíam. A multidão enlouqueceu, gritando horrorizada e correndo para se afastar dos atiradores que salpicavam as paredes da *piazzale* Loreto com sangue e entranhas que escorriam e formavam poças em torno dos quinze mártires muito tempo depois do fim do fuzilamento.

De olhos fechados, Pino se abaixou e montou sobre a grade mais baixa, ouvindo os gritos na *piazzale* Loreto como se estivessem distantes, abafados. *O mundo não funciona desse jeito*, tentava dizer a si mesmo. *O mundo não é assim, doente e mau.*

Lembrou-se do Padre Re o convocando para uma causa superior e depois se ouviu recitando a Ave Maria, a oração pelos mortos e moribundos. Chegou ao último verso:

— Santa Maria, mãe de Deus, rogai por nós, pecadores, agora e na hora de nossa...

— *Vorarbeiter*! Por Deus! — gritou o general Leyers. — Está me ouvindo?

Atordoado, Pino olhou em volta e para cima, para o nazista, que ainda estava em pé sobre a grade, o rosto duro e frio.

— Desça — ordenou Leyers. — Vamos sair daqui.

A primeira coisa que Pino pensou foi em puxar o pé do general, derrubá-lo de mais de quatro metros de altura de costas no concreto. Depois, pularia lá embaixo e o estrangularia com as próprias mãos, só por garantia. Leyers, afinal, deixara essa atrocidade acontecer. Havia se omitido quando...

— Eu disse *desça*.

Sentindo que parte de sua mente havia sido permanentemente queimada, ele desceu. Leyers o seguiu e sentou-se no banco traseiro do Daimler. Pino fechou a porta de trás e foi se sentar ao volante.

— Para onde, *mon général*? — questionou, entorpecido.

— Conhecia um deles? — perguntou Leyers. — Ouvi você gritar.

Pino hesitou, os olhos cheios de lágrimas.

— Não — respondeu, finalmente. — É que nunca tinha visto nada parecido com aquilo.

O general o estudou por um momento pelo retrovisor antes de dizer:

— Vamos. Não há mais nada a fazer aqui.

O outro carro do alto escalão alemão já manobrava, tomando a direção do posto de fiscalização, quando Pino ligou o Daimler. A janela de trás do outro automóvel estava aberta. Ele viu o coronel Rauff olhando para eles. Pino sentiu vontade de afundar o pé no acelerador e bater no meio do carro do chefe da Gestapo. O veículo de Rauff seria destruído pelo Daimler. Talvez ele até matasse Rauff, o que faria do mundo um lugar infinitamente melhor.

O general Leyers disse:

— Espere até eles se afastarem.

Pino viu o coronel Rauff desaparecer na cidade e, só então, saiu com o Daimler.

— Para onde, *mon général*? — repetiu, incapaz de esquecer a fúria de Tullio diante de seus executores antes de cair com o impacto das balas que o mataram.

— Hotel Regina — respondeu Leyers.

Pino partiu naquela direção.

— Se me permite, *mon général*, o que vai acontecer com os corpos?

— Vão ficar lá até escurecer, então as famílias poderão levá-los.

— O dia todo?

— O coronel Rauff quer que toda Milão, especialmente os guerrilheiros, veja o que acontece quando soldados alemães são mortos — disse Leyers ao saírem do posto de fiscalização. — Selvagens idiotas. Não percebem que isso só vai aumentar o número de italianos que querem matar soldados alemães? Você, *Vorarbeiter*, quer matar alemães? Você quer me matar?

Pino ficou chocado com a pergunta e se questionou se o homem podia ler seus pensamentos. Balançou a cabeça e disse:

— *Non, mon général.* Quero viver em paz e com prosperidade, como qualquer um.

O plenipotenciário dos nazistas para a produção de guerra ficou em silêncio e pensativo, enquanto Pino dirigia de volta ao quartel-general da Gestapo. Leyers desceu do carro e disse:

— Você tem três horas.

★ ★ ★

Pino temia a tarefa que tinha pela frente, mas saiu do Daimler e tirou a braçadeira com a suástica. Ele entrou na nova loja de bolsas, mas a garota que trabalhava lá disse que seu pai havia ido à Bagagens Albanese.

Quando Pino entrou na loja de artigos de couro, Michele, tio Albert e tia Greta eram os únicos lá dentro.

O tio o viu e saiu correndo de trás do balcão.

— Onde você estava? Quase morremos de preocupação!

— Você não voltou para casa — acrescentou o pai. — Graças a Deus está de volta!

Tia Greta olhou para Pino e perguntou:

— O que aconteceu?

Por alguns momentos, Pino não conseguiu dizer nada. Depois, lutou contra as lágrimas e contou:

— Nazistas e fascistas fizeram uma dizimação na San Vittore em represália ao atentado com bomba. Contaram os homens de dez em dez até terem um grupo de quinze. Então, levaram esse grupo à *piazzale* Loreto e mataram os homens com pistolas automáticas. Eu vi... — Ele parou por um instante. — Tullio era um deles.

O pai e o tio estavam chocados.

Tia Greta reagiu.

— Isso não é verdade! Você deve ter visto outra pessoa.

Chorando, Pino respondeu:

— Era ele. Tullio foi muito corajoso. Gritou com os homens que iam matá-lo. Chamou-os de covardes... Meu Deus... Foi horrível.

Ele foi abraçar o pai, enquanto tio Albert amparava tia Greta, que estava histérica.

— Odeio esses homens — ela disse. — Meu povo, e eu os odeio.

Quando ela se acalmou, tio Albert disse:

— Tenho que dar a notícia à mãe dele.

— Ela só vai poder resgatar o corpo de Tullio quando anoitecer — avisou Pino. — Vão deixar os corpos expostos para demonstrar o que acontece quando guerrilheiros matam alemães.

— Porcos — disse o tio. — Isso não muda nada. Só nos faz mais fortes.

— O general Leyers disse que isso aconteceria.

Ao meio-dia, Pino estava sentado na escada do Teatro alla Scala, de onde podia ver a fachada do Hotel Regina e o Daimler estacionado perto dali. Estava entorpecido de dor. Olhando para a estátua do grande Leonardo do outro lado da rua e ouvindo a conversa dos cidadãos que por ali passavam apressados, sentia vontade de chorar. Todos comentavam a atrocidade. Muitos agora consideravam a *piazzale* Loreto um lugar amaldiçoado. Ele revia a cena muitas vezes em pensamento e concordava.

Às três da tarde, Leyers finalmente saiu do quartel-general da Gestapo. Ele entrou no carro e disse a Pino para levá-lo à central telefônica. Lá, Pino esperou e pensou em Tullio. Felizmente, a noite começava a cair. Pino se sentia um pouco melhor sabendo que o corpo do amigo seria resgatado, levado e preparado para o sepultamento.

Às sete, o general saiu da central telefônica, sentou-se no banco traseiro do carro oficial e disse:

— Casa da Dolly.

Pino estacionou na frente do prédio na *via* Dante. Leyers o deixou levar a valise trancada. A velha no saguão piscou por trás das lentes grossas dos óculos e pareceu farejá-los quando passaram a caminho da escada para o apartamento de Dolly. Quando Anna abriu a porta, Pino notou que ela estava perturbada.

— Vai ficar a noite toda, general? — perguntou Anna.

— Não. Estou pensando em levar Dolly para jantar.

Dolly apareceu no corredor vestindo um robe e segurando uma taça.

— Ideia perfeita — disse. — Fico maluca trancada aqui o dia todo, esperando por você, Hans. Aonde vamos?

— Ao restaurante da esquina — respondeu Leyers. — Podemos ir a pé. Estou precisando. — Ele olhou para Pino. — Pode ficar aqui, *Vorarbeiter*, e jantar. Quando voltar, direi se ainda preciso de você hoje.

Pino assentiu e sentou-se no banco. Aparentemente infeliz, Anna atravessou a sala de jantar, ignorando Pino.

— O que devo separar para você, Dolly? — perguntou ela.

O general Leyers as seguiu, e todos desapareceram no interior do apartamento. Nada disso parecia real para Pino. Leyers agia como se não tivesse visto quinze pessoas serem assassinadas a sangue-frio naquela manhã. Havia algo de reptiliano no general. Leyers era capaz de ver homens sacudidos por balas e cuspindo sangue em seus últimos momentos de vida e depois sair para jantar com a amante.

Anna retornou e, como se cumprisse uma obrigação, perguntou:

— Está com fome, *Vorarbeiter*?

— *Per favore*, se for dar trabalho, não, *signorina* — respondeu Pino, sem a olhar.

Depois de uma pausa de alguns momentos, a criada suspirou e disse, num tom diferente:

— Não é trabalho nenhum, Pino. Posso esquentar alguma coisa para você.

— Obrigado — disse, ainda sem olhar para Anna, porque havia notado a valise do general a seus pés e lamentava não ter aprendido a abrir uma tranca sem chave.

Ele ouviu vozes alteradas, abafadas, Leyers e a amante discutindo sobre alguma coisa. Pino levantou a cabeça e viu que a criada tinha se afastado.

Uma porta se abriu com violência. Dolly passou pelo corredor onde Pino estava sentado.

— Anna?

Anna correu de volta à sala de jantar e à de estar.

— Sim, Dolly?

Dolly falou alguma coisa em alemão e a criada parecia ter entendido, porque se retirou, apressada. O general reapareceu vestindo a calça do uniforme, sapatos e camiseta regata.

Pino levantou-se depressa. Leyers o ignorou, foi até a sala de estar e disse alguma coisa em alemão. Dolly deu uma resposta curta, e ele sumiu por vários minutos, enquanto a amante servia uísque para si mesma e ia fumar perto da janela.

Pino sentia algo estranho, como se um detalhe tivesse acabado de chamar sua atenção, mas ele ainda não o tivesse registrado completamente. O que era?

Quando voltou, o general vestia uma camisa passada e usava gravata. Ele carregava o paletó sobre um ombro.

— Voltamos em duas horas — disse o general a Pino ao passar por ele.

Pino olhou para o casal e sentiu aquela estranheza outra vez; então, tentou se lembrar de Leyers poucos minutos antes, sem camisa e...

Ai, meu Deus, pensou.

★ ★ ★

Fecharam a porta. Pino ouviu o ranger de uma tábua. Virou a cabeça e viu Anna ali, parada.

— Ouvi o dono do mercado dizer que quinze membros da Resistência foram fuzilados na *piazzale* Loreto hoje de manhã — comentou, torcendo as mãos. — É verdade?

Novamente abalado, Pino respondeu:

— Eu vi. Meu amigo estava entre eles.

Anna cobriu a boca.

— Ah, pobrezinho... Por favor, venha para a cozinha. Tem *schnitzel*, nhoque e manteiga com alho. Vou abrir um dos melhores vinhos do general. Ele nem vai saber.

Em pouco tempo, um prato foi deixado sobre uma mesinha no fundo da cozinha impecável. Também havia uma vela acesa. Anna sentou-se na frente dele com uma taça de vinho.

Vitela?, pensou Pino ao sentar-se e sentir o aroma divino que emanava do prato. Quando foi a última vez que ele comeu vitela? Antes do bombardeio? Pino pôs um pedaço da carne na boca.

— Hum — suspirou. — Que delícia.

Anna sorriu.

— Receita de minha avó, que Deus a tenha.

Ele comeu. Eles conversaram. Pino contou sobre a cena na *piazzale* Loreto, e ela baixou a cabeça e a segurou entre as mãos por um tempo. Quando levantou o olhar para Pino, tinha os olhos vermelhos e úmidos.

— Como os homens pensam em tamanha maldade? — perguntou, enquanto a cera pingava da vela e formava uma poça no castiçal. — Não temem por suas almas?

Pino pensou em Rauff e nos camisas-negras encapuzados.

— Acho que homens como aqueles nem se importam com almas — respondeu Pino, terminando a vitela. — É como se já estivessem no inferno, e descer um pouco mais não faz diferença.

Anna olhou para um ponto distante por um momento. Depois, olhou para Pino e falou:

— Então, como um garoto italiano virou motorista de um poderoso general nazista?

Incomodado com a pergunta, Pino respondeu:

— Não sou um garoto. Tenho dezoito anos.

— Dezoito.

— Quantos anos você tem?

— Quase vinte e quatro. Quer mais comida? Vinho?

— Posso ir ao banheiro antes?

— No corredor, primeira porta à direita — indicou Anna. E pegou a garrafa de vinho.

Pino atravessou a sala de estar e chegou ao corredor carpetado iluminado por apenas duas lâmpadas fracas. Abriu a primeira porta à direita, acendeu a luz e entrou no banheiro; havia uma banheira, assoalho de ladrilhos e um aparador coberto de cosméticos, além de outra porta. Ele se aproximou da segunda porta, hesitou, depois tentou abri-la. Não estava trancada.

A porta se abriu para um ambiente escuro que cheirava a Leyers e sua amante, um cheiro tão forte que o fez parar por um momento. Uma voz interior dizia para ele não entrar, voltar para a cozinha, para Anna.

Ele acendeu a luz.

Com uma olhada rápida, viu que o general ocupava o lado esquerdo do quarto, que era organizado e arranjado com precisão. O lado de Dolly, mais perto de onde estava Pino, parecia um camarim de teatro mal-arrumado. Havia duas araras de vestidos finos, saias e blusas. Suéteres de caxemira transbordavam das gavetas. Uma confusão de echarpes coloridos de seda, vários espartilhos e cintas pendiam das portas do armário. Os sapatos formavam fileiras ao lado da cama, única concessão de Dolly à ordem. Além deles, entre pilhas de livros e caixas de chapéu, havia uma mesa que sustentava um grande porta-joias aberto.

Pino examinou primeiro o lado mais arrumado do quarto, verificando rapidamente algumas gavetas e notando abotoaduras em uma bandeja, uma escova para roupas, uma calçadeira e um kit de barbear. Não era o que ele procurava. Também não havia nada interessante sobre o criado-mudo nem na gaveta.

Talvez eu tenha me enganado, pensou. E balançou a cabeça. *Não estou enganado.*

Onde alguém como Leyers esconderia isso? Pino olhou embaixo do colchão e embaixo da cama e se preparava para olhar o kit de barbear do general, quando notou algo no espelho, alguma coisa no caos do lado do quarto ocupado por Dolly.

Pino deu a volta na cama, andando na ponta dos pés para não pisar em nada no meio das coisas de Dolly, e finalmente se aproximou do porta-joias. Colares de pérolas, gargantilhas de ouro e muitos, muitos outros colares pendurados em grupos nos ganchos na parte interna da tampa.

Ele os afastou procurando algo simples, então...

Lá estava! Pino sentiu a euforia ao tirar do gancho a corrente com a chave da valise do general. Ele a pôs no bolso da calça.

— O que está fazendo?

★ ★ ★

Pino se virou, o coração disparado no peito. Anna estava parada na porta do banheiro, de braços cruzados, com uma taça de vinho na mão e o rosto esculpido pela desconfiança.

— Só dando uma olhada — respondeu Pino.

— No porta-joias da Dolly?

Ele deu de ombros.

— Estava só olhando.
— Não ficou só olhando. Eu vi você guardar alguma coisa no bolso da calça.
Pino não sabia o que dizer ou fazer.
— Você é um ladrão — constatou Anna, com desgosto. — Eu devia ter imaginado.
— Não sou ladrão — protestou enquanto se aproximava dela.
— Não? — Ela recuou um passo. — O que é, então?
— Eu... não posso contar.
— É melhor falar, senão vou contar para a Dolly onde encontrei você.
Pino não sabia o que fazer. Podia atacá-la e fugir ou...
— Sou um espião... dos Aliados.
Anna deu risada.
— Um espião? Você?
Isso o enfureceu.
— Quem melhor que eu? Vou com ele a todos os lugares.
Anna ficou em silêncio, e sua expressão passou a ser de dúvida.
— Como se tornou espião?
Pino hesitou, depois contou rapidamente sobre a Casa Alpina e o que fazia lá e como os pais, temendo por sua vida, o mandaram se alistar na Organização Todt, sobre as ocorrências oportunas que o tiraram de uma estação de trem bombardeada em Modena e levaram ao leito de um hospital alemão, de lá para o volante do carro do general Leyers na porta da loja de bolsas de seu tio.
— Não me interessa se acredita ou não — disse, no fim do relato. — Mas coloquei minha vida em suas mãos. Se Leyers descobrir, eu morro.
Anna o estudou.
— O que pôs no bolso?
— A chave da valise dele.
Como se houvesse usado a chave nela, Anna mudou de repente, passou da desconfiança a um sorriso brando, suave.
— Vamos abri-la!
Pino suspirou, aliviado. Ela havia acreditado e não contaria a Leyers. Se estivesse junto quando ele abrisse a valise e o general descobrisse, Anna também morreria.
Ele disse:
— Tenho outros planos para esta noite.
— Que planos?
— Vou mostrar. — Ele a levou de volta à cozinha.
A vela ainda tremulava. Ele a pegou e despejou um pouco de cera derretida sobre a mesa.

— Não faça isso — reclamou Anna.
— Vai sair. — Pino tirou do bolso a corrente com a chave.

Tirou a chave da corrente, esperou a cera esfriar e começar a endurecer, então apertou a chave contra ela.

— Agora posso fazer uma cópia e abrir a valise quando eu quiser. Tem um palito de dente e uma espátula?

Olhando para ele como se o reavaliasse e se surpreendesse, Anna foi pegar o palito de dente em um dos armários. Pino soltou a chave da cera com cuidado e depois a lavou com água quente. Anna deixou uma espátula sobre a mesa e ele a usou para tirar a cera endurecida da superfície da mesa. Embrulhou o molde resfriado em um lenço de papel e o guardou no bolso.

— E agora? — perguntou Anna, com os olhos brilhando. — Isso é empolgante!

Pino sorriu para ela. Era mesmo empolgante.

— Vou dar uma olhada na valise e depois devolver a chave ao porta-joias de Dolly.

Esperava que ela gostasse da resposta, mas a criada fez beicinho.

— Que foi? — perguntou Pino.

— Bem — deu de ombros —, como você disse, quando fizer a cópia da chave, vai poder abrir a valise quando quiser, e eu estava pensando que podíamos guardar a chave e depois...

— O quê?

— Você poderia me beijar — sugeriu Anna, sem rodeios. — É o que quer, não é?

Pino ia negar, mas disse:

— Mais do que você imagina.

***

Ele devolveu a chave e fechou a porta do quarto de Dolly. Anna o esperava na cozinha com um sorriso engraçado. Ela apontou para uma cadeira. Pino sentou-se, e ela deixou de lado sua taça de vinho e sentou-se no colo dele. Depois, passou os braços sobre seus ombros e o beijou.

Abraçando Anna, sentindo os lábios suaves nos dele pela primeira vez, sentindo sua fragrância perfeita, Pino tinha a sensação de que um violino produzia as primeiras notas de uma melodia fascinante. A música vibrava de um jeito tão agradável em seu corpo que ele se arrepiou.

Anna interrompeu o beijo e encostou a testa na dele.

— Eu sabia que seria assim — sussurrou.

— Eu rezava para que fosse — confessou Pino, ofegante. — Desde a primeira vez que a vi.

— Que sorte a minha. — Anna o beijou novamente.

Pino a abraçou com mais força, fascinado com como tudo parecia certo, como se violoncelos se juntassem ao violino, como se uma parte desaparecida dele tivesse sido encontrada e melhorada por seu toque, pelo gosto de seus lábios, pela bondade suave de seus olhos. Só queria abraçá-la. Enquanto Deus permitisse. Eles se beijaram pela terceira vez. Pino aproximou o nariz do pescoço dela, o que pareceu agradá-la.

— Quero saber tudo sobre você — murmurou ele. — De onde veio...

Anna recuou um pouco.

— Já disse. Trieste.

— Como você era na infância?

— Estranha.

— Não.

— Minha mãe disse que sim.

— Como ela era?

Anna pôs um dedo sobre os lábios de Pino, olhou nos olhos dele e disse:

— Alguém muito sábio uma vez me falou que, quando abrimos o coração, revelando nossas feridas, nós nos tornamos humanos, falhos e inteiros.

Ele franziu a testa.

— Ah... é?

— Não estou preparada para mostrar minhas cicatrizes. Não quero que me veja humana, falha e inteira. Quero que isto... Que nós... sejamos uma fantasia a compartilhar, uma distração na guerra.

Pino afagou seu rosto.

— Uma bela fantasia, uma diversão maravilhosa.

Anna o beijou pela quarta vez. Pino pensou ter ouvido uma flauta se juntar às notas que vibravam em seu peito, mente e corpo foram reduzidos a uma só coisa, à música de Anna-Marta e nada mais.

19

Quando o general Leyers e Dolly voltaram do jantar, Pino estava sentado no banco do hall, radiante.

— Está sentado aí há duas horas? — perguntou Leyers.

Bêbada e divertida, Dolly olhou para Pino.

— Teria sido uma tragédia para Anna.

Pino ficou vermelho e evitou o olhar de Dolly, que riu e passou por ele rebolando.

— Pode ir, *Vorarbeiter* — disse Leyers. — Deixe o Daimler na garagem e esteja aqui às seis horas.

— *Oui, mon général.*

Dirigindo o Daimler pelas ruas pouco antes do toque de recolher, Pino não conseguia deixar de pensar que acabara de ter a melhor noite depois do pior dia de sua vida. Tinha vivido todas as emoções possíveis em um período de doze horas, do horror ao luto e ao beijo de Anna. Ela era quase seis anos mais velha, sim, mas ele não se importava nem um pouco. Na verdade, a diferença de idade a tornava mais atraente.

Quando Pino voltou a pé para o apartamento dos Lella em Corso Matteotti depois de deixar o carro oficial na garagem, as emoções voltaram a se dividir entre ver Tullio morrer e a música que tinha experimentado ao beijar Anna. No elevador, depois de passar por sentinelas nazistas, pensou: *Deus dá, Deus tira. Às vezes no mesmo dia.*

A menos que tocasse com um grupo de amigos, o pai de Pino normalmente ia para a cama cedo, por isso Pino abriu a porta do apartamento esperando encontrar uma luz acesa e silêncio. Todas as luzes, porém, estavam acesas por trás das cortinas blecaute, e ele reconheceu as malas no chão.

— Mimo! — exclamou, em voz baixa. — Mimo, é você?

O irmão saiu da cozinha e, sorrindo, correu para abraçá-lo. O caçula podia ter crescido apenas uns três centímetros, mas certamente havia encorpado nas quinze semanas desde que Pino partira da Casa Alpina. Pino sentia os músculos definidos nos braços e nas costas de Mimo.

— É muito bom ver você, Pino — disse Mimo. — Bom mesmo.

— O que está fazendo aqui?

Mimo baixou o tom de voz.

— Falei para o *papà* que queria passar um tempo em casa, mas a verdade é que, por mais que tenhamos sido úteis na Casa Alpina, eu não aguentava mais ficar lá escalando, enquanto a luta de verdade acontece aqui embaixo.

— O que vai fazer? Juntar-se à guerrilha?

— Sim.

— Você é muito novo. *Papà* não vai permitir.

— *Papà* não vai saber, a menos que você conte.

Pino estudou o irmão, admirado com sua audácia. Só quinze anos de idade, e parecia não ter medo de nada, mergulhava em todas as situações sem nenhum lampejo de dúvida. Mas se juntar a um grupo de guerrilheiros para lutar contra os nazistas era desafiar a sorte.

Ele viu o rosto do irmão empalidecer antes de apontar um dedo trêmulo para a faixa vermelha e a suástica escapando de seu bolso.

— O que é isso?

— Ah — respondeu Pino —, é parte do uniforme. Mas não é o que você está pensando.

— Como assim, não é o que estou pensando? — Mimo reagiu furioso, recuando para analisar o uniforme completo. — Está lutando do lado dos nazistas, Pino?

— Lutando? Não. Sou motorista. É isso.

— Dos alemães.

— Sim.

Mimo parecia prestes a cuspir.

— Por que não está do lado da Resistência, da Itália?

Pino hesitou, depois disse:

— Porque eu teria que desertar, o que faria de mim um desertor. Os nazistas estão fuzilando desertores. Ou você não ouviu as notícias?

— Está me dizendo que é nazista? Um traidor da Itália?

— As coisas não são tão simples.

— É claro que são — gritou Mimo.

— Foi ideia do tio Albert e da *mamma* — gritou Pino, de volta. — Eles queriam me salvar do *front* russo, então me alistei na OT, Organização Todt. Eles constroem coisas. Eu só dirijo para um oficial, estou esperando a guerra acabar.

— Quietos! — O pai deles entrou na sala. — Os sentinelas lá embaixo vão ouvir vocês!

— Isso é verdade, *papà*? — cochichou Mimo. — Pino usa um uniforme nazista para esperar a guerra acabar enquanto outras pessoas se oferecem para libertar a Itália?

— Eu não colocaria as coisas desse jeito — respondeu Michele —, mas, sim, sua mãe, tio Albert e eu achamos que seria melhor.

A confirmação não abrandou o segundo filho. Mimo olhou com repúdio para o irmão mais velho.

— Quem imaginaria? Pino Lella escolhendo a saída covarde.

O soco de Pino foi tão forte e tão rápido que fraturou o nariz de Mimo e o jogou no chão.

— Você não sabe o que está dizendo. Nem imagina.

— Parem com isso! — Michele se colocou entre os filhos. — Não bata mais nele!

Mimo olhou para o sangue em sua mão, depois encarou Pino, com desprezo.

— Pode me bater de novo, meu irmão nazista. É a única coisa que vocês, alemães, sabem fazer.

Pino queria esmurrar a cara do irmão enquanto contava a ele sobre as coisas que já tinha visto e feito em nome da Itália. Mas não podia.

— Acredite no que quiser — disse. E se afastou.

— *Kraut* — disse Mimo. — O menininho do Adolf vai estar são e salvo?

Tremendo, Pino trancou a porta do quarto. Depois, despiu-se, deitou-se e programou o despertador. Apagou a luz, sentiu os dedos doloridos do soco e ficou ali, pensando que a vida o golpeara de novo. Era isso que Deus queria para ele? Perder um herói, encontrar o amor e suportar o escárnio do irmão, tudo no mesmo dia?

Pela terceira noite seguida, o turbilhão mental se acalmou com lembranças de Anna, e ele adormeceu.

***

Quinze dias depois, um soldado da *Waffen-SS* chicoteava um bando de seis mulas que puxavam dois canhões pesados montanha acima. O chicote abria feridas nos flancos dos animais, e eles relinchavam de dor e medo, cravavam os cascos no chão e levantavam uma nuvem de poeira enquanto subiam os Apeninos ao norte da cidade de Arezzo, no centro da Itália.

— Ultrapasse-os e seja rápido, *Vorarbeiter* — ordenou o general Leyers, levantando o olhar do trabalho no banco de trás. — O cimento está correndo.

— *Oui, mon général* — respondeu Pino, passando pelas mulas e acelerando. Ele bocejou e bocejou de novo, tão cansado que poderia ter se deitado ali mesmo na lama e dormido.

O ritmo de trabalho e movimentação de Leyers era assombroso. Nos dias seguintes às execuções na *piazzale* Loreto, ele e Pino passaram catorze, quinze, dezesseis horas por dia na estrada. Leyers gostava de viajar à noite quando podia, com redutores de luz sobre os faróis. Pino tinha que se concentrar por horas a fio mantendo o Daimler na estrada só com feixes de luz para se orientar.

Quando passaram pelas pobres mulas, eram duas da tarde, e estava dirigindo desde antes do amanhecer. Estava ainda mais irritado porque a movimentação constante não deixava um momento sequer para ficar a sós com Anna desde que se beijaram na cozinha. Não conseguia parar de pensar nela, em como havia sido estar em seus braços, com os lábios nos dela. Ele bocejou, mas sorriu ao pensar nisso.

— Ali — disse o general Leyers, apontando pelo para-brisa para uma área acidentada e seca.

Pino continuou dirigindo o Daimler, até grandes pedras e saliências bloquearem o caminho.

— Agora seguimos a pé — avisou Leyers.

Pino desceu e abriu a porta de trás do carro. O general saiu e ordenou:

— Traga seu bloco de anotações e a caneta.

Pino olhou para a valise no banco de trás. Tinha a cópia da chave havia mais de uma semana, cortesia de um amigo de tio Albert, mas ainda não tivera chance de experimentá-la. Ele pegou o bloco e a caneta embaixo do mapa no porta-luvas.

Eles subiram andando por rochas e pedras soltas que rolavam entre seus pés. No topo da encosta, a vista era de um vale emoldurado por duas pontes compridas e conectadas que, no mapa, pareciam a garra aberta de um caranguejo. Ao sul, uma planície ampla era dividida entre fazendas e vinhedos. Ao norte, no topo da garra interna do caranguejo, um exército de homens trabalhava no calor desumano.

Leyers caminhou determinado pelo cume na direção deles. Pino seguiu o general, espantado com o número de homens na encosta da montanha. Eram tantos que pareciam formigas com o formigueiro aberto, passando umas sobre as outras.

Quanto mais se aproximavam, mais as formigas se tornavam humanos cinzentos e derrotados. Quinze mil escravos, talvez mais, misturavam, transportavam e despejavam cimento para ninhos de metralhadoras e plataformas de artilharia. Eles cavavam e plantavam armadilhas para tanque pelo vale. Estendiam arame farpado pelos flancos das colinas e usavam picaretas e pás para cavar buracos que seriam usados como esconderijos pela infantaria alemã.

Cada grupo de escravos tinha um soldado *Waffen-SS* que os fazia trabalhar mais rápido. Pino ouviu gritos e viu escravos surrados e chicoteados. Os que caíram no calor eram arrastados por outros escravos e abandonados à própria sorte, deitados sobre pedras, morrendo sob o sol inclemente.

Pino tinha impressão de que aquela era uma cena tão antiga quanto o tempo, uma atualização dos faraós que escravizaram gerações de homens para a construção de suas tumbas. Leyers parou em um mirante. Olhou para baixo, para os vastos batalhões de homens à disposição e, a julgar por sua expressão, não parecia se comover com o sofrimento.

Feitor de escravos do faraó, pensou.

Fora assim que Antonio, o guerrilheiro de Turim, se referira a Leyers.

O próprio feitor de escravos.

★ ★ ★

Um ódio renovado do general Leyers borbulhava em Pino. Era incompreensível, para ele, que um homem que lutara contra alguma coisa tão bárbara quanto a dizimação na San Vittore pudesse, em outro momento, comandar um exército de escravos sem a menor indicação de conflito interno ou desgosto. O rosto de Leyers não revelava nada enquanto ele observava as escavadeiras empilhando troncos e rochas nas encostas íngremes.

O general olhou para Pino, depois apontou para baixo.

— Quando os soldados aliados atacarem, esses obstáculos vão direcioná-los para nossas metralhadoras.

Pino assentiu, fingindo entusiasmo.

— *Oui, mon général.*

Eles caminharam por uma rede de ninhos de metralhadoras e instalações para canhões. Pino seguia Leyers e fazia anotações. Quanto mais andavam, quanto mais viam, mais seco e agitado o general ficava.

— Escreva — disse. — O cimento é inferior em muitos lugares. Provável sabotagem dos fabricantes italianos. A área mais elevada do vale não está completamente endurecida para a batalha. Informar Kesselring da necessidade de mais dez mil trabalhadores.

Dez mil escravos, pensou Pino, desgostoso, enquanto escrevia. *E não significam nada para ele.*

Depois, o general foi a uma reunião com o alto escalão da OT e oficiais do Exército Alemão, e Pino ouviu seus gritos e suas ameaças no interior de um *bunker* de comando. Quando a reunião terminou, ele viu os oficiais gritando com subordinados, que gritavam com os homens que comandavam. Era como ver uma onda crescer até atingir os soldados da *Waffen-SS*, que transferiam todo o peso das ordens de Leyers para os ombros dos escravos, chicoteando-os, chutando-os, usando todos os meios necessários para obrigá-los a trabalhar mais e mais depressa. As implicações eram claras para Pino. Os alemães esperavam os Aliados em breve.

O general Leyers ficou observando até parecer satisfeito com o ritmo renovado de trabalho; depois, disse a Pino:

— Terminamos por aqui.

Eles desceram a encosta. O general parava de vez em quando para avaliar o andamento do trabalho. Depois, seguia em frente, marchando como uma máquina implacável. Teria ele coração? Alma?

Estavam perto da trilha por onde voltariam ao Daimler, quando Pino viu um grupo de sete homens de cinza cavando e usando picaretas, quebrando pedra e argila sob os olhares atentos da SS. Alguns tinham uma expressão enlouquecida, como a de um cão raivoso que certa vez ele vira.

O escravo mais próximo de Pino estava acima dos outros na encosta, cavando com movimentos fracos. Ele parou e pôs as mãos sobre o cabo da ferramenta como se houvesse chegado ao limite. Um dos soldados da SS começou a gritar com ele e marchar pela encosta.

O escravo desviou o olhar e viu Pino parado ali, olhando para ele. Sua pele tinha a cor do sumo do tabaco pela exposição ao sol, e a barba era mais desgrenhada que na memória de Pino. Ele também havia emagrecido muito. Pino, porém, jurava que era Antonio, o escravo a quem dera água no túnel naquele primeiro dia de motorista de Leyers. Seus olhares se encontraram, e Pino sentiu pena e vergonha antes de o soldado da SS bater na cabeça do escravo com o cabo do rifle. Ele caiu e rolou pela encosta íngreme.

— *Vorarbeiter*!

Pino assustou-se e olhou para trás. O general Leyers estava a uns cinquenta metros de distância, olhando para ele.

Depois de olhar pela última vez para o escravo, agora imóvel, Pino correu atrás do general, pensando que Leyers era responsável. O general não havia ordenado a agressão, mas, em sua cabeça, Leyers era responsável por ela mesmo assim.

★ ★ ★

Havia escurecido quando Pino entrou na oficina de costura de tio Albert.

— Vi coisas ruins hoje — disse, emocionado. — E ouvi também.

— Conte tudo — pediu Albert.

Pino fez o melhor possível, descrevendo a cena com Leyers e como o soldado da SS matara Antonio por ter parado para descansar.

— São todos açougueiros, os SS — comentou tio Albert, erguendo os olhos de suas anotações. — Por causa do decreto de represália, agora há relatos diários de atrocidades. Em Sant'Anna di Stazzema, tropas da SS metralharam, torturaram e queimaram quinhentos e sessenta inocentes. Em Casaglia, mataram um padre no altar e mais três idosos durante a missa. Levaram mais cento e quarenta e sete guerrilheiros para o cemitério da igreja e abriram fogo com metralhadoras.

— O quê? — perguntou Pino, perplexo.

— E tem mais. No outro dia, em Bardine di San Terenzo, mais de cinquenta jovens italianos, como você, Pino, foram estrangulados com arame farpado e pendurados em árvores — disse tia Greta.

Pino odiava todos eles, cada nazista.

— É preciso impedi-los.

— Todos os dias mais gente se une na luta contra eles — contou tio Albert. — Por isso suas informações são tão importantes. Pode me mostrar em um mapa onde esteve?

— Já fiz isso — respondeu Pino, mostrando o mapa que o general mantinha no porta-luvas.

Ele o desdobrou sobre uma das mesas de corte e mostrou ao tio as marcas leves que fizera com lápis para indicar a localização de artilharia, ninhos de metralhadoras, arsenais e depósitos de armas que tinha visto durante o dia. Apontou para o local em que Leyers tinha empilhado os escombros para obrigar os Aliados a alterar seu curso e caminhar para as metralhadoras.

— Leyers disse que o concreto é inferior em toda essa área — comentou Pino, apontando o mapa. — Ele estava muito preocupado com isso. Os Aliados devem bombardear essa área primeiro, destruí-la antes de atacar no chão.

— Inteligente — reconheceu tio Albert, anotando longitude e latitude do local. — Vou passar essas informações. A propósito, aquele túnel que você visitou com Leyers, onde viu os escravos pela primeira vez, foi destruído ontem. Guerrilheiros esperaram até haver só alemães lá dentro e dinamitaram as duas bocas.

Isso fez Pino se sentir melhor. Estava fazendo diferença, realmente.

— Seria ótimo se eu visse o que há naquela valise — disse.

O tio respondeu:

— Tem razão. Enquanto isso não acontece, vamos providenciar uma pequena câmera para você.

Pino aprovou a ideia.

— Quem sabe que sou um espião?

— Eu, você e sua tia.

E Anna, pensou ele, mas disse:

— Os Aliados não sabem? Nem os guerrilheiros?

— Só conhecem você pelo codinome que forneci.

Pino gostou ainda mais da ideia.

— Sério? Qual é meu codinome?

— Observador. As informações são "Observador vê ninhos de metralhadoras nessa e naquela posição" e "Observador vê suprimentos para as tropas a caminho do sul". É deliberadamente brando. Assim, se os alemães interceptarem os relatórios, não terão nenhuma pista de sua identidade.

— Observador — repetiu Pino. — Simples e direto.

— Exatamente — concordou tio Albert, erguendo o corpo depois de estudar o mapa. — Pode dobrar o mapa, mas é melhor apagar as marcas de lápis antes.

★ ★ ★

Pino apagou os sinais e partiu pouco tempo depois. Com fome e cansado, caminhou para casa, mas não *via* Anna havia dias, então mudou de direção para ir ao apartamento de Dolly.

Assim que chegou lá, ele se perguntou por que tinha ido. Era quase hora do toque de recolher. E não podia simplesmente subir, bater na porta e pedir para vê-la, podia? O general ordenara que ele fosse para casa e dormisse.

Estava quase indo embora, quando se lembrou de Anna comentando que havia uma escada nos fundos, logo depois do quarto dela, além da cozinha. Ele contornou o prédio, grato pela luz da lua, e seguiu para onde achava que ficava o quarto de Anna e a janela, três andares acima. Estaria ela lá? Ou ainda estaria limpando a cozinha e lavando as roupas de Dolly?

Pino pegou um punhado de pedrinhas, inclinou o corpo para trás e arremessou-as juntas, decidindo que ou ela estava lá, ou não estava. Dez segundos passaram, depois mais dez. Ele estava quase indo embora, quando ouviu o ruído de uma janela.

— Anna! — chamou baixinho.

— Pino? — respondeu ela, em voz baixa.

— Deixe-me entrar pelos fundos.

— O general e Dolly estão aqui — retrucou ela, hesitante.
— Não vamos fazer barulho.
Houve uma longa pausa, depois ela disse:
— Preciso de um minuto.
Assim que ela abriu a porta de serviço, os dois subiram pela escada dos fundos, Anna na frente, parando de vez em quando para prestar atenção a possíveis ruídos. Finalmente, chegaram ao quarto dela.
— Estou com fome — sussurrou Pino.
Ela abriu a porta, empurrou-o para dentro e cochichou:
— Vou buscar alguma coisa para comer, mas você precisa ficar aqui e não pode fazer barulho.
Anna voltou com as sobras de joelho de porco e um prato de macarrão oriental frito que era o preferido do general. Pino comeu à luz de uma vela que Anna manteve acesa. Ela sentou-se na cama e, bebendo vinho, o viu comer.
— Isso deixa minha barriga feliz — comentou Pino, quando terminou a refeição.
— Que bom. Sou estudante da felicidade, sabe? É tudo o que quero, felicidade, todos os dias pelo resto da vida. Às vezes a felicidade vem para nós. Mas, normalmente, temos que procurá-la. Li isso em algum lugar.
— Isso é tudo o que você quer? Felicidade?
— O que pode ser melhor?
— Como você encontra a felicidade?
Anna fez uma pausa, depois disse:
— Você começa procurando à volta, olhando para as bênçãos que tem. Quando as encontra, agradece.
— O Padre Re diz a mesma coisa. Ele fala que temos que dar graças todos os dias, por pior que seja. E ter fé em Deus e em um amanhã melhor.
Anna sorriu.
— A primeira parte está certa. Não sei sobre a segunda.
— Por quê?
— Eu me decepcionei muitas vezes com relação a um amanhã melhor — disse ela; depois, o beijou.
Pino a tomou nos braços e correspondeu ao beijo.
Então, eles ouviram a discussão através das paredes. Leyers e Dolly.
— Por que estão brigando? — sussurrou Pino.
— Pelo mesmo motivo de sempre. A esposa dele em Berlim. E agora, Pino, você tem que ir.

— Mesmo?

— Vá embora agora — insistiu. Então, o beijou e sorriu.

★ ★ ★

No dia 1º de setembro de 1944, o Oitavo Exército Britânico penetrou as seções mais fracas da linha gótica nos limites da garra de caranguejo ao norte de Arezzo, depois seguiu para leste em direção à costa adriática. A luta se tornou feroz, parte das mais intensas da guerra na Itália depois de Monte Cassino e Anzio. Os Aliados dispararam mais de um milhão de tiros de canhão e morteiro contra todas as fortificações que os separavam da cidade costeira de Rímini.

Nove dias brutais mais tarde, o Quinto Exército dos Estados Unidos afastou os nazistas das terras altas no passo do Giogo, e os britânicos intensificaram o ataque no extremo leste da linha gótica. Os Aliados seguiam para o norte como uma pinça, tentando cercar o Décimo Exército Alemão, então recuado, antes que ele recuperasse a formação.

Pino e Leyers foram para a região mais alta perto de Torraccia, de onde viam a cidade de Coriano e as pesadas defesas alemãs em torno dela serem bombardeadas. Mais de setecentas bombas foram jogadas sobre a cidade antes de as forças de terra a atacarem. Depois de dois dias de horrendo combate, Coriano caiu.

Cerca de catorze mil soldados aliados e dezesseis mil alemães morreram na área em um período de duas semanas. Apesar do elevado número de baixas, as divisões alemãs de *Panzers* e infantaria conseguiram recuar e se reagrupar ao longo de uma nova linha de batalha a norte e noroeste. O restante da linha gótica de Leyers resistiu. Mesmo com as informações que Pino fornecia, o avanço aliado na Itália se reduziu novamente a um lento rastejar devido à perda de homens e suprimentos para a França e o *front* ocidental.

Mais tarde, ainda naquele mês, operadores de máquinas em Milão entraram em greve. Alguns sabotaram os equipamentos antes de deixar as fábricas. A produção de tanques parou.

O general Leyers levou dias para retomar o funcionamento de uma linha de montagem de tanques, só para ser informado no começo de outubro de que a fábrica da Fiat em Mirafiore estava prestes a entrar em greve. Eles seguiram diretamente para Mirafiore, distrito na periferia de Turim. Pino serviu de intérprete entre o general e a direção da fábrica em uma sala sobre a linha de montagem, que estava funcionando, ainda que lentamente. A tensão era grande.

— Preciso de mais caminhões — disse o general Leyers. — Mais carros blindados e mais peças para máquinas no campo.

Calabrese, o gerente da fábrica, era um homem gordo e suado, que vestia um terno. Ele não tinha medo de enfrentar Leyers.

— Meu pessoal não é escravo, general — respondeu Calabrese. — Eles trabalham para viver, precisam receber por isso.

— Eles serão pagos — garantiu Leyers. — Você tem minha palavra.

Calabrese deu um sorriso lento, nada convincente.

— Se fosse assim tão simples...

— Não ajudei vocês com a fábrica dezessete? — perguntou o general. — Tinha ordens para tirar todas as máquinas de lá e mandar para a Alemanha.

— Isso agora não importa, não é? A fábrica dezessete foi destruída por um ataque dos Aliados.

Leyers balançou a cabeça para Calabrese.

— Você sabe como funciona. Coçamos as costas um do outro, sobrevivemos.

— Se você diz, general — respondeu Calabrese.

Leyers deu um passo na direção do gerente da Fiat, olhou para Pino e disse:

— Lembre-o de que tenho poder para forçar cada homem daquela linha de montagem a se alistar na Organização Todt ou correr o risco de ser deportado para a Alemanha.

Calabrese endureceu e reagiu:

— Escravidão, você quer dizer?

Pino hesitou, mas traduziu.

— Se for necessário — confirmou Leyers. — Você escolhe se a fábrica fica nas suas mãos ou nas minhas.

— Preciso de alguma garantia, além de sua palavra, de que seremos pagos.

— Você entende meu título? Meu cargo? Eu decido o número de tanques que serão produzidos. Eu decido o número de calças que serão costuradas. Eu...

— Você trabalha para Albert Speer — interrompeu o gerente da fábrica. — Tem a autoridade dele. Ligue para ele. Speer. Se seu chefe puder me dar garantias, então veremos.

— Speer? Acha que aquele bunda mole é meu chefe? — O general reagiu insultado antes de pedir para usar o telefone do gerente da Fiat. A ligação durou vários minutos, durante os quais ele teve uma agitada discussão em alemão, antes de baixar a cabeça e dizer: — *Jawohl, mein Führer.*

* * *

Pino estava atento ao general, como todos os homens na sala, enquanto Leyers continuava falando ao telefone em alemão. Cerca de três minutos depois do início da conversa, ele afastou o fone da orelha.

A voz de Adolf Hitler ecoou furiosa na sala.

Leyers olhou para Pino, sorriu com frieza e disse:

— Diga ao sr. Calabrese que o *Führer* gostaria de dar a ele sua garantia pessoal de pagamento.

Calabrese parecia preferir segurar um fio elétrico desencapado a pegar o telefone, mas o aceitou e segurou o fone alguns centímetros distante da cabeça. Hitler continuava em plena fúria oratória, soando como se alguém o rasgasse por dentro, provavelmente espumando pela boca. O suor cobria a testa do gerente da Fiat. As mãos dele começaram a tremer, e sua determinação desapareceu.

Ele devolveu o fone a Leyers e falou para Pino:

— Diga a ele para informar a *Herr* Hitler que aceitamos suas garantias.

— Escolha inteligente — disse Leyers; depois, voltou ao telefone adotando uma voz mais tranquila. — *Ja, mein Führer. Ja. Ja. Ja.*

Passados alguns instantes, ele desligou o telefone.

Calabrese desabou na cadeira, o terno encharcado de suor. Quando desligou o telefone, o general Leyers olhou para o gerente e disse:

— Entendeu agora quem eu sou?

O gerente da Fiat não olhava para Leyers e não respondeu. Só balançou a cabeça com um movimento fraco.

— Muito bem — concluiu o general. — Espero relatórios de produção duas vezes por semana.

Leyers entregou a valise a Pino, e eles partiram.

Estava escurecendo, mas a temperatura ainda era alta e agradável.

— Para o apartamento de Dolly — disse o general, ao entrar no Daimler. — E sem falar. Preciso pensar.

— *Oui, mon général* — respondeu Pino. — Quer a capota abaixada ou levantada?

— Abaixada. Gosto do ar fresco.

Pino pegou os protetores de farol e os encaixou antes de ligar o motor do Daimler e partir na direção leste, para Milão, contando apenas com duas frestas de luz para mostrar o caminho. Em uma hora, a lua surgiu grande e cheia no céu, espalhando uma luminosidade branda pela paisagem e facilitando a tarefa de seguir a rota.

— É uma lua azul — comentou Leyers. — A primeira de duas luas cheias no mesmo mês. Ou é a segunda? Nunca lembro.

Era a primeira vez que o general falava desde que deixaram Turim.

— Eu vejo a lua amarela, *mon général*.

— O termo não tem relação com a cor, *Vorarbeiter*. Normalmente em uma estação, o outono, neste caso, temos três meses e três luas cheias. Neste ano, nesta noite, agora, há uma quarta lua cheia no ciclo de três meses, duas em um mês. Os astrônomos a chamam de "lua azul" por ser uma ocorrência rara.

— *Oui, mon général.* — Pino dirigia por um longo trecho plano e olhava para a lua que se erguia sobre o horizonte como um presságio.

Quando chegaram a uma parte da estrada que era flanqueada dos dois lados por árvores altas, bem espaçadas, e campos além delas, Pino não pensava mais na lua. Pensava em Adolf Hitler. Seria mesmo o *Führer* ao telefone? A loucura na voz combinava com Hitler. E aquela pergunta que Leyers tinha feito ao gerente da Fiat, *entendeu agora quem eu sou?*

Pino olhou rapidamente para a silhueta de Leyers no banco de trás e respondeu, em pensamento: *Não sei quem você é, mas sei para quem trabalha, com certeza.*

Mal concluíra o pensamento, percebeu atrás deles, a oeste, o ruído de um motor de grande porte. Olhou pelo retrovisor e pelos espelhos laterais, mas não viu frestas de luz que indicassem um veículo se aproximando. O barulho ficou mais forte.

Pino olhou outra vez, viu o general olhar para trás, e depois alguma coisa além dele, algo grande sobre as árvores. A lua iluminou as asas e depois o nariz de um caça, cujo motor agora rugia, na direção deles.

* * *

Pino pisou no freio do Daimler. Eles derraparam. O caça passou por cima deles como a sombra de uma ave noturna, antes de o piloto engatilhar as metralhadoras e picotar a estrada na frente do carro.

Os tiros pararam. O caça ganhou altitude e desviou à esquerda de Pino, depois desapareceu atrás das copas das árvores.

— Segure-se, *mon général*! — gritou Pino, engatando a marcha à ré. Ele recuou, virou o volante para a direita, se aproximou do acostamento e engatou a primeira, apagou os faróis e pisou no acelerador.

O Daimler desceu pela valeta, subiu pelo outro lado e passou por um vão entre as árvores, entrando em um campo que parecia ter sido arado recentemente. Pino seguiu em frente até se aproximar da base de um aglomerado de árvores, parou e desligou o motor.

— Como você...? — disse Leyers, apavorado. — O que você...?

— Escute — sussurrou Pino. — Ele está voltando.

O caça se aproximava da estrada como da primeira vez, vindo do oeste, como se pretendesse alcançar o carro oficial e destrui-lo por trás. Em meio aos galhos, Pino não conseguiu enxergá-lo por vários segundos, mas depois o grande pássaro prateado passou por eles e subiu, sua silhueta recortada contra a mais rara das luas.

Pino viu os círculos brancos com centros na fuselagem e disse:

— É britânico.

— É um *Spitfire*, então — respondeu Leyers. — Com metralhadoras Browning .303.

Pino ligou o Daimler, esperou, ouviu, observou. O caça agora fazia uma curva mais fechada, voltava sobre o bosque de árvores mais próximo, seiscentos metros à frente deles.

— Ele sabe que estamos em algum lugar por aqui — comentou Pino; em seguida, compreendeu que a lua devia brilhar no capô e no para-brisa do carro oficial.

Ele engatou a marcha, tentou enfiar a parte esquerda do painel frontal no espinheiro denso que crescia em torno da vegetação e parou quando o avião estava a duzentos metros do bosque. Pino baixou a cabeça, sentiu o caça passar sobre eles e seguir em frente.

O Daimler mascava o solo, ganhava velocidade, arrancava torrões de terra e raízes do campo arado. Pino olhava para trás a todo instante, perguntando-se se o avião passaria pela terceira vez. Perto do canto mais afastado do campo, passou novamente entre as árvores do pequeno bosque, com a frente do carro voltada para o acostamento dentro da vala ao lado da estrada.

Ele desligou o motor pela segunda vez e ouviu. O avião era um zumbido distante, apagado. O general Leyers começou a rir, depois bateu no ombro de Pino.

— Você é um mestre no jogo de gato e rato! — disse. — Eu não teria pensado em nada disso, mesmo que não fosse alvo dos tiros.

— *Merci, mon général!* — agradeceu Pino, sorrindo ao ligar o Daimler e seguir viagem na direção leste.

Logo, porém, ele vivia um conflito. Por um lado, estava espantado por ter gostado de receber um elogio do general. Por outro, havia sido esperto e habilidoso, não? Certamente superara a inteligência do piloto britânico. Gostava disso.

Vinte minutos mais tarde, chegaram ao alto da colina com a lua cheia diante deles. Surgindo do nada no céu noturno, o *Spitfire* atravessou na frente da lua e voou na direção do carro. Pino pisou nos freios. Pela segunda vez, o Daimler derrapou com a brecada brusca dos eixos.

— Corra, *mon général*!

Antes de o carro parar completamente, Pino saltou, correu desequilibrado e mergulhou na vala, ao mesmo tempo que o *Spitfire* abria fogo e despejava uma chuva de balas de metralhadora sobre o macadame.

Ao cair na vala, Pino sentiu que o ar era expulso de seu corpo enquanto as balas atingiam o metal e quebravam os vidros. Fragmentos atingiram suas costas, e ele se encolheu, protegendo a cabeça e tentando respirar.

O tiroteio parou, e o *Spitfire* partiu para o oeste.

20

Quando o avião era só um zumbido distante e ele conseguiu respirar, Pino sussurrou na escuridão:

— *Mon général?*

Nenhuma resposta.

— *Mon général?*

Nenhuma resposta. Estaria morto? Pino achava que ficaria feliz com essa possibilidade, mas nesse momento viu o lado negativo dos fatos. Sem Leyers, não haveria mais espionagem. Não mandaria mais informações para o...

Ele ouviu um movimento, depois um gemido.

— *Mon général?*

— Sim — respondeu Leyers, fraco. — Aqui. — Ele estava atrás de Pino, fazendo esforço para sentar-se. — Acho que perdi os sentidos. A última coisa de que me lembro é pular na vala e... O que aconteceu?

Pino contou ao general enquanto o ajudava a subir no acostamento. O Daimler tossia, ameaçava morrer, mas continuava ligado. Pino o desligou, e o motor mergulhou num silêncio misericordioso. Ele pegou a lanterna e a caixa de ferramentas no porta-malas. Acendeu a lanterna e apontou o feixe para o veículo, com o general Leyers boquiaberto ao lado. Balas haviam rasgado o automóvel da frente até a traseira; do capô, saía fumaça. A metralhadora também havia estourado o para-brisa, perfurado os assentos da frente e de trás e aberto mais buracos no porta-malas. O pneu dianteiro direito estava murcho. O esquerdo traseiro também.

— Consegue me ajudar com isso, *mon général?* — perguntou Pino, oferecendo a lanterna.

Leyers olhou com ar confuso por um instante, depois a pegou.

Pino levantou o capô e viu que o motor havia sido alvejado cinco vezes, mas as balas leves da .303 não tinham o impacto necessário, depois de perfurarem o capô, para causar grande dano. Um cabo de vela de ignição rompera. Outro parecia prestes a se partir. E havia um buraco no alto do radiador. Com exceção desses problemas, porém, a fábrica de energia, como Alberto Ascari gostava de chamar o motor, parecia se manter funcional.

Pino usou uma faca para desencapar e unir os dois pedaços do cabo de vela da ignição e usou esparadrapo para isolá-lo e reforçar o cabo ameaçado. Ele pegou o kit do estepe, encontrou remendos e cola para borracha e os usou para selar os dois lados do furo no radiador. Depois, tirou o pneu murcho dianteiro e o trocou pelo direito do terceiro eixo. O pneu traseiro murcho foi removido e substituído. Quando Pino ligou o carro, o motor ainda apresentava irregularidade, mas não tossia mais nem cuspia fumaça como um velho fumante.

— Acho que ele nos leva de volta a Milão, *mon général*, mas, além disso, quem sabe?

— Além de Milão não interessa — respondeu Leyers, que já parecia mais firme e lúcido quando se sentou no banco traseiro. — O Daimler é um alvo muito visível. Vamos trocar de carro.

— *Oui, mon général* — disse Pino, tentando sair com o carro.

Ele deu um solavanco e morreu. Pino tentou de novo, acelerou mais forte e conseguiu fazer o veículo andar. Sobre quatro rodas, em vez de seis, o Daimler não tinha mais a mesma estabilidade, e eles seguiram em frente aos trancos, derrapando pela estrada. Em segunda. Ele teve que acelerar o máximo a que se atrevia para engatar a terceira, mas, quando atingiram velocidade suficiente, a vibração diminuiu um pouco.

Oito quilômetros à frente, o general Leyers pediu a lanterna, abriu a valise e tirou uma garrafa de dentro dela. Removeu a tampa, bebeu um gole e a ofereceu por cima do encosto do banco.

— Pegue — disse. — Uísque escocês. Você merece. Salvou minha vida.

Pino não *via* as coisas desse jeito, então disse:

— Fiz o que qualquer um teria feito.

— Não — protestou Leyers, com uma risada abafada. — Muitos homens teriam ficado sem ação, dirigido de encontro às metralhadoras e morrido. Mas você... Você não teve medo. Não perdeu a lucidez. Você é o que eu costumava chamar de "jovem homem de ação".

— Gosto de pensar que sim, *mon général*. — Mais uma vez, Pino se sentiu bem com o elogio e aceitou a garrafa para beber um gole. O líquido se espalhou quente em seu estômago.

Leyers pegou a garrafa de volta.

— É o suficiente para você até Milão.

O general riu. Pino ouviu o general beber mais alguns goles de uísque em meio às vibrações do Daimler.

Leyers riu, com tristeza.

— Às vezes, *Vorarbeiter* Lella, você me lembra alguém. Duas pessoas, na verdade.

— *Oui, mon général?* Quem?

O nazista ficou quieto, bebeu mais um gole, depois disse:

— Meu filho e meu sobrinho.

Pino não esperava por isso.

— Não sabia que tinha filho, *mon général* — respondeu e olhou pelo espelho, embora visse apenas a sugestão do homem nas sombras do banco de trás.

— Hans-Jürgen. Está com quase dezessete anos. Inteligente. Tem muitas habilidades, como você.

Pino não sabia exatamente como reagir, por isso disse:

— E seu sobrinho?

Houve outro momento de silêncio antes de Leyers suspirar e responder:

— Wilhelm. Willy, era assim que o chamávamos. Filho de minha irmã. Serviu sob o comando do marechal de campo Rommel. Morreu em El Alamein. — Outra pausa. — Por alguma razão, minha irmã me culpa pela perda do único filho.

Pino ouviu a dor na voz de Leyers e disse:

— Lamento, *mon général*. Seu sobrinho serviu com Rommel, a raposa do deserto.

— Willy era um jovem de ação. — O general concordou, com voz rouca, antes de beber mais um gole. — Era um líder que foi de encontro ao perigo. E perdeu a vida aos vinte e oito anos, no meio de um deserto egípcio infestado de moscas.

— Willy dirigia um tanque?

Leyers pigarreou, antes de dizer:

— Com a Sétima dos *Panzers*.

— A divisão fantasma.

O general Leyers inclinou a cabeça.

— Como sabe essas coisas?

Pela BBC, pensou Pino, mas decidiu que a resposta não seria adequada.

— Eu leio todos os jornais. E tinha um boletim no cinema.

— Ler jornais. Coisa rara para alguém tão jovem. Hans-Jürgen e Willy liam o tempo todo, principalmente o caderno de esportes. Costumávamos assistir aos jogos juntos. Willy e eu vimos Jesse Owens correr nos Jogos Olímpicos de Berlim. O *Führer* ficou furioso naquele dia, quando um negro superou nosso melhor corredor. Mas Jesse Owens? *Vorarbeiter*, aquele negro tinha um físico genial. Willy vivia dizendo isso... e estava certo.

Ele ficou em silêncio ponderando, lembrando, lamentando.

— Tem outros filhos? — perguntou Pino, finalmente.

— Uma filha, Ingrid — respondeu o general, com alegria renovada.

— Onde estão Hans-Jürgen e Ingrid?

— Em Berlim. Com minha esposa, Hannelise.

Pino assentiu e concentrou-se em dirigir, enquanto o general Leyers continuava bebendo o uísque num ritmo lento, mas constante.

— Dolly é uma amiga querida — anunciou o general Leyers algum tempo depois. — Eu a conheço há muito tempo, *Vorarbeiter*. Gosto muito dela. Devo muito a ela. Cuido e cuidarei sempre dela. No entanto, um homem como eu não abandona a esposa para se casar com uma mulher como Dolly. Seria como um bode velho tentando enjaular uma tigresa em seu apogeu.

Ele riu com admiração e alguma amargura antes de beber mais um pouco.

Pino estava chocado por Leyers desabafar com ele desse jeito depois de oito semanas de frieza e apesar da diferença de posição e idade. Queria, porém, que o general continuasse falando. Ele poderia deixar escapar alguma coisa.

Leyers ficou em silêncio e bebeu mais uísque.

— *Mon général?* — disse Pino, com firmeza. — Posso fazer uma pergunta?

Leyers respondeu, com a voz meio pastosa:

— O quê?

Pino reduziu a velocidade em um cruzamento, fez uma careta quando o motor do carro tossiu, depois olhou pelo retrovisor antes de falar:

— É verdade que trabalha para Adolf Hitler?

O silêncio de Leyers se estendeu por uma eternidade. Depois, ele respondeu com a voz ainda mais pastosa:

— Muitas, muitas vezes, *Vorarbeiter*, sentei-me à esquerda do *Führer*. As pessoas dizem que há uma ligação entre nós, porque meu pai e o dele trabalharam como inspetores da alfândega. Há isso. Mas sou um homem que faz as coisas, um homem com quem contar. E Hitler respeita isso. Respeita, mas...

Pino olhou pelo espelho e viu o general bebendo mais um pouco.

— Mas...? — insistiu.

— Mas é bom que eu esteja na Itália. Se você fica muito perto de alguém como Hitler, um dia se queima. Por isso, fico longe. Faço meu trabalho. Conquisto o respeito dele, e nada mais. Entende?

— *Oui, mon général.*

Quatro ou cinco minutos se passaram, então o general Leyers bebeu mais um gole e disse:

— Sou engenheiro, *Vorarbeiter*. Fiz doutorado. Desde o início, quando era jovem, trabalhei para o governo na área de armamentos, consegui contratos. Milhões e milhões de coroas. Aprendi a negociar com homens importantes, industriais como Flick e Krupp. E, por causa disso, homens como eles me devem favores. — Leyers fez uma pausa antes de prosseguir. — Vou lhe dar um conselho, *Vorarbeiter*. Um conselho que pode mudar sua vida.

— *Oui, mon général?*

— Faça favores. Isso ajuda muito. Quando presta favores a outros homens, quando cuida para que outros prosperem, eles ficam em dívida com você. A cada favor, você se torna mais forte, tem mais apoio. É uma lei da natureza.

— É?

— Sim — confirmou Leyers. — Desse jeito, você nunca erra, porque vai haver situações em que você vai precisar de um favor, e ele vai estar bem ali, esperando para socorrer. Essa prática me salvou várias vezes.

— Vou manter isso em mente.

— Você é esperto, como Hans-Jürgen — disse o general, que depois riu. — Uma coisa simples, muito simples, essa de fazer favores, mas, por causa dela, eu vivia bem antes de Hitler, vivi bem sob o comando de Hitler, e sei que vou viver bem depois que ele se for.

Pino olhou pelo retrovisor e viu a silhueta escura de Leyers, que esvaziava a garrafa de uísque.

— Um último conselho de um homem mais velho que a idade que tem?

— *Oui, mon général?*

— Nunca queira ser o líder absoluto no jogo da vida, o homem da frente, o que todo mundo vê e olha. Foi aí que meu pobre Willy errou. Ele tomou a frente, ficou sob o holofote. Sabe, *Vorarbeiter*, no jogo da vida, é sempre preferível ser um homem das sombras, e até da escuridão, se necessário. Assim, você comanda as coisas, mas nunca, jamais é visto. Você é como um... fantasma da ópera. É como...

A garrafa de uísque caiu no chão. O general resmungou um palavrão. Um momento mais tarde, com os braços em torno da valise, usando-a como travesseiro, começou a bufar, engasgar, roncar e peidar.

* * *

Quando chegaram ao prédio de Dolly, era quase meia-noite. Pino deixou o general comatoso no Daimler e manteve o motor ligado por medo de não conseguir ligá-lo nunca mais. Ele correu pelo saguão, passou pelo banquinho vazio onde a velha ficava e subiu a escada para o apartamento. Anna só abriu a porta quando ele bateu pela terceira vez.

De camisola e robe, parecia cansada e adorável.

— Preciso falar com Dolly — disse Pino.

— O que aconteceu? — perguntou Dolly, surgindo em uma camisola preta e dourada.

— O general — disse Pino. — Ele...

— ... bebeu demais? — completou o general Leyers, passando pela porta aberta com a valise na mão. — Bobagem, *Vorarbeiter*. Vou tomar mais um drinque, e você também vai. Quer um, Dolly?

Pino olhou para Leyers como se fosse Lázaro ressuscitado. Quando o general passou por ele, cheirava a álcool, os olhos pareciam sangrar, mas ele não falava enrolado nem cambaleava.

— O que estamos comemorando, Hans? — perguntou Dolly, animada.

Anna havia comentado que ela estava sempre pronta para uma festa.

— A lua azul — respondeu o general, deixando a valise no chão. Ele a beijou com desejo antes de passar o braço sobre seus ombros e olhar para Pino. — E estamos comemorando o fato de *Vorarbeiter* Lella ter salvado minha vida. Isso merece um drinque!

Ele girou Dolly pelo canto da sala de estar.

Anna olhou para Pino com um sorriso confuso.

— É verdade?

— Eu me salvei — sussurrou Pino. — Ele pegou carona.

— *Vorarbeiter*! — gritou Leyers, do outro lado da sala. — Um drinque! E a bela Anna também!

Quando eles entraram na sala, o general estava radiante e distribuía copos de uísque. Dolly já bebia o dela. Pino não sabia como Leyers ainda estava em pé, mas o general tomou um gole da bebida e deu início a uma descrição minuciosa do que chamou de "duelo da lua azul entre o sorrateiro piloto no *Spitfeiter* e o ousado *Vorarbeiter* no Daimler".

Dolly e Anna estavam sentadas na beirada da cadeira quando Leyers relatou o retorno final do *Spitfire*, a freada brusca de Pino e seu grito para ele correr. Então, as metralhadoras e a quase destruição do Daimler.

No fim da história, o general Leyers levantou o copo e disse:

— A *Vorarbeiter* Lella, a quem devo um ou dois favores.

Dolly e Anna aplaudiram. Pino ficou vermelho com a atenção, mas sorriu e também levantou o copo.

— Obrigado, general.

Alguém bateu na porta do apartamento. Forte. Anna deixou o copo e foi ver quem era. Pino a acompanhou.

Quando a criada abriu a porta, a velha, que era porteira do prédio, estava do outro lado, com uma camisola velha, segurando um lampião com uma vela.

— Os vizinhos não conseguem dormir com toda essa confusão — avisou, piscando por trás das lentes dos óculos. — Tem um caminhão ou alguma coisa com o motor ligado na rua, e vocês aqui bêbados no meio da noite!

— Eu esqueci — disse Pino. — Já vou descer e desligar o carro.

Dolly e Leyers surgiram no começo do corredor.

— O que está acontecendo? — perguntou Dolly.

Anna explicou, e Dolly disse:

— Vamos todos dormir, *signora* Plastino. Desculpe se a acordamos.

A velha bufou e, ainda indignada, virou-se levantando a vela, arrastando a bainha imunda da camisola e descendo, com cuidado, a escada. Pino a seguiu, mantendo uma distância segura.

Depois que desligou o motor do carro e voltou e após o general Leyers, muito bêbado, e Dolly irem para o quarto, ele finalmente ficou sozinho com Anna na cozinha.

Ela esquentou linguiça, brócolis e alho e serviu uma taça de vinho para cada um. Depois, sentou-se diante dele, o queixo apoiado na mão, e fez perguntas sobre o caça e a sensação de ser alvo de tiros, de ter alguém tentando matá-lo.

— Foi assustador — respondeu Pino, depois de pensar por um momento entre bocados da deliciosa comida. — Mas fiquei com mais medo depois, quando parei para pensar em tudo. Tudo aconteceu muito depressa, sabe?

— Não. E não quero saber, na verdade. Não gosto de armas.

— Por quê?

— Elas matam pessoas e eu sou uma pessoa.

— Muitas coisas matam pessoas. Tem medo de escalar montanhas?

— Sim. Você não tem?

— Não. — Pino bebeu um pouco de vinho. — Adoro escalar e esquiar.

— E duelar com aviões?

— Quando é necessário — confirmou e riu. — Está uma delícia. Você é realmente uma ótima cozinheira.

— Antiga receita de família. E obrigada — respondeu Anna, girando os ombros para a frente e estudando seu rosto. — Você é cheio de surpresas.

— Sou? — Pino empurrou o prato vazio.

— Acho que as pessoas o subestimam.
— Que bom.
— É sério. Eu subestimei.
— É mesmo?
— Sim. Estou orgulhosa de você, só isso.
Isso o fez corar.
— Obrigado.
Anna continuou olhando para ele por vários e longos instantes, e Pino se sentiu mergulhando naqueles olhos, como se criassem um mundo próprio.
— Acho que nunca conheci ninguém como você — disse ela, por fim.
— Espero que não. Quer dizer, isso é bom, não é?
Anna encostou na cadeira.
— Bom e assustador ao mesmo tempo, para ser honesta.
— Eu assusto você? — Ele franziu a testa.
— Bem, sim, de certa forma.
— De que forma?
Ela desviou o olhar, deu de ombros.
— Você me faz querer que eu fosse diferente, melhor. Mais nova, pelo menos.
— Gosto de você como é.
Anna o encarou, em dúvida. Pino estendeu a mão para ela. Anna olhou para a mão dele por um momento, depois sorriu e a segurou.
— Você é especial — disse Pino. — Para uma fantasia, quero dizer.
O sorriso de Anna tornou-se mais largo, e ela se levantou e foi sentar-se no colo dele.
— Mostre-me que sou realmente especial. — Anna o beijou.
Quando o beijo terminou, eles encostaram as testas e entrelaçaram os dedos. Pino falou:
— Você sabe segredos que podem provocar minha morte, mas eu sei muito pouco sobre você.
Depois de vários momentos, Anna tomou uma decisão e pôs a mão sobre o coração.
— Vou lhe contar sobre uma de minhas cicatrizes. Uma antiga.
Anna contou que sua primeira infância foi mágica. O pai, um pescador comercial e nativo de Trieste, era dono de um barco. A mãe era da Sicília, supersticiosa, mas boa mãe, amorosa. Eles moravam em uma bela casa perto da marina e tinham boa comida à mesa. Devido a uma série de abortos espontâneos, Anna era filha

única e objeto de dedicação dos pais. Ela adorava ficar na cozinha com a mãe. Adorava ficar no barco com o pai, especialmente no dia de seu aniversário.

— Papai e eu saíamos para o Adriático antes do amanhecer — disse Anna. — Seguíamos para oeste na escuridão por vários quilômetros. Depois, ele virava o barco para o leste e me deixava assumir o leme. Eu dirigia para o nascer do sol. Adorava aquilo.

— Quantos anos você tinha?

— Ah, acho que uns cinco na primeira vez.

Em seu aniversário de nove anos, Anna e o pai levantaram cedo. Estava chovendo e ventando, por isso não haveria viagem para o nascer do sol, mas ela quis ir mesmo assim.

— E nós fomos — contou. Anna ficou em silêncio, depois pigarreou. — A tempestade piorou. Piorou muito. Meu pai pôs um colete salva-vidas em mim. Éramos atingidos por ondas grandes e acabamos ficando de lado para elas. Uma onda grande virou o barco e nos jogou no mar. Fui resgatada mais tarde por outros pescadores de Trieste. Meu pai nunca fui encontrado.

— Ai, meu Deus. Isso é horrível.

Anna assentiu. As lágrimas escorriam de seus olhos e pingavam no peito.

— A história com minha mãe é pior, mas ela é uma cicatriz para outra ocasião. Tenho que dormir. E você precisa ir embora.

— De novo?

— Sim — disse ela, sorrindo antes de beijá-lo mais uma vez.

Embora quisesse desesperadamente ficar, Pino se sentia feliz quando saiu do apartamento de Dolly, por volta das duas da manhã. Odiou ver o rosto de Anna desaparecer quando ela fechou a porta, mas adorava saber que ela esperava ansiosa para vê-lo de novo.

Lá embaixo, o saguão e o banquinho da velha estavam vazios. Ele saiu e olhou os buracos de bala no Daimler, tentando entender como haviam sobrevivido. Iria para casa e dormiria; de manhã, encontraria o tio. Tinha muito que contar.

★ ★ ★

Na manhã seguinte, enquanto tia Greta cortava e torrava o pão que comprara depois de horas na fila do racionamento, tio Albert fazia anotações ao escutar Pino relatar tudo o que tinha acontecido com ele desde que conversaram pela última vez. Ele concluiu a história com o general Leyers se embriagando.

Tio Albert ficou ali, sentado por alguns momentos, depois perguntou:

— Quantos caminhões e carros blindados você disse que saíam das linhas da Fiat todos os dias?

— Setenta. Não fosse pela sabotagem, seriam mais.

— Bom saber — comentou, enquanto escrevia.

Tia Greta pôs torrada, manteiga e um potinho de geleia sobre a mesa.

— Manteiga e geleia! — exclamou tio Albert. — Onde conseguiu isso?

— Todo mundo tem seus segredos — respondeu ela, sorrindo.

— Até o general Leyers, parece — disse tio Albert.

— Especialmente o general Leyers — confirmou Pino. — Sabia que ele se reporta diretamente a Hitler? E que sentou-se à esquerda do *Führer* em reuniões?

O tio balançou a cabeça.

— Leyers é mais poderoso do que pensávamos, e é por isso que eu adoraria ver o que tem naquela valise.

— Ele a mantém sempre perto ou onde sentiria falta.

— Mas deixa pistas. Ele passou a maior parte da semana lidando com greves e sabotagens, o que me diz que greves e sabotagens estão funcionando. E isso me diz que precisamos de mais sabotagem nas fábricas. Vamos quebrar a engrenagem nazista, dente por dente.

— Os alemães também enfrentam problemas de pagamento. A Fiat trabalha com a garantia de Hitler de que haverá pagamento, não com dinheiro.

Tio Albert estudou Pino, pensou no que tinha ouvido.

— Escassez — disse, finalmente.

— O quê? — perguntou tia Greta.

— As filas de alimentos estão ficando piores, não estão?

Ela assentiu.

— Maiores a cada dia. Para quase tudo.

— Vai ficar muito pior — avisou o marido. — Se os nazistas não têm dinheiro para pagar, a economia deles está começando a afundar. Logo vão tomar cada vez mais das nossas lojas e isso vai causar mais escassez e mais miséria para todos em Milão.

— Você acha? — perguntou tia Greta, segurando o avental e com evidente preocupação.

— A escassez não é necessariamente ruim no longo prazo. Mais miséria, mais sofrimento, isso significa que mais gente vai estar disposta a lutar até o último alemão ser morto ou expulso da Itália.

***

No meio de outubro de 1944, os eventos começavam a provar que tio Albert estava certo.

Pino dirigia o carro novo do general Leyers, um Fiat sedã com quatro portas, rumo ao sudeste de Milão. Era uma bela manhã de outono, tempo de colheita no vale do rio Pó. Homens usavam foices no campo de trigo e colhiam a produção de canteiros, bosques e pomares. Leyers estava sentado no banco de trás, como de costume, com a valise aberta e os relatórios no colo.

Desde que sobreviveram ao ataque, Leyers era mais cordial com Pino, mas não mostrava tanto da empatia e da franqueza que havia exibido naquela noite. Por outro lado, Pino não o viu beber nem mais um gole. Ele seguia as orientações do general, e em uma hora chegaram a um grande prado na área rural. Cinquenta caminhões alemães estavam estacionados ali, ao longo de tanques *Panzer*, carros blindados e setecentos ou oitocentos soldados, um batalhão inteiro. A maioria era da Organização Todt, mas havia uma companhia inteira de soldados da SS atrás deles.

O general Leyers saiu do carro, o rosto duro. Ao vê-lo, todo o batalhão entrou em posição de sentido. Leyers foi recebido por um tenente-coronel que o levou a uma pilha de caixotes de armas. Leyers subiu nos caixotes e começou a falar rapidamente, em alemão.

Pino pegava uma ou outra palavra ou frase, algo sobre a pátria e as necessidades dos alemães, mas o que quer que ele estivesse dizendo certamente reanimou as tropas. Eles estavam eretos, os ombros para trás, hipnotizados pelo general que os exortava.

O general Leyers terminou seu discurso gritando alguma coisa sobre Hitler, depois estendeu o braço para a frente e para cima na saudação nazista.

— *Sieg heil!* — gritou.

— *Sieg heil!* — retumbaram, em resposta.

Pino ficou ali parado, confuso com o medo que crescia dentro dele. O que Leyers havia dito às tropas? O que estava acontecendo?

O general entrou com vários oficiais em uma tenda. Os oitocentos soldados subiram em metade dos caminhões e deixaram os outros vazios. Os motores a diesel ganharam vida. Os veículos começaram a serpentear para fora do prado, um caminhão cheio seguido por outro vazio. Algumas duplas foram para o norte ou para a estrada rural, e o restante seguiu para o sul, se afastando como elefantes de guerra em uma parada.

Leyers saiu da tenda. Seu rosto não revelava nada quando ele se acomodou no banco de trás do Fiat e disse a Pino para seguir na direção sul pelo vale do

Pó, um lugar tão fértil quanto podia haver. Três quilômetros depois de começar a dirigir, Pino viu uma menina, com um silo de grãos, sentada na entrada de uma pequena fazenda. Ela soluçava. A mãe estava na varanda da frente, com o rosto entre as mãos.

Não muito longe da estrada, Pino viu um homem caído com o rosto na terra e a camiseta branca manchada pelo sangue que secava. Ele olhou pelo retrovisor. Se Leyers tinha visto alguma coisa, não reagia. Mantinha a cabeça baixa. Estava lendo.

A estrada descia para o leito de um riacho e subia para uma larga planície com campos colhidos dos dois lados. Menos de um quilômetro adiante, um pequeno assentamento de casas ocupava o terreno ao lado de um grande silo feito de pedra.

Caminhões alemães estavam estacionados na estrada e nos campos. Pelotões de soldados da *Waffen-SS* conduziam pessoas para os pátios na frente, talvez vinte e cinco delas, e as forçavam a ajoelhar com os dedos entrelaçados sobre a parte de trás da cabeça.

— *Mon général?* — disse Pino.

No assento traseiro, Leyers levantou a cabeça, falou um palavrão e ordenou que ele parasse. O general desceu do carro e gritou com os homens da SS. O primeiro soldado Todt apareceu com uma grande saca de grãos sobre os ombros. Outros surgiram atrás dele, vinte, talvez mais, carregando mais sacas.

A SS reagiu a alguma coisa que Leyers disse, e as famílias receberam ordens para ficar em pé e depois se sentarem em grupos, de onde viam seus grãos, seu meio de subsistência, sua sobrevivência, serem roubados e jogados no fundo de um caminhão nazista.

Um dos fazendeiros não se sentou e começou a gritar com Leyers.

— Deixe ao menos o suficiente para comermos. Seria a atitude decente a tomar.

Antes que o general respondesse, um soldado da SS acertou a cabeça do fazendeiro com o cabo do rifle e o derrubou no chão.

— O que ele falou? — perguntou Leyers a Pino.

Pino traduziu. O general ouviu, pensou, depois chamou um dos oficiais da Todt.

— *Nehmen sie alles!*

E voltou ao carro. Pino o seguiu, perturbado por saber o suficiente de alemão para entender a ordem de Leyers. *Nehmen sie alles.* Peguem tudo.

Pino queria matar o general. No entanto, não podia. Tinha que engolir a raiva e se controlar. Leyers precisava levar *tudo*?

Quando entrou no Fiat, Pino repetiu em silêncio um juramento que fizera de lembrar o que tinha visto, de escravidão a pilhagem. Quando a guerra acabasse, ele contaria tudo aos Aliados.

Era começo de tarde, e eles seguiram em frente e viram mais fazendeiros com alemães sob o comando de Leyers roubando grãos que deveriam ir para os moinhos, legumes que deveriam ir para o mercado e gado que seria abatido. Vacas eram mortas com tiros na cabeça, evisceradas e jogadas nos caminhões, as carcaças desprendendo vapor no ar frio.

De vez em quando, o general dizia para Pino parar e descia do carro para conversar com um ou dois oficiais da Todt. Depois, mandava Pino seguir em frente e voltava aos relatórios. Pino olhava pelo espelho a todo instante, pensando em como Leyers parecia mudar a cada momento. *Como ele consegue não se abalar com o que vimos? Como pode...?*

— Acha que sou mau, *Vorarbeiter*? — perguntou Leyers, do banco de trás.

Pino olhou pelo espelho e viu que o general o encarava.

— *Non, mon général* — respondeu, tentando fazer uma cara satisfeita.

— Sim, você acha — disse Leyers. — Seria surpreendente se não me odiasse pelo que tive que fazer hoje. Parte de mim me odeia. Porém, tenho que cumprir ordens. O inverno está chegando. Meu país está sitiado. Sem essa comida, meu povo vai morrer de fome. Então, aqui na Itália e a seus olhos, sou um criminoso. Em meu país, serei um herói desconhecido. Bom. Mau. Tudo é questão de perspectiva, não é?

Pino olhou para o general no espelho, pensando que Leyers parecia infinito e implacável, o tipo de homem que justificaria quase toda atitude em busca de um objetivo.

— *Oui, mon général* — disse Pino, sem conseguir se conter. — Mas agora o meu povo vai passar fome.

— Alguns, sim — disse Leyers. — Mas respondo a uma autoridade superior. Qualquer falta de entusiasmo de minha parte por esta missão pode ser motivo para... Bem, isso não vai acontecer, se eu puder evitar. Leve-me de volta a Milão, para a estação ferroviária central.

21

Caminhões lotados com os produtos do saque nazista a fazendas, pomares e vinhedos italianos percorriam as ruas em torno do polo ferroviário. Pino seguiu o general Leyers ao interior da estação e às plataformas de carga, onde soldados alemães carregavam sacas de grãos, barris de vinho e cestos enormes e cheios de frutas e legumes para dentro dos vagões.

Leyers parecia entender o sistema, disparando perguntas aos subordinados e ditando anotações para Pino enquanto marchava pelas plataformas.

— Nove trens seguem para o norte por Brenner hoje à noite — disse o general, em dado momento. — Chegada a Innsbruck às sete horas. Chegada a Munique às treze horas. Chegada a Berlim às dezessete horas. No total, trezentos e sessenta carros com comida vão...

Leyers interrompeu o ditado. Pino levantou a cabeça.

Sete soldados da *Waffen-SS* bloqueavam o caminho da dupla. Além deles, uma fila de sete vagões velhos de gado estava parada nos trilhos da plataforma mais afastada. Há algum tempo os vagões deviam ter sido vermelhos, mas a pintura havia descascado, e a madeira estava lascada e rachada, o que dava a impressão de que talvez não fossem apropriados para a viagem.

Leyers disse alguma coisa ameaçadora aos soldados da SS, e eles se afastaram para os lados. O general caminhou em direção aos velhos vagões. Pino o seguiu. Ao levantar a cabeça, ele viu a inscrição "Binario 21".

Ficou intrigado, pois sabia que já tinha ouvido o nome antes, mas não conseguia localizá-lo. Com toda a agitação no interior da estação e o barulho do carregamento do saque, só quando se aproximou do último vagão Pino ouviu um choro de criança lá dentro.

O som paralisou o general. Leyers ficou ali, parado, olhando para as paredes rachadas e lascadas do vagão de gado e para os muitos olhos desesperados que espiavam pelas frestas; Pino lembrou que a sra. Napolitano havia dito que a plataforma vinte e um era onde judeus desapareciam em trens rumo ao norte.

— Por favor — soluçou, em italiano, uma mulher dentro do vagão de gado. — Para onde estão nos levando? Depois da prisão, não podem nos deixar aqui desse jeito! Não tem espaço. Tem...

Leyers olhou para Pino com uma expressão arrasada.

— O que ela está falando?

Pino respondeu.

Gotas de suor surgiram na testa do general.

— Diga que vai para um campo de trabalho da Organização Todt na Polônia. É...

O motor da locomotiva gemeu. O trem recuou meio metro. Isso provocou uma reação dentro dos vagões, centenas de homens, mulheres e crianças gritaram pedindo para sair, exigindo saber para onde iam e implorando por algum tipo de misericórdia que fosse.

— Você vai para um campo de trabalho na Polônia — respondeu Pino à mulher, que chorava.

— Reze por nós — disse ela, antes de as rodas rangerem nos trilhos e o trem começar a se afastar da *binario* 21.

Três dedinhos passaram por uma fresta na parede do fundo do último vagão de gado. Os dedos pareciam acenar para Pino quando o trem ganhou velocidade. Ele acompanhou a composição com os olhos e continuou vendo os dedos em pensamento muito tempo depois de não os ver mais de verdade. O impulso era ir atrás do trem e libertar aquelas pessoas, levá-las para um lugar seguro. Em vez disso, ele ficou ali, derrotado, impotente, lutando contra a urgência de chorar diante da imagem daqueles dedos, imagem que não desaparecia.

— General Leyers!

Pino se virou. O general também, e ele estava pálido. Também tinha visto aqueles dedos?

Do outro lado, na mesma plataforma, o coronel da Gestapo Walter Rauff caminhava na direção deles, vermelho de raiva.

— Coronel Rauff — disse Leyers.

Pino deu um passo para longe do general e estudou a plataforma sob seus pés. Não queria que Rauff o reconhecesse por medo de ele desconfiar de um garoto da Casa Alpina que, de alguma forma, se havia tornado motorista do general Leyers.

O coronel da Gestapo começou a gritar com Leyers, que respondeu no mesmo tom. Pino entendia pouco da troca, mas ouviu Rauff mencionar o nome de Joseph Goebbels. Leyers respondeu citando Adolf Hitler. E Pino entendeu a conversa analisando a linguagem corporal dos dois. Rauff era subordinado direto de Goebbels, ministro do Reich. Leyers respondia ao próprio *Führer*.

Depois de vários minutos de ameaças intensas e conversa gelada, Rauff recuou furioso e saudou:

— *Heil Hitler!*

Leyers devolveu a saudação com menos entusiasmo. Rauff estava prestes a se retirar, quando olhou para Pino por vários segundos. Pino sentia a atenção do coronel.

— *Vorarbeiter* — chamou o general Leyers. — Vamos embora. Traga o carro.

— *Jawohl, general* — respondeu Pino, em seu melhor alemão, e passou correndo pelos dois oficiais nazistas sem olhar Rauff, mas sentindo que os olhos escuros e frios o seguiam.

A cada passo, Pino esperava ser chamado de volta. Mas Rauff não disse nada, e Pino deixou a plataforma vinte e um, torcendo para nunca voltar lá.

*   *   *

O general Leyers entrou no carro com sua habitual expressão indecifrável.

— Vamos para a casa de Dolly — disse.

Pino olhou pelo retrovisor e viu que Leyers olhava para o horizonte. Sabia que devia ficar quieto, mas não conseguia.

— *Mon général?*

— O que é, *Vorarbeiter*? — perguntou, ainda olhando pela janela.

— As pessoas no trem realmente vão para um campo de trabalho da OT na Polônia?

— Sim — confirmou o general. — Para Auschwitz.

— Por que na Polônia?

A pergunta fez o general desviar o olhar da janela e quase gritar, irritado:

— Por que tantas perguntas, *Vorarbeiter*? Não conhece seu lugar? Não sabe com quem está falando?

Pino sentiu como se tivesse levado um tapa na cara.

— *Oui, mon général.*

— Então, mantenha a boca fechada. Não me faça perguntas. Nem a qualquer outra pessoa. E cumpra as ordens que receber. Entendeu?

— *Oui, mon général* — respondeu Pino, abalado. — Desculpe, *mon général*.

Quando chegaram ao prédio de Dolly, Leyers disse que ele mesmo levaria a valise e pediu a Pino que levasse o Fiat para a garagem da frota.

Pino queria subir a escada atrás do general ou subir pelos fundos, pedir para Anna deixá-lo entrar, mas ainda era dia, e temia que alguém o visse. Depois de olhar demoradamente para as janelas do apartamento de Dolly, afastou-se, pensando em quanto queria contar a Anna tudo o que vira naquele dia. A violência. A violação. O desespero.

Naquela noite e em muitas outras depois dela, os sonhos de Pino foram assombrados pelo trem vermelho na plataforma vinte e um. Ouvia a voz da mulher pedindo para rezar por ela. Via aqueles pobres dedinhos acenando para ele e sonhava que pertenciam a uma criança de mil faces, uma criança que não podia ser salva.

Ao longo das semanas e dos dias seguintes, Pino conduziu o general Leyers por todo o norte da Itália. Raramente dormiam. Ao volante, Pino com frequência pensava na criança e na mulher sem rosto com quem havia falado na plataforma vinte e um. Tinham ido para a Polônia trabalhar até a morte? Ou os nazistas só os levaram a qualquer lugar e os fuzilaram como haviam feito em Meina e em outras dezenas de lugares violados por toda a Itália?

Quando não estava dirigindo, Pino se sentia impotente e exausto ao ver Leyers saquear fábricas, tomar ferramentas e máquinas e se apoderar de uma quantidade assombrosa de materiais de construção, veículos e alimentos. Cidades inteiras eram destituídas dos produtos mais básicos, que eram enviados para a Alemanha em trens ou distribuídos para os soldados na linha gótica. No meio de tudo isso, Leyers permanecia estoico, impiedoso e comprometido com sua missão.

— Estou sempre dizendo que os Aliados têm que bombardear as linhas de trem no passo do Brenner — disse Pino ao tio em uma noite no fim de outubro de 1944. — Eles precisam interrompê-las, ou não vai sobrar comida para nenhum de nós. E o inverno está chegando.

— Já mandei Baka enviar essa mensagem duas vezes — respondeu tio Albert, frustrado. — Mas o mundo está focado na França e esqueceu a Itália.

★ ★ ★

No dia 27 de outubro de 1944, sexta-feira, Pino levou novamente o general Leyers à *villa* de Benito Mussolini em Gargnano. Era um dia quente de outono. As folhas das árvores tinham se tingido de fogo no alto dos Alpes. O céu era azul cristalino, e a superfície do lago de Garda refletia os dois, fazendo Pino pensar se havia no mundo lugar mais bonito que o norte da Itália.

Ele seguiu Leyers à colunata da *villa* e ao terraço, que estava vazio e coberto de folhas. As portas de correr do escritório de Mussolini estavam abertas, e eles encontraram *Il Duce* lá dentro, em pé atrás da mesa, com os suspensórios de montaria caídos do lado do corpo e a camisa desalinhada. O ditador segurava o telefone contra a orelha, e seu rosto estava contorcido numa expressão de rancor.

— Claretta, Rachele enlouqueceu — disse *Il Duce*. — Ela está vindo para cá. Não fale com ela. Ela diz que vai matar você, então feche o portão e... Está bem, está bem, me ligue de volta.

Mussolini desligou o telefone, balançando a cabeça antes de notar o general Leyers e Pino ali. Ele disse:

— Pergunte ao general se a esposa dele enlouqueceu por causa de Dolly.

Pino perguntou. Leyers parecia surpreso por *Il Duce* saber sobre sua amante, mas disse:

— Minha esposa está enlouquecida com muitas coisas, mas não sabe sobre Dolly. Como lhe posso ser útil, *Duce*?

— Por que o marechal de campo Kesselring sempre manda você para falar comigo, general Leyers?

— Ele confia em mim. Você confia em mim.

— Confio?

— Alguma vez dei motivos para ter minha honra questionada?

Mussolini se serviu de vinho e balançou a cabeça.

— General, por que Kesselring não confia em meu exército o suficiente para usá-lo? Tenho muitos homens leais, bem treinados, verdadeiros fascistas dispostos a lutar por Salò, mas ficam em seus alojamentos.

— Também não faz sentido para mim, *Duce*, mas o marechal de campo tem uma mente militar muito maior que a minha. Sou só um engenheiro.

O telefone tocou. Mussolini atendeu, ouviu e disse:

— Rachele?

O ditador afastou o fone da cabeça, fechando os olhos enquanto a voz da esposa ecoava aos berros pela sala, com uma clareza impressionante.

— Os guerrilheiros estão mandando poemas para mim, Benito! Um verso após o outro, repetindo: "Vamos levar vocês todos à *piazzale* Loreto". Eles me culpam, culpam você, culpam a vadia da sua amante! Por isso, ela vai morrer!

O ditador bateu o telefone, aparentemente abalado, e olhou para Pino, buscando alguma indicação do quanto ele havia escutado. Pino engoliu em seco e fingiu grande interesse no bordado do tapete.

Leyers falou:

— *Duce*, tenho uma agenda cheia.

— Preparando a retirada? — Mussolini riu, com escárnio. — Sua fuga para o passo do Brenner?

— A linha gótica se sustenta.

— Ouvi dizer que há furos nela — retrucou *Il Duce*, bebendo todo o vinho. — Diga-me, general, é verdade que Hitler está construindo uma última fortaleza? Um lugar subterrâneo nos Alpes alemães, onde vai se retirar com seus seguidores mais leais?

— Ouvem-se muitas histórias como essa. Eu, porém, não tenho conhecimento direto disso.

— Se for verdade, haverá lugar para mim nessa fortaleza subterrânea?

— Não posso falar pelo *Führer*, *Duce*.

— Não é o que se comenta. E talvez possa falar por Albert Speer, pelo menos. Certamente, se esse lugar existe, o arquiteto de Hitler sabe sobre ele.

— Vou perguntar ao ministro do Reich na próxima vez que nos encontrarmos, *Duce*.

— Vou precisar de um quarto para dois — avisou o *Duce*, enquanto enchia o copo de vinho.

— Certo — respondeu o general. — Agora tenho que ir. Tenho uma reunião em Turim.

Mussolini parecia pronto para discutir, mas o telefone tocou. Ele atendeu, contrariado. Leyers virou-se para sair. Quando Pino também se virou para segui-lo, ouviu *Il Duce* gritar:

— Claretta? Você fechou o portão? — Houve uma pausa antes do berro seguinte. — Rachele está aí? Mande os guardas a levarem para fora, antes que ela se machuque!

Eles ouviram mais gritos quando chegaram à varanda e desceram a escada.

De volta ao Fiat, o general Leyers balançou a cabeça e disse:

— Por que tenho sempre a sensação de que estive em um hospício quando saio dessa casa?

— *Il Duce* diz muitas coisas estranhas — respondeu Pino.

— Não sei como ele comandou um país. No entanto, dizem que o sistema ferroviário funcionava como um relógio alemão quando ele estava no poder.

— Existe uma fortaleza subterrânea nos Alpes? — perguntou Pino.

— Só um lunático acreditaria em uma coisa dessa.

Pino queria lembrar ao general que Adolf Hitler não era exatamente estável, mas pensou melhor e dirigiu em silêncio.

★ ★ ★

Pouco depois de o sol se pôr no dia 31 de outubro de 1944, terça-feira, o general Leyers mandou Pino levá-lo à estação de trem na cidade de Monza, cerca de quinze quilômetros a nordeste de Milão. Pino estava exausto. Estavam na estrada quase constantemente, e ele queria dormir e ver Anna. Não tiveram mais que dez minutos juntos desde a noite do ataque.

Pino, porém, seguia ordens e dirigia o Fiat rumo ao norte. A segunda lua cheia do mês, a verdadeira lua azul, nasceu espalhando uma luz pálida que fazia o campo parecer azulado. Quando chegaram à estação em Monza, o general desceu do carro, e sentinelas da Organização Todt entraram em posição de sentido. Eram italianos, jovens como Pino, tentando sobreviver à guerra.

— Diga a eles que estou aqui para supervisionar uma transferência no pátio — ordenou o general Leyers.

Pino deu o recado, e eles assentiram e apontaram para o extremo mais distante da plataforma.

Um pequeno caminhão parou. Dois soldados da OT e quatro homens vestidos com roupas cinza gastas desceram do veículo. Eles tinham bordados no peito. Três eram "OST", o quarto apenas "P".

— Espere aqui, *Vorarbeiter* — disse o general Leyers a Pino, em tom cordial. — Não vou demorar, não mais que uma hora, e depois vamos dormir, coisa de que estamos precisamos muito, e ver nossas amigas. Está bem?

Animado, Pino sorriu e assentiu. Queria se deitar em um dos bancos e dormir ali mesmo. Ao ver Leyers pegar a lanterna de um dos soldados e seguir para o extremo mais distante da plataforma, porém, ficou alerta.

O general não havia levado a valise!

Estava no Fiat, em frente à estação. Uma hora, não mais, Leyers havia dito. Tempo suficiente para examinar o conteúdo, não? Tio Albert jamais havia providenciado a câmera que prometera. Mas Pino tinha a câmera do general, e sabia que havia nela um rolo novo de filme. Leyers insistia em manter a câmera no carro para fotografar lugares onde seriam viáveis instalações de artilharia. E, quando tirava essas fotos, o general sempre removia o filme e o substituía por um novo rolo, mesmo que não tivesse usado o anterior completamente.

Pino decidiu que, se encontrasse alguma coisa importante, fotografaria os papéis, tiraria o filme e o substituiria por outro do porta-luvas.

Havia dado dois passos em direção ao Fiat quando alguma coisa além do cansaço o incomodou, algo em como Leyers acabara de se afastar levando os quatro escravos e os dois soldados da OT. Ele não conseguia identificar, mas queria saber o que Leyers transportaria à luz da lua cheia. E por que o general não queria que ele visse a transferência? Estranho. Aonde Leyers ia, Pino geralmente o acompanhava.

Um trem apitou perto dali. Dividido, Pino seguiu o instinto e caminhou discretamente em direção ao fim da plataforma, onde Leyers desaparecera. Quando pulou para o pátio e se afastou da estação sem ver o general nem os outros que estavam com ele, um trem de carga entrou na estação e freou ruidosamente.

Pino passou por baixo de um dos vagões e rastejou pelos trilhos. Quando chegou ao outro lado, ouviu vozes. Olhando para a direita de seu esconderijo embaixo do trem, viu os dois soldados da OT recortados pela luz da lanterna do general. Eles vinham em sua direção.

Pino se encolheu perto das rodas do vagão e viu os soldados passarem. Olhou novamente para fora, para a direita, e viu Leyers de costas para ele, a uns sessenta metros de distância. O general observava os quatro homens de cinza. Eles haviam feito uma fila e levavam objetos de um vagão, que era parte do trem de carga, para um vagão individual nos trilhos vizinhos. Os objetos não eram muito grandes, mas os escravos tinham que usar o corpo todo para sustentar e mover a carga.

Se Pino não pudesse contar ao tio o que havia dentro da valise de Leyers, ao menos revelaria o que o general transferia no escuro e por que supervisionava pessoalmente o trabalho dos escravos.

Depois de rastejar de volta para o outro lado do trem, Pino tentou pisar com a maior leveza possível e se aproximar mais de Leyers, grato por ouvir o barulho dos objetos pesados na medida em que se aproximava. *Tunc. Tunc. Clunc.*

Pegou o ritmo da movimentação e se moveu com ele, um pé depois do outro, até sentir que tinha alcançado o grupo; depois, engatinhou por baixo do vagão. Quando espiou para o outro lado, viu que estava a menos de dez metros do general.

Leyers apontava a lanterna para a madeira entre os trilhos, de forma que os homens trabalhavam com o brilho da luz aos pés deles. Pino *via* um homem no vagão sobre Leyers entregando objetos retangulares e estreitos, os quais ele não conseguia identificar e que eram passados de um homem para o outro acima da linha da cintura até o vagão do outro lado, que tinha cor de ferrugem.

Que diabo era...?

O terceiro homem na fila perdeu o ritmo e quase derrubou um objeto. Leyers mudou a direção do raio de luz, apontou-o para o objeto nas mãos do homem, e Pino teve que sufocar uma exclamação de espanto.

Era um tijolo, um tijolo feito de ouro.

— *Das ist genug* — disse Leyers a eles, em alemão. — É suficiente.

Os quatro escravos olhavam, com expectativa, para o general. Ele acenou com a luz da lanterna para os vagões, indicando que deveriam fechá-los e trancá-los.

Pino percebeu que a transferência do ouro estava completa, o que significava que Leyers logo voltaria à estação e ao Fiat. Ele rastejou lentamente para trás, depois mais depressa quando ouviu a porta do vagão acima de si ser fechada.

Estava novamente em pé ao lado do trem quando a segunda porta foi fechada. Pino se afastou na ponta dos pés e pela madeira entre os trilhos, onde o mato crescia e abafava o som de seus passos.

Um minuto depois, subiu à plataforma. A locomotiva do trem de carga roncou no extremo oposto dos trilhos. As rodas rangeram, gemeram e ganharam velocidade. Os engates entre os carros se distenderam. E cada solda do trilho por onde a composição passava fazia *tump, tump, tump*. Ainda assim, Pino ouviu com clareza o barulho dos tiros.

Do primeiro, ele duvidou. Do segundo, do terceiro ou do quarto, separados por intervalos de dois ou quatro segundos e vindo da direção de Leyers, não. Tudo acabou em menos de quinze segundos.

Os dois soldados da OT que Leyers deixara longe do local da transferência saíram da plataforma como se também tivessem escutado os tiros.

Com horror e raiva cada vez maiores, Pino pensou: *Quatro escravos mortos. Quatro testemunhas de um desvio de ouro mortas.* Leyers havia puxado o gatilho. Ele os executara a sangue-frio. E tinha planejado tudo bem antes da meia-noite.

O último vagão do trem de carga passou pela plataforma e seguiu noite adentro, carregando uma fortuna no que Pino presumia ser ouro saqueado. Também havia uma fortuna ali no pátio da estação. Quanto ouro havia?

O suficiente para matar quatro homens inocentes, pensou Pino. *O suficiente para...*

Ele ouviu o rangido das botas do general Leyers antes de vê-lo como uma sombra escura ao luar. Leyers acendeu a lanterna, direcionou o raio para a plataforma e encontrou Pino, que levantou o braço para bloquear a luz, enquanto pensava, em pânico, que talvez o general decidisse matá-lo também.

— Aí está você, *Vorarbeiter* — disse o general Leyers. — Ouviu os tiros?

Pino decidiu que se fazer de bobo era a melhor estratégia.

— Tiros, *mon général*?

Leyers se aproximou balançando a cabeça, com ar divertido.

— Quatro tiros. Errei todos. Nunca fui bom atirador.

— *Mon général*, não entendi.

— Eu estava transferindo algo importante para a Itália, protegendo a carga — disse ele. — E, quando estava de costas, os quatro trabalhadores aproveitaram a chance e correram.

Pino franziu a testa.

— E atirou neles?

— Atirei neles — confirmou o general Leyers. — Ou melhor, acima deles e atrás deles. Sou péssimo nisso. Não faz mal, na verdade. Não me importo. Boa sorte para eles. — Leyers uniu as mãos com um estalo. — Leve-me para a casa de Dolly, *Vorarbeiter*. Foi um longo dia.

Se o general Leyers estava mentindo, se havia matado os quatro escravos, ele também era um ator fantástico e alguém sem nenhuma consciência, pensou Pino, enquanto dirigia de volta a Milão. Por outro lado, Leyers ficara abalado com os judeus da plataforma vinte e um. Talvez tivesse consciência em relação a algumas coisas e não a outras. O general parecia satisfeito, rindo sozinho ou estalando os lábios de vez em quando. E por que não? Acabara de esconder uma fortuna em ouro.

O general disse ter agido em prol da Itália, protegendo o produto, mas quando parou o carro na frente do prédio de Dolly, Pino permanecia cético. Por que Leyers protegeria alguma coisa da Itália depois de já ter roubado tanto do país? Além disso, Pino tinha escutado histórias suficientes na vida para saber que os homens agiam de maneira estranha, irracional, quando havia ouro envolvido.

Quando chegaram ao apartamento na *via* Dante, o general Leyers desceu do carro, com a valise na mão.

— Amanhã você está de folga, *Vorarbeiter* — disse Leyers.

— Obrigado, *mon général* — respondeu Pino, balançando a cabeça.

Pino precisava de um dia de folga. Também precisava ver Anna, mas era óbvio que não seria convidado para subir e tomar uma dose de uísque.

O general deu um passo na direção da porta da frente e parou.

— Pode usar o carro amanhã, *Vorarbeiter* — disse. — Leve a criada aonde quiserem. Divirtam-se.

* * *

Na manhã seguinte, Anna desceu a escada para o saguão quando Pino passava pela porta do prédio. Os dois acenaram com a cabeça para a velha sentada no banquinho, depois saíram, rindo felizes na companhia um do outro.

— Que bom — comentou ela, sentando-se no banco do passageiro, ao lado dele.

Pino sentia-se bem sem o uniforme da OT. Alguém completamente diferente. Como Anna. Ela usava um vestido azul, mocassim preto e um xale de lã fina sobre os ombros. Estava de batom, rímel e...

— O que foi? — perguntou ela.

— Você é muito bonita, Anna. Tanto que me faz querer cantar.

— Você é muito doce. Eu beijaria você, se não tivesse pena de borrar o caríssimo batom francês de Dolly.

— Aonde vamos?

— A algum lugar bonito. A um lugar onde possamos esquecer a guerra.

Pino pensou e disse:

— Já sei.

— Porém, antes que me esqueça... — Anna abriu a bolsa e pegou um envelope. — O general Leyers disse que é um passe assinado por ele.

Era surpreendente como atitudes mudavam quando Pino mostrava a carta para sentinelas ao longo do caminho para Cernobbio. Pino levou Anna a seu local favorito no lago de Como, um pequeno parque perto do extremo sul do braço oeste das águas. Era um dia claro, incomumente quente para o outono. O céu estava azul, e havia neve sobre os picos mais altos, com as montanhas e seu reflexo no lago parecendo duas aquarelas unidas. Pino sentiu calor e tirou a camisa pesada, revelando uma regata branca.

— É tão bonito — disse Anna. — Entendi por que ama este lugar.

— Já estive aqui mil vezes e ainda não parece real; para mim, é como se fosse uma visão de Deus, sem nada de intervenção humana, sabe?

— Sei.

— Quero tirar uma foto sua aqui — disse Anna, pegando a câmera do general.

— De onde tirou isso?

— Do porta-luvas. Vou ficar só com o filme e devolver a câmera ao lugar dela.

Pino hesitou, depois deu de ombros.

— Está bem.

— Fique de perfil — disse ela. — Levante o queixo, ponha o cabelo para trás. Quero ver seus olhos.

Pino tentou, mas a brisa insistia em empurrar os cabelos sobre seus olhos.

— Espere — disse Anna, abrindo a bolsa para pegar uma faixa branca.

— Não vou usar isso — disse Pino.

— Mas quero ver seus olhos na foto.

Notando que ela ficaria muito desapontada se ele não concordasse, Pino pegou a faixa, colocou-a na cabeça e fez uma careta para fazê-la rir. Depois ficou de perfil, levantou o queixo e sorriu.

Ela bateu duas fotos.
— Perfeito. Sempre vou me lembrar de você desse jeito.
— Usando faixa de cabelo?
— Para que eu visse seus olhos — protestou ela.
— Eu sei. — Pino reconheceu e a abraçou.
Quando se separaram, ele apontou para o extremo norte do lago.
— Lá em cima, abaixo da linha de neve? Aquilo é Motta, onde o Padre Re mantém a Casa Alpina. O lugar sobre o qual lhe falei.
— Eu lembro. Acha que o Padre Re ainda os está ajudando?
— É claro. Nada fica no caminho de sua fé.
No momento seguinte, Pino pensou na plataforma vinte e um. Deve ter transparecido em seu rosto, porque Anna disse:
— O que houve?
Ele falou sobre o que ocorrera na plataforma e sobre como tinha se sentido mal ao ver os vagões vermelhos de gado se afastando, os dedinhos acenando.
Anna suspirou, massageou a nuca dele e disse:
— Não pode ser herói o tempo todo, Pino.
— Se você diz...
— Eu digo. Você não pode carregar os problemas do mundo nas costas. Precisa encontrar felicidade na sua vida e só fazer o melhor que puder em relação ao resto.
— Fico feliz quando estou com você.
Ela parecia em conflito, mas sorriu.
— Eu também, você sabe.
— Fale-me sobre sua mãe — pediu Pino.
Anna ficou tensa.
— Cicatriz dolorida?
— Uma das mais doloridas — confirmou ela, andando pela margem do lago.
Anna contou a Pino que a mãe enlouquecera lentamente depois que o marido se afogou e a filha sobreviveu. A mãe dizia que ela era a responsável pela morte do pai e por todos os abortos espontâneos depois de seu nascimento.
— Ela achava que eu era destrutiva — concluiu Anna.
— Você? — Pino deu risada.
— Não tem graça — reclamou Anna, bastante séria. — Minha mãe fez coisas horríveis comigo, Pino. Ela me fazia pensar coisas sobre mim que não eram verdadeiras. Fez até padres me exorcizarem para expulsar os demônios.
— Não.
— Sim. Quando pude, saí daquele lugar.

— De Trieste?

— De casa e, logo depois, Trieste — explicou ela, desviando o olhar em direção ao lago.

— Para onde você foi?

— Innsbruck. Respondi a um anúncio, conheci Dolly e aqui estou. Não é estranho como a vida sempre nos leva a lugares e a pessoas que você tinha que ver e conhecer?

— É isso que pensa de mim?

O vento soprou mais forte e jogou mechas de cabelo diante do rosto dela.

— Acho que sim. Sim.

Pino pensou se o plano de Deus era ele conhecer o general Leyers; quando Anna afastou o cabelo do rosto e sorriu, esqueceu o assunto.

— Não gosto de batom de Paris — disse.

Ela riu.

— Aonde mais podemos ir? A que outro lugar bonito?

— Você escolhe.

— Na região de Trieste, posso sugerir muitos lugares. Mas aqui, não sei.

Pino pensou, olhou relutante para o lago, depois disse:

— Conheço um lugar.

* * *

Uma hora mais tarde, Pino atravessava a ferrovia e subia por uma estrada rural, a colina em que seu pai e o sr. Beltramini haviam tocado "Nessun dorma", ou "Ninguém durma".

— Por que aqui? — perguntou Anna, cética, enquanto nuvens negras se formavam.

— Vamos subir e eu mostro.

Eles deixaram o carro e subiram a colina. Pino descreveu os trens que saíam de Milão todas as noites durante o verão de 1943, como iam àquele lugar em busca de segurança na relva mais densa e cheirosa e como ele e Carletto viram Michele e o sr. Beltramini executarem um pequeno milagre de voz e violino.

— Como fizeram isso?

— Amor — disse Pino. — Eles tocaram *con smania*, com paixão, e a paixão veio do amor. Não há outra explicação. Todas as coisas grandiosas derivam do amor, não é?

— Acho que sim — concordou Anna, desviando o olhar. — As piores coisas também.

— O que isso significa?

— Outra hora, Pino. Agora não, pois estou muito feliz.

Haviam chegado ao pico de uma colina. Quinze meses antes, o prado era verde, exuberante e inocente. Agora, a vegetação se tingira de marrom. A grama alta não tinha frescor, era só talos, e as árvores frutíferas do pomar não davam frutas. O céu escurecera. Começou a garoar, depois a chover, e eles tiveram que descer a encosta correndo de volta ao carro.

Quando entraram, Anna disse:

— Preciso falar, Pino. Se eu puder escolher entre aqui e Cernobbio, prefiro Cernobbio.

— Eu também — respondeu ele, olhando pelo para-brisa molhado para a névoa que se formava no alto da colina. — Não é tão maravilhoso quanto eu lembrava, mas meus amigos e familiares estavam lá. Meu pai tocou a melhor peça de violino de minha vida, e o sr. Beltramini cantou para a esposa. E Tullio, Carletto e...

Tomado pela emoção, Pino apoiou a cabeça sobre as mãos que seguravam o volante.

— Pino, o que foi? — perguntou Anna, assustada.

— Todos eles me abandonaram — respondeu, sufocado.

— Quem abandonou você?

— Tullio, meu melhor amigo e até meu irmão. Eles acham que sou um nazista traidor.

— Não pode contar para eles que é um espião?

— Não devia ter contado nem para você.

— Ah, é muita coisa para suportar sozinho — disse ela, enquanto massageava seu ombro. — De qualquer modo, em algum momento Carletto e Mimo vão saber, quando a guerra acabar. E Tullio? A melhor coisa é chorar por gente que você amou e perdeu, depois acolher e amar pessoas novas que a vida traz.

Pino levantou a cabeça. Eles se olharam por vários momentos, antes de Anna tocar a mão dele, se aproximar e dizer:

— Não me importo mais com o batom.

PARTE IV
O INVERNO MAIS CRUEL

22

Influenciadas por ventos do nordeste, as temperaturas no norte da Itália caíram regularmente ao longo de novembro de 1944. O marechal de campo britânico Alexander fez um apelo para as miseráveis forças da Resistência italiana conhecidas como GAPs se armarem em exércitos de guerrilha e atacarem os alemães. Em vez de bombas, caíam do céu nas ruas de Milão panfletos incentivando os cidadãos a se unirem à luta. O ritmo dos ataques da Resistência deu um salto. Os nazistas eram atacados em quase todos os movimentos.

Em dezembro, a neve cobriu os Alpes. Tempestades sucessivas desciam pelas montanhas e tomavam Milão, estendendo-se para o sul, até Roma. Leyers e Pino começaram uma série frenética de visitas às fortificações defensivas ao longo da linha gótica nos montes Apeninos.

Eles encontraram soldados alemães encolhidos em volta de fogueiras em fumacentos ninhos de metralhadoras, em instalações de canhões e sob proteções improvisadas com toldos de lona. Mais cobertores, era isso que os oficiais da OT pediram a Leyers. Mais comida. Mais jaquetas pesadas de lã e mais meias também. Com o rigor do inverno, cada soldado nazista nas elevadas altitudes sofria extrema provação.

O general Leyers parecia genuinamente comovido com os pedidos e exigiu mais de si mesmo e de Pino para atender às necessidades. Leyers encomendou cobertores de um moinho em Gênova, além de meias e jaquetas de lã de fábricas em Milão e Turim. Ele também esvaziou mercados nessas três cidades, aumentando a miséria dos italianos.

No meio de dezembro, Leyers estava decidido a tomar mais cabeças de gado, que mataria e enviaria para suas tropas no Natal, com caixas e caixas de vinho roubadas de vinícolas da Toscana.

No começo da manhã de sexta-feira, 22 de dezembro de 1944, Leyers ordenou que Pino o levasse mais uma vez à estação de trem em Monza. O general deixou o

Fiat com sua valise e mandou Pino esperar. Era dia. Pino não o seguiu por receio de ser visto. Quando o general voltou, a valise parecia mais pesada.

— Para a fronteira suíça sobre Lugano — disse.

Pino dirigia pensando que a bolsa continha agora duas ou mais barras de ouro. Quando chegaram à fronteira, o general o mandou esperar. Nevava forte quando Leyers atravessou para a Suíça e sumiu na tempestade. Oito horas congelantes mais tarde, Leyers voltou e ordenou que Pino o levasse a Milão novamente.

★ ★ ★

— Tem certeza de que ele levou o ouro para a Suíça? — perguntou tio Albert.

— O que mais ele teria feito na estação de trem? — retrucou Pino. — Enterrado os corpos? Depois de seis semanas?

— Tem razão. Eu...

— Qual é o problema? — perguntou Pino.

— Os nazistas caçadores de rádios, eles estão se aperfeiçoando no que fazem, estão ficando bons demais. Triangulam nossas transmissões bem mais depressa. Baka quase foi pego duas vezes no mês passado. E você sabe qual é a pena.

— O que vai fazer?

Tia Greta parou de lavar a louça e virou-se para o marido, que encarava o sobrinho.

— Albert — disse ela —, acho que é injusto até pedir. O menino tem feito demais. Escolha outra pessoa.

— Não temos mais ninguém — respondeu o tio.

— Você ainda nem discutiu o assunto com Michele.

— Eu ia pedir a Pino.

— Pedir o quê? — perguntou Pino, irritado.

O tio hesitou antes de dizer:

— Sabe o apartamento embaixo do de seus pais?

— O dos nazistas?

— Isso. Você vai achar que a ideia é estranha.

— Achei loucura na primeira vez que você sugeriu, Albert, e agora, quanto mais penso nisso, mais tenho certeza de que é insano.

— Vou deixar Pino decidir.

Pino bocejou e disse:

— Daqui a dois minutos, vou para casa dormir, ouvindo ou não o que o senhor tem para me dizer.

— Há um equipamento de ondas curtas dos nazistas no apartamento — contou tio Albert. — Um cabo sai pela janela e sobe até uma antena de rádio instalada na parede externa da varanda de seus pais.

Pino se lembrava disso, mas estava confuso, ainda não sabia qual era o objetivo da conversa.

— Então — continuou o tio —, pensei que, se os alemães caçadores de rádios estão procurando transmissões ilegais a partir de antenas ilegais, podemos enganá-los conectando nosso rádio ilegal à antena legal dos nazistas. Entendeu? Usamos o cabo deles para conectar nosso rádio e mandamos nosso sinal por uma antena alemã conhecida. Quando os caçadores de rádios identificarem a transmissão, vão pensar: *É um de nós.* E vão embora.

— Se souberem que não há ninguém na rádio nazista, eles não podem subir à varanda?

— Vamos esperar terminarem de transmitir e conectamos nosso sinal logo depois de desligarem o deles.

— O que acontece se o rádio for encontrado em nosso apartamento? — perguntou Pino.

— Nada de bom.

— Meu pai sabe desse plano?

— Primeiro, quero que conte a Michele o que faz de verdade com esse uniforme alemão.

Apesar de os pais terem ordenado que ele se alistasse na Organização Todt, Pino notou a reação do pai à braçadeira com a suástica, como havia desviado os olhos, comprimido os lábios em sinal de vergonha.

Embora a chance de contar a verdade ao pai o animasse, Pino respondeu:

— Pensei que quanto menos gente soubesse, melhor.

— Foi o que eu disse. Mas, se Michele souber que riscos você corre pela Resistência, vai aceitar meu plano.

Pino pensou sobre aquilo tudo.

— Vamos dizer que meu pai concorde. Como vai levar o rádio até lá? Como vai passar pelos guardas no saguão?

Tio Albert sorriu.

— É aí que você entra, meu rapaz.

★ ★ ★

Naquela noite, no apartamento da família, o pai de Pino o encarava.

— Você é mesmo espião?

Pino assentiu.

— Não podíamos contar para você, mas agora é necessário.

Michele balançou a cabeça, depois gesticulou chamando Pino para perto e o abraçou, desajeitado.

— Desculpe — disse.

Pino engoliu as emoções e respondeu:

— Eu entendo.

Michele o soltou e olhou para Pino com os olhos brilhantes.

— Você é um homem corajoso. Mais corajoso do que eu jamais poderia ter sido, competente como eu nunca teria imaginado. Estou orgulhoso de você, Pino. Quero que saiba disso, independentemente do que possa acontecer conosco antes do fim desta guerra.

Isso significava muito para Pino, e ele sufocou com a emoção.

— *Papà*...

O pai tocou o rosto de Pino quando ele não conseguiu falar.

— Se conseguir passar pelos guardas com o rádio, fico com o equipamento aqui. Quero fazer minha parte.

— Obrigado, *papà* — disse Pino, por fim. — Vou esperar você sair para passar o Natal com a *mamma* e Cicci. Assim vai poder dizer que não sabia de nada.

A expressão de Michele era de desânimo.

— Sua mãe vai ficar aborrecida.

— Não posso ir, *papà*. O general Leyers precisa de mim.

— Posso contar a Mimo sobre você, se ele entrar em contato?

— Não.

— Mas ele acha...

— Eu sei o que ele acha e vou ter que lidar com isso até uma época melhor. Quando teve notícias dele pela última vez?

— Há uns três meses. Ele disse que estava a caminho do sul do Piemonte para o treinamento. Tentei impedir, mas seu irmão é teimoso como uma mula. Ele abriu a janela para o peitoril e saiu. Seis andares de altura. Quem faria uma coisa dessa?

Pino lembrou-se de si mesmo mais jovem usando a mesma rota de fuga e tentou não sorrir ao responder:

— Domenico Lella. O único. Tenho saudade dele.

Michele enxugou os olhos.

— Só Deus sabe em que aquele menino se meteu.

***

Na noite seguinte, depois de um longo dia no carro do general Leyers, Pino estava sentado na cozinha do apartamento de Dolly, comendo o excelente risoto de Anna e olhando para o nada.

Anna chutou sua canela de leve.

Pino se assustou.

— Que foi?

— Você está distante hoje.

Ele suspirou, depois cochichou:

— Tem certeza de que eles estão dormindo?

— Tenho certeza de que estão no quarto de Dolly.

Pino continuou, sussurrando:

— Não quero envolver você nisso, mas, quanto mais penso, mais acredito que pode ser muito útil em uma coisa importante e perigosa para nós dois.

Anna olhou para ele com entusiasmo, mas logo ficou séria; depois, o medo se estampou em seu rosto.

— Se eu negar, vai fazer sozinho?

— Sim.

Depois de alguns instantes, ela perguntou:

— O que tenho que fazer?

— Não quer saber o que é, antes de decidir?

— Confio em você, Pino. Só me diga o que tenho que fazer.

***

Mesmo em meio à guerra, destruição e desespero, véspera de Natal é uma data em que esperança e bondade florescem. Pino viu isso bem cedo, quando o general Leyers fez o papel de *Weihnachtsmann*, Papai Noel, na linha gótica, supervisionando a distribuição de pão, carne, vinho e queijo roubados. Viu novamente naquela noite, quando ele e Anna ficaram no fundo do Duomo atrás de milhares de outros milaneses espremidos nas três vastas cabeceiras da catedral para uma missa de vigília. Os nazistas se recusaram a suspender o toque de recolher para a tradicional celebração à meia-noite.

O Cardeal Schuster celebrava a missa. Embora Anna quase não enxergasse o clérigo, Pino era alto o bastante para ver Schuster claramente enquanto ele fazia sua homilia, que era, ao mesmo tempo, uma discussão sobre a dificuldade do nascimento de Jesus e um grito de incentivo a seu rebanho.

— Não permitam que seu coração se perturbe — disse o cardeal de Milão. — Aquelas seis palavras de Jesus, Nosso Senhor e Salvador, são mais poderosas que qualquer bala, canhão ou bomba. As pessoas que acatam essas palavras são destemidas, são fortes. Não permitam que seus corações se abalem. Pessoas que seguem essas palavras certamente derrotarão os tiranos e seus exércitos do medo. Tem sido assim há mil novecentos e quarenta e quatro anos. E garanto que será assim por todo o tempo que virá.

Quando o coral da igreja se levantou para cantar, muitos pareciam elevados pelo sermão desafiador do Cardeal Schuster. Quando essas pessoas abriram a boca para se juntar ao coral, Pino viu rostos castigados, cansados de guerra, falando de esperança, em júbilo, mesmo em um tempo de pouca alegria na vida de tantos.

— Você deu graças? — perguntou Anna, quando eles saíram da catedral depois da missa. Ela carregava uma sacola de compras e a passou para a outra mão.

— Sim — respondeu Pino. — Agradeci a Deus por ter me dado você de presente.

— Escute só isso. Que coisa linda.

— É verdade. Você me faz ser destemido, Anna.

— E eu aqui com um medo que nunca havia sentido antes.

— Não tenha medo. — Pino passou um braço sobre os ombros dela. — Faça o que às vezes eu faço quando sinto medo: imagine que é outra pessoa, alguém muito mais corajoso e esperto.

Quando eles passaram pelo esqueleto escuro e danificado do Alla Scala a caminho da loja de couro, Anna falou:

— Acho que sou capaz disso. De agir como outra pessoa.

— Eu sei que é — confirmou Pino, percorrendo todo o caminho até a loja de tio Albert sentindo-se invencível com Anna ao lado.

Eles bateram na porta do fundo. Tio Albert abriu a porta da oficina de costura, e eles entraram. O cheiro de couro curtido dominava. Depois de trancar a porta, o tio de Pino acendeu a luz.

— Quem é ela? — perguntou tio Albert.

— Minha amiga — respondeu Pino. — Anna-Marta. Ela vai me ajudar.

— Eu disse que seria melhor agir sozinho.

— Como a cabeça na guilhotina é minha, vou fazer tudo do meu jeito.

— Que jeito?

— Não vou contar.

Tio Albert não parecia feliz, mas respeitou a decisão de Pino.

— Como posso ajudar? De que precisa?

— Três garrafas de vinho. Uma aberta e com a rolha, por favor.

— Vou buscá-las — respondeu o tio dele, que, então, subiu ao apartamento.

Pino começou a trocar as roupas comuns pelo uniforme. Anna deixou a sacola de compras no chão e deu uma volta pela oficina, olhando as mesas de corte, as estações de costura e as prateleiras de finos itens de couro em vários estágios de produção.

— Adoro isso — disse ela.

— O quê?

— Esse mundo em que você vive. Os cheiros. O artesanato. É como um sonho para mim.

— Acho que nunca vi as coisas por esse ângulo antes, mas, sim, tem razão.

Tio Albert desceu com tia Greta e Baka. O operador de rádio carregava aquela maleta de couro com correias e fundo falso que Pino vira em abril.

Seu tio observava Anna, que ainda admirava os produtos de couro.

Pino comentou:

— Anna adora o que você faz.

Ele abrandou.

— Ah, é? Gosta dessas coisas?

— É tudo feito com muita perfeição — respondeu Anna. — Como se aprende?

— Alguém ensina — respondeu tia Greta, olhando para ela com ar desconfiado. — Com um mestre. Quem é você? Como conheceu Pino?

— Trabalhamos juntos, podemos dizer — interferiu Pino. — Pode confiar nela. Eu confio.

Tia Greta não estava convencida, mas não disse nada. Baka entregou a maleta a Pino. De perto, o operador de rádio parecia abatido e cansado, um homem em fuga havia muito tempo.

— Cuide bem dele — disse Baka, acenando com a cabeça em direção ao rádio. — Sua voz vai a todos os lugares, mas é delicada.

Pino pegou a maleta, surpreso com a leveza, e respondeu:

— Como entrou em San Babila sem ser revistado?

— Túneis — contou tio Albert, olhando para o relógio de pulso. — Precisa correr, Pino. É melhor não tentar tudo isso depois do toque de recolher.

Pino pediu:

— Anna, pode trazer a sacola de compras e as duas garrafas fechadas?

Ela deixou de lado uma bolsa de couro que estava admirando, pegou o que Pino havia pedido e foi com ele até o fundo da oficina. Pino abriu a maleta. Eles puseram o vinho e o conteúdo da sacola de compras na maleta, cobrindo o fundo falso que escondia os componentes do rádio e o gerador.

— Pronto — anunciou Pino, depois de fechar a maleta com as correias. — Podemos ir.

— Não sem um abraço meu. — Tia Greta o abraçou. — Feliz Natal, Pino. Vá com Deus. — E olhou para Anna. — Você também, mocinha.

— Feliz Natal, *signora* — respondeu Anna, sorrindo.

Tio Albert ofereceu a bolsa de couro que ela admirava e disse:

— Feliz Natal para a corajosa e bela Anna-Marta.

Boquiaberta, Anna aceitou o presente como uma garotinha teria aceitado uma boneca querida.

— Nunca ganhei presente tão maravilhoso em minha vida. Nunca me desfarei dele. Obrigada! Obrigada!

— Foi um prazer — disse tia Greta.

— Tomem cuidado — aconselhou tio Albert. — Vocês dois. E feliz Natal.

* * *

Quando a porta se fechou, a gravidade do que tinham pela frente pesou sobre os ombros de Pino. Ser capturado com um transmissor de ondas curtas de fabricação americana seria como assinar uma sentença de morte. Em pé ali, na viela, Pino tirou a rolha da garrafa e bebeu um generoso gole do excelente Chianti que tio Albert abrira, depois passou a garrafa para Anna.

Ela bebeu alguns goles pequenos e mais um grande. Riu para Pino como se estivesse maluca, beijou-o e disse:

— Às vezes você só precisa ter fé.

— O Padre Re sempre diz isso — concordou Pino, sorrindo. — Principalmente se for a coisa certa a fazer, apesar das consequências.

Eles saíram da viela. Pino carregava a maleta. Anna pôs a garrafa de vinho na bolsa nova. Eles deram as mãos e andaram cambaleando um pouco, rindo como se fossem as duas únicas pessoas no mundo. No fim da rua, no posto de fiscalização dos nazistas, gargalhadas estrondosas ecoavam.

— Parece que estavam bebendo — disse Anna.

— Melhor ainda — respondeu Pino, que continuou andando em direção ao prédio em que os pais moravam.

Quanto mais se aproximavam, mais Anna apertava a mão dele.

— Relaxe — disse ele, em voz baixa. — Estamos bêbados, nada no mundo nos preocupa.

Anna bebeu um grande gole de vinho e respondeu:

— Daqui a dois minutos, vai ser o fim de tudo ou o começo.
— Você ainda pode desistir.
— Não, Pino, estou com você.

Ao subir a escada para a porta da frente do prédio, Pino teve um momento de pânico e dúvida, pensou se havia sido um erro levar Anna, arriscar a vida dela desnecessariamente. No entanto, no segundo em que abriu a porta, ela explodiu em gargalhadas, pendurou-se nele e começou a cantar trechos de uma canção de Natal.

Seja outra pessoa, pensou Pino, cantando com ela enquanto cambaleavam pelo saguão.

Dois guardas armados da *Waffen-SS* que Pino não reconheceu estavam parados na passagem para o elevador e a escada e os encaravam.

— O que é isso? — perguntou um deles, em italiano, enquanto o outro apontava uma pistola automática na direção deles. — Quem são vocês?

— Eu moro aqui, sexto andar — disse Pino, com a voz pastosa, enquanto mostrava os documentos. — Filho de Michele Lella, Giuseppe, soldado leal da Organização Todt.

O soldado alemão pegou os documentos e os estudou.

Anna se apoiava no braço de Pino e mantinha uma expressão divertida, até que o outro soldado perguntou:

— Quem é você?
— Anna — soluçou. — Anna-Marta.
— Documentos.

Anna piscou, levou a mão à bolsa, depois jogou a cabeça para trás como se estivesse bêbada.

— Ah, não, a bolsa é nova, meu presente de Natal, e eu deixei a outra na casa de Dolly. Conhece Dolly?

— Não. O que faz aqui?
— Como assim? — Anna riu e bufou. — Eu sou a criada.
— A criada dos Lella já foi embora.
— Não. — Ela balançou a mão para os guardas. — Sou empregada do general Leyers.

Isso chamou a atenção deles, especialmente quando Pino falou:

— E eu sou motorista particular do general. Ele nos deu a noite de Natal de folga e... — Pino inclinou a cabeça sobre o ombro direito, expondo o pescoço, e deu um passo na direção dos guardas, sorrindo, com ar malicioso. Em voz baixa, cúmplice, continuou: — Meus pais saíram. Estamos de folga. O apartamento está vazio. Anna e eu queremos subir e, sabe, comemorar.

O primeiro guarda levantou a sobrancelha. O outro encarou Anna, que respondeu com um sorriso provocante.

— Podemos ir? — perguntou Pino.

— *Ja, ja* — respondeu, rindo, e devolveu os documentos. — Subam. É Natal.

Pino pegou os documentos, enfiou-os no bolso sem nenhum cuidado e disse:

— Fico devendo essa.

— Nós dois ficamos — acrescentou Anna, tímida, e soluçou de novo.

Pino achou que estavam livres quando foi pegar a maleta de couro. Mas as garrafas fizeram barulho.

— O que tem aí? — perguntou o outro sentinela.

Pino olhou para Anna, que corou e riu.

— O presente de Natal para ele.

— Mostre — ordenou o guarda.

— Não — protestou Anna. — Tem que ser surpresa.

— Abra — insistiu o segundo guarda.

Pino olhou para Anna, que corou de novo e deu de ombros.

Pino suspirou, ajoelhou-se e soltou as correias.

Quando levantou a tampa, ele revelou mais duas garrafas de Chianti, um bustiê de cetim vermelho e uma calcinha do mesmo tecido, além de meias vermelhas sete oitavos. Havia um uniforme preto e branco de criada francesa com cinta-liga, calcinha e meia de seda preta e um conjunto de calcinha e sutiã de renda preta.

— Surpresa — disse Anna, baixinho. — Feliz Natal.

* * *

O primeiro soldado gargalhou e falou alguma coisa em alemão que Pino não entendeu. O outro soldado riu, Anna também, e ela deu uma resposta em alemão que os fez rir ainda mais.

Pino não sabia o que estava acontecendo, mas aproveitou a oportunidade para tirar uma das garrafas de vinho e fechar a maleta. Ele deu o vinho aos sentinelas.

— Feliz Natal para vocês também.

— *Ja?* — Um deles pegou a garrafa. — É bom?

— *Magnifico*. De uma vinícola perto do Sena.

O soldado da SS entregou a garrafa ao parceiro, que ainda ria, depois olhou para Pino e Anna.

— Obrigado. Feliz Natal para você e sua faxineira.

O comentário provocou mais gargalhadas. Quando eles se dirigiam ao elevador de gaiola, Pino também ria, embora não soubesse por quê.

Quando o elevador subiu, os soldados nazistas conversavam alegremente e abriam a garrafa de vinho. Quando o elevador chegou ao terceiro andar e eles não podiam mais ser vistos lá de baixo, Anna cochichou:

— Conseguimos!

— O que falou para eles?

— Uma indecência.

Pino riu, inclinou-se e beijou-a. Ela passou por cima da maleta e mergulhou em seus braços. Os dois estavam abraçados quando passaram pelo quinto andar e pelo segundo grupo de soldados *Waffen-SS*. Quando Pino abriu os olhos para espiar os guardas por cima do ombro de Anna, ele viu os dois homens com cara de inveja. Eles entraram no apartamento, fecharam a porta, acenderam a luz e puseram a maleta e o rádio em um armário antes de caírem no sofá abraçados.

— Nunca me senti desse jeito. — Anna arquejou, os olhos muito abertos e brilhantes. — Podíamos ter morrido lá embaixo.

— Isso faz você enxergar o que é importante — respondeu Pino, cobrindo seu rosto de beijos. — Afasta todo o resto. Eu... acho que amo você, Anna.

Esperava que ela dissesse a mesma coisa, mas Anna se afastou, e seu rosto endureceu.

— Não, não diga isso.

— Por que não?

Anna hesitou, mas respondeu:

— Você não sabe quem eu sou. Não realmente.

— O que pode me impedir de ouvir a música em meu coração cada vez que vejo você?

Ela evitava encará-lo.

— O fato de eu ser viúva?

— Viúva? — Pino tentava não se mostrar desapontado. — Já foi casada?

— É assim que funciona — confirmou, olhando para ele.

— Você é muito jovem para ser viúva.

— Isso me fazia sofrer, Pino. Agora, é só o que todo mundo diz.

— Bem — ele disse, ainda tentando lidar com a novidade —, conte-me sobre ele.

★ ★ ★

Tinha sido um casamento arranjado. A mãe dela, que continuou culpando Anna pela morte do marido, agiu rápido para livrar-se dela e instalar-se em uma casa que ela havia herdado como dote. O nome dele era Christian.

— Ele era muito bonito — disse Anna, com um sorriso agridoce. — Oficial do exército. Dez anos mais velho que eu no dia em que nos casamos. Tivemos uma noite de núpcias e uma lua de mel de dois dias antes de ele ser mandado para o norte da África. Morreu há três anos defendendo uma cidade no deserto, Tobruk.

— Você o amava? — perguntou Pino, com um aperto no peito.

Anna levantou o queixo e respondeu:

— Quer saber se eu era louca por ele quando meu marido partiu para combater na porcaria da guerra de Mussolini? Não. Eu mal o conhecia. Não tivemos tempo para o despertar do amor verdadeiro, muito menos para a chama arder. Ainda assim, admito que gostei da ideia de me apaixonar por ele quando acreditei que voltaria para mim.

Pino sabia que ela estava dizendo a verdade.

— Você... fez amor com ele?

— Ele era meu marido — respondeu Anna, irritada. — Fizemos amor por dois dias, depois ele foi para a guerra, morreu e me deixou sozinha, sem ter a quem recorrer.

Pino pensou naquilo. Olhou nos olhos magoados e atentos de Anna e sentiu a música começar em seu peito.

— Não importa — disse. — Só me faz ter mais adoração por você, mais admiração.

Anna piscou para conter as lágrimas.

— Não está falando só por falar?

— Não. Agora posso dizer que amo você?

Ela hesitou, mas assentiu e se aproximou, acanhada.

— Também pode mostrar que me ama — disse.

Eles acenderam uma vela e beberam a terceira garrafa de Chianti. Anna despiu-se para Pino. Ela o ajudou a tirar a roupa, e eles se deitaram em uma cama adaptada com travesseiros, almofadas e cobertores no chão da sala de estar.

Se fosse qualquer outra mulher além de Anna, Pino teria se concentrado na excitação de sua pele e do toque. No entanto, além dos lábios que atraíam e dos olhos que enfeitiçavam, Pino era dominado por algo mais envolvente e primitivo, como se Anna não fosse humana, e sim um espírito, uma melodia, um perfeito instrumento de amor. Eles se acariciaram, se uniram, e, naquele primeiro êxtase, Pino sentiu que se fundia à alma de Anna tão profundamente quanto a seu corpo.

23

Naquela noite, não houve sono nem guerra para Pino, só Anna e o prazer do dueto com ela.

Quando amanheceu o dia de Natal de 1944, eles dormiam nos braços um do outro.

— Melhor de todos os presentes — disse Pino. — Mesmo sem as roupas de Dolly.

Anna deu risada.

— Não são meu número, de qualquer jeito.

— Fico feliz que os sentinelas não tenham pedido um desfile de moda.

Ela riu de novo e deu um tapinha nele.

— Eu também.

Pino começou a cochilar e estava quase pegando no sono, quando ouviu o som de botas no corredor dos quartos. Ele pulou e rastejou na direção da Walther na cartucheira em cima da cadeira. Então, levantou-se e se virou.

Já apontando um rifle para o irmão, Mimo disse:

— Feliz Natal, garoto nazi.

Ele agora exibia uma cicatriz horrível no lado esquerdo do rosto. Todo o resto parecia tão endurecido pela batalha quanto os soldados alemães ao longo da linha gótica. Tio Albert recebia relatórios sobre Mimo ter se envolvido em emboscadas e sabotagem e ter sido visto em combate, demonstrando grande coragem em batalha. Pelo brilho duro em seus olhos, Pino sabia que era verdade.

— O que aconteceu com seu rosto? — perguntou Pino.

O sorriso de Mimo era gelado.

— Um fascista enfiou uma faca nele e me deixou sozinho esperando a morte. Covarde.

— Quem é covarde? — perguntou Anna, levantando-se furiosa, embrulhada nos lençóis.

Mimo olhou para ela, balançou a cabeça para Pino e falou com repulsa:

— Além de ser covarde e traidor, você traz uma meretriz para a casa da *mamma* e do *papà* no Natal e se deita com ela na sala de estar!

Antes mesmo de sentir raiva, Pino virou a pistola, a segurou pelo cano e bateu com o cabo no rosto do irmão. O impacto desequilibrou Mimo, que gemeu de dor. Pino aproximou-se do sofá com dois passos largos, tentou acertar um soco no rosto do irmão, mas Mimo se esquivou e tentou bater nele com o cabo do rifle. Pino agarrou a arma, torceu e arrancou da mão de Mimo, então acertou-o entre as pernas como Tito o havia atingido na Casa Alpina. Foi o suficiente para acabar com a valentia do irmão, que caiu no chão da sala de jantar.

Pino jogou o rifle para o lado, passou por cima de Mimo e o agarrou pelo colarinho, querendo dar um soco na cara do irmão mais novo, um só, certeiro e forte, com ou sem ferimento. Quando ele levantou o braço, porém, Anna gritou.

— Não, Pino! Alguém vai ouvir, e tudo que fizemos terá sido por nada.

Pino queria desesperadamente bater nele, mas soltou seu pescoço e levantou-se.

— Quem é ele? — perguntou Anna.

— Meu irmão mais novo — respondeu Pino, ressentido.

— Era seu irmão — disse Mimo, do chão, com o mesmo rancor.

— Saia daqui, antes que eu mude de ideia e mate você no Natal.

Mimo parecia querer atacá-lo, mas apoiou-se sobre os cotovelos.

— Um dia, Pino, muito em breve, você vai se odiar por ter se tornado um traidor. Os nazistas vão cair, e, quando isso acontecer, que Deus tenha piedade de você.

Mimo ficou em pé e pegou o rifle. Sem olhar para trás, foi para o corredor que levava aos quartos e desapareceu.

— Devia ter contado a ele — disse Anna, quando Mimo se retirou.

— Ele não pode saber. É para o próprio bem dele. E para o meu.

De repente, ele tremia. Anna abriu os cobertores com que se embrulhava e disse:

— Você parece sozinho e com frio.

Pino sorriu e se aproximou dela. Anna o envolveu com os cobertores e o abraçou com força.

— Lamento que isso tenha acontecido na manhã de Natal, depois da noite mais maravilhosa de minha vida — disse ela.

— Foi?

— Você nasceu para isso — comentou ela, antes de beijá-lo.

Pino sorriu acanhado.

— Acha mesmo?

— Ah, sim.

Anna e Pino se deitaram novamente e, nos braços um do outro, mergulharam no último sono que teriam em semanas.

* * *

Tempestades sucessivas atingiram a Itália nos dias seguintes. O novo ano chegou com horríveis ventos russos e neve, enterrando ainda mais a paisagem em branco e cinza. Em Milão, foi o inverno mais rigoroso já registrado.

Vastas áreas da cidade pareciam macabras. Fragmentos queimados de prédios ainda se mantinham em pé em meio às ruínas e aos destroços de bombas, fazendo Pino pensar em afiados dentes pretos e brancos tentando morder o céu que despejava neve quase constantemente, como se Deus fizesse de tudo para apagar as cicatrizes da guerra.

O povo de Milão sofria com os esforços frios de Deus. Com Leyers saqueando suprimentos, o óleo para aquecimento era escasso, desviado para as instalações alemãs. As pessoas começaram a cortar as magníficas e antigas árvores da cidade para transformar em lenha. A fumaça das fogueiras pairava sobre ruínas e edifícios ainda em pé. Tocos flanqueavam as famosas ruas antes arborizadas de Milão. Muitos parques foram atacados e desmatados. Qualquer coisa inflamável era queimada. Em alguns bairros, o ar tornou-se tão poluído quanto em uma fornalha de carvão.

O general Leyers raramente parava em algum lugar na primeira metade de janeiro, o que significava que Pino também estava em constante movimento. Várias vezes eles fizeram o trajeto gelado e perigoso para a linha gótica, garantindo que as tropas que sofriam com o frio recebessem suas rações.

Leyers, no entanto, parecia indiferente ao sofrimento do italiano comum. Ele desistiu completamente de fingir que pagava aos italianos pelo que faziam ou forneciam ao esforço de guerra alemão. Se precisava de alguma coisa, o general ordenava que fosse providenciado. Na opinião de Pino, Leyers tinha retornado àquele estado rastejante em que ele o conhecera. Frio, implacável, eficiente, era um engenheiro encarregado de uma tarefa e dedicado a cumpri-la.

Em uma tarde gelada no meio de janeiro, o general mandou Pino levá-lo à estação de trem em Monza, onde deixara sua valise mais pesada antes de ser levado à fronteira da Suíça acima de Lugano.

Dessa vez, Leyers ficou fora por cinco horas. Quando saiu do carro que o levou à fronteira, ele carregava a valise como se pesasse o dobro de antes, na Itália, e parecia andar com dificuldade pela travessia da fronteira até o Fiat.

— *Mon général?* — disse Pino, depois que Leyers acomodou-se no banco de trás. — Para onde?

— Não importa — respondeu Leyers. Ele cheirava a licor. — A guerra acabou.

Pino ficou ali sentado, perplexo, sem saber se tinha escutado direito.

— A guerra acabou?

— Pode ter acabado — respondeu o general, contrariado. — Estamos em colapso econômico, militarmente em ruínas, e as coisas terríveis feitas por Hitler estão prestes a ser descobertas. Leve-me para a casa de Dolly.

Pino manobrou o Fiat e começou a descer a encosta enquanto tentava entender o que o general havia acabado de dizer. Entendia o que era um colapso econômico. Também sabia por intermédio do tio que os nazistas estavam em retirada depois da batalha das Ardenas no leste da França e que Budapeste estava prestes a cair.

As coisas terríveis feitas por Hitler. O que isso significava? Os judeus? Os escravos? As atrocidades? Pino gostaria de perguntar a Leyers o que queria dizer, mas temia o que poderia acontecer se perguntasse.

Bebendo constantemente de um cantil, o general se manteve em silêncio durante todo o trajeto de volta a Milão. Quando se aproximavam do centro da cidade, alguma coisa atraiu seu interesse, e ele disse a Pino para ir mais devagar. Parecia atento aos prédios que ainda permaneciam em pé, olhando para eles como se guardassem segredos.

No apartamento de Dolly, Leyers falou, enrolando as palavras:

— Preciso de tempo para pensar, planejar, *Vorarbeiter*. Deixe o carro na garagem. Você está de folga até segunda-feira às oito horas.

— Segunda-feira — repetiu Pino. — *Oui, mon général.*

Antes que ele descesse do carro para abrir a porta de trás, Leyers saiu e cambaleou pela calçada para a porta do prédio, em cujo interior desapareceu sem levar nada nas mãos. Ele havia esquecido... Pino virou e olhou para trás. A valise estava lá, no chão.

★ ★ ★

Depois de parar em casa para trocar de roupa, Pino dirigiu até a casa de tio Albert. Lá ele estacionou e pegou a valise, que era mais leve do que esperava. Pino olhou pela janela da loja de objetos de couro, viu tia Greta atendendo a dois oficiais alemães e deu a volta para bater na porta da oficina de costura no fundo do prédio.

Uma funcionária abriu, olhou para ele e disse:

— Onde está o uniforme?

— Estou de folga — respondeu Pino, sentindo-se desagradavelmente analisado quando passou por ela. — Sabe se meu tio está na cozinha lá em cima?

Ela assentiu, mas não parecia feliz.

Quando tio Albert apareceu, alguma coisa pesada pairava sobre ele.

— Está tudo bem? — perguntou Pino.

— Como você entrou?

Pino explicou.

— Viu alguém observando a loja?

— Não, mas não estava prestando atenção. Acha que...?

O tio assentiu.

— Gestapo. Temos que recuar, ir mais devagar, desaparecer nas sombras, se for possível.

Gestapo? Teriam o visto sair do carro do general com a valise?

De repente, a ameaça de descoberta parecia ser tão real quanto jamais havia sido. A Gestapo estava no encalço de tio Albert? Estavam no encalço de um espião dentro do Alto-Comando alemão? Ele se lembrou de Tullio gritando com seus executores e pensou se teria a mesma coragem, caso fosse descoberto e levado ao paredão.

Meio que esperando os agentes da Gestapo invadirem a casa, Pino descreveu rapidamente a viagem do general Leyers à Suíça, como ele retornara bêbado e dizendo que a guerra tinha acabado, como havia saído do carro sem levar a valise.

— Abra-a — disse tio Albert. — Vou chamar sua tia para traduzir tudo.

Quando o tio saiu, Pino pegou a chave feita a partir do molde de cera, rezou em silêncio e a encaixou na primeira fechadura. Teve que insistir um pouco para conseguir abrir. A segunda fechadura cedeu com mais facilidade.

Ao entrar na cozinha, tia Greta ficou pálida e insegura diante das pastas que Pino removera da valise.

— Eu quase não quero ver — disse ela; no entanto, abriu a pasta no alto da pilha e começou a ler as páginas quando tio Albert voltou. — São planos de fortificação da linha gótica. Trechos inteiros. Pegue a câmera.

Tio Albert correu para buscar a câmera, e eles começaram a fotografar páginas e registrar posições nos mapas que consideravam importantes para os Aliados. Uma pasta detalhava horários de trens que faziam as viagens de ida e volta entre Itália e Áustria. Outras descreviam munições e suas localizações.

No fundo da valise, eles encontraram um bilhete incompleto manuscrito por Leyers para o general Karl Wolff, chefe da SS na Itália. A mensagem defendia que a guerra estava perdida, citando a base industrial em rápido declínio, o avanço aliado antes das nevascas e a recusa de Hitler em ouvir seus generais de combate.

— "Temos que encarar o fato de não podermos seguir por muito mais tempo."
— Tia Greta continuou lendo. — "Se insistirmos, não restará nada de nós nem da pátria amada." É isso. Sem assinatura. Ele ainda não terminou o bilhete.

Tio Albert pensou e disse:

— Uma coisa perigosa para colocar no papel. Vou anotar tudo e dizer a Baka para fazer a transmissão amanhã cedo.

O operador de rádio, que posava de carpinteiro trabalhando em armários e estantes no apartamento dos Lella, transmitia para os Aliados pela conexão clandestina todos os dias desde o Natal. Até então, a conexão de rádio com a antena alemã funcionara como magia.

— O que quer que eu faça agora? — perguntou Pino, depois de devolver as pastas à valise.

— Leve a valise de volta para ele — respondeu tio Albert. — Hoje à noite. Diga que alguém na garagem a encontrou e procurou você.

— Tomem cuidado — disse Pino, atravessando a fábrica, agora vazia, para sair pela viela.

Estava quase chegando ao Fiat, quando ouviu:

— *Halt.*

* * *

A luz de uma lanterna iluminou Pino, que, paralisado, segurava a valise de Leyers.

Um tenente da SS aproximou-se dele, seguido pelo coronel Walter Rauff, chefe da Gestapo em Milão.

— Documentos — exigiu o tenente, em italiano.

Pino deixou a valise no chão, tentando manter a calma enquanto pegava seus papéis, incluindo a carta do general Leyers.

— Por que não está de uniforme? — O tenente quis saber.

— O general Leyers me deu dois dias de folga — respondeu Pino.

Até então, o coronel Rauff, que havia ordenado a morte de Tullio, não tinha falado nada.

— E o que é isso? — perguntou, cutucando a valise com a ponta da bota.

Pino teve certeza de que iria morrer.

— A valise do general Leyers, coronel. A costura se rompeu, e ele me pediu para trazê-la à loja de couro para fazer o conserto. Vou devolvê-la agora. Gostaria de ir comigo? E perguntar a ele sobre isso? Posso adiantar que estava bêbado e de péssimo humor quando o deixei.

Rauff estudou Pino.

— Por que a trouxe *aqui* para fazer o conserto?

— É a melhor loja de couro em Milão. Todo mundo sabe disso.

— Sem mencionar que a loja é de seu tio — disse Rauff.

— Sim, também. Recorrer à família sempre facilita. Tocou algum touro recentemente, coronel?

Rauff o encarou por tanto tempo que Pino pensou que tinha ultrapassado algum limite e estragado tudo.

— Não desde a última vez — respondeu, finalmente, o chefe da Gestapo, rindo. — Mande lembranças minhas ao general Leyers.

— Serão mandadas — garantiu Pino, balançando a cabeça enquanto Rauff e seus homens se afastavam.

O suor brotava abundante quando Pino pôs a valise no chão do carro, na parte de trás, sentou-se no banco da frente e agarrou o volante.

— Puta merda — cochichou. — Meu Deus.

Assim que parou de tremer, ele ligou o Fiat e voltou ao prédio de Dolly. Anna abriu a porta, agitada.

— O general está muito bêbado e bravo — cochichou. — Bateu em Dolly.

— Ele bateu nela?

— Agora está mais calmo, disse que não queria isso.

— Você está bem?

— Estou. Só acho que este não é o melhor momento para falar com ele. O general não para de falar sobre idiotas e traidores que perderam a guerra.

— Coloque a valise dele ali, perto do cabide de casacos — pediu Pino. — Ele me deu dois dias de folga. Pode ir a minha casa? Meu pai foi visitar minha mãe novamente.

— Hoje, não. Dolly pode precisar de mim. Pode ser amanhã?

Ele se inclinou para a frente, beijou-a e respondeu:

— Mal posso esperar.

Depois de deixar o Fiat na garagem, Pino voltou ao apartamento da família. Estava pensando em Mimo. Tio Albert não falava muito sobre o que seu irmão estava fazendo e era assim que tinha que ser. Se Pino fosse interrogado sobre as atividades de Mimo na guerrilha, poderia simplesmente declarar ignorância. No entanto, queria saber que façanhas ousadas o irmão certamente realizara, ainda mais depois de tio Albert ter dito que a reputação de Mimo em combate era de ferocidade.

Recorrendo às lembranças preciosas dos Alpes, como haviam escalado e trabalhado juntos por um bem maior, Pino sentiu-se ainda mais miserável por Mimo considerá-lo um covarde traidor. Sentado ali sozinho no apartamento, desejava com desespero que as palavras do general Leyers na fronteira suíça fossem verdadeiras, que a guerra tivesse acabado e que a vida, sua vida, pudesse voltar a ser boa.

Ele fechou os olhos e tentou imaginar o momento em que a guerra terminaria e como ficaria sabendo disso. As pessoas dançariam nas ruas? Haveria americanos em Milão? É claro que sim. Eles estavam em Roma havia seis meses, não estavam? Isso não era grandioso? Não era elegante?

Esses pensamentos despertaram velhos sonhos de ir para a América, de ver o mundo lá fora. *Talvez só falte isso para o futuro existir*, pensou Pino. É preciso imaginá-lo primeiro. É preciso sonhar com ele.

Várias horas mais tarde, o telefone do apartamento tocou – e continuou tocando.

Pino não queria sair da cama quente, mas o telefone tocou e tocou, até ele não aguentar mais. Ele deixou as cobertas quentes, andou cambaleando pelo corredor frio e acendeu a luz.

Quatro horas da manhã? Quem seria?

— Residência dos Lella — ele atendeu.

— Pino? — gritou Porzia, com voz estridente. — É você?

— Sim, *mamma*. O que aconteceu?

— Tudo — disse ela, começando a chorar.

Pino despertou com o pânico.

— É o *papà*?

— Não. — Ela fungou. — Ele está dormindo no outro quarto.

— O que foi, então?

— Lisa Rocha. Minha melhor amiga de infância, lembra?

— Mora em Lecco. Tinha uma filha com quem eu brincava no lago.

— Gabriella, ela morreu. — Porzia sufocou com as lágrimas.

— O quê? — Pino lembrou-se de como empurrava a menina em um balanço no quintal da casa dos pais dela.

A mãe dele choramingou.

— Ela estava ótima e segura, trabalhando em Codigoro, mas sentiu saudades de casa e quis visitar os pais. O pai dela, marido de Lisa, Viro, estivera doente, e ela ficou preocupada.

Porzia contou que Gabriella Rocha e uma amiga haviam saído de Codigoro de ônibus na tarde anterior. O motorista tentou ganhar tempo, evidentemente, e seguiu por uma rota que passava pela cidade de Legnago.

— Os guerrilheiros lutavam contra os fascistas na região — continuou Porzia. — A oeste de Legnago, perto de um cemitério e um pomar, na direção do vilarejo de Nogara, e o ônibus ficou no meio da batalha. Gabriella tentou fugir, mas foi pega no fogo cruzado e morreu.

— Ah, isso é horrível — respondeu Pino. — Sinto muito, *mamma*.

— Gabriella ainda está lá, Pino — disse Porzia, com grande dificuldade. — A amiga dela conseguiu levar o corpo para o cemitério antes de fugir e telefonar para Lisa. Acabei de falar com Lisa pelo telefone. O marido dela está doente e não pode buscar o corpo da filha. Tenho a sensação de que tudo neste mundo ficou errado e mau.

A mãe dele soluçava.

Pino sentia-se muito mal.

— Quer que eu vá buscar o corpo?

Ela parou de chorar e fungou.

— Você iria? E o levaria para a mãe? Isso significaria muito para mim.

Pino não gostava da ideia de lidar com o corpo de uma garota morta, mas sabia que era a atitude certa a tomar.

— Ela está no cemitério entre Legnago e Nogara?

— Foi onde a amiga a deixou, sim.

— Estou indo agora mesmo, *mamma*.

★ ★ ★

Três horas mais tarde, vestido com pesadas roupas de inverno, Pino dirigia o Fiat de Leyers por uma estrada rural que passava a leste de Mântua em direção a Nogara e Legnago. A manhã era de neve e vento. O carro derrapava e sacolejava na estrada gelada, cheia de buracos.

Pino seguia, passando por campos semeados cobertos de neve, separados da pista por cercas de madeira e muros de pedras empilhadas. Ele subiu com dificuldade uma encosta a oeste de Nogara e parou para olhar para baixo. À esquerda, pomares e bosques de oliveiras sem folhas se estendiam até um grande cemitério murado. O terreno era mais íngreme à direita, mas descia rapidamente para uma planície com mais pomares sem frutas nem folhas, campos e casas de fazenda.

Sob a neve que caía leve, a cena pastoral teria sido mansa, não fosse pelos ônibus queimados bloqueando a estrada perto do portão do cemitério, por estalos, rajadas e gritos de uma batalha que ainda era travada várias centenas de metros colina abaixo. Pino sentiu a determinação fraquejar.

Não me alistei para isso, pensou, e quase deu meia-volta. Ao mesmo tempo, ainda podia ouvir Porzia implorar para ele levar o corpo de Gabriella para a mãe. E deixar a garota, sua amiga de infância, entregue aos abutres seria errado.

Pino abriu o porta-luvas e pegou o binóculo do general Leyers. Ele saiu do carro no frio rigoroso e apontou as lentes para o vale lá embaixo. Quase imediatamente, percebeu a movimentação e compreender que os camisas-negras fascistas controlavam o lado sul da estrada, enquanto os guerrilheiros de lenços vermelhos defendiam o lado direito por toda a extensão a leste até o muro do cemitério, mais ou menos a quinhentos quilômetros dele. Cadáveres dos dois exércitos ocupavam a estrada, as valas, os campos e os bosques.

Pino pensou nisso por um momento, depois formulou um plano que quase o matou de medo, mas foi o melhor que lhe surgiu. Por um longo momento, o medo de descer aquela encosta o paralisou. Todo tipo de perguntas e suposições invadia seus pensamentos, cada uma mais assustadora que a outra.

Assim que tomou a decisão de ir, porém, tentou não mais pensar no perigo. Depois de verificar a Walther carregada no bolso do casaco, Pino calçou as luvas e tirou dois lençóis brancos do porta-malas. Ele os havia levado para servir de mortalha para o corpo, mas agora eles serviriam a outro propósito. Um lençol seria amarado em sua cintura como uma saia, o outro ele usou como um xale sobre a touca de lã e o casaco.

Pino seguiu para o norte, afastando-se da estrada. Envolto pelos lençóis, ele se movia como um fantasma pela nevasca atravessando o flanco da colina, depois desceu, perdendo altitude gradualmente até alcançar a proteção do bosque de oliveiras mais próximo.

Pino continuou por duzentos metros antes de virar para leste ao longo de um muro de pedras no extremo norte do bosque. Pelo binóculo e através da neve que caía, viu as silhuetas dos guerrilheiros à direita, espalhados e abaixados na base de velhas oliveiras, atirando contra os fascistas que tentavam atravessar a estrada.

Ele se mantinha abaixado e imóvel, mantendo a maior parte possível do corpo atrás do muro de pedras. Ouvia pistolas automáticas do lado dos fascistas e balas acertando as árvores, ricocheteando no muro e, de vez em quando, fazendo um ruído molhado que ele deduzia ser um guerrilheiro atingido.

No silêncio que ecoava depois do tiroteio, homens feridos dos dois lados gritavam de agonia por suas esposas e suas mães, por Jesus, pela Virgem Maria e por Deus Todo-Poderoso, implorando por ajuda ou pelo fim de sua tortura. As vozes de sofrimento entraram na cabeça de Pino e o aterrorizaram com a possibilidade do recomeço do tiroteio. Não conseguia se mover. E se fosse atingido? E se morresse? O que a mãe faria, se o perdesse? Ele deitou de bruços na neve atrás do muro de pedras, tremendo incontrolavelmente e pensando que devia simplesmente ir embora.

Então, Mimo surgiu em sua mente chamando-o de covarde e traidor, e ele sentiu vergonha de se esconder atrás de um muro. *Não deixe seu coração se abalar*, havia dito o Cardeal Schuster na véspera de Natal. *Não vamos deixar nosso coração se abalar. Tenha fé*, dissera o Padre Re a ele mais vezes do que conseguia lembrar.

Pino se preparou adotando uma posição meio inclinada e correu para a frente e para leste, uma corrida de uns bons duzentos metros até onde o muro de pedras acabava. Lá ele hesitou, depois correu pela parte de trás de outro bosque de oliveiras, vendo guerrilheiros se moverem entre as árvores à direita a uns setenta metros de distância. Uma forte rajada de metralhadora explodiu do lado fascista da estrada.

Pino mergulhou na neve e abraçou a base de uma velha árvore. Balas varreram o bosque de leste a oeste e de volta, rasgando galhos de árvores e guerrilheiros, a julgar pelos gritos de agonia que ouvia. Por alguns momentos, o cenário para Pino era de pesadelo, lentidão e neve, tudo menos o rugido animal da metralhadora e os gritos dos feridos.

A arma voltava disparando na direção de Pino. Ele se levantou e correu para a frente, com as balas varrendo tudo atrás dele. Ouvia os projéteis penetrando nas árvores pelas quais passava, mas estava quase na esquina do muro do cemitério e achou que conseguiria.

Uma raiz embaixo da neve prendeu seu pé, e ele tropeçou. Pino tentou se equilibrar, mas o chão embaixo do passo seguinte desapareceu, e ele desabou de cara em uma vala de drenagem cheia de neve.

* * *

Rajadas de metralhadora cortavam o ar acima dele e atingiam a esquina do muro do cemitério, provocando uma chuva de fragmentos de pedras e cimento antes de mais tiros.

Com o rosto voltado para a neve, Pino ouvia os gritos terríveis de homens e meninos se agarrando à vida e pedindo socorro ou implorando pelo fim. A dor desses homens o fez se levantar da neve e ficar em pé. Ele ficou ali parado na vala de drenagem, olhando para onde tinha caído, e entendeu que, se tivesse ficado em pé e corrido para o cemitério, certamente estaria morto, provavelmente cortado ao meio.

Pino viu movimento ao sul. Camisas-negras atravessavam a estrada. Pino se enrolou com o lençol, saiu da vala e deu alguns passos largos antes de desaparecer de vista atrás do muro de dois metros e meio de altura que cercava o cemitério.

Foi então que enrolou os lençóis e os jogou por cima do muro. Depois, abaixou-se, pulou e se agarrou à superfície gelada. Espernando e usando a força dos braços, passou uma perna por cima do muro, montou em cima dele e pulou para o outro lado, para dentro do cemitério, aterrissando na neve fofa. Do lado de fora, as súplicas de feridos e aleijados continuavam.

Então, um tiro ecoou. Calibre leve, pelo estalo curto. Depois outro. E um terceiro.

Pino tirou a pistola Walther do bolso do casaco, pendurou novamente os lençóis brancos sobre os ombros e se moveu depressa por entre túmulos, estátuas e mausoléus recobertos de neve em direção à frente do cemitério. Imaginava que a amiga de Gabriella não teria sido capaz de arrastá-la para muito longe e que o corpo devia estar na frente dele em algum lugar.

Outro tiro fora dos muros do cemitério, então o quinto, depois o sexto. Pino seguia em frente. Ele olhava para todos os lados, mas não *via* ninguém no cemitério. Fazendo uma curva aberta para não ser visto da estrada através do portão, chegou à fileira de túmulos mais próxima da entrada.

Usou o binóculo para estudar o terreno aberto na frente do muro frontal do cemitério e nem assim viu algo. Recuando, olhou entre a os túmulos da primeira fileira, depois os da segunda, e viu Gabriella Rocha, ou o que parecia ser ela, embaixo de quinze centímetros de neve. Pino seguiu diretamente para o contorno da silhueta. Quando o sétimo e o oitavo tiros ecoaram fora dos muros do cemitério, ele olhou para o portão da frente e ficou aliviado ao não ver ninguém lá.

A filha da melhor amiga de Porzia estava deitada de costas, encostada à base de uma grande sepultura que a escondia do portão e da estrada. Ele se ajoelhou ao lado da forma coberta de neve, se inclinou e soprou a neve fina e leve, que viu se afastar do rosto dela, um rosto adorável e gelado a ponto de ter se tingido de azul. Os olhos de Gabriella estavam fechados. Os lábios se distendiam em um sorriso quase satisfeito, como se ela tivesse ouvido um comentário engraçado a caminho do céu. Pino soprou mais neve do rosto e dos cabelos escuros da jovem, notando que o sangue havia formado cristais de gelo e desenhado um halo claro sob sua cabeça.

Pino levantou a cabeça dela, apesar do pescoço enrijecido pelo *rigor mortis*, e encontrou o ponto por onde a bala havia entrado e saído, dois buracos na parte de trás do crânio, quase nenhum dano, só dois buracos esvaziados de sangue dos dois lados do ponto em que a medula encontrava o cérebro. Pino a deitou novamente e removeu o restante da neve que a cobria, lembrando quanto haviam se divertido quando crianças e pensando que era bom que ela não tivesse sofrido. Viva e amedrontada em um momento, morta e satisfeita antes de respirar de novo.

Depois de estender os lençóis, Pino deixou a Walther sobre a tumba e rolou o corpo de Gabriella para cima do primeiro lençol. Quando a envolveu com o tecido, pensou em como passaria o corpo por cima do muro dos fundos sem uma corda.

Pino virou-se para pegar o segundo lençol, mas isso não tinha mais importância. Três soldados fascistas haviam entrado no cemitério pelo portão. E apontavam rifles para ele, a quarenta metros de distância.

* * *

— Não atirem! — gritou Pino, ajoelhando-se e levantando os braços. — Não sou guerrilheiro. Trabalho para o general Hans Leyers do Alto-Comando alemão em Milão. Ele me mandou buscar o corpo desta jovem e levá-lo para a mãe dela em Lecco.

Dois soldados pareciam céticos e sedentos por sangue. O terceiro começou a rir enquanto se aproximava de Pino, a arma apontada, e dizia:

— Essa é a melhor desculpa de guerrilheiro que já ouvi, o que me faz pensar que vai ser uma grande pena estourar sua cabeça.

— Não faça isso — avisou Pino. — Tenho documentos que provam o que eu digo. Aqui, no bolso do casaco.

— Não damos a mínima para documentos falsificados — respondeu o camisa-negra.

Ele parou a dez metros de Pino, que disse:

— Vão querer explicar para *Il Duce* por que me mataram, em vez de me deixarem cuidar do corpo desta moça?

O fascista hesitou. Depois, provocou:

— Agora está dizendo que é amigo de Mussolini?

— Não sou amigo. Trabalho para ele como tradutor nas visitas do general Leyers. É verdade. Deixem-me mostrar os documentos, vocês vão ver.

— Não é melhor verificar, Raphael? — sugeriu outro camisa-negra, nervoso.

Raphael hesitou, depois fez um gesto pedindo os documentos. Pino entregou sua identidade da Organização Todt, a carta assinada pelo general Leyers e um documento de salvo-conduto assinado por Benito Mussolini, presidente da República de Salò. Era a única coisa que Pino havia roubado da valise de Leyers.

— Abaixem as armas — ordenou Raphael, finalmente.

— Obrigado — disse Pino, aliviado.

— Tem sorte de eu não ter atirado em você só por estar aqui — respondeu Raphael.

Quando Pino se levantou, Raphael perguntou:

— Por que não está com o exército de Salò? Por que é motorista de um nazista?

— É complicado — disse Pino. — *Signore*, tudo o que quero é levar o corpo desta moça para a mãe dela, que está arrasada em casa, esperando para enterrar a filha.

Raphael olhou para ele com algum desdém, mas autorizou:

— Vá em frente.

Pino pegou sua pistola, colocou-a na cartucheira e embrulhou o corpo de Gabriella com o segundo lençol. Depois, tirou do bolso a braçadeira com a suástica e a colocou no braço. Então, abaixou-se e pegou o corpo.

Ela não era tremendamente pesada, mas Pino teve que fazer alguns ajustes antes de acomodá-la com firmeza junto ao peito. Com um aceno de cabeça, voltou por entre as sepulturas andando sobre a neve fofa e profunda, atento aos camisas-negras que observavam cada passo que ele dava.

★ ★ ★

Quando Pino saiu pelo portão do cemitério, um raio de sol rompeu a barreira das nuvens, brilhando sobre o ônibus queimado à esquerda e iluminando a neve, que cintilava como pedras preciosas caindo na terra. Quando se pôs a andar pela estrada a caminho da subida mais afastada, porém, Pino não olhava para os diamantes que flutuavam do céu. Seus olhos se moviam para a esquerda e para a direita, atentos aos camisas-negras, que usavam machados, serras e facas para cortar a cabeça dos guerrilheiros sob seus lenços vermelhos.

Quinze ou talvez vinte cabeças já tinham sido espetadas em estacas da cerca voltada para a estrada. Muitos olhos estavam abertos, o rosto contorcido na agonia da morte. De repente, o peso da garota morta em seus braços tornou-se insuportável sob o olhar sombrio e silencioso dos homens sem corpo. Pino queria soltar Gabriella, deixá-la ali e fugir da selvageria que o cercava. Em vez disso, ele a pôs no chão e se apoiou sobre o joelho de cabeça baixa, os olhos fechados, rezando e pedindo a Deus forças para continuar.

— Os romanos faziam isso — disse Raphael, atrás dele.

Pino virou-se e olhou espantado para o fascista.

— O quê?

Raphael respondeu:

— O césar exibia cabeças inimigas ao longo de estradas que levavam a Roma como um aviso sobre o que acontecia com quem se opunha ao imperador. Acho que agora o efeito é o mesmo. Acho que *Il Duce* ficaria orgulhoso. E você?

Pino piscou, atordoado, olhando para o camisa-negra.

— Não sei. Sou só um motorista.

Ele pegou Gabriella novamente e seguiu pela estrada coberta de neve, tentando não olhar para mais cabeças nas estacas ensanguentadas da cerca nem para os movimentos sanguinários dos fascistas que ainda trabalhavam nas cabeças restantes.

24

A melhor amiga de Porzia ficou histérica quando Pino entrou na casa dela, em Lecco, carregando Gabriella. Ele ajudou a deitar o corpo sobre a mesa em que mulheres vestidas com roupas de luto esperavam para prepará-la para o funeral. Pino saiu enquanto elas choravam, não esperou por uma palavra de gratidão. Não suportava ficar nem mais um momento perto da morta nem ouvindo a dor que ecoava dos vivos.

Pino entrou no Fiat e olhou para ele, mas não pôs o carro em movimento. Ver as decapitações o havia abalado muito. Matar um homem na guerra era uma coisa. Profanar o corpo era outra. Que tipo de bárbaros eram eles? Quem faria tal coisa?

Ele se lembrou de muitas ocorrências terríveis que testemunhara desde a chegada da guerra ao norte da Itália. O pequeno Nicco segurando a granada. Tullio enfrentando o esquadrão de fuzilamento. Os escravos no túnel. Os dedinhos na fresta do vagão vermelho na plataforma vinte e um. E agora cabeças sem corpo espetadas em estacas de uma cerca coberta de neve.

Por que eu? Por que tenho que ver essas coisas?

Pino sentia como se ele e a Itália estivessem condenados a sofrer crueldades intermináveis. Que nova brutalidade o esperava? Quem seria o próximo a morrer? E de que maneira horrível?

Sua cabeça girava com esses e outros pensamentos terríveis. Ele foi ficando nervoso, apavorado, em pânico. Estava sentado e imóvel, mas respirava depressa demais, suando, febril, e o coração batia como se corresse montanha acima. Pino compreendeu que não podia voltar a Milão em tal estado. Precisava de algum lugar quieto e isolado, algum lugar onde pudesse gritar sem ninguém se incomodar. Mais que isso, precisava de alguém que o ajudasse, alguém com quem conversar...

Pino olhou para o norte e decidiu para onde ia e quem queria ver.

Ele entrou no Fiat e dirigiu rumo ao norte ao longo da margem leste do lago de Como, ignorando a beleza, concentrado em chegar a Chiavenna e à estrada do passo do Spluga o mais depressa possível.

A estrada era quase intransitável depois de Campodolcino. Pino teve que pôr correntes nos pneus do Fiat para fazer a longa subida até Madesimo. Ele parou o carro perto da trilha para Motta e começou a andar encosta acima com vinte e cinco centímetros de neve fresca na trilha batida.

O sol, por fim, brilhava. Uma brisa forte soprava as últimas nuvens quando Pino chegou ao platô, ofegante no ar gelado, focado não na grandiosidade do lugar, mas na Casa Alpina. Estava tão desesperado pela visão do refúgio que correu por toda a extensão do platô e tocou o sino da varanda como se fosse um alarme de incêndio.

Na periferia de seu campo de visão, Pino percebeu quatro homens armados surgindo das laterais do prédio. Eles usavam lenços vermelhos no pescoço e apontavam rifles em sua direção.

Pino levantou as mãos e disse:

— Sou amigo do Padre Re.

— Reviste-o — disse um deles.

Pino entrou em pânico quando lembrou que ainda levava os documentos no bolso, um do general Leyers, outro de Mussolini. Os guerrilheiros o fuzilariam só por isso.

Antes que os homens pudessem se aproximar dele, porém, a porta se abriu e o Padre Re apareceu olhando para ele.

— Sim? — disse ele. — Posso ajudá-lo?

Pino tirou a touca.

— Sou eu, Padre Re. Pino Lella.

O sacerdote arregalou os olhos, primeiro com incredulidade, depois com alegria e admiração. Ele abraçou Pino e gritou:

— Pensamos que estivesse morto!

— Morto? — Pino lutava contra as lágrimas. — De onde tirou isso?

O padre deu um passo para trás, olhou para ele radiante e disse:

— Não importa. O importante é que está vivo!

— Sim, padre — concordou ele. — Posso entrar? Falar com o senhor?

O Padre Re notou os guerrilheiros observando e disse:

— Eu me responsabilizo por ele, amigos. Conheço esse rapaz há anos; não existe homem melhor nas montanhas.

Se isso os impressionou, Pino não percebeu. Ele seguiu o Padre Re pelo corredor conhecido, sentindo o cheiro do pão do irmão Bormio assando, ouvindo vozes masculinas que gemiam e falavam baixo.

Mais da metade do refeitório da Casa Alpina havia sido transformada em hospital de campanha. Um homem que Pino reconheceu de Campodolcino, médico, trabalhava com uma enfermeira em um dos nove feridos deitados em camas de campanha distribuídas perto da lareira.

— Membros do Décimo Nono Garibaldi — disse o Padre Re.

— Não são os homens do Tito?

— O Décimo Nono expulsou aqueles vagabundos do vale há meses. A última notícia que tivemos foi que Tito e seu bando estavam saqueando e roubando na estrada para o passo do Brenner. Covardes. Os homens que estão aqui são todos corajosos.

— Tem algum lugar em que possamos conversar, padre? Vim de longe para ver o senhor.

— Ah, sim? É claro — disse o Padre Re, levando Pino ao quarto dele.

O padre apontou um banquinho. Pino sentou-se, torcendo as mãos.

— Quero me confessar, padre — disse.

O padre reagiu, preocupado.

— Confessar o quê?

— Minha vida desde que saí daqui. — Pino contou ao padre a pior parte.

**

Ele parou quatro vezes enquanto descrevia o general Leyers e os escravos, e Carletto Beltramini amaldiçoando-o enquanto o pai dele morria, a cerimônia de dizimação na penitenciária San Vittore, o fuzilamento de Tullio Galimberti, Mimo o ridicularizando e a experiência daquela manhã no cemitério sob os olhares mortos de cabeças decapitadas.

— Não sei por que essas coisas estão acontecendo comigo — choramingou. — É demais, padre. É muita coisa para ver.

O Padre Re apoiou a mão no ombro de Pino.

— Também acho que é demais, Pino, mas receio que não seja demais para Deus pedir a você.

Perplexo, Pino perguntou:

— O que Ele quer que eu faça?

— Que seja testemunha do que viu e ouviu — disse o padre. — A morte de Tullio não pode ter sido em vão. Os assassinos na *piazzale* Loreto devem ser levados à justiça. Os fascistas de hoje cedo também.

— Vê-los decapitar os mortos... Não sei, padre... Isso me faz questionar minha fé na humanidade, no fato de as pessoas serem inerentemente boas no fundo, não selvagens como aqueles.

— Ver essas coisas faria qualquer um questionar a fé na humanidade. No entanto, muita gente é essencialmente boa. Você precisa acreditar nisso.

— Até os nazistas?

O Padre Re hesitou, depois respondeu:

— Não posso explicar os nazistas. Acho que nem eles conseguem se explicar.

Pino assoou o nariz.

— Acho que quero ser um daqueles homens no refeitório, padre. Lutar abertamente. Fazer alguma coisa importante.

— Deus quer que você lute de um jeito diferente, por um bem maior, ou não o teria posto onde está.

— Espionando o general Leyers — deduziu Pino, dando de ombros. — Padre, além dos encontros com Anna, a última vez que me senti realmente bem comigo foi aqui na Casa Alpina, ajudando as pessoas a atravessarem Val di Lei, salvando vidas.

— Bem, não sou especialista, mas tenho que acreditar que você salvou a vida de muitos aliados com as informações que conseguiu pondo em risco sua vida.

Pino não havia pensado desse jeito antes. Limpando as lágrimas, ele respondeu:

— O general Leyers... Pelo que contei, acha que ele é mau, padre?

— Obrigar um homem a trabalhar até morrer é o mesmo que atirar nele. Só a escolha de armas é diferente.

— Foi o que pensei — confessou Pino. — Às vezes, Leyers pode parecer uma pessoa comum e, em seguida, ele parece um monstro.

— Considerando o que viu e me contou, creio que vai prender o monstro algum dia, fazê-lo pagar por seus pecados antes de expiá-los diante de Deus.

Isso fez Pino sentir-se melhor.

— Eu adoraria ver isso acontecer.

— Você vai ver. Esteve realmente na chancelaria em Milão?

— Uma vez — confirmou Pino.

— E na *villa* de Mussolini em Gargnano?

— Duas vezes. É um lugar estranho, padre. Não gosto de lá.

— Não quero saber. Conte-me mais sobre Anna.

— Ela é divertida, bonita e inteligente. É seis anos mais velha que eu e viúva, mas eu a amo, padre. Ela ainda não sabe, mas tenho planos de me casar com ela depois da guerra.

O velho sacerdote sorriu.

— Então, reencontre sua fé na humanidade no amor que sente por Anna e construa sua força por meio do seu amor por Deus. Os tempos são sombrios, Pino, mas realmente sinto as nuvens começando a se dissipar e o sol querendo nascer sobre a Itália outra vez.

— Até o general Leyers diz que a guerra praticamente acabou.

— Vamos rezar para seu general estar certo sobre isso — respondeu o Padre Re. — Vai ficar para jantar? Pode passar a noite aqui, conversar com os feridos, e hoje à noite vou receber dois pilotos americanos que foram derrubados e precisam de um guia para atravessar Val di Lei. Sente-se disposto para isso?

Americanos!, pensou Pino. Seria empolgante. Uma escalada até Val di Lei faria bem a seu corpo, e ajudar dois americanos a fugir poderia fazer bem à alma. No entanto, pensou no general Leyers, e no que ele faria se descobrisse que Pino percorrera o norte da Itália com um cadáver no banco de trás de seu carro oficial.

— Na verdade, padre, tenho que voltar. O general pode precisar de mim.

— Ou Anna.

Pino sorriu ao ouvir o nome dela.

— Ou Anna.

— E é assim que tem que ser. — O Padre Re riu. — Pino Lella. Um jovem apaixonado.

— Sim, padre.

— Tome cuidado, meu filho. Não magoe a moça.

— Não, padre. Nunca.

Pino saiu da Casa Alpina sentindo-se um pouco mais limpo, de algum jeito. O ar do fim de tarde era fresco e muito frio. O cume do Groppera se destacava com uma torre de sino contra um céu azul-cobalto, e o platô alpino em Motta mais uma vez pareceu aos olhos de Pino como uma das maiores catedrais de Deus.

★ ★ ★

Pino saiu apressado da garagem da frota oficial pouco depois do anoitecer, sentindo como se tivesse vivido três vidas inteiras em um dia. Quando entrou no saguão do prédio em que morava, encontrou Anna rindo com os guardas.

— Aí está você! — disse ela, dando a impressão de que já havia bebido a primeira taça de vinho.

Um dos guardas disse alguma coisa, o outro riu, e Anna falou:

— Ele quer saber se você sabe da sorte que tem.

Pino riu para o soldado da SS.

— Diga a ele que sim. Diga que, quando estou com você, eu me sinto o homem mais sortudo do mundo.

— Você é um amor — respondeu ela, depois traduziu.

Um dos guardas levantou a sobrancelha numa reação cética. O outro assentiu, talvez pensando na mulher que o fazia se sentir o homem de mais sorte no mundo.

Eles não pediram os documentos de Pino, e logo ele e Anna estavam dentro do elevador de gaiola. Quando passaram pelo quinto andar, Pino a agarrou, e eles se beijaram com paixão. Os dois se afastaram quando o elevador parou no andar em que desceriam.

— Sentiu saudade de mim? — perguntou Anna.

— Demais — confirmou ele, segurando a mão dela quando saíram.

— O que aconteceu? — Ela quis saber quando Pino pôs a chave na fechadura.

— Nada. Eu só... só preciso esquecer essa guerra outra vez, com você.

Anna tocou o rosto dele.

— Essa é uma fantasia maravilhosa.

Eles entraram, fecharam a porta, e não saíram de lá nas trinta horas seguintes.

* * *

Pino parou o carro na frente do apartamento de Dolly logo cedo na manhã da segunda-feira. Ficou ali sentado por alguns momentos, saboreando as lembranças das horas que passara com Anna, quando o tempo parecia ter parado, quando não havia guerra, só prazer, e a felicidade inebriante do amor desabrochando era tão triunfante e alegre quanto a ária do príncipe Calaf.

A porta de trás do Fiat foi aberta, o general Leyers entrou com sua valise na mão e o longo casaco de lã cinza.

— Monza — disse Leyers. — Estação de trem.

A neve começava a cair quando Pino partiu, furioso por Leyers estar novamente indo atrás do ouro roubado, levando mais dele para a Suíça.

Pino já conseguia vislumbrar o dia que teria. Passaria o tempo estacionado na fronteira acima de Lugano, congelando durante horas enquanto o general fazia negócios secretos. Quando Leyers voltou do pátio da estação, disse a Pino para levá-lo à estação central de Milão, não à fronteira suíça.

Eles chegaram lá por volta de meio-dia. Leyers não permitiu que Pino carregasse sua valise e transferiu o peso de uma das mãos para a outra enquanto se dirigiam àquele trem velho de vagões vermelhos desbotados parado na gelada plataforma vinte e um.

Pino havia rezado para nunca mais ver aquele trem de novo, mas lá estava ele; Pino se aproximava sentindo medo, pedindo para Deus não o deixar ver dedinhos acenando pelas frestas do vagão. No entanto, *via* os dedinhos nus a trinta metros de distância, dezenas deles, e de todas as idades, implorando misericórdia enquanto vozes lá dentro gritavam pedindo por ajuda. Pelas frestas no vagão, Pino viu que a maioria das pessoas não estava mais bem-vestida que aquelas que ele vira nos mesmos vagões em setembro passado.

— Estamos congelando! — berrou alguém. — Por favor!

— Minha filha! — gritou outra pessoa. — Ela está com febre. Por favor.

Se o general Leyers ouvia essas súplicas, ele as ignorou. Dirigiu-se ao coronel Rauff, que estava esperando o trem partir acompanhado por dez membros da *Waffen-SS*. Pino puxou o quepe sobre os olhos e ficou para trás. Os dois soldados da SS mais próximos de Rauff tinham cães pastores-alemães agressivos presos por coleiras curtas. Leyers não parecia impressionado com eles e disse alguma coisa para Rauff num tom calmo.

Depois de um momento, o coronel da Gestapo ordenou que os guardas se afastassem. Pino mantinha-se à sombra de um poste de ferro e observava o general e Rauff envolvidos em uma discussão intensa, que prosseguiu até Leyers apontar sua valise.

Rauff olhou intrigado para o general, depois para a valise, e de volta para Leyers antes de dizer alguma coisa. Leyers assentiu. O coronel da Gestapo gritou uma ordem para os guardas da SS. Dois deles se dirigiram ao último vagão do trem de gado, destrancaram e abriram as portas de correr. Oitenta pessoas, homens, mulheres e crianças, se espremiam num espaço em que cabiam vinte vacas. Todos apavorados e tremendo.

— *Vorarbeiter* — chamou o general Leyers.

Pino não fez contato visual com Rauff quando se aproximou de Leyers.

— *Oui, mon général.*

— Ouvi alguém dizer "minha filha está com febre".

— *Oui, mon général.* Eu também ouvi.

— Peça à mãe para me mostrar a menina doente.

Pino ficou confuso, mas se virou para as pessoas no vagão aberto e traduziu a solicitação.

Alguns momentos depois, uma mulher abriu caminho em meio à multidão, acompanhando uma menina pálida e suada, que tinha uns nove anos.

— Diga-lhe que vou salvar sua filha — ordenou o general Leyers.

Pino hesitou por um instante antes de traduzir.

— Obrigada. Obrigada.

— Diga que vou providenciar atendimento médico para a menina e tomar providências para que ela nunca mais venha à plataforma vinte e um — acrescentou o general. — Mas a menina fica sozinha.

— O quê? — reagiu Pino.

— Diga a ela — ordenou Leyers. — E não tem discussão. Ou a filha dela é salva, ou não é, e vou procurar alguém mais obediente.

Pino não sabia o que pensar, mas traduziu a informação.

A mulher engoliu em seco, mas não respondeu.

As mulheres que a cercavam diziam:

— Salve a menina! Salve-a!

A mãe da menina doente finalmente assentiu, e Leyers disse aos guardas da SS:

— Levem-na para meu carro e esperem lá com ela.

Os nazistas hesitaram, até o coronel Rauff gritar para que cumprissem a ordem. A menina, embora fraca e febril, ficou histérica ao ser tirada dos braços da mãe. Os gritos e o choro podiam ser ouvidos em toda a estação, enquanto Leyers mandava as outras pessoas saírem do vagão. Ele andava diante delas, olhando uma de cada vez, e parou diante de uma menina no fim da adolescência.

— Pergunte se ela quer ser levada a um lugar seguro — ordenou Leyers.

Pino traduziu a pergunta, e a menina assentiu, sem hesitar.

O general Leyers mandou outros dois guardas da *Waffen-SS* levarem a garota para seu carro.

Depois, seguiu com a inspeção, e Pino não conseguia lembrar como ele havia classificado os escravos no estádio em Como naquele seu primeiro dia de motorista. Em minutos, o general Leyers tinha escolhido mais dois meninos, ambos adolescentes. Um menino recusou a oferta, mas os pais o fizeram aceitá-la.

— Pode levá-lo — disse o homem. — Se é seguro, ele é seu.

— Não, *papà* — protestou o garoto. — Eu quero...

— Não interessa — interrompeu a mãe, chorando enquanto o abraçava. — Vá. Nós vamos ficar bem.

Quando os soldados da SS o levaram, Leyers acenou com a cabeça para Rauff, que mandou todos os outros voltarem para o vagão. Pino sentiu um medo sufocante quando os viu embarcar, especialmente ao ver o pai e a mãe do último menino escolhido. Eles olharam para trás muitas vezes antes de entrar no vagão, como se quisessem ver pela última vez o amor e a alegria perdidos.

Você fez o certo, pensou Pino. *É trágico, mas você fez o que era certo.*

Ele não suportou olhar quando a porta do vagão de gado foi fechada.

— Vamos — disse Leyers.

Eles passaram pelo coronel Rauff. A valise do general estava aos pés do chefe da Gestapo.

Quando chegaram ao Fiat, os quatro jovens tirados do trem estavam lá dentro e tremiam. Três estavam no banco de trás, um no banco da frente. Dois soldados da SS permaneciam de guarda. Não pareciam muito satisfeitos quando Leyers os dispensou.

O general abriu a porta de trás e olhou para eles, sorrindo.

— *Vorarbeiter*, diga a eles que meu nome é general Hans Leyers, que sou da Organização Todt. Peça para repetirem, por favor.

— Repetir, *mon général*?

— Sim — confirmou Leyers, irritado. — Meu nome. Minha patente. Organização Todt.

Pino cumpriu a ordem, e cada um repetiu o nome do general, sua patente e Organização Todt, inclusive a menina doente.

— Excelente — aprovou o general. — Agora, pergunte a eles quem os salvou da plataforma vinte e um.

Pino achou estranho, mas traduziu, e os quatro repetiram o nome dele.

— Tenham uma vida longa e próspera e louvem seu Deus como se hoje fosse Páscoa — disse Leyers, que então fechou a porta do carro.

O general olhou para Pino, formando nuvens brancas no ar gelado cada vez que respirava.

— Leve-os à chancelaria, *Vorarbeiter*, para o Cardeal Schuster. Diga a eles para escondê-los ou levá-los para a Suíça. Diga que lamento não poder levar mais.

— *Oui, mon général* — disse Pino.

— Busque-me na central telefônica às seis em ponto. — Ele se virou e voltou à estação de trem. — Temos muito que fazer.

Pino viu Leyers se afastar antes de entrar no carro, tentando decifrar o que havia acabado de testemunhar. *Por que ele...? O que ele...?* Nada disso importava. Levar esses quatro à chancelaria era o mais importante. Ele entrou no carro e ligou o motor.

A menina doente, Sara, chorava e gemia pedindo pela mãe.

— Aonde vamos? — perguntou a garota mais velha.

— Para o lugar mais seguro de Milão — respondeu Pino.

★ ★ ★

Ele estacionou o Fiat no pátio da chancelaria e disse às crianças para esperarem ali no automóvel. Depois, subiu a escada coberta de neve e bateu à porta do apartamento do cardeal.

Um sacerdote que ele não conhecia o recebeu. Pino apresentou-se, disse para quem trabalhava e quem estava no carro.

— Por que eles estavam nos vagões de gado? — perguntou o padre.

— Não sei, mas acho que são judeus.

— Por que esse general nazista pensa que o Cardeal Schuster se envolveria com judeus?

Pino olhou para o sacerdote, que adotava uma atitude dura, e se sentiu ultrajado. Erguendo os ombros, ele se impôs pela estatura, muito superior à do religioso.

— Não sei por que Leyers pensou isso — disse. — Mas sei que o Cardeal Schuster tem ajudado judeus a fugir para a Suíça há um ano e meio, porque eu o auxiliei nisso. Agora, não acha que devemos perguntar ao cardeal o que ele quer que seja feito?

Pino falou tudo isso com um tom ameaçador que fez o sacerdote se encolher.

— Não posso prometer nada — respondeu. — Ele está trabalhando na biblioteca, mas vou...

— Não, eu vou — decidiu Pino. — Conheço o caminho.

Ele passou pelo padre, seguiu pelo corredor até a biblioteca e bateu à porta.

— Pedi para não ser incomodado, Padre Bonnano — respondeu Schuster, do outro lado.

Pino tirou o chapéu, abriu a porta e entrou de cabeça baixa, dizendo:

— Lamento, monsenhor cardeal, mas é uma emergência.

O Cardeal Schuster o encarou curioso.

— Conheço você.

— Pino Lella. Sou motorista do general Leyers. Ele tirou quatro judeus do trem na plataforma vinte e um. Mandou que eu os trouxesse para cá e pediu desculpas por serem só esses.

O cardeal comprimiu os lábios.

— É mesmo?

— Eles estão lá fora. No carro dele.

Schuster não disse nada.

— Eminência — falou o Padre Bonnano —, expliquei que o senhor não pode se envolver pessoalmente com tal...

— Por que não? — reagiu Schuster, seco. Depois, olhou para Pino. — Traga-os para dentro.

— Obrigado, monsenhor cardeal. Uma menina está com febre.

— Vamos chamar um médico. O Padre Bonnano vai cuidar disso. Não vai, padre?

O sacerdote parecia inseguro, mas se inclinou, respeitoso.

— Imediatamente, Eminência.

Depois de levar os quatro à biblioteca do cardeal e ver o Padre Bonnano providenciar cobertores e chá quente para todos, Pino falou:

— Tenho que ir, monsenhor cardeal.

Schuster estudou Pino, depois o tirou de perto dos refugiados para não ser ouvido por eles.

— Não sei o que pensar do general Leyers — disse.

— Eu também não sei. Ele muda todos os dias. É cheio de surpresas.

— Sim — concordou Schuster, pensativo. — Ele é cheio de surpresas, não é?

25

O ar polar continuava chegando do Alpes com ventos cortantes implacáveis que castigaram Milão durante o fim de janeiro e o começo de fevereiro de 1945. O general Leyers ordenou a apreensão de produtos como farinha, açúcar e óleo. Tumultos explodiam nas longas filas que se formavam pela comida restante. Doenças como tifo e cólera se espalhavam nas condições insalubres causadas pelos bombardeios. Eram quase epidêmicas em grandes áreas da cidade. Para Pino, Milão parecia um lugar amaldiçoado, e ele se perguntava por que o povo era punido de maneira tão impiedosa.

O clima e a crueldade de Leyers espalharam o ódio pelo norte da Itália. Apesar das condições gélidas, quando usava a suástica, Pino podia sentir o calor do rancor no rosto ressentido de cada italiano que passava por ele. Tiques de repulsa. Notas de ressentimento. Espasmos de ódio. Ele via todas essas reações e mais. Queria gritar com essas pessoas, dizer a elas o que realmente estava fazendo, mas se mantinha impassível, engolia a vergonha e seguia em frente.

O general Leyers tornou-se instável depois de salvar os quatro judeus. Trabalhava naquele ritmo frenético, sem dormir durante vários dias, depois se deprimia e se embriagava no apartamento de Dolly.

— Ele está animado em um minuto, deprimido no outro — comentou Anna, certa tarde no início de fevereiro, quando saíam de um bar a um quarteirão da casa de Dolly. — Numa noite a guerra acabou, na outra a luta continua.

A neve cobria a *via* Dante, e o ar era frígido, mas o sol brilhava tão forte que, para variar, eles decidiram caminhar.

— O que vai acontecer depois da guerra? — perguntou Pino quando se aproximavam de Parco Sempione. — Quer dizer, com Dolly?

— Ele vai levá-la para Innsbruck quando a estrada do passo do Brenner for aberta — respondeu Anna. — Dolly quer ir agora de trem. Ele diz que não é seguro. Trens têm sido bombardeados no Brenner. Mas acho que ele só precisa dela aqui, da mesma forma que ela vai precisar de mim lá por um tempo.

Pino sentiu um embrulho no estômago.

— Você vai para Innsbruck com Dolly?

Anna parou ao lado da longa e larga depressão na neve que marcava o velho fosso em torno do Castello Sforzesco. A fortaleza de pedra do século XV havia sido atingida durante o bombardeio de 1943. As torres redondas medievais nas duas extremidades estavam em ruínas. A torre sobre a ponte levadiça sofrera danos que eram vistos como feridas negras na neve.

— Anna? — insistiu Pino.

— Só até Dolly se instalar — respondeu ela, estudando a torre bombardeada como se contivesse segredos. — Ela sabe que quero voltar para Milão. E para você.

— Que bom. — Pino beijou a mão dela dentro da luva. — Há uns quinze metros de neve acumulada, pelo menos. Vão levar três semanas para limpar aquela estrada.

Ela deu as costas para o castelo e falou, esperançosa:

— O general disse que pode levar um mês depois de parar de nevar, talvez mais.

— Torço por mais. — Pino a tomou nos braços e a beijou, até os dois ouvirem um bater de asas e interromperem o beijo.

Grandes corvos negros saíam dos buracos abertos pelas bombas na torre central da fortaleza. Três pássaros passaram voando e crocitando, enquanto o maior de todos voava em círculos preguiçosos sobre a torre arruinada.

— Preciso voltar — disse Anna. — Você também.

Eles caminharam de mãos dadas pela *via* Dante. A um quarteirão do prédio de Dolly, Pino viu o general Leyers saindo e caminhando em direção ao Fiat estacionado.

— Preciso ir — avisou Pino, jogando um beijo para ela antes de correr ao encontro de Leyers. Ele abriu a porta do carro dizendo: — Mil desculpas, *mon général*.

O general estava furioso.

— Onde você estava?

— Caminhando um pouco. Com a criada. Aonde vamos?

Leyers parecia querer atacar Pino, mas olhou pela janela e viu Anna se aproximando.

Então, deixou escapar um longo suspiro e disse:

— Para a residência do Cardeal Schuster.

* * *

Passados doze minutos, Pino atravessava o arco da entrada do pátio da chancelaria, que estava cheio de carros. Ele conseguiu estacionar, desceu e abriu a porta do general.

Leyers disse:

— Posso precisar de você.

— *Oui, mon général* — respondeu Pino, seguindo o nazista pelo pátio coberto de neve e para a escada externa do apartamento do Cardeal Schuster.

O general Leyers bateu, e Giovanni Barbareschi abriu a porta.

O jovem seminarista havia escapado novamente? Leyers não deu sinal de ter reconhecido o falsificador que sobrevivera ao ritual de dizimação na San Vittore. Pino, porém, o reconheceu e ficou mais mortificado que nunca por usar a braçadeira com o símbolo do nazismo.

— General Leyers para ver Sua Eminência.

Barbareschi deu um passo para o lado. Pino hesitou, mas passou pelo seminarista, que o estudava, como se tentasse localizá-lo. Torcia para ser lembrado do dia no pátio da San Vittore. Barbareschi devia ter visto Leyers naquele dia. Tinha visto o general tentar impedir a dizimação? Eles entraram na biblioteca particular do Cardeal Schuster. O cardeal de Milão estava atrás da mesa.

— Foi muita bondade sua ter vindo, general Leyers — disse Schuster. — Conhece o *signor* Dollmann?

Pino tentou não olhar boquiaberto para o outro homem na sala. Todos na Itália o conheciam. Homem alto, magro e elegante com dedos incomumente longos e um sorriso intenso, ensaiado, Eugen Dollmann aparecia frequentemente nos jornais. Dollmann era tradutor de Hitler sempre que o *Führer* ia à Itália ou quando Mussolini ia à Alemanha.

Pino começou a traduzir para Leyers em francês, mas Dollmann o interrompeu.

— Eu posso traduzir, seja você quem for — disse, desdenhando.

Pino assentiu, recuou até a porta e pensou se deveria sair. Só Barbareschi parecia notar que ele continuava ali. Dollmann se levantou, estendeu a mão e falou com Leyers em alemão. O general sorriu, balançou a cabeça e respondeu.

Em italiano, Dollmann disse ao Cardeal Schuster:

— Ele se sente à vontade comigo traduzindo. Devo pedir para o motorista sair?

O cardeal olhou, além de Leyers e Barbareschi, para Pino.

— Ele pode ficar — disse Schuster, depois olhou para Leyers. — General, tenho ouvido que, caso haja uma retirada, Hitler pretende queimar a terra e pilhar os poucos tesouros restantes.

Dollmann traduziu. Leyers ouviu e logo respondeu. O intérprete disse:

— O general tem ouvido as mesmas coisas e quer que o cardeal saiba que ele discorda dessa política. Ele é engenheiro, amante da boa arquitetura e da arte. Opõe-se a qualquer destruição desnecessária.

— E o novo marechal de campo, Vietinghoff? — perguntou o cardeal.

— Creio que o novo marechal de campo pode ser convencido a fazer o que é correto.

— E está disposto a se incumbir de convencê-lo?

— Estou disposto a tentar, Eminência — disse Leyers.

— Então, eu abençoo seus esforços — anunciou o Cardeal Schuster. — Vai me manter informado?

— Sim, Eminência. E devo preveni-lo, cardeal, sobre seus pronunciamentos públicos nos próximos dias. Há gente poderosa procurando motivos para prendê-lo. Ou para coisa pior.

— Eles não se atreveriam — disse Dollmann.

— Não seja ingênuo. Ou ainda não ouviu sobre Auschwitz?

O cardeal mudou de atitude ao ouvir esse nome.

— Isso é uma abominação perante Deus.

Auschwitz?, pensou Pino. *O campo de trabalho para onde iam os vagões vermelhos de gado?* Ele se lembrou dos dedinhos na fresta do vagão. O que aconteceu com aquela criança? Tinha sido morta, certamente, mas... *Abominação?*

— Até a próxima, Eminência. — Leyers despediu-se, bateu os calcanhares e virou-se.

— General? — chamou o cardeal.

— Eminência?

— Cuide bem de seu motorista — recomendou Schuster.

Leyers encarou Pino; depois, como se lembrasse de alguma coisa, suavizou o olhar e disse:

— Como não cuidaria? Ele me lembra de meu falecido sobrinho.

* * *

Auschwitz.

Pino não parava de pensar nessa palavra, nesse lugar, no campo de trabalho da OT enquanto levava o general Leyers para o compromisso seguinte na fábrica da Fiat no distrito Mirafiore, em Turim. Queria perguntar a Leyers qual era a abominação, mas tinha medo demais, temia sua reação.

Então, guardou as perguntas para si mesmo, inclusive quando eles entraram na reunião com Calabrese, o gerente da Fiat, que parecia infeliz ao rever Leyers.

— Não há nada que eu possa fazer — anunciou Calabrese. — Houve muitas sabotagens. Não podemos mais manter a linha funcionando.

Pino tinha certeza de que Leyers ia explodir. Em vez disso, falou:

— Agradeço a honestidade e quero que saiba que estou trabalhando para dar proteção à Fiat.

Calabrese parecia hesitante.

— Proteção contra o quê?

— Destruição total — disse o general. — O *Führer* ordenou terra devastada, caso haja uma retirada. No entanto, estou garantindo que a estrutura de sua empresa e de sua economia sobreviva. A Fiat vai continuar, aconteça o que acontecer.

O gerente pensou e respondeu:

— Vou informar meus superiores. Obrigado, general Leyers.

★ ★ ★

— O general está fazendo favores a eles — disse Pino, mais tarde, naquela noite, na cozinha dos tios. — É assim que ele faz as coisas.

— Pelo menos está ajudando o Cardeal Schuster a proteger Milão — respondeu tio Albert.

— Depois de saquear a área rural — retrucou Pino, revoltado. — Depois de fazer as pessoas trabalharem até a morte. Eu vi o que ele fez.

— Sabemos disso — disse tia Greta, aparentemente preocupada. Na verdade, o tio também estava preocupado.

— Qual é o problema? — perguntou Pino.

— Ouvimos notícias inquietantes hoje de manhã pelo rádio — contou tio Albert. — Sobre um campo de concentração na Polônia, um lugar chamado Au...

— Auschwitz — disse Pino, sentindo-se nauseado. — O que aconteceu?

Tio Albert disse que, quando os russos chegaram a Auschwitz em 27 de janeiro, partes do campo tinham sido explodidas, e os registros haviam sido queimados. Os homens da SS que comandavam o campo tinham fugido, levando cinquenta e oito mil judeus como escravos.

— Eles deixaram para trás sete mil judeus — disse tio Albert, com a voz embargada.

Tia Greta balançou a cabeça, muito abalada.

— Evidentemente, pareciam esqueletos, porque os nazistas os obrigavam a trabalhar até morrer.

— Eu não contei para vocês? — gritou Pino. — Eu vi tudo isso!

— É pior do que você descreveu — respondeu tio Albert. — Os sobreviventes disseram que os edifícios que os nazistas explodiram antes de deixar o campo eram câmaras de gás usadas para envenenar judeus e um crematório para queimar os corpos.

— Disseram que a fumaça encobriu o céu sobre o campo durante anos, Pino — disse a tia, enxugando as lágrimas. — Centenas de milhares de pessoas morreram ali.

Os dedos, os dedinhos acenando na memória de Pino, a mãe da menina doente e o pai que queria salvar o filho. Todos foram para Auschwitz algumas semanas atrás. *Estão mortos? Foram envenenados e queimados? Ou são escravos a caminho de Berlim?*

Ele odiava os alemães, cada um deles, especialmente Leyers.

O general havia dito que Auschwitz era um campo de trabalho da Organização Todt. *Eles constroem coisas*, tinha dito. *Que coisas? Câmaras de gás? Crematórios?*

Vergonha e repulsa dominaram Pino quando ele pensou que havia usado o uniforme da OT, o mesmo uniforme vestido por gente que construía câmaras de gás para matar judeus e crematórios para esconder as provas. Em sua opinião, os construtores desses campos eram tão culpados quanto quem os comandava. E Leyers devia saber. Afinal, ele era ouvido por Hitler.

***

Pino e o general Leyers chegaram ao vilarejo de Osteria Ca' Ida em 20 de fevereiro de 1945, depois de viajarem durante horas. Os últimos vinte minutos tinham sido de constantes derrapagens na lama fria de uma estrada íngreme para um promontório alto de onde era possível ver a fortaleza medieval de Monte Castello a sudeste, cerca de três quilômetros distante dali.

Pino estivera no local várias vezes no outono anterior, porque Leyers estudava o castelo de longe para planejar como fortificá-lo. Monte Castello ficava oitocentos metros acima de uma estrada que seguia para o norte, em direção a Bolonha e Milão. Controlar essa estrada era essencial para manter a linha gótica.

No último mês, o castelo, bem como as ameias que Leyers havia construído nas cidades de Belvedere e Della Torraccia, tinham contido ataques aliados quatro vezes. Agora, porém, em uma manhã clara e gelada, Monte Castello estava sitiado.

Pino precisava cobrir as orelhas para suportar o assobio e o estrondo das bombas caindo sobre e em volta do castelo. As explosões eram como marteladas em seu peito. Cada uma delas provocava uma chuva de destroços e fogo que desprendia nuvens de fumaça oleosa, que subia e escurecia o céu cinzento.

Pino estremeceu e viu Leyers, protegido por um longo casaco de lã, usar os binóculos para estudar o campo de batalha e depois olhar na direção sudoeste para uma série de montanhas e cumes. A olho nu, Pino *via* um exército de homens a uns cinco quilômetros de distância, movendo-se pelas colinas brancas e sombrias no inverno.

— A Décima Divisão de Montanha dos Estados Unidos está lutando por Della Toraccia — disse o general Leyers, entregando o binóculo a Pino. — Muito bem treinada. Soldados duros.

Pino usou o binóculo e viu fragmentos da batalha antes de Leyers pedir:

— Binóculo.

Pino logo o devolveu, e o general olhou para o sudoeste, além da base de Monte Castello. Leyers falou um palavrão, depois riu, irônico.

— Pegue — disse, dando o binóculo a Pino mais uma vez. — Veja alguns filhos da mãe pretos morrerem.

Pino hesitou, mas olhou pelo binóculo e viu tropas da Força Expedicionária Brasileira avançando pela área aberta na base do flanco sudoeste da montanha. A primeira linha de soldados atacantes estava a quarenta metros da base, quando um homem pisou em uma mina e explodiu em uma confusão de terra, fumaça e sangue. Outro soldado pisou em uma mina, depois o terceiro, e todo o campo de batalha foi varrido pelo fogo de metralhadoras alemãs que disparavam do alto.

Ainda assim, canhões e morteiros aliados continuavam castigando a fortaleza. No meio da manhã, havia buracos nas paredes dos dois lados do castelo, e os brasileiros seguiam avançando, ondas deles, que finalmente atravessaram o campo minado, alcançado a base de Monte Castello e iniciando uma escalada mortal que se estenderia por horas.

O general Leyers e Pino ficaram ali no frio o tempo todo, vendo a Décima Divisão de Montanha conquistar Della Toraccia e, em um combate mano a mano, os brasileiros tomarem Monte Castello por volta das cinco horas daquela tarde. A encosta da montanha estava esburacada quando os canhões aliados pararam de atirar. O castelo fora reduzido a ruínas fumegantes. Os alemães batiam em retirada.

O general Leyers disse:

— Fui vencido aqui, e Bolonha estará perdida em alguns dias. Leve-me de volta a Milão.

O general ficou em silêncio durante toda a viagem de volta, cabisbaixo, escrevendo em um bloco de papel e folheando documentos da valise, até que Pino parou o carro na frente do prédio de Dolly.

Levando a valise, Pino seguiu Leyers pelo saguão, passando pela velha e subindo a escada. O general Leyers bateu à porta do apartamento. Pino ficou surpreso quando Dolly abriu vestida com um vestido justo de lã preta.

Seus olhos estavam vermelhos, como se tivesse bebido. O cigarro fumegava e ela se equilibrava sobre o salto alto quando disse:

— Que maravilha que tenha vindo para casa, general. — E olhou para Pino. — Anna não está bem. Deve ser algum vírus no estômago. Melhor ficar longe.

— Melhor todos nós ficarmos longe, então — opinou o general Leyers, recuando. — Não posso correr o risco de ficar doente. Não agora. Vou dormir em outro lugar esta noite.

— Não — Dolly protestou. — Quero você aqui.

— Hoje, não — respondeu Leyers, com frieza. Depois, virou-se e partiu, deixando Dolly furiosa, aos gritos.

Pino deixou o general no quartel-general alemão e foi informado de que deveria voltar às sete da manhã.

*　*　*

Ele deixou o carro na garagem da frota e foi a pé para casa, pensando na carnificina e na destruição que havia testemunhado naquele dia. Quantos homens vira morrer daquele ponto de observação? Centenas?

A brutalidade da ocorrência o destruía. Ele odiava a guerra. Odiava os alemães, por terem começado o conflito. Para quê? Pisar na cabeça de um homem e destruí-lo, até outro homem com uma bota maior chegar e pisar em sua cabeça? Na opinião de Pino, guerras eram assassinato e roubo. Um exército armado matava para roubar a colina; depois, outro matava para pegá-la de volta.

Ele sabia que devia estar feliz por ter visto os nazistas serem derrotados e recuarem, mas só sentia o vazio e a solidão. Queria desesperadamente ver Anna. No entanto, não podia, e isso o fez sentir vontade de chorar. Pino sufocou as emoções, obrigou-se a não pensar nas lembranças da batalha.

A muralha que construiu em torno dessas lembranças se manteve quando ele mostrou os documentos aos guardas no saguão do prédio dos pais, quando subiu de elevador e passou pelos soldados da *Waffen-SS* no quinto andar e quando pôs a mão no bolso para pegar as chaves. Quando abriu a porta, pensou que entrava em um apartamento vazio e deixou todos os sentimentos virem à tona.

Tia Greta, porém, já estava lá, caída nos braços do pai dele. Ao ver Pino, ela soluçou ainda mais desesperada.

O lábio inferior de Michele tremia quando ele disse:

— Os homens do coronel Rauff estiveram na loja hoje à tarde. Saquearam e lugar e prenderam seu tio. Ele foi levado ao Hotel Regina.

— Sob que acusação? — perguntou Pino, fechando a porta.

— Integrar a Resistência — choramingou tia Greta. — Espionagem. E você sabe o que a Gestapo faz com espiões.

O queixo de Michele começou a tremer, e lágrimas escorreram por sua face.

— Ouviu o que ela disse, Pino? O que eles vão fazer com Albert? O que vão fazer com você, se ele não aguentar e contar tudo?

— Tio Albert não vai falar nada.

— E se ele falar? — insistiu Michele. — Eles virão atrás de você também.

— *Papà*...

— Quero que você fuja, Pino. Roube o carro do general, vá para a fronteira suíça de uniforme e levando seu passaporte. Vou lhe dar dinheiro. Você pode viver em Lugano, esperar a guerra acabar.

— Não, *papà*. Não vou fazer nada disso.

— Você vai fazer o que eu mandar!

— Tenho dezoito anos! — gritou Pino. — Posso fazer o que eu quiser.

Ele falou com tanta força e resolução que o pai se assustou, e Pino se sentiu mal por ter gritado. Ele explodiu.

Tremendo, tentando se acalmar, Pino disse:

— *Papà*, lamento, mas já me envolvi demais na guerra. Não vou fugir agora. Não enquanto o rádio ainda funciona e a guerra continua. Enquanto isso acontecer, vou estar ao lado do general Leyers. Lamento, mas é assim que tem que ser.

★ ★ ★

Dez dias depois, na tarde de 2 de março de 1945, Pino estava no Fiat do general Leyers, estudando o exterior de uma *villa* nas colinas ao leste do lago de Garda e imaginando o que acontecia lá dentro.

Havia mais sete carros estacionados ali. Dois motoristas usavam uniforme da *Waffen-SS*, e um, da Wehrmacht. Os outros estavam à paisana. Por ordem do general Leyers, Pino também estava. Na maior parte do tempo, Pino ignorava os outros motoristas e continuava observando a casa com grande fascinação, porque havia reconhecido dois dos oficiais alemães que seguiram o general para o interior quase vinte minutos antes.

Eram o general Wolff, chefe da SS na Itália, e o marechal de campo Heinrich von Vietinghoff, que recentemente havia substituído Kesselring no comando de todas as forças alemãs na Itália.

Por que Vietinghoff está aqui? E Wolff? O que estão tramando?

Essas perguntas davam voltas na cabeça de Pino, até que ele não pôde mais suportar. Desceu do Fiat sob a neve que caía branda e caminhou até uma cerca ornamental de cedros podados que flanqueava o estacionamento. Ele parou e urinou, caso algum dos outros motoristas estivesse atento, depois passou entre os cedros e desapareceu.

Usando a cerca como cobertura, Pino chegou ao muro no norte da *villa*, onde se abaixou e seguiu em frente, parando embaixo das janelas para ouvir, levantando-se um pouco depois para espiar.

Embaixo da terceira janela, ouviu os gritos. Uma voz trovejava:

— *Was du redest ist Verrat! Ich werde an einer solchen Diskussion nicht teilnehmen!*

Pino não entendeu. No entanto, ouviu a batida de uma porta na sala. Alguém se retirava. *O general Leyers?*

Ele correu de volta à cerca. Correu ao longo dela, espiando por entre as árvores, e foi assim que viu o marechal de campo Vietinghoff sair da *villa*. Seu motorista saiu do carro, abriu a porta de trás, e logo depois eles partiam.

Pino teve um momento de indecisão. Devia voltar para perto da janela, tentar ouvir mais? Ou voltar ao carro e esperar, não abusar da sorte?

Leyers saiu pela porta da frente e decidiu por ele. Pino passou pela cerca e correu ao encontro do general, tentando lembrar o que Vietinghoff gritara antes de sair.

Was du redest is Verrat!

Continuou repetindo a frase mentalmente enquanto abria a porta para o general Leyers, que parecia muito infeliz, pronto para arrancar a dentadas a cabeça de um filhote de gato. Pino sentou-se no banco da frente, sentindo a raiva emanar do alemão.

— *Mon général?*

— Gargnano — disse ele. — Para o hospício.

***

Pino dirigiu e passou pelo portão da *villa* de Mussolini sobre o lago de Garda, temendo o que poderiam encontrar. Quando o general Leyers se anunciou à porta, um dos assistentes do *Duce* informou que não era um bom momento.

— É claro que não é um bom momento — explodiu Leyers. — Por isso estou aqui. Leve-me até ele, senão vou ordenar sua execução.

O assistente se irritou.

— Com que autoridade?

— A de Adolf Hitler. Estou aqui por ordem direta do *Führer*.

O assistente continuou furioso, mas assentiu.

— Muito bem, venha comigo.

Ele os conduziu à biblioteca e abriu, com cuidado, a porta. O dia chegava ao fim, mas ainda não havia luz acesa na biblioteca de Mussolini. A única luminosidade entrava pela porta da varanda. O raio de luz cortava a sala na diagonal, revelando livros espalhados por todos os lados, papéis e vidros quebrados, móveis caídos e danificados.

Depois do que deveria ter sido um ataque de fúria colossal, *Il Duce* estava sentado atrás da mesa, com os cotovelos sobre a superfície, o queixo apoiado nas mãos, os olhos baixos como se fitassem as ruínas de sua vida. Claretta Petacci estava recostada na cadeira diante de Mussolini, fumando tranquilamente um cigarro e segurando com a outra mão uma taça de vinho. Pino teve a impressão de que eles estavam paralisados naquela posição havia horas.

— *Duce*? — chamou o general Leyers, entrando na sala destruída.

Se Mussolini ouviu, não deu sinais disso, só continuou olhando entediado para a mesa enquanto Leyers e Pino se aproximavam. A amante do ditador, porém, os ouviu e olhou para trás com um sorriso abatido de alívio.

— General Leyers — disse Petacci. — Foi um dia difícil para o pobre Beno. Espero que não tenha vindo com mais problemas.

O general respondeu:

— *Il Duce* e eu precisamos ter uma conversa franca.

— Sobre o quê? — perguntou Mussolini, sem levantar a cabeça.

Mais próximo, Pino podia ver que o ditador fantoche olhava para um mapa da Itália.

— *Duce*? — repetiu Leyers.

Mussolini levantou a cabeça, olhou para o general de um jeito bizarro e disse:

— Conquistamos a Etiópia, Leyers. E agora os porcos aliados trouxeram negros para o norte, para o território da Toscana. Negros também dominam as ruas de Bolonha e Roma! Agora é mil vezes melhor, para mim, morrer que viver. Não acha?

Leyers hesitou depois de ouvir a tradução de Pino e disse:

— *Duce*, não posso nem pensar em dar conselhos sobre esse tipo de coisa.

Os olhos de Mussolini vagaram como se procurassem alguma coisa perdida havia muito tempo, depois se iluminaram como se estivessem encantados com um objeto novo e brilhante.

— É verdade? — perguntou o ditador fantoche. — O querido Hitler tem uma superarma secreta na manga? Um míssil, um foguete, uma bomba como nunca vimos antes? Ouvi dizer que o *Führer* está esperando para usar a superarma quando os inimigos se aproximarem o suficiente para acabar com todos eles com uma série de ataques devastadores.

Leyers hesitou novamente, depois disse:

— Há boatos sobre uma arma secreta, *Duce*.

— Aha! — Mussolini levantou-se, com um dedo erguido. — Eu sabia! Eu não falei, Clara?

— Falou, Beno — respondeu a amante. Ela se servia de mais uma dose de bebida.

Mussolini agora estava tão animado quanto havia estado deprimido. Deu a volta na mesa cheio de empolgação, quase eufórico.

— É como o foguete V-2, não é? — perguntou ele. — Só que muito mais poderoso, capaz de dizimar uma cidade inteira, não é? Só vocês, alemães, têm a engenharia e a inteligência científica para construir uma coisa assim!

Leyers ficou quieto por um momento, depois assentiu.

— Obrigado, *Duce*. Agradeço pelo elogio, mas fui enviado para perguntar sobre seus planos, caso as coisas piorem.

Isso confundiu Mussolini.

— Mas tem um grande foguete-bomba. Como as coisas podem piorar, se temos o grande foguete–bomba?

— Sou adepto do planejamento para contingências.

— Ah. — Os olhos do ditador começaram a vagar.

Claretta Petacci interferiu:

— Valtellina, Beno.

— É isso — concordou Mussolini, recuperando o foco. — Se formos pressionados, tenho vinte mil soldados que me seguirão para o vale Valtellina, ao norte, na direção da Suíça. Eles me defenderão e protegerão meus companheiros fascistas até *Herr* Hitler lançar seu foguete de destruição máxima!

Mussolini sorria olhando para longe, antecipando esse dia maravilhoso.

O general Leyers não falou nada por vários momentos, e Pino olhou para ele de soslaio. Teria Hitler uma superarma? Ele a usaria contra os Aliados, caso eles se aproximassem muito de Berlim? Se Leyers sabia algo sobre isso, não demonstrava.

O general bateu os calcanhares e se curvou.

— Obrigado, *Duce*. Era tudo o que queríamos saber.

— Vai nos alertar, Leyers? — Mussolini quis saber. — Quando Hitler for usar sua magnífica bomba-foguete?

— Tenho certeza de que estará entre os primeiros a saber — o general Leyers respondeu ao se virar.

Ele parou diante da amante do ditador.

— Também vai para Valtellina?

Claretta Petacci sorriu como se tivesse aceitado seu destino muito tempo antes.

— Eu amei meu Beno quando os tempos eram bons, general. E o amarei ainda mais quando eles forem ruins.

★ ★ ★

Naquele dia, mais tarde, antes de descrever a visita feita a Mussolini, Pino repetiu as poucas palavras que ouvira embaixo da janela da *villa* nas montanhas a leste do lago de Garda.

— *Was du redest is Verrat.*

Tia Greta sentou-se ereta no sofá. Morava no apartamento desde a prisão de tio Albert e ajudava Baka com as transmissões de rádio diárias.

Ela disse:

— Tem certeza de que foi Vietinghoff quem disse isso?

— Não. Não tenho certeza, mas a voz era brava e logo depois eu vi o marechal de campo sair da *villa* muito zangado. O que significa?

— *Was du redest is Verrat* — repetiu ela. — "O que você sugere é traição."

— Traição? — estranhou.

O pai dele inclinou-se para a frente na cadeira.

— Um golpe contra Hitler, talvez?

— Tenho que supor que sim, se estavam falando com Vietinghoff sobre isso — confirmou tia Greta. — Wolff estava lá? E Leyers?

— E outros. Que eu nunca vi. Chegaram antes de nós e saíram depois.

— Eles estão se antecipando — disse o pai dele. — Tramando para sobreviver.

— Os Aliados precisam saber disso — avisou Pino. — E sobre Mussolini e a superarma que ele acredita que Hitler tem.

— O que Leyers pensa sobre essa superarma? — perguntou tia Greta.

— Não sei. Na maior parte do tempo, ele tem um rosto que parece ter sido esculpido em pedra. Mas ele saberia. Ele me contou que começou a trabalhar para Hitler construindo canhões.

— Baka virá de manhã — disse o pai. — Escreva o que quiser que Londres saiba, Pino. Vou pedir para ele enviar com as outras transmissões.

Pino pegou papel e caneta e anotou seu relato. Tia Greta escreveu as palavras que ele tinha escutado sobre traição.

Por fim, Pino bocejou e olhou o relógio de pulso. Eram quase nove horas.

— Tenho que me reportar ao general, receber ordens para amanhã.

— Você volta para casa hoje à noite?

— Acho que não, *papà*.

— Tenha cuidado — pediu Michele. — Você não teria ouvido aqueles generais conversando sobre traição, se a guerra não estivesse perto do fim.

Pino assentiu e foi pegar seu sobretudo enquanto dizia:

— Não perguntei sobre tio Albert. Você o viu hoje de manhã na San Vittore, não foi? Como ele está?

— Emagreceu, o que não é ruim — contou tia Greta, com um sorriso abatido. — E eles não acabaram com a sua determinação, embora tenham tentado. Ele conhece muitos outros prisioneiros, o que ajuda. Eles se protegem.

— Ele não vai ficar lá por muito tempo — avisou Pino.

De fato, quando andava pelas ruas em direção ao prédio de Dolly, Pino tinha a sensação de que faltava pouco para o fim da guerra, muito menos que o tempo que viria depois do fim da guerra, um tempo infinitamente mais longo e preenchido por Anna.

Pensar em um futuro ilimitado com ela o animou. Pino bateu à porta do apartamento de Dolly e, para seu alívio, foi Anna quem o recebeu. Sorridente, ela não estava mais doente e parecia muito feliz por vê-lo.

— O general e Dolly saíram — disse Anna, dando passagem.

Ela fechou a porta e caiu em seus braços.

★ ★ ★

Mais tarde, os dois estavam na cama de Anna, cobertos de suor e cheios de amor.

— Senti saudades — disse Anna.

— Eu só pensei em você — retrucou Pino. — É errado que eu, quando tinha que espionar o general Leyers ou tentar decorar onde estivemos e o que vimos, só tenha pensado em você?

— Não é nada errado. É lindo.

— Estou falando sério. Quando estamos separados, tenho a sensação de que a música para.

Anna o encarou.

— Você é especial, Pino Lella.

— Não, não sou.

— É — insistiu ela, deslizando o dedo por seu peito. — Você é corajoso. É divertido. E é bonito.

Pino riu, constrangido.

— Bonito? Não sou lindo?

— É lindo — confirmou Anna, acariciando seu rosto. — É tão cheio de amor por mim que ele radia de você e me faz me sentir bonita, o que me faz ver você bonito.

— Então, somos bonitos — concordou ele e a abraçou.

Pino contou a Anna sobre a sensação de que tudo que aconteceria entre esse momento e o fim da guerra seria muito breve, enquanto o tempo depois da guerra parecia se estender até um horizonte invisível.

— Podemos fazer tudo que quisermos — concluiu. — A vida é ilimitada.

— Podemos ir atrás da felicidade, viver com paixão?

— Isso é tudo que você quer, de verdade? Ir atrás da felicidade e viver com paixão?

— Consegue imaginar algo além disso?

— Não — admitiu ele, beijando Anna e amando-a ainda mais. — Acho que não consigo.

26

O general Leyers e Pino voltaram a viajar constantemente durante as duas semanas seguintes. Leyers foi duas vezes à Suíça depois de visitar a estação de trem em Como, não Monza, o que fez Pino pensar que havia transferido o vagão com o ouro. Além daquelas viagens a Lugano, Leyers passava a maior parte do tempo inspecionando o estado das estradas e das linhas de trem que levavam ao norte.

Pino não entendia o motivo, e não era de sua conta, mas, quando foram de carro ao passo do Brenner no dia 15 de março, as intenções do general ficaram bem claras. Os trilhos que passavam pelo passo rumo à Áustria tinham sido repetidamente bombardeados. O serviço fora interrompido nos dois sentidos e homens de cinza trabalhavam para reparar a linha.

A estrada do passo do Brenner atravessava uma área de neve acumulada e dura que se estendia até o piso do vale. Quanto mais subiam, mais altos se tornavam os bancos de neve nas laterais da pista, até parecer que estavam em um túnel descoberto e branco. Eles fizeram uma curva de onde era possível ter uma vista impressionante da vasta drenagem do Brenner.

— Pare — disse Leyers, saindo do carro com o binóculo.

Pino não precisava de binóculo. Podia ver a estrada adiante e uma multidão de homens de cinza como um único organismo escravizado que cavava, cortava e removia a neve que bloqueava a passagem para o topo do passo do Brenner e para a Áustria.

Eles estão muito longe da fronteira, pensou Pino, que então olhou mais para cima. Devia haver dez ou doze metros de neve ali. E aquelas manchas escuras no alto, na direção da Áustria, pareciam rastros de avalanche. Embaixo delas, devia haver uns quinze metros de neve acumulada e escombros espalhados pela estrada.

Leyers talvez tivesse feito avaliação semelhante. Quando eles seguiram em frente e se aproximaram das tropas da *Waffen-SS* que supervisionavam os escravos, o general desceu do carro e se dirigiu ao homem no comando – pela insígnia, era major. Eles discutiram aos gritos, e por um momento Pino pensou que trocariam socos.

Quando voltou ao automóvel, o general continuava furioso.

— Na velocidade em que estamos indo, nunca vamos sair deste inferno de Itália — disse. — Preciso de caminhões, retroescavadeiras e escavadeiras. Máquinas de verdade. Senão, vai ser impossível.

— *Mon général?*

— Cale a boca e dirija, *Vorarbeiter*!

Pino sabia que não devia pressionar o general e ficou em silêncio, pensando no que Leyers acabara de dizer e, por fim, entendendo o que haviam feito recentemente.

O general Leyers tinha sido encarregado da rota de fuga. Os alemães deviam estar em retirada. Os trilhos dos trens foram explodidos. A estrada do passo do Brenner era a única saída possível e estava bloqueada. Outras passagens levavam à Suíça, mas a Suíça não permitia a passagem de trens alemães por suas fronteiras havia alguns dias.

A partir de agora, pensou Pino, *os nazistas estão encurralados.*

★ ★ ★

Naquela noite, Pino escreveu uma mensagem para Baka descrevendo a imensa barreira de neve entre a Itália e a Áustria. Ele disse que os guerrilheiros ou os Aliados precisavam bombardear os cumes nevados sobre a estrada para provocar mais avalanches.

Cinco dias depois, ele e Leyers voltaram ao Brenner. Pino ficou secretamente satisfeito quando o general quase teve um ataque ao ouvir as notícias sobre as bombas dos Aliados, que provocaram grandes deslizamentos, bloqueando as estradas com paredes de neve.

A cada hora que passava, Leyers ficava mais errático, falante em um momento, silencioso e carrancudo no outro. O general passou seis dias na Suíça perto do fim de março, o que permitiu a Pino tempo ilimitado com Anna e o fez se perguntar por que Leyers não transferira Dolly para Lugano ou mesmo para Genebra.

Ele, contudo, não pensou nisso por muito tempo. Pino estava apaixonado e, como costuma ser reflexo do amor, perdeu a noção do tempo. Cada momento com Anna parecia breve e arfante; e ele ficava cheio de desejo infinito quando estavam separados.

Março virou abril de 1945, e foi como se alguém acionasse um interruptor cósmico. O tempo frio e a neve que haviam castigado o norte da Itália e o avanço aliado deram vez a temperaturas de fim de primavera e neve derretida. Pino levou o general Leyers à estrada do passo do Brenner quase todos os dias. Havia retroescavadeiras trabalhando na estrada àquela altura e caminhões de lixo recolhendo a neve e os destroços das avalanches. O sol castigava os homens de cinza que cavavam ao lado das máquinas, rostos queimados pelo reflexo brilhante da neve, músculos contorcidos sob o peso do gelo, espírito alquebrado por anos de escravidão.

Pino queria confortá-los, dizer para terem ânimo, pois a guerra estava quase acabando. *Agora faltam semanas, não meses. Aguentem firme. Fiquem vivos.*

***

Algum tempo depois do anoitecer de 8 de abril de 1945, Pino e o general Leyers chegaram ao vilarejo de Molinella, nordeste de Bolonha.

Leyers se deitou em uma cama no acampamento Wehrmacht ali, e Pino dormiu agitado no bando da frente do Fiat. Ao amanhecer, eles chegaram a um território mais elevado, a oeste do vilarejo de Argenta, de onde podiam ver lá embaixo os terrenos mais planos e molhados dos dois lados do rio Senio, que corria para o lago Comacchio, um estuário perto da costa. O lago impedia os Aliados de flanquear as fortificações que Leyers havia construído no lado norte do rio.

Armadilhas de tanque. Campos minados. Trincheiras. Prédios fortificados. Mesmo vários quilômetros distante, Pino *via* todos claramente. Além deles, do outro lado do rio em território aliado, nada se movia, exceto um ou outro caminhão indo ou vindo de Rímini e do mar Adriático.

Durante muitas horas no alto daquela colina naquele dia, só houve o silêncio, exceto por pássaros e insetos, e uma brisa morna transportava o cheiro dos campos arados. Tudo isso fez Pino perceber que a terra não conhecia a guerra, que a natureza seguiria em frente, qualquer que fosse o horror que o homem infligia a seu semelhante. A natureza não se importava com os homens nem com sua necessidade de matar e dominar.

A manhã se arrastava. O calor aumentava. Por volta do meio-dia, eles ouviram estrondos distantes, ecos de explosões nas águas de Rímini, e logo Pino conseguiu ver ao longe a fumaça que se erguia. Queria saber o que tinha acontecido.

Foi como se o general Leyers ouvisse seus pensamentos.

— Estão bombardeando nossos navios — disse, sem rodeios. — Estão nos sufocando, mas é lá embaixo que vão tentar acabar comigo.

A tarde seguiu lenta, e logo fazia calor como em um dia de verão, mas não tão seco. Em vez de um calor abrasador, toda a umidade que havia caído durante o inverno evaporava do solo, deixando o ar denso e opressor. Pino sentou-se à sombra do carro, enquanto Leyers mantinha vigília.

— O que vai fazer depois da guerra, *Vorarbeiter*? — perguntou Leyers, a certa altura.

— *Moi, mon général?* Não sei. Talvez voltar a estudar. Talvez trabalhar com meus pais. E o senhor?

O general abaixou o binóculo.

— Ainda não consigo enxergar tão longe.

— E Dolly?

Leyers inclinou a cabeça, como se tentasse decidir se o reprimia pela petulância, mas disse:

— Quando o Brenner for aberto, ela será transferida.

Os dois ouviram um ruído retumbante e distante ao sul. Leyers pôs os óculos e olhou para o céu.

— Vai começar — disse.

Pino ficou em pé, protegeu os olhos com a mão e viu os pesados bombardeiros vindo do sul, dez metros de largura por vinte de profundidade. Duzentos aviões de guerra se aproximaram deles, chegaram tão perto que Pino temeu que despejassem a carga sobre sua cabeça.

Dois quilômetros antes e dois quilômetros acima, porém, eles entraram em formação, mostrando as entranhas ao abrir os compartimentos de bombas. O caça líder da frota perdeu altitude, ajustou as asas e sobrevoou a linha gótica e o território alemão. Eles soltavam bombas que assobiavam e desenhavam rastros, criando a impressão de muitos peixes mergulhando do céu.

A primeira caiu bem atrás das defesas alemãs e explodiu. Provocando uma chuva de destroços e um arco-íris de fluorescência e chamas. Mais bombas começaram a explodir atrás das fortificações góticas, deixando buracos chamuscados e chamas cor de cobre em um tapete de violência e destruição que se estendia para o leste em direção ao estuário e o mar.

O último avião na primeira onda foi seguido dez minutos depois pela segunda, a terceira e a quarta – mais de oitocentos bombardeiros pesados no total. As aeronaves despejavam a carga no mesmo padrão rítmico, desviando apenas um ou dois degraus, de forma que as novas bombas atingissem pontos diferentes da retaguarda alemã.

Arsenais explodiam. Depósitos de petróleo explodiam. Alojamentos, estradas, caminhões, tanques e depósitos de suprimentos evaporavam no ataque inicial. Os bombardeiros médios e leves voavam mais baixo e perto do rio, atacando a própria linha defensiva. Trechos das armadilhas de tanques de Leyers iam pelos ares. Prédios fortificados se desintegravam. Ninhos de canhão desabavam.

Nas quatro horas seguintes, bombardeiros aliados despejaram vinte mil bombas na área. Nos intervalos entre os ataques aéreos, duas mil peças de artilharia aliada castigaram a linha gótica em rajadas de trinta e dois minutos. Quando o sol de fim de tarde iluminou as colunas de fumaça acima e abaixo do rio, o céu de primavera parecia baixo e infernal.

Pino olhou para Leyers. O general observava pelos binóculos os campos de batalha ao sul das defesas rompidas, e suas mãos tremiam enquanto ele xingava em alemão.

— *Mon général?*

— Eles vêm vindo. Tanques. Jipes. Artilharia. Exércitos inteiros avançam contra nós. Nossos rapazes vão resistir enquanto puderem, e muitos morrerão por aquele rio. Então, em algum momento, em breve, cada soldado lá embaixo estará diante da inevitável escolha do derrotado: recuar, render-se ou morrer.

O dia deu lugar à noite, e soldados aliados com lança-chamas invadiram as trincheiras e os prédios alemães. A noite era escura e sem estrelas. Enquanto o combate mano a mano era travado na escuridão, Pino *via* flashes de explosão e breves lampejos de fogo.

— Eles serão derrotados antes do amanhecer — disse Leyers, por fim. — Acabou.

— Na Itália, temos um ditado que diz que não acaba enquanto a mulher gorda não cantar, *mon général*.

— Odeio ópera — resmungou o general, dirigindo-se ao carro. — Vamos sair daqui, voltar a Milão, antes que eu fique sem alternativas.

Pino não sabia o que isso significava exatamente, mas se sentou ao volante. *Os nazistas podem recuar, render-se ou morrer*, pensou. *A própria guerra está morrendo. Agora estamos a poucos dias da paz e, bem, de americanos!*

Pino dirigiu pela noite de volta a Milão, animado por pensar que em breve finalmente conheceria um americano. Ou um exército inteiro deles! Talvez depois de casados ele e Anna fossem para os Estados Unidos como sua prima Licia Albanese fez, levando as bolsas de sua mãe e os produtos de couro de tio Albert para Nova York, Chicago e Los Angeles. Faria a própria fortuna lá!

Pino sentiu um arrepio percorrer sua espinha ao pensar nisso e vislumbrou um futuro impossível de imaginar poucos momentos antes. Durante todo o trajeto de volta, não pensou nem uma vez na destruição em escala bíblica que acabara de testemunhar. Pensava em fazer alguma coisa boa e rentável com sua vida, alguma coisa *con smania*, e mal podia esperar para falar com Anna sobre isso.

* * *

A linha gótica ao longo do rio Senio foi rompida naquela noite. Na tarde seguinte, havia forças aliadas da Nova Zelândia e da Índia quase cinco quilômetros além das defesas rompidas de Leyers, com o Exército Alemão recuando e se reformando ao norte. Em 14 de abril, depois de outro bombardeio impressionante, o Quinto Exército dos Estados Unidos rompeu a parede ocidental da linha gótica e seguiu para o norte rumo a Bolonha.

Cada dia trazia mais notícias sobre os avanços aliados. Pino ouvia a BBC todas as noites pelo rádio de Baka. Ele também passava quase todos os dias levando Leyers de *front* em *front* ou ao longo das rotas de fuga, onde viam longas colunas alemãs fugindo em um ritmo muito mais lento que quando invadiram a Itália.

Para Pino, a máquina de guerra nazista parecia desmontada. Dava para ver nos tanques perdendo suas esteiras e nos chocados homens da infantaria andando atrás de grupos de mulas puxando canhões. Alemães feridos eram carregados em caminhões abertos, expostos ao sol quente. Pino esperava que eles morressem ali mesmo.

A cada dois ou três dias, ele e Leyers voltavam ao passo do Brenner. Com o calor, a neve havia derretido, e uma torrente de água gelada e imunda descia pela passagem, invadindo bueiros e estradas. Quando eles chegaram ao fim da rota aberta, viram escravos mergulhados até as canelas na água gelada, ainda trabalhando ao lado das máquinas e dos caminhões de entulho. Em 17 de abril, os homens de cinza estavam a um quilômetro e meio da fronteira austríaca. Um deles caiu na água. Guardas da SS o arrastaram para fora e jogaram para o lado.

O general Leyers parecia nem notar.

— Faça-os trabalhar sem parar — disse ele ao capitão no comando. — Dentro de uma semana, todo o Décimo Wehrmacht vai passar por esta estrada.

27

Sábado, 21 de abril de 1945

O general Leyers ficava um pouco afastado enquanto oficiais da Organização Todt encharcavam grandes pilhas de documentos com gasolina no quintal do lado de fora do escritório da OT em Turim. Leyers assentiu para um oficial, que riscou um fósforo e o jogou sobre a pilha. Houve um barulho abafado, um sopro, e chamas começaram a ganhar força em todos os cantos ao mesmo tempo.

O general via, com grande interesse, os papéis queimarem. Pino também.

O que havia neles de tão importante para Leyers sair da cama de Dolly às três da manhã e supervisionar sua destruição? E depois ficar ali parado, esperando para ter certeza de que tudo seria queimado? Havia naqueles papéis evidências que o incriminavam de algum jeito? Provavelmente.

Antes que Pino começasse a pensar nisso, o general Leyers gritou ordens para os oficiais da OT; depois, virou-se para ele.

— Pádua — disse.

Pino dirigiu na direção sul e deu a volta em Milão a caminho de Pádua. No caminho, lutou contra o sono entretendo pensamentos de que a guerra estava quase no fim. Os Aliados haviam rompido as defesas de Leyers em Argenta. A Décima Divisão de Montanha do Exército dos Estados Unidos se aproximava do rio Pó.

Leyers parecia sentir a fadiga de Pino e pôs a mão no bolso para pegar um frasco pequeno. Ele despejou um comprimido branco na mão e o entregou a Pino.

— Tome. É anfetamina. Vai manter você acordado. Pode tomar. Eu tomo.

Pino tomou o medicamento e logo se sentiu bem alerta, mas irritável, e a cabeça doía quando chegaram a Pádua, onde o general supervisionou a queima de outros documentos da OT. Mais tarde, eles subiram ao passo do Brenner novamente. Agora, menos de duzentos e cinquenta metros de neve separavam os nazistas de uma estrada aberta para o interior da Áustria, e Leyers havia sido informado de que eles romperiam essa barreira nas próximas quarenta e oito horas.

Na manhã de domingo, 22 de abril, Pino viu Leyers destruir documentos da OT em Verona. À tarde, os arquivos Brescia se desintegraram em chamas. Em cada parada, antes de cada queima, o general levava sua valise para o escritório da OT e passava um tempo verificando pastas, antes de supervisionar a destruição. Leyers não deixava Pino tocar na valise, que ia ficando mais pesada a cada parada. No começo da noite, ele viu documentos da OT em Bergamo serem queimados antes de eles voltarem ao escritório de Leyers atrás do estádio de Como.

Na manhã seguinte, segunda-feira, 23 de abril, o general Leyers viu oficiais da OT acenderem uma enorme fogueira de arquivos e documentos no fosso do estádio. Leyers supervisionou a alimentação do fogo por várias horas. Pino não teve permissão para chegar perto dos documentos. Ficou sentado na arquibancada, com o calor crescente, vendo os registros nazistas se transformarem em fumaça e cinzas que flutuavam no ar.

Quando voltaram a Milão naquela tarde, duas unidades *Panzer* da SS haviam isolado os bairros ao redor do Duomo, e até Leyers foi revistado antes de obter autorização para entrar. No Hotel Regina, quartel-general da Gestapo, Pino descobriu por quê. O coronel Walter Rauff estava bêbado, furioso, tentando queimar tudo em que constava o nome dele. Quando o chefe da Gestapo viu Leyers, contudo, animou-se e o convidou a entrar no escritório.

Leyers olhou para Pino e disse:

— Está dispensado por hoje, mas tenho uma reunião às nove da manhã. Apareça para me buscar no prédio de Dolly às oito e quarenta e cinco.

— *Oui, mon général* — disse Pino. — E o carro?

— Leve com você.

∗ ∗ ∗

O general Leyers seguiu Rauff para o interior do escritório. Pino odiava que tantos documentos estivessem desaparecendo. A prova do que os nazistas tinham feito na Itália estava sumindo, e havia pouco a fazer, além de relatar os fatos aos Aliados. Ele estacionou o Fiat a dois quarteirões do prédio em que morava, deixou a braçadeira no assento com a suástica para cima e passou pelos sentinelas no saguão mais uma vez.

Michele levou o dedo aos lábios, e tia Greta fechou a porta do apartamento.

— *Papà?* — Pino estranhou.

— Temos visita — respondeu o pai, em voz baixa. — O filho de meu primo, Mario.

Pino franziu a testa.

— Mario? Pensei que ele fosse piloto de caça.

— Ainda sou — confirmou Mario, saindo das sombras. Ele era um homem baixo, de ombros largos e um grande sorriso. — Fui derrubado há algumas noites, mas saltei de paraquedas e consegui chegar aqui.

— Mario vai ficar escondido aqui até o fim da guerra — informou Michele.

— Seu pai e sua tia estavam contando sobre suas atividades — comentou Mario, batendo nas costas de Pino. — Tem que ter muita coragem.

— Ah, não sei. Acho que Mimo enfrenta dificuldades muito maiores.

— Bobagem — protestou tia Greta, ao que Pino levantou as mãos num gesto de rendição.

— Não tomo um banho há três dias — contou. — E depois preciso mudar o carro do general de lugar. Fico feliz por estar vivo, Mario.

— Digo o mesmo por você, Pino.

Pino se dirigiu ao corredor e ao banheiro perto de seu quarto. Tirou as roupas que cheiravam a fumaça, depois tomou uma ducha para tirar o cheiro do corpo e do cabelo. Vestiu as melhores roupas e usou um pouco da loção de barba do pai. Fazia quatro dais que não *via* Anna, e queria impressioná-la.

Na sala de estar, ele deixou um bilhete para Baka descrevendo a queima de documentos. Despediu-se do pai, da tia e do primo e saiu.

A noite caía, mas o calor ainda radiava dos prédios e do asfalto, penetrante como o vapor de uma sauna. Foi agradável caminhar. O calor e a umidade relaxavam as articulações depois de dias dirigindo, esperando em pé e observando. Pino entrou no Fiat e estava com a mão perto da ignição para ligar o motor, quando alguém se levantou no banco de trás e encostou o cano frio de uma pistola atrás de sua cabeça.

— Não se mexa — o homem avisou. — Mãos no volante. Armas?

— Não — respondeu Pino, percebendo o tremor na própria voz. — O que você quer?

— O que acha que eu quero?

Agora ele reconhecia a voz; de repente, sentiu muito medo de estar prestes a levar um tiro.

— Não faça isso, Mimo. *Mamma* e *papà*...

Pino sentiu o aço frio se afastar de sua cabeça.

— Pino, sinto muito por todas as coisas horríveis que eu disse a você — começou Mimo. — Agora sei o que esteve fazendo, a espionagem e... estou impressionado com sua coragem. Sua dedicação à causa.

A emoção fechou a garganta de Pino, mas em seguida ele ficou furioso.

— Então, por que encostou uma arma em minha cabeça?

— Não sabia se estava armado. Achei que tentaria me matar.

— Eu nunca atiraria no meu irmão mais novo.

Mimo se debruçou sobre o encosto e abraçou Pino.

— Você me perdoa?

— É claro. — Pino superou a raiva. — Você não podia saber, e eu não tinha permissão para contar, porque tio Albert disse que assim seria mais seguro.

Mimo assentiu, enxugou os olhos com a manga e disse:

— Fui mandado por comandantes da guerrilha, que me contaram o que você está fazendo. Vim para lhe dar ordens.

— Ordens? Eu recebo ordens do general Leyers.

— Não mais. — Mimo entregou a ele um pedaço de papel. — Você deve prender Leyers na noite do dia vinte e cinco e levá-lo a este endereço.

Prender o general Leyers? Em princípio a ideia o deixou nervoso, mas depois ele se imaginou apontando uma pistola para a cabeça de Leyers e gostou da imagem.

Prenderia, sim, o general e, quando fizesse isso, ele se revelaria um espião. Esfregaria esse fato na cara do nazista. *Estive aqui bem embaixo do seu nariz o tempo todo. Vi tudo que você fez, senhor de escravos.*

— Está bem — concordou Pino, por fim. — Vai ser uma honra.

— Então, vejo você quando a guerra acabar — avisou Mimo.

— Aonde vai?

— Voltar para a luta.

— Como? O que vai fazer?

— Hoje? Sabotar um tanque. E vamos esperar os nazistas começarem a sair de Milão. Depois vamos pegá-los em uma emboscada e ensinar que é bom eles nunca mais pensarem em voltar à Itália.

— E os fascistas?

— Eles também. Precisamos acabar com tudo isso para recomeçar do zero.

Pino balançou a cabeça. Mimo tinha pouco mais de dezesseis anos, mas já era um veterano endurecido pela batalha.

— Não morra antes do fim da guerra — disse Pino.

— Nem você — respondeu Mimo. Depois, saiu do carro e desapareceu nas sombras.

Pino virou-se no banco, tentando ver o irmão se afastar, mas não viu nada. Era como se Mimo fosse um fantasma.

Isso o fez sorrir. Ele ligou o carro do general Leyers, sentindo-se bem pela primeira vez em dias, pelo menos desde o último encontro com Anna.

★ ★ ★

O coração de Pino se alegrou quando ele parou o carro na frente do prédio de Dolly, por volta das oito daquela noite. Acenando para a velha no saguão, subiu a escada até o terceiro andar e bateu à porta, ansioso.

Anna o recebeu sorrindo. Ela o beijou no rosto e cochichou:

— Dolly está aborrecida. O general não aparece aqui há quase quatro dias.

— Ele virá hoje à noite. Tenho certeza — respondeu Pino.

— Por favor, diga isso a ela — pediu Anna, que o empurrou pelo corredor.

Dolly Stottlemeyer estava no sofá da sala de estar, vestida com uma das túnicas brancas de Leyers e pouco mais que isso. Segurava um copo com uísque e gelo e parecia já ter tomado uma ou duas doses, quem sabe umas quatro.

Ao ver Pino, Dolly levantou o queixo e perguntou:

— Onde está meu Hansie?

— Está no quartel-general da Wehrmacht — respondeu Pino.

— Devíamos estar em Innsbruck — reclamou Dolly, com voz pastosa.

— A passagem estará aberta amanhã. E ele me disse há alguns dias que vai levar você para lá.

Lágrimas inundaram os olhos de Dolly.

— Ele disse?

— Sim.

— Obrigada — disse Dolly, e sua mão tremeu quando ela levantou o copo. — Não sabia o que seria de mim. — Ela bebeu o uísque, sorriu e levantou-se. — Vão, vocês dois. Preciso me arrumar, ficar bonita.

Dolly passou por eles cambaleando e se apoiou à parede antes de desaparecer no corredor.

Quando ouviram a batida da porta do quarto dela, os dois foram para a cozinha. Pino girou Anna, abraçou-a e beijou-a. Anna o envolveu com as pernas e correspondeu ao beijo com o mesmo ardor. Quando finalmente os lábios se separaram, ela disse:

— Fiz comida para você. Aquele prato de linguiça com brócolis de que gosta, além de pão e manteiga.

Pino percebeu que estava faminto; relutante, a pôs no chão e falou, em voz baixa:

— Meu Deus, que saudade. Não sabe como é bom estar aqui com você agora.

Anna sorriu para ele.

— Não sabia que podia ser assim.

— Nem eu — confessou Pino, então a beijou de novo e de novo.

Eles comeram linguiça e brócolis refogado em alho e óleo, acompanhados de pão e manteiga, e beberam mais vinho do general antes de irem para o quarto de Anna depois de ouvirem as batidas na porta e o grito de Dolly avisando que ela mesma abriria. No calor, no quarto pequeno e escuro, o perfume de Anna o envolvia, e Pino ficou imediatamente inebriado. Viu sua silhueta na escuridão, ouviu as molas do colchão rangendo, e se aproximou. Quando se deitou ao lado dela e tocou seu corpo, Anna já estava nua e o desejava.

★ ★ ★

Alguém bateu à porta do quarto da empregada, depois bateu de novo.

Pino acordou assustado na manhã de 24 de abril de 1945 e olhou em volta confuso, enquanto Anna levantava a cabeça de seu peito e respondia:

— Sim?

A voz de Dolly soou do outro lado.

— São oito e quarenta. O general precisa do motorista em vinte minutos, e temos que fazer as malas, Anna. O Brenner está liberado.

— Partimos hoje? — perguntou Anna.

— Assim que for possível — confirmou Dolly.

Eles ficaram ali deitados, ouvindo os passos de Dolly, de salto alto, se afastando em direção à cozinha.

Pino beijou Anna com ternura e disse:

— Esta foi a noite mais incrível da minha vida.

— Da minha também — respondeu ela, olhando em seus olhos como se visse sonhos. — Nunca vou me esquecer de como ela foi mágica.

— Nunca. Jamais.

Eles se beijaram de novo, os lábios mal se tocando. Anna inspirou quando ele inspirou, e exalou quando ele exalou, e Pino teve novamente a sensação de que eram uma só criatura quando estavam assim, juntos.

— Como vou encontrar você? — perguntou Pino. — Em Innsbruck?

— Eu telefono para o apartamento de seus pais assim que chegarmos lá.

— Por que não vai para o apartamento de meus pais agora? Ou depois de fazer as malas da Dolly?

— Dolly precisa de mim para se instalar. Ela sabe que quero voltar a Milão o mais depressa possível.
— Sabe?
— Sim. Já falei que ela vai ter que contratar uma nova empregada.
Pino a beijou, e eles se levantaram e se vestiram. Antes de sair, ele a abraçou de novo e disse:
— Não sei quando a verei de novo.
— Eu mando notícias, prometo. Telefono para você assim que der.
Pino olhou nos olhos de Anna, afagou seu rosto com as mãos fortes e murmurou:
— A guerra está acabando. Vai se casar comigo quando voltar?
— Casar? — disse ela, com os olhos brilhantes e cheios de lágrimas. — Tem certeza?
— Certeza absoluta.
Anna beijou a mão dele e sussurrou:
— Então, sim.
Pino sentiu a alegria tomar conta de si.
— Sim?
— É claro. Com todo meu coração, Pino. Com toda minha alma.
— Eu sei que é clichê, mas você acabou de fazer de mim o homem mais feliz e mais sortudo da Itália.
— Acho que nos fizemos felizes e sortudos. — Ela o corrigiu e o beijou de novo.
Pino ouviu os passos do general na cozinha e, abraçando-a, murmurou:
— Nosso amor vai ser eterno.
— Sim, para sempre — confirmou ela.
Eles se despediram. Pino olhou para Anna pela última vez, piscou e saiu com a alma dominada por sua beleza, seu cheiro e seu toque.

★ ★ ★

O general Leyers foi primeiro ao quartel-general da Gestapo; saiu do Hotel Regina uma hora mais tarde. Depois, dirigiram-se à central telefônica, onde Leyers desapareceu por horas enquanto outro dia de calor implacável assava Milão.
Pino refugiou-se na sombra e notou que todos que passavam pareciam tensos, como se sentissem a aproximação de uma violenta tempestade. Ele pensou em Anna. Quando a veria de novo? Sentia-se vazio por imaginar que poderia ser depois de uma semana ou de um mês. Mas o que era o tempo depois da guerra? Infinito.

E Anna havia dito "sim" à proposta repentina! Ela o amaria para sempre. E ele a amaria para sempre. Independentemente do que acontecesse, agora havia alguma coisa certa em seu futuro, e isso o acalmava.

Não deixe seu coração se perturbar, pensou Pino, relaxando com a certeza de fazer parte de alguma coisa maior que ele mesmo, eterna. Já vislumbrava uma vida fantástica para eles, já se apaixonava pelos milagres que o amanhã acarretaria. Precisava de um anel, não? Podia...

Pino percebeu que estava a poucos quarteirões da *piazzale* Loreto e da venda de frutas e vegetais dos Beltramini.

Carletto estava lá? Como estava a mãe dele? Não *via* o amigo mais antigo havia mais de oito meses, desde que se afastara enquanto Carletto amparava o corpo do pai morto.

Pino queria ir até lá e se explicar, mas o medo de Carletto não acreditar o impediu, e ele continuou onde estava, suando, com fome e cansado de esperar pelos caprichos do general. Pediria a Mimo para contar tudo a Carletto quando a hora fosse...

— *Vorarbeiter*! — gritou o general Leyers.

Pino deu um pulo, bateu continência e correu para o general, que já estava na porta de trás do Fiat segurando a valise, aparentemente impaciente e irritado. Pino pediu desculpas e culpou o calor.

Leyers olhou para o céu e o sol que castigava a cidade.

— É sempre assim no fim de abril?

— *Non, mon général* — respondeu Pino, abrindo a porta, aliviado. — Isso é muito raro. O clima neste ano anda bem atípico. Aonde vamos?

— Como — disse Leyers. — Vamos passar a noite lá.

— *Oui, mon général.* — Pino olhou pelo retrovisor e viu que Leyers remexia o conteúdo da valise. — E quando Dolly e Anna vão para Innsbruck?

O general parecia interessado em alguma coisa e nem levantou a cabeça.

— Já devem estar a caminho, acho. Chega de perguntas. Tenho que trabalhar.

Pino dirigiu para o estádio em Como. Três dias atrás, vira a fogueira no fosso. As cinzas tinham desaparecido, e havia vários batalhões da Organização Todt e oficiais acampados. Eles tinham estendido lonas sobre trechos da arquibancada e repousavam à sombra, como se estivessem de férias.

Quando Leyers entrou, Pino ajeitou-se no banco da frente do Fiat. Pelo barulho que vinha do estádio, deduziu que os soldados alemães estavam bebendo. Leyers devia estar lá com eles. Tinham perdido, e a guerra havia acabado – ou acabaria a qualquer momento. *Era motivo suficiente para qualquer homem se embriagar*, pensou; na sequência, mergulhou em um sono profundo.

★ ★ ★

Pino acordou na manhã seguinte, quarta-feira, 25 de abril de 1945, com o som das batidas na janela do passageiro do Fiat. Ele se surpreendeu ao ver que o sol já havia nascido. Tinha dormido profundamente, sonhado com Anna e...

A porta se abriu, e um soldado da OT informou que o general Leyers precisava dele lá dentro.

Pino endireitou o corpo, passou os dedos pelo cabelo, olhou-se no espelho. Sujo, mas razoável. Ele seguiu o soldado para dentro do quartel-general de Leyers e por uma série de corredores, até uma sala com janela de vidro voltada para o campo.

O general vestia roupas civis e bebia café com um homem baixo de cabelo preto e bigode fino da mesma cor. Ele se virou para olhar para Pino e assentiu.

— Prefere inglês ou italiano? — disse o homem, com um forte sotaque americano.

Pino, que era muito mais alto que ele, disse:

— Pode ser inglês.

— Max Corvo. — Apresentou-se e estendeu a mão.

Pino hesitou, mas apertou a mão dele.

— Pino Lella. De onde você é?

— Estados Unidos. Connecticut. Diga ao general que sou do OSS, Escritório de Serviços Estratégicos, e que represento Alen Dulles.

Pino hesitou, mas traduziu a informação para o francês. O general assentiu.

Corvo continuou:

— Queremos sua garantia de que os homens vão permanecer nos alojamentos, general Leyers, e que não vão resistir caso sejam orientados a largar as armas.

Pino traduziu. Leyers repetiu o movimento com a cabeça.

— Quando houver um acordo assinado pelo marechal de campo Vietinghoff, meus homens acatarão. E diga a ele que continuo trabalhando para salvar Milão da destruição.

— Os Estados Unidos da América agradecem por isso, general Leyers — disse Corvo. — Acho que teremos alguma coisa assinada em uma semana, talvez até antes.

Leyers assentiu.

— Até lá, mande recomendações ao sr. Dulles.

Pino traduziu e acrescentou:

— Ele tem queimado documentos em todo o norte da Itália nos últimos três dias.

Corvo inclinou a cabeça.
— Isso é verdade?
— Sim. Todos estão queimando documentos. Todos eles.
— Muito bem — respondeu o agente do OSS. — Obrigado por me contar.
Corvo apertou a mão do general e a de Pino, depois se retirou.
Pino ficou ali parado por vários momentos incômodos, antes de Leyers perguntar:
— O que estava dizendo antes de ele ir embora?
— Perguntei como é Connecticut, e ele disse que a Itália é muito mais bonita.
O general o estudou.
— Vamos embora. Tenho uma reunião com o Cardeal Schuster.

* * *

Quando eles retornaram à cidade às duas da tarde, Milão tinha um clima elétrico e rebelde. Os apitos das fábricas sopravam. Condutores e motoristas se afastavam de bondes e ônibus, criando o caos para os comboios alemães que tentavam passar pela cidade em direção ao norte. Quando Pino parou em um cruzamento, jurou ter ouvido um tiro de rifle ao longe.

Isso o fez olhar para o general Leyers no banco de trás e pensar na satisfação que sentiria ao prender o nazista e informar que sempre fora um espião. *Onde devo fazer isso? E como? No carro? Ou na estrada, em algum lugar?*

Quanto mais se aproximavam do Duomo, mais nazistas eles viam. A maioria era da *Waffen-SS*, os assassinos, os estupradores, os saqueadores e os guardas de escravos. Estavam nas ruas em volta dos quartéis-generais da Gestapo, refugiando-se atrás dos tanques *Panzer* na catedral, em torno dela e na chancelaria, onde Pino estacionou do lado de fora do portão, porque já havia muitos carros no pátio.

Pino seguiu Leyers para a escada. Um sacerdote os interceptou.
— Sua Eminência o receberá no escritório hoje, general.

Quando entraram no enfeitado escritório oficial de Schuster, o cardeal de Milão estava sentado atrás da mesa como um juiz com sua batina branca, o solidéu vermelho na prateleira atrás dele. Pino olhou para a sala cheia. Giovanni Barbareschi, o seminarista, estava do lado esquerdo do cardeal, em pé atrás dele. Mais perto deles estava Eugen Dollmann, o tradutor italiano de Hitler. Ao lado de Dollmann, o general Wolff da SS e vários homens que Pino não conhecia, todos de terno.

Sentado à esquerda da mesa do cardeal, apoiado sobre uma bengala, havia um homem idoso e zangado que Pino não teria reconhecido, não fosse pela amante sentada ao lado. Benito Mussolini parecia ter sido torcido de dentro para fora, como se alguém tivesse girado um mecanismo de dar corda até espanar. A pele pálida estava suada, e o ditador fantoche tinha emagrecido e se mantinha inclinado para a frente, como se sentisse dor de estômago. Claretta Petacci afagava a mão do *Duce* lentamente e se apoiava nele em busca de conforto.

Atrás de Mussolini e sua amante havia dois homens usando lenço vermelho no pescoço. *Líderes da guerrilha*, pensou Pino.

— Todos os que pediu para chamar estão aqui, Eminência — avisou Barbareschi.

Schuster olhou para todos ali.

— Nada do que for dito aqui deve sair desta sala. Estão de acordo?

Um a um, todos assentiram, inclusive Pino, que não entendia nem por que estava na sala, se Dollmann estava ali para traduzir.

— Nosso objetivo, então, é poupar Milão de mais sofrimento e limitar o sangue alemão derramado na retirada. Certo?

Mussolini balançou a cabeça, concordando. Depois que Dollmann traduziu, Wolff e Leyers repetiram o movimento.

— Muito bem — continuou o cardeal. — General Wolff? O que pode relatar?

— Estive em Lugano duas vezes nos últimos dias — falou o general da SS. — As negociações seguem mais lentas do que esperávamos, mas estão progredindo. Estamos a três, talvez quatro dias da assinatura de um documento.

Mussolini saiu do torpor.

— Que documento? Que negociações?

Wolff olhou para o cardeal, depois para o general Leyers, que explicou:

— *Duce*, perdemos a guerra. Hitler enlouqueceu no *bunker*. Todos temos trabalhado para encerrar o conflito com o mínimo possível de destruição e morte.

Sentado ali, debruçado sobre a bengala, Mussolini passou de pálido a roxo. Pequenas bolas de saliva surgiram nos cantos da boca do *Duce*, que se contorceu antes de levantar o queixo e gritar e brandir a bengala para Wolff e Leyers.

— Seus nazistas filhos da mãe — rugiu Mussolini. — Mais uma vez, podemos dizer que a Alemanha apunhalou a Itália pelas costas! Vou ao rádio! Vou contar ao mundo sobre sua traição!

— Não vai fazer nada disso, Benito — respondeu o Cardeal Schuster.

— Benito? — berrou Mussolini, indignado. — Cardeal Schuster, deve me tratar por "Excelência"!

O cardeal respirou profundamente, depois abaixou a cabeça.

— Excelência, é importante chegarmos a um acordo de rendição antes de as massas se levantarem e se revoltarem. Caso contrário, teremos anarquia, o que pretendo impedir. Se não está comprometido com esse objetivo, *Duce*, pedirei que se retire.

Mussolini olhou em volta, balançou a cabeça com desgosto e estendeu a mão para a amante.

— Gosta de como eles nos tratam, Clara? Agora estamos sozinhos.

Petacci segurou a mão do líder fascista e respondeu:

— Estou pronta, *Duce*.

Eles se levantaram com dificuldade e se dirigiram à porta.

— Excelência — chamou Cardeal Schuster. — Espere.

O religioso se dirigiu à estante, pegou um livro e o entregou a Mussolini.

— É uma história de São Bento. Arrependa-se de seus pecados e talvez encontre conforto neste livro durante os dias tristes que agora surgem em seu horizonte.

Mussolini olhou em volta, carrancudo, mas aceitou o livro e o entregou à amante. A caminho da saída, ele disse:

— Devia mandar fuzilar todos eles.

* * *

A porta bateu depois que eles saíram.

— Podemos continuar? — perguntou o Cardeal Schuster. — General Wolff? O alto-comando alemão concordou com minha solicitação?

— Vietinghoff escreveu para mim hoje de manhã. Ele ordenou que seus homens abandonem as ações ofensivas e permaneçam nos alojamentos até segunda ordem.

— Não é uma rendição, mas é um começo — reconheceu o Cardeal Schuster. — E ainda há um grupo central da SS aqui nas ruas, em torno do Duomo. Eles são leais ao coronel Rauff?

— Creio que sim — respondeu Wolff.

— No entanto, Rauff responde a você — disse Schuster.

— Às vezes.

— Dê uma ordem, então. Proíba Rauff e aqueles monstros uniformizados de perpetrarem mais atrocidades antes de saírem deste país.

— Atrocidades? — repetiu Wolff. — Não sei do que está...

— Não me insulte! — o cardeal de Milão se irritou. — Não vai encobrir as coisas que foram feitas na Itália e com os italianos. Pode, contudo, impedir novos massacres. Estamos de acordo?

Wolff parecia muito agitado, mas assentiu.

— Vou escrever as ordens agora.

Barbareschi avisou:

— Eu mesmo vou levá-las.

O Cardeal Schuster olhou para o seminarista.

— Tem certeza?

— Quero olhar nos olhos do homem que me torturou quando ele receber o comunicado.

Wolff escreveu a ordem em papel timbrado, selou-a com a cera de Schuster e usou seu anel para carimbar o lacre antes de entregar a mensagem ao seminarista. Quando Barbareschi estava saindo, o sacerdote que os havia conduzido à sala retornou e disse:

— Cardeal Schuster, os prisioneiros da San Vittore se rebelaram.

28

Eles ficaram na chancelaria até o anoitecer. O general Wolff foi embora. O general Leyers e o Cardeal Schuster discutiam como os alemães e a Resistência poderiam trocar prisioneiros.

Só do lado de fora, com o sol se pondo, Pino lembrou novamente que havia sido encarregado de prender Leyers antes da meia-noite. Queria que os guerrilheiros tivessem dado a ele instruções específicas, além de um endereço ao qual levar o general. Por outro lado, eles o tinham incumbido de algo, lhe dado uma tarefa, como deram a Mimo a missão de sabotar tanques. Os detalhes ficavam por conta dele.

Quando chegou ao carro, Pino ainda tentava decidir a melhor maneira de prender o general, considerando que ele sempre se sentava atrás do banco do motorista.

Ao abrir a porta de trás do Fiat, Pino viu a valise de Leyers ali e xingou a si mesmo. Havia estado ali durante todo o tempo que passaram lá dentro. Podia ter pedido licença e usado esse tempo para olhar as pastas, provavelmente as que Leyers salvara das fogueiras.

O general Leyers entrou sem olhar para Pino e disse:

— Hotel Regina.

Pino pensou em sacar sua Walther e prender Leyers ali mesmo, mas, inseguro, fechou a porta e sentou-se ao volante. Com todos os veículos alemães ocupando as ruas estreitas, ele teve que fazer um caminho mais longo até o quartel-general da Gestapo.

Perto da *piazza* San Babila, ele viu um caminhão alemão cheio de soldados armados parado na saída de um estacionamento a meio quarteirão de distância. Havia alguém na rua apontando uma pistola automática para o para-brisa do caminhão nazista. Pino ficou chocado quando o atirador se virou.

— Mimo — murmurou, pisando no freio.

— *Vorarbeiter?* — O general Leyers estranhou.

Pino o ignorou e desceu do carro. Estava a menos de cem metros do irmão, que apontava a arma para os alemães e gritava:

— Todos vocês, porcos nazistas, deponham as armas, joguem-nas para fora do caminhão, depois saiam e deitem-se na calçada com o rosto para baixo.

O segundo seguinte pareceu uma eternidade.

Como nenhum alemão se moveu, Mimo disparou uma vez. Balas de chumbo ricochetearam na lateral do estacionamento. No silêncio que seguiu o disparo, os alemães no fundo do caminhão começaram a jogar as armas para fora.

— *Vorarbeiter*! — exclamou Leyers, e Pino não ficou surpreso ao ver que ele também havia saído do carro e assistia à cena por cima de seu ombro. — Esqueça o Hotel Regina. Leve-me à casa de Dolly. Acabei de lembrar que deixei papéis importantes lá e quero...

Encorajado pela atitude de Mimo e sem pensar no que fazia, Pino sacou a pistola, virou-se e a encostou na barriga do general. Era bom ver o choque estampado no rosto dele.

— O que é isso, *Vorarbeiter*? — perguntou Leyers.

— Sua prisão, *mon général*.

— *Vorarbeiter* Lella — disse ele, com firmeza. — Guarde essa arma, e vamos esquecer que isto aconteceu. Você vai me levar à casa de Dolly. Eu vou pegar meus papéis e...

— Não vou leva-lo a lugar nenhum, senhor de escravos!

O general reagiu como se tivesse levado uma bofetada no rosto. Sua expressão se contorceu com a raiva.

— Como ousa falar comigo desse jeito? Eu poderia mandar fuzilar você por traição!

— Aceito a acusação de traição contra você e Hitler com alegria — respondeu Pino, igualmente furioso. — Vire-se, ponha as mãos atrás da cabeça, *mon general*, ou vou atirar em seus joelhos.

Leyers falou alguma coisa, mas viu que Pino não estava brincando e fez o que ele dizia. Pino pegou a pistola que Leyers levava na cintura quando estava à paisana. Guardou-a no bolso, balançou a Walther e disse:

— Entre.

Leyers se aproximou da porta de trás, mas Pino abriu a porta do motorista.

Com a arma apontada para a cabeça do general Leyers, sentou-se no banco de trás e fechou a porta. Apoiou o antebraço sobre a valise, como Leyers sempre fazia, e sorriu, gostando da troca de papéis, sentindo que havia conquistado tudo isso e que a justiça seria feita, finalmente.

Ele olhou pelo para-brisa. O irmão tinha vinte soldados nazistas deitados de bruços, com as mãos atrás da cabeça. Mimo descarregava as armas e as empilhava na calçada do outro lado.

— Não precisa ser assim, *Vorarbeiter* — tentou Leyers. — Tenho dinheiro, muito dinheiro.

— Dinheiro alemão? — Pino deu risada. — Vai perder o valor, se já não perdeu. Vire o carro agora e, como me disse tantas vezes, não fale, a menos que eu fale com você.

O general fez uma pausa, mas ligou o carro e fez o retorno. Enquanto manobrava, Pino abriu a janela de trás e gritou:

— Vejo você em casa, Mimo!

O irmão levantou a cabeça espantado, percebeu quem estava gritando e levantou o punho cerrado.

— Rebelião, Pino! — gritou Mimo. — Rebelião!

★ ★ ★

Pino sentia arrepios enquanto Leyers dirigia para fora de San Babila e em direção ao endereço que Pino havia dado, o mesmo que ele recebera do comando de guerrilha. Não sabia por que tinha que levar Leyers a esse endereço específico, mas não se importava. Não estava mais nas sombras. Não era mais espião. Agora era parte da rebelião, e isso o enchia de segurança enquanto gritava as orientações para o general, que dirigia com os ombros caídos.

Dez minutos depois do início da viagem, Leyers falou:

— Tenho mais que dinheiro alemão.

— Não me interessa — respondeu Pino.

— Tenho ouro. Podemos ir e...

Pino cutucou a cabeça de Leyers com o cabo da pistola.

— Sei que você tem ouro. Ouro que roubou da Itália. Ouro pelo qual assassinou quatro escravos, e eu não o quero.

— Assassinei? Não, *Vorarbeiter*, não é...

— Espero que enfrente um pelotão de fuzilamento pelo que fez.

O general Leyers ficou tenso.

— Não pode estar falando sério.

— Cale a boca. Não quero ouvir nem mais uma palavra.

Leyers, então, deu sinais de estar resignado com seu destino e dirigiu carrancudo pela cidade, enquanto Pino ouvia mentalmente uma voz que dizia: *Não perca a chance. Aplique alguma punição. Faça-o parar. Atire na perna, pelo menos. Deixe-o chegar ao destino ferido e sofrendo. Não é assim que se deve entrar no inferno?*

Em dado momento, o general abriu a janela e pôs a cabeça para fora para sentir o cheiro de seus últimos momentos de liberdade. Quando eles se aproximaram do portão do endereço na *via* Broni, porém, Leyers olhava para a frente.

Um atirador com um lenço vermelho no pescoço passou pelo portão. Pino disse a ele que havia recebido ordens para prender o general e estava ali para entregá-lo.

— Estávamos esperando — respondeu o guarda, dando ordens para abrirem o portão.

Leyers entrou em um complexo e parou. Ele abriu a porta e tentou descer do carro. Outro homem armado o segurou, girou e algemou. O primeiro pegou sua valise.

Leyers olhou para Pino com ressentimento, mas não disse nada quando foi levado para dentro da casa. Alguém bateu a porta depois que ele passou, e Pino percebeu que não havia contado ao general que era espião.

— O que vai acontecer com ele? — perguntou.

— Ele vai ser julgado, provavelmente enforcado — respondeu o homem com a valise.

Pino sentiu a acidez na garganta ao dizer:

— Quero testemunhar contra ele.

— Tenho certeza de que vai ter sua chance. As chaves do carro?

Pino as entregou.

— O que eu faço?

— Vá para casa. Leve esta carta. Mostre-a a qualquer guerrilheiro que o parar no caminho.

Pino pegou a carta, então a dobrou e pôs no bolso.

— Alguém pode me dar uma carona?

— Lamento. Vai ter que ir a pé. Não se preocupe, em dez ou vinte minutos, não vai ter nenhuma dificuldade para enxergar.

— Conhece meu irmão, Mimo Lella?

O homem riu.

— Todos nós conhecemos aquele terror, e é uma alegria que ele esteja do nosso lado.

* * *

Apesar dos elogios, Pino saiu da propriedade sentindo-se abandonado e traído, de certa forma. Por que não contou para Leyers que era espião? Por que não perguntou o que ele queimava naqueles arquivos? O que era aquilo? Evidências de escravidão? E que papéis eram aqueles que ele queria buscar no apartamento de Dolly?

Os papéis eram importantes? Os guerrilheiros tinham a valise e alguns documentos que Leyers salvara do fogo. E Pino testemunharia contra ele, contaria ao mundo o que vira o general Leyers fazer.

Quando passou pelo portão, Pino estava na região sudeste de Milão, em um dos bairros mais duramente bombardeados. No escuro, chutava coisas, tropeçava e temia cair em alguma cratera devastada antes de encontrar o caminho de casa.

Um tiro de rifle ecoou não muito longe. Depois outro, seguido por uma rajada de automática e pela explosão de uma granada. Pino abaixou-se, tomado pela sensação de que havia caído em uma armadilha. Estava pensando em se virar, tentar encontrar outro caminho para casa, quando ouviu ao longe os sinos do Duomo. Os outros sinos maiores e o carrilhão da catedral se juntaram à sinfonia, badalando na escuridão.

Pino sentiu-se invocado, atraído para a basílica. Ele se levantou e começou a andar em direção ao som dos sinos e para o Duomo, sem se importar com os tiros de rifle que espocavam nas ruas à sua volta. Outros sinos de igrejas começaram a badalar, e logo era como se fosse manhã de Páscoa.

Então, sem aviso prévio e pela primeira vez em quase dois anos, as lâmpadas das ruas de toda Milão se acenderam, banindo a noite e a longa infelicidade da cidade à sombra da guerra. Pino piscou com a luz intensa que destacava as ruínas e as cicatrizes de Milão.

As luzes estavam acesas! E os sinos badalavam! Pino sentiu um alívio enorme. O que significava? Havia acabado? Todas aquelas unidades alemãs concordaram com o fim da luta. Correto? Os soldados que Mimo prendeu, no entanto, não depuseram as armas antes de serem ameaçados.

Tiros e explosões continuavam no nordeste, na direção da estação central de trens e do Teatro Piccolo, ambos quartéis-generais dos fascistas. Ele deduziu que guerrilheiros e fascistas deviam lutar pelo controle de Milão. Era uma guerra civil. Ou talvez houvesse alemães, numa batalha de três frentes.

De qualquer maneira, Pino foi para o oeste, fazendo um desvio rumo ao Duomo, afastando-se da luta. Rua após rua, o povo de Milão arrancava cortinas blecaute dos prédios que haviam sobrevivido e deixava mais luz inundar a cidade. Famílias inteiras se debruçavam nas janelas, comemorando e sugerindo que os nazistas fossem levados para o mar. Muitos outros estavam nas ruas, olhando para as lâmpadas como se fossem um milagre.

A euforia durou pouco. Rajadas de metralhadoras explodiram de dez direções diferentes. Pino ouvia os tiros e as pausas perto e longe. Lembrou-se da batalha que havia acontecido em torno do cemitério em que Gabriella Rocha jazia. *A guerra não acabou*, percebeu. *Nem a insurreição.* Os pactos feitos no escritório do Cardeal Schuster caíam por terra. Pelo ritmo da luta, Pino não demorou a ter certeza de que ouvia um combate múltiplo: guerrilheiros contra nazistas e fascistas.

Quando uma granada explodiu em uma das ruas adjacentes, as pessoas começaram a se dispersar e correram de volta para casa. Pino arrancou em uma corrida errática, em zigue-zague. Quando chegou à *piazza* do Duomo, seis tanques *Panzer* alemães ainda se moviam por ali, os canhões apontando para fora. Os holofotes da catedral continuavam acesos, iluminando toda a igreja, e os sinos soavam, mas era só isso, a praça estava deserta. Pino engoliu em seco e se moveu depressa atravessando o espaço aberto no sentido diagonal, atento a atiradores a postos nos andares mais altos dos prédios em volta da praça.

* * *

Ele chegou a um canto da catedral sem nenhum incidente e caminhou à sombra da grande igreja, olhando para cima e notando como a fuligem dos anos de bombardeio e fogo havia escurecido o mármore rosado da fachada. Pino não sabia se as manchas da guerra algum dia desapareceriam de Milão.

Ele pensou em Anna, curioso para saber como ela havia se adaptado à nova casa de Dolly em Innsbruck, se estava dormindo. Confortava-o pensar nela desse jeito, segura, aquecida, elegante.

Pino sorriu e se moveu mais depressa. Em dez minutos, estava do lado de fora do prédio dos pais. Verificou os bolsos procurando os documentos, subiu a escada e entrou no edifício, certo de que soldados da SS o observavam. No entanto, não havia ninguém fiscalizando, e, quando o elevador de gaiola passou pelo quinto andar, os guardas também não estavam lá.

Foram embora! Todos estão fugindo!

Ele estava realmente feliz quando tirou as chaves do bolso e as introduziu na fechadura. Quando abriu a porta, havia uma pequena festa. O pai deixara o violino em seu pedestal e abrira duas garrafas de Chianti fino, que estavam sobre a mesa da sala de estar ao lado de outras duas garrafas vazias. Michele estava bêbado e rindo perto da lareira, com Mario, filho de seu primo, o piloto. E tia Greta? Estava sentada no colo do marido, cobrindo-o de beijos.

Tio Albert viu Pino, levantou os braços num gesto vitorioso e gritou:

— Ei, você, Pino Lella! Venha dar um abraço em seu tio!

Pino riu e correu para abraçá-lo. Ele bebeu vinho e ouviu o relato dramático de tio Albert sobre a rebelião na San Vittore, sobre como eles renderam os guardas fascistas, abriram as celas e libertaram todo mundo.

— O melhor momento da vida, além daquele em que conheci Greta, foi quando saí pelos portões da frente daquela prisão — contou tio Albert, radiante. — Não havia grilhões. Estávamos livres. Milão está livre!

— Ainda não — disse Pino. — Hoje andei muito pela cidade. Os pactos que o Cardeal Schuster fez estão sendo ignorados. Há bolsões de combate por todos os lados.

Ele, então, contou sobre Mimo e sobre como ele havia dominado todos aqueles soldados alemães sozinho. O pai deles ficou perplexo.

— Sozinho?

— Completamente — confirmou Pino, orgulhoso. — Acho que sou muito corajoso, *papà*, mas meu irmão é em outro nível.

Ele pegou a garrafa de vinho e serviu mais em sua taça, sentindo-se delirantemente bem. Se Anna estivesse ali, celebrando a insurreição com sua família, tudo seria quase perfeito. Pino se perguntava quando a veria de novo, quando teria notícias dela. Ele verificou o telefone e, para sua surpresa, descobriu que estava funcionando. O pai, porém, disse que eles não receberam nenhuma ligação antes de sua chegada.

Bem depois da meia-noite, radiante e tonto depois de muito vinho, Pino foi para a cama. Pela janela aberta, ouvia o rugido dos tanques *Panzer*, depois o som metálico das esteiras se movendo pela rua de paralelepípedos, afastando-se na direção nordeste. Ele cochilou antes de ouvir explosões e rifles automáticos vindo da mesma direção.

Durante a noite toda, os sons da batalha em Milão subiam e desciam como um coro após o outro, cada voz cantando o conflito, cada canção chegando ao apogeu, depois morrendo em ecos e notas. Pino cobriu a cabeça com o travesseiro e finalmente mergulhou em um sono profundo e cheio de sonhos: com aquela expressão ressentida do general Leyers ao se afastar, com os atiradores apontando para ele quando corria pela cidade, mas principalmente com Anna e a última noite que passaram juntos, como havia sido mágica e poderosa, perfeita como um presente de Deus.

***

Pino acordou na quinta-feira, 26 de abril, e olhou para o relógio.

Dez da manhã? Quando foi a última vez que dormiu tanto? Não sabia, mas era delicioso. Ele sentiu cheiro de bacon frito. Bacon? De onde?

Depois de se vestir, Pino foi à cozinha e encontrou o pai colocando o bacon crocante em um prato e apontando uma tigela de ovos nas mãos de Mario.

— Um guerrilheiro amigo de seu tio Albert acabou de trazer — contou Michele. — Albert está no corredor, conversando com ele. E eu estou usando o último pó de café que tinha escondido no armário.

Tio Albert entrou. Parecia estar com uma ressaca horrível e muito preocupado.

— Pino, alguém precisa de seu inglês — disse. — Querem que você vá ao Hotel Diana e procure um homem chamado Knebel.

— Quem é Knebel?

— Um americano. É só o que sei.

Outro americano? O segundo em dois dias!

— Muito bem — respondeu, olhando com adoração para o bacon frito, os ovos e o café quase pronto. — Tem que ser agora?

— Depois que você comer — disse o pai.

Mario, o aviador, preparou ovos mexidos para Pino, e ele os comeu com bacon e um *espresso* duplo. Pino não conseguia se lembrar de quando tivera um banquete como esse no café da manhã, mas em seguida lhe veio à mente: na Casa Alpina. Ele pensou no Padre Re, em como ele e o irmão Bormio estariam. Assim que tivesse oportunidade, levaria Anna a Motta para conhecer o padre e pedir a ele que os casasse.

Pensar nisso o deixou feliz e confiante de um jeito que nunca havia se sentido. Devia ser evidente, porque tio Albert aproximou-se quando Pino lavava os pratos e sussurrou:

— Estava sorrindo como um idiota e olhando para o nada, o que significa que está apaixonado.

Pino riu.

— Talvez.

— Por aquela jovem que ajudou você com o rádio?

— Anna. A que adora seu trabalho.

— Seu pai sabe? Sua mãe?

— Eles não a conheceram, mas logo saberão.

Tio Albert bateu nas costas de Pino.

— Ser jovem e estar apaixonado. Não é impressionante que algo assim possa acontecer no meio de uma guerra? Prova a bondade inerente da vida, apesar de todo o mal que vimos.

Pino adorava o tio. Havia muita coisa passando na cabeça daquele homem.

— Tenho que ir — avisou Pino, enquanto enxugava as mãos. — Vou encontrar o *signor* Knebel.

* * *

Pino saiu do prédio e seguiu na direção do Hotel Diana na *viale* Piave, perto da central telefônica e da *piazzale* Loreto. Dois quarteirões adiante, viu um corpo, um homem, com o rosto para baixo na sarjeta e um ferimento à bala na parte de trás da cabeça. Ele viu o segundo e o terceiro cadáveres a cinco quarteirões do apartamento: um homem e uma mulher em roupas de dormir, como se tivessem sido arrancados da cama. Quanto mais andava, mais mortos *via*, quase todos com tiros na cabeça, quase todos deitados de bruços na sarjeta, no calor crescente.

Pino se sentia horrorizado e enojado. Quando chegou ao Hotel Diana, havia contado setenta cadáveres apodrecendo ao sol. Tiros esporádicos ainda eram ouvidos ao norte. Alguém disse que os guerrilheiros haviam cercado um grande grupo de camisas-negras tentando fugir de Milão. Os fascistas lutavam até a morte.

Pino empurrou a porta da frente do Hotel Diana: estava trancada. Ele bateu, esperou e não foi atendido. Deu a volta no prédio e tentou abrir a porta dos fundos, que estava destrancada. Pino entrou em uma cozinha vazia que cheirava a carne cozida. A porta do outro lado da cozinha se abria para um restaurante escuro, vazio, e havia outra que dava passagem para um salão de baile pouco iluminado.

Pino abriu a porta do salão de baile e chamou:

— Olá?

Ao ouvir o estalo de um rifle engatilhado levantou as mãos.

— Solte a arma — um homem exigiu.

— Não estou armado — respondeu Pino, com a voz trêmula.

— Quem é você?

— Pino Lella. Fui informado de que deveria encontrar um americano chamado Knebel.

Uma gargalhada rouca ecoou antes de um homem grande e esguio com um uniforme dos Estados Unidos sair das sombras. Seu nariz era largo, tinha entradas no cabelo e exibia um sorriso largo.

— Abaixe a arma, cabo Daloia — ordenou. — Esse foi convidado.

O cabo Daloia, um soldado baixinho e encorpado de Boston, abaixou a arma. O americano mais alto se aproximou de Pino e estendeu a mão.

— Major Frank Knebel, Quinto Exército dos Estados Unidos. Luto pelo Quinto, escrevo algumas coisas para o *Star and Stripes* e participo de operações psicológicas.

Pino não entendeu metade do que ele disse, mas assentiu.

— Acabou de chegar aqui, major Knebel?

— Ontem à noite. Vim antes da Décima Divisão de Montanha com um grupo avançado de batedores para ter uma ideia de como está a cidade e prepará-los. Quero saber o que está acontecendo aqui, Pino. O que viu no caminho?

— Pessoas mortas caídas na sarjeta, assassinadas por retaliação, e nazistas e fascistas tentando escapar. Os guerrilheiros estão matando todos eles. Ontem à noite, as luzes foram acesas pela primeira vez em anos, e não houve bombardeios; por um tempinho, tive a sensação de que a guerra havia realmente acabado.

— Gosto disso — aprovou Knebel, pegando um bloco de anotações. — Nítido. Repita.

Pino repetiu o relato, e o major anotou tudo.

— Vou chamar você de lutador da guerrilha, certo?

— Certo — disse Pino, satisfeito. — De que outra maneira posso ajudar?

— Preciso de um intérprete, ouvi dizer que você fala inglês. E está aqui.

— Quem disse que falo inglês?

— Um passarinho. Você sabe como é. O que importa é que preciso de ajuda. Está disposto a ajudar um americano necessitado, Pino?

Pino gostava do sotaque do major. Gostava de tudo nele.

— É claro.

— Muito bom, rapaz. — Knebel apoiou a mão no ombro de Pino e prosseguiu como se fossem conspiradores de longa data. — Por hoje, preciso que faça duas coisas. Primeiro, me ponha dentro daquela central telefônica para eu fazer algumas ligações e contar algumas histórias.

Pino assentiu.

— Está a meu alcance. O que mais?

Knebel sorriu.

— Pode arrumar um pouco de vinho para nós? Uísque? Talvez garotas e música?

— Para quê?

— Uma boa festa — respondeu Knebel, com um sorriso ainda mais largo. — Tenho amigos que virão para cá depois do anoitecer, e essa guerra filha da puta está quase acabando, o que significa que eles vão querer relaxar um pouco, comemorar. Acha bom?

O major tinha uma qualidade contagiante que fez Pino sorrir.

— Parece divertido!

— Consegue isso para nós? Pode arrumar um gravador ou um rádio? Umas italianas bonitas para festejar conosco?

— E vinho e uísque. Meu tio tem os dois.

— Seu tio será condecorado com uma estrela de prata por conduta além do cumprimento do dever — decidiu o major. — Acha que pode trazer tudo até nove da noite?

Pino olhou para o relógio de pulso e viu que era meio-dia. Depois, assentiu.

— Vou deixar você na central telefônica e cuidar de tudo em seguida.

Knebel olhou para os soldados americanos e bateu continência.

— Acho que amo esse garoto.

O cabo Daloia respondeu:

— Ele fez alguns bons amigos aqui, major. Vou indicá-lo para a medalha de honra.

— Indicação muito importante, porque é feita pelo rapaz que vai receber uma medalha de prata por coragem em Monte Cassino — ressaltou Knebel.

Pino reavaliou o cabo.

— Quem se importa com medalhas? — disse Daloia. — Precisamos de mulheres, música e bebida.

— Vou providenciar — afirmou Pino, ao que o cabo bateu continência para ele.

Pino riu e estudou o uniforme do major.

— Tire a camisa. Vai chamar atenção.

Knebel fez como ele dizia e seguiu Pino para fora do Hotel Diana vestindo camiseta, calça de uniforme e botas. Na central telefônica, guerrilheiros fechavam a entrada, mas Pino mostrou a carta que haviam lhe dado na noite anterior e explicou que Knebel escreveria a gloriosa história do levante em Milão para seu público americano, então eles os deixaram entrar. Pino instalou Knebel em uma sala com mesa e telefone. Uma vez conectado, o major cobriu o bocal do fone e disse:

— Contamos com você, Pino.

— Sim, senhor — respondeu Pino, tentando bater continência com a mesma elegância do cabo Daloia.

— Quase — comentou Knebel, rindo. — Agora vá e organize para nós uma festa inesquecível.

Cheio de energia, Pino saiu da central e seguiu rumo ao norte pela *corso* Buenos Aires para a *piazzale* Loreto, tentando decidir como encontraria em oito horas e meia tudo o que Knebel havia pedido. Uma bela mulher de vinte anos, sem nenhuma aliança, se aproximava dele na rua e parecia ansiosa.

Num impulso, Pino perguntou:

— *Signorina, per favore*, gostaria de ir a uma festa hoje à noite?

— Uma festa? Hoje à noite? Com você? — A jovem riu. — Não.

— Vai ter música, vinho, comida e soldados americanos ricos.

Ela jogou o cabelo e respondeu:

— Ainda não tem americanos em Milão.

— Tem, sim, e vai haver mais no Hotel Diana, no salão de baile, hoje às nove da noite. Quer ir?

Ela hesitou, depois perguntou:

— Não está mentindo?

— Juro pela alma de minha mãe que é verdade.

— Vou pensar, então. No Hotel Diana?

— Exatamente. Use seu vestido de baile.

— Vou pensar — repetiu ela, antes de se afastar.

Pino sorriu. Ela ia. Estava quase certo disso.

Continuou andando e, ao passar por outra mulher atraente, repetiu a mesma história e obteve praticamente a mesma resposta. A terceira mulher teve uma reação diferente. Aceitou imediatamente o convite para a festa e, quando falou que haveria soldados americanos ricos, ela avisou que levaria quatro amigas.

Pino ficou tão animado que só então percebeu que estava na esquina da *piazzale* Loreto e da venda de frutas e vegetais dos Beltramini. A porta estava aberta. Ele viu uma silhueta lá dentro.

— Carletto? É você?

* * *

O mais antigo amigo de Pino tentou bater a porta na cara de Pino, mas este a empurrou com um ombro e era mais forte e maior que Carletto, que caiu deitado de costas no chão.

— Saia da minha loja! — gritou Carletto, rastejando para trás. — Traidor. Nazista!

O amigo havia emagrecido muito. Pino notou assim que entrou e fechou a porta.

— Não sou nazista e não sou traidor.

— Eu vi a suástica! *Papà* também viu! — Carletto apontava para o braço de Pino enquanto falava. — Bem aí. O que mais pode ser, além de nazista?

— Espião — respondeu Pino; então, contou tudo a Carletto.

Percebeu que o amigo não acreditava nele no início, mas quando ouviu o nome de Leyers e compreendeu que era ele que Pino espionava, mudou de atitude.

— Se descobrissem, Pino, teriam matado você.

— Eu sei.

— E continuou mesmo assim? — O amigo balançou a cabeça. — Essa é a diferença entre mim e você. Você se arrisca e age, enquanto eu... Eu olho e sinto medo.

— Não há mais nada a temer — disse Pino. — A guerra acabou.

— Acabou?

— Como está sua mãe?

Carletto baixou a cabeça.

— Ela faleceu, Pino. Em janeiro. No inverno. Não consegui mantê-la suficientemente aquecida, porque não tínhamos combustível nem produtos para vender. Ela tossiu até morrer.

— Eu sinto muito — disse Pino, emocionado. — Ela era tão bondosa quanto seu pai era divertido. Eu devia ter estado aqui para ajudar você a enterrar os dois.

— Estava onde devia estar, e eu também. — Carletto parecia tão arrasado que Pino quis animá-lo.

— Ainda toca bateria?

— Faz muito tempo que não toco.

— Mas ainda tem a bateria?

— No porão.

— Conhece outros músicos que morem por aqui?

— Por quê?

— Conhece?

— Sim, acho que sim. Se ainda estiverem vivos.

— Ótimo. Venha comigo.

— O quê? Para onde?

— Para minha casa, você vai comer alguma coisa. Depois vamos providenciar vinho, comida e mais garotas. E, quando tivermos o suficiente, vamos organizar uma festa de fim de guerra que supere todas as festas de fim de guerra.

29

Às nove da noite do segundo dia de insurreição geral em Milão, Pino e Carletto tinham levado seis caixas de vinho e vinte litros de cerveja caseira da adega particular de tio Albert para o Hotel Diana. O pai de Pino contribuiu com duas garrafas de grapa. E Carletto encontrou três garrafas fechadas de uísque que alguém dera ao pai dele anos atrás.

O cabo Daloia, enquanto isso, tinha encontrado um palco desmontado no porão do hotel e o montara no fundo do salão de baile. A bateria de Carletto foi posta no fundo do palco. Ele afinava a percussão e ajustava os pratos, enquanto outros músicos afinavam trompete, clarinete, saxofone e trombone.

Pino sentou-se ao piano que os americanos tinham levado para o palco e tocava as teclas com nervosismo. Não tocava havia quase um ano. No entanto, relaxou ao fazer alguns acordes com cada mão e parou. Era o suficiente.

A plateia começou a gritar e assobiar. Pino levou a mão à testa num gesto teatral, olhou para os vinte GIs americanos, uma esquadra de neozelandeses, oito jornalistas e pelo menos trinta mulheres milanesas.

— Um brinde! — propôs o major Knebel, pulando no palco com uma taça de vinho. Ele derrubou um pouco da bebida, mas não se importou. Ergueu a taça e gritou: — Ao fim da guerra!

As pessoas explodiram. O cabo Daloia subiu no palco ao lado do major e berrou:

— Ao fim dos ditadores homicidas com franjas pretas esquisitas e bigodinhos minúsculos!

Os soldados gargalharam e aplaudiram.

Pino também ria – e traduziu para as mulheres, que gritaram em consonância e levantaram seus copos. Carletto bebeu o vinho de uma vez só e estalou os lábios.

Depois, bateu as baquetas e gritou:

— Oito compassos, Pino!

Com braços, cotovelos, pulsos e mãos elevados, os dedos pairando sobre as teclas, Pino começou com notas altas, tinindo antes de encaixar o baixo num ritmo dançante que se transformou em uma daquelas canções que ele costumava ensaiar antes do começo dos bombardeios.

Dessa vez, era uma variação de "Pinetop's Boogie-Woogie", pura música de baile.

A plateia enlouqueceu e ficou ainda mais animada quando Carletto entrou com os pratos e os pincéis e o baixo se juntou à melodia. Soldados dançavam com as jovens italianas, botando em prática o suingue que falava pelas mãos, por batidas de joelho, tremores de quadril e piruetas. Outros soldados no salão ficavam em volta dos dançarinos, olhando com nervosismo para as mulheres, ou parados, o copo de bebida em uma das mãos, o dedo da outra levantado marcando a cadência, os quadris balançando e os ombros se movendo no ritmo do *boogie-woogie* de Pino. De vez em quando, um deles gritava só por estar bêbado.

O clarinetista fez um solo. O homem do sax também, assim como o do trombone. A música terminou com aplausos e gritos pedindo mais. O músico que tocava trompete tomou a iniciativa e incendiou o local com a abertura de "Boogie-Woogie Bugle Boy".

Muitos GIs cantavam, e as danças se tornaram frenéticas com os outros soldados bebendo, aplaudindo e gritando, dançando, bebendo mais e mergulhando na pura alegria de relaxar. Quando Pino encerrou a canção, os dançarinos suados aplaudiram e bateram os pés.

— Mais! — gritavam. — Bis!

★ ★ ★

Pino estava coberto de suor, mas nunca se sentira mais feliz. A única coisa que faltava era Anna. Ela nunca o vira tocar. Teria desmaiado. Ele riu da imagem, depois pensou em Mimo. Onde ele estava? Ainda lutando contra os nazistas?

Sentia-se um pouco culpado por comemorar enquanto o irmão mais novo estava lá fora na guerrilha, mas olhou para Carletto, que se servia de mais uma generosa taça de vinho e sorria como um bobo.

— Vamos, Pino — disse Carletto. — Dê o que eles pedem.

— Certo! — gritou Pino para a plateia. — Mas o pianista precisa beber! Grapa!

Alguém providenciou rapidamente a bebida. Pino esvaziou o copo e assentiu para Carletto, que bateu as baquetas. E eles recomeçaram, tocando *boogie-woogie* com Pino pondo em prática todos os exemplos que já tinha escutado ou praticado.

"1280 Stomp", "Boogie-Woggie Stomp", "Big Bad Boogie-Woogie".

A plateia adorava. Ele nunca tinha se divertido tanto – de repente, entendeu por que os pais adoravam convidar músicos para suas festas.

Quando fizeram um intervalo por volta das onze da noite, o major Knebel aproximou-se dele e disse:

— Impressionante, soldado. Simplesmente impressionante!

— Está se divertindo? — perguntou Pino, sorridente.

— É a melhor de todas as festas. E está só começando. Uma das garotas mora aqui perto e jura que o pai tem todo tipo de bebida no porão.

Pino notou alguns casais saindo do salão de mãos dadas e subindo a escada. Ele sorriu e foi buscar água e vinho.

Carletto aproximou-se, passou um braço sobre seus ombros e disse:

— Obrigado por ter me jogado no chão hoje à tarde.

— Para que servem os amigos?

— Amigos para sempre?

— Até o fim da vida.

A primeira mulher que Pino convidou para a festa aproximou-se deles e perguntou:

— Pino?

— Sim. Você?

— Sophia.

Pino estendeu a mão.

— Muito prazer, Sophia. Está se divertindo?

— Bastante, mas não falo inglês.

— Alguns soldados, como o cabo Daloia ali, falam italiano. E os outros? Dance, sorria e deixe o corpo falar a linguagem do amor.

Sophia riu.

— Faz parecer fácil.

— Eu vou observar — avisou Pino, antes de voltar ao palco.

Ele tomou mais uma dose de grapa, e a banda retomou o *boogie-woogie*, intercalando o ritmo com outras canções e voltando a ele. A pessoas dançavam e dançavam. À meia-noite, ele olhou para a pista de dança e viu Sophia fazendo piruetas e flexões com o cabo Daloia, que sorria de orelha a orelha.

As coisas não podiam ter sido melhores.

Pino tomou outra grapa, depois mais uma, e tocou e tocou, sentindo o cheiro de suor dos dançarinos e o perfume das mulheres, tudo se misturando em um almíscar que o embriagava. Por volta das duas, tudo ficou turvo; depois, preto.

★ ★ ★

Seis horas depois, na manhã de sexta-feira, 27 de abril de 1945, Pino acordou no chão da cozinha do hotel com uma dor de cabeça horrível e o estômago embrulhado. Ele correu para o banheiro e vomitou, o que melhorou o enjoo e piorou a dor de cabeça.

Pino olhou para o salão de baile, viu pessoas deitadas por todos os lados: em cadeiras, mesas e no chão. Carletto estava de costas no palco, atrás da bateria, com o braço sobre o rosto. O major Knebel estava encolhido em um sofá. O cabo Daloia ocupava outro sofá com Sophia, e a imagem fez Pino sorrir em meio a um bocejo.

Ele pensou na própria cama e em como seria bom dormir nela até a ressaca passar, em vez de ficar ali no chão duro. Pino bebeu um pouco de água e deixou o Hotel Diana, seguindo para o sul em direção à porta Venezia e aos jardins públicos. O dia estava espetacular, com um céu azul e calor de junho.

Um quarteirão depois de ter saído do hotel, Pino viu o primeiro corpo de bruços na sarjeta, com um tiro na parte de trás da cabeça. No quarteirão seguinte, viu três mortos. Oito quarteirões adiante, mais cinco. Dois deles eram camisas-negras, a julgar pelo uniforme. Três estavam de pijama.

Apesar de toda morte que *via* naquela manhã, Pino sabia que algo mudara em Milão durante a noite, algum ponto crítico tinha sido atingido e ultrapassado enquanto ele festejava e bebia, porque as ruas perto da porta Venezia estavam lotadas e ruidosas. Havia violinos tocando. Acordeões também. Pessoas dançavam, se abraçavam, riam e choravam. Pino teve a sensação de que o espírito da festa no Hotel Diana seduzira todos que comemoravam o fim de uma longa e terrível provação.

Ele entrou nos jardins públicos, pegando um atalho para casa. As pessoas estavam deitadas nos gramados, tomando sol, se divertindo. Pino olhou para a frente, para a alameda por onde andava, e viu um rosto familiar vindo em sua direção. Com o uniforme da Força Aérea Italiana, seu primo Mario estava radiante, como se vivesse o melhor momento da vida.

— Ei, Pino! — gritou ele, depois o abraçou. — Estou livre! Não preciso mais ficar no apartamento!

— Isso é ótimo — respondeu Pino. — Aonde vai?

— A qualquer lugar, a todos os lugares — disse Mario, olhando para o relógio de aviador que cintilava ao sol. — Só quero andar e absorver isso tudo, a alegria na cidade, agora que nazistas e fascistas foram derrotados. Conhece essa sensação?

Pino a conhecia. Aparentemente, quase todo mundo em Milão se sentia do mesmo jeito.

— Vou para casa dormir um pouco — avisou Pino. — Exagerei na grapa ontem à noite.

Mario riu.

— Eu devia ter ido com você.

— Teria se divertido.

— Vejo você mais tarde.

— Sim — confirmou Pino, seguindo em frente.

Não havia percorrido mais de seis metros, quando uma discussão começou atrás dele.

— Fascista! — gritava um homem. — Fascista!

Pino se virou e viu um homem baixo e encorpado em pé na alameda, apontando um revólver para Mario.

— Não! — gritou Mario. — Sou piloto da...

O homem atirou. A bala arrancou a parte de trás da cabeça de Mario. O primo de Pino caiu como uma boneca de pano.

★★★

— Ele é um fascista! Morte a todos os fascistas! — gritava o homem, brandindo a pistola.

Pessoas começaram a gritar e correr.

Pino estava tão chocado que não sabia o que fazer ou dizer, apenas olhava para o corpo de Mario e o sangue que escorria de sua cabeça. Sentia ânsia. O atirador se debruçou sobre Mario e tentou tirar seu relógio de aviador.

Pino explodiu de raiva. Ele se preparava para atacar, quando o assassino de seu primo o viu ali parado.

— O que está olhando? Ei, ele estava falando com você? Também é fascista?

Vendo que ele tentava apontar a arma, Pino se virou e partiu, correndo em zigue-zague. A pistola disparou atrás dele, a bala acertou uma das poucas árvores que restavam no jardim... Pino não parou até estar longe do parque, quase em San Babila. Só então se permitiu encarar o que tinha acabado de testemunhar. Toda a água que havia bebido voltou, e ele vomitou até sentir dor na lateral do corpo.

Atordoado, caminhou para casa por um percurso mais longo, um desvio.

Mario estava vivo em um segundo, morto no outro. A aleatoriedade da morte do primo provocava tremores e arrepios durante a caminhada pelas ruas quentes. Ninguém estava seguro?

No distrito da moda, as pessoas celebravam na rua, sentadas nos degraus diante das casas, rindo e fumando, comendo e bebendo. Ele passou pela casa de ópera e viu uma pequena multidão. Caminhou até lá, tentando não pensar em Mario. Guerrilheiros haviam isolado com cordas o prédio do Hotel Regina, quartel-general da Gestapo.

— O que está acontecendo? — perguntou Pino.

— Estão revistando o lugar — respondeu alguém.

Pino sabia que nada de muito valor seria encontrado ali. Tinha visto tudo ser queimado. O general Leyers e o coronel Rauff queimaram tantos papéis que ele ainda estava chocado. A mente buscava refúgio do horror da morte do primo em perguntas sobre as coisas que os nazistas haviam queimado. O que poderia haver naqueles documentos? Que papéis tinham sido preservados por eles? E por quê?

Pino pensou em Leyers duas noites atrás. O general pedira para voltar ao apartamento de Dolly antes de ser preso, não? Queria pegar papéis e mais alguma coisa. Tinha mencionado os tais papéis duas vezes, pelo menos.

Pensando que Leyers podia ter deixado alguma coisa incriminadora no apartamento de Dolly, ele se sentiu mais alerta, menos arrasado pela morte de Mario.

O apartamento ficava a alguns quarteirões da *via* Dante. Passaria por lá antes de ir para casa contar ao pai sobre Mario. Encontraria os papéis e os entregaria ao major Knebel. Com o que podia contar aos americanos sobre Leyers, certamente sairia uma história disso. Pino e Knebel contariam ao mundo sobre o general e seus "trabalhadores forçados", sobre como ele os havia empurrado para a morte, o senhor de escravos do faraó em ação.

Vinte minutos mais tarde, Pino subiu a escada do prédio, entrou no saguão e passou pela velha, que piscou atrás das lentes grossas.

— Quem está aí?

— Um velho amigo, *signora* Plastino — respondeu Pino, ainda subindo.

Quando chegou à porta do apartamento de Dolly, Pino viu que havia sido arrombada. Malas e caixas abertas. O conteúdo estava espalhado pela sala.

Pino começou a entrar em pânico.

— Anna? Dolly?

Ele foi à cozinha, viu os pratos quebrados e os armários vazios. Estava tremendo e temia vomitar de novo quando se aproximou do quarto de Anna e abriu a porta. O colchão fora retirado da cama. Gavetas e armários abertos e vazios.

Então, notou alguma coisa embaixo do colchão deslocado. Uma tira de couro. Abaixou-se, levantou o colchão e puxou. Avistou a bolsa de couro que seu tio dera de presente a Anna na véspera de Natal. Ele se lembrou dela dizendo: *Nunca tive um presente tão maravilhoso na vida. Nunca me desfarei dele.*

Onde ela estava? A cabeça de Pino começou a latejar. Anna tinha partido havia dois, três dias? O que acontecera? Ela nunca teria abandonado a bolsa.

Pino pensou em alguém que pudesse ter as respostas. Correndo, desceu a escada e voltou ao saguão onde estava a velha.

— O que aconteceu no apartamento de Dolly? Onde ela está? Onde está Anna, a criada?

Através das lentes grossas dos óculos, os olhos da velha pareciam ter o dobro do tamanho normal quando um sorriso frio e satisfeito retorceu seus lábios.

— Levaram as putas alemãs ontem à noite — disse, com sua voz estridente. — Devia ter visto as coisas que as pessoas tiraram daquele antro de perversão depois disso. Coisas sobre as quais nem posso falar.

A incredulidade de Pino se transformou em terror.

— Para onde as levaram? Quem as levou?

A *signora* Plastino estreitou os olhos e se inclinou para a frente, estudando-o.

Pino a segurou pelo braço.

— Para onde?

— Conheço você. É um deles!

Pino a soltou e recuou um passo.

— Um nazista! — gritou. — Ele é nazista! Um nazista bem aqui!

***

Pino saiu correndo enquanto a velha continuava gritando.

— Segurem-no! Ele é um traidor! Nazista! Amigo das putas alemãs!

Ele corria tanto quanto podia, tentando não ouvir mais a voz esganiçada da velha e seu grito de alarme. Quando finalmente parou, encostou-se em uma parede, desorientado, atordoado e com medo. *Anna e Dolly foram levadas*, pensou, sentindo um pavor que ameaçava paralisá-lo. *Para onde? E quem as levou? Guerrilheiros?* Estava certo disso.

Pino podia correr e encontrar um guerrilheiro, mas eles o ouviriam? Sim, se mostrasse a carta que havia obtido depois de entregar Leyers, não? Pino pôs as mãos nos bolsos. Não estava lá. Procurou de novo. Nada. Bem, procuraria um comandante da guerrilha na área mesmo assim. Sem a carta, porém, eles pensariam que era um colaborador por conhecer Dolly e Anna. Isso o poria em perigo?

Precisava de ajuda. Precisava de seu tio Albert. Iria procurá-lo, pediria a ele para acionar seus contatos e...

Pino ouviu gritos distantes, vozes que ele não identificava. Os gritos ficavam mais altos, mais vozes e mais alteradas, e ele se sentiu ainda mais desorientado. Por razões que não explicava, mudou de direção e caminhou rumo aos gritos, não mais para casa. Era como se as vozes o chamassem. Andava depressa pelas ruas, rastreando a comoção até perceber que vinha do *parco* Sempione, do interior do Castello Sforzesco, onde ele e Anna tinham passeado naquele dia de muita neve, quando viram os corvos voando em círculos.

Não sabia se era a ressaca, a fadiga ou o medo paralisante de descobrir que Anna fora levada, ou os três motivos associados, mas de repente ele se sentia desequilibrado, como se fosse cair. O tempo passava mais devagar. Cada momento assumia a qualidade surreal do cemitério em que fora resgatar o corpo de Gabriella Rocha.

Os sentidos de Pino pareciam se desligar um a um, até que, como um homem surdo que perdera o paladar e o tato, ele apenas enxergava enquanto passava atordoado por uma fonte seca em direção à ponte levadiça que atravessava o fosso vazio rumo à entrada em arco da fortaleza medieval.

Uma multidão atravessava a ponte e se empurrava para passar pelo portão. Mais gente se espremia atrás e em volta dele, correndo, o rosto corado pela empolgação. Ele sabia que aquelas pessoas gritavam e riam, mas não entendia uma palavra enquanto se movia com o grupo. Estava olhando para cima. No céu azul, novamente corvos voavam em círculos em torno das torres bombardeadas.

Pino continuou olhando para os pássaros até estar quase na entrada. Então, alguém o empurrou pelo portão e para um enorme pátio ensolarado e esburacado por bombas, o qual se estendia por uns cem metros até o segundo muro da fortaleza. Não era tão alto, uns três andares, talvez, e recortado por janelas pelas quais arqueiros medievais atiravam contra inimigos. No espaço aberto entre os dois muros, a multidão que o cercava relaxou, e pessoas passavam correndo para se juntar a centenas de outras, que se espremiam contra uma fila de guerrilheiros armados que ocupava três quartos da largura do pátio, de costas para a parede do Castello Sforzesco.

★ ★ ★

Quando Pino andava em direção à multidão, recobrou os sentidos.

O olfato foi o primeiro, e ele sentiu o cheiro azedo de suor de toda aquela gente espremida no calor. O tato voltou aos dedos e à nuca, que registrava o sol impiedoso. Depois, ouviu a turba e gritos por vingança.

— Matem! — gritavam, homens e mulheres e crianças sem distinção. — Tragam para fora! Façam pagar!

As pessoas que estavam mais à frente viram alguma coisa e começaram a gritar, eufóricas. Tentaram se aproximar mais, mas os guerrilheiros as impediram. Pino, porém, não se deixaria conter. Ele usou sua força, sua altura e seu peso e abriu caminho até não haver mais que três homens entre ele e a primeira fila de espectadores.

Oito homens de camisa branca, lenço vermelho e calça e capuz pretos marcharam pelo espaço aberto além dos guerrilheiros. Eles seguravam carabinas sobre os ombros e tentavam manter a disciplina enquanto se colocavam a cerca de quarenta metros diretamente em frente a Pino.

— O que está acontecendo? — perguntou Pino a um homem idoso.

— Fascistas — respondeu, com um sorriso banguela; depois, fez um gesto imitando um corte na garganta.

Os homens encapuzados pararam em fila distantes três metros um do outro, descansaram as armas e ficaram à vontade de frente para a parede da fortaleza. A multidão se acalmou e ficou quieta quando uma porta no extremo esquerdo dessa parede se abriu.

Dez segundos. Depois vinte. Um minuto.

— Vamos lá! — gritou alguém. — Está calor. Tragam as pessoas para fora!

Um nono homem apareceu na porta. Ele segurava uma pistola em uma das mãos e a ponta de uma corda grossa na outra. Saiu do castelo. Quase dois metros de corda apareceram atrás dele antes do primeiro homem: gordinho, pernas finas, mais ou menos cinquenta anos e vestido apenas de cueca, meias e sapatos.

As pessoas começaram a rir e aplaudir. O pobre homem parecia prestes a cair. Atrás dele surgiu outro homem vestindo calça e camiseta cortada. Ele mantinha o queixo erguido, tentava se mostrar corajoso, mas Pino percebeu que tremia. Um camisa-negra apareceu em seguida, ainda uniformizado, e a multidão vaiou.

Em seguida, uma mulher de meia-idade de sutiã, calcinha e sandálias passou pela porta, soluçando, e a multidão enlouqueceu. Sua cabeça havia sido raspada. Tinha alguma coisa escrita com batom na cabeça e no rosto.

Mais um metro de corda, e mais uma mulher careca apareceu, depois a terceira. Quando Pino viu a quarta mulher passar pela porta e piscar sob o sol quente, começou a tremer.

Era Dolly Stottlemeyer. Ela usava camisola branca e chinelos verdes. Quando a amante de Leyers viu os executores, começou a resistir à corda como um cavalo puxando a rédea, tentando ficar onde estava, se debatendo, lutando e gritando em italiano:

— Não! Vocês não podem fazer isso! Não é certo!

Um guerrilheiro se colocou atrás de Dolly e bateu no meio de suas costas com o cabo do rifle, deslocando-a para a frente com uma força que puxou Anna para fora do prédio.

* * *

Anna vestia apenas calcinha e sutiã, e seu cabelo tinha sido horrivelmente tosado. Tufos pareciam brotar do couro cabeludo desnudo. Os lábios estavam pintados com tanto batom vermelho que ela parecia uma caricatura grotesca.

— Não — disse Pino, que, depois, gritou: — Não!

A voz dele foi abafada pela canção de selvageria e sede de sangue que crescia e se espalhava pelo pátio do Castello Sforzesco, ecoando em torno dos condenados enfileirados contra a parede. A multidão se espremia para a frente e apertava Pino de todos os lados. Impotente, enjoado e incrédulo, ele viu Anna ser empurrada para o lado de Dolly.

— Não — repetiu ele, com a garganta oprimida e os olhos cheios de lágrimas. — Não!

Anna estava histérica, gritava tanto que todo o seu corpo tremia, e Pino não sabia o que fazer. Queria perder a razão, lutar, gritar com os guerrilheiros para soltarem Anna. No entanto, permanecia paralisado se lembrando da velha, de como ela o havia reconhecido e acusado de ser nazista e traidor. E não tinha a carta. Poderia acabar contra aquela parede também.

O líder dos guerrilheiros sacou sua pistola e atirou para o alto a fim de silenciar a multidão. Anna vomitou de medo e caiu para trás contra a parede, tremendo e soluçando.

O líder dos guerrilheiros gritou:

— As acusações contra esses oito são traição, colaboração, prostituição e lucro com a ocupação nazista e de Salò em Milão. A punição justa é a morte. Vida longa à nova República Italiana!

A multidão vibrou. Pino não suportava. Seus olhos ardiam com as lágrimas, e ele começou a avançar com violência, usando cotovelos e joelhos para abrir caminho até a frente da plateia.

Um guerrilheiro percebeu a aproximação e encostou o cano do rifle em seu peito.

— Eu tenho uma carta, mas não consigo encontrá-la — disse Pino, apalpando os bolsos. — Faço parte da Resistência. Há um engano.

O guerrilheiro nem olhava para ele.

— Não conheço você. Onde está a carta?

— Estava em meu bolso ontem à noite, mas... Houve uma festa e... Por favor, preciso falar com seu comandante.

— Não sem algo que prove que ele deve falar com você.

— Precisávamos comer! — gritou uma voz feminina. Pino olhou por cima do ombro do guerrilheiro e viu a primeira mulher da fila suplicando. — Precisávamos comer e sobreviver. É errado?

Na fila, aparentemente resignada com seu destino, Dolly tentou levantar o queixo, mas não conseguiu.

— Preparar? — perguntou o comandante.

Anna começou a gritar.

— Não! Não sou prostituta! Não sou colaboradora! Sou uma criada! É isso que sou. Alguém, por favor, acredite em mim. Sou só uma criada. Dolly, diga a eles. Dolly? Diga a eles!

Dolly não parecia ouvi-la. Estava olhando para as armas sobre os ombros do pelotão de fuzilamento.

— Meu Deus! — gritou Anna. — Alguém diga a eles que sou só uma criada!

— Apontar.

Pino abriu a boca. Olhou para o guerrilheiro, que agora o estudava, desconfiado. Pino contraiu o diafragma e berrou que era verdade, que ela era inocente, que tudo aquilo era um engano e...

— Fogo!

Os rifles explodiram como pratos e tambores de uma bateria.

Anna-Marta teve o coração perfurado por uma bala.

Ela estremeceu com o impacto, aparentemente surpresa antes de seus olhos se voltarem para Pino, como se o espírito o sentisse ali e o chamasse naquele último momento, antes de cair contra a parede e morrer no chão de terra.

30

Ao ver o corpo de Anna sofrer espasmos enquanto uma flor de sangue desabrochava em seu peito, Pino sentiu o coração se partir e, então, foi como se todo amor, toda alegria e toda música escorressem.

A multidão em torno dele gritava e aplaudia enquanto ele ficava ali parado, com os ombros caídos, choramingando de agonia, uma agonia tão poderosa que quase o fez pensar que aquilo não podia ser real, que sua amada não estava ali caída em uma poça de sangue, que ele não a vira ser atingida pela bala, que não vira a vida sair dela em um piscar de olhos, que não ouvira sua súplica para salvá-la.

A multidão começou a se mover em direção oposta, indo embora depois do fim do espetáculo. Pino ficou onde estava, olhando para o corpo de Anna caído contra a parede, vendo seu olhar vazio que era como uma acusação de traição.

— Vá embora — disse o guerrilheiro. — Acabou.

— Não — respondeu Pino. — Eu...

— Vá embora, é melhor para você.

Depois de olhar para Anna pela última vez, Pino se virou e se afastou com as últimas pessoas que ainda se retiravam. Ele passou pelo portão e atravessou a ponte levadiça, incapaz de assimilar o que acabara de acontecer. Era como se tivesse levado um tiro no peito e só agora começava a perceber a verdadeira dor que sentiria. Em seguida, uma constatação caiu pesada sobre seus ombros e ameaçou destruí-lo. Não havia defendido Anna. Não havia morrido pelo amor dela como os homens grandiosos e trágicos faziam nas histórias e nos libretos.

Pino se sentia esmagado pela sensação de fracasso. Seu coração se enchia de ódio por si mesmo.

Sou covarde, pensava, no mais terrível desespero, e se perguntava por que havia sido condenado a esse inferno. Na rotatória em frente ao castelo, tudo se tornou maior do que ele podia suportar. Pino ficou tonto, enjoado. Cambaleando, aproximou-se da fonte seca. Lá, ele vomitou e vomitou de novo, consciente de que chorava e de que as pessoas olhavam para ele.

Quando ergueu o corpo, tossindo, cuspindo e enxugando os olhos, um homem do outro lado da fonte disse:

— Você conhecia uma daquelas pessoas, não é?

Pino viu a suspeita e a ameaça de violência na expressão do homem. Parte dele queria admitir o amor por Anna e dar um fim nobre a tudo aquilo. O homem, no entanto, se aproximava dele, apressou o passo, depois apontou para Pino.

— Alguém segure esse rapaz! — gritou.

* * *

O instinto de sobrevivência se impôs, e Pino fugiu, correu no sentido diagonal à fonte em direção à *via* Beltrami. Gritos ecoavam. Um homem tentou interceptá-lo, mas Pino acertou nele um soco que o jogou no chão. Correndo, sabendo que as pessoas o perseguiam, notou alguns homens tentando se aproximar pelas laterais.

Pino deu uma cotovelada no rosto de um deles, uma joelhada entre as pernas de outro, e correu entre os carros pela *via* Giuseppe Pozzone. Pulou por cima do capô de um automóvel antes de atravessar e seguir pela *via* Rovello, onde pulou uma cratera cheia de água e conseguiu se afastar dos perseguidores. Quando olhou para trás na esquina da *via* San Tomaso, ele viu que seis homens ainda o seguiam, gritando:

— Ele é um traidor! Colaborador! Segurem aquele rapaz!

No entanto, aquelas ruas eram o quintal de Pino. Ele correu mais, virou à direita na *via* Broletto e à esquerda na *via* Del Bossi. Havia um grupo reunido diante dele na *piazza* Della Scala. Pino temia passar por aquelas pessoas e atravessar a Galleria, mas ouviu os gritos de "traidor".

Do outro lado da rua, na diagonal, uma porta estava aberta no grande teatro de ópera. Ele correu para lá e passou pela porta, seguindo por um corredor para além das sombras, para uma área escura. Pino parou ali, onde não seria visto de fora, observando e esperando até ver os seis homens passarem correndo a caminho da praça. Ofegante na escuridão, ficou ali, esperando para ter certeza de que os despistara.

* * *

No interior do Alla Scala, um tenor começou a cantar, percorrendo a escala de notas.

Pino virou-se e, sem querer, chutou alguma coisa metálica. O barulho alto o fez olhar para fora, onde o homem da fonte espiava para dentro da calçada.

Ele entrou esfregando as mãos.

— Está aí, não é, traidor?

Pino não respondeu. Continuou parado na área mais escura, quase certo de que o homem não podia vê-lo virando em sua direção e se abaixando bem devagar. O desconhecido continuava se aproximando, enquanto os dedos de Pino tateavam o chão até encontrar um pedaço de haste de metal descartada, provavelmente abandonada depois de alguma obra de reparo após o bombardeio que atingiu o teatro. Era uma haste tão grossa quanto o polegar de Pino, tão comprida quanto seu antebraço, e bem pesada. Quando o homem da fonte estava a dois metros dele e estreitava os olhos para enxergar melhor, Pino moveu a haste mirando as canelas dele. Mas a mira estava alta demais, e ele o acertou no joelho.

O homem gritou. Pino se levantou depressa, deu dois passos largos e o acertou com um soco no rosto. O homem caiu. Atrás dele, porém, dois outros que participavam da perseguição se aproximavam. Ele virou e correu, mergulhou na escuridão com os braços estendidos para a frente, tateando e se movendo na direção do tenor que cantava. Pino tropeçou duas vezes e enroscou a calça em arame enquanto tentava ouvir os movimentos dos homens que o perseguiam, por isso não reconheceu de imediato a ária que o tenor ensaiava.

Logo, ele a reconheceu. "Vesti la giubba", "Vista a fantasia", da ópera *Pagliacci*, ou *Palhaços*. A ária transbordava dor e perda, e os pensamentos de Pino sobre fuga foram destroçados por imagens do impacto da bala e do corpo de Anna caindo. Ele tropeçou, bateu a cabeça em alguma coisa, viu estrelas e quase caiu.

Quando se recuperou, a ária estava no segundo verso. Canio, o palhaço sofredor, dizia a si mesmo para seguir em frente, pôr a máscara e esconder a dor. Pino havia escutado gravações da ária dezenas de vezes e se sentiu impelido a agir motivado por ela e pelos passos que ecoavam nos corredores atrás dele.

Ele seguiu em frente, ainda tateando, até sentir a brisa no rosto, depois se virou e viu uma nesga de luz diante de si. Correndo, abriu uma porta e encontrou os bastidores da grande casa de ópera. Havia estado lá várias vezes vendo Licia, sua prima, ensaiar. Um jovem tenor ocupava o centro do palco do Alla Scala. Pino o viu ali sob as luzes baixas, começando o terceiro verso.

Ridi, Pagliaccio, sul tuo amore infranto.
("Ria, palhaço, do seu amor perdido.")

Pino passou por uma cortina e desceu a escada que conduzia ao corredor lateral para o camarote. Ele começou a percorrer o corredor em direção à saída quando o tenor cantava: *Ridi del duol, che t'avvelena il cor!* ("Ria da dor que envenena seu coração.")

As palavras atingiam Pino como flechas que o enfraqueciam, até que o tenor parou e gritou, alarmado:

— Quem é você? O que quer?

Pino olhou para trás e viu que ele falava com três de seus perseguidores, que se haviam juntado ao tenor no palco.

— Estamos atrás de um traidor — disse um dos homens.

* * *

Pino empurrou a porta, que rangeu alto. Ele continuou correndo, atravessou um platô, desceu uma escada e chegou ao saguão. As portas estavam abertas. Pino saiu correndo e tirou a camisa, mantendo apenas a regata branca.

Olhou para a esquerda. Estava a apenas cinco ou seis quarteirões de casa. Mas não podia ir para lá e correr o risco de prejudicar a família. Então, atravessou os trilhos do bonde e correu para um grupo de pessoas que celebrava o fim da guerra ao redor da estátua de Leonardo da Vinci. Tentava manter o foco, mas ainda ouvia mentalmente o eco da ária do palhaço arrasado, ainda *via* Anna gritar por socorro, se dobrando com o impacto da bala, depois desabando.

Foi preciso lançar mão de toda força que tinha para não se deitar no chão e se dissolver em soluços. Foi preciso lançar mão de toda força que tinha para exibir um sorriso, como se também estivesse eufórico com a retirada dos nazistas. Ele seguiu em frente atravessando a Galleria, sorrindo e andando, sem saber ao certo para onde ia.

Porém, ao sair do centro comercial, pensou. Uma imensa multidão comemorava na *piazza* do Duomo, comendo, bebendo, tocando música e dançando. Pino se misturou às pessoas andando mais devagar, sorrindo e tentando parecer normal enquanto se dirigia ao grupo menor que ia para a catedral rezar.

Para Pino, o Duomo era um santuário. Podiam até o seguir dentro da catedral, mas não poderiam tirá-lo de lá.

Estava quase na escada da frente, quando ouviu um homem gritar:

— Lá está! Segurem! Ele é um traidor! Um colaborador!

Pino olhou para trás e os viu atravessar a praça. Seguindo várias mulheres com idade suficiente para ser sua mãe, entrou na basílica.

***

Com os vitrais cobertos por tábuas, a única luz no interior do Duomo era proveniente de velas votivas que tremulavam nas várias alcovas e capelas dos dois lados do corredor central da catedral; havia outras acesas no fundo, em volta do altar.

Mesmo com as velas, o interior da catedral era sombrio e escuro, e Pino agiu rapidamente para tirar proveito disso. Ele se afastou das capelas do lado esquerdo do Duomo, a caminho do corredor do lado direito e dos confessionários: espaços vazios que não ofereciam privacidade ao penitente, que se ajoelhava do lado de fora de uma caixa alta de madeira e cochichava seus pecados para o sacerdote lá dentro.

Era humilhante, e Pino odiava se confessar ali. Contudo, de seus momentos ajoelhado no confessionário do Duomo quando menino, sabia que havia um espaço entre a cabine e a parede, trinta centímetros, cinquenta, no máximo. Esperava que fosse o suficiente. Ele se esgueirou para trás da terceira cabine do confessionário, a mais afastada das bases para velas.

Ficou lá, tremendo, abaixado para se esconder completamente, e se sentiu contente por nenhum sacerdote ouvir confissões no dia da libertação. A ária começou a tocar novamente em sua cabeça, e com ela retornou o horror da morte de Anna, até ele superar as reações e se forçar a ouvir. O tilintar e os murmúrios das mulheres rezando o terço chegaram a ele. Uma tosse. O rangido da porta principal. Homens falando. Pino resistiu ao impulso de espiar e esperou, ouvindo passos fortes que se aproximavam. Homens que se moviam depressa.

— Para onde ele foi? — perguntou um deles.

— Está aqui, em algum canto — disse outro, que parecia estar bem na frente do confessionário.

— Estou indo — disse outra voz masculina em meio a mais passos.

— Não, padre — respondeu um homem. — Hoje, não. Estamos, ah, indo rezar em uma das capelas.

— Se pecarem no caminho, estarei esperando — avisou o padre. Na sequência, a porta da cabine de confissão se abriu.

Pino sentiu a cabine se mover com o peso do padre. Ouviu os dois homens se afastarem em direção ao fundo da catedral. Esperou quase sem respirar, dando tempo ao tempo. Mais uma vez, o palhaço cantava em sua cabeça. Mais uma vez ele tentou afastá-lo, mas a ária não saía de seus pensamentos.

Ele teve que se mexer por medo de chorar outra vez. Pino tentou sair com cuidado de trás do confessionário, mas o sapato enroscou no genuflexório.

— Ah — disse o padre —, um fiel, enfim.

A cortina se abriu, mas tudo o que Pino viu foi a escuridão. Ele fez a única coisa em que conseguiu pensar: ajoelhar-se.

— Abençoe-me, padre, porque pequei — disse Pino, com a voz embargada.
— Sim?
— Não falei nada — soluçou, num lamento. — Não fiz nada.
— Do que está falando?

* * *

Sentindo que poderia desabar se confessasse mais coisas, Pino se levantou e correu para o fundo da catedral. Passou por baixo do transepto e viu uma porta de que se lembrava. Passou por ela e se viu novamente do lado de fora, de frente para a *via* dell'Arcivescovado.

Havia mais gente feliz andando em direção à praça. Ele foi no contrafluxo e deu a volta na parte de trás do Duomo. Estava pensando em ir para casa ou para a casa de tio Albert, quando notou um padre e um operário saindo por uma porta do outro lado do Duomo, perto do *corso* Vittorio. Havia uma escada atrás deles, e Pino se lembrou de ter subido aqueles degraus ainda menino com uma turma da escola.

Outro operário saiu. Pino segurou a porta antes que ela fechasse e começou a subir a escada íngreme e estreita que seguia por trinta andares até uma passarela paralela ao lado mais longo da basílica, lá no alto, entre as gárgulas, as torres e os arcos góticos. Ele continuava olhando para cima, para a estátua intocada e pintada da Madonna sobre a torre mais alta do Duomo, se perguntando como ela havia sobrevivido à guerra e quanta destruição tinha testemunhado.

Suando frio e tremendo, apesar do calor forte, enquanto se movia entre e por baixo de contrafortes suspensos que sustentavam o telhado, Pino parou ao alcançar um balcão muito alto sobre as portas da frente da catedral. Ele olhou de cima para sua cidade bombardeada, sua vida bombardeada, espalhada em torno dele como uma saia esgarçada e crivada de balas.

Pino ergueu a cabeça para o céu e, do fundo de uma angústia que sabia não ter fim, sussurrou:

— Não falei nada para salvá-la, Deus. Não fiz nada.

A confissão o levou diretamente de volta à tragédia, e ele sufocou com os soluços.

— Depois de tudo... Depois de tudo, agora não tenho nada.

Pino ouviu risadas, música e cantoria na praça. Foi até a beirada da sacada e olhou por cima da balaustrada. Noventa metros para baixo, onde vira os operários instalarem os holofotes quase dois anos antes, violinos, acordeões e violões tocavam. Podia ver as garrafas de vinho passando de mão em mão, e casais começavam a se beijar e dançar e amar em sentido oposto ao da guerra.

Dor e tristeza dilaceravam Pino. Esse tormento era sua punição, foi o que ele decidiu. De cabeça baixa, compreendeu que isso era entre Deus e... A ária do palhaço arrasado ecoou em seus ouvidos, e Anna estremeceu e caiu de novo, de novo e... Em questão de segundos, sua fé em Deus, na vida e em um futuro melhor se perdeu no vazio.

Pino se segurou em uma coluna de mármore e subiu na balaustrada da sacada: traidor, abandonado e sozinho. Olhou para as nuvens fofas que vagavam pelo céu azul e decidiu que nuvens e céu eram bons o bastante para ver enquanto morria.

— Você viu tudo que eu fiz, Senhor — disse Pino, soltando a coluna para dar o pior de todos os passos. — Tenha piedade de minha alma.

31

— Pare! — gritou um homem atrás dele.

Pino se assustou, quase perdeu o equilíbrio, quase caiu da balaustrada, quase despencou trinta andares para a praça de pedra e a morte. Os reflexos de montanhista, porém, eram muito arraigados. Os dedos agarraram a coluna. Ele se equilibrou o suficiente para olhar por cima do ombro e sentiu o coração quase saltar do peito.

O cardeal de Milão estava ali, a menos de três metros dele.

— O que está fazendo? — perguntou Schuster.

— Morrendo — respondeu Pino, com tom frio.

— Não vai fazer isso, não em minha igreja, não hoje, entre todos os dias — protestou o cardeal. — Já houve muito sangue derramado. Desça daí, rapaz. Agora.

— Sério, monsenhor cardeal, é melhor assim.

— Monsenhor cardeal?

O príncipe da igreja estreitou os olhos, ajustou os óculos e olhou com mais atenção.

— Só uma pessoa que conheço me chama dessa maneira. Você é o motorista do general Leyers. Pino Lella.

— E é por isso que pular é melhor que viver.

O Cardeal Schuster balançou a cabeça, deu um passo na direção dele.

— Você é o traidor e colaborador supostamente escondido na igreja?

Pino assentiu.

— Desça, então — disse Schuster, estendendo a mão. — Está seguro. Eu garanto sua segurança. Ninguém vai atacá-lo sob minha proteção.

Pino queria chorar, mas disse:

— Não me protegeria, se soubesse o que fiz.

— Sei o que o Padre Re me contou sobre você. É o suficiente para eu saber que devo salvá-lo. Pegue minha mão. Está me deixando nervoso aí.

Pino olhou para baixo e viu a mão de Schuster e seu anel de cardeal, mas não a segurou.

— O que o Padre Re o aconselharia a fazer? — perguntou o cardeal.

A pergunta fez alguma coisa ceder dentro de Pino. Ele segurou a mão do cardeal, desceu da balaustrada e ficou ali, alquebrado, tentando não desabar.

Schuster pôs a mão sobre o ombro trêmulo de Pino.

— Não pode ser tão ruim, meu filho.

— É pior, monsenhor cardeal. Pior. O tipo de coisa pela qual se vai para o inferno.

— Deixe-me decidir essa parte — disse Schuster, levando-o para longe da sacada.

Ele fez Pino sentar-se à sombra de um dos contrafortes suspensos da catedral. Pino se sentou, vagamente consciente da música que ainda tocava lá embaixo, vagamente consciente do cardeal chamando alguém e pedindo comida e água. Depois, Schuster se abaixou ao lado de Pino.

— Agora fale — pediu o cardeal. — Vou ouvir sua confissão.

Pino fez um resumo de sua história com Anna, contou como a havia conhecido na rua no primeiro dia de bombardeio, como a havia encontrado catorze meses depois por intermédio da amante do general Leyers, como se haviam apaixonado e planejado se casar e como ela morrera tragicamente na frente de um pelotão de fuzilamento menos de uma hora antes.

— Não falei nada para impedi-los. — Pino chorou. — Não fiz nada para salvá-la.

O Cardeal Schuster fechou os olhos.

Pino falou, engasgado:

— Se eu realmente a amasse, eu... devia ter me disposto a morrer com ela.

— Não — disse o prelado, abrindo os olhos e encarando Pino. — É uma tragédia que sua Anna tenha morrido desse jeito, mas você tinha o direito de sobreviver. Todo humano tem esse direito básico conferido por Deus, Pino, e você teve medo por sua vida.

Pino levantou as mãos e chorou.

— Sabe quantas vezes eu tive medo por minha vida nos últimos dois anos?

— Não consigo imaginar.

— Todas as vezes antes, acreditei que estava fazendo a coisa certa, qualquer que fosse o perigo. Mas eu só... Não consegui acreditar em Anna o suficiente para...

Começou a chorar de novo.

— A fé é uma criatura estranha — disse Schuster. — Como um falcão que faz seu ninho ano após ano no mesmo lugar, mas depois parte, às vezes por anos, só para voltar mais forte que nunca.

— Não sei se minha fé algum dia vai voltar.

— Vai. Com o tempo. Por que não vem comigo? Você vai se alimentar, e eu vou encontrar um lugar onde você possa passar a noite.

Pino pensou naquilo, mas balançou a cabeça e disse:

— Vou descer do telhado com o senhor, monsenhor cardeal, mas acho que vou sair quando escurecer e voltar para casa e encontrar minha família.

Schuster fez uma pausa e concordou:

— Como quiser, meu filho. Vá com Deus, e que Ele o abençoe.

★ ★ ★

Já estava escuro quando Pino entrou no saguão do prédio em que os pais moravam e lembrou imediatamente a última véspera de Natal, como Anna havia enganado os guardas para levar a maleta com o transmissor de rádio lá para cima. Subir no elevador de gaiola provocou outra onda de recordações esmagadoras, como eles haviam se beijado enquanto passavam pelos guardas no quinto andar e como...

O elevador parou. Ele se arrastou até a porta do apartamento e bateu.

Tia Greta abriu a porta com um grande sorriso.

— Aí está você, Pino! Guardamos jantar para você e Mario. Encontrou-se com ele?

Pino engoliu em seco e disse:

— Ele está morto. Todos estão mortos.

A tia ficou ali parada, em choque, e Pino entrou no apartamento. Tio Albert e o pai de Pino ouviram o que ele disse e se levantaram do sofá.

— Como assim, morto? — perguntou Michele.

— Um homem que queria seu relógio o chamou de fascista e deu um tiro na cabeça dele no jardim perto da porta Venezia — contou Pino, apático.

— Não! — protestou o pai. — Não é verdade!

— Eu vi, *papà*.

Michele começou a chorar.

— Ah, meu Deus. Como vou contar à mãe dele?

Pino olhava fixamente para o tapete da sala, lembrando-se de como ele e Anna fizeram amor ali. O melhor presente de Natal da vida. Não ouvia as perguntas que tio Albert fazia. Só queria se deitar lá, chorar e viver o luto.

Tia Greta afagou seu braço.

— Vai ficar tudo bem, Pino. — Ela tentou acalmá-lo. — O que quer que tenha visto, o que quer que tenha sofrido, você vai ficar bem.

Lágrimas inundaram os olhos de Pino, e ele balançou a cabeça.

— Não, não vou. Nunca.

— Ah, meu pobre menino — chorou a tia, baixinho. — Por favor, venha comer. Conte tudo para nós.

Com voz oscilante, ele disse:

— Não posso falar sobre isso. Não consigo mais pensar nisso e não estou com fome. Só quero dormir. — Ele tremia como se fosse inverno outra vez.

Michele se aproximou e passou o braço sobre os ombros de Pino.

— Então, vá para a cama. Vai se sentir melhor amanhã.

Pino mal entendia onde estava quando eles o levaram pelo corredor para o quarto. Sentou-se na beirada da cama, catatônico.

— Quer ouvir rádio? — perguntou o pai dele. — Agora é seguro.

— O Padre Re ficou com o meu.

— Vou buscar o de Baka.

Pino deu de ombros. Michele hesitou, mas saiu e voltou com o rádio de Baka. Ele o colocou sobre a mesa de cabeceira.

— Está aí, se quiser.

— Obrigado, *papà*.

— Estarei no fim do corredor, se precisar de mim.

Pino assentiu.

★ ★ ★

Michele saiu e fechou a porta. Pino ouvia o pai conversando com tio Albert e tia Greta em sussurros preocupados que sumiram no nada. Pela janela aberta, ouviu um tiro ao norte e pessoas rindo e seguindo em frente nas ruas lá embaixo.

Era como se todos o provocassem com sua alegria, chutando-o em seu pior momento. Pino fechou a janela. Tirou os sapatos e a calça, deitou-se na cama, tremendo de raiva e tristeza, e apagou a luz. Tentou dormir, mas se sentia atormentado – não pela ária, mas pelo olhar vazio e acusador de Anna ao morrer e pelo amor que havia escoado dele com a passagem de sua alma.

Pino ligou o rádio e foi mudando a sintonia até ouvir um solo lento de piano com uma percussão suave ao fundo. Jazz envolvente. Pino fechou os olhos e tentou se deixar levar pela música, que era tão doce e lúdica quanto um riacho no verão. Tentou imaginar as águas, tentou encontrar paz, e o sono, e o nada.

A canção terminou, e depois dela começou "Boogie-Woogie Bugle Boy". Pino sentou-se assustado, sentindo que cada nota da melodia tinha o propósito de provocá-lo e torturá-lo. Ele se viu na noite anterior no hotel Diana, com Carletto, tocando e se divertindo. Anna ainda estava viva, ainda não havia sido levada pela turba. Se tivesse ido ao apartamento de Dolly em vez de...

Sentindo-se destruído outra vez, Pino pegou o rádio e quase o arremessou contra a parede, disposto a destruí-lo em milhares de pedaços. Só que de repente estava tão consternado, tão exausto, que só girou o botão de sintonia do rádio até ouvir a estática. Então, encolheu-se em posição fetal. Pino fechou os olhos, ouvindo o chiado e os estalos do aparelho sem fio e torcendo para a ferida aberta em seu coração ser suficiente para fazê-lo parar de bater antes de ele acordar.

★ ★ ★

Nos sonhos de Pino, Anna estava viva. Em seus sonhos, ela ainda ria como Anna e beijava como Anna. Exalava o cheiro de seu perfume e olhava para ele de lado, daquele jeito divertido que sempre despertava sua vontade de abraçá-la, fazer cócegas nela e...

Pino sentiu alguém sacudir seu ombro e acordou assustado em seu quarto. A luz do sol entrava pela janela. Tio Albert e seu pai estavam parados ao lado da cama. Pino olhou para eles como se fossem desconhecidos.

— São dez horas — disse tio Albert. — Você está dormindo há quase catorze horas.

O pesadelo do dia anterior voltou. Pino queria muito dormir e continuar sonhando com Anna viva, queria tanto que quase chorou outra vez.

— Sei que é difícil para você — disse Michele —, mas precisamos de sua ajuda.

Tio Albert assentiu.

— Temos que procurar o corpo de Mario no Cimitero Monumentale.

Pino ainda queria virar para o lado e procurar Anna em seu sonho, mas disse:

— Ele caiu no jardim público. Deixei o corpo lá.

Tio Albert explicou:

— Fui procurá-lo ontem à noite, depois que você dormiu. Disseram que ele foi levado para o cemitério e que poderíamos procurar o corpo lá, em meio a todos os outros que foram encontrados nas ruas nos últimos dias.

— Levante-se — insistiu Michele. — Em três, encontraremos o corpo de Mario mais depressa. Devemos isso à mãe dele.

— Serei reconhecido — respondeu.

— Não se estiver comigo — disse tio Albert.

Pino percebeu que não os faria mudar de ideia.

— Preciso de um minuto. Já vou.

Eles o deixaram no quarto, e Pino sentou-se. Sentia a cabeça latejar e um profundo vazio que se espalhava entre a garganta e o ventre. O cérebro procurava lembranças de Anna, mas ele conteve o impulso. Não podia pensar nela. Caso contrário, ficaria ali, chorando.

Pino vestiu roupas limpas e foi para a sala.

— Quer comer alguma coisa antes de sairmos? — perguntou seu pai.

— Não. — Pino ouviu o tom inexpressivo da voz e não se importou com isso.

— Beba um pouco de água, pelo menos.

— Não quero! — gritou Pino. — Você é surdo, velho?

Michele recuou um passo.

— Tudo bem, Pino. Só quero ajudar.

Ele encarou o pai, sem poder e sem querer falar sobre Anna.

— Eu sei, *papà* — disse. — Desculpe. Vamos procurar Mario.

* * *

Onze da manhã, e o calor na rua já era sufocante. Não havia nem uma brisa quando eles seguiram pelas ruas, pegaram um dos poucos bondes em operação e depois uma carona com um amigo de tio Albert que havia conseguido encontrar gasolina.

Pino se lembraria pouco da jornada. Milão, Itália, o próprio mundo estava transtornado, desconectado e selvagem. Ele *via* a cidade cheia de cicatrizes como se olhasse para ela de longe, não como parte da vida pulsante que começava a retornar depois da retirada nazista.

O carro os deixou na frente da praça do cemitério. Pino sentia como se estivesse em um sonho que se tornava pesadelo outra vez enquanto caminhava em direção ao Famidio, a capela de forma octogonal do Cimitero Monumentale, e para as longas colunatas em arco de dois andares e a céu aberto que se projetavam da capela à esquerda e à direita.

Gritos de dor ecoaram das colunatas antes de tiros de rifle soarem ao longe, seguidos pelo retumbar profundo de algum explosivo maior. Pino não se importava com nada disso. Receberia bem uma bomba. Abraçaria uma e arrebentaria o lacre com um martelo, se pudesse.

Um caminhão de lixo buzinou. Tio Albert puxou Pino para fora do caminho. Atordoado, Pino olhou para o veículo que passava. Era como qualquer outro caminhão de lixo, até ficar contra o vento. O cheiro da morte emanava dele. Empilhados como lenha, cadáveres enchiam o leito do veículo. Corpos azuis e inchados se destacavam no alto da pilha, alguns vestidos, outros nus, homens, mulheres e crianças. Pino dobrou-se e vomitou.

Michele afagava suas costas.

— Está tudo bem, Pino; neste calor, eu sabia que devia trazer lenços e cânfora para nós.

O caminhão de lixo fez uma curva de cento e oitenta graus e se aproximou de ré dos arcos mais baixos da colunata a oeste. Uma alavanca foi acionada. Cento e tantos corpos foram jogados da caçamba sobre as pedrinhas do chão.

Pino parou e arquejou horrorizado. Anna estava lá? Soterrada?

Ele ouviu um dos motoristas dizer que havia mais centenas de corpos chegando.

Tio Albert puxou seu braço.

— Vamos entrar.

Obediente, Pino os seguiu para a capela.

— Está procurando um ente querido? — perguntou um homem parado na soleira da porta.

— O filho de meu primo — respondeu Michele. — Ele foi confundido com um fascista e...

— Lamento por sua perda, mas não quero saber por que nem como o filho de seu primo morreu — disse o homem. — Só quero que o corpo seja identificado e removido. Isso é um tremendo risco à saúde pública. Vocês têm máscaras?

— Lenços e cânfora — respondeu o pai de Pino.

— Ajuda.

— Há alguma ordem nos corpos? — perguntou tio Albert.

— Ordem de chegada e onde encontramos um lugar para eles. Vão ter que procurar. Sabem que roupa vestia?

— O uniforme da Força Aérea Italiana — disse Michele.

— Então vão encontrá-lo. Subam aquela escada. Comecem pelas colunatas mais baixas do lado leste e sigam pela série de salas retangulares que começam nas galerias principais.

Antes que pudessem agradecer, o homem já havia se afastado para orientar a família seguinte sobre como encontrar seu ente querido. Michele distribuiu os lenços e tirou as bolinhas de naftalina de um saco de papel. Ele pôs a cânfora no centro dos lenços e amarrou as pontas para criar um sachê, mostrando aos outros dois como pressioná-lo contra os lábios e o nariz.

— Aprendi isso na Primeira Guerra Mundial — disse.

Pino pegou o sachê e olhou para ele.

— Vamos procurar nas galerias inferiores — disse tio Albert. — Você começa por aqui, Pino.

* * *

Pino mal raciocinava quando saiu por uma porta lateral para o lado leste da capela e o andar de cima da colunata. Arcos abertos e paralelos emolduravam a galeria por uns noventa metros até uma torre de formato octogonal que marcava uma intersecção tripla de passagens.

Em qualquer outro dia, esses corredores estariam vazios em grande parte, exceto pelas estátuas de estadistas e membros da nobreza da Lombardia esquecidos havia muito tempo. Agora, porém, a extensão da colunata e as galerias além dela eram parte de um colossal necrotério aonde chegavam quase quinhentos corpos por dia depois da retirada nazista. Os cadáveres estavam enfileirados dos dois lados dos corredores abertos, os pés voltados para a parede, o rosto próximo da passagem de um metro de largura entre eles.

Outros milaneses percorriam as galerias da morte naquela manhã. Mulheres idosas vestidas de luto seguravam xales de renda preta tampando a boca e o nariz. Homens mais jovens amparavam esposas, filhas e filhos arrasados. Moscas varejeiras começavam a invadir o ambiente. Elas zumbiam e pareciam choramingar. Pino tinha de espantá-las para impedir que entrassem nos olhos e nas orelhas.

As moscas sobrevoavam o corpo mais próximo, um homem de terno. Ele havia levado um tiro na têmpora. Pino olhou para ele por um segundo, no máximo, mas a imagem ficou gravada em seu cérebro. A mesma coisa aconteceu quando olhou para o cadáver seguinte, uma mulher de uns cinquenta anos vestida com roupas de dormir, com um bobe ainda preso no cabelo grisalho.

Ele andava de um lado para o outro, examinava roupas, sexo, rosto, tentava encontrar Mario entre eles. Pino agora se movia mais depressa, não olhava mais que uma vez para os corpos nus que imaginava serem de antes prósperos fascistas e suas esposas. Barrigudos. Idosos. A pele pálida e manchada na morte.

Ele percorreu a primeira galeria em direção as intersecções octogonais dos corredores e virou à direita. Essa colunata, mais comprida que a primeira, ficava sobre a praça do cemitério.

Ali Pino viu corpos estrangulados, mutilados, alvejados por balas. A morte tornou-se um borrão. Os números eram maiores do que ele podia processar, então concentrou-se em duas coisas: *Encontrar Mario. Sair deste lugar.*

Pouco tempo depois, encontrou o primo entre seis ou sete soldados fascistas mortos. Os olhos de Mario estavam fechados. Moscas dançavam em torno do ferimento em sua cabeça. Pino olhou em volta e viu um lençol do outro lado do corredor. Ele o pegou e usou para cobrir o corpo de Mario.

Agora, só precisava encontrar tio Albert e seu pai e ir embora. Sentia-se claustrofóbico enquanto corria de volta à capela. Ele passou por outras pessoas que procuravam corpos e chegou lá ofegante, dominado pela ansiedade.

Pino atravessou a capela e desceu a escada para as colunatas inferiores. Uma família cobria um corpo à direita. Quando ele olhou para a esquerda, o tio vinha em sua direção do outro lado da galeria, nariz e boca pressionados na cânfora e a cabeça se movendo de um lado para o outro.

Pino correu para ele.

— Encontrei Mario.

Tio Albert abaixou o sachê de cânfora e olhou para ele com olhos vermelhos, tristes.

— Que bom. Onde ele está?

Pino contou a ele. O tio assentiu, depois tocou o antebraço de Pino.

— Agora entendo por que estava tão abalado ontem à noite — disse, com voz rouca. — E... sinto muito por você. Ela devia ser uma boa moça.

O estômago de Pino virou do avesso. Havia tentado se convencer de que Anna não estava ali. Mas onde mais estaria? Ele olhou por cima do ombro de tio Albert e para a longa galeria atrás dele.

— Onde ela está? — perguntou, tentando passar.

— Não. — Tio Albert o impediu. — Você não vai lá.

— Saia da frente, tio, ou vou ter que tirá-lo do caminho.

Albert abaixou a cabeça, deu um passo para o lado e disse:

— Ela está no corredor mais afastado, à direita. Quer que eu mostre?

— Não.

32

Pino encontrou Dolly Stottlemeyer primeiro.

A amante do general Leyers ainda vestia a camisola branca. Entre os seios, um crisântemo de sangue havia desabrochado, murchado e secado. Os chinelos tinham desaparecido. Olhos e boca estavam meio abertos, paralisados no *rigor mortis*. Os dedos haviam morrido agarrando os polegares, expondo o esmalte vermelho, e tornando tudo ainda mais lúgubre contra a coloração azul de sua pele.

Pino levantou a cabeça e viu Anna adiante no corredor. As lágrimas turvaram sua visão, a respiração se tornou mais rápida e irregular enquanto ele tentava conter a emoção, que invadia o peito e subia pela garganta. De boca aberta, os lábios se movendo para formar palavras silenciosas de dor, ele se ajoelhou ao lado dela.

Havia um buraco de bala no sutiã de Anna e uma flor de sangue em seu ventre exposto, semelhante àquela no peito de Dolly. Na testa, a palavra *puta* havia sido escrita com o mesmo batom vermelho que os guerrilheiros usaram para pintar sua boca como uma caricatura.

Pino olhava para ela dominado por tristeza, engolindo a dor e tremendo com a perda. Ele afastou o sachê de cânfora dos lábios e do nariz. Inspirando o ar pútrido no corredor, desamarrou o lenço e deixou a cânfora de lado, usando o lenço para limpar o batom da testa e dos lábios sem vida até ela ficar parecida com a Anna de que se lembrava. Depois, deixou o lenço de lado, uniu as mãos e olhou para ela enquanto respirava o cheiro de sua morte, levando-o ao fundo dos pulmões.

— Eu estava lá — disse Pino. — Vi você morrer e não falei nada, Anna. Eu...

A dor arrancou lágrimas de seus olhos e o dobrou ao meio.

— O que eu fiz? — gemeu. — O que eu fiz?

Lágrimas escorriam por seu rosto, e ele se balançava para a frente e para trás, abaixado ali, olhando para os destroços de seu amor.

— Falhei com você — disse Pino, com a voz embargada. — Na véspera de Natal, você estava a meu lado pronta para tudo. E eu não fiquei com você. Eu... não sei por quê. Não consigo explicar nem para mim mesmo. Queria ter sido encostado àquela parede com você, Anna.

Ele perdeu a noção do tempo ajoelhado ao lado dela, vagamente consciente das pessoas que passavam, olhavam para os cabelos cortados de Anna e faziam comentários sobre ela em voz baixa. Não importava. Agora eles não podiam fazer mal a ela. Ele estava ali e não poderiam fazer mais mal a ela.

★ ★ ★

— Pino?

Ele sentiu a mão em seu ombro e levantou a cabeça. O pai e o tio estavam ali.

— Devíamos ter tido... tudo, *papà* — disse, confuso. — Nosso amor era para ter sido eterno. Não merecíamos isso.

Michele tinha lágrimas nos olhos.

— Sinto muito, Pino. Albert acabou de me contar.

— Nós dois sentimos muito — acrescentou o tio. — Mas temos que ir, e odeio dizer isso, mas você precisa deixá-la.

Pino queria se levantar e esmurrar o tio.

— Vou ficar com ela.

— Não vai — protestou Michele.

— Tenho que enterrá-la, *papà*. Garantir um funeral para ela.

— Não pode — disse tio Albert. — Os guerrilheiros estão verificando quem reclama os corpos. Vão pensar que você é colaborador.

— Não importa — disse Pino.

— Importa para nós — anunciou Michele, com firmeza. — Sei que é difícil, filho, mas...

— Sabe? — gritou Pino. — Se fosse *mamma*, você a deixaria?

O pai se encolheu e recuou um passo.

— Não, eu...

Albert o interrompeu.

— Pino, Anna desejaria que você fizesse isso.

— Como sabe o que ela ia querer?

— Vi nos olhos dela quanto o amava naquela véspera de Natal, na loja. Ela não ia querer que você morresse por causa dela.

Pino olhou para Anna novamente, engolindo a emoção.

— Mas ela não terá um funeral, uma lápide, nada.

Tio Albert disse:

— Perguntei ao homem na capela o que acontece com os corpos que não são reclamados, e ele disse que todos serão abençoados pelo Cardeal Schuster, então cremados e sepultados.

Pino balançava a cabeça.

— Mas onde vou para...

— Vê-la? — deduziu o pai. — Pode ir aos lugares onde vocês foram mais felizes, e ela sempre estará lá. Garanto.

Pino pensou naquele pequeno parque em Cernobbio, no extremo sudoeste do lago de Como, onde ele e Anna ficaram na balaustrada e ele a fotografou com a faixa na cabeça. Lá, tudo parecia perfeito. Ele olhou para o rosto frio de Anna. Deixá-la era como uma segunda traição, um gesto sem perdão.

— Pino — disse o pai, baixinho.

— Estou indo, *papà*. — Pino fungou e limpou as lágrimas com o lenço, espalhando batom pelo rosto, depois guardou o lenço molhado de lágrimas no sutiã dela.

Eu amei você, Anna, pensou Pino. *Vou amar você para sempre.*

Depois, inclinou-se, beijou-a e se despediu.

★ ★ ★

Pino levantou-se fraco. Com o tio e o pai segurando seus cotovelos, partiu sem olhar para trás. Não podia. Se olhasse, nunca mais se moveria.

Quando voltaram à capela, Pino já andava sem ajuda dos dois. Estava tentando tirar da cabeça a imagem do cadáver lembrando-se de Anna na cozinha de Dolly noite após noite depois de ele ter salvado a vida do general e de como ela contara sobre as manhãs de seu aniversário com o pai, no mar.

A lembrança o amparou enquanto envolvia o corpo de Mario com uma mortalha e o levava da galeria até os guerrilheiros que verificavam os corpos. Eles reconheceram o uniforme de Mario e os deixaram passar. Os três encontraram uma carroça e empurraram o corpo pela cidade, até um coveiro amigo da família.

Quando entraram em casa, já estava escuro. Pino estava tonto de cansaço, de tristeza, de fome e de sede. Ele se obrigou a comer e bebeu vinho demais. Foi para cama como na noite anterior, com o rádio sintonizado em estática. Fechou os olhos torcendo para ver Anna viva outra vez em seus sonhos.

Ela, porém, não estava viva, não naquela noite. Nos sonhos de Pino, Anna estava morta e sozinha nas galerias inferiores do Cimitero Monumentale. No sonho, ele a *via* como se estivesse em um lugar escuro, iluminada por uma luz do alto. Cada vez que tentava se aproximar dela no sonho, ela se afastava mais e mais.

A crueldade disso o fez chorar de dor. Pino acordou assustado para o pesadelo real da ausência de Anna. Ofegante, segurou a cabeça suada por medo de ela explodir. Tentou se livrar da imagem de Anna, mas não conseguia, tampouco pegava no sono. Era isso. Podia ficar ali deitado enquanto as lembranças e o sofrimento o rasgavam ou podia caminhar e deixar o movimento acalmá-lo, como acontecia desde que era menino.

Pino olhou para o relógio. Três da manhã do domingo, 29 de abril de 1945.

★ ★ ★

Ele se vestiu e saiu do apartamento, desceu a escada e atravessou o saguão vazio. A noite era escura, e as lâmpadas da rua eram infrequentes quando ele andava por San Babila a caminho do norte, refazendo boa parte da rota que usara para levar o corpo de Mario à funerária. Às quatro e dez, Pino havia voltado ao Cimitero Monumentale. Guerrilheiros o pararam e olharam seus documentos. Ele explicou que sua noiva estava lá dentro. Alguém tinha visto seu corpo ali.

— Como vai vê-la? — perguntou um dos guardas.

Outro guarda acendeu um cigarro.

Pino pediu:

— Pode me dar três palitos de fósforo?

— Não.

— Ah, Luigi — interferiu o primeiro guarda. — O garoto está tentando encontrar a noiva morta, pelo amor de Deus.

Luigi deu uma longa tragada, suspirou e jogou a caixa para Pino.

— Deus o abençoe, *signore* — disse Pino, correndo pela praça em direção às colunatas.

Em vez de andar entre os cadáveres, Pino deu a volta e passou por uma porta pela qual chegou ao longo corredor em que estava Anna. Quando chegou aonde pensava que ela estava, acendeu um fósforo e o moveu à volta.

Não estava lá. Pino olhou por ali, tentou se localizar e decidiu que podia estar errado. O fósforo queimou inteiro. Ele andou mais três metros e acendeu outro fósforo. Ela não estava lá. Não havia ninguém ali. O chão da galeria estava vazio por uns doze metros, pelo menos, dos dois lados do local onde ela estivera. Os corpos que não foram reclamados tinham desaparecido. Anna sumira.

A descoberta era sufocante. Ele escorregou contra a parede e soluçou até não poder mais chorar.

Quando Pino finalmente desceu a escada da capela, sentia o peso da morte de Anna como uma canga que nunca poderia ser removida.

— Encontrou? — perguntou o guarda.

— Não — respondeu Pino. — O pai dela deve ter vindo antes. Um pescador de Trieste.

Eles se entreolharam.

— É claro — disse Luigi. — Ela está com o pai.

* * *

Pino vagou sem rumo pela cidade, contornando a estação central de trens, agora fortemente protegida por forças da guerrilha. Ele entrou em uma área sem iluminação e, em um momento, não tinha ideia de onde estava. O amanhecer começou a surgir entre nuvens baixas, e logo ele conseguiu ver bem o bastante para perceber que estava a noroeste da *piazzale* Loreto e da venda dos Beltramini. Correndo, chegou à banca de frutas com a primeira luz do dia. Bateu à porta, gritou para o alto da escada:

— Carletto? Carletto, você está aí? Sou eu, Pino!

Nenhuma resposta. Ele continuou batendo e chamando, mas o amigo não respondia.

Abatido, Pino andou em direção ao sul. Só quando passou pela central telefônica entendeu aonde ia e por quê. Cinco minutos mais tarde, atravessou a cozinha do Hotel Diana e passou pela porta do salão de baile. Havia GIs americanos e mulheres italianas dormindo aqui e ali, não tantos quanto duas manhãs antes, mas havia garrafas vazias em todos os lugares, e copos quebrados no chão rangiam sob seus sapatos. Ele olhou para o corredor que levava ao saguão.

O major Frank Knebel estava lá, sentado à mesa encostada na parede. Tomava café e parecia estar de ressaca.

— Major? — chamou Pino, aproximando-se dele.

Knebel levantou a cabeça e riu.

— Pino Lella, o garoto do *boogie-woogie*! Por onde andou, amigo? Todas as garotas perguntaram por você.

— Eu... — Pino não sabia por onde começar. — Podemos conversar?

O major viu a seriedade em seus olhos e disse:

— É claro, rapaz, puxe uma cadeira.

Antes que Pino pudesse sentar-se, um garoto de mais ou menos dez anos entrou correndo e gritando num inglês entrecortado:

— *Il Duce*, major K! Levaram Mussolini para a *piazzale* Loreto!
— Agora? — O major Knebel levantou-se depressa. — Tem certeza, Victor?
— Meu pai ouviu isso.
— Vamos — disse Knebel a Pino. Pino hesitou, mas queria falar com o major, contar a ele...
— Vamos, Pino, você vai ser testemunha da história — insistiu o americano.
— Vamos com as bicicletas que comprei ontem.

* * *

Pino sentiu que a névoa da morte de Anna se dissipava e assentiu. Havia se perguntado o que seria de *Il Duce* desde a última vez que o vira, no escritório do Cardeal Schuster, quando Mussolini ainda torcia pelo uso da superarma de Hitler e contava com uma cama no *bunker* secreto do *Führer* na Baviera.

Quando eles pegaram duas bicicletas que Knebel deixara atrás do balcão da recepção do hotel e saíram do prédio, outras pessoas corriam para a *piazzale* Loreto, gritando:

— Eles o pegaram! Pegaram *Il Duce*!

Pino e o major americano pedalaram forte. Outros ciclistas logo se juntaram a eles, correndo e brandindo lenços e bandeiras vermelhas, todos querendo ver o ditador, agora que havia sido deposto. Eles passaram pedalando pela venda Beltramini e entraram na *piazzale* Loreto, onde uma pequena multidão já se reunia em torno do posto Esso e nas grades em que Pino subira para testemunhar a execução de Tullio Galimberti.

Pino e o major Knebel deixaram as bicicletas de lado e seguiram a pé. Quatro homens subiam nas grades do posto. Eles carregavam cordas e correntes. Pino seguiu o americano, que abria caminho à força para a frente do grupo, que ficava cada vez maior.

Dezesseis corpos cobriam o chão ao lado das bombas de gasolina. Benito Mussolini estava no meio, descalço, a cabeça enorme repousando sobre o peito da amante. Os olhos do ditador fantoche eram vagos e sem brilho, livres da loucura que Pino vira neles na *villa* no lago de Garda. O lábio superior de *Il Duce* estava retraído, deixando os dentes à mostra e dando a impressão de que ele estava prestes a começar um de seus discursos.

Claretta Petacci estava embaixo de *Il Duce* com o rosto voltado para o outro lado, como se estivesse acanhada. Alguns guerrilheiros na multidão diziam que Mussolini fazia sexo com a amante quando os executores chegaram.

* * *

Pino olhou em volta. A multidão tinha quadruplicado, e havia mais gente chegando, grupos que surgiam de todas as direções, como um coral se reunindo sobre o palco no fim de uma ópera trágica. Gritando, raivosos, todos pareciam querer vingar-se pessoalmente do homem que levara o nazismo a suas portas.

Alguém pôs um cetro de brinquedo na mão de Mussolini. Depois, uma mulher velha o bastante para ter sido a zeladora no prédio de Dolly se aproximou dos corpos. Ela se abaixou sobre a amante de *Il Duce* e urinou em seu rosto.

Pino estava enojado, mas a multidão se tornava feroz, sinistra e depravada. Pessoas riam histericamente, aplaudiam e alimentavam a anarquia. Outros começaram a gritar por mais profanações, enquanto cordas e correntes eram amarradas. Uma mulher se aproximou com uma pistola e deu cinco tiros na cabeça de Mussolini, o que provocou mais aplausos e gritos para espancarem os corpos, descolarem a pele de seus ossos.

Dois guerrilheiros atiraram para cima para afastar a multidão. Outro tentou apontar uma mangueira de incêndio para eles. Pino e o major Knebel haviam recuado, mas outros insistiam em se aproximar dos corpos, ansiosos por vingança.

— Enforquem-nos! — gritou alguém. — Pendurem-nos onde possamos vê-los!

— Enfiem os ganchos em seus joelhos! — berravam. — Pendurem como porcos!

Mussolini foi levantado primeiro, os pés para cima, cabeça e braços pendurados. As pessoas na multidão sempre crescente ficaram malucas. Gritando, batiam os pés, levantavam os punhos cerrados e urravam em aprovação. *Il Duce* foi espancado com tanta violência que o crânio estava afundado. Sua aparência era mais que grotesca, uma cena de pesadelo, nada de semelhante com o homem com quem Pino falara várias vezes ao longo do último ano.

Em seguida, penduraram Claretta Petacci. A saia caiu sobre os seios, revelando que não usava calcinha. Quando um capelão guerrilheiro subiu na grade ao lado dela para pender a saia entre suas pernas, foi atingido pelo lixo jogado pela multidão.

Mais quatro corpos foram pendurados na grade, todos de fascistas de alta patente. As profanações prosseguiram no calor cada vez maior, até a barbaridade de tudo aquilo penetrar a névoa de dor que envolvia Pino e provocar um forte mal-estar. Ele ficou tonto, nauseado, e achou que podia desmaiar.

Um homem foi levado à frente do grupo. O nome dele era Starace.

Eles colocaram Starace embaixo dos corpos de Mussolini e sua amante. Starace fez a saudação fascista com o braço estendido, e guerrilheiros o fuzilaram.

O coral sedento de sangue na *piazzale* Loreto cantava delirante e pedia mais. Contudo, ver o fuzilamento de Starace fez Pino se lembrar da morte de Anna. Ele teve medo de enlouquecer e se juntar à multidão.

— É assim que os tiranos caem — comentou o major Knebel, contrariado. — Essa seria a chamada, se eu estivesse escrevendo esta história. "É assim que os tiranos caem."

— Vou embora, major — avisou Pino. — Não suporto mais isso.

— Eu vou com você, amigo — disse Knebel.

* * *

Eles abriram caminho pelo grupo, que já era composto de vinte mil pessoas ou mais. Só quando estavam na frente da banca de frutas, conseguiram andar com facilidade contra o fluxo de mais gente que chegava à *piazzale* Loreto para demonstrar desrespeito.

— Major? — disse Pino. — Preciso falar com você...

— Sabe, rapaz, quero mesmo falar com você desde que apareceu hoje de manhã — respondeu Knebel, quando eles atravessavam a rua.

A porta da Beltramini agora estava aberta. Carletto estava na soleira e parecia sofrer com uma tremenda ressaca. Ele sorriu abatido para Pino e o americano.

— Outra noite de muita bebedeira, major — disse.

— E muita besteira — respondeu Knebel, rindo. — Mas agora ficou bom. Tenho vocês dois juntos.

— Não entendi — falou Pino.

— Querem ajudar a América? — perguntou o major. — Fazer algo por nós? Uma coisa difícil? Perigosa?

— Que tipo de coisa? — Carletto quis saber.

— Não posso revelar ainda — respondeu Knebel —, mas é vital, e, se conseguirem, terão muitos amigos nos Estados Unidos. Já pensaram em ir aos Estados Unidos?

— Penso nisso o tempo todo — confessou Pino.

— Aí está — concluiu o major.

— É muito perigoso? Quanto? — perguntou Carletto.

— Não vou mentir. Envolve risco de morte.

Carletto pensou um pouco, depois disse:

— Pode contar comigo.

Sentindo o coração disparar com uma estranha euforia, Pino falou:

— Comigo também.

— Excelente — aprovou Knebel. — Conseguem arrumar um carro?

— Meu tio tem um — respondeu Pino. — Mas os pneus não chegam muito longe.

— Tio Sam cuida dos pneus. Só preciso da chave e do endereço onde está o carro, e ele estará pronto e esperando por você no Hotel Diana às três da manhã depois de amanhã. Primeiro de maio. Certo?

Carletto se manifestou:

— Quando vamos saber o que temos que fazer?

— Às três da manhã, depois de amanhã...

Knebel parou. Todos tinham ouvido os tanques. O ronco dos motores a diesel. O ruído metálico das esteiras. Quando entraram na *piazzale* Loreto, Pino viu mentalmente elefantes de guerra.

— Aí vêm os Shermans, rapazes! — anunciou o major Knebel, animado, levantando o punho cerrado. — Aquele é o Quinto Regimento da Cavalaria dos Estados Unidos. Com relação a essa guerra, chegou a hora do ponto-final.

PARTE V
"MINHA É A VINGANÇA", DISSE O SENHOR

33

TERÇA-FEIRA, 1º DE MAIO DE 1945

Quando Pino e Carletto se aproximaram do Hotel Diana às duas e cinquenta e cinco, estavam quase tão bêbados quanto ao apagarem poucas horas antes. Só que agora também estavam enjoados e com dor de cabeça. Por outro lado, Adolf Hitler estava morto. O *Führer* nazista havia se matado com um tiro em seu *bunker* em Berlim, cometendo suicídio com a amante um dia depois de Mussolini e Petacci serem pendurados na *piazzale* Loreto.

Pino e Carletto ouviram as notícias na tarde anterior e encontraram outra garrafa de uísque do sr. Beltramini. Dentro da banca de frutas e vegetais, comemoraram a morte de Hitler e trocaram histórias de guerra.

— Você realmente amava Anna o suficiente para se casar com ela? — perguntou Carletto, a certa altura.

— Sim — confirmou Pino, tentando controlar a emoção que pulsava em si cada vez que pensava em Anna.

— Um dia você vai encontrar outra garota — disse Carletto.

— Não como ela — protestou Pino, com os olhos cheios de lágrimas. — Ela era diferente, Carletto. Era... Não sei, única.

— Como minha *mamma* e meu *papà*.

— Pessoas especiais — confirmou Pino, balançando a cabeça. — Pessoas boas. As melhores pessoas.

Eles beberam mais, repetiram boas piadas do sr. Beltramini e riram. Falaram sobre a noite na colina no primeiro verão de bombardeios, quando os pais haviam tocado de maneira impecável. Choraram por muitas coisas. Às onze, tinham esvaziado a garrafa e bebido até esquecer tudo, até ficarem bobos, e não haviam dormido o suficiente. Foi preciso um despertador para acordá-los três horas e meia depois.

De olhos vermelhos, viraram a esquina, e Pino viu o Fiat de tio Albert estacionado na frente do Hotel Diana, ligado e funcionando perfeitamente, com pneus novinhos que ele chutou e admirou antes de entrarem no prédio. A festa comemorando o fim da guerra estava acabando. Alguns dançavam lentamente ao som de um disco riscado em um fonógrafo. O cabo Daloia subia a escada agarrado a Sophia, e os dois riam. Pino os seguiu com o olhar até desaparecerem.

O major Knebel saiu por uma porta atrás do balcão de recepção, os viu e sorriu.

— Aí estão vocês. Sabia que podia contar com os velhos Pino e Carletto. Tenho alguns presentes antes de explicar o que queremos.

O major abaixou-se atrás do balcão e pegou duas submetralhadoras Thompson novinhas, com carregador cilíndrico.

Knebel inclinou a cabeça.

— Sabem usar uma Thompson?

Pino se sentiu totalmente acordado pela primeira vez desde a bebedeira e olhou para a automática com certa admiração.

— Não — respondeu.

— Nunca usei — disse Carletto.

— É simples, na verdade — falou Knebel, abaixando uma arma e soltando uma trava para liberar o cartucho cilíndrico. — Vocês têm cinquenta balas de .45 já carregadas aqui. — O major deixou o carregador sobre o balcão antes de limpar a culatra e mostrar a eles uma alavanca em cima e atrás da empunhadura traseira da pistola. — Trava de segurança — disse. — Se quiser atirar, você empurra essa alavanca para a frente até o limite. Se quiser travar, puxa para trás até o limite.

O major reposicionou a Thompson, mão direita na empunhadura traseira, mão esquerda na empunhadura dianteira, o lado da arma comprimido com firmeza ao torso.

— Três pontos de contato, se quiser controlar os disparos. Caso contrário, o coice vai fazer a mira pular para todos os lados, os tiros vão desviar muito... E quem precisa disso? Então, as mãos nas empunhaduras e o cabo colado ao quadril. Três pontos de contato. Vejam como viro o quadril junto com a arma.

— E se tivermos que atirar de dentro do carro? — perguntou Carletto.

Knebel apoiou a arma no ombro.

— Três pontos: ombro, um lado do rosto contra o cabo e as mãos. Explosões curtas. Isso é tudo do que precisam saber.

Pino pegou a outra arma. Gostava do peso e do tamanho compacto da Thompson. Ele segurou as empunhaduras, pressionou-a contra o corpo e fingiu que derrubava nazistas.

— Os carregadores de reserva — disse o major, colocando dois tambores sobre o balcão. Depois, tirou um envelope do bolso. — Aqui estão seus documentos para atravessarem os pontos de fiscalização controlados pelos Aliados. Além disso, estão por conta própria.

— Não vai falar o que vamos fazer? — Carletto quis saber.

Knebel sorriu.

— Vão levar um amigo da América ao topo do passo do Brenner.

* * *

— Brenner? — disse Pino, lembrando alguma coisa que tio Albert dissera no dia anterior. — O Brenner continua em guerra. Lá reina a anarquia. O Exército Alemão está em franca retirada, e os guerrilheiros estão emboscando os soldados, tentando matar tantos quanto puderem antes da fronteira com a Áustria.

A expressão de Knebel seguia inalterada.

— Precisamos dele na fronteira.

— É uma missão suicida, então — concluiu Carletto.

— É um desafio — respondeu o major. — Temos um mapa para vocês, além de uma lanterna para lerem as coordenadas. Nele estão todos os pontos de fiscalização dos Aliados. Não vai sair do território dominado pelos Aliados até o norte da A4, em direção a Bolzano.

Depois de um silêncio breve, Carletto falou:

— Vou precisar de duas garrafas de vinho para isso.

— Vou providenciar quatro — disse Knebel. — Façam disso uma festa. Só não desabem.

Pino não disse nada. Carletto olhou para ele.

— Eu vou. Com ou sem você.

Pino viu no velho amigo uma intensidade que nunca testemunhara. Carletto parecia ansioso por morrer na batalha. Suicídio pela guerra. Essa possibilidade também agradava a Pino.

— Muito bem. Com quem falamos lá em cima? — perguntou a Knebel.

O major se levantou e desapareceu pela porta atrás do balcão. Alguns momentos depois, Knebel voltou acompanhado por um homem de terno escuro, sobretudo escuro e chapéu marrom puxado sobre os olhos. Ele carregava, com esforço, uma grande mala retangular de couro algemada ao pulso esquerdo.

O major Knebel e o homem saíram de trás do balcão.

Acredito que vocês dois se conheçam — disse Knebel.

* * *

O homem levantou a mão e olhou para Pino por baixo da aba do chapéu.

Pino estava completamente chocado. Ele recuou um passo, e a raiva tomou conta de seu corpo.

— Ele? — gritou Pino para Knebel. — Como pode ser amigo da América?

A expressão do major endureceu.

— O general Leyers é um herói, Pino.

— Herói? — Pino sentia vontade de cuspir. — Ele era o senhor de escravos de Hitler. Conduzia as pessoas à morte. Eu vi. Ouvi. Testemunhei tudo.

Knebel ficou abalado com a declaração e olhou para o general nazista antes de responder:

— Não tenho como saber se isso é verdade, Pino. Mas cumpro ordens, e foi essa informação que recebi: ele é um herói e merece nossa proteção.

Leyers continuava ali parado, sem entender nada da conversa, mas os observando com aquele humor distante que Pino passara a desprezar. Começou a dizer que não faria nada daquilo, mas outra ideia, uma ideia muito mais satisfatória, surgiu em sua cabeça. Ele pensou em Anna e em Dolly. Pensou em todos os escravos e teve certeza de que era a atitude certa a tomar. Deus tinha um plano para Pino Lella, afinal.

Pino sorriu e disse:

— *Mon général,* devo carregar sua mala?

Leyers balançou a cabeça.

— Eu carrego a mala, obrigado.

— Adeus, major Knebel — Pino despediu-se.

— Procure-me quando voltar, amigo — disse Knebel. — Tenho outros planos para você. Estarei bem aqui, esperando para contar sobre eles.

Pino assentiu, certo de que nunca mais veria o americano ou Milão de novo.

* * *

Saiu do hotel com a metralhadora nas mãos e seguido por Leyers. Abriu a porta de trás do Fiat e deu um passo para o lado. Leyers olhou para Pino; depois, sentou-se no banco de trás com a maleta.

Carletto acomodou-se no assento do passageiro com a Thompson entre as pernas. Pino ocupou o lugar do motorista e pôs a arma entre Carletto e a alavanca do câmbio.

— Fique com minha arma também — disse Pino, olhando pelo retrovisor para Leyers, que havia deixado o chapéu de lado e ajeitava com os dedos os cabelos grisalhos.

— Acho que consigo atirar com esta coisa — comentou Carletto, deslizando o dedo sobre a superfície azeitada da arma com evidente admiração. — Vi como fazem nos filmes de gângsteres.

— É tudo o que você precisa saber — respondeu Pino. E partiu com o carro.

Ele dirigia enquanto Carletto lia o mapa à luz da lanterna e dava as orientações. A rota passava pela *piazzale* Loreto e seguia para o leste em direção ao limite da cidade, onde encontraram o primeiro posto de fiscalização do Exército norte-americano.

— A América é incrível — disse Pino para o GI cético que se aproximou de sua janela com uma lanterna. Pino entregou a ele o envelope com os documentos de todos.

O soldado pegou os papéis e os iluminou sob a luz da lanterna. Rapidamente, dobrou os documentos, guardou-os outra vez no envelope e disse:

— Puta merda. Pode passar.

Pino pôs os papéis no bolso da camisa, passou pelo portão e continuou na direção leste para Treviglio e Caravaggio.

— O que tem naqueles papéis? — perguntou Carletto.

— Vou olhar mais tarde. A menos que você saiba inglês.

— Não sei. Falo um pouco. O que acha que tem na maleta dele?

— Não faço ideia, mas parece pesada — disse Pino, olhando pelo retrovisor quando passaram embaixo de uma lâmpada na rua. O general Leyers tinha tirado a maleta do colo. Ela estava ao lado, à direita. Os olhos de Leyers estavam fechados, e era possível que sonhasse com Dolly ou com a esposa, com os filhos, com os escravos ou com nada disso.

Naquele único olhar, alguma coisa fria e dura se formou no coração de Pino. Pela primeira vez em sua vida curta e complicada, ele se sentiu sem nenhuma piedade, antecipando a satisfação de um acerto de contas.

— Acho que tem algumas daquelas barras de ouro de que você falou — disse Carletto, interrompendo seus pensamentos.

Pino respondeu:

— Ou arquivos. Centenas. Talvez mais.

— Que tipo de arquivos?

— O tipo perigoso. O tipo que confere algum poder em tempos de impotência.

— Que diabo significa isso?

— Vantagem. Depois explico. Onde fica o próximo ponto de fiscalização?

Carletto acendeu a luz, estudou o mapa e disse:

— Onde pegamos a estrada principal do lado de cá de Brescia.

***

Pino pisou fundo no acelerador, e eles viajaram pela noite até o segundo ponto de fiscalização, ao qual chegaram às quatro da manhã. Depois de uma análise rápida de documentos, foram novamente autorizados a passar e aconselhados a evitar Bolzano, onde acontecia uma batalha. O problema era que tinham que atravessar Bolzano para chegar à estrada do passo do Brenner.

— Estou dizendo, ele tem ouro naquela maleta — insistiu Carletto quando seguiram viagem. Ele havia aberto uma garrafa de vinho e bebia um gole de vez em quando. — Não são só arquivos, de jeito nenhum. Quer dizer, ouro é ouro, certo? Você compra qualquer coisa com ouro.

— Na verdade, não me interessa o que tem na maleta.

A estrada tinha buracos de bombas e brechas onde a neve derretida depois do último inverno deixara corredeiras, o que impedia Pino de dirigir na velocidade que gostaria. Passava de quinze para as cinco quando ele fez a curva em direção a Trento e Bolzano, seguindo rumo ao norte para a Áustria. Seguiam pela margem leste do lago de Garda, do outro lado da margem da *villa* de Mussolini, o que fez Pino se lembrar do tumulto na *piazzale* Loreto. Ele olhou para trás, para o general, que cochilava, e se perguntou quanto Leyers sabia, quanto interessava a ele ou se ele era só um homem tentando salvar a própria pele.

Favores, pensou Pino. É isso que ele negocia. Ele mesmo me disse. Aquela maleta está cheia de favores.

Agora ele dirigia de maneira mais agressiva. Havia menos veículos na estrada e menos dano que na rodovia principal. Carletto estava de olhos fechados, com o queixo descansando sobre o peito, a garrafa e a metralhadora entre as pernas.

Ao norte de Trento, por volta de cinco e quinze, Pino viu luzes adiante e começou a reduzir a velocidade. Um tiro ecoou e atingiu a lateral do Fiat. Carletto acordou assustado no mesmo instante em que Pino pisou no acelerador e começou a fazer um zigue-zague na estrada, enquanto os tiros surgiam dos dois lados, alguns acertando o carro, outros passando direto.

— Pegue a arma — gritou Pino para Carletto. — Atire de volta!

Carletto agarrou a metralhadora.

— Quem está atirando em nós? — perguntou o general Leyers. Ele estava deitado de lado sobre a maleta.

— Não importa — respondeu Pino, pisando mais fundo em direção àquelas luzes. Havia uma barreira feita com cavaletes e um grupo de homens maltrapilhos e armados. Não havia ordem na cena, e isso fez Pino tomar sua decisão.

— Quando eu mandar, atire neles — disse. — Destravou a arma?

Carletto ajoelhou-se no banco, cabeça e ombros para fora da janela, o cabo da metralhadora contra o ombro.

Pino pisou de leve no freio quando estavam a uns setenta metros de distância, como se pretendesse parar. No entanto, vinte metros à frente, com os faróis ofuscando os homens na barreira, pisou de novo no acelerador e gritou:

— Atira!

Carletto puxou o gatilho, e a Thompson cuspiu balas para cima, para baixo e em tudo que havia entre os dois.

Os homens se dispersaram. Pino avançou contra a barreira. Carletto não tinha controle. Continuava apertando o gatilho, e a metralhadora seguia cuspindo balas. Eles passaram pela barreira. O impacto arrancou a Thompson das mãos de Carletto. Ela ricocheteou na estrada e sumiu.

— Merda! — gritou Carletto. — Volta!

— Não — Pino respondeu, apagando os faróis e ganhando velocidade enquanto os tiros ecoavam atrás deles.

— Aquela metralhadora é minha! Volta!

— Não devia ter segurado o gatilho por tanto tempo — gritou Pino. — Knebel disse que deviam ser tiros curtos.

— Aquilo quase arrancou meu ombro — contou Carletto, furioso. — Que merda! Cadê meu vinho?

Pino entregou a garrafa a ele. Carletto tirou a rolha com os dentes, bebeu um pouco e falou vários palavrões, e mais alguns.

— Tudo bem — disse Pino. — Temos minha arma e dois carregadores extras.

O amigo o encarou.

— Você correria o risco, Pino? De me deixar atirar de novo?

— É só segurar firme da próxima vez. E apertar e soltar o gatilho. Não é para ficar apertando.

Carletto sorriu.

— Nem acredito no que acabou de acontecer.

Do banco de trás, Leyers disse:

— Sempre achei que você era um motorista incrível, *Vorarbeiter*. Aquela vez no outono passado, quando o avião nos perseguia? No Daimler? O jeito como dirigiu naquela noite foi o motivo que me fez pedir para você me levar à fronteira. É por isso que está aqui. Se alguém pode me levar ao Brenner, esse alguém é você.

Pino ouviu as palavras como se fossem ditas por um homem que ele não conhecia e não queria conhecer. Odiava Leyers. Odiava que ele tivesse convencido algum idiota no Exército dos Estados Unidos de que era um herói. Hans Leyers não era um herói. O homem no banco de trás era o senhor de escravos do faraó, um criminoso de guerra, e merecia pagar por seus atos.

— Obrigado, *mon général* — respondeu Pino; depois, não falou mais nada.

— Por nada, *Vorarbeiter* — disse o general. — Gosto de dar crédito a quem merece.

***

O céu começava a clarear quando eles se aproximavam de Bolzano. Pino acreditava que seria seu último amanhecer. Ele surgia em dedos rosados que se espalhavam em leque por um céu azul delimitado por montanhas nevadas que se erguiam além dos últimos quarenta quilômetros de guerra. Pino não pensava muito no perigo que tinha pela frente. Estava pensando no general Leyers, sentindo novamente a antecipação, a descarga de adrenalina.

Ele estendeu o braço e puxou a garrafa de vinho do meio das pernas de Carletto, o que provocou um resmungo brando de protesto, porque o amigo havia dormido de novo.

Pino bebeu um gole de vinho, depois outro. *Tem que ser em algum lugar alto*, pensou. *Tem que ser feito na maior das catedrais de Deus.*

Pino parou no acostamento.

— O que está fazendo? — perguntou Carletto, sem abrir os olhos.

— Quero ver se tem algum caminho que contorne Bolzano — respondeu Pino. — Preciso do mapa.

Carletto gemeu, pegou o mapa e o entregou.

Pino o estudou, tentou decorar as principais rotas para chegar ao norte de Bolzano e à estrada do passo do Brenner.

Enquanto isso, Leyers usava uma chave para abrir a algema que o prendia à maleta e saía do carro para urinar.

— Vamos embora — sugeriu Carletto. — Dividimos o ouro.

— Tenho outros planos — contou Pino, enquanto olhava o mapa.

O general voltou, sentou-se na beirada do banco de trás e olhou o mapa por cima do ombro de Pino.

— A estrada principal é a mais protegida — disse. — Melhor pegar a secundária perto de Stazione, seguir para o noroeste de Bolzano até Andriano na estrada suíça. A fronteira da Suíça está fechada para nós, por isso a Wehrmacht não dá importância para essa rota. Você vai passar pelos americanos, depois vai atravessar o rio Adige pela margem esquerda. Do outro lado do rio, você volta acompanhando as montanhas, passando por trás dos alemães, até chegar à estrada do passo do Brenner. Sim?

Pino odiava admitir, mas o plano do general parecia ser a melhor opção. Ele assentiu e olhou pelo retrovisor, vendo a animação de Leyers ao prender a maleta ao braço novamente. O general estava se divertindo.

Para ele é só um jogo, pensou Pino, furioso outra vez. É tudo um jogo de favores e sombras. Leyers queria se divertir? Mostraria a ele o que é diversão. Ele arrancou com o Fiat, mudou a marcha e dirigiu como um possuído.

Era dia claro quando chegaram a um ponto de fiscalização norte-americano que bloqueava a estrada perto da cidade de Laghetti Laag, na montanha. Um sargento do Exército americano aproximou-se deles. Dava para ouvir ecos e estrondos do combate em algum lugar à frente, não muito longe.

— A estrada está fechada — avisou o sargento. — Podem fazer o retorno aqui.

Pino entregou a ele o envelope. O sargento o pegou, abriu, leu a carta e assobiou.

— Podem passar, mas têm certeza de que querem ir? Temos batalhões enfrentando fascistas e nazistas pelo comando de Bolzano. Em algum momento nas próximas duas horas, os Mustang vão bombardear a coluna alemã e tentar dizimá-la.

— Vamos seguir viagem — avisou Pino, recuperando o envelope e deixando-o no colo.

— A vida é de vocês, cavalheiro — concluiu o sargento, acenando para o homem que comandava a passagem.

A barricada foi afastada. Pino passou por ela.

— Minha cabeça dói — anunciou Carletto, massageando as têmporas. Depois, tomou mais um gole de vinho.

— Pare de beber — ordenou Pino. — Tem uma batalha lá na frente, e vamos precisar de sua ajuda para passar por ela.

Carletto o encarou, viu que o amigo falava sério e fechou a garrafa com a rolha.

— Pego a arma?

Pino assentiu.

— Coloque-a do lado direito, paralela à porta, com o cabo contra a lateral do banco. Assim consegue pegá-la mais depressa.

— Como sabe disso?

— Faz sentido, só isso.

— Você pensa diferente de mim.

— Acho que sim — concordou Pino.

Dez quilômetros além do ponto de fiscalização, ele entrou em uma estrada secundária que seguia para o nordeste, como Leyers recomendara. Era uma *via* acidentada e atravessava pequenos assentamentos alpinos, seguindo sinuosa para Saint Michael e Bolzano, ao norte.

Nuvens se formavam. Pino reduziu a velocidade para ouvir a artilharia, tanques e rifles em ação à direita deles e ao sul, pelo menos um quilômetro e meio distante, talvez mais. Podiam ver a periferia de Bolzano e colunas de fumaça subindo enquanto os fascistas tentavam manter sua posição e os alemães tentavam defender sua retaguarda para dar aos compatriotas mais tempo de chegar à Áustria.

— Para o norte de novo — disse o general Leyers.

Pino acatou a orientação, fazendo um desvio de dezesseis quilômetros que os levou a uma ponte sobre o Adige, onde não havia guardas, exatamente como Leyers previra. Eles chegaram aos limites noroeste de Bolzano por volta das oito e quarenta daquela manhã.

A luta no sudeste agora era intensa. Metralhadoras. Morteiros. Tudo acontecia tão perto que chegavam a ouvir as torres dos tanques girando. E tudo indicava que Leyers estava certo novamente. Eles conseguiram se manter quase quatrocentos metros atrás das linhas de batalha, seguindo por uma bainha posterior do conflito.

Em algum momento, porém, veremos os nazistas. Eles estarão na estrada do passo do Brenner para...

— Tanque! — gritou Leyers. — Tanque americano!

* * *

Pino inclinou a cabeça e olhou rapidamente para a direita, tentando ver além de Carletto.

— Lá! — gritou Carletto, apontando para uma grande área aberta nos limites da cidade. — Um Sherman!

Pino continuava em frente, seguindo à esquerda do tanque.

— Ele está apontando o canhão para cá — disse o general Leyers.

Pino olhou, viu o tanque setenta metros distante, a torre e o cano girando na direção deles. E pisou no acelerador.

Carletto se debruçou na janela, balançou os dois braços para o tanque e gritou, em inglês:

— Amigos americanos! Amigos americanos!

O tanque disparou, e o tiro passou por trás deles, à direita do para-choque traseiro, e abriu um buraco fumegante em um prédio de dois andares do outro lado da rua, uma fábrica.

— Tire-nos daqui! — gritou Leyers.

Pino reduziu a marcha para arrancar. Porém, antes de sair da linha de tiro do tanque, metralhadoras abriram fogo do prédio fumegante.

— Abaixem-se! — gritou Pino, abaixando-se também, ouvindo as balas passarem por cima deles e ricochetearem na lataria do tanque.

Eles avançaram para um beco e sumiram de vista.

Leyers bateu no ombro de Pino.

— Um gênio do volante!

Pino sorriu, ainda que de má vontade, conduzindo o carro por ruas laterais. Forças americanas pareciam estacionadas atrás da confluência de dois riachos que se juntavam ao rio Adige. Leyers encontrou uma passagem em torno da confluência, além da batalha, e depois para longe da cidade, rumo ao leste para o vilarejo de Cardano.

Logo Pino retornou à estrada do passo do Brenner, que estava quase vazia. Ele acelerou novamente rumo ao norte. Adiante, os Alpes tinham sumido na tempestade que se formava. Começou a garoar, e a neblina desceu. Pino se lembrou dos escravos cavando a neve ali um mês atrás, escorregando, caindo e sendo arrastados.

Ele passou por Colma e Barbiano. Só quando estavam em uma curva ao sul do vilarejo de Chiusa ele enxergou mais longe e viu, lá na frente, na estrada, o fim de uma longa coluna alemã fechando os dois lados da *via*, um exército aleijado se arrastando para o norte, em direção à Áustria, pela cidade de Bressanone.

— Podemos dar a volta e passar por eles — disse o general Leyers enquanto estudava o mapa. — Mas essa estradinha continua para o leste logo ali na frente. Ela sobe, faz uma curva aqui, onde você pode pegar uma estrada para o norte e depois essa aqui para descer novamente e continuar para a estrada do passo do Brenner. Está vendo?

Pino olhou para o mapa e, de novo, seguiu a rota sugerida por Leyers.

Eles contornaram uma planície curta e lamacenta antes de a estrada subir íngreme e estreita, depois se alargar em um grande vale alpino cercado no flanco norte por árvores e pastos caprinos voltados para o sul. Continuaram subindo o flanco norte por curvas que os levaram além do assentamento alpino de Funes.

A estrada subiu por mais mil metros até quase alcançar a linha das árvores, onde neblina e nuvens começaram a se dissipar. A *via* à frente era de mão dupla e escorregadia. Seguia por um mar de flores amarelas e cor-de-rosa.

As nuvens se dissiparam mais, revelando os campos de seixos e a longa parede dos Dolomitas, a maior das catedrais de Deus na Itália: cumes e mais cumes de calcário, dezoito deles subindo milhares de metros em direção ao céu e olhando o mundo todo como uma enorme coroa de espinhos cinzentos.

O general Leyers disse:

— Pare ali. Preciso urinar de novo e quero dar uma olhada.

Pino sentiu que tudo estava predestinado, porque se preparava para usar a mesma desculpa para parar. Ele estacionou ao lado de um prado estreito em um vão entre as árvores de onde se viam os Dolomitas em toda a sua majestade.

É um lugar adequado para fazer Leyers confessar e pagar por seus pecados, pensou Pino. *Ao ar livre. Sem favores para cobrar. Sem esconderijos nas sombras. Sozinho na igreja de Deus.*

Leyers abriu a algema e saiu pela porta do lado de Carletto. Ele andou pela grama molhada e entre as flores alpinas. Parou na beirada de um penhasco, olhando através do vale estreito e para cima, para os Dolomitas.

— Preciso da arma — cochichou Pino, para Carletto.

— Por quê?

— O que você acha?

Carletto arregalou os olhos, mas sorriu e entregou a Thompson. A metralhadora parecia ser estranhamente familiar nas mãos de Pino. Nunca havia atirado com uma delas, mas também já tinha visto a arma em ação nos filmes de gângsteres. *É só fazer o que o major Knebel disse. Que dificuldade pode haver?*

— Vá em frente, Pino — falou Carletto. — Ele é um monstro nazista. Merece morrer.

Pino saiu do carro, segurou a Thompson com uma das mãos e atrás das pernas. Não precisava se dar ao trabalho de escondê-la. O general Leyers estava de costas para ele, com as pernas afastadas enquanto urinava no precipício e apreciava a vista espetacular.

Ele acha que está no comando, pensou Pino, com frieza. *Acha que está no controle do próprio destino. Mas não está mais. Eu estou.*

★ ★ ★

Pino passou por trás do velho Fiat de seu tio e deu dois passos para dentro do prado, um pouco ofegante, sentindo o tempo passar mais devagar, como havia acontecido antes de entrar no Castello Sforzesco. Agora, porém, estava bem, tão certo do que ia fazer quanto estivera em relação ao amor de Anna. O senhor de escravos do faraó ia pagar. Leyers cairia de joelhos e imploraria por misericórdia, só que Pino não teria nenhuma.

O general Leyers fechou o zíper da calça e deu mais uma olhada na impressionante paisagem. Balançou a cabeça, fascinado, ajustou o casaco e virou-se. Pino estava lá, a poucos metros, com a Thompson colada à lateral do quadril. O nazista parou e ficou tenso.

— O que é isso, *Vorarbeiter*? — disse, com a voz dominada pelo medo.

— Vingança — respondeu Pino, calmo, sentindo-se estranhamente fora do corpo. — Os italianos acreditam nela, *mon général*. Italianos acreditam que derramar sangue faz bem à alma ferida.

Leyers arregalou os olhos.

— Vai simplesmente atirar em mim?

— Depois do que fez? Depois do que vi? Você merece ser fuzilado por uma centena de armas, mil armas, se houvesse justiça.

O general levantou as mãos abertas, as palmas voltadas para Pino.

— Não ouviu seu major americano? Eu sou um herói.

— Não é, não.

— Eles me libertaram. E me mandaram vir com você. Os americanos.

— Por quê? — perguntou Pino. — O que fez por eles? Que favor cobrou? Quem subornou com ouro ou informação?

Leyers parecia viver um conflito.

— Não posso contar o que fiz, mas posso dizer que fui valioso para os Aliados. E continuo sendo.

— Você é imprestável! — gritou Pino, sentindo que a emoção desabrochava novamente no fundo da garganta. — Não se importa com ninguém além de si mesmo, e merece...

— Isso não é verdade! — berrou o general. — Eu me importo com você, *Vorarbeiter*. Com Dolly. Com sua Anna.

— Anna está morta! — gritou Pino, de volta. — E Dolly também.

O general ficou aturdido e recuou um passo.

— Não. Isso não é verdade. Elas foram para Innsbruck. Vou encontrar Dolly... hoje à noite.

— Dolly e Anna morreram diante de um pelotão de fuzilamento há três dias. Eu vi.

Leyers estava abalado.

— Não. Dei ordens para que elas fossem...

— Nenhum carro foi buscá-las. Elas ainda estavam lá esperando quando uma multidão as levou porque Dolly era sua puta.

Pino mudou tranquilamente a posição da trava de segurança da Thompson para disparar.

— Eu dei as ordens, *Vorarbeiter* — insistiu Leyers. — Juro que dei!

— Mas não verificou se seriam seguidas! — gritou Pino, levantando a arma e apoiando o cabo contra o ombro. — Podia ter ido ao apartamento de Dolly e tomado as providências para que fossem levadas. Mas não foi. Você as deixou morrer. Agora quem morre é você.

O rosto de Leyers se contorceu em desespero, e ele levantou as mãos como se quisesse desviar as balas.

— Por favor, Pino, eu queria voltar ao apartamento de Dolly. Queria ver se elas estavam bem. Não lembra?

— Não.

— Sim, você lembra. Eu pedi para você me levar lá para pegar uns papéis que eu tinha deixado, mas você me prendeu em vez de acatar a ordem. Você me entregou à Resistência quando eu poderia ter tirado Dolly e Anna de Milão e mandado as duas para Innsbruck. — O general o encarou, sem remorso, e disse: — Se existe alguém diretamente responsável pela morte de Dolly e Anna, Pino, esse alguém é você.

34

O dedo de Pino estava no gatilho.

Ele planejava atirar contra o general Leyers a partir do quadril, mandar uma chuva de balas contra sua barriga para derrubá-lo, mas não para matá-lo imediatamente. Assim, Leyers sofreria por um bom tempo. E Pino queria ficar ali e ver cada espasmo de dor, ouvir cada gemido e súplica.

— Atire nele, Pino! — gritou Carletto. — Não quero saber o que ele está falando. Atire nesse porco nazista!

Ele me pediu para levá-lo ao apartamento de Dolly naquela noite, pensou Pino. *Mas eu o prendi. Eu o prendi em vez de...*

Pino sentia-se tonto e enjoado de novo. Ouvia a ária do palhaço, os rifles disparando, e mais uma vez viu Anna cair.

Eu fiz isso. Podia ter ajudado Anna. No entanto, fiz tudo que podia para matá-la.

Pino perdeu a força. Soltou a empunhadura dianteira da metralhadora. A Thompson agora estava abaixada, caída junto de seu corpo. Ele olhava sem expressão para a vastidão da grande catedral de Deus e altar de expiação, queria virar osso e pó, ser levado pelo vento.

— Atire nele, Pino! — gritou Carletto. — Que diabo está fazendo? Atire!

Pino não conseguia. Sentia-se mais fraco que um velho moribundo.

O general Leyers assentiu uma vez para Pino e disse com tom frio:

— Termine sua missão, *Vorarbeiter*. Leve-me ao Brenner, e terminamos nossa guerra juntos.

Pino piscou incapaz de pensar, incapaz de agir.

Leyers olhou para ele com desdém e gritou:

— Agora, Pino!

★ ★ ★

Atordoado, Pino seguiu o general de volta ao Fiat. Abriu a porta de trás e a fechou depois que Leyers entrou. Repôs a trava da Thompson na posição de segurança, devolveu a arma a Carletto e sentou-se ao volante.

No banco de trás, o general algemava-se à maleta outra vez.

— Por que não o matou? — perguntou Carletto, incrédulo.

— Porque quero que ele me mate — respondeu Pino, ao ligar o Fiat. Ele engatou a marcha e pôs o carro em movimento.

Eles partiram, derrapando na lama engordurada que logo cobria as laterais do carro. Seguiram pelos campos em direção ao norte até encontrarem uma estrada de duas pistas que descia a encosta passando por desvios e longas travessias e os colocava em paralelo à estrada do passo do Brenner sobre a cidade de Bressanone. A coluna do Exército Alemão congestionava a cidade e a estrada à frente por mais de um quilômetro e meio. Nada se movia.

Tiros ecoavam lá embaixo. Pela janela, sacolejando pela *via* de duas pistas, Pino olhou em direção à frente da coluna e viu o motivo do congestionamento. Havia seis ou sete peças de artilharia pesada na frente da fileira. Muitos animais que haviam puxado os canhões pela Itália tinham desistido. Empacados, recusavam-se a continuar trabalhando.

Os nazistas chicoteavam as mulas, tentando tirar a artilharia do caminho para dar passagem à fileira. As mulas que não andavam eram sacrificadas com tiros e arrastadas para as laterais da estrada. O último canhão estava quase fora do caminho. A caravana dos nazistas estava prestes a seguir em retirada.

— Mais depressa — ordenou Leyers. — Passe à frente daquela coluna antes que ela bloqueie a passagem.

Pino reduziu a marcha e falou para Carletto:

— Segure-se.

★ ★ ★

Ali a trilha era mais seca, e Pino conseguiu dobrar, depois triplicar a velocidade, ainda paralelo ao comboio, quase na dianteira. Um quilômetro adiante, a *via* encontrava outra rota rústica que descia a encosta setecentos metros até a estrada do passo do Brenner, onde passava pelo vilarejo de Varna, a menos de cem metros dos cânions e das mulas moribundas.

Pino reduziu a marcha e entrou sem dificuldade em uma trilha que seguia para a descida íngreme. Ele pisou no acelerador. O Fiat sacudiu e voou pela última encosta da montanha enquanto o último canhão passava e os tanques *Panzer* na frente da coluna alemã voltavam a se mover rumo à Áustria.

— Passe na frente deles! — gritou Leyers.

Pino teve que recorrer a tudo o que Alberto Ascari havia lhe ensinado para impedir que o carro derrapasse ou capotasse. Ele ria como um louco quando desceu em alta velocidade o último trecho da estrada, enquanto o primeiro *Panzer* ganhava velocidade.

Então, surgindo do nada, pouco mais de um quilômetro ao sul, um caça P-51 dos Mustang americanos mergulhou do céu e abriu fogo contra a coluna nazista, disparando em direção a linha toda.

O general devia entender a lógica de tudo que estava acontecendo ali, porque começou a berrar:

— Depressa! Mais depressa, *Vorarbeiter*!

* * *

Estavam lado a lado com o tanque, a uns oitenta metros de fechar a intersecção. O Fiat estava a cento e dez metros da estrada do passo do Brenner, mas se aproximando quando o Mustang voou mais perto da área, disparando rajadas separadas por poucos segundos.

A quarenta metros da estrada, Pino pisou no freio e reduziu a marcha, o que provocou uma sequência de derrapagens loucas em zigue-zague e inclinou o carro sobre duas rodas, com o *Panzer* bem ali, antes de passarem por cima de uma lombada, decolarem e aterrissarem na frente do tanque. O carro derrapou, ficou novamente inclinado sobre duas rodas e quase tombou antes de Pino estabilizá-lo e acelerar.

— Soldado saindo no alto do tanque! — gritou Leyers. — Ele está no comando da metralhadora!

Pino havia ganhado distância, mas ainda estavam perto demais de uma metralhadora de calibre pesado. O atirador poderia cortar o Fiat ao meio como se fosse um queijo. Inclinado sobre o volante, Pino manteve o acelerador no máximo, esperando sentir uma bala em sua cabeça.

Antes que o nazista abrisse fogo, no entanto, o caça americano fez uma curva e voltou, e a rajada atingiu a frente da coluna alemã. Balas ricocheteavam na blindagem do *Panzer* e voltavam à estrada bem atrás do Fiat. De repente, os tiros cessaram e o avião se afastou.

Eles tinham feito uma curva e não podiam mais ser vistos pelos alemães. Por um momento, o interior do carro foi dominado por um silêncio atônito. Depois, Leyers começou a rir, batendo com os punhos fechados nas coxas e na maleta.

— Você conseguiu! — gritou. — Seu italiano maluco filho de uma puta, você conseguiu de novo!

Pino odiava ter conseguido. Tinha certeza de que morreria tentando e, agora que estava se afastando dos nazistas em retirada e ganhando terreno rumo à fronteira austríaca, não sabia o que fazer. Era como se estivesse fadado a tirar o general Leyers da Itália – e finalmente ele se rendeu à tarefa.

Os vinte e quatro quilômetros de estrada entre Bressanone e Vipiteno subiam ao nível da neve acumulada, que parecia granulosa, molhada e pulverizada, mas ainda profunda. Quando reencontraram neblina, ficou difícil delimitar onde terminava a neve e começava o ar. Interrompida pela coluna alemã atrás deles, a estrada do passo do Brenner estava deserta e seguia sinuosa para trechos de nuvens e neblina ainda mais densa. A velocidade agora se reduzia a um rastejar.

— Falta pouco — comentou Leyers, depois que passaram por Vipiteno. Ele puxou a maleta de volta para o colo. — Bem pouco.

— O que vai fazer, Pino? — perguntou Carletto, que bebia de novo. — De que terá servido tudo isso, se ele escapar?

— O major Knebel diz que ele é um herói — respondeu Pino. Ele se sentia entorpecido. — Acho que ele continua livre.

Antes que Carletto respondesse, Pino reduziu a marcha e freou com força. Começou uma curva bem fechada na última subida em direção à fronteira. Uma mureta baixa de neve bloqueava a passagem, e ele teve que brecar e parar completamente.

Seis homens de aparência embrutecida usando lenços vermelhos se levantaram de trás do banco de neve, apontando rifles para eles de uma distância muito pequena. Outro homem saiu da floresta do lado de Carletto empunhando uma pistola. O oitavo homem saiu do meio das árvores à esquerda, do lado de Pino. Ele fumava um cigarro e carregava uma arma de cano serrado. Um olhar, mesmo depois de tanto tempo, e Pino o reconheceu.

O Padre Re tinha dito que Tito e seus homens assaltavam pessoas na estrada do passo do Brenner, e ali estava ele, andando na direção de Pino.

***

— O que temos aqui? — disse Tito, parando ao lado da janela aberta com a arma de cano serrado. — Aonde acham que vão nesta bela manhã de maio?

Pino usava o chapéu bem baixo sobre as sobrancelhas. Ele entregou o envelope e disse:

— Estamos em missão para os americanos.

Tito pegou o envelope, abriu e olhou para os papéis de um jeito que fez Pino pensar que ele não sabia ler. Depois, Tito enfiou os papéis no envelope e o jogou para o lado.

— Qual é a missão?

— Estamos levando este homem para a fronteira austríaca.

— É mesmo? O que tem na maleta que ele leva algemada ao pulso?

— Ouro — disse Carletto. — Eu acho.

Pino sufocou um gemido.

— É? — Tito usou a mira da arma para empurrar para cima a aba do chapéu de Pino, de forma que pudesse ver seu rosto.

Um ou dois segundos mais tarde, Tito riu, debochado, e disse:

— Não é *perfetto*?

Depois bateu no rosto de Pino com a mira, abrindo um corte embaixo de seu olho.

Pino grunhiu de dor e tocou o ferimento, sentindo que o sangue já escorria.

Tito ordenou:

— Fala para o homem aí atrás abrir a algema e me dar a maleta, senão vou estourar sua cabeça e depois a dele.

Carletto arfava. Pino olhou para o lado e viu que o amigo tremia com a mistura de álcool e raiva.

— Fala! — insistiu Tito, batendo com o cano no rosto de Pino novamente.

Pino falou em francês. Leyers não disse nada, não moveu um músculo.

Tito apontou o rifle para o general.

— Avisa que ele vai morrer — disse. — Fala que todos vocês vão morrer, e eu vou ficar com a maleta do mesmo jeito.

★ ★ ★

Pino pensou em Nicco, o filho do dono da hospedaria, puxou a maçaneta da porta, jogou o peso do corpo contra ela e acertou o lado esquerdo do corpo de Tito.

Tito cambaleou para a direita, escorregou na neve e quase caiu.

Um tiro de pistola partiu do banco de trás do Fiat.

O homem em pé ao lado da porta de Carletto morreu com uma bala no rosto.

Tito recuperou o equilíbrio, levantou a arma e tentou virá-la para Pino enquanto gritava:

— Matem todos!

O segundo seguinte foi interminável.

Carletto apertou o gatilho da Thompson e explodiu o para-brisa do Fiat. Ao mesmo tempo, o general Leyers atirou pela segunda vez e acertou em cheio o peito de Tito. Quando Tito caiu, sua arma disparou e uma bala estourou os painéis da parte inferior do automóvel. A segunda rajada de metralhadora de Carletto matou dois dos seis homens que restavam do bando de contrabandistas e saqueadores. Os outros quatro tentavam fugir.

Carletto abriu a porta e foi atrás deles. Um foi atingido e já cambaleava. Carletto o acertou novamente ao passar correndo, perseguindo os últimos três e gritando histericamente:

— Vocês, filhos da mãe guerrilheiros, mataram meu pai! Mataram meu pai e fizeram minha mãe sofrer!

Ele parou e abriu fogo de novo.

Acertou um homem nas costas e o derrubou. Os outros dois se viraram para reagir. Carletto matou os dois.

— Contas acertadas! — gritou ele, descontrolado. — Contas...

Seus ombros caíram e, tremendo, Carletto começou a chorar. Depois, caiu de joelhos e soluçou.

Pino se aproximou e tocou o ombro do amigo. Carletto virou-se bruscamente, enlouquecido. Ele apontou a arma para Pino e parecia pronto para atirar.

— Chega — disse Pino, baixinho. — Chega, Carletto.

O amigo o encarou e desabou outra vez. Deixou cair e arma e atirou-se nos braços de Pino, soluçando.

— Eles mataram meu *papà* e levaram minha mãe à morte também. Eu tinha que me vingar. Eu precisava.

— Você fez o que tinha que fazer. Todos nós fizemos.

O sol começava a brilhar entre as nuvens. Eles não demoraram muito para remover a neve e tirar os corpos da estrada. Pino revirou os bolsos de Tito pensando em Nicco, até achar a carteira que fora roubada dele dois anos atrás, na véspera de Ano-Novo. Olhou para as botas de Tito e não as tirou, mas pegou o envelope com seus papéis. Antes de entrar no carro, parado ao lado da porta do motorista, olhou para o banco de trás, onde o general Leyers continuava sentado imóvel, ainda segurando uma pistola US Colt M1911 igual àquela que o major Knebel carregava.

Pino falou:

— Estamos empatados. Ninguém mais deve favor nenhum.

Leyers respondeu:

— De acordo.

***

Nos últimos oito quilômetros para a Áustria, Carletto ficou em silêncio e imóvel. Parecia vazio, sem alma. Pino não se sentia muito melhor. Seguia dirigindo porque era só isso que podia fazer. Não estava mais raciocinando, não estava triste nem chocado, não sentia nenhum pesar. Tudo o que havia era a estrada diante dele. A pouco mais de três quilômetros da fronteira, ele ligou o rádio e sintonizou música animada e estática.

— Desliga isso — ordenou Leyers.

— Pode atirar em mim, se quiser — respondeu Pino —, mas a música fica.

Ele olhou pelo retrovisor, viu os próprios olhos derrotados e o general olhando para eles vitorioso.

Paraquedistas americanos e dois sedãs Mercedes-Benz esperavam na travessia da fronteira em um vale estreito e arborizado. Havia um general nazista uniformizado que Pino não reconheceu, em pé, ao lado de uma Mercedes, fumando um charuto e apreciando o sol cada mais forte.

Isso não é certo, pensou Pino ao parar o Fiat. Dois paraquedistas se aproximavam dele. Pino abriu o envelope e leu os papéis antes de entregá-los. Havia uma carta de salvo-conduto assinada pelo general Mark Clark, comandante do Quinto Exército dos Estados Unidos, subordinado ao general Dwight D. Eisenhower, supremo comandante aliado.

Um paraquedista ruivo acenou com a cabeça para Pino e disse:

— Teve muita coragem e muita competência para trazê-lo até aqui são e salvo. O Exército americano agradece.

— Por que o estão ajudando? — perguntou Pino. — Ele é um nazista. Um criminoso de guerra. Obrigava pessoas a trabalharem até a morte.

— Eu só sigo ordens — respondeu o GI, olhando para o general.

Outro soldado abriu a porta de trás e ajudou o general Leyers a sair do carro, ainda com a maleta algemada ao pulso.

Pino também saiu do carro. O general estava parado, esperando. Ele estendeu a mão livre. Pino olhou para ela por um longo momento, então aceitou o cumprimento.

Leyers apertou a mão de Pino com força e o puxou para mais perto, cochichando em seu ouvido:

— Agora você entende, Observador.

* * *

Pino o encarou incrédulo. *Observador? Ele conhecia seu codinome?*

O general Leyers piscou, soltou a mão dele e se virou. Leyers se afastou sem olhar para trás. O paraquedista abriu a porta de trás de um dos carros que estavam ali parados. O general desapareceu dentro dele com a maleta, enquanto Pino o seguia com olhar perplexo.

Atrás de Pino, no Fiat, o rádio transmitia um boletim de notícias que ele não conseguia ouvir por causa da estática. Parado, ouvia o eco das palavras de Leyers girando em sua cabeça e adicionando confusão ao desespero e à derrota, menos de uma hora depois de ele ter tido clareza homicida, certeza de que a vingança era dele, não do Senhor.

Agora você entende, Observador.

Como ele sabia? Há quanto tempo?

— Pino! — gritou Carletto. — Ouviu o que eles estão dizendo?

O carro que levava o general partiu, descendo pela estrada da encosta em direção a Stubaital e Innsbruck.

— Pino! — chamou Carletto, novamente. — A Alemanha se rendeu! Os nazistas receberam ordens para depor armas amanhã, às onze da manhã!

Pino não disse nada, só continuou olhando para o ponto na estrada onde o general Hans Leyers desaparecia de sua vida.

Carletto aproximou-se e, de leve, tocou seu ombro.

— Você não entende? — disse. — A guerra acabou.

Pino balançou a cabeça e sentiu as lágrimas correrem por seu rosto quando disse:

— Não entendo, Carletto. E a guerra não acabou. Acho que nunca vai acabar para mim. Não de verdade.

Conclusão

No fim da Segunda Guerra Mundial, um terço de Milão estava em ruínas. Os bombardeios e a luta haviam deixado mais de dois mil milaneses mortos e quatrocentos mil desabrigados.

A cidade e seu povo começaram a reconstrução, enterrando o passado e os escombros sob novas estradas, parques e estruturas altas. Limparam a fuligem do Duomo. Ergueram um monumento a Tullio Galimberti e aos mártires da *piazzale* Loreto perto da esquina de um banco, onde ficava antes a venda de frutas e vegetais dos Beltramini. O Hotel Diana continua em pé, como a chancelaria, a prisão San Vittore e as colunatas assombradas do Cimitero Monumentale.

As torres do Castello Sforzesco foram reparadas, mas marcas de balas permaneciam nas paredes internas. Em um esforço para esquecer a selvageria que ocorrera na *piazzale* Loreto, o posto Esso foi demolido. Assim como o prédio onde antes funcionavam o Hotel Regina e a Gestapo. Uma placa na *via* Silvio Pellico é o único memorial para as pessoas assassinadas e torturadas dentro do quartel-general da SS. O Memorial do Holocausto em Milão fica na estação central, embaixo da plataforma vinte e um.

Dos quarenta e nove mil judeus na Itália à época da invasão nazista, cerca de quarenta e um mil escaparam da prisão ou sobreviveram aos campos de concentração. Muitos foram postos na ferrovia subterrânea católica que seguia para o norte ao longo de várias rotas diferentes para a Suíça, inclusive Motta. Outros foram ajudados por corajosos italianos, católicos e clérigos que escondiam refugiados judeus nos porões de mosteiros, conventos, igrejas, casas e até alguns poucos no Vaticano.

Alfredo Ildefonso Schuster, que lutou para salvar judeus e sua cidade de uma destruição ainda maior, seguiu como cardeal de Milão até sua morte, em agosto de 1954. Um futuro *papà* rezou a missa fúnebre do Cardeal Schuster. Um dos homens que carregaram seu caixão defendeu sua santificação. Esse homem se tornou o *papà*

João Paulo II, que beatificou o Cardeal Schuster em 1996. Seu corpo abençoado repousa em uma redoma selada de vidro embaixo do Duomo.

O Padre Luigi Re continuou tocando a Casa Alpina como refúgio para pessoas em perigo. Nos dias seguintes ao fim da Segunda Guerra Mundial, sabe-se que protegeu Eugen Dollmann, tradutor italiano de Hitler, e recusou os pedidos do Exército dos Estados Unidos para que ele fosse entregue.

O Padre Re foi nomeado "justo entre as nações", honra concedida por Yad Vashem, centro de memória de Israel para o Holocausto no Mundo, àqueles que arriscaram a vida de maneira altruísta para salvar judeus. O Padre Re morreu em 1965 e está sepultado nas encostas de esqui sobre Motta, sob uma estátua da Madonna, banhada a ouro, a qual, dizem, foi paga por todas as pessoas que ele ajudou antes, durante e depois da guerra. Sua escola para meninos foi transformada em um hotel chamado Casa Alpina. Sua capela desapareceu.

O seminarista Giovanni Barbareschi foi homenageado por seus atos heroicos ao lado da Resistência italiana, nomeado "justo entre as nações" e ordenado pelo cardeal Schuster. Depois de uma longa carreira como sacerdote, ele se aposentou e ainda mora em Milão, onde mantém uma coleção de suas velhas ferramentas de falsificação.

Alberto Ascari, que ensinou Pino a dirigir, realizou seu sonho de infância e se tornou um herói italiano. Ao volante de uma Ferrari, ganhou os campeonatos mundiais de 1952 e 1953. Em maio de 1955, quando fazia voltas de teste no circuito de Monza, capotou e bateu, sendo arremessado na pista. Ele morreu nos braços de Mimo Lella. Milhares de pessoas lotaram o Duomo e a praça no dia do funeral de Ascari. Enterrado ao lado do pai no Cimitero Monumentale, é considerado por muitos um dos maiores pilotos de carros de corrida de todos os tempos.

O coronel Walter Rauff, chefe da Gestapo no norte da Itália, é considerado diretamente responsável pela morte de mais de cem mil pessoas e indiretamente responsável pela morte de trezentos mil na câmara de gás portátil que ele projetou e desenvolveu no Leste Europeu antes de sua transferência para Milão. Rauff foi capturado, mas fugiu de um campo de prisioneiros de guerra e foi parar no Chile como um sombrio espião de aluguel próximo dos ditadores do país.

Simon Wiesenthal, o famoso caçador de nazistas, rastreou Rauff em 1962. O governo alemão tentou a extradição de Rauff. Ele resistiu e o caso foi parar na Suprema Corte Chilena. Rauff foi libertado cinco meses depois. Morreu em Santiago, em 1984, vítima de um ataque cardíaco. Com a presença de muitos ex-oficiais nazistas, seu funeral foi descrito como uma estridente celebração de Rauff, Adolf Hitler e o Terceiro Reich em geral.

O major J. Frank Knebel voltou aos Estados Unidos, deixou o Exército e retomou a vida de jornalista. Foi editor do *Garden Grove News* na Califórnia e, mais tarde, do *Ojai Valley News*. Em 1963, comprou *Los Banos Enterprise*. Knebel e Pino se corresponderam de maneira intermitente até a morte do jornalista, em 1973. Knebel deixou pouco material sobre a guerra, exceto por uma nota cifrada em um de seus arquivos que mencionava planos de escrever uma "história real de grande intriga nos últimos dias da guerra em Milão". Ele jamais a escreveu.

O cabo Peter Daloia voltou para Boston. Quando morreu, décadas depois do fim da guerra, seu filho ficou chocado ao encontrar uma estrela de prata de coragem pelos feitos heroicos do pai na batalha de Monte Cassino. Estava em uma caixa no sótão. Como tantos, Daloia não contou a ninguém sobre sua guerra na Itália.

Albert e Greta Albanese continuaram prosperando nos negócios. Fizeram fortuna quando tio Albert decidiu envolver cachimbos *meerschaum* em couro e vendê-los no mundo todo. Eles morreram na década de 1980. A loja no número 7 da *via* Pietro Verri é hoje a Pisa Orologeria, ou seja, um comércio de relógios de luxo.

Michele e Porzia Lella administraram várias empresas bem-sucedidas de bolsas e acessórios esportivos depois da guerra e foram ativos no bairro da moda durante toda a vida. Antes de morrerem, na década de 1970, o número 3 da *via* Monte Napoleone, endereço da loja de bolsas original, foi reformado – agora abriga uma butique Salvatore Ferragamo. O prédio de apartamentos no *corso* Matteotti ainda está em pé, embora o elevador de gaiola tenha sido removido.

A irmã de Pino, Cicci, tornou-se uma empresária tão dinâmica quanto a mãe. Promoveu Milão como centro mundial da moda e trabalhou nas empresas da família, concentrando-se nas butiques de San Babila. Ela morreu em 1985.

Domenico "Mimo" Lella foi citado por sua luta corajosa pela Resistência, mais notadamente por suas ações no primeiro dia da insurreição geral. Mimo trabalhou nas empresas da família antes de fundar sua própria fábrica, a Lella Sport, que atendia ao público atleta de fim de semana e apreciador de atividades ao ar livre. Baixinho, belicoso e empresário bem-sucedido, casou-se com uma jovem modelo, Valeria, que era trinta centímetros mais alta que ele. Tiveram três filhos. Ele construiu um chalé em Motta, ao lado da Casa Alpina, e dizem que esse era seu lugar favorito no mundo. Em 1974, aos quarenta e sete anos de idade, Mimo morreu de câncer de pele.

Carletto Beltramini e Pino Lella foram amigos durante toda a vida. Carletto se tornou um bem-sucedido vendedor da Alfa Romeo e morou em vários lugares da Europa. Nunca se casou e não falou sobre a guerra por cinquenta e três anos. Em 1998, quando estava no hospital, Pino e um americano chamado Robert Dehlendorf foram visitá-lo. Carletto relatou os últimos dias da guerra quase como uma confissão. Lembrou-se da festa no Hotel Diana e da expressão vingativa no rosto de Pino quando soube que levaria o general Leyers à Áustria. Carletto seguia convencido de que Leyers levava ouro naquela maleta. Também admitiu que havia atirado nos salteadores quando tentavam fugir, chorou e pediu perdão a Deus pela insanidade de seus atos.

Carletto morreu alguns dias mais tarde, com Pino a seu lado.

***

Depois de ver o general Leyers se afastar além da fronteira da Áustria, Pino voltou a Milão e tornou-se guia do major Knebel na Itália por duas semanas. O major se recusava a falar sobre Leyers, alegando que eram assuntos ultrassecretos e que a guerra havia acabado.

No entanto, para Pino, não havia acabado. Ele era dilacerado pela tristeza e pelas lembranças, pela crença no perigo constante, atormentado por questões a que nunca poderia responder. O general Leyers sempre soube que ele era espião? Tudo o que ele tinha visto e ouvido na companhia de Leyers fora revelado deliberadamente para que pudesse relatar a tio Albert e aos Aliados pelo rádio de Baka?

Tio Albert disse ter ficado tão surpreso quando Pino por saber que Leyers conhecia seu codinome. Seu tio e seus pais estavam mais preocupados com a possibilidade de Pino ainda ser alvo de represálias. Temores justificados. No fim de maio de 1945, milhares de fascistas e nazistas haviam perdido a vida em execuções, assassinados por vingança em todo o norte da Itália.

Cedendo à pressão da família, Pino se mudou de Milão para Rapallo. Ele trabalhou em empregos temporários na cidade litorânea até o fim do outono daquele ano. Então, retornou a Madesimo, onde dava aulas de esqui e tentava assimilar sua tragédia em longas conversas com o Padre Re. Eles falavam de amor. Falavam de fé. Falavam do peso esmagador da perda.

Pino rezava por ajuda nas montanhas, por alívio para o sofrimento, a confusão e a tristeza constantes. Anna não o deixava. Ela era a lembrança dos melhores momentos de sua vida – seu sorriso, seu cheiro e a melodia de sua risada, que continuava ecoando em seus ouvidos. Ela era uma força que girava em torno dele no escuro da noite, acusadora, amarga e exigente.

Alguém diga a eles que sou só uma criada.

Pino viveu por mais de dois anos no torpor da culpa e do luto, cego para qualquer tipo de futuro, surdo a quaisquer palavras de esperança. Andava por quilômetros ao longo das praias no verão e escalava os Alpes no outono antes de a neve cair nas catedrais de Deus, implorando diariamente por um perdão que nunca vinha. A cada dia que passava, porém, Pino ainda acreditava que alguém o procuraria e perguntaria sobre o general Leyers.

E ninguém aparecia. De volta a Rapallo para o terceiro verão, em 1947, Pino tentava assimilar sua experiência de guerra e lidar com o fantasma de Anna. Lamentava o fato de ela nunca ter dito seu sobrenome nem o nome de casada. Não podia nem tentar encontrar a mãe dela para informar que a filha havia morrido.

Era como se Anna jamais tivesse existido para alguém além dele. Ela o amava, mas ele a desapontara. Havia sido posto em uma situação impossível e, por meio de seu silêncio, negado que a conhecia, que a amava. Teve fé e foi altruísta nos Alpes guiando os refugiados judeus e em sua vida de espião, mas se mostrou descrente e egoísta diante do pelotão de fuzilamento.

A tortura mental continuou até que, em uma daquelas longas caminhadas pela praia, com Anna ainda viva em seus pensamentos, Pino lembrou-se dela dizendo que não acreditava muito no futuro, que tentava viver momento a momento, procurando razões para ser grata, tentando criar a própria felicidade e usá-la como meio para ter uma vida boa no presente, não um objetivo a ser alcançado um dia.

As palavras de Anna eram estrondosas em sua cabeça e, por alguma razão, depois de tanto tempo, elas se encaixaram e o libertaram, o fizeram admitir que queria mais que chorar por ela e se sentir eviscerado por não ter tentado salvá-la.

Naquela praia deserta, ele sofreu por Anna pela última vez. Em sua cabeça, as lembranças não eram de sua morte, não eram de seu corpo sem vida no chão da colunata nem da ária do palhaço que o assombrava em horas sem fé.

Em vez disso, ele ouviu a ária do príncipe Calaf, "Nessun dorma", "Ninguém durma", ecoando na cabeça, e lembrou-se de instantâneos da estranha história de amor: Anna do lado de fora da padaria no primeiro dia de bombardeio; Anna desaparecendo atrás do bonde; Anna abrindo a porta do apartamento de Dolly um ano e meio depois; Anna surpreendendo-o no quarto de Dolly com a chave do general; Anna tirando uma foto dele no parque perto do lago de Como; Anna fingindo que estava bêbada para os guardas na véspera de Natal; Anna nua e o desejando.

Ouvindo "Ninguém durma" crescendo rumo ao apogeu, Pino olhou para o mar da Ligúria e agradeceu a Deus por ter tido Anna em sua vida, mesmo que por um tempo tão curto e trágico.

— Eu ainda a amo — contou ao vento e ao mar onde a vira mais feliz. — Sou grato por ela. Anna foi um presente que eu vou guardar com carinho em meu coração, sempre.

Por várias horas, Pino sentiu o controle de ferro que o espírito de Anna mantinha sobre ele enfraquecer, se afastar e sumir. Quando deixou a praia, jurou deixar a guerra no passado, nunca mais pensar em Anna, no general Leyers, em Dolly nem nas coisas que vira.

Iria atrás da felicidade, *con smania.*

* * *

Pino voltou a Milão e, durante um tempo, tentou encontrar essa felicidade e essa paixão trabalhando com os pais. Sua personalidade alegre voltou, e ele se tornou um bom vendedor. No entanto, ficava inquieto na cidade e mais feliz nas catedrais de Deus, em pé e sobre esquis. Seus talentos alpinos o levaram por um caminho indireto a se tornar treinador e intérprete da Equipe Nacional Italiana de Esqui, a qual foi para Aspen, Colorado, em 1950, para os primeiros campeonatos mundiais depois da guerra.

Pino foi a Nova York, onde ouviu jazz em uma boate enfumaçada e viu Licia Albanese, sua prima, como soprano em *Madame Butterfly*, sob a direção de Toscanini no New York Metropolitan Opera.

Na primeira noite em Aspen, ele conversou e bebeu com dois homens que conheceu por acaso em um bar. Gary era de Montana, um ávido esquiador. Hem havia esquiado na Itália em Val Gardena, uma das montanhas favoritas de Pino.

Gary era o ator Gary Cooper, que tentou convencer Pino a ir para Hollywood fazer um teste. Hem era Ernest Hemingway, que bebia muito e falava pouco. Cooper acabou se tornando amigo de Pino pelo resto da vida. Hemingway, não.

Quando a equipe de esqui voltou à Itália, Pino não estava junto. Fora para Los Angeles, ainda que nunca tenha feito o teste. A ideia de milhões de pessoas acompanhando cada passo que dava era pouco atraente, e ele duvidava da própria capacidade de decorar textos.

Em vez disso, por meio da amizade com Alberto Ascari, conseguiu um emprego na International Motors em Beverly Hills, onde vendia Ferraris e outros carros esportivos. O inglês fluente de Pino, sua compreensão de carros de alta performance e seu amor pela diversão fizeram dele um sucesso no ramo.

Sua tática de vendas favorita era pegar uma Ferrari e estacioná-la em um quiosque de comida na frente da Warner Bros, do outro lado da rua. Foi assim que conheceu James Dean – dizia ter tentado dissuadir o jovem ator do Porsche que ele queria comprar, dizendo que Dean não estava preparado para o poder daquele motor. Pino ficou arrasado quando Dean não ouviu seu conselho.

Na International Motors, Pino trabalhava com os mecânicos Dan Gurney, Richie Ginther e Phil Hill, rapazes de Santa Monica que se tornaram pilotos de Fórmula 1. Em 1952, Hill começou a correr pela Ferrari, depois de Pino apresentá-lo a Alberto Ascari em Le Mans. Como Ascari, Hill se tornaria campeão mundial.

No inverno, Pino viajava para a Mammoth Mountain em Sierra Nevada e se juntava à escola de esqui local. Nas encostas, ensinando, ele encontrava sua maior felicidade, sua paixão. Ensinava esqui como uma forma de diversão e aventura criativa. Dave McCoy, fundador da Mammoth, disse que ver Pino sobre os esquis em neve profunda era "como assistir a um sonho".

Pino logo se tornou tão popular que o único jeito de contratar seus serviços era como instrutor particular, o que o levou à amizade com Lance Reventlow, filho de Barbara Hutton – a Pobre Menina Rica – e a um encontro às cegas com Patricia McDowell, herdeira de uma fortuna que a família havia construído com o *Los Angeles Daily Journal*, o *San Diego Times* e o *San Bernardino Sun*.

Depois de um namoro rápido, Pino e Patricia se casaram, foram morar em Beverly Hills e construíram uma vida de *jet-set*, dividindo o tempo entre a Califórnia e a Itália. Pino não vendia mais Ferraris. Ele agora tinha algumas e corria com elas em circuitos de carros esportivos. Esquiava. Escalava montanhas. Levava uma vida vigorosa e foi genuinamente feliz, dia após dia, durante anos.

Pino e Patricia tiveram três filhos: Michael, Bruce e Jamie. Ele era dedicado às crianças e ensinou os três a esquiar e amar as montanhas. Era sempre a alma da festa que parecia seguir seu rastro, onde quer que estivessem no mundo.

De vez em quando, porém, tarde da noite, frequentemente fora de casa, ele se lembrava de Anna e do general Leyers, e as memórias o enchiam de melancolia, confusão e sentimento de perda.

* * *

Na década de 1960, quando Pino tinha trinta e poucos anos, ele e Patricia começaram a brigar. Ele achava que a esposa bebia demais. Ela achava que o marido dava muita atenção a outras mulheres e o criticava por nunca ter feito muito mais além de ser um excelente instrutor de esqui.

Naquele ambiente tóxico, Pino pensava cada vez mais em Anna e ficava mais e mais inquieto por imaginar que talvez jamais conhecesse outro amor tão profundo e verdadeiro. Sentia-se preso e tomado por uma necessidade pungente de caminhar, se mover, vagar, procurar.

Um ano de viagens terminou com Pino pedindo o divórcio. Ele conheceu uma jovem exótica e de beleza estonteante, Yvonne Winsser, ligada à família de Suharto na Indonésia. Pino ficou encantado. O divórcio e o segundo casamento atingiram brutalmente a primeira família de Pino. Patricia mergulhou no alcoolismo. Pino mandou os meninos para um colégio interno na Suíça. Eles passaram anos revoltados com o pai.

Quando os pais de Pino morreram, ele herdou um terço dos negócios da família, o que causou desentendimento entre ele e os dois irmãos. Cicci se ressentiu por ele ter passado boa parte da vida correndo atrás da própria felicidade, enquanto ela trabalhava para construir a marca Lella, e agora herdar um terço dos lucros sem ter feito nada para isso.

O dinheiro deu a Pino ainda mais liberdade, mas por muitos anos o desejo de vagar desapareceu. Ele e Yvonne tiveram dois filhos, Jogi e Elena. E ele tentava ser um pai melhor para os filhos mais velhos, com quem se reconciliara.

Depois da morte de Mimo, porém, os velhos ressentimentos voltaram, e ele começou a ter sonhos e pesadelos com Anna. Pino partiu para uma viagem que deveria começar em Paris, em um jato da Pan Am com destino a Nova York. No entanto, Carletto Beltramini, que estava morando em Paris, convenceu Pino a adiar a partida em um dia para eles poderem conversar e contar as novidades. Pino aceitou a sugestão do amigo, e o avião em que deveria ter embarcado, o voo 103 da Pan Am, caiu sobre Lockerbie, na Escócia, num acidente sem sobreviventes.

Dessa vez, Pino passou meses viajando, procurando, sem saber realmente o que procurava. Quando voltou, depois de treze anos de casamento, Yvonne decidiu que, embora o amasse, não podia mais viver com ele. Mesmo divorciados, eles permaneceram grandes amigos.

Pino envelheceu. Viu os filhos crescerem e a conta bancária encolher, mas se manteve animado e bem depois dos sessenta anos. Esquiava. Escrevia sobre esportes motorizados para várias publicações italianas. Tinha amigos e namoradas interessantes. Nunca falava sobre Anna nem sobre o general Leyers, o Padre Re ou a Casa Alpina, tampouco sobre o que havia feito na guerra.

★ ★ ★

Uma pesquisadora do Altruistic Personality and Prosocial Behaviour Institute [Instituto de Personalidade Altruísta e Comportamento Pró-Social] da Humboldt State University, na Califórnia, procurou Pino na década de 1980. Ela estudava pessoas que arriscaram a vida para salvar outras. Disse ter encontrado o nome dele no Yad Vashem, o que surpreendeu Pino. Ele nunca fora procurado por ninguém para falar de suas atividades com o Padre Re.

Pino falou rapidamente com a jovem, mas o foco do estudo o incomodou, despertou lembranças de Anna e o fez encerrar a conversa com uma promessa de preencher e devolver um questionário detalhado. Ele nunca fez isso.

Pino manteve o silêncio até o fim da década de 1990, quando encontrou Robert Dehlendorf por acaso no norte da Itália. Robert era um americano bem-sucedido que tinha, entre outras coisas, uma pequena área de esqui na Califórnia, estava aposentado e morava junto ao lago Maggiore.

Os dois homens, que tinham mais ou menos a mesma idade, se aproximaram. Eles comiam. Conversavam. Riam. Na terceira noite, já tarde, Dehlendorf perguntou:

— Como foi a guerra para você, Pino?

Pino assumiu uma expressão distante e, depois de uma longa hesitação, respondeu:

— Nunca contei a ninguém sobre minha guerra, Bob. No entanto, alguém muito sábio uma vez me disse que, ao abrir o coração, expor nossas cicatrizes, nós nos tornamos humanos, falhos e inteiros. Acho que estou pronto para me tornar inteiro.

Fragmentos da história foram contados ao longo da noite. Dehlendorf ficou perplexo. Como era possível que tão pouco houvesse sido relatado?

★ ★ ★

O encontro casual entre Dehlendorf e Pino levou, por coincidência e depois de um tempo, a um jantar em Bozeman, Montana – a noite do dia mais deprimente de minha vida – e à decisão de viajar à Itália e ouvir a história completa e em primeira mão. Pino tinha quase oitenta anos quando aterrissei em Milão pela primeira vez. Ele tinha a alegria e o vigor de alguém vinte anos mais jovem. Dirigia como um doido. Tocava piano lindamente.

Quando parti, três semanas depois, Pino parecia muito mais velho do que era. Revelar a história que ele mantivera em segredo por seis décadas tinha sido traumatizante, e ele seguia atormentado por uma vida inteira de perguntas sem respostas, especialmente em relação ao general Hans Leyers. O que havia sido dele? Por que não tinha sido acusado de crimes de guerra? Por que ninguém jamais procurou Pino para ouvir seu lado da história?

Tive que me dedicar durante quase uma década a pesquisas para dar a Pino algumas respostas, em grande parte porque o general Leyers fora muito competente ao apagar seu lado da história. Assim como outros oficiais da Organização Todt.

Embora os nazistas fossem compulsivos na manutenção de registros e embora a OT tivesse milhões de prisioneiros e escravos sob seu comando, os documentos que sobraram da organização enchiam apenas três armários de arquivos.

O general Leyers, que havia admitido ter se sentado à esquerda de Adolf Hitler e foi, indiscutivelmente, o segundo homem mais poderoso na Itália durante os dois últimos anos da Segunda Guerra Mundial, deixou para trás menos de cem páginas sobre todo o tempo lá. Na maioria desses documentos, seu nome era apenas citado como participante em uma ou outra reunião. É raro ver um documento em que Leyers seja signatário.

Pelos documentos que sobreviveram, fica evidente que, depois de Pino ter entregue Leyers aos paraquedistas no passo do Brenner, os bens do general na Alemanha e na Suíça foram bloqueados. Leyers foi levado do passo para um campo de prisioneiros de guerra dos Aliados na periferia de Innsbruck. Estranhamente, não há registros dos depoimentos de Leyers sob interrogatório, e nenhum dado foi tornado público, tampouco ele foi mencionado nos procedimentos abertos dos julgamentos de crimes de guerra de Nuremberg.

O general, por sua vez, escreveu um relatório para o Exército dos Estados Unidos sobre as atividades da Organização Todt na Itália. O relatório está nos Arquivos Nacionais dos Estados Unidos e é, em resumo, uma atenuação das próprias ações de Leyers.

Em abril de 1947, trinta e três meses depois do fim da guerra, Hans Leyers foi libertado. Trinta e quatro anos depois, morreu em Eischweiler, na Alemanha. Essas duas datas foram as únicas coisas de que tive certeza sobre Leyers em quase nove anos.

* * *

Então, em junho de 2015, quando trabalhava com uma excelente pesquisadora e tradutora alemã chamada Sylvia Fritzsching, rastreei a filha do general Leyers, Ingrid Bruck, que ainda vivia em Eischweiler. Embora estivesse em seu leito de morte, a sra. Bruck aceitou falar comigo sobre o pai e sobre o que aconteceu com ele depois da guerra.

— Ele foi levado para o campo de prisioneiros, onde esperou pelo processo em Nuremberg — disse, fraca e doente, em seu quarto na ampla mansão alemã que herdara dos pais. — Foi acusado de crimes de guerra, mas...

A sra. Bruck começou a tossir e se sentiu muito mal, o que a impediu de ir além disso. Acontece que o conselheiro espiritual do general Leyers durante vinte e cinco anos e seu amigo e assistente de três décadas estavam disponíveis para me explicar o restante da história, ou pelo menos o que Leyers tinha lhes contado sobre seu tempo na Itália e sua miraculosa libertação do campo de prisioneiros de guerra.

* * *

De acordo com George Kashel e o reverendo aposentado Valentin Schmidt, de Eischweiler, o general Leyers foi, de fato, indiciado por crimes de guerra. Eles não tinham conhecimento dos detalhes específicos das acusações e alegavam não saber nada sobre Leyers ter feito escravos ou participado de genocídios ao implementar a *Vernichtung durch Arbeit*, política nazista de "extermínio pelo trabalho", que era parte da "solução" de Hitler.

O reverendo e o administrador da propriedade concordaram, porém, sobre Leyers ter sido julgado em Nuremberg com outros nazistas e fascistas que cometeram crimes de guerra na Itália. Dois anos depois do fim da guerra, a maior parte dos homens de confiança de Hitler que sobreviveram foi julgada e enforcada, muitos deles depois de terem sido delatados nos depoimentos do ministro do Reich para armamentos e produção de guerra do *Führer* e líder da Organização Todt, Albert Speer.

Em Nuremberg, Speer declarou que não sabia sobre os campos de concentração, ainda que a Organização Todt os tivesse construído e embora muitos campos tivessem sinais que os identificassem como campos de trabalho da OT. Se os promotores aliados acreditaram em Speer ou se apenas valorizaram o depoimento condenatório dado por ele, o fato é que o tribunal salvou o arquiteto de Hitler da forca.

Depois de ser informado de que Speer havia delatado seu círculo mais próximo de Hitler e mandado todos para o patíbulo, o general Leyers fez o próprio acordo com os promotores. Ele levantou evidências de que, entre outras coisas, havia ajudado judeus a fugir da Itália, protegido católicos do alto escalão, inclusive o Cardeal Schuster, e salvado a Fiat da total destruição. O general também aceitou testemunhar em tribunal fechado contra seu chefe titular, Albert Speer. Com base, parcialmente, em provas fornecidas por Leyers, o arquiteto de Hitler acabou condenado por escravidão e foi mandado para a prisão de Spandau por vinte anos.

Foi assim que o ministro e o assistente de Leyers contaram a história sobre por que o general foi libertado de um campo de prisioneiros de guerra em abril de 1947.

Embora o relato seja totalmente plausível, a lenda da família de Leyers era mais complexa, sem dúvida. Menos de dois anos depois do fim da guerra, o mundo estava doente por suas consequências e se tornava apático em relação aos julgamentos em Nuremberg, então em andamento. Também havia crescente preocupação política em relação ao poder cada vez maior do comunismo na Itália. A ideia era de que uma série de julgamentos contra fascistas e nazistas só beneficiaria a esquerda.

O *Missing Italian Nuremberg* [Nuremberg Italiano Ausente], como o chamou o historiador Michele Battiti, nunca aconteceu. Nazistas e fascistas que haviam cometido atrocidades inenarráveis, inclusive o general Leyers, foram simplesmente libertados na primavera e no verão de 1947.

Não houve julgamento para os crimes de Leyers. Nenhuma atribuição de culpa pelos escravos que morreram sob sua vigilância. Todo o mal e a selvageria praticados no norte da Itália nos últimos dois anos da guerra foram varridos, enterrados e esquecidos.

★ ★ ★

Leyers voltou a Dusseldorf com a esposa, Hannelise, o filho, Hans-Jürgen, e a filha, Ingrid. Durante a guerra, a esposa do general havia herdado Haus Palant, uma mansão medieval em Eischweiler. Foram necessários seis anos de embate legal depois da guerra para Leyers recuperar a posse da enorme propriedade, mas ele conseguiu e passou o resto da vida restaurando e administrando o lugar.

Ele começou reconstruindo a mansão e os celeiros, que, por ironia, haviam sido completamente queimados antes do fim da guerra por poloneses escravizados pela Organização Todt. O religioso e o assistente de Leyers disseram que ele jamais falou sobre as quase doze milhões de pessoas raptadas pelos alemães e levadas ao trabalho forçado em toda a Europa.

Nem eles sabiam onde o general conseguia as enormes somas em dinheiro necessárias para a reforma da propriedade, além de dizer que, durante anos depois da guerra, ele prestara serviço de consultoria para várias grandes empresas alemãs, como a siderúrgica Krupp e a fabricante de munições Flick.

Eles disseram que Leyers tinha uma incrível rede de contatos e que alguém sempre devia favores a ele. Bastava querer alguma coisa, um trator, por exemplo, e pronto: alguém dava a ele um trator. Acontecia o tempo todo. A Fiat era tão grata a Leyers, aparentemente, que mandava um carro novo para ele todos os anos.

A vida pós-guerra foi boa para Hans Leyers. Como ele havia profetizado, as coisas aconteceram do jeito dele antes de Adolf Hitler, durante Adolf Hitler e depois de Adolf Hitler.

★ ★ ★

Leyers também era devoto frequentador da igreja depois de sua libertação do campo de prisioneiros dos Aliados. Ele pagou a construção da Igreja da Ressurreição de Eischweiler, que ficava bem perto da propriedade, na Hans-Leyers-Weg, rua cujo nome foi dado em homenagem à memória do general.

Dizem que Leyers era o tipo de homem que "fazia as coisas", e as pessoas, inclusive seu pároco e seu assistente, o incentivavam a entrar na política. O general se negava, dizendo que preferia estar "nas sombras, na escuridão, puxando as alavancas". Ele nunca quis estar na linha de frente.

Enquanto envelhecia, Leyers viu o filho crescer e se tornar doutor em engenharia. A filha se casou e constituiu família. Ele raramente falava sobre a guerra, exceto para anunciar, às vezes, que nunca tinha trabalhado para Albert Speer, tendo sempre se reportado diretamente a Hitler.

Logo depois de o arquiteto do *Führer* ser libertado da prisão de Spandau, em 1966, Speer fez uma visita a Leyers. Relata-se que, de início, Speer foi simpático, depois bebeu e se tornou antagônico, insinuando que sabia que o general havia testemunhado contra ele. Leyers expulsou Speer de sua casa. Quando leu *Por dentro do Terceiro Reich*, *best-seller* de Speer que contava a ascensão e queda de Hitler, Leyers ficou furioso e considerou a história toda "uma mentira atrás da outra".

Depois de um período de saúde em declínio, o general Leyers morreu, em 1981. Foi enterrado sob uma grande rocha em um cemitério entre a igreja que construiu e a casa em que morou, muito tempo depois de ter se despedido do jovem Pino Lella no passo do Brenner.

— A versão que conheci era uma boa pessoa, um homem que se opunha à violência — disse o reverendo Schmidt. — Leyers era engenheiro e se alistou no Exército porque era um trabalho. Ele não era membro do partido nazista. Se esteve envolvido em crimes de guerra, só posso crer que foi forçado a participar deles. Devia ter uma arma apontada para sua cabeça, nenhuma possibilidade de escolha.

* * *

Uma semana depois de ouvir tudo isso, fui visitar Pino Lella no lago Maggiore. Ele estava com oitenta e nove anos, barba branca, óculos de armação de metal e uma boina preta elegante. Como sempre, foi simpático, divertido e ativo, vivendo *con smania*, o que era extraordinário, considerando que sofrera recentemente um acidente de motocicleta.

Fomos a um café de que ele gostava na margem do lago na cidade de Lesa, onde ele morava. Saboreando taças de Chianti, contei a Pino o que havia acontecido com o general Leyers. Quando terminei o relato, ele ficou em silêncio por muito tempo, olhando para a água, o rosto espelhando emoções. Setenta anos tinham se passado. Sete décadas de ignorância chegavam ao fim.

Talvez fosse o vinho, ou eu havia pensado sobre a história dele por muito tempo, mas naquele momento Pino parecia, para mim, um portal para um mundo passado, onde os fantasmas da guerra e da coragem, os demônios do ódio e da desumanidade e as árias de fé e de amor ainda ecoavam na alma boa e decente que sobrevivera para contar a história. Sentado ali com Pino, recordando sua história, senti arrepios e pensei mais uma vez em como havia sido privilegiado e que honra era ter seu relato.

— Tem certeza sobre tudo isso, meu amigo? — perguntou Pino, por fim.

— Estive no túmulo de Leyers. Falei com a filha dele e com o religioso com quem ele se confessava.

Pino balançou a cabeça com incredulidade, deu de ombros e levantou as mãos.

— *Mon général* ficou nas sombras, seguiu como um fantasma de minha ópera até o fim.

Depois, Pino jogou a cabeça para trás e riu do absurdo e da injustiça de tudo isso.

Após vários momentos de silêncio, falou:

— Sabe, meu jovem amigo, vou fazer noventa anos no ano que vem, e a vida ainda é uma surpresa constante para mim. Nunca sabemos o que vai acontecer, o que vamos ver e que pessoa importante vai entrar em nossa vida ou que pessoa importante vamos perder. Vida é mudança, constante mudança, e, a menos que tenhamos sorte suficiente para encontrar comédia nela, a mudança quase sempre é um drama, senão uma tragédia. No fim, e mesmo quando o céu se torna escarlate e ameaçador, ainda acredito que, se temos sorte por estarmos vivos, devemos agradecer pelo milagre de cada momento de cada dia, por mais que sejam imperfeitos. E devemos ter fé em Deus, no universo e em um amanhã melhor, mesmo que essa fé nem sempre seja merecida.

— Seria a receita de Pino Lella para uma vida longa e feliz? — perguntei.

Ele riu e balançou o dedo no ar.

— A parte feliz de uma longa vida, pelo menos. A canção a ser cantada.

Pino olhou em direção ao norte, para o outro lado do lago e seus amados Alpes, que se erguiam como impossíveis catedrais no ar do verão. Ele bebeu o Chianti. Seus olhos ficaram úmidos e distantes, e por muito tempo permanecemos ali, em silêncio; o velho estava muito, muito longe.

A água do lago lambia a parede de contenção. Um pelicano branco passou voando. Uma buzina de bicicleta soou atrás de nós. E a menina que a pedalava riu.

Quando ele finalmente tirou os óculos, o sol se punha, projetando no lago seus cobres e dourados. Ele secou as lágrimas e pôs os óculos novamente. Depois, olhou para mim, sorriu com um misto de tristeza e doçura, e levou a mão ao peito.

— Perdoe um homem velho por suas lembranças — disse. — Alguns amores nunca morrem.

(Firma del titolare)

Agradecimentos

Sou grato a Giuseppe "Pino" Lella por confiar a mim sua impressionante história e por abrir seu coração marcado para que eu pudesse contá-la. Pino me deu muitas lições de vida e me mudou para melhor. Deus o abençoe, velho.

Agradeço a Bill e Deb Robinson por terem me convidado a ir à casa deles no pior dia de minha vida e a Larry Minkoff por compartilhar os primeiros fragmentos da história durante o jantar. Sou profundamente grato a Robert Dehlendorf, que tentou escrever sobre Pino primeiro, mas passou o projeto para mim quando chegou a um beco sem saída. Além de minha esposa e meus filhos, esse é o maior presente que já ganhei.

Sou abençoado por ter me casado com Elizabeth Mascolo Sullivan. Quando voltei para casa depois do jantar e contei a ela, do nada e quase sem dinheiro, que estava pensando em ir à Itália sozinho para perseguir uma história de guerra de sessenta anos que nunca havia sido contada, ela não hesitou nem tentou me dissuadir. A crença inabalável de Betsy em mim e neste projeto fez toda a diferença.

Michael Lella, filho de Pino, leu cada manuscrito, me ajudou a encontrar outras testemunhas e foi de importância crítica para a compreensão de tudo o que era italiano. Obrigado, Mike. Eu não teria conseguido sem você.

Também tenho uma dívida de gratidão com Nicholas Sullivan, do programa Fulbright, que me ajudou muito durante as semanas que passamos no Bundesarchiven em Berlim e em Friedrichsberg, na Alemanha. Sou igualmente grato a Silvia Fritzsching, minha tradutora alemã e assistente de pesquisa, que me ajudou a juntar as peças da vida do general Leyers depois da guerra e resolver as questões de Pino.

Meu emocionado obrigado a todas as pessoas na Itália, na Alemanha, na Grã-Bretanha e nos Estados Unidos que me ajudaram a pesquisar a história de Pino. Sinto que, a cada vez que eu encontrava um obstáculo, alguma pessoa generosa aparecia e me ajudava, apontando a direção certa.

Esse grupo inclui, mas não se limita a: Lilliana Picciotto, da Fondazione Memoria della Deportazione, e Fiola della Shoa, em Milão, o reverendo aposentado Giovanni Barbareschi e Giulio Cernitori, mais um dos meninos na Casa Alpina do Padre Re. O amigo de Mimo e ex-combatente da guerrilha Eduardo Panzini foi uma grande ajuda, como Michaela Monica Finali, minha guia em Milão, e Ricardo Surrette, que me levou à rota de fuga do passo do Brenner.

Outros são Steven F. Sage, do Mandel Center for Advanced Holocaust Studies at the United States Holocaust Memorial Museum [Centro de Estudos Avançados sobre o Holocausto no Museu do Holocausto dos Estados Unidos], Paul Oliner, do Altruistic Personality and Prosocial Behaviour Institute at Humboldt State University [Instituto de Personalidade Altruísta e Comportamento Pró-Social da Humboldt State University], os pesquisadores dos Arquivos Nacionais dos Estados Unidos dr. Steven B. Rogers e Sim Smiley, o historiador da Itália e do Vaticano Fabian Lemmes e o monsenhor Bosatra dos arquivos da chancelaria em Milão. Em Madesimo, recebi ajuda de Pierre Luigi Scaramellini e Pierino Perincellim, que perdeu um olho e uma das mãos na explosão de granada que matou o filho do dono da hospedaria. Agradeço também a Victor Daloia por descrever a descoberta da medalha de guerra que o pai dele escondeu; a Anthony Knebel por dividir comigo a correspondência do pai; a Horst Schmitz, Frank Hirtz, Georg Kashel, Valentin Schmidt e Ingrid Bruck por terem dado um encerramento à saga do general Leyers.

Várias organizações, historiadores, autores e pesquisadores também foram de grande ajuda quando tentei entender o contexto em que a história de Pino se desenvolveu. Entre eles estão os funcionários do Yad Vashem, os membros do Axis History Forum e escritores e pesquisadores como Judith Vespera, Alessandra Chiappano, Renatta Broginni, Manuela Artom, Anthony Shugaar, Patrick K. O'Donnell, Paul Nowacek, Richard Breitman, Ray Moseley, Paul Schultz, Margherita Marchione, Alexander Stille, Joshua D. Zimmerman, Elizabeth Bettina, Susan Zuccott, Thomas R. Brooks, Max Corvo, Maria de Blasio Wilhelm, Nicola Caracciolo, R. J. B. Bosworth e Eric Morris.

Também sou grato aos pacientes leitores dos primeiros manuscritos, entre eles Rebecca Scherer, da Agência Jane Rotrosen, o correspondente do NPR Pentagon Tom Bowman, David Hale Smith, Terri Ostrow Pitts, Damien F. Slaterry, Kerry Catrell, Sean Lawlor, Betsy Sullivan, Connor Sullivan e Lawrence T. Sullivan.

Meg Ruley, minha incrível agente, reconheceu o potencial envolvente e emocionante da história de Pino na primeira vez em que a escutou e me apoiou e incentivou meu interesse por esse projeto quando poucos acreditavam nele. Sou um cara de sorte por tê-la ao lado.

Quando procurávamos uma editora, queria alguém que se apaixonasse tanto quanto eu pela história. Meu desejo foi atendido por Daniella Marshall, minha editora na Lake Union e defensora do romance na Amazon Publishing. Ela e seu colega editor David Downing acreditaram na história e me incentivaram a aperfeiçoar a narrativa até o resultado final. Não sei como agradecer aos dois.

Sobre o autor

Mark Sullivan é aclamado autor de dezoito romances, alguns deles da série Private, primeiro lugar da lista de *best-sellers* do jornal *The New York Times* e que ele escreve com James Patterson. Mark ganhou vários prêmios por seus livros, entre eles o WHSmith Fresh Talent Award, e seus trabalhos foram escolhidos como Livro Notável pelo jornal *The New York Times* e Melhor Livro do Ano pelo *Los Angeles Times*. Ele cresceu em Medfield, Massachusetts, e formou-se na Hamilton College como bacharel em inglês antes de trabalhar como voluntário do Peace Corps na Nigéria, no oeste da África. Depois do retorno aos Estados Unidos, formou-se na Medill School of Journalism da Northwestern University e começou a carreira de repórter investigativo. Esquiador e aventureiro ávido, mora com a esposa em Bozeman, em Montana, onde continua sendo grato pelo milagre de cada momento.

**Acreditamos
nos livros**

Este livro foi composto em
Adobe Garamond Pro e impresso
pela RRD para a Editora Planeta
do Brasil em março de 2019.